聊斋志异

中华传世藏书

【图文珍藏版】

[清] 蒲松龄⊙原著

王艳军⊙主编

线装书局

狐 惩 淫

【原文】

　　某生购新第，常患狐。一切服物，多为所毁，且时以尘土置汤饼中①。一日，有友过访，值生出，至暮不归。生妻备馔供客，已而偕婢啜食馀饵。生素不羁，好蓄媚药，不知何时，狐以药置粥中，妇食之，觉有脑麝气。问婢，婢云不知。食讫，觉欲焰上炽，不可暂忍；强自按抑，燥渴愈急。筹思家中无可奔者，惟有客在②，遂往叩斋。客问其谁，实告之。问何作，不答。客谢曰："我与若夫道义交，不敢为此兽行。"妇尚流连。客叱骂曰："某兄文章品行，被汝丧尽矣！"隔窗唾之。妇大惭，乃退。因自念：我何为若此？忽忆碗中香，得毋媚药也？检包中药，果狼藉满案，盎盏中皆是也。稔知冷水可解，因就饮之。顷刻，心下清醒，愧耻无以自容。展转既久，更漏已残。愈恐天晓难以见人，乃解带自经③。婢觉救之，气已渐绝。辰后，始有微息。客夜间已遁。生哺后方归④，见妻卧，问之，不语，但含清涕⑤。婢以状告。大惊，苦诘之。妻遣婢去，始以实告。生叹曰："此我之淫报也，于卿何尤⑥？幸有良友；不然，何以为人！"遂从此痛改往行，狐亦遂绝。

　　异史氏曰："居家者相戒勿蓄砒鸩⑦，从无有相戒不蓄媚药者，亦犹人之畏兵刃而狎床笫也⑧。宁知其毒有甚于砒鸩者哉！顾蓄之不过以媚内耳！乃至见嫉于鬼神；况人之纵淫，有过于蓄药者乎？"

　　某生赴试，自郡中归，日已暮⑨，携有莲实菱藕，入室，并置几上。又有藤津伪器一事⑩，水浸盎中。诸邻人以生新归，携酒登堂，生仓卒置床下而出，令内子经营供馔，与客薄饮。饮已，入内，急烛床下，盎水已空。问妇，妇曰："适与菱藕并出供客，何尚寻也？"生忆肴中有黑条杂错，举座不知何物。乃失笑曰："痴婆子！此何物事，可供客耶？"妇亦疑曰："我尚怨子不言烹法，其状可丑，又不知何名，只得糊涂脔切耳①。"生乃告之，相与大笑。今某生贵矣，相狎者犹以为戏。

【注释】

①汤饼：汤煮的面食，今俗称面条"一类食物。

②惟：通"唯"。只有。

③自经：上吊自杀。

④晡：晡时，即申时，约当黄昏之时。

⑤但含清涕：此从二十四卷抄本，底本"含"字字迹不清。

⑥尤：责怪。

⑦砒鸩：两种毒药。砒，砷的旧称。鸩，传说中的一种毒鸟。雄的叫运日，雌的叫阴谐，喜吃蛇，羽毛紫绿色，置酒中能使人中毒而死。

⑧畏：此从二十四卷抄本，原作"异"。

⑨日已暮：此从二十四卷抄本，原无此句。

⑩一事：一件。

⑪脔切：切成肉块。

【译文】

有一个书生，买了一座新宅子，常有狐狸作祟。家里的衣服和一切用品，多半被狐狸毁坏了，而且时常把尘土撒在汤煮的面食里。一天，有个朋友登门拜访，赶上书生出门了，等到晚上也没回来。书生的妻子，准备了饭菜招待客人，客人吃完以后，她和使女一起吃了剩下的饭菜。

书生一向是个放荡之人，喜好储存性药，不知什么时候，狐狸把性药撒进粥里，妻子喝粥的时候，觉得有一股龙脑的香味。她向使女询问原因，使女说是不知道。吃完以后，她感到性欲像烈火般地烧上来，一刻也忍受不了；勉强抑制一会儿，更加饥渴难熬。她想来想去，家中没有别人可以投奔，只有客人住在书房里，于是就去敲响了书房的房门。客人问她是谁，她说是主人的妻子。客人问她干什么，她不回答。客人谢绝说："我和你丈夫是道义上的朋友，不敢做此兽行。"她还恋恋不舍地不愿回去。客人斥责说："我哥哥的文章品行，全都被你丧尽了！"隔着窗户唾她一口，她羞愧难当，才回了闺房。

她心里很惭愧。仔细一想：我为什么这样欲火难挨呢？忽然想起粥碗里的香味，是不是吃了性药了？查看包里的性药，果然乱七八糟地撒了满桌子，盆里碗里也全是。她熟知凉水可以解除药力，就喝了一碗凉水。顷刻之间，心里清醒了，羞得无地自容。翻来覆去，久久不能入睡，眼看就要天亮了。更怕天亮以后没脸见人，就解下带子，悬梁自尽。使女发觉了，把她救下来。气息已经逐渐断绝了。天亮以后，才有一点微弱的气息。客人已在夜间走了。书生直到申时以后才回来，看见妻子躺在床上，问她怎么的了，她不说话，只是眼里含着泪水。使女把上吊的情况告诉了他。他大吃一惊，苦苦追问上吊的原因。妻子把使女打发出去，才向他说了实情。他长叹一声说："这是我淫荡的报应，和你有什么关系呢？幸亏有个好朋友；不然的话，还有什么脸面做人！"从此以后，他痛改前非，狐狸不再作祟了。

异史氏说："过日子的人家都互相告诫，家里不要储存砒霜和鸩酒，从来没有互相告诫不要储存淫药的，也就像人们害怕刀枪，却喜欢淫欲，是一个道理。岂不知淫荡的毒害，比砒霜和鸩酒还要厉害！储存淫药，只不过是讨取女人的欢心罢了，怎么竟会遭到鬼神的忌妒呢；何况有人无节制的淫荡，比储存毒药还要厉害呢？"

有一个书生，到府里去参加考试，从府里回到家里的时候，天色已晚，带回一些莲子和菱藕，进到屋里，都放在桌子上。还有"藤津伪器"一件，用水泡在盆子里。他的一些邻居，因为他赶考刚回来，带着酒登门拜访，他在仓促之间，把水盆子放在床底下，出去应酬客人，叫妻子温酒炒菜，招待客人。喝完以后，他进了寝室，急忙拿灯照照床下，看见盆子里的水已经空了。他问妻子。盆子里的东西哪去了，妻子说："我刚才把它和菱藕一起拿出去招待客人了，你还找什么？"他想起刚才的菜盘里掺杂一些黑条条，全座的客人都不知那是什么东西。于是就失声笑着说："傻婆子！这是什么东西，也拿去招待客人？"妻子也疑惑地说："我还埋怨你不告诉我烹饪的方法，看它的形状怪丑的，又不知什么名字，就糊里糊涂地切成了小块。"书生把那个东西告诉了她，两个人哈哈大笑。现在，那个书生已经做了大官，他的亲密朋友，还拿这个跟他开玩笑。

山　市

【原文】

　　奂山山市①，邑景之一也②。数年恒不一见③。孙公子禹年④，与同人饮楼上，忽见山头有孤塔耸起，高插青冥。相顾惊疑，念近中无此禅院⑤。无何，见宫殿数十所⑥，碧瓦飞甍⑦，始悟为山市。未几，高垣睥睨⑧，连亘六七里，居然城郭矣。中有楼若者、堂若者、坊若者⑨，历历在目，以亿万计。忽大风起，尘气莽莽然，城市依稀而已。既而风定天清，一切乌有；惟危楼一座⑩，直接霄汉。五架窗扉皆洞开⑪；一行有五点明处，楼外天也。层层指数：楼愈高，则明愈少；数至八层，裁如星点⑫；又其上，则黯然缥缈，不可计其层次矣。而楼上人往来屑屑⑬，或凭或立，不一状。逾时，楼渐低，可见其顶；又渐如常楼；又渐如高舍；倏忽如拳如豆，遂不可见。又闻有早行者，见山上人烟市肆⑭，与世无别，故又名"鬼市"云。

【注释】

　　①奂山：山名。奂，或作"焕"。在淄川旧城西十五里。

②邑景之一：据嘉靖《淄川县志》，淄川八景为郑公书院、季子石桥、万山石桥、丰水牧唱、梵刹浮图、文庙古桧、般阳晓钟、昆仑山色，天矞山山市。

山市

山市将无海市同
战垣宫阙望玲珑
大风吹後危楼在
笑指烟云绿纱中

山市

④孙公子禹年：即孙琰龄，淄川人。

⑤禅院：指佛寺。

⑥见：同"现"。

⑦飞甍：两端向上卷起如飞的高屋脊，喻指高大的楼房。

⑧睥睨：也作"埤堄"或"埤堄"，城上有孔的矮墙。

⑨若：如，似。

⑩危楼：高楼。

⑪五架：一楼五架。室内两柱之间为一架。

⑫裁：通"才"。

⑬屑屑：往来奔走之状。

⑭市肆：市中商店。

【译文】

　　奂山的山市，是淄川县的八景之一。常常是好几年见不到一次。一天，公子孙禹年，和一个同人在楼上喝酒，忽然看见山头上竖起一座孤零零的宝塔，高高耸立，直插云天。他们望着宝塔，又惊又疑，心里都在琢磨，近处并没有这样一个寺院。过了不一会儿，又看见几十座宫殿，都是碧瓦飞檐，才知道出现了山市。眨眼之时，只见高大的城墙上排列着垛口，连绵六七里，居然是一座城市了。城里的建筑物，有像楼台的，有像厅堂的，有像作坊的，看得清清楚楚，数以万万计。忽然刮起一阵大风，刮得尘土飞扬，迷茫茫的，城郭变得影影绰绰，看不清楚了。过了一会儿，风息天晴，一切都没有了；只有一座孤零零的高楼，直接云霄。高楼的五扇门窗全都开着；每一层排列着五点亮光，楼外就是青天。一层一层地往上数：楼层越高，亮光越小；数到第八层，只像天上的点点星光了；再往上看，光线暗淡，虚无缥缈，算不出还有几层。楼上的男男女女，来来往往，忙忙碌碌，有的趴在窗

上，有的站在窗内，形状不完全一样。过了一个时辰，高楼逐渐降低，可以看见楼顶了；又慢慢地降低高度，变成了常见的楼房；又慢慢地降低高度，变成一座高大的平房；忽然变得像拳头，像豆粒，接着就看不见了。又听起早赶路的人说过，他们看见山上的人烟很稠密，还有各种各样的店铺，和人间没有什么差别，所以又起了一个名字。叫它"鬼市"。

江　城

【原文】

临江高蕃①，少慧，仪容秀美。十四岁入邑庠。富室争女之；生选择良苛，屡梗父命。父仲鸿，年六十，止此子，宠惜之，不忍少拂②。东村有樊翁者，授童蒙于市肆③，携家僦生屋。翁有女，小字江城，与生同甲④，时皆八九岁，两小无猜⑤，日共嬉戏。后翁徙去，积四五年，不复闻问。一日，生于隘巷中，见一女郎，艳美绝俗。从以小鬟，仅六七岁。不敢倾顾，但斜睨之。女停睇，若欲有言。细视之，江城也。顿大惊喜。各无所言，相视呆立，移时始别，两情恋恋。生故以红巾遗地而去。小鬟拾之，喜以授女。女入袖中，易以己巾，伪谓鬟曰⑥："高秀才非他人，勿得讳其遗物，可追还之。"小鬟果追付生。生得巾大喜。归见母，请与论婚。母曰："家无半间屋，南北流寓，何足匹偶？"生曰："我自欲之，固当无悔。"母不能决，以商仲鸿；鸿执不可。

生闻之闷闷，嗌不容粒⑦。母大忧之⑧，谓高曰："樊氏虽贫，亦非狙侩无赖者比⑨。我请过其家，倘其女可偶，当亦无害。"高曰："诺。"母托烧香黑帝祠⑩，诣之。见女明眸秀齿，居然娟好，心大爱悦。遂以金帛厚赠之，实告以意。樊媪谦抑而后受盟。归述其情，生始解颜为笑。逾岁，择吉迎女归，夫妻相得甚欢。而女善怒，反眼若不相识；词舌嘲哳^⑪，常聒于耳。生以爱故，悉含忍之。翁媪闻之，心弗善也^⑫，潜责其子。为女所闻，大恚，诟骂弥加。生稍稍反其恶声，女益怒，挞逐出户，阖其扉。生嗫嚅门外^⑬，不敢叩关，抱膝宿檐下。女从此视若仇。其初，长跪犹可以解；渐至屈膝无灵，而丈夫益苦矣。翁姑薄让之，女牴牾不可言状^⑭。翁姑忿怒，逼令大归^⑮。樊惭惧，浼交好者请于仲鸿^⑯；仲鸿不许。

始知佛力竟无边
一旦忽歌摎木句
鼠子相逢宿孽缠
好姻缘是恶姻缘
江城

江城

年馀，生出遇岳；岳邀归其家，谢罪不遑。妆女出见，夫妇相看，不觉恻楚。樊乃沽酒款婿，酬劝甚殷。日暮，坚止宿留，扫别榻，使夫妇并寝。既曙辞归，不敢以情告父母，掩饰弥缝。自此三五日，暂一寄岳家宿，而父母不知也。樊一日自诣仲鸿。初不见，迫而后见之。樊膝行而请。高不承，诿诸其子。樊曰："婿昨夜宿仆家，不闻有异言。"高惊问："何时寄宿？"樊具以告。高赧谢曰："我固不知。彼爱之，我独何仇乎？"樊既去，高呼子而骂。生但俯首，不少出气。言间，樊已送女至。高曰："我不能为儿女任过，不如各立门户，即烦主析爨之盟[17]。"樊劝之，不听。遂别院居之，遣一婢给役焉。月馀，颇相安，翁姁窃慰。未几，女渐肆，生面上时有指爪痕；父母明知之，亦忍不置问。一日，生不堪挞楚，奔避父所，芒芒然如鸟雀之被鹯殴者[18]。翁姁方怪问，女已横梃追入[19]，竟即翁侧捉而箠之。翁姑涕噢，略不顾瞻，挞至数十，始悻悻以去。高逐子曰："我惟避嚣，故析尔[20]。尔固乐此，又焉逃乎？"生被逐，徙倚无所归[21]。母恐其折挫行死，令独居而给之食。又召樊来，使教其女。樊入室，开谕万端[22]，女终不听，反以恶言相苦。樊拂衣去，誓相绝。无何，樊翁愤生病，与姁相继死。女恨之，亦不临吊，惟日隔壁噢骂，故使翁姑闻。高悉置不知。

生自独居，若离汤火，但觉凄寂。暗以金啖媒媪李氏，纳妓斋中，往来皆以夜。久之，女微闻之，诣斋嫚骂。生力白其诬，矢以天日，女始归。自此，日伺生隙。李媪自斋中出[23]，适相遇，急呼之；媪神色变异，女愈疑，谓媪曰："明告所作，或可宥免；若有隐秘，撮毛尽矣[24]！"媪战而告曰："半月来，惟构栏李云娘过此两度耳[25]。适公子言，曾于玉笥山见陶家妇[26]，爱其双翘[27]，嘱奴招致之。渠虽不贞，亦未便作夜度娘[28]，成否故未必也。"女以其言诚，姑从宽恕。媪欲去，又强止之。日既昏，呵之曰："可先往灭其烛，便言陶家至矣。"媪如其言。女即遽入。生喜极，挽臂促坐，具道饥渴。女默不语。生暗中索其足，曰："山上一觏仙容，介介独恋是耳[29]。"女终不语。生曰："夙昔之愿，今始得遂，何可觌面而不识也？"躬自促火一照[30]，则江城也。大惧失色，堕烛于地，长跪觳觫，若兵在颈。女摘耳提归，以针刺两股殆遍，乃卧以下床，醒则骂之。生以此畏若虎狼；即偶假以颜色，枕席之上，亦震慑不能为人。女批颊而叱去之，益厌弃不以人齿。生日在兰麝之乡，如狴犴中人，仰狱吏之尊也③。

女有两姊，俱适诸生。长姊平善，讷于口，常与女不相洽。二姊适葛氏，为人狡黠善辨，顾影弄姿，貌不及江城，而悍妒与埒②。姊妹相逢无他语，惟各以阃威自鸣得意③。以故二人最善。生适戚友，女辄嗔怒；惟适葛所，知而不禁。一日，饮葛所。既醉，葛嘲曰："子何畏之甚？"生笑曰："天下事顾多不解：我之畏，畏其美也；乃有美不及内人，而畏甚于仆者，惑不滋甚哉？"葛大惭，不能对。婢闻，以告二姊。二姊怒，操杖遽出。生见其凶，踟蹰欲走④。杖起，已中腰膂⑤；三杖三蹶而不能起。误中颅，血流如瀋⑥。二姊去，生蹒跚而归⑦。妻惊问之。初以连姨故，不敢遽告；再三研诘，始具陈之。女以帛束生首，忿然曰："人家男子，何烦他挞楚耶！"更短袖裳，怀木杵，携婢径去。抵葛家，二姊笑语承迎。女不语，以杵击之，仆；裂裤而痛楚焉。齿落唇缺，遗失溲便。女返，二姊羞愤，遣夫赴诉于高。生趋出，极意温恤。葛私语曰："仆此来，不得不尔。悍妇不仁，幸假手而惩创之，我两人何嫌焉。"女已闻之，遽出，指骂曰："龌龊贼！妻子亏苦，反窃窃与外人交好！此等男子，不宜打煞耶！"疾呼觅杖。葛大窘，夺门窜去。生由此往来全无一所。

同窗王子雅过之，宛转留饮。饮间，以闺阁相谑，颇涉狎亵。女适窥客，伏听尽悉，暗以巴豆投汤中而进之⑧。未几，吐利不可堪⑨，奄存气息。女使婢问之曰："再敢无礼否？"始悟病之所自来，呻吟而哀之。则绿豆汤已储待矣。饮之乃止。从此同人相戒，不敢饮于其家。王有酤肆④，肆中多红梅，设宴招其曹侣④。生托文社，禀白而往。日暮，既酣，王生曰："适有南昌名妓，流寓此间，可以呼来共饮。"众大悦。惟生离座②，兴辞。群曳之曰："阃中耳目虽长，亦听睹不至于此。"因相矢缄口。生乃复坐。少间，妓果出。年十七八，玉骊丁冬，云鬓掠削③。问其姓，云："谢氏，小字芳兰。"出词吐气，备极风雅，举座若狂。而芳兰犹属意生，屡以色授④。为众所觉，故曳两人连肩坐。芳兰阴把生手，以指书掌作"宿"字。生于此时，欲去不忍，欲留不敢，心如乱丝，不可言喻。而倾头耳语，醉态益狂，榻上胭脂虎⑮，亦并忘之。少选，听更漏已动，肆中酒客愈稀；惟遥座一美少年，对烛独酌，有小僮捧巾侍焉。众窃议其高雅。无何，少年罢饮，出门去。僮返身入，向生曰："主人相候一语。"众则茫然，惟生颜色惨变，不遑告别，匆匆便去。盖少年乃江城，僮即其家婢也。生从至家，伏受鞭扑。从此禁锢益严，吊庆皆绝。文宗下学，生以误讲降为青⑯。一日，与婢语，女疑与私，以酒坛囊婢首而挞之。已而缚生及婢，以绣剪剪腹间肉互补之，释缚令其自束。月馀，补处竟合为一云。女每以白足踏饼尘土中，叱生摭食之。如是种种。

母以忆子故，偶至其家，见子柴瘠⑰，归而痛哭欲死。夜梦一叟告之曰："不须忧烦，此是前世因⑱。江城原静业和尚所养长生鼠，公子前生为士人，偶游其地，误毙之。今作恶报，不可以人力回也。每早起，虔心诵观音咒一百遍，必当有效。"醒而述于仲鸿，异之，夫妻遵教。虔诵两月馀，女横如故，益之狂纵。闻门外钲鼓⑲，辄握发出⑳，憨然引眺，千人指视，恬不为怪。翁姑共耻之，而不能禁。忽有老僧在门外宣佛果㉑，观者如堵。僧吹鼓上革作牛鸣。女奔出，见人众无隙，命婢移行床㉒，翘登其上。众目集视，女如弗觉。逾时，僧敷衍将毕㉓，索清水一盂，持向女而宣言曰："莫要嗔，莫要嗔！前世也非假，今世也非真。咄！鼠子缩头去，勿使猫儿寻。"宣已，吸水噀射女面㉔，粉黛淫淫，下沾衿袖。众大骇，意女暴怒，女殊不语，拭面自归。僧亦遂去。女入室痴坐，嗒然若丧㉕，终日不食，扫榻遽寝。中夜，忽唤生醒。生疑其将遗，捧进溺盆。女却之，暗把生臂，曳入衾。生承命，四体惊悚，若奉丹诏㉖。女慨然曰："使君如此，何以为人！"乃以手抚扪生体，每至刀杖痕，嘤嘤啜泣，辄以爪甲自掐，恨不即死。生见其状，意良不忍，所以慰藉之良厚。女曰："妾思和尚必是菩萨化身。清水一洒，若更腑肺。今回忆曩昔所为，都如隔世。妾向时得毋非人耶？有夫妇而不能欢，有姑嫜而不能事㉗，是诚何心！明日可移家去，仍与父母同居，庶便定省㉘。"絮语终夜，如话十年之别。昧爽即起，折衣敛器，婢携籢㉙，躬襆被㉚，促生前往叩扉。母出骇问，告以意。母尚迟回有难色，女已偕婢入。母从入。女伏地哀泣，但求免死。母察其意诚，亦泣曰："吾儿何遽如此？"生为细述前状，始悟曩昔之梦验也。喜，唤厮仆为除旧舍。女自是承颜顺志，过于孝子。见人，则觍如新妇。或戏述往事，则红涨于颊。且勤俭，又善居积；三年翁媪不问家计，而富称巨万矣。生是岁乡捷㉖。每谓生曰："当日一见芳兰，今犹忆之。"生以不受荼毒，愿已至足，妄念所不敢萌，唯唯而已。会以应举入都，数月乃返。入室，见芳兰方与江城对弈。惊而问之，则女以数百金出其籍矣㉖。此事浙中王子雅言之甚详。

异史氏曰："人生业果，饮啄必报，而惟果报之在房中者，如附骨之疽㉖，其毒尤惨。每见天下贤妇十之一，悍妇十之九，亦以见人世之能修善业者少也。观自在愿力宏大㉖，何不将盂中水洒大千世界也㉖？"

【注释】

①临江：临江府，治所在今江西清江县。

②少拂：稍微违拗其意。拂，拂逆，违拗。

③童蒙：智力未开的儿童。

④同甲：同年。

⑤两小无猜：男女孩童之间友谊纯真，无所避嫌和猜疑。

⑥鬟：此从二十四卷抄本，原作"嫚"。

⑦嗌不容粒：语出《谷梁传·昭公十九年》，谓吃不下一点东西。嗌，咽喉。

⑧大：底本无此字，据山东省博物馆本增补。

⑨狙侩：同"驵会"，市场经纪人。此谓市侩狡诈。

⑩黑帝：即玄帝。道教称真武大帝为玄天上帝，省称"玄帝"，为主北方之神。

⑪词舌嘲唽：谓话语絮烦。嘲唽，声音细碎繁杂。

⑫善：此从二十四卷抄本，原作"闻"。

⑬嘈嘈：忍寒声。

⑭牴牾：也作"抵牾""抵忤"。抵触。此谓顶撞。

⑮大归：已嫁妇女被夫家弃逐，永不回返。

⑯浼：请托。

⑰析爨：分炊，即分门立户，自为炊爨，俗谓"分家"。

⑱芒芒然：精疲力竭的样子。

⑲梃：棍杖。

⑳析：此从二十四卷抄本，原作"柝"。

㉑徙倚：流连徘徊。

㉒开谕：开导晓谕。

㉓李媪：此从二十四卷抄本，"媪"原作"妪"。

㉔撮毛：拔头发。

㉕构栏：一作"勾栏"或"勾阑"，妓院。

㉖玉笥山：在临江府境，清江县南。

㉗双翘：双足。

㉘夜度娘：古乐府诗篇名。后借称娼妓为夜度娘。

㉙介介：犹耿耿，言介介于怀，不能忘却。

㉚促火：举灯就近。

㉛"生日在兰麝之乡"三句：意谓高生日处兰闺，却同身系牢狱，仰事狱吏，受尽折磨。日，日日。兰麝之乡，犹兰闺、兰室，指女子所居之处。犴狴，传说中的凶兽，旧时狱门上绘制犴狴，故又作牢狱的代称。

㉜垺：相等。

㉝阃威：意即妻子制服丈夫的威风。阃，闺门，旧指女子居住的内室，因借指女子。

㉞跣屣：同"蹒履"。来不及提鞋，形容惶遽之状。

㉟膂：脊骨。

㊱潘：汁。

㊲蹒跚：跛行的样子，犹云一瘸一拐。

㊳巴豆：植物名，一名巴菽，产于巴蜀，而形如菽豆，故名。果实有毒，食之

吐泻不止。果实阴干后，可入药。

㊴吐利：上吐下泻。利，通"痢"，泻泄。

㊵酤肆：犹酒店。酤，酒。

㊶曹侣：同辈友人。

㊷离座：此从二十四卷抄本，原作"离所"。

㊸云鬟掠削：如云的发鬟梳理高高的。掠，梳理。削，高峭。

㊹色授：以眉眼传送情意。

㊺胭脂虎：喻凶悍之妇。

㊻"文宗下学"二句：谓学政按临府县考试诸生，高生因讲错试题内容而革去功名。文宗，明清时称提学、学政为"文宗"。下学，谓提学按临府县学，对府县生员进行岁考。明代"提学官在任三年，两试诸生，先以六等试诸生优劣，谓之岁考。"（《明史·选举志》）清沿明制，且由学政对各府州县应乡试的生员进行考试，称科试。以，因，因为。误讲，对指定的考试内容讲解错误。明时生员岁试四等，清时岁试五等的附生、六等的增生，皆降为青，即改着青衣，革去功名。

㊼柴瘠：骨瘦如柴。

㊽因：佛教名词。此指三世（过去世、现在世、未来世）善恶业（身、口、意三方面的善恶表现）的果报，通称因果报应。前世因，意谓今世所得的果报，乃前世所造成。

㊾钲鼓：锣鼓。钲，铜锣。

㊿握发出：手握头发奔出。谓不待梳妆完毕即跑出去看热闹，极言其不守闺训。

�51佛果：佛法因果。

�52行床：此指椅凳之类。床，坐具。

�53敷衍：同"敷演"，铺张论说。

�54噀射：喷射。噀，喷。

�55嗒然若丧：谓茫然若失，心境空虚。

56丹诏：皇帝的诏敕，即圣旨。

57姑嫜：公婆。姑，旧时女子称丈夫的母亲；嫜，旧指丈夫的父亲。

58定省：昏定晨省，谓侍奉问安。

59篚：用竹、柳或籐条编制的盛器。此指箱篚。

60躬襆被：谓亲自抱着被褥。躬，亲自。

61乡捷：乡试告捷，谓考中举人。

62出籍：古时娼妓，隶于乐籍，不得随意改易身份。以金钱赎身从良，谓出籍；出籍之后，才能享受良家女子的权利，如结婚等。

63附骨之疽：长在骨头上的恶疮。

64观自在：即观世音。

65大千世界：广大无边的世界；即佛教所说的"三千大千世界"。

【译文】

临江有个名叫高蕃的人，从小很聪明，仪表堂堂，容貌很美。十四岁就考中了秀才。富家大户争着要把女儿嫁给他做妻子；他的选择很苛刻，一次又一次地违背父亲的命令。他父亲名叫仲鸿，六十岁了，只有这么一个儿子，娇生惯养，爱如掌上明珠，不忍违背他的意志，所以没有强迫他。

前几年，东村有个姓樊的老头儿，在市上设账，教几个小学生，他携带家眷，租高家的房子，就住在一个院里。樊老头儿有个女儿，名叫江城，和高蕃同岁，当时都是八九岁的孩子，两小无猜，天天在一起游戏。后来樊老头儿搬到别的地方去了，过了四五年，两家再也没有走动，没有听到消息，也没有打听消息。一天，高蕃走在一条狭窄的小巷里，看见有个女郎，容貌秀丽，很不俗气，身后跟着一个小丫鬟，只有六七岁。他不敢倾心观看，只能斜着眼睛瞥了一下。女郎也停下脚步，专注地看着他，好像要说话的样子。他仔细一看，原来是江城。当即又惊又喜。但是谁也没有说话，只是互相注目，呆呆地站着，过了一会儿才离开，感情上都恋恋不舍的。他故意把一条红巾丢在地上，抬腿就走了。小丫鬟拣起了红巾，很高兴地交给了江城。江城把红巾揣进袖子里，换出自己的芳巾，糊弄小丫鬟说："高秀才不是外人，我们不能藏起他丢失的东西，你应该撵上去还给他。"小丫鬟接过芳巾，果然撵上去还给了高蕃。高蕃拿到了芳巾，心里很高兴。回去见了母亲，请求母亲给他订婚。母亲说："她家半间房子也没有，今天住南，明天住北，门不当，户不对，怎能相配呢？"高蕃说："我自己想要娶她，当然决不后悔。"母亲定不下来，就去和仲鸿商量；仲鸿很固执地不答应。高蕃听说父亲不允许，心里很憋闷，急得咽喉都肿了，一粒饭也咽不下去。母亲很担忧，就对仲鸿说；"樊家虽然很穷，也不是奸诈无赖之徒可以相比的。让我到他家里去看看，他的女儿倘若可以给儿子做媳妇，那也没有什么害处。"仲鸿说："可以，你去吧。"母亲就借口去黑帝庙烧香，顺路到了樊家。一进屋，看见江城长了一双亮晶晶的大眼睛，一口秀丽的牙齿，居然是个很漂亮的姑娘，心里很喜爱。就拿出很多金银绸缎，送了很丰厚的聘礼，把求婚的意思告诉了樊老太太。樊老太太推让了一阵子，也就收了聘礼，订了婚约。母亲回家把订婚的情况一说，高蕃才有了笑容。

　　过了一年，选择一个吉庆的日子，把江城娶来了，夫妻二人恩恩爱爱，倒也处得很快乐。但是江城喜欢发脾气，翻脸就不认人；搬嘴弄舌，骂骂吵吵的，时常刺进高蕃的耳朵里。高蕃因为很爱她，也就统统忍受了。公婆稍微有些耳闻，心里很不痛快，就在背后责备儿子没有骨气。责备的话语被江城听见了，江城很恼火，就更加肆无忌惮地骂起来。高蕃忍受不了，稍微反口骂了几句，她便火上浇油一般，一顿棒子把他打出门外，关上房门，不让他进屋。门外很冷，他冻得哆哆嗦嗦的，也不敢敲门，只能忍气吞声，抱着膝盖睡在房檐底下。不想江城却从此以后，把他看成仇敌一样。刚一开始的时候，他直溜溜地跪在地上讨饶，还可以解脱；慢慢地，竟然下跪也不灵了，高蕃也就越来越受苦。公婆稍微责备她几句，她那顶撞的样子是无法形容的。公婆一看很恼火，就逼着儿子把她休回娘家去了。

　　她回到娘家以后，樊老头儿感到很惭愧，害怕损伤自己的人格。就恳求好朋友向仲鸿说人情；仲鸿不答应。过了一年多，高蕃出门的时候，在街上遇见了岳父，岳父把他请到家里，来不及向他道歉，就叫女儿出来见丈夫。夫妻一见面，感到心里很痛苦。樊老头儿就张张罗罗地买酒炒菜款待女婿，劝酒劝得很殷勤。天黑以后，樊老头儿坚决挽留女婿住下，另外打扫一张床铺，叫夫妻二人睡在一起。睡到天亮，他才告辞回家，也不敢把实际情况告诉父母，只是说些谎话掩饰了过去。从此以后，他每隔三五天就到岳父家里住一宿，父母都蒙在鼓里，根本不知道。

一天，樊老头儿亲自来见仲鸿。仲鸿起初不肯接见，樊老头儿迫切要求见一面，仲鸿才接见他。樊老头儿一见面就跪在地上，用两只膝盖当脚，爬到仲鸿面前，请求把江城接回来。仲鸿不肯应承，推托儿子不答应。樊老头儿说："女婿昨晚儿住在我家里，没听说他有不同意的说法。"仲鸿很惊讶地问道："他什么时候住到你家里去了？"樊老头儿就把全部情况告诉了仲鸿。仲鸿气得面红耳赤，向他道歉说："我一向不知这个情况。既然他们自己能够亲亲热热的。我又何必结仇呢？"

樊老头儿走了以后，仲鸿把儿子叫到跟前，狠狠骂了一顿。高蕃只是低着脑袋，不敢大声喘气。说话的时候，樊老头儿已经把女儿送回来了。仲鸿说："我是不能给儿女承担过错的，不如各立门户，就请亲家当个主持人，订下分家条约吧。"樊老头儿劝他不要分，他不听。于是就让小两口住在另外一个院子里，打发一个丫鬟去服侍他们。

一个多月过去了，小两口过得很安静，公婆心里感到很安慰。可是不久，江城又逐渐放肆起来了，高蕃的脸上时常有被指甲抓破的伤痕；父母明明知道媳妇的老病又犯了，也只是忍在心里，不加过问。一天，高蕃受不了江城的毒打，就逃进父亲的房子里躲起来，神色很慌张，迷迷瞪瞪的，好像一只被老鹰追蒙了的鸟雀。父母刚要责问他，江城已经横着棍子追进来了，竟然在公公的身旁，捉住女婿打起来。公婆流着眼泪喊她住手，她毫不理睬，一直打了几十棍子，才怒冲冲地走了。仲鸿把儿子撵出去说："我就是为了躲避你们的吵闹，才和你们分家另过。你本来乐意这个样子，干吗还要逃避呢？"

高蕃被媳妇撵出闺房，又被父亲赶出来，在院子里走来走去，没有地方可以归宿。母亲怕他受了挫折而寻死上吊，就让他独居，每天给他送吃的。又把樊老头儿招呼来，让他教育蛮横的女儿。樊老头儿进了女儿的屋里，千方百计地教育开导她，她不但听不进去，反而恶言恶语地顶撞父亲。樊老头儿气得一甩袖子走了，发誓和她断绝父女关系。不久，樊老头儿因为气结胸怀而得了疾病，和老伴儿相继离开了人世。江城因为怀恨在心，也没回去送终，只是天天隔着墙壁大吵大骂，故意让公婆听见她的骂声。仲鸿统统当作斗边风，只当没听见。

高蕃自从独居以后，好像离开了滚汤和热火，只是觉得凄凄凉凉的，很寂寞，就在背地里花钱买通一个姓李的媒婆，由媒婆拉纤，在书房里接待一个妓女，来来往往都在晚上。时间长了，江城略微听到一点风声，就到书房里去谩骂。他极力为自己辩白，说流传出去的风声都是无中生有，并且指着太阳发誓，江城这才回去了。从这一天开始，她天天侦察高蕃的漏洞。一天，李媒婆从书房里出来，恰巧被她遇上了，她就急忙喊了一声，让媒婆站下；李媒婆的神色慌里慌张的，她更加起了疑心。就对媒婆说："把你的所作所为明明白白地告诉我，或许可以饶你；若是隐瞒藏匿，我就薅净你的老杂毛！"李媒婆战战兢兢地告诉她说："半个月以来，只有妓院的李云娘，在这儿住了两宿。刚才公子对我说，他曾在玉笥山见过陶家的媳妇，爱她的两只小脚，求我去转达他的心意，把她请来。她虽然不是一个坚守贞操的女子，但也未必肯做夜度娘，所以能不能请来，还不知道呢。"江城认为她说得很诚实，就暂时饶了她。但是媒婆刚要走，江城又强迫她留下。等到天黑以后，就呵斥地说："你可以先到书房里去，把灯给他吹灭，就说陶家的媳妇到了。"媒婆不敢不听，就进了书房，吹灭了灯说："陶家媳妇到了。"话音刚落，江城一闪身进了书房。高蕃高兴极了，拉着她的胳膊，催她坐下，向她问饥问渴。江城默默不语。高蕃在黑暗中摸索她的两只脚，说："自从在玉笥山上见过你的仙容以后，孤单单的回到家里。总是把你挂在心上，有说不尽的眷恋。"江城只是默默听着，始终不说话。高蕃又说："往日的愿望，今天才实现，怎能相见而又不相识呢？"便亲自点灯，一照，原来是江城。他大惊失色，蜡烛都掉到地上去了，直挺挺地跪下，浑身发抖，好像脖子上按着一把刀子。江城拧着他的耳朵，把他拎了回去，拿起一根针，专刺他的大腿，两条腿几乎刺遍了，才叫他睡在床下，醒了就骂他。从此以后，他怕老婆就像怕老虎和恶狼似的；即使偶然给他一点好颜色，在枕席上也是胆战心惊的，根本不能合房。江城给他两个嘴巴子，怒冲冲地呵斥他，把他赶下去，越发嫌弃他，不把他当人看待。他天天都在美人乡里，却像狱里的囚犯，时时需要仰望狱卒的尊容。

江城还有两个姐姐，都嫁给了秀才。大姐老实厚道，舌钝嘴笨，和江城处得很不融洽。二姐嫁给了葛秀才，为人狡猾善辩，是个顾影弄姿的女人，容貌不如江城，刁悍嫉妒却和江城一个样。姐妹相逢的时候，没有别的话，只是自吹自擂，以管教丈夫的威风，自鸣得意。因为这个缘故，这两人处得最要好。高蕃若到亲友家里串门，江城就很生气地责怪他；唯独到葛秀才家里串门，她知道了也不禁止。一天，他在葛秀才家里喝酒。喝醉了以后，葛秀才嘲弄他说："你怕老婆怎么怕得那么厉害呢？"他笑着说："天下有很多事情是不能理解的：我的怕老婆，是因为老婆很漂亮；还有一种人，老婆没有我的老婆漂亮，可是怕得比我还厉害。这不更加令人困惑不解吗？"葛秀才羞得满脸通红，无言可以答对。有个丫鬟听到这些话语，就跑进去告诉二姐。二姐一听就恼了，操起一根棍子，急匆匆地跑了出来。高蕃看她气势汹汹的，趿拉着鞋子就想逃跑。可是二姐已经抡起棍子，打中他的腰眼了；三棍子打了三个跟头，他爬也爬不起来。一失手打中了脑袋，鲜血直流。二姐扔下棍子走了，他才一瘸一拐地回到家里。

江城看他满头是血，很惊讶地问他是谁打的。他起先只说因为触犯了二姨，不敢马上告诉她。江城再三追问，才说了实话。江城用布给他包上脑袋，很气愤地说，"人家的男子，何用他来毒打呢！"说完就换上短袖衣裳，怀里揣着棒槌，带着丫鬟就去了。到了葛家，二姐笑呵呵地迎出来和她打招呼。她不说话，一棒槌就把二姐打翻在地；然后扯开裤子一顿痛打。打掉了牙齿。打豁了嘴唇，一直打出了屎尿。她回家以后，二姐又羞又气，打发丈夫去找高蕃告状。葛秀才进了高家的大门，高蕃赶紧迎出来，极力安慰他。葛秀才偷偷地和他说："我这次来到你家，是不得不来罢了。刁悍不仁的老婆，幸亏借着别人的手去惩罚她，打她一身伤才好呢，我们两个人没有什么怨恨。"不想江城听到了，突然跑了出来，指着姓葛的骂道："肮脏的贱子！自己的老婆吃了亏受了苦，反倒窃窃私语，向外人讨好！这样的男子，还不应该打死吗！"说完就急忙喊人找棍子。葛秀才很窘急，夺门就往外跑。从此以后，高蕃没有一户可以来往的人家了。

一天，同学王子雅来看望他，他就婉转地留他喝酒。喝酒的时候，两个人拿着闺阁里的事情互相嘲笑，说了许多下流的话。恰好江城来偷看客人。趴在窗外，全都听见了，回到厨房，就偷偷地将巴豆扔进菜汤里端了上来。过了不一会儿，客人便上吐下泻，狼狈不堪，只剩奄奄一息了。江城这才打发丫鬟去问他："再敢不敢无礼了？"他这才知道得病的原因，只好呻吟着向她求救。她已经准备了绿豆汤，等候多时了。他喝了绿豆汤，才止住了吐泻。从此以后，同人之间都互相告诫，谁也不敢到他家里喝酒了。

王子雅开了一个酒店，酒店的院子里有很多红梅，他就设宴招待同窗的学友。高蕃借口参加文社里的活动，告诉江城一声就去了。天黑以后，正喝到酣畅的时候，王子雅说："有个南昌的名妓，流落江湖，住在这里，可以把她唤来一起喝酒。"大家都很高兴。只有高蕃离开了席位，站起来向大家告辞。大伙儿拽着他说："你家闺房里的耳目虽然很长，她也听不到这里，更看不到这里。"因此就互相发誓，都要封住自己的嘴巴。高蕃才又坐下了。过了不一会儿，妓女果然来了。年纪只有十七八岁，玉珮叮咚，云鬟高绾，很秀丽。大家询问她的姓名。她说："我姓谢，名叫芳兰。"出词吐气，都很风雅，座上的客人全都欣喜若狂。但是芳兰特别倾心于高蕃，一次又一次地用眼色勾引他。她的偏爱被大家发觉了，就把他俩拽起来，叫他们膀靠膀地坐在一起。芳兰偷偷拉着高蕃的一只手，用指头在他掌心上写了一个"宿"字。高蕃这时候想要离开又不忍心，想要留下又不敢，真是心乱如麻，用语言是无法形容的。两人互相倾头耳语，醉后的情态如癫似狂，连床上的胭脂虎，也完全忘掉了。

过了一会儿，听见鼓打一更，店里喝酒的客人越来越少了；唯独远座上有一位英俊的少年，对着蜡烛，自饮自斟，有个小小的书童捧着手巾侍候着。大家窃窃私语，说他很高雅。不一会儿，少年喝完酒，出门就走了。书童抹身返回来，对高蕃说："我家主人在外面等你说句话。"大家都迷迷瞪瞪的，只有高蕃吓得脸色煞白，来不及告别，就匆匆忙忙地走了。原来刚才那个英俊的少年，就是江城，书童就是他家的丫鬟。高蕃胆战心惊地跟到家里，往地下一跪。老老实实地挨了一顿鞭子。从此以后，江城把他更加严厉地禁闭起来，亲朋的婚丧嫁娶都拒绝了。学使下来讲课的时候，也耽误了听课，被降为秀才的最末一等，再降就要当不成秀才了。

一天，他和丫鬟说了几句话，江城怀疑他们有私情，便把酒坛子扣在丫鬟的头上，狠狠地打了一顿。打完了，又把他和丫鬟捆起来，用剪刀从每个人的肚子上剪下一块肉，男的补到女的肚子上，女的补到男的肚子上，然后放开绳子，叫他们自己包扎。过了一个多月，补肉的地方居然愈合在一起了。江城还常把白面饼扔到地上，光着脚丫子踹到尘土里，然后喊他捡起来，吃下去。诸如此类，说也说不完。母亲因为想念儿子，偶尔到他家里看看，看见儿子骨瘦如柴，回去就哭得要死。夜里梦见一个老头儿告诉她说："你不必担忧，也不要烦恼，因为这是前世的因果报应。江城原是静业和尚豢养的长生老鼠，公子前生是个读书人，偶然到寺里游览，不小心把老鼠踩死了。今生对他进行恶报，这不是人力可以挽回的。你每天早晨起来，虔诚地背诵观音菩萨的经咒一百遍，必定有效。"睡醒以后，她把梦境告诉了仲鸿，都感到很奇异，老两口就遵从梦里老头儿的指教，每天早晨都背诵观音经咒。很虔诚地诵了两个多月，江城不仅蛮横如故，而且更加狂暴，更加任性了。听见门外有敲锣打鼓的声音，总是握着头发跑出门外，抻着脖子，傻里傻气的看热闹，任凭千目视，千手指，满不在乎。公婆都感到羞耻，但又无法禁止她。

一天，忽然来了一个老和尚，在她门外宣传佛道，围观的群众好像一堵墙。老和尚用嘴狠吹鼓上的皮子学牛叫。江城一听就跑出来，看见观众太多，没有站脚的空隙，就叫丫鬟搬来一张行床，抬脚登上行床看热闹。大家的目光都向她集中，她好像根本没有发觉，大约过了一个时辰，老和尚敷衍搪塞地讲完了佛道，就向观众要了一碗清水，端到江城眼前，大声地说："不要发火儿，不要见怪！前生不是假的，今世也不是真的。咄！老鼠快把脑袋缩回去，不要被猫儿找见你。"念叨完了，从碗里吸了一口清水，噗的一声，喷了江城一脸，脸上的白粉和画眉的黛青和在水里往下流，胸襟和袖子全被沾湿了。观众大吃一惊，以为江城马上就会发火儿，可是江城根本没有说话，擦一擦脸，悄没声地自己回去了。老和尚也就走了。

她回到屋里，傻呆呆地坐在床上，好像丧失了什么东西，一天到晚也没吃饭，扫扫床铺就躺下睡了。睡到半夜，忽然把丈夫叫醒。高蕃怀疑她要撒尿，就把尿盆端给她。她推开了尿盆。在黑暗中，拉着丈夫的胳膊，拽进自己的被窝里。高蕃蒙受恩典，吓得四肢战战兢兢的，好像接到了皇帝的朱笔诏书。江城很有感慨地说："我把你弄成这个样子，还怎么做人呢！"于是就伸手抚摸他的身体，每当摸到刀棒伤痕的地方，就嘤嘤地哭泣，用指甲狠掐自己，恨不能马上掐死。高蕃看见这个样子，心里很不忍，就很诚恳地安慰她。江城说："我想那个老和尚一定是菩萨的化身。他含了一口清水，往我脸上一喷，好像更换了我的肺腑。现在回想过去的所作所为，都像是前辈子的事。我从前难道不是人吗？有夫妻生活而不能快乐，有公婆却不能侍奉，我长了一颗什么心呢！明天应该搬回去，仍然和父母住在一起，以便早晚都能问安。"说不完的话，整唠了一宿，好像是倾诉十年的离别。

第二天早晨，天麻麻亮就起了床，叠起衣服，收拾好家具，丫鬟带着竹箱子，她自己抱着被褥，回到公婆的门前，催促高蕃去敲门。母亲出来，很惊讶地问她要干什么，她就把要搬回来的心意告诉了母亲。母亲还在迟迟疑疑的，她已经领着丫鬟进门了。母亲回头跟进大门。她跪在地下，很痛心地哭泣着，只是请求免她一死。母亲看她态度很诚恳，也哭着说："我儿怎么突然回心转意了呢？"高蕃就把昨天的情况详详细细地讲了一遍，母亲这才明白过来，原来是从前的梦境应验了。母亲很高兴，就招呼仆人，把他们从前的房子打扫干净，叫他们仍然住在那里。从此以后，江城总是按着公婆的脸色行事，顺从公婆的意志，胜过一个孝子。见了外人，总是羞答答的，好像是个新娘子。有人跟她开玩笑，说起从前的事情，她就羞得满脸通红。她很勤俭，又善于经营；三年以后，公婆不再过问家务事，财产却富得号称万万了。高蕃也在这一年考中了举人。江城时常对他说："我当初见过一次谢芳兰，直到今天还记在心里。"高蕃认为不受她的残害，已经心满意足了，不敢再萌生别的妄想，所以只是唯唯诺诺地应了一声。他恰巧以举人的身份进京参加会试，去了好几个月才回来。一进屋，看见芳兰正和江城下棋。他很惊讶地问是怎么一回事，原来是江城花了好几百金，把她从妓院里赎出来了。这个故事，浙江的王子雅讲得很详细。

异史氏说："一个人的善恶业果，虽然是一饮一啄必定得到报应，但是唯独报应在老婆身上，就如同附在骨头上的恶疮一样，它的毒害尤其残酷。我常见天下贤惠的妇女只占十分之一，习悍的妇女却占十分之九，由此也可以看出，世上能够行善的人太少了。观音菩萨的愿心很广，法力很大，为什么不把净瓶里的神水洒遍大千世界呢？"

孙　　生

【原文】

孙生，娶故家女辛氏①。初入门，为穷裤②，多其带，浑身纠缠甚密，拒男子不与共榻。床头常设锥簪之器以自卫。孙屡被刺剟③，因就别榻眠。月馀，不敢问鼎④。即白昼相逢，女未尝假以言笑⑤。同窗某知之，私谓孙曰："夫人能饮否？"答云："少饮。"某戏之曰："仆有调停之法，善而可行。"问："何法？"曰："以迷药入酒，给使饮焉，则惟君所为矣。"孙笑之，而阴服其策良。询之医家，敬以酒煮乌头⑥，置案上。入夜，孙酾别酒，独酌数觥而寝。如此三夕，妻终不饮。一夜，孙卧移时，视妻犹寂坐，孙故作鼾声；妻乃下榻，取酒煨炉上。孙窃喜。既而满饮一杯；又复酌，约尽半杯许，以其馀仍内壶中，拂榻遂寝。久之无声，而灯煌煌尚未灭也。疑其尚醒，故大呼："锡檠熔化矣⑦！"妻不应，再呼仍不应。白身往视⑧，则醉睡如泥。启衾潜入，层层断其缚结。妻固觉之，不能动，亦不能言，任其轻薄而去。既醒，恶之，投缳自缢。孙梦中闻喘吼声，起而奔视，舌已出两寸许。大惊，断索，扶榻上，逾时始苏。孙自此殊厌恨之，夫妻避道而行，相逢则俯其首。
积四五年，不交一语。妻或在室中，与他人嬉笑；见夫至，色则立变，凛如霜雪。
孙尝寄宿斋中，经岁不归；即强之归，亦面壁移时，默然就枕而已。父母甚忧之。

孙生

　　一日，有老尼至其家，见妇，亟加赞誉。母不言，但有浩叹。尼诘其故，具以
情告。尼曰："此易事耳。"母喜曰："倘能回妇意，当不靳酬也⑨。"尼窥室无人，

耳语曰："购春宫一帧⑩，三日后，为若厌之⑪。"尼去，母即购以待之。三日，尼果来，嘱曰："此须甚密，勿令夫妇知。"乃剪下图中人，又针三枚、艾一撮，并以素纸包固，外绘数画如蚓状，使母赚妇出，窃取其枕，开其缝而投之；已而仍合之，返归故处。尼乃去。至晚，母强子归宿。媪往窃听。二更将残，闻妇呼孙小字，孙不答。少间，妇复语，孙厌气作恶声⑫。质明，母入其室，见夫妇面首相背，知尼之术诬也。呼子于无人处，委谕之⑬。孙闻妻名，便怒，切齿。母怒骂之，不顾而去。越日，尼来，告之罔效。尼大疑。媪因述所听。尼笑曰："前言妇憎夫，故偏厌之。今妇意已转，所未转者男耳。请作两制之法，必有验。"母从之，索子枕如前缄置讫，又呼令归寝。更馀，犹闻两榻上皆有转侧声，时作咳，都若不能寐。久之，闻两人在一床上唧唧语，但隐约不可辨。将曙，犹闻嬉笑，吃吃不绝。媪以告母，母喜。尼来，厚馈之。孙由是琴瑟和好。生一男两女，十馀年从无角口之事。同人私问其故，笑曰："前此顾影生怒，后此闻声而喜，自亦不解其何心也。"

异史氏曰："移憎而爱，术亦神矣。然能令人喜者，亦能令人怒，术人之神，正术人之可畏也。先哲云：'六婆不入门⑭。'有见矣夫！"

【注释】

①故家：勋旧世家。即世代仕宦之家。

②穷裤：裆裤。

③刺剟：刺。

④问鼎：以"问鼎"喻指夺取政权。此处隐喻接触妻子之意。

⑤假以言笑：给以好言笑脸。假，给予。

⑥乌头：中药名。亦名土附子、乌喙、奚毒，茎、叶、根都有毒。

⑦檠：灯架。

⑧白身：此谓裸体。

⑨靳：吝惜。

⑩春宫：淫秽的图画。一帧，即一幅。

⑪厌：厌胜。古代方士骗人巫术。

⑫厌气：厌恶的口吻。气，口气。

⑬委谕：谓委婉劝说。委，曲。

⑭六婆：指牙婆、媒婆、师婆、虔婆、药婆、稳婆。

【译文】

　　有个姓孙的书生，娶官宦世家的女儿辛氏做妻子。辛氏刚过门的时候，穿着一条穷裤，裤子上缝了很多带子，把浑身上下缠得密密层层的，拒绝男人和她同床共枕。床头上还经常放着锥子、银簪之类的利器，用以自卫。孙生屡次被她刺伤，所以就在另一个床上睡觉。结婚一个多月了，不敢要求和她交欢。就是白天见面，妻子也不和他说话，不给他笑脸。

　　他有一个同学，知道这个情况以后，就在私下问他："你老婆能不能喝酒？"他说："稍微能够喝一点。"那个同学戏弄他说："我有一个调停的办法。很容易办到。"他问："什么办法？"那个同学说："你把迷魂药掺进酒里，骗她喝下去，那就任凭你为所欲为了。"孙生咧嘴一笑，心里很佩服，认为是个好办法。他去询问医生，医生告诉他，用酒煮了一味名叫乌头的草药，煮完放在桌子上。到了晚上，他却自斟自酌地喝了另外一种酒，独自喝了几杯就睡下了。这样喝了三个晚上，妻子始终没有喝。

　　一天晚上，他又独自喝完了，在床上躺了一会儿，看见妻子还在静静地坐着，就故意打起呼噜；妻子就下了床，拿过酒壶，煨在火炉上。他心里暗暗高兴。她烫热以后，喝了满满一杯；又倒了一杯，大约喝了一半，又把剩下的一半倒回酒壶里，掸掸床铺就躺下睡了。过了很长时间也没有声音，明晃晃的灯烛还没熄灭。他怀疑妻子还醒着，故意大声呼喊："锡蜡台烧化了！"妻子没有应声；他又招呼一声，仍然没有答应。他从床上爬起来，赤着身子前去一看，已经醉醺醺的，沉睡如泥了。他掀开被子钻进去，层层剪断缠在她身上的带子。妻子本来已经发觉了，但是身子不能动弹，也不能说话，任凭他轻薄一阵之后才离开。她醒过来以后，认为很羞耻，就悬梁自尽了。孙生在梦中听见了喘吼声，急忙爬起来，跑上前去一看，舌头已经吐出两寸来长了。他大吃一惊，急忙砍断绳索，把她扶到床上，过了一个时辰才苏醒过来。从这以后，孙生特别厌烦她，走在路上，总是互相躲避着，碰到一起，也是各自低着脑袋。过了四五年，互相没说一句话。妻子有时在屋里和别人说说笑笑；看见丈夫来了，马上就变了脸色，冷冰冰的，如同挂了满脸霜雪。孙生经常睡在书房里，一年到头也不回去；即使硬是把他逼回去，也是面对墙壁坐一会儿，一声不响地往枕头上一躺就睡了。父母都很忧愁。

一天，有个老尼姑来到他家，看见了媳妇，就在母亲面前一次又一次地称赞她。母亲不说话，只是长叹而已。老尼姑问她为什么长吁短叹，母亲就把媳妇的情况告诉了她。老尼姑说："这件事情很好办。"母亲高兴地说："如果能叫媳妇回心转意，我决不吝惜报酬。"老尼姑看看屋里没有外人，就趴在母亲的耳朵上小声说："你想法买一幅春宫图，三天以后，我来压制她。"老尼姑走了，母亲就买了一幅春宫图，等她前来作法。第三天，老尼姑果然来了。她嘱咐母亲："这件事必须严格保密。别叫他们夫妻知道。"说完就把春宫图里的人物剪下来，又加了三根绣花针，一撮艾叶，合到一起，用白纸包得严严的，外面画了几条形似蚯蚓的道道，叫母亲把媳妇骗出闺房，她去偷出媳妇的枕头，扯开一条裂缝，把春宫图塞了进去；随后又缝上裂缝，送回了原处。老尼姑走了。

到了晚上，母亲逼着儿子回去睡觉。打发一个老女仆偷偷地听声。二更将尽的时候，听见媳妇招呼孙生的名字，孙生也不应声。过了一会儿，媳妇又招呼孙生，孙生厌恶她，就恶声恶气地回了一声。天亮以后，母亲进了他们的房子，看见夫妻二人背着脸睡在床上，知道老尼姑的法术不灵。把儿子招呼出来，领到没人的地方，委婉地告诉他媳妇已经回心转意了。他听到妻子的名字，立刻火儿了，恨得咬牙切齿。母亲很生气，把他骂了一顿，他理也不理，径自扬长而去。

过了一天，老尼姑来了，母亲告诉她，法术毫无效果。老尼姑很疑惑。老女仆就把那天晚上听到的情况告诉了老尼姑。老尼姑笑着说："前些天你说媳妇憎恨丈夫，所以我仅仅压制了女方。现在媳妇已经回心转意了，还没转变的，是那个男的。请你再买一幅春宫图，双方都给以压制，必有灵验。"母亲遵从她的意见，偷偷拿来儿子的枕头，也缝进一幅春宫图，又招呼儿子回去睡觉。仍然打发老女仆去听声。一更以后，还听见两个人床上翻来覆去的声音，而且时常故意咳嗽一声，好像谁也睡不着。又过了很长时间，听见两个人在一个床上唧唧哝哝地说话，但却隐隐约约的，听不清说的什么。快到天亮的时候，还听见嬉笑声，咋咋的，总也没有停下。老女仆把听到的情况告诉了母亲。母亲很高兴。老尼姑来了，给以丰厚的酬谢。从此以后，夫妻二人很和睦。生了一个男孩和两个女孩，十几年的时间，从来没有打过嘴仗。同学们背地问他什么原因。他笑着说："从前看见她的影子就生气，以后听见她的声音就喜爱，我也不知那是什么心情。"

异史氏说："能把憎恨变成恩爱，法术也太神奇了。但是能够叫人高兴的，也能叫人发怒，术人的神奇，正是术人可怕之处。古代贤人说，'六婆不入门。'是很有见识的！"

八 大 王

【原文】

临洮冯生①，盖贵介裔而凌夷矣②。有渔鳖者，负其债，不能偿，得鳖辄献之。一日，献巨鳖，额有白点。生以其状异，放之。后自婿家归，至恒河之侧③，日已就昏，见一醉者，从二三僮，颠跛而至。遥见生，便问："何人？"生漫应："行道者。"醉人怒曰："宁无姓名，胡言行道者？"生驰驱心急，置不答，径过之。醉人益怒，捉袂使不得行，酒臭熏人。生更不耐，然力解不能脱。问："汝何名？"吃然而对曰④："我南都旧令尹也⑤。将何为？"生曰："世间有此等令尹，辱寞世界矣⑥！幸是旧令尹；假新令尹⑦，将无途人耶？"醉人怒甚，势将用武。生大言曰："我冯某非受人挝打者！"醉人闻之，变怒为欢，跟踬下拜曰⑧："是我恩主，唐突勿罪！"起唤从人，先归治具。

八大王

令尹为何失大王醉
违恩主更候筹枕
从规劝
能謽德
多少衣冠愧
酒狂

八大王

生辞之不得。握手行数里，见一小村。既入，则廊舍华好，似贵人家。醉人醒稍解⑨，生始询其姓字。曰："言之勿惊，我洮水八大王也。适西山青童招饮，不觉过醉，有犯尊颜，实切愧悚。"生知其妖，以其情辞殷渥，遂不畏怖。俄而设筵丰盛，促坐欢饮。八大王最豪，连举数觥。生恐其复醉，再作萦扰，伪醉求寝。八大王已喻其意，笑曰："君得无畏我狂耶？但请勿惧。凡醉人无行，谓隔夜不复记者，欺人耳。酒徒之不德，故犯者十之九。仆虽不齿于侪偶⑩，顾未敢以无赖之行，施之长者⑪，何遂见拒如此？"生乃复坐，正容而谏曰："既自知之，何勿改行？"八大王曰："老夫为令尹时，沉湎尤过于今日。自触帝怒⑫，谪归岛屿⑬，力返前辙者十馀年矣。今老将就木⑭，潦倒不能横飞⑮，故态复作，我自不解耳。兹敬闻命矣。"

倾谈间，远钟已动。八大王起，捉臂曰："相聚不久。蓄有一物，聊报厚德。此不可以久佩，如愿后，当见还也。"口中吐一小人，仅寸许。因以爪掐生臂，痛若肤裂；急以小人按捺其上，释手已入革里⑯，甲痕尚在，而漫漫坟起，类痰核状。惊问之，笑而不答。但曰："君宜行矣。"送生出，八大王自返。回顾村舍全渺，惟一巨鳖，蠢蠢入水而没。错愕久之。自念所获，必鳖宝也。由此目最明，凡有珠宝之处，黄泉下皆可见⑰；即素所不知之物，亦随口而知其名。于寝室中，掘得藏镪数百，用度颇充。后有货故宅者，生视其中有藏镪无算，遂以重金购居之。由此与王公埒富矣⑱。火齐木难之类皆蓄焉⑲。得一镜，背有凤纽，环水云湘妃之图，光射里馀，须眉皆可数。佳人一照，则影留其中，磨之不能灭也；若改妆重照，或更一美人，则前影消矣。

时肃府第三公主绝美⑳，雅慕其名。会主游崆峒㉑，乃往伏山中，伺其下舆，照之而归，设置案头。审视之，见美人在中，拈巾微笑，口欲言而波欲动。喜而藏之。年馀，为妻所泄，闻之肃府。王怒，收之㉒。追镜去，拟斩。生大贿中贵人㉓，使言于王曰："王如见赦，天下之至宝，不难致也。不然，有死而已，于王诚无所益。"王欲籍其家而徙之㉔。三公主曰："彼已窥我，十死亦不足解此玷，不如嫁之。"王不许。公主闭户不食。妃子大忧，力言于王。王乃释生囚，命中贵以意示生。生辞曰："糟糠之妻不下堂㉕，宁死不敢承命。王如听臣自赎，倾家可也。"王怒，复逮之。妃召生妻入宫，将鸩之。既见，妻以珊瑚镜台纳妃，词意温恻㉖。妃悦之，使参公主㉗。公主亦悦之，订为姊妹，转使谕生。生告妻曰："王侯之女，不可以先后论嫡庶也㉘。"妻不听，归修聘币纳王邸，赍送者迨千人㉙。珍石宝玉之属，王家不能知其名。王大喜，释生归，以公主嫔焉㉚。公主仍怀镜归。生一夕独寝，梦八大王轩然入曰："所赠之物，当见还也。佩之若久，耗人精血，损人寿命。"生诺之，即留宴饮。八大王辞曰："自聆药石㉛，戒杯中物，已三年矣。"乃以口啮生臂，痛极而醒。视之，则核块消矣。后此遂如常人。

异史氏曰："醒则犹人，而醉则犹鳖，此酒人之大都也㉜。顾鳖虽日习于酒狂乎㉝，而不敢忘恩，不敢无礼于长者，鳖不过人远哉？若夫己氏则醒不如人㉞，而醉不如鳖矣。古人有龟鉴㉟，盍以为鳖鉴乎？乃作'酒人赋'。赋曰：

'有一物焉，陶情适口；饮之则醺醺腾腾，厥名为"酒"。其名最多，为功已久：以宴嘉宾，以速父舅㊱，以促膝而为欢，以合卺而成偶㊲；或以为"钓诗钩"，又以为"扫愁帚㊳"。故麯生频来，则骚客之金兰友㊴；醉乡深处，则愁人之逋逃薮㊵。糟丘之台既成，鸱夷之功不朽；齐臣遂能一石，学士亦称五斗㊶。则酒固以人传，而人或以酒丑㊷。若夫落帽之孟嘉㊸，荷锸之伯伦㊹，山公之倒其接䍦㊺，彭泽之漉以葛巾㊻。酣眠乎美人之侧也，或察其无心㊼；濡首于墨汁之中也，自以为有神㊽。井底卧乘船之士㊾，槽边缚珥玉之臣㊿。甚至效鳖囚而玩世[51]，亦犹非害物而不仁。至如雨宵雪夜，月旦花晨，风定尘短[52]，客旧妓新，履舄交错[53]，兰麝香沉[54]，细批薄抹，低唱浅斟[55]；忽清商兮一奏，则寂若兮无人[56]。雅谑则飞花爇齿，高吟则戛玉敲金[57]。总陶然而大醉，亦魂清而梦真。果尔，即一朝一醉，当亦名教之所不嗔[58]。尔乃嘈杂不韵[59]，俚词并进[60]；坐起讙哗，呶呶成阵[61]。涓滴忿争，势将投刃；伸颈攒眉，引杯若鸩；倾潘碎觥，拂灯灭烬[62]。绿醑葡萄，狼藉不靳[63]；病叶狂花，觞政所禁[64]。如此情怀，不如弗饮。又有酒隔咽喉，间不盈寸；呐呐呢呢[65]，犹讥主吝。坐不言行，饮复不任：酒客无品，于斯为甚。甚有狂药下，客气粗；努石棱，磔髯须；袒两臂，跃双趺[66]。尘蒙蒙兮满面，哇浪浪兮沾裾[67]；口猖狂兮乱吠[68]，发蓬蓬兮若奴。其吁地而呼天也，似李郎之呕其肝脏[69]；其扬手而掷足也，如苏相之裂于牛车⑦。舌底生莲者⑦，不能穷其状；灯前取影者⑦，不能为之图。父母前而受忤⑦，妻子弱而难扶。或以父执之良友，无端而受骂于灌夫⑦。婉言以警，倍益眩瞑⑦。此名"酒凶"，不可救拯。惟有一术，可以解酩⑦。厥术维何⑦？只须一梃⑦。絷其手足，与斩豕等。止困其臀⑦，勿伤其顶；捶至百馀，豁然顿醒。'"

【注释】

①临洮：县名。在洮水河畔。今属甘肃省。

②贵介：谓尊贵；此指富贵大家。凌夷：也作"陵夷"，衰落、颓败。

③恒河：即恒水，古水名，即今河北曲阳县北横河。

④吃然：梦吃似的。

⑤南直都旧令尹：未详。此或化用神话中关于鳖令的故重。南都，唐至德二年（757）曾改蜀郡为成都府，建号南京。令尹，本为战国时楚官，相当于国相。

⑥辱寞世界：谓辱没尽世间之人。寞，通"没"。

⑦假：假设是。

⑧踉蹡：谓行走歪斜不正。

⑨酲稍解：酒意渐消。酲，病酒。

⑩侪偶：同类。

⑪长者：谓年德素著之人。凡年龄、辈分、德位尊于己者，均可称为"长者"。

⑫帝：指玉帝。

⑬谪：贬谪，因犯过失而受到降职的处罚。

⑭就木：犹言入棺，谓死亡。

⑮横飞：纵横飞翔于太空。此谓飞黄腾达。

⑯革里：皮下。

⑰黄泉下：此谓地表深处。

⑱埒富：等富，同样富有。

⑲火齐、木难：珍宝名。火齐为宝石名。木难，宝珠名。也作"莫难"。

⑳肃府：肃庄王府。肃庄王，名楧，明太祖朱元璋第十四子，洪武二十五年（1392）封肃王，二十八年（1395）就藩甘州（治在今甘肃张掖市），建文元年（1399）内移兰州（治在今兰州市），永乐十七年（1419）卒。子孙世袭，治兰州，至明亡。

㉑崆峒：山名。在今甘肃平凉市西、泾源县东，属六盘山。

㉒收之：收系之，即逮捕入狱。

㉓中贵人：帝王近侍之臣，指宦官。

㉔籍：籍没。籍其家，即抄没其家产。徙：流放外地。

㉕糟糠之妻不下堂：谓曾经共过患难的妻子不能离异。

㉖温恻：言辞温柔，情意恳切。

㉗参：参拜。

㉘嫡庶：旧时一夫多妻，先娶者为嫡，为正室，称妻；后娶者为庶，为侧室，称妾。而封建时代娶王侯之女，则不论先娶后娶，一概做嫡妻正室。

㉙迨：近。

㉚嫔：封建社会帝王之女下嫁，叫"嫔"。

㉛药石：治病的药物和砭石；借喻劝善改过的规劝。

㉜大都：大概。

㉝酒狂：饮酒使气者。

㉞夫己氏：犹今言"那个人""某人"。

㉟龟鉴：犹"龟镜"。龟可占卜吉凶，镜能照见美丑，因喻借鉴之意。

㊱以速父舅：用以宴请父亲、岳父。速，请。舅，外舅，指岳父。

㊲合卺：指结婚。

㊳"或以"二句：谓酒可以钓诗（引发诗兴）、扫愁（解除烦愁）。钓诗钩、扫帚愁，均指酒。洞庭春色，酒名。

㊴ "故麯生"二句：谓酒是诗人的契友。麯生，酒的别称。后以"麯生"、"麯秀才""为酒的别称。骚客，指诗人。金兰友，同心知己的朋友。

㊵ "醉乡"二句：谓醉酒昏昏，可使逃避烦愁。逋逃薮，此指逃避愁烦者聚集之处。逋逃，本指逃亡罪人。薮，渊薮，鱼和兽聚居之处，喻指人和物类聚集之所。

㊶ "糟丘"四句：谓酿出美酒，不断地盛用，于是便出现了以酒著闻的淳于髡和刘伶。糟丘之台既成，谓酿造出美酒。糟丘，酒糟堆积而成的小山。鸱夷，也作"鸱鹓"，皮制的囊袋，可以盛酒。齐臣，指淳于髡。学士，此指文人。

㊷ "则酒"二句：谓酒固然因饮用的名人而传世，但也有的因饮酒而出丑。以下几句写以酒名世的几个历史人物。

㊸ 落帽之孟嘉：指晋代孟嘉。嘉字万年，原籍江夏鄢（今河南罗山县），其先世移居新阳（今湖北京山县）。嘉为征西将军桓温参军时，曾预九月九日桓温于龙山举行的酒宴。宴会上，嘉帽被风吹落而不觉，引出一段诗文对答的佳话。

㊹ 荷锸之伯伦：指刘伶。刘伶，字伯伦，晋沛国（今安徽濉溪市西）人，文学家，为"竹林七贤"之一。仕晋为建威参军。伶纵酒放诞，常乘鹿车（一种小车），携一壶酒，使人荷锸（铁锹）相随，说"死便埋我"。

㊺ 山公：山简，字季伦。晋河内怀县（今河南武陟县境）人籬，也作"羅"，白接籬，一种白色的帽子。

㊻ 彭泽：指陶渊明。渊明字元亮，一名潜。东晋著名诗人。曾仕晋为江州祭酒、镇军参军等职。退隐前，任彭泽令，因称"陶令""陶彭泽"，诗文中或称"彭泽先生"。其诗中写酒处甚多，故以豪饮著称。漉以葛巾，以葛巾滤酒。漉，过滤。葛巾，葛布做的头巾。

㊼ "酣眠"二句：三国魏著名诗人阮籍，生于魏晋易代之际，为避免司马氏集团的迫害，纵酒放诞，蔑弃礼法。

㊽ "濡首"二句：唐代著名书法家张旭，善草书。时人称之为"草圣"。性好饮酒，醉后以头濡水墨中，索笔挥毫，若有神助。

㊾"井底"句：杜甫《饮中八仙歌》有句云："知章骑马似乘船，眼花落井水底眠。"知章，即贺知章，诗人，嗜酒狂放。这两句诗通过写其醉态，表现其豪放不拘的性格。前句写醉中骑马，似在风浪中的船上，摇来晃去；后句写醉眼昏花，跌进井里，就在井底昏睡，极言其醉酒忘形。

㊿"槽边"句：晋代毕卓为吏部郎，常饮酒废职。邻人酒酿熟，卓夜至其酒瓮间盗饮，被主人捉住捆缚起来；知为毕卓，便释放了他。而他就瓮边邀主人燕饮，醉而后归。珥玉，尚书冠上插戴的玉饰。

51鳖囚：鳖饮、囚饮。以毛席自裹其身，伸头出饮，饮毕缩回，谓之鳖饮；露发跣足，著械而饮，谓之囚饮。

52尘短：犹言尘少、尘净。

53履舄交错：客人的鞋子纵横错杂，形容宾客众多。履舄，泛指鞋；单底鞋叫履，复底鞋叫舄。古人席地而坐，宾客入室须脱鞋就席，因以履舄错杂形容客人之多。

54兰麝香沉：兰、麝香气浓郁。兰、麝，皆名贵香料。古时女子常用作薰香。此盖指席上妓者婆娑起舞时，衣襟香气四溢。

55细批薄抹：指妓者弹奏乐器以侑酒娱客。批、抹，都是弹奏琵琶一类乐器的动作。批，拢，推，左手指按弦向里推。抹，弹，向左拨弦。低唱浅斟：或作"浅斟低唱"。此处形容士大夫让歌妓侑酒，陶情忘形的情态。浅斟，谓缓缓饮酒。斟，筛酒。低唱，谓曼声歌唱。此指歌妓以歌侑酒。

56"忽清商"二句：谓清商乐曲奏起，全座静听。清商，清商乐，即清乐，指古代起源于民间的优美乐曲，包括清调、平调、瑟调三种曲调。各调所用乐器不尽相同。此处泛指清越悠扬的民间乐曲。

57"雅谑"二句：谓饮宴者乘着酒兴雅言戏谑，逗人大笑；或高歌赋诗，声调铿锵。雅，文雅。谑，开玩笑。戛玉敲金，形容音节抑扬，铿锵悦耳。

58名教：以正名定分为中心的封建礼教。

59嘈杂不韵：此指乐器喧闹，极不风雅。

⑥俚词：鄙俗粗野的曲词。

⑥"坐起"二句：谓人们时坐时起，喧闹得不可开交。讙哗，犹喧哗。呶呶，喧闹声。

⑥"涓滴"六句：写酒后无状的各种情态。涓滴忿争，谓罚酒逼饮。引杯若鸩，谓被罚者勉力强饮。鸩，鸩毒，毒酒。鸩为一种有毒的鸟，以其羽浸酒饮之可致人于死。倾潘，喝尽最后一滴酒。潘，汁。此指酒滴。觥，兽角或木、铜制的酒具。

⑥"绿醑"二句：谓恣意滥饮。绿醑葡萄，绿碧的葡萄美酒。不靳，不吝惜。

⑥"病叶"二句：谓醉酒喧闹或醉后昏睡，是酒令所禁止的。饮酒者称醉后入眠者为病叶，醉而喧闹者为狂花，觞政，酒令。

⑥呐呐呢呢：谓醉后嘟嘟囔囔，说个不了。呐呐，形容言语迟钝。呢呢，犹呢喃，小声说个不了。

⑥"甚有"六句：写酒后狂态。狂药，指酒客气粗，谓酒客喝酒过量，呼吸紧促。努石棱，皱眉瞪眼之状。磔髯须，形容饮至酣处，须发散张之状。磔，张开。髯，须发散乱的样子。袒，裸露。跃双趺，双脚乱跳。趺，足。

⑥哇浪浪：形容吐酒之状。

⑥口狺狺兮乱吠：谓酒后胡乱叫骂撒赖，像疯狗一般。

⑥李郎：指李贺，唐代著名诗人。

⑦苏相之裂于牛车：苏相，指苏秦，战国时期洛阳（今河南洛阳市）人，著名纵横家，因主张合纵抗秦，曾佩六国相印。后由燕入齐，被车裂而死。裂于牛车，即车裂，俗称"五牛分尸"，为古代一种酷刑，即将头及四肢系于五辆牛车之上，同时分驰，撕裂人的肢体。

⑦舌底生莲：谓言词便巧。

⑦灯前取影：谓绘画技艺高超。

⑦父母前而受忤：父母前来也被其顶撞。忤，违逆。

⑦"或以"二句：谓醉后不分尊卑，使酒谩骂尊长。父执，父亲的知心朋友。

执，志同道合的人。灌夫，汉颍阴（今河南禹县）人，本姓张，因其父曾为颍阴侯灌婴舍人而改姓灌，因平定吴楚之乱的军功，任中郎将，人称"灌将军"。为人刚直使酒，不好面谀。一次，在祝丞相田蚡新婚的酒宴上。田蚡祝酒，皆避席伏地表示恭敬，而当失势的魏其侯窦婴祝酒时，却只有老友避席。灌夫对此十分不满，便借酒使气，指桑骂槐，痛斥田蚡，因劾为"骂座不敬"，终被诛杀。

⑦⑤"婉言"二句：谓委婉地劝诫，却更加醉酒昏昏。警，告诫。眩瞑，谓因醉酒头眩晕而目昏花。

⑦⑥解酲：解酒。酲，酲酊，大醉。

⑦⑦厥术维何：其解酒的办法是什么？厥，其。维，是。

⑦⑧梃：木棒。

⑦⑨困其臀：使其臀部痛苦，即打屁股。困，犹苦。

【译文】

临洮有个姓冯的书生，是贵族的后代，家世已经衰落了。有一个捕鳖的人，欠他很多钱，偿还不起，捕到老鳖就献给他。一天，献来一只很大的鳖，额头上长着白点。冯生看它形状很奇特，就把它放了。后来，他从女婿家里回来，走到恒河边上，天色已经接近黄昏，忽然看见一个醉鬼，身后跟着两三个童子，跟跟跄跄地从对面走过来。老远看见了冯生，就问："什么人？"他随便应了一声："我是行路的。"醉鬼怒冲冲地说："你难道没有姓名吗，为什么说是行路的？"冯生急着赶路，没有理他，径自从他跟前过去了。醉鬼更火儿了，伸手抓着他的袖子，叫他走不了，满嘴的酒臭，很熏人。冯生心里更不耐烦了，极力往外挣脱，挣也挣不出来。他问醉鬼："你叫什么名字？"醉鬼好像说梦话，回答说："我从前是南都县的县官，你要怎么的？"冯生说："世上若有你这样的县官，这个世界也就暗无天日了！幸亏你是一个旧县官，假若是个在任的新县官，还不杀光了路上的行人？"醉鬼一听更火儿了，气势汹汹的，抢起拳头就要用武。冯生口出大言说："我冯某人不会接受别人捶打的！"醉鬼一听，马上收起怒容，换上一副笑脸，踉踉跄跄地跪下叩头说："是我的救命恩人，冒犯了，请不要见怪！"说完就站起来，招呼随从人员，先回去置办酒菜。冯生向他告辞，他不让回去。握着手往前走了几里路，看见一个很小的村庄。进了醉鬼的大门，看见房舍很华丽，像是显贵人家。醉鬼的醉态稍微有些消除了，冯生才问他的名字。他说："我说出来你可不要吃惊。我就是洮河的八大王。刚才西山的青童请我喝酒，不知不觉喝醉了，路上冲撞了你，实在很惭愧，心里忐忑不安。"

　　冯生一听，知道他是一个妖精，但是看他感情和言辞都很诚恳，所以也就不怕了。过了不一会儿，摆了一桌丰盛的酒筵，催促冯生落座，很愉快地喝起来。八大王酒量很大，一连喝了好几大杯。冯生怕他再喝醉了，又要胡搅蛮缠，所以假装喝醉了，要求睡觉。八大王已经了解他的心事，笑着说："你是不是怕我醉后狂暴呢？请你只管放心，不要害怕。凡是醉后无德的人，说是隔一宿就再也记不住他的行为，都是欺人之谈。酒徒的无德，十个有九个是故意耍酒疯。我虽然看不起他们，不和他们为伍，但也不敢把无赖之徒的行为，施于有贤德的长者，你怎么这样见外呢？"冯生就重又坐下，脸色严肃地劝他："既然知道不对，为什么不改正自己的行为呢？"八大王说："老夫当县官的时候，沉湎于美酒，比现在更严重。自从惹恼了上帝，贬到洮河的岛屿之上，我就极力改邪归正，已经十几年了。现在年岁已老，快进棺材了，潦倒一生，不能飞黄腾达，心里憋闷，从前的老毛病又犯了，我也不知道为什么犯了。现在恭听你的指教。"

　　正在倾心地谈着，听见远处晨钟已响，天快亮了。八大王站起来，抓着他的胳膊说："我们相聚的时间太短了。我珍藏着一件东西，稍微报答一点你的高恩厚德。这个东西不能永远带在身上，满足愿望以后，应该还给我。"说完就从嘴里吐出一个小人，只有一寸来长。伸手就用指甲掐冯生的胳膊，皮肤好像扯裂似的疼痛；八大王急忙把小人按在他的皮肤上，一撒手，小人已经钻进皮肤里，皮肤上还留着指甲的痕迹，慢慢鼓起一个大包，形状好像一个瘰核。他惊讶地询问，这是干什么，八大王笑呵呵地不回答。只是说："你应该走了。"把他送出门外，八大王抹身回去了。他回头一看，村庄和房舍全都无影无踪，只有一只大鳖，笨拙地爬进水里消失了。他猛吃一惊，呆望了很长时间。心里一想，刚才得到的东西，一定是个鳖宝。从此以后，他的眼睛最亮，凡是有珠宝的地方，埋在很深的地下也都能看见；就是一向不认识的东西，也能随口叫出它的名字。在自家的寝室里，挖出窖藏的银子好几百两，日常用度很充足。后来有人出卖老房子，他看见宅子里埋着无数银子，就用高价买来住着，从此以后，他和王公可以比富了。稀有的火齐，珍贵的木难，应有尽有。还得到一面镜子，背面有一个凤纽，雕镂着云水环绕的湘妃图，光芒射出一里多地。有人站在一里以外，用镜子一照，胡子眉毛可以数得清清楚楚的。美人照照镜子，她的影子就留在镜子里，磨也磨不掉；若是改换衣装重新照一照，或者更换一个美人，从前的影子才能消失。当时肃王府的三公主很漂亮，他很爱慕三公主的名声。三公主刚巧要去游览崆峒山，他首先到了那里，藏在草木丛中，等三公主下轿的时候，用镜子照了一下就回到家里，把镜子摆在桌子上。仔细一看，看见美人站在镜子里，拈弄着头巾微笑着，嘴里好像要说话，眼波似乎在流盼。他很高兴，就把镜子藏起来。过了一年多，被妻子泄露出去，肃王府就听到了消息。肃庄王勃然大怒，把他抓起来。把镜子追进王府，打算判他杀头之罪。他花了很多钱，贿赂肃庄王最宠幸的一个宦官，让他去转告肃庄王："如果王爷免除我的死罪，天下最珍贵的宝物，也不难送到手里。不然的话，只有一死而已，那对王爷实在没有什么好处。"肃庄王想要抄没他的家产，把他赶到别的地方去。三公主说："他已经偷偷看了我，十死也洗不掉这个耻辱，不如嫁给他。"肃庄王不答应。三公言就关上绣阁的房门不吃饭。王妃心里很忧愁，极力在王爷面前给女儿说情。肃庄王才从狱中放了冯生，命令一个太监，把公主的意思告诉了他。他推辞说："共过患难的结发妻子，是不能赶出正室的，宁死也不敢接受这个命令。王爷如果听凭臣子自己赎罪，倾家荡产都是可以的。"肃庄王一听就火儿了，又重新把他抓起来。

王妃把他妻子召进王宫，想用药酒把她害死。见面以后，妻子送给王妃一架珊瑚镜台，言词温顺，情态很凄恻。王妃很喜爱她，叫她去参见公主。公主也喜欢她，就定为姐妹，转告给冯生。冯生告诉妻子说："王侯的女儿，不能以先后排列妻妾。"妻子不听，回家就准备了聘礼，派人送给王府。那些抬送聘礼的人，差不多有一千。珍珠宝石之类的东西，王府的人也叫不出名字。肃庄王高兴极了，马上把他放回去，把公主嫁给他了。公主仍然把镜子揣回家里。

一天晚上，冯生一个人睡在书房里，梦见八大王气宇轩昂走进来说："我赠送的东西，应该还我了。在身上戴久了，耗费你的精血，损害你的寿命。"他点头应允，就挽留八大王喝酒。八大王向他辞谢说："自从听了你的劝导，我戒酒已经三年了。"就用嘴嘴咬他的胳膊，他疼到了极点，忽然疼醒了。睁眼一看，那个痰核似的肉块已经消失。以后就和常人一样了。

异史氏说："醒酒的时候还是人，醉了以后就像鳖，嗜酒如命的人，大体都是这个样子。但是八大王虽然天天习惯于耍酒疯，他却不敢忘恩负义，不敢在长者面前没有礼貌，这种鳖不比人好得多吗？像某甲那种人，醒酒的时候不像人，醉酒不如鳖了。古人有龟鉴，某甲之类的人物，为什么不用八大王作为鳖鉴呢？我因此写了一篇《酒人赋》，赋文如下：

"世上有一种东西，陶冶感情，令人适口；喝下去就醉醺醺的，如同腾云驾雾，它的名字叫'酒'。酒的名字很多，立功已经很久了：用它宴请嘉宾，用它招待父舅，用它可以促膝欢谈，用它交杯可以结成配偶；有人把它当作钓诗的钩子，有人把它作为扫除忧愁的扫帚。所以曲秀才频频常来，竟成为丈人墨客情投意合的莫逆之交；醉乡深处，它又是逃亡罪人聚会消愁的场所。美酒造成以后，酒囊的功绩是不朽的。齐国的淳于髡能喝一石，唐代的李白能喝五斗。美酒固然是由人传下来的，有人喝了却要出丑。孟嘉酒后掉了帽子居然不知道，刘伶坐车出门仍然叫人给他扛着铁锹，山简醉后倒戴帽子出洋相，陶渊明却用头上的葛巾漉酒。阮籍醉卧关人的身边，经过侦察，才知他没有邪心；张旭醉后用墨汁浸湿头发，挥笔草书，自以为有神相助。贺知章醉后骑马好像坐船，似乎睡在水下；毕尚书偷饮邻家的美酒，醉卧槽边被人活捉。有的人甚至效仿鳖囚而玩世不恭，也还不是残暴的害人虫。至于落雨的良宵，飞雪的寒夜，初一十五，花晨月夜，清风徐徐，尘土不扬，旧客新妓，鞋子交错在一起，沉没在兰麝的香脂中，迎着清风，就着明月，聆听曼声吟唱，缓缓地饮酒；忽然奏起清畅的乐曲，似乎静得无人。说着文雅的笑话，飞花似的脸上笑出了洁白的牙齿；一会儿又高声吟唱，更好像击玉敲金。总是这样乐陶陶地喝得酩酊大醉，神志也是清醒的，梦境也是逼真的。真若这样，就是一天一醉，也不应该用礼教的规矩嗔怪他。有的人却吵吵嚷嚷，毫无音韵，满口喷着粗野的言辞；忽起忽坐，欢腾地喊叫，摆开阵势，唠唠叨叨地劝酒。而且滴酒必争，愤怒地争争吵吵，不动刀子誓不罢休；抻着脖子，拧着眉毛，像是喝了毒死人的药酒；碰翻了汤碗，摔碎了杯子，拂灭了灯烛，浇灭了温酒的炭火。浓黑的葡萄美酒，糟蹋得狼狈不堪，也在所不惜；有的人昏沉沉地睡了，有的人怒目而视，这是违反酒令的。这样的心境，不如不喝酒。还有的人肚子被酒灌得满满的，距离咽喉不满一寸了；嘟嘟哝哝的，还在讥笑主人太吝啬。他坐在那里不说走，让他喝酒他又承受不了：酒客的无德，就是这样一个胜过一个。甚至有的酒客，一杯酒下了肚子，气就粗了；使劲儿皱着眉毛，活像两道紫红的锋棱；须发散乱，更像一个临刑的囚犯；袒露着两只胳膊，两只脚不停地蹦蹦跳跳。灰蒙蒙的尘土挂了满脸，哇哇地吐波呕浪，玷污了衣襟；满口猖猖狂吠；头发乱蓬蓬的像个奴隶。他呼天喊地，好像李贺呕吐心肝在吟诗；看他伸胳膊扔腿，更似苏秦车裂的形象。舌底生花的人，说不尽他的丑态；灯前取影的画家，也画不出他的丑图。父母面前是个无逆的儿子，妻子软弱对他难以扶持。或是父亲的好朋友，无缘无故地被醉鬼臭骂一顿。对他婉言警告，他更加心郁神乱，这种人就叫'酒凶'，不可救药了。只有一个办法，可以解除他的醉态。什么办法？只需要一根棍子。捆上他的手脚，像杀猪似的往床上一按。只打他的屁股，不伤他的脑袋；打到一百多下，就会突然清醒。"

戏缢

邑人某，佻佻无赖①。偶游村外，见少妇乘马来，谓同游者曰："我能令其一

戏缢

笑。"众不信，约赌作筵。某遽奔去，出马前，连声哗曰："我要死！"因于墙头抽梁藭一本②，横尺许，解带挂其上，引颈作缢状。妇果过而哂之，众亦粲然。妇去既远，某犹不动，众益笑之。近视，则舌出目瞑，而气真绝矣。梁干自经，不亦奇哉？是可以为儇薄者戒③。

【注释】

①佻佽：轻薄放荡。

②梁藭：高粱秸。一本：一根。

③儇薄：犹轻薄。

【译文】

某县的一个人，是个轻薄无赖之徒。偶尔在村外野游，看见一位骑马的少妇走过来，就对一道野游的同伴儿说："我能叫她笑一笑。"大家不相信。互相打赌，输的人请一桌酒席。打完赌他就急慌慌地跑过去，出现在少妇马前，一迭连声地大喊大叫："我要死！"喊完就从墙头上抽出一棵高粱秸，横在墙头上一尺左右，解下腰带挂在高粱秸上，把脖子伸进去，装作上吊的样子。少妇从他跟前走过去，果然微微一笑，大家也笑了。少妇已经过去很远了，他仍然没动地方，大家越发笑起来。到他跟前一看，只见舌头伸出唇外，闭上了眼睛，真的气绝身亡了。在高粱秸上吊死人，不是很奇怪吗？可以给轻薄之人做个警戒。

罗　祖

【原文】

　　罗祖，即墨人也①。少贫。总族中应出一丁戍北边②，即以罗往。罗居边数年，生一子。驻防守备雅厚遇之③。会守备迁陕西参将④，欲携与俱去。罗乃托妻子于其友李某者，遂西。自此三年不得反。适参将欲致书北塞，罗乃自陈，请以便道省妻子⑤。参将从之。

　　罗至家，妻子无恙，良慰。然床下有男子遗舄，心疑之。既而至李申谢。李致酒殷勤；妻又道李恩义，罗感激不胜。明日谓妻曰："我往致主命，暮不能归，勿伺也⑥。"出门跨马而去。匿身近处，更定却归⑦。闻妻与李卧语，大怒，破扉。二人惧，膝行乞死。罗抽刃出，已复韬之曰⑧："我始以汝为人也，今如此，杀之污吾刀耳！与汝约：妻子而受之⑨，籍名亦而充之⑩，马匹械器具在⑪。我逝矣。"遂去。乡人共闻于官。官笞李，李以实告。而事无验见，莫可质凭，远近搜罗，则绝匿名迹。官疑其因奸致杀，益械李及妻；逾年，并桎梏以死⑫。乃驿送其子归即墨⑬。

　　后石匣营有樵人入山⑭，见一道人坐洞中，未尝求食。众以为异，赍粮供之。或有识者，盖即罗也。馈遗满洞，罗终不食，意似厌嚣，以故来者渐寡。积数年，洞外蓬蒿成林。或潜窥之，则坐处不曾少移。又久之，见其出游山上，就之已杳；

往瞰洞中，则衣上尘蒙如故。益奇之。更数日而往，则玉柱下垂^⑮，坐化已久^⑯。土人为之建庙；每三月间，香楮相属于道^⑰。其子往，人皆呼以小罗祖，香税悉归之；今其后人，犹岁一往，收税金焉。沂水刘宗玉向予言之甚详。予笑曰："今世诸檀越^⑱，不求为圣贤^⑲，但望成佛祖。请遍告之：若要立地成佛，须放下刀子去^⑳。"

【注释】

①即墨：县名。今属山东省青岛市。

②总族：合族，全族。总，合。一丁：丁壮一人。成年人能任赋役者称"丁"。按明、清以来，十六岁为丁。

③"驻防"句：驻扎边防的守备待他甚厚。守备，清为五品武官，隶属于参将、游击之下。雅，甚。

④参将：清绿营正三品武官，位次于副将，掌理本营军务。

⑤"请以"句：请求借此顺路看望妻儿。省，探视，看望。

⑥勿伺：不要等候。

⑦更定：一更之后。

⑧韬之：谓将刀收入鞘中。

⑨而：通"尔"，你。

⑩籍名：军籍中之姓名。

⑪马匹械器具在：此据二十四卷抄本，原无"在"字。

⑫桎梏以死：监押而死于狱中。桎梏，刑具，手铐脚镣。

⑬驿送：由驿站转送。驿，此指驿站，掌投递公文、转运官物及供来往官员休息的机构。自隋迄清，皆属兵部。

⑭樵人：打柴的人。

⑮玉柱：此据山东省博物馆本，原作"五柱"。玉柱，本作"玉筯"，佛道两

教称人死后下垂的鼻涕，说是成道之征。

⑯坐化：佛教称和尚结跏端坐而死为坐化。

⑰香楮：香烛、纸锭，均为供神迷信用品。

⑱檀越：施主。梵语意译。佛教徒称向寺庙及僧侣施舍财物的人为施主。

⑲圣贤：此据山东省博物馆本，原作"圣矣"。

⑳"若要"二句：中国佛教禅宗（南宗）认为人人自心本有佛性，作恶之人，但转念为善，便可成佛。飏，抛下。

【译文】

　　罗祖，是即墨县人。少年时家中非常贫穷。这一年，全族应派出一人当兵，到北方戍边，就让罗祖前去。罗祖在边疆几年，娶妻生有一个儿子。驻扎边防的一位守备武官对他非常好。正好守备调任陕西参将，要让罗祖和他同去。罗祖就托付他的朋友李某照顾妻子和儿子，然后就去了陕西。一去三年没有回来。恰巧参将想往北部边塞送一封信，罗祖就自告奋勇说想去送信，顺便看望一下妻子和儿子。参将同意了。

　　罗祖回到家，看到妻子和儿子都很好，心中很宽慰。忽然，罗祖发现床下男人的鞋，心里产生了怀疑。然后，罗祖又到他的朋友李某家表示感谢。李某设酒席殷勤款待他。回家后，妻子又说李某对她的许多好处，罗祖听后感激不尽。

　　第二天，罗祖对妻子说："我要完成主人的任务去送信，晚上不能回来，不要等我。"说完出门上马离去。他藏在附近，等到一更之后回到家中。在窗外听见妻子和李某躺在床上说话，心中大怒，破门而入。妻与李某害怕，跪着爬行到罗祖的脚下请求杀死他们。罗祖拔出刀，停一下又重新插入刀鞘，对李某说："我原来以为你是正人君子。现在做出此等事，杀死你都污了我的刀！现在和你约定：我的妻子和儿子都给你了，户主也由你来担当，马匹器械都在这儿，我走了。"然后转身离去。

乡里人一齐将此事报于官府。县官鞭挞李某，李某将实情招出。然而他说的事情无人看见，无法做证据。命人远近搜索，然而搜遍了附近的山野，也找不到罗祖的踪影。县官怀疑李某因奸而杀死了罗祖，更加对李某及罗妻用刑。过了一年，李某和罗妻一齐囚死狱中。官府派驿使将罗祖之子送回即墨。

后来，石匣营有个樵夫进山打柴，看见一个道人坐在山洞里，一直不曾吃饭。大家都感到惊奇，一起给他送去食物，有的人认识他，说他就是罗祖。送给他的东西放了满洞，而罗祖始终不进食，显出厌烦喧闹的样子，所以来的人逐渐少了。过了几年，洞外的蓬蒿长得很高，像一片小树林似的。有的人偷偷向洞内观看，罗祖坐在原处不曾有一丝移动。又过了许久，有人看见他出洞到山上游玩。可是靠近一看，人已杳无踪迹。再到洞中一看，罗祖身上落满尘土，还像原来的样子。人们更感到惊奇。再过几天去看，而罗祖已经坐化好久了。

当地人为罗祖建了庙，每年三月间，路上挤满了来庙进香的人。罗祖的儿子到庙里去，人们一齐喊他为小罗祖，香火钱一齐送给他。现在他的后代，还每年去一次收取香火钱。

沂水人刘宗玉曾把此事向我详细地讲述了一遍。我开玩笑地说："现在世上诸信徒，不求为圣贤，但望成佛祖。请一一告知：若要立地成佛，必须放下屠刀。"

刘　姓

【原文】

邑刘姓，虎而冠者也^①。后去淄居沂^②，习气不除，乡人咸畏恶之。有田数亩，与苗某连陇。苗勤，田畔多种桃。桃初实，子往攀摘；刘怒驱之，指为己有。子啼而告诸父^③。父方骇怪，刘已诟骂在门，且言将讼。苗笑慰之。怒不解，忿而去。

时有同邑李翠石作典商于沂④，刘持状入城⑤，适与之遇。以同乡故相熟，问："作何干？"刘以告。李笑曰："子声望众所共知；我素识苗甚平善，何敢占骗。将毋反言之也！"乃碎其词纸，曳入肆，将与调停。刘恨恨不已，窃肆中笔，复造状，藏怀中，期以必告。未几，苗至，细陈所以，因哀李为之解免，言："我农人，半世不见官长。但得罢讼，数株桃何敢执为己有。"李呼刘出，告以退让之意。刘又指天画地，叱骂不休；苗惟和色卑词，无敢少辨。

刘姓

既罢，逾四五日，见其村中人，传刘已死，李为惊叹。异日他适，见杖而来者⑥，俨然刘也。比至，殷殷问讯，且请顾临。李逡巡问曰："日前忽闻凶讣，一何妄也？"刘不答，但挽入村，至其家，罗浆酒焉。乃言："前日之传，非妄也。曩出门见二人来，捉见官府。问何事，但言不知。自思出入衙门数十年，非怯见官长者，亦不为怖。从去，至公廨，见南面者有怒容曰⑦：'汝即某耶？罪恶贯盈⑧，不自悛悔⑨；又以他人之物，占为己有。此等横暴，合置铛鼎⑩！'一人稽簿曰：'此人有一善，合不死。'南面者阅簿，其色稍霁。便云：'暂送他去。'数十人齐声呵逐。余曰：'因何事勾我来？又因何事遣我去？还祈明示。'吏持簿下，指一条示之。上记：崇祯十三年⑪，用钱三百，救一人夫妇完聚。吏曰：'非此，则今日命当绝，宜堕畜生道⑫。'骇极，乃从二人出。二人索贿。怒告曰：'不知刘某出入公门二十年，专勒人财者，何得向老虎讨肉吃耶？'二人乃不复言。送至村，拱手曰：'此役不曾啖得一掬水。'二人既去，入门遂苏，时气绝已隔日矣。"

李闻而异之，因诘其善行颠末⑬。初，崇祯十三年，岁大凶⑭，人相食。刘时在淄，为主捕隶⑮。适见男女哭甚哀，问之。答云："夫妇聚裁年馀，今岁荒，不能两全，故悲耳。"少时，油肆前复见之⑯，似有所争。近诘之。肆主马姓者便云："伊夫妇饿将死，日向我讨麻酱以为活⑰。今又欲卖妇于我。我家中已买十馀口矣。此何要紧？贱则售之，否则已耳。如此可笑，生来缠人⑱！"男子因言："今粟如珠，自度非得三百数，不足供逃亡之费⑲。本欲两生，若卖妻而不免于死，何取焉？非敢言直⑳，但求作阴隲行之耳㉑。"刘怜之，便问马出几何。马言："今日妇口，止直百许耳。"刘请勿短其数，且愿助以半价之资。马执不可。刘少负气，便谓男子："彼鄙琐不足道，我请如数相赠。若能逃荒，又全夫妇，不更佳耶？"遂发囊与之。夫妻泣拜而去。刘述此事，李大加奖叹。

刘自此前行顿改，今七旬犹健。去年，李诣周村㉒，遇刘与人争，众围劝不能解。李笑呼曰："汝又欲讼桃树耶？"刘芒然改容㉓，呐呐敛手而退㉔。

异史氏曰："李翠石兄弟，皆称素封㉕。然翠石又醇谨㉖，喜为善，未尝以富自豪，抑然诚笃君子也。观其解纷劝善，其生平可知矣。古云：'为富不仁㉗。'吾不知翠石先仁而后富者耶？抑先富而后仁者耶？”

【注释】

①虎而冠者：谓凶暴似虎之人。

②沂：沂水，县名，今属山东省。

③告诸父：告诉给父亲。诸，“之于”二字的合音。

④李翠石：名永康，字翠石，淄川人。典商：开当铺的商人。典，典当，抵押。

⑤状：状词，状纸。

⑥杖而来：拄杖而来。

⑦南面者：此指坐于正座上的官员。

⑧罪恶贯盈：犹言罪大恶极，坏事做尽。贯盈，满贯，犹言满盈。贯，俗称钱串。

⑨悛悔：改悔。

⑩合置铛鼎：谓应受冥间烹刑。铛鼎，釜鼎一类烹饪器。此指烹刑所用的三足烹器。

⑪崇祯十三年：明思宗崇祯十三年，即公元一六四〇年。

⑫堕畜生道：佛家谓生前作恶，即轮回转生为畜生，便堕入畜生道。据佛教“六道”（或称“五趣”）说，众生根据其生前善恶行为，死后有五种（或六种）轮回转生的趋向，即地狱、饿鬼、畜生、人、天等。道教亦袭用此说，称“五道”。

⑬颠末：始末。

⑭岁大凶：谓当年遭受严重的自然灾害，农田颗粒无收。岁，农业收成。

⑮主捕隶：旧时州县官署中捕役的班头。此从二十四卷抄本，原无“隶”字。

⑯油肆：油店。

⑰麻酱：指芝麻榨油后的残渣。

⑱生来：方言，犹言硬来、硬是。

⑲逃亡：逃生离去。

⑳直：价钱。

㉑阴隲：默定的意思，此处意为积阴德。

㉒周村：地名，今属山东省淄博市。

㉓芒然：犹茫然、懵懵，不知所措之状。

㉔呐呐：形容难为情时说话吞吞吐吐。

㉕素封：无官爵封邑而富有资财的人。

㉖醇谨：朴厚而言行不苟。

㉗"为富不仁"：谓致富与行仁相反，二者不能并行。

【译文】

淄川县有个姓刘的人，以蛮横霸道而闻名乡里。后来，他离开淄川县搬到沂水县居住，恶习仍然不改，乡里人都怕他而又厌恶他。刘某有几亩田地，和苗某的土地相邻。苗某非常勤劳，在田畔上都种上桃树。桃树第一次结果，苗某的儿子爬到树上去摘桃子，刘某见了大怒，说是自己的桃树，把苗某的儿子赶跑了。苗某的儿子哭着回家告诉他的父亲。苗某听后非常惊骇。正在这时，刘某已大骂着来到苗家门口，边骂边说要到县里去告状。苗某笑着向他赔不是。刘某仍盛怒不息，愤愤地离去。

刘某有个淄川的同乡叫李翠石，这时正在沂县城里开当铺。刘某拿着状子进城在街上恰巧遇见李翠石。李因与刘是同乡，与刘很熟悉，就随口问道："干什么去？"刘把与苗的争执及去衙门告苗的事说了一遍。李笑着说："你的名声大家都知道。我认识苗很久了，他为人平和善良，怎么敢来骗占你的桃树，这不是把事情说反了吗？"于是从刘手中拿过状纸撕碎，拉刘进入店内派人去找苗某准备给他们调解一下。刘某心中恨恨不已，看见店中有纸笔，拿来又写了一份状子，藏在怀中，想着一定要去告状。

不一会儿，苗某来到，向李翠石详细说明了事情的原委，哀求李翠石为他们调解，并说："我是个庄稼人，半辈子都没见过一次官长，只要能不打官司，几棵桃树，有什么大不了的，就让给刘算了。"

李翠石把刘某叫出来，把苗的退让之意告诉了他。刘又指天画地，大声责骂不止。苗某只是赔着笑脸说好话，一句也不敢分辩。

事情过后四五天，听见村里人传说刘某已经死了，李翠石很吃惊并为之叹息。过了几天，李翠石到别的地方去，见一人拄拐杖慢慢走，正是刘某。等走到近前，刘某殷勤地打招呼，并请李去家中。李翠石吞吞吐吐地问："前几天听说你死了，怎么传得这么没谱？"刘某不答话，只是拉着李进村，来到他家，摆上酒菜，才说道："前几天的传说并不是假的。那一天刚出门，见两个人走来，抓我去见官。我问什么事，只说不知道。我自想出入衙门几十年，并不怕见官长，也不感到害怕，就跟着这两个人去了。到了官衙，见一个面南而坐的人，面带怒容，说：'你就是刘某吗？你恶贯满盈，还不自思悔改，又把别人的东西占为己有。这样横行霸道，应该下油锅。'一个人查验簿册后说：'这个人做了一件善事，不应该死。'面南而坐的人接过簿册一看，脸色稍有缓和。就说：'暂且送他回去。'几十个人齐声呵斥赶我走。我说：'为什么事抓我来？又为什么事打发我走？还请说明。'一个书吏拿着簿册坐到我面前，指着一条给我看，上面记着：崇祯十三年，用三百钱救了一个人，让他们夫妇团聚。书吏说：'如果不是这件事，今日你就该死了，应该转生为畜生。'我听后害怕极了，于是随着两个人走出来。这两个人向我索贿。我大怒说：'不知道我刘某出入官府二十余年，专门勒索别人的钱财，你们怎么能向老虎讨肉吃呢？'这两个人不再说话。送到村中，拱手告别说：'这趟差事连一口水都没喝着。'两个人离去后，我进门后就苏醒了，这时我死去已两天了。"

李翠石听后非常惊异，因而追问那件善行的始末。

当时是崇祯十三年，年成不好，颗粒无收，以至达到人吃人的地步。刘某那时住在淄川，做县衙捕役的班头。刚好碰见一对男女正在痛哭。问他们，回答说：

"我们夫妇结婚才一年多，现在碰上灾荒年，不是饿死就得分离，所以在这儿痛哭。"说完，他们就走了。

过了一会儿，我在一家油店前又见到他们俩，好像在和人争吵。走近一问，店主马某便说："他们夫妇快饿死了，每日向我讨麻酱吃来过活。现在又想将他的媳妇卖给我。我家已经买进十余口人了，再买进一个又有什么关系？价贱我就买，不然就算了。像他这样死缠着人，真是可笑！"那个男子接口说道："现在米比珍珠还贵，我计算非得三百钱，否则不够逃荒的路费。本想这样人都能活下去，如果卖掉妻子我还不免一死，这样做又有何用？我岂敢在这里讲价钱，只求你把这当作积阴德吧。"刘某听后很可怜他，便问马店主出多少钱。马说："现在妇女，只值百钱左右。"刘请马不要少于三百钱，并且愿意资助价钱的一半。可马坚决不干。刘有些生气，便对那个男子说："他那样吝啬，不值得和他论理。我愿意如数相赠，如果既能逃荒，又能成全你们夫妇，岂不更好吗？"于是把所带的钱全给了那个男子。那夫妻俩哭着拜谢而去。

刘某讲完这件事，李翠石大为赞赏。

从此，刘某把以前的恶劣行径都改掉了，现在活到七十多岁，身体还很健康。去年，李翠石到周村去，碰到刘和人争执，许多人都劝解不开。李笑着喊道："你又想打桃树官司吗？"刘某面色显得茫茫然，吭吭哧哧地垂着手走了。

邵 九 娘

【原文】

柴廷宾，太平人①。妻金氏，不育，又奇妒。柴百金买妾，金暴遇之②，经岁而死。柴忿出，独宿数月，不践闺闼。一日，柴初度③，金卑词庄礼，为丈夫寿。

柴不忍拒，始通言笑。金设筵内寝，招柴。柴辞以醉。金华妆自诣柴所，曰："妾竭诚终日，君即醉，请一盏而别。"柴乃入，酌酒话言。妻从容曰："前日误杀婢

水剪双瞳善相人姻
窥六脉抄回
喜得宾筵畫
行杏事填畫
人间称神泽

邵女

子，今甚悔之。何便仇忌，遂无结发情耶④？后请纳金钗十二⑤，妾不汝瑕疵也⑥。"柴益喜，烛尽见跋⑦，遂止宿焉。由此敬爱如初。金便呼媒媪来，嘱为物色佳媵⑧；而阴使迁延勿报，己则故督促之。如是年馀。柴不能待，遍嘱戚好为之购致，得林

氏之养女。金一见，喜形于色，饮食共之，脂泽花钏，任其所取。然林固燕产⑨，不习女红，绣履之外，须人而成⑩。金曰："我素勤俭，非似王侯家，买作画图看者。"于是授美锦，使学制⑪，若严师诲弟子。初犹呵骂，继而鞭楚。柴痛切于心，不能为地⑫。而金之怜爱林，尤倍于昔，往往自为妆束，匀铅黄焉⑬。但履跟稍有折痕，则以铁杖击双弯⑭；发少乱，则批两颊：林不堪其虐，自经死。柴悲惨心目，颇致怨怼⑮。妻怒曰："我代汝教娘子，有何罪过？"柴始悟其奸，因复反目，永绝琴瑟之好⑯。阴于别业修房闼⑰，思购丽人而别居之。

荏苒半载，未得其人。偶会友人之葬，见二八女郎，光艳溢目，停睇神驰。女怪其狂顾，秋波斜转之。询诸人，知为邵氏。邵贫士，止此女，少聪慧，教之读，过目能了。尤喜读内经及冰鉴书⑱。父爱溺之，有议婚者，辄令自择，而贫富皆少所可，故十七岁犹未字也。柴得其端末⑲，知不可图，然心低徊之⑳。又冀其家贫，或可利动。谋之数媪，无敢媒者，遂亦灰心，无所复望。忽有贾媪者，以货珠过柴。柴告所愿，赂以重金，曰："止求一通诚意，其成与否，所勿责也。万一可图，千金不惜。"媪利其有，诺之。登门，故与邵妻絮语。睹女，惊赞曰："好个美姑姑！假到昭阳院，赵家姊妹何足数得㉑！"又问："婿家阿谁？"邵妻答："尚未。"媪言："若个娘子，何愁无王侯作贵客也。"邵妻叹曰："王侯家所不敢望；只要个读书种子㉒，便是佳耳。我家小孽冤，翻复遴选㉓，十无一当，不解是何意向。"媪曰："夫人勿须烦怨。恁个丽人，不知前身修何福泽，才能消受得。昨一大笑事：柴家郎君云：于某家茔边，望见颜色，愿以千金为聘。此非饿鸱作天鹅想耶㉔？早被老身呵斥去矣！"邵妻微笑不答。媪曰："便是秀才家，难与较计；若在别个，失尺而得丈，宜若可为矣。"邵妻复笑不言。媪抚掌曰："果尔，则为老身计亦左矣㉕。日蒙夫人爱，登堂便促膝赐浆酒；若得千金，出车马，入楼阁，老身再到门，则阍者呵叱及之矣。"邵妻沉吟良久，起而去，与夫语；移时，唤其女；又移时，三人并出。邵妻笑曰："婢子奇特，多少良匹悉不就，闻为贱媵则就之。但恐为儒林笑也㉖！"媪曰："倘入门，得一小哥子，大夫人便如何耶！"言已，告以别居之谋。邵益喜，唤女曰："试同贾姥言之。此汝自主张，勿后悔，致怼父母。"女腼然日㉒："父母安享厚奉，则养有济矣。况自顾命薄，若得佳偶，必减寿数，少受折磨，未必非福。前见柴郎亦福相，子孙必有兴者。"媪大喜，奔告。

柴喜出非望，即置千金，备舆马，娶女于别业，家人无敢言者。女谓柴曰："君之计，所谓燕巢于幕，不谋朝夕者也㉘。塞口防舌，以冀不漏，何可得乎？请不如早归，犹速发而祸小㉙。"柴虑摧残。女曰："天下无不可化之人。我苟无过，怒何由起？"柴曰："不然。此非常之悍，不可情理动者。"女曰："身为贱婢，摧折亦自分耳㉚。不然，买日为活，何可长也？"柴以为是，终踌躇而不敢决。一日，柴他往。女青衣而出㉛，命苍头控老牝马㉜，一妪携幞从之，竟诣嫡所，伏地而陈。妻始而怒；既念其自首可原㉝，又见容饰兼卑，气亦稍平。乃命婢子出锦衣衣之，曰："彼薄幸人播恶于众㉞，使我横被口语㉟。其实皆男子不义，诸婢无行，有以激之。汝试念背妻而立家室，此岂复是人矣？"女曰："细察渠似稍悔之，但不肯下气耳。谚云：'大者不伏小。'以礼论：妻之于夫，犹子之于父，庶之于嫡也。夫人若肯假以词色，则积怨可以尽捐。"妻云："彼自不来，我何与焉？"即命婢媪为之除舍。心虽不乐，亦暂安之。

柴闻女归，惊惕不已㊱，窃意羊入虎群，狼藉已不堪矣。疾奔而至，见家中寂然，心始稳贴。女迎门而劝，令诣嫡所。柴有难色。女泣下，柴意少纳。女往见妻曰："郎适归，自惭无以见夫人，乞夫人往一姗笑之也㊲。"妻不肯行，女曰："妾已言：夫之于妻，犹嫡之于庶。孟光举案㊳，而人不以为诪，何哉？分在则然耳㊴。"妻乃从之，见柴曰："汝狡兔三窟㊵，何归为？"柴俯不对。女肘之，柴始强颜笑。妻色稍霁，将返。女推柴从之，又嘱庖人备酌。自是夫妻复和。女早起青衣往朝；盥已，授帨㊶，执婢礼甚恭。柴入其室，苦辞之，十馀夕始肯一纳。妻亦心贤之；然自愧弗如。积惭成忌。但女奉侍谨，无可蹈瑕㊷；或薄施呵谴，女惟顺受。一夜，夫妇少有反唇，晓妆犹含盛怒。女捧镜，镜堕，破之。妻益恚，握发裂眦㊸。女惧，长跪哀免。怒不解，鞭之至数十。柴不能忍，盛气奔入，曳女出。妻呶呶逐击之㊹。柴怒，夺鞭反扑㊺，面肤绽裂，始退。由是夫妻若仇。柴禁女无往。女弗听，早起，膝行伺幕外。妻槌床怒骂，叱去，不听前㊻。日夜切齿，将伺柴出而后泄愤于女。柴知之，谢绝人事，杜门不通吊庆。妻无如何，惟日挞婢媪以寄其恨，下人皆不可堪。自夫妻绝好，女亦莫敢当夕，柴于是孤眠。妻闻之，意亦稍安[47]。有大婢素狡黠，偶与柴语，妻疑其私，暴之尤苦。婢辄于无人处，疾首怨骂[48]。一夕，轮婢值宿，女嘱柴，禁无往，曰：“婢面有杀机，叵测也。”柴如其言，招之来，诈问：“何作？”婢惊惧，无所措词。柴益疑，检其衣，得利刃焉。婢无言，惟伏地乞死。柴欲挞之，女止之曰：“恐夫人所闻，此婢必无生理。彼罪固不赦，然不如鬻之，既全其生，我亦得直焉[49]。”柴然之。会有买妾者，急货之。妻以其不谋故，罪柴，益迁怒女，诟骂益毒。柴忿，顾女曰：“皆汝自取。前此杀却，乌有今日[50]！”言已而走。妻怪其言，遍诘左右，并无知者；问女，女亦不言。心益闷怒，捉裾浪骂[51]。柴乃返，以实告。妻大惊，向女温语；而心转恨其言之不早。柴以为嫌却尽释，不复作防。适远出，妻乃召女而数之曰：“杀主者罪不赦，汝纵之何心？”女造次不能以词自达[52]。妻烧赤铁烙女面，欲毁其容。婢媪皆为之不平。每号痛一声，则家人皆哭，愿代受死。妻乃不烙，以针刺胁二十馀下，始挥去之：柴归，见面创，大怒，欲往寻之。女捉襟曰：“妾明知火坑而固蹈之。当嫁君时，岂以君家为天堂耶？亦自顾薄命，聊以泄造化之怒耳[53]。安心忍受，尚有满时；若再触焉，是坎已填而复掘之也[54]。”遂以药糁患处[55]，数日寻愈。忽揽镜喜曰：“君今日宜为妾贺，彼烙断我晦纹矣！”朝夕事嫡，一如往日。

金前见众哭，自知身同独夫，略有愧悔之萌，时时呼女共事，词色平善。月馀，忽病逆，害饮食：柴恨其不死，略不顾问。数日，腹胀如鼓，日夜浸困[56]。女侍伺不遑眠食，金益德之。女以医理自陈；金自觉畴昔过惨，疑其怨报，故谢之[57]。金为人持家严整，婢仆悉就约束；自病后，皆散诞无操作者。柴躬自经理[58]，劬劳甚苦，而家中米盐，不食自尽。由是慨然兴中馈之思[59]，聘医药之。金对人辄自言为“气蛊”[60]，以故医脉之，无不指为气郁者。凡易数医，卒罔效，亦滨危矣。又将烹药，女进曰：“此等药，百裹无益，只增剧耳。”金不信。女暗撮别剂易之。药下，食顷三遗[61]，病若失。遂益笑女言妄，呻而呼之曰：“女华陀[62]，今如何也？”女及群婢皆笑。金问故，始实告之。泣曰：“妾日受子之覆载而不知也[63]！今而后，请惟家政，听子而行。"

无何，病痊，柴整设为贺。女捧壶侍侧；金自起夺壶，曳与连臂，爱异常情。更阑，女托故离席；金遣二婢曳还之，强与连榻。自此，事必商，食必偕，即姊妹无其和也。无何，女产一男。产后多病，金亲为调视，若奉老母。后金患心痛⑥，痛起，则面目皆青，但欲觅死。女急取银针数枚，比至，则气息濒尽，按穴刺之，画然痛止⑥。十馀日复发，复刺；过六七日又发。虽应手奏效，不至大苦，然心常惴惴，恐其复萌。夜梦至一处，似庙宇，殿中鬼神皆动。神问："汝金氏耶？汝罪过多端，寿数合尽；念汝改悔，故仅降灾，以示微遣。前杀两姬，此其宿报⑥。至邵氏何罪，而惨毒如此？鞭打之刑，已有柴生代报，可以相准⑥；所欠一烙、二十三针，今三次止偿零数，便望病根除耶？明日又当作矣！"醒而大惧，犹冀为妖梦之诬。食后果病，其痛倍苦。女至，刺之，随手而瘥。疑曰："技止此矣，病本何以不拔⑥？请再灼之。此非烂烧不可，但恐夫人不能忍受。"金忆梦中语，以故无难色。然呻吟忍受之际，默思欠此十九针，不知作何变症，不如一朝受尽，庶免后苦。炷尽，求女再针。女笑曰："针岂可以汎常施用耶？"金曰："不必论穴，但烦十九刺。"女笑不可。金请益坚，起跪榻上。女终不忍。实以梦告。女乃约略经络，刺之如数。自此平复，果不复病。弥自忏悔，临下亦无戾色⑥。子名曰俊，秀惠绝伦。女每曰："此子翰苑相也⑩。"八岁有神童之目，十五岁以进士授翰林。是时柴夫妇年四十，如夫人三十有二三耳⑪。舆马归宁，乡里荣之。邵翁自鬻女后，家暴富，而士林羞与为伍⑫；至是，始有通往来者。

异史氏曰："女子狡妒，其天性然也。而为妾媵者，又复炫美弄机，以增其怒。呜呼！祸所由来矣。若以命自安，以分自守，百折而不移其志，此岂梃刃所能加乎⑬？乃至于再拯其死，而始有悔悟之萌。呜呼！岂人也哉！如数以偿，而不增之息，亦造物之恕矣。顾以仁术作恶报，不亦傎乎⑭！每见愚夫妇抱痾终日，即招无知之巫，任其刺肌灼肤而不敢呻，心尝怪之，至此始悟。"

闽人有纳妾者，夕入妻房，不敢便去，伪解屦作登榻状。妻曰："去休！勿作态！"夫尚徘徊，妻正色曰："我非似他家妒忌者，何必尔尔。"夫乃去。妻独卧，辗转不得寐，遂起，往伏门外潜听之。但闻妾声隐约，不甚了了；惟"郎罢"二字，略可辨识。郎罢，闽人呼父也。妻听逾刻，痰厥而踣⑱，首触扉作声。夫惊起，启户，尸倒入。呼妾火之，则其妻也。急扶灌之。目略开，即呻曰："谁家郎罢被汝呼！"妒情可哂。

【注释】

①太平：明清府名，辖境相当今安徽省当涂、繁昌、芜湖等县地。

②暴遇之：非常残暴地虐待她。

③初度：指生日。

④结发情：谓夫妻之情。结发，束发，古时女子十五束发加笄，男二十束发加冠，即可婚嫁。此兼指男初娶女始嫁，即原配夫妻。

⑤纳金钗十二：谓娶众多姬妾。

⑥不汝瑕疵：不瑕疵汝，谓不把纳妾看作你的过失。瑕疵，喻缺点或过失。瑕，玉上的斑点。疵，病。

⑦烛尽见跋：谓蜡烛燃尽。火炬或蜡烛燃尽残余的部分，叫跋。

⑧媵：此指姬妾。

⑨燕产：燕地人。燕，古地名，指今河北北部一带地区。

⑩须人而成：依靠别人来完成。须，待。

⑪学制：学习制作衣服。

⑫不能为地：谓不能为之设法改变其受虐待的环境。

⑬匀铅黄：谓为其匀脸。铅黄，铅粉、雌黄。此泛指面部化妆品。

⑭双弯：指双脚。旧时妇女裹足，使双足弯小，故称。

⑮怨怼：此据山东省博物馆本，原作"怨态"。

⑯琴瑟之好：即夫妻之好。

⑰别业：即别墅。

⑱内经及冰鉴书：据《汉书·艺文志》所载，"医经"有三部，即《黄帝内经》《扁鹊内经》《白氏内经》；今仅存《黄帝内经》。此处泛指医书。冰鉴书，或指相书。冰鉴，以冰为鉴，谓能鉴别人物。

⑲端末：犹始末。

⑳心低徊之：谓心中留恋难舍。低徊，同"低回"，徘徊。

㉑"假到"二句：谓假如选到汉宫昭阳殿，连以美貌著称的妃子赵飞燕姊妹也为之逊色。昭阳院，即昭阳殿，汉代宫殿名。成帝时为以美貌著称的妃子赵飞燕及其妹合德居处。此泛指皇宫内苑。

㉒读书种子：犹言有根柢的读书人。

㉓遴选：审慎择选。

㉔饿鸱作天鹅想：意即饥饿的鸱枭想吃天鹅肉。鸱，鸱枭，俗称猫头鹰。此据二十四卷抄本，原作"饿鸱作想天鹅"。

㉕计左：计议失当，不恰当的谋划。

㉖儒林：儒者之群。此犹言读书人。

㉗腆然：羞怯的样子。

㉘"所谓"二句：此即人们所说燕子将巢筑于飞幕之上，而不考虑旦夕之危的做法呵。燕巢于幕，喻处境危险。飞幕，飞动摇荡的帐幕。

㉙犹：此据山东省博物馆本，原作"尤"。

㉚自分：自己的本分。

㉛女青衣而出：谓邵女穿着婢妾的衣服而出。青衣，汉代以后为卑贱者的服装。

㉜苍头：此指仆人。苍，青色。汉时仆隶以青色巾包头，因称。

㉝可原：此据二十四卷抄本，原作"所原"。

㉞薄幸人：轻薄寡情的人。

㉟横被口语：谓枉遭非议。横，枉。口语，指众口非议。

㊱惊惕：惊惧，恐惧。

㊲姗笑：嘲笑。姗，古“讪”字。

㊳孟光举案：谓妻子敬事丈夫。案，食器。

㊴分在则然：名分所在即应如此。

㊵狡兔三窟：谓为避祸而多设藏身之处。狡，狡猾。窟，洞穴。

㊶授帨：送上面巾拭手。帨，佩巾。古时妇女用以擦拭不洁。此指擦拭手脸的面巾。

㊷无可蹈瑕：无由寻隙施暴。蹈瑕，因其过失而加以责罚。瑕，玉上的斑点，喻过失。

㊸握发裂眦：手握头发，瞪着眼睛，为愤怒之状。裂眦，眼眶瞪裂，极言愤怒时眼球暴出时的情状。眦，眼眶。

㊹呶呶：唠叨。

㊺反扑：此从二十四卷抄本，原作“反朴”。

㊻不听前：此从二十四卷抄本，原作“其听前”。

㊼意亦稍安：此从二十四卷抄本，原作“意不稍安”。

㊽疾首：头痛。此谓怨恨之甚。

㊾得直：得到报酬。直，同“值”，价值。

㊿乌有：怎么会有。乌，何。

(51)捉裾：牵衣。裾，衣襟。

(52)造次：仓促之间。

(53)造化：指自然的创造化育。此指命运之神。

(54)坎已填而复掘之：把已填平的火坑重新掘深；谓使自己重陷火坑之中。

(55)以药糁患处：把药末撒在伤口上。糁，泛指颗粒状的东西，此处意为撒放。

(56)“朝夕事嫡”至“日夜浸困”：此据山东省博物馆本，原作“朝夕事嫡，词色平善。月馀忽病，逆害饮食。柴恨其不死，略不顾问，数日腹胀如鼓，日夜浸困。”

(57)谢：辞，婉言拒绝。

㊳躬身经理：亲自经营管理。

㊴兴中馈之思：产生了对妻子的思念。中馈，古时指妇女在家主持饮食之事。此代指妻室。

㉖气蛊：亦称"气鼓"，中医认为由怒气郁结而致腹部肿胀的一种疾病。

㉑食顷三溃：一顿饭的工夫，大便三次。溃，遗矢，大便。

㉒华陀：应作"华佗"，汉末名医。沛国谯（今安徽亳县）人，一名旉，字元化，精于方药、针灸及外科手术，首创麻沸散及"五禽戏"。为曹操治头痛，随手而愈；后因数召不至，为曹操所杀。

㉓覆载：谓天覆地载之恩。

㉔心痗：心病。

㉕画然：同"划然"，忽然。

㉖宿报：前世作恶的报应。

㉗相准：相准折。准，折算。

㉘病本：病根。

㉙临下亦无戾色：对待下人也无凶恶的脸色。下，下人，指奴婢。戾，凶暴。

㉚翰苑相：有跻身翰林院的骨相。翰苑，指翰林院，所属职官统称翰林，其长官为掌院学士，以大臣充任。相，骨相。古时迷信，以人的命运可从其形貌测相出来。

㉑如夫人：妾的别称。

㉒士林：犹前文"儒林"，指儒者，读书人。

㉓梃刃：棍棒与刀。

㉔傎：同"颠"，颠倒。

㉕痰厥而踣：因气使积痰上涌而致晕厥，向前扑倒。

【译文】

　　柴廷宾，太平人。妻子金氏，不能生育子女，又特别妒忌。柴生用了上百两银子买了个侍妾，金氏虐待她，只过了一年多就死了。柴生愤愤不平，搬到外面，独自住宿了几个月，不进金氏的房门。一天，柴生过生日，金氏说了许多谦卑的话，用很庄重的礼节，给丈夫祝寿。柴生不忍拒绝，才又跟她有说有笑。金氏在卧室设下酒筵，派下人去叫柴生。柴生推辞说喝醉了，不肯前来。金氏盛装亲自到柴生住的地方，说："我竭尽诚意准备了一天，你即使醉了，也请喝一杯再回来。"柴生这才进入内室，夫妻一起喝酒闲谈。金氏从容不迫地说："前些时候，无意中把那个婢女给杀死了，现在我很后悔。你怎么就跟我记仇，竟连夫妻情分也没有了呢？以后不管你纳多少姬妾，我绝不挑剔你的毛病。"柴生听了非常高兴，眼看蜡烛快烧尽了，他就留在金氏的房中住宿。从此，夫妻仍像当初一样相敬相爱。

　　金氏于是把媒婆叫了来，嘱咐她给柴生物色美貌的侍妾。然而她在暗中却叫媒婆故意拖延不要前来报信，表面上则故意督促媒婆抓紧快办。就这样拖了一年多，柴生等得不耐烦了，便逐个嘱托亲戚朋友帮他买个侍妾，结果买到了林氏的养女。

　　金氏一见林家姑娘，表面上露出高兴的样子，两人吃喝都在一起，连她的脂粉、首饰之类，也都任林姑娘随便取用。可是林姑娘本是北方人，不会做针线活儿，除了刺绣鞋面以外，其他活计都得依靠别人。金氏说："我们家一向勤俭，不像王侯家，买个美人儿来当画儿看的。"于是交给林姑娘锦缎，教她学着裁制衣服，就像严厉的老师教学生一样。起初，她对林姑娘还只是责骂，随之便用鞭子抽打。柴生尽管心疼林姑娘，却又不能庇护她。可是金氏对林姑娘的亲热劲儿，更比往日加倍，往往亲自给她梳妆打扮，涂脂抹粉。但是，她如果看见林姑娘的鞋跟上稍有一点儿褶皱的痕迹，就用铁棍打她的两只脚；发现她的头发稍微乱一点儿，就抽她的嘴巴。

　　林姑娘受不了这种虐待，上吊死了。柴生极为痛心难过，对金氏颇为怨恨。金氏发怒说："我替你管教娘子，有什么罪过？"柴生这才省悟到她的狡诈，于是又跟她闹翻了，永远断绝了夫妻的情义。他暗自在别处的庄园里盖了房子，寻思再买一个美貌女子在那里另住。渐渐半年过去了，也没有找到中意的人。

柴生偶然去参加朋友的葬礼，见到一位十六七岁的姑娘，生得艳丽夺目，光彩照人。他目不转睛地盯着姑娘，禁不住心驰神往。姑娘嗔怪他如此肆无忌惮地端详自己，便也斜着眼看了看他。柴生向人打听，了解到她家姓邵，她的名字叫九娘。其父邵翁是个穷秀才，只有九娘一个女儿。九娘从小聪明伶俐，邵翁教她念书，她看一遍就能记得清清楚楚。她尤其喜欢读《内经》和相书。邵翁特别疼爱她，有人来提亲，就叫她自己选择。可是不管穷的富的，九娘全都看不上眼，因此至今十七岁了还没有许配人家。

柴生知道了这些情况，估计自己没指望了，然而心里依然很留恋她。他多少还抱有这样的希望，既然她家里贫穷，多送点彩礼或可打动他们。他跟好几个媒婆商量过此事，但没人敢去邵家说媒。柴生于是有些心灰意懒，不敢再抱任何希望。忽然有个姓贾的老妇人，因为卖珠子来到柴生家。柴生把自己的心愿跟她讲了，给了她很多银子，托她帮忙，并说："只求你把我的一番诚意告诉邵家，至于亲事说得成与说不成，我绝不责怪你。万一有希望达到目的，即使花上千银子，我也绝不吝惜。"老妇因柴生家有钱，自己可以从中得利，就答应下来。

老妇进了邵家的门，故意与邵妻拉些家常话。她见了九娘。惊讶地赞叹道："好一个俊姑娘！若是进了皇宫，又哪里数得着受皇上宠爱的赵家姐妹？"她又问："女婿家是谁？"邵妻回答说："还没有人家呢。"她又道："这么一个美娘子，还愁没有王侯做女婿呀！"邵妻叹道："王侯家，我们不敢指望，只要是个念书的，就不错了。只是我们家这个小冤家，翻来覆去地挑选，十个里也没挑到一个合适的，到底也不知她是怎么想的。"老妇说："夫人不用烦恼。这么一个大美人儿，不知道上辈子修了什么福气的人，才能娶她，享受这种艳福呢！昨天我碰见一桩令人可笑的事：柴家郎君说，他在某家坟地边，看见了你家姑娘的容貌，愿意用上千银子作聘礼娶她做妾。这不是饿鹙鹰想吃天鹅肉吗？早让我给他呵斥一边去啦！"邵妻微微一笑，没有回答。老妇说："也就是你们这个秀才家，古板得要命，遇事难与商量；若在旁人家，这样扔掉一尺拾回一丈的好事，准保认为合适愿意干。"邵妻仍笑笑，不说话。老妇又拍着手说："果然如此，那么为我自己着想可就错了。现在我天天蒙夫人您怜惜，进了屋子就跟您促膝对坐，您把酒啦茶啦赏给我喝。如果你们一旦得了上千银子，出门有车马，进门有楼阁，我再到您家，看门的就该呵斥到我头上了。"

邵妻沉吟了好久，起身离去，与她丈夫说话；过了一会儿，又叫女儿九娘；又过了一会儿，三个人一块儿出来了。邵妻笑道："这丫头可真怪！多少好人家儿她都不肯应允，听说去给人家当小老婆她倒答应了。只是我们担心被读书人耻笑！"老妇道："姑娘进了柴家门儿，如果生个胖小子，大夫人又能把她怎样！"说罢，她又把柴生与大夫人分开单过的打算告诉他们，邵翁夫妇更加高兴，又对九娘说："你跟贾妈妈说清楚。这事可是你自作主张，不要后悔，以致将来埋怨爹娘。"九娘腼腆地说："这样做，爹娘可以安然享受一笔优厚的报酬，那么养闺女也算是得济了。再说我顾念自己是个薄命女子，如果得到理想的伴侣，必定会减掉自己的寿数，现在稍受点儿折磨，对我将来未必不是幸福。前些时候我见到柴郎，发现他也是一副有福气的模样，我想将来他的子孙中必定会有发迹的人。"老妇大喜，跑去报告柴生。柴生喜出望外，当即拿出上千银子，准备了车马，把九娘娶到了别处的庄园上。家中的仆人没人敢向金氏说起这件事。

婚后，一天九娘对柴生说："你这种安排，就是所谓燕子在帐幕上筑巢，不考虑长远啊！你想把人家的嘴堵住，希望事情不泄露出去，哪里办得到呢？你不如早点儿带我回家去见大夫人，把此事赶紧公开出来，灾祸或者会小一些。"柴生担心她会受到金氏的摧残，九娘说："天下没有不能感化的人。我如果没有过错，她有什么理由动肝火？"柴生说："不然。她可是个非常蛮横、根本无法用情理打动的人。"九娘说："我身为贱妾，受些摧残折磨也是自己的本分。不这样，苟且度日，怎么能长久呢？"柴生认为她说得固然有道理，但到底还是犹犹豫豫，下不了决心。

一天，柴生到别处去了。九娘穿着婢女的服装出了门，命仆人为她牵着老母马，一个老女仆提着包袱跟在后面，竟一起来到大夫人金氏的住所。九娘匍匐在地向金氏陈述了事情的经过。起初，金氏非常恼火，接着一想，她能来自首，情有可原。又见九娘的穿着打扮跟下人一样！火气也就稍微平息了一些。于是便叫婢女给九娘拿出华丽的服装穿上。

金氏说："那个没情没义的人，对着众人说我的坏话，使我横遭人家议论。其实都是因为男人不讲情义，再加上那些婢女品行不端，才惹得我动肝火。你想想看，背弃自己的妻子而另立家庭，这样的男人难道还算人吗？"九娘说："据我仔细观察，柴郎好像也有点儿后悔，只是不肯向夫人低声下气罢了。俗话说：'大者不伏小。'按照礼法而论：妻子与丈夫的关系，就跟儿子与父亲、侍妾与嫡妻的关系一样，不可逾越。夫人如果肯于给他个好脸儿，说上几句好话，那么过去长期积累的怨恨就可以一笔勾销了。"金氏说："他自己不来，跟我有什么关系？"说罢，她又命婢女、老女仆给九娘安排房屋。金氏虽然满肚子不高兴，也只好暂且隐忍下来。

柴生听说九娘回家去了，大吃一惊，叫苦不迭。他心中暗想，这就如同羊入虎穴一样，九娘一定被折磨得一塌糊涂，不成人样了。他赶快跑回家来，见家中安安静静的，心里才踏实了些。九娘迎至门前，劝解柴生，让他到金氏的屋里去。柴生感到很为难，九娘哭了，柴生才稍微有点儿活动的意思。九娘去见金氏，说："柴郎刚刚回来了，自己觉得惭愧，没脸来见夫人，请夫人过去冲他笑一笑，给他个台阶下。"金氏不肯前往。

九娘说："我已跟您说过：丈夫与妻子的关系，就好比正妻与侍妾的关系一样。当初，孟光为她的丈夫'举案齐眉'，人们却不把这种行为看作谄媚，为什么呢？还不是她的本分就该如此罢了。"金氏听了她的劝告，去见柴生。金氏说："你狡兔三窟，还回家干什么？"柴生低着头，未做回答。九娘用胳膊肘儿碰碰他，柴生才勉强做了个笑脸。金氏的脸色也稍稍缓和了一些，将要动身回自己房中。九娘推着柴生叫他跟着一起去，并吩咐厨师给他们备酒。从此，夫妻二人又和好了。

九娘早晨起来，穿着婢女的衣服去拜见金氏。金氏洗完了脸，九娘接过手巾，毕恭毕敬地按照婢女的礼节伺候她。柴生到九娘的房中来住，九娘总是苦苦地推辞，间隔十几天才肯接纳他住一回。金氏也认为九娘这人很贤惠，可又觉得自己不如人家，这种惭愧心情日积月累就变成了妒忌。只是九娘侍候她非常小心谨慎，没有毛病可以挑剔。有时即使她申斥责骂几句，九娘也只是逆来顺受。

一天晚上，金氏与柴生又拌了几句嘴。金氏在早晨梳头时，仍然怒气不息。九娘为她捧着镜子，镜子落到了地上，摔破了。金氏恼了，手里仍握着自己的头发，眼眶子都要瞪裂了。这下可把九娘给吓坏了。慌忙跪在地上苦苦求饶。金氏怒气不消，拿起皮鞭一连抽打她几十下。柴生忍无可忍，怒气冲冲地跑进来，把九娘拉了出去。金氏仍不依不饶，大声嚷嚷着追打九娘。柴生大怒，从金氏手中夺过鞭子反去抽打她，把金氏脸也打破了，才罢手。从此夫妻二人变得就像仇人一样。

柴生禁止九娘再去金氏房中。九娘不听，早晨起床后，跪着爬到金氏门前，在帘幕外伺候。金氏捶着床怒骂，叫她滚开，不准九娘到跟前来。她日日夜夜，咬牙切齿，准备等待柴生外出的时机，在九娘身上出气。柴生知道后，便谢绝与外界来往，关起门来，连亲朋之间的吊唁、庆贺等活动也不参加。金氏无可奈何，便天天责打婢女们出气，下人们都忍受不下去了。

自从柴生与金氏断绝了情义，九娘也不敢留他过夜，柴生只好孤零零地一人睡觉。金氏听说后，心里还稍稍平静了些。有个年纪较大的婢女一向狡诈，她偶然跟柴生说了几句话，金氏怀疑她和主人有私情，便对她更加凶狠。这个婢女躲在无人的地方，痛心疾首地大骂金氏。

一天晚上，轮着这个婢女值夜班。九娘嘱咐柴生，叫他别去，说："这丫头脸上流露出杀人的念头，居心叵测。"柴生听了，把婢女叫来，吓唬她说："你要干什么？"婢女又惊又怕，找不出话来回答。柴生越发怀疑，搜查她的衣服，发现了锋利的凶器。婢女无话可说，只是趴在地上请求处死。柴生要打她，九娘制止说："恐怕被夫人听见，这个婢女就一定活不成了。她的罪过固然不能饶恕，然而不如把她卖掉。这样，既可以保全她的性命，我们也可以得到一些她的身价银子。"柴生同意这么办。恰巧有人要买侍妾，柴生赶紧把这个婢女卖掉了。

金氏因为卖婢女的事没跟她商量而怪罪柴生，更加迁怒于九娘，越发恶毒地对她进行辱骂。柴生愤愤地对九娘说："这都是你自讨苦吃。以前要是杀了这婆娘，哪里会有今日？"说罢掉头走了。金氏觉得他话里有话，感到很奇怪。她问遍身边的人，并没人知道是怎么回事。她又问九娘，九娘也不言语。她心里越发纳闷生气，就提着衣襟破口大骂。柴生这才回来，把实情告诉她。金氏大吃一惊，对九娘说了几句抚慰的话；可她一想，九娘不该不早点儿把真情告诉她，反而更恨九娘了。

柴生以为妻妾之间的怨消除了，便不再提防，恰巧一次他出远门，金氏便把九娘叫来，数落她说："奴婢谋杀主人，罪过不能饶恕。你却故意放跑她，究竟安的什么心？"九娘仓促之间不能用话表明自己的心迹。金氏于是把烙铁烧红，用来烙烫九娘的面部，想毁坏她的容貌。婢女仆妇全都为九娘抱不平。九娘每一声痛苦的呼号，都震撼着众人的心。下人们全都哭了，愿意代替九娘去死，金氏这才不烙了，却又用针扎她的两肋，一连扎了二十多下，才挥手叫她走开。

柴生回家后，见到九娘脸上的烫伤，不觉大怒，要去找金氏算账。九娘拉住他的衣襟说："我明明知道你家是个火坑，却还是跳进来了。当初我答应嫁给你的时候，难道我是把你家当做天堂吗？我不过顾念自己是个薄命女子，姑且以遭受这样的磨难，来使上天发泄对我的怨怒罢了。如果我能够安心忍受，苦难还有到头的时候；如果我再去触犯，这就是把已经填平的坑又给挖开了。"于是她把治烧伤的药涂在患处，没过几天，创伤便平复了。九娘偶然拿起镜子照照，忽然喜出望外地对柴生说："你今天应该为我庆贺，夫人把我脸上不吉利的痕迹给烙没了！"她从早到晚，仍像过去一样侍奉金氏。

金氏前时看到众人哭泣，觉察到自己就像被人唾弃痛恨的暴君一样，于是稍稍产生了一丝悔过之意。有事时，便常招呼九娘一块儿来坐，说话也温和了，态度也友善了。过了一个多月，她忽然得了反胃的病，不思饮食。柴生只恨她不死，对她的病根本不闻不问。几天工夫，金氏的肚子胀得像鼓一样，病情日益加重。九娘服侍她，顾不上睡觉吃饭，金氏更加感激她。九娘告诉金氏，自己懂得医理，可以替她治病。金氏觉得自己过去待她过分凶狠，怀疑她趁机报复，因此谢绝了。

金氏待人严厉，治家有方，仆人们都服从她的管束。自从她病倒以后，这些下人就都到处闲逛，竟没干活儿的人了。柴生亲自料理家务，累得要命，可是家中米盐，还没吃就都没有了。到了这时，他才大为感慨，想起没有妻子不行，于是给金氏请医吃药。金氏见了别人就说自己得的是"气蛊"，因此凡请来的大夫给她号脉，没有不说她的病是由气郁引起的。前后一共换了几个大夫，始终无效，金氏的病已经很危险了。

九娘在给她煎药时，便进言说："这种药，吃一百服也没用处，只会使病情加重。"金氏不相信。九娘背着她抓来别的药换上。药吃下以后，一顿饭的工夫，金氏竟接连三次大便，病仿佛一下子就没了。金氏于是更加嘲笑九娘的话不可靠，她呻吟着呼唤说："女华佗，现在怎么样啊！"九娘以及众婢女都笑了。金氏追问缘故，九娘才如实告诉她。金氏流着眼泪说："我天天受你天覆地载的大恩，却一点儿也不知道啊！从今往后，请你当家，家中一切事务，都按照你的吩咐去办。"

不久，金氏的病好了，柴生准备酒筵庆贺。九娘捧着酒壶站在一旁伺候。金氏亲自起来抢过酒壶，拉着她跟自己并肩坐下，那股亲热劲儿，与往日大不一样。夜深了，九娘找了个借口，离席回到自己屋中。金氏派了两名婢女把她拉了回来，硬叫她和自己连床而睡。从此，两人遇事必定共同商量，吃饭必定在一起，就连亲姐妹也没她们这么和好。

没过多久，九娘生了一个男孩。她产后多病，金氏亲自护理她，就像服侍自己的老母亲一样。后来，金氏患了心口痛的病，痛起来的时候，面色青紫，恨不得寻死。九娘赶紧去买了几根银针，等回来时，金氏都快断气了。九娘忙按照穴位给她扎针，一针下去疼痛忽然就止住了。

十几天过后，金氏又犯了心痛病，九娘又给她扎针，可是过了六七天又复发了。虽说九娘给她扎针，马上能见功效，使她不至于太痛苦，然而她心里总是惴惴不安，恐怕再犯病。半夜里，金氏梦见到了一处地方，好像是座庙宇，可是殿中的那些木雕泥塑的鬼神都能活动。神灵问她："你是金氏吗？你罪恶多端，死期已近。

姑念你能悔改，因此只给你降下灾殃，以示轻微的惩罚。以前你杀过两名侍妾，这是因为她们跟你有宿怨而遭到的报应。至于邵氏有什么罪过，你对她竟如此狠毒？你应受到鞭打的惩罚，已有柴生替她报复了，可以相抵；你所欠下她的一烙铁二十三针的债，现在才扎了三次，只不过刚刚偿还个零头儿，你就想把病根除掉吗？告诉你，你的病明天又该发作了！"金氏醒来以后，非常恐惧，还希望这不过是个怪梦。不料，吃罢饭以后，果然又犯病了，心痛得比前几次都厉害。

九娘来了，又给她扎针，病随即好了。九娘疑惑地说："我掌握的医术只有这些了，病根儿怎么不能除掉呢？请你允许我再用艾炷给你灸一下，非把穴位上的皮肉烧烂不可，我只担心夫人忍受不了这种痛苦。"金氏想到梦中神灵说过的话，因此并不感到为难，就接受了治疗。然而，在她呻吟着忍受痛苦的时候，却默默地想，自己还欠人家十九针，还不知要发生什么病变呢，倒不如横下心来，把罪一下子受完，也免得今后零碎受苦。艾炷燃烧完了，她要求九娘再给她扎针。九娘笑道："针怎么能超过常规乱扎呢？"金氏说："你不用管是不是穴位，只麻烦你再给我扎十九下。"九娘笑笑，没有答应。金氏坚决请求，爬起来跪在床上，九娘到底还是不忍心扎。金氏只好把她做的梦如实告诉九娘，九娘这才大致按照人身上的经络，给她又扎了十九针。

从此金氏恢复了健康，果然不再犯病了。她更加忏悔自己的过错，即使对待下人也没有粗暴蛮横的面容了。

九娘的儿子名叫俊，生得容貌清秀，聪明过人。九娘常说："凭这孩子的相貌，他将来能进翰林院。"柴俊八岁时，被人称作神童，十五岁时便考中进士，并被授予翰林的官职。这时柴生夫妇不过四十岁，九娘才三十二三岁。九娘坐着车马回娘家，乡里人都为她感到荣耀。九娘的父亲自从把女儿卖给柴生做妾以后，家里突然阔绰起来，但一些读书人却觉得跟他交朋友是自己的耻辱。直至这个时候，才有人跟他来往。

巩　仙

【原文】

巩道人，无名字，亦不知何里人①。尝求见鲁王②，阍人不为通③。有中贵人出④，揖求之。中贵见其鄙陋，逐去之；已而复来。中贵怒，且逐且扑。至无人处，道人笑出黄金二百两，烦逐者覆中贵："为言我亦不要见王；但闻后苑花木楼台，极人间佳胜，若能导我一游，生平足矣。"又以白金赂逐者。其人喜，反命⑤。中贵亦喜，引道人自后宰门入⑥，诸景俱历⑦。又从登楼上。中贵方凭窗，道人一推，但觉身堕楼外，有细葛绷腰⑧，悬于空际；下视，则高深晕目，葛隐隐作断声。惧极，大号。无何，数监至⑨，骇极。见其去地绝远，登楼共视，则葛端系楹上；欲解援之，则葛细不堪用力。遍索道人，已杳矣。束手无计，奏之鲁王。王诣视⑩，大奇之。命楼下藉茅铺絮，将因而断之。甫毕，葛崩然自绝，去地乃不咫耳。相与失笑。

王命访道士所在。闻馆于尚秀才家⑪，往问之，则出游未复。既，遇于途，遂引见王。王赐宴坐，便请作剧⑫。道士曰："臣草野之夫，无他庸能。既承优宠，敢献女乐为大王寿⑬。"遂探袖中出美人，置地上，向王稽拜已。道士命扮"瑶池宴"本⑭，祝王万年。女子吊场数语⑮。道士又出一人，自白"王母"⑯。少间，董双成、许飞琼⑰，一切仙姬，次第俱出。末有织女来谒⑱，献天衣一袭⑲，金彩绚烂，光映一室。王意其伪，索观之。道士急言："不可！"王不听，卒观之，果无缝之衣⑳，非人工所能制也。道士不乐曰："臣竭诚以奉大王，暂而假诸天孙，今则浊气所染，何以还故主乎？"王又意歌者必仙姬，思欲留其一二；细视之，则皆宫中乐伎耳。转疑此曲，非所夙谙㉑，问之，果茫然不自知。道士以衣置火烧之，然后纳诸袖中，再搜之，则已无矣。王于是深重道士，留居府内。道士曰："野人之性，视宫殿如藩笼㉒，不如秀才家得自由也。"每至中夜，必还其所；时而坚留，亦遂宿止。辄于筵间，颠倒四时花木为戏。王问曰："闻仙人亦不能忘情㉓，果否？"对曰："或仙人然耳；臣非仙人，故心如枯木矣㉔。"一夜，宿府中，王遣少妓往试之。入其室，数呼不应；烛之，则瞑坐榻上。摇之，目一闪即复合；再摇之，鼾声作矣。推之，则遂手而倒，酣卧如雷；弹其额，逆指作铁釜声。返以白王。王使刺以针㉕，针弗入。推之，重不可摇；加十馀人举掷床下，若千斤石堕地者。旦而窥之，仍眠地上。醒而笑曰："一场恶睡，堕床下不觉耶！"后女子辈每于其坐卧时，按之为戏：初按犹软，再按则铁石矣。

道士舍秀才家，恒中夜不归。尚锁其户，及旦启扉，道士已卧室中。初，尚与曲妓惠哥善㉖，矢志嫁娶。惠雅善歌，弦索倾一时㉗。鲁王闻其名，召入供奉，遂绝情好。每系念之，苦无由通㉘。一夕，问道士："见惠哥否？"答言："诸姬皆见，但不知其惠哥为谁。"尚述其貌，道其年，道士乃忆之。尚求转寄一语。道士笑曰："我世外人，不能为君塞鸿㉙。"尚哀之不已。道士展其袖曰："必欲一见，请入此。"尚窥之，中大如屋。伏身入，则光明洞彻，宽若厅堂；几案床榻，无物不有。居其内，殊无闷苦。道士入府，与王对弈。望惠哥至，阳以袍袖拂尘㉚，惠哥已纳袖中，而他人不之睹也。尚方独坐凝想时，忽有美人自檐间堕，视之，惠哥也。两相惊喜，绸缪臻至。尚曰："今日奇缘，不可不志。请与卿联之㉛。"书壁上曰："侯门似海久无踪㉜。"惠续云："谁识萧郎今又逢㉝。"尚曰："袖里乾坤真个大㉞。"惠曰："离人思妇尽包容㉟。"书甫毕，忽有五人入，八角冠，淡红衣，认之，都与无素㊱。默然不言，捉惠哥去。尚惊骇，不知所由。道士既归，呼之出，问其情事，隐讳不以尽言。道士微笑，解衣反袂示之㊲。尚审视，隐隐有字迹，细裁如虮㊳，盖即所题句也。后十数日，又求一入。前后凡三入。惠哥谓尚曰："腹中震动，妾甚忧之，常以紧帛束腰际。府中耳目较多，倘一朝临蓐，何处可容儿啼？烦与巩仙谋，见妾三叉腰时㊴，便一拯救。"尚诺之。归见道士，伏地不起。道士曳之曰："所言，予已了了㊵。但请勿忧。君宗祧赖此一线，何敢不竭绵薄。但自此不必复入。我所以报君者，原不在情私也。"后数月，道士自外入，笑曰："携得公子至矣。可速把襁褓来！"尚妻最贤，年近三十，数胎而存一子；适生女，盈月而殇。闻尚言，惊喜自出。道士探袖出婴儿，酣然若寐，脐梗犹未断也。尚妻接抱，始呱呱而泣。道士解衣曰："产血溅衣，道家最忌。今为君故，二十年故物，一旦弃之。"尚为易衣。道士嘱曰："旧物勿弃却，烧钱许[41]，可疗难产，堕死胎。"尚从其言。

居之又久，忽告尚曰："所藏旧衲[42]，当留少许自用，我死后亦勿忘也。"尚谓其言不祥。道士不言而去。入见王曰："臣欲死！"王惊问之，曰："此有定数，亦复何言。"王不信，强留之。手谈一局[43]，急起；王又止之。请就外舍，从之。道士趋卧，视之已死。王具棺木，以礼葬之。尚临哭尽哀[44]，始悟囊言盖先告之也。遗衲用催生，应如响[45]，求者踵接于门。始犹以污袖与之；既而剪领衿，罔不效。及闻所嘱，疑妻必有产厄[46]，断血布如掌，珍藏之。会鲁王有爱妃临盆，三日不下，医穷于术。或有以尚生告者，立召入，一剂而产。王大喜，赠白金、彩缎良厚，尚悉辞不受。王问所欲，曰："臣不敢言。"再请之，顿首曰："如推天惠[47]，但赐旧妓惠哥足矣。"王召之来，问其年，曰："妾十八入府，今十四年矣。"王以其齿加长，命遍呼群妓，任尚自择；尚一无所好。王笑曰："痴哉书生！十年前定婚嫁耶？"尚以实对。乃盛备舆马，仍以所辞彩缎为惠哥作妆，送之出。惠所生子，名之秀生——秀者袖也——是时年十一矣。日念仙人之恩，清明则上其墓[48]。

有久客川中者[49]，逢道人于途，出书一卷曰："此府中物，来时仓猝，未暇璧返[50]，烦寄去[51]。"客归，闻道人已死，不敢达王；尚代奏之。王展视，果道士所借。疑之，发其家，空棺耳。后尚子少殇，赖秀生承继[52]，益服巩之先知云。

异史氏曰："袖里乾坤，古人之寓言耳，岂真有之耶？抑何其奇也！中有天地、有日月，可以娶妻生子，而又无催科之苦[53]，人事之烦，则袖中蚁虱，何殊桃源鸡犬哉[54]！设容人常住，老于是乡可耳。"

【注释】

①何里：犹言何乡。里，乡里。

②鲁王：明太祖朱元璋第十子朱檀封鲁王，洪武十八年就藩兖州，二十二年薨，谥曰"荒"。

③阍人：守门人。通：传报。

④中贵人：宫中的宦官。

⑤反命：复命；回报。

⑥后宰门：指鲁王府的后门。

⑦历：游历。

⑧葛：一种藤本植物。绷：捆束，缠绕。

⑨监：内监，指王府监奴。

⑩诣视：犹临视，谓亲去看视。

⑪馆：寓居。

⑫作剧：此指表演幻术。

⑬女乐：歌舞伎。寿：祝人长寿。

⑭"瑶池宴"本：瑶池，古代传说中昆仑山上的池名，西王母所居之地。

⑮吊场：戏曲术语。传奇折子戏开头，有时先由一两个次要人物上场，介绍前面的剧情，使观众对下面的表演易于了解，叫"吊场"。

⑯王母：即西王母。

⑰董双成、许飞琼：都是神话传说中西王母的侍女，

⑱织女：星名。此指神话人物，传说她长年织造云锦，故称织女。

⑲一袭：一件。

⑳无缝之衣：指神仙之衣。

㉑非所凤谙：不是以前所熟悉的。指并非宫中乐妓所演习之乐曲。

㉒藩笼：藩障与牢笼；意谓禁锢自由之所。

㉓忘情：不动情。

㉔心如枯木：喻静寂而无情欲。枯木，犹言槁木，《庄子·齐物论》以槁木死灰喻静寂无情。

㉕以：据二十四卷抄本，原作"一"。

㉖曲妓：乐妓。曲，乐曲。

㉗弦索倾一时：谓演奏技艺超群出众。弦索，指演奏弦乐，如弹奏琵琶或筝。倾，胜过、超越。

㉘苦：据二十四卷抄本，原作"若"。

㉙塞鸿：唐传奇《无双传》，谓王仙客与无双自幼相爱，后来无双因家败被收为官女。王仙客的仆人塞鸿曾多方设法，使得仙客会见无双，并为无双传书于王仙客。

㉚阳：同"佯"，装作。

㉛联之：指联句成诗。联句为旧时作诗方式之一。一般是一人出上句，续者对成一联，再出上句；轮流相继，缀成一诗。

㉜侯门似海久无踪：意谓惠哥被召入鲁王府就不见踪影。

㉝谁识萧郎今又逢：意谓出乎意料地又遇见了尚秀才。萧郎，旧时诗词中习用语，女子对所爱恋的男子的称呼。

㉞袖里乾坤真个大：指道人衣袖宽广。乾坤，犹言天地。

㉟离人思妇尽包容：意谓可包容相思的情侣。离人，离家的男子。思妇，思夫的妇人。

㊱无素：平日没有交往。

㊲反袂：把衣袖翻过来。

㊳虮：虱子的卵。

㊴三叉腰：腰围三叉。按拇指与中指伸开，两指端之间距，俗称一叉。

㊵了了：知晓。

㊶钱许：一钱多重。

㊷旧衲：此指为产血溅污的道服。

㊸手谈：下围棋。古人称下围棋为"坐隐"或"手谈"。

㊹临哭：哭吊。

㊺应如响：如声响相应；喻极为灵验。

㊻产厄：分娩之灾。

㊼推天惠：施予恩惠。天惠，上天的恩惠，此指鲁王的恩赐。

㊽上其墓：祭扫其坟。

㊾川中：指四川。

㊿璧返：归还借用之物的敬词。

51寄去：捎去。

52赖秀生：此据山东省博物馆抄本，原作"赖生"。

53催科：催租。租税有法令科条，故称"科"。

54桃源：指陶渊明在《桃花源诗并记》中所描写的世外桃源。

【译文】

巩道人，没有名字，也不知是什么地方人。有一次求见鲁王，守门人不给他通报。恰好有一个宦官出来，道人向他作揖施礼，求他放行。宦官见他鄙陋，把他赶走了。过了一会儿，道人又回来了。宦官大怒，命人边赶边打他。来到没人的地方，道人笑着拿出黄金二百两，麻烦赶他的人回复宦官："就说我也不要见鲁王。只是听说后园中花木楼台，是人间最好的佳境，如果能领着我游览一次，一生就满足了。"又用银子贿赂赶他的人。这个人很高兴，回去向宦官禀报，宦官也很高兴，领着道人从后门进入，院中各处景色都看了一遍。道人又跟着来到楼上。宦官倚着窗口，道人一推，宦官觉着身坠楼外，有细藤束着腰，悬在空中。往下看，深得使人目眩头晕，葛藤隐隐作响，就像马上要断了似的。宦官害怕极了，大声叫喊。

　　不一会儿，另几个宦官来到，大吃一惊。只见宦官离地极远，来到楼上一起看，则葛藤一头系在窗框上。想解下葛藤把他拉上来，然而藤太细不敢用力。到处找道人，已没了踪影。大家束手无策，只好奏报鲁王。鲁王来到一看，感到非常奇怪，命人在楼下铺上茅草和棉絮，然后再去砍断葛藤。刚铺完，葛藤嘣的一声断了，离地才不过一尺左右。众人相顾失笑。

　　鲁王命令查访道士住在哪里。听说寓居尚秀才家，派人前去询问，则出去游玩尚未回来。不久，在半路上遇见道人，于是引他去见鲁王。鲁王赐宴，请道人表演幻术。道士说："臣是草野之人，没有什么能耐。既然承大王这么优待看重，冒昧地献上女乐给大王祝寿。"于是从袖中取出美人，放在地上，向大王叩拜已毕，道士命她演"瑶池宴"戏，祝大王长寿。女子到场中说了几句话，道士又取出一人，自称为"王母"。一会儿，董双成、许飞琼……一切仙女，依次都出来了。

　　最后有织女来拜见，献上天衣一件，金彩灿烂，照得满堂生辉。鲁王认为是假的，要拿来看。道士急忙说："不可！"鲁王不听，终于拿来看，果然是一件无缝的衣服，不是人工能制造出来的。道士不高兴地说："我全心全意地侍奉大王，而暂借织女前来。现在她被浊气污染，怎么还给主人呢？"鲁王又猜想歌舞的一定是仙女，想要留下一两个，仔细一看，都是宫中的乐妓罢了。转而怀疑所唱之曲，不是她们所熟悉的。问她们，果然茫然不知。道士把衣服放到火上烧，然后把女乐装到袖中，再搜索，则已没有了。

　　鲁王由此非常敬重道士，留他住在府里。道士说："野人的性情，视宫殿为牢笼，不如秀才家自由自在。"每天到半夜，一定回到住所。有时鲁王坚持留他，也就住下。有时在筵席间做颠倒四季花木的游戏。

　　鲁王问道："听说仙人也不能忘情，是真的吗？"道士答道："有的仙人是这样。臣不是仙人，所以心如枯木。"一夜，道士住在王府中，鲁王派一年轻的妓女前去试探他。进到他的卧室，喊几声都不答应，点灯一看，则闭眼坐在床上。摇他，眼睛一闪又闭上。再摇动他，鼾声响起来。推他，则随手而倒，鼾声如雷。弹他前额，碰到手指上发出铁锅的声音。

妓女返回告诉鲁王。鲁王用针刺他，刺不进去，推他，重得摇不动，叫十余人把他抬起来扔到床下，就像千斤石头落地那样。早晨跑来偷看他，仍然睡在地上。道士醒后笑着说："一场恶睡，掉到床下还不知道啊！"后来女子每当他坐着或躺着时，以按摩他为游戏。刚按摩还柔软，再按摩就像铁石一样坚硬了。

道士住在尚秀才家，常常半夜不回来，尚秀才锁上道士卧室的房门，等到早晨开门，道士已在室中睡着了。

过去，尚秀才和歌妓惠哥相好，两人发誓非她不娶，非他不嫁。惠哥平素歌唱得很好，弹琴也名震一时。鲁王听到她的名声，召她入宫侍奉，与尚秀才断绝了往来。尚经常想念她，可是苦于无法通信。一天傍晚，尚秀才问道士："见到惠哥没有？"道士答道："所有的女子都见过，只是不知道哪个是惠哥。"尚秀才述说惠哥长得什么样，有多大年龄，道士这才记住。尚秀才求道士给惠哥传个话，道士笑着说："我是尘世外的人，不能替你传情书。"尚秀才苦苦哀求，道士展开他的衣袖说："一定要见，请进这里。"

尚秀才向里看，袖中大小像一间屋子。伏身进去，则光明敞亮，像一间厅堂，桌椅床铺，无所不有，住在里边，并不感到气闷。道士进入王府，和鲁王下棋。看见惠哥来到，装作用袍袖拂灰尘，即把惠哥装到袖中了，而别人都没看见。尚秀才正独坐凝想时，忽然一个美人从房檐间落下来，一看，原来是惠哥。两人都感到万分惊喜，拥抱在一起亲热备至。尚秀才说："今天奇遇，不可不记。请与你联诗一首。"于是在墙壁上题写：

侯门似海久无踪。

惠哥续道：

谁识萧郎今又逢。

尚秀才又写道：

袖里乾坤真个大。

惠哥又续道：

离人思妇尽包容。

诗刚写完，忽然进来五个人，戴八角冠，穿淡红色的衣服。一看，都不认识。来人也不说话，抓了惠哥就走。尚秀才大吃一惊，不知是什么原因。

道士回到尚秀才家，把尚唤出，问他情况，尚秀才隐讳不全实说。道士微笑，脱下衣服，翻过袖子给他看。尚秀才仔细一看，袖子上隐约有字迹，细细地就像虮子，是他和惠哥所题的诗句。过了十几天，尚秀才又求道士带他人王府，前后共三。

惠哥对尚秀才说："我腹中震动，已怀有身孕。我非常忧虑，平常只好用布带束紧腰。可是府中人多口杂，假如一旦分娩，怎么能让人不听到婴儿啼哭呢？请你和巩仙人商量，见我腰腹隆起，就要前来拯救。"尚秀才答应了。

尚秀才回到家中见道士，跪在地上不起来。道士拉他起来，并说："你们所说的我已经知道了。请不必担心，你的宗庙香火全靠这一线相承，怎么能不尽绵薄之力。只是你从此不必再入王府了。我之所以报答你，原本也不是为了你们的私情。"

几个月后的一天，道士从外面回来，笑着对尚秀才说："把你的公子带回来了，快点拿婴儿小被褥来。"尚秀才的妻子非常贤惠，快三十岁了，生了数胎只活了一个儿子。最近刚生下一个女儿，满月就死了。听尚秀才说了经过，喜出望外。道士伸手从袖中取出婴儿，像睡熟了一样，脐带还未剪断。尚妻接过来抱在怀里，才开始呱呱啼哭。

道士脱下道袍说："产血溅到我的衣服上了，这是道家最忌讳的，今天为了你，这二十年的旧物不得不扔掉了。"尚秀才为道士换上新道袍。道士嘱咐说：旧道袍不要扔掉，把大约一钱重的一块旧衣烧了冲服，可治疗难产，能打下死胎。尚秀才记住了他的话。

又过了好久，道士忽然对尚秀才说："你所藏的那件旧道袍，应当留一些自己用。我死以后，也不要忘记我。"尚秀才认为他说的话不吉利，道士没有说什么就走了。进了王府，对鲁王说："臣要死了。"鲁王惊问缘由，道士说："这是定数，没什么可说的。"鲁王不信，硬留下他。下了一盘围棋，他便急忙起身要走，鲁王又拦住他。道士请求到外面休息一下，鲁王同意了。道士来到外面躺下，一看已经死了。鲁王命人用上好棺木，厚礼安葬道士。尚秀才到灵前哭拜，悲痛欲绝。这才醒悟，道士以前所说的都是预言，先告诉了他。

把道士留下的旧道袍用来催生，非常灵验。来索要的人不断登门。开始只把有血污的袖子给他们，后来袖子没了，就把衣领、衣襟剪来给人，都一样有效。后来想起道士的嘱咐，怀疑是妻子要有难产，剪下巴掌大一块血布，珍藏起来。正好鲁王有一个心爱的妃子，临产三日生不下来，许多医生都没有办法。

有人把尚秀才催生的事告诉了鲁王，鲁王立即派人召尚秀才人府，烧道袍服下，马上就生出来了。鲁王大喜，赠给尚秀才许多银子、彩缎。尚秀才一概推辞不要。鲁王问他想要什么，尚秀才说："臣不敢说。"鲁王再三请他说，尚秀才才叩头说："如蒙施与恩惠，只求把歌妓惠哥赐给我就心满意足了。"鲁王把惠哥招来，问她年龄，惠哥说："我十八岁进府，到现在十四年了。"鲁王认为她年龄太大了，命令把所有的歌舞伎都叫来，让尚秀才自己随便挑选，尚秀才哪个也不要。鲁王笑着说："傻书生，难道你们十年前就订了婚约了？"尚把实情告诉了鲁王。鲁王就命人准备车马，仍然把尚推辞掉的彩缎作为惠哥的嫁妆，送惠哥出府。

惠哥所生的儿子，取名叫秀生。"秀"就是"袖"的谐音。这一年已经十一岁了。平日总感念巩仙人的恩德，每年清明去道士墓上祭扫。

有一个人在四川客居多年，在路上遇见道士，道士拿出一卷书说："这是鲁王府里的东西，来的时候匆忙，没来得及归还，麻烦你给带回去。"这人回来后，听说道士已死，不敢去见鲁王，尚秀才代他向鲁王奏明此事。鲁王打开书一看，果然是道士所借去的书，鲁王心中怀疑，挖开道士的坟墓，只有一口空棺材。后来尚秀才妻子生的孩子几乎在年轻时死去，全靠秀生继承家业，尚秀才更佩服巩仙人的先见之明。

二　商

【原文】

　　莒人商娃者①，兄富而弟贫，邻垣而居②。康熙间③，岁大凶④，弟朝夕不自给。一日，日向午，尚未举火，枵腹蹀躞，无以为计。妻令往告兄：商曰："无益。脱兄怜我贫也，当早有以处此矣。"妻固强之，商便使其子往。少顷，空手而返。商曰："何如哉！"妻详问阿伯云何，子曰："伯踌躇目视伯母；伯母告我曰：'兄弟析居⑤，有饭各食，谁复能相顾也。'"夫妻无言，暂以残盎败榻⑥，少易糠秕而生。

　　里中三四恶少，窥大商饶足，夜逾垣入。夫妻警寤，鸣盎器而号。邻人共嫉之，无援者。不得已，疾呼二商。商闻嫂鸣，欲趋救。妻止之，大声对嫂曰："兄弟析居，有祸各受，谁复能相顾也！"俄，盗破扉，执大商及妇，炮烙之⑦，呼声綦惨。二商曰："彼固无情，焉有坐视兄死而不救者！"率子越垣，大声疾呼。二商父子故武勇，人所畏惧，又恐惊致他援，盗乃去。视兄嫂，两股焦灼。扶榻上，招集婢仆，乃归。大商虽被创，而金帛无所亡失，谓妻曰："今所遗留，悉出弟赐，宜分给之。"妻曰："汝有好兄弟，不受此苦矣！"商乃不言。二商家绝食⑧，谓兄必有一报；久之，寂不闻。妇不能待，使子捉囊往从贷⑨，得斗粟而返。妇怒其少，欲反之；二商止之。逾两月，贫馁愈不可支。二商曰："今无术可以谋生，不如鬻宅于兄。兄恐我他去，或不受券而恤焉⑩，未可知；纵或不然，得十馀金，亦可存活⑪。"妻以为然，遣子操券诣大商。大商告之妇，且曰："弟即不仁，我手足也。彼去则我孤立，不如反其券而周之。"妻曰："不然。彼言去，挟我也；果尔，则适堕其谋⑫。世间无兄弟者，便都死却耶？我高茸墙垣，亦足自固。不如受其券，从所适，亦可以广吾宅。"计定，令二商押署券尾⑬，付直而去。二商于是徙居邻村。

乡中不逞之徒⑭，闻二商去，又攻之。复执大商，搒楚并兼⑮，梏毒惨至⑯，所有金资，悉以赎命。盗临去，开廪呼村中贫者⑰，恣所取，顷刻都尽。次日，二商始闻，及奔视，则兄已昏愦不能语；开目见弟，但以手抓床席而已。少顷遂死。二

兄弟怡怡乐孔
滚妇言偏侠两
情奉二商友爱
锺天性长舌安
能作属皆

二商

商忿诉邑宰。盗首逃窜，莫可缉获。盗粟者十馀人，皆里中贫民，州守亦莫如何[18]。大商遗幼子，才五岁，家既贫，往往自投叔所，数日不归；送之归，则啼不止。二商妇颇不加青眼[19]。二商曰："渠父不义，其子何罪？"因市蒸饼数枚，自送之。过数日，又避妻子，阴负斗粟于嫂，使养儿。如此以为常。又数年，大商卖其田宅，母得直足自给，二商乃不复至。

后岁大饥，道殣相望[20]，二商食指益烦，不能他顾。侄年十五，荏弱不能操业[21]，使携篮从兄货胡饼[22]。一夜，梦兄至，颜色惨戚曰："余惑于妇言，遂失手足之义。弟不念前嫌，增我汗羞。所卖故宅，今尚空闲，宜僦居之。屋后蓬颗下，藏有窖金，发之，可以小阜。使丑儿相从；长舌妇余甚恨之，勿顾也。"既醒，异之。以重直啗第主，始得就，果发得五百金。从此弃贱业，使兄弟设肆廛间[23]。侄颇慧，记算无讹；又诚悫[24]，凡出入一锱铢[25]，必告。二商益爱之。一日，泣为母请粟[26]。商妻欲勿与；二商念其孝，按月廪给之。数年家益富。大商妇病死，二商亦老，乃析侄，家资割半与之。

异史氏曰："闻大商一介不轻取与[27]，亦狷洁自好者也[28]。然妇言是听，愦愦不置一词，恝情骨肉[29]，卒以吝死。呜呼！亦何怪哉！二商以贫始，以素封终。为人何所长？但不甚遵闺教耳[30]。呜呼！一行不同，而人品遂异。"

【注释】

①莒：古邑名，在今山东省莒县。

②邻垣而居：两家住宅相邻，仅隔着一道垣墙。

③康熙：清圣祖玄烨的年号。

④岁大凶：荒年。岁，一年的农业收成。凶，指遭受灾害，谷物不收。

⑤析居：分居。析，分。

⑥残盎：指无用的坛坛罐罐。盎，一种腹大口小的盛器。败榻：破床，指破烂家具。

⑦炮烙：殷代的一种酷刑。此指用烧红的铁器炙烙。

⑧绝食：断炊。

⑨从贷：向人借贷。

⑩不受券：不接受宅契，指不忍心买其住宅。券，契约。

⑪存活：度命。

⑫适堕其谋：恰好中了他的计谋。

⑬押署券尾：在卖契上签字画押。券尾，指卖契的末下端。

⑭不逞之徒：不得志者；心怀不满的人。

⑮榜楚并兼：鞭抽，棍打。拷，笞击，用竹板打。楚，刑杖，用木棍打。

⑯梏毒：用毒刑折磨。梏，古时木制的手铐，指捆绑拘禁。毒，伤害，指狠毒的折磨。

⑰廪：米仓。

⑱州守：知州，州的主管官员。莫如何：无可奈何。

⑲不加青眼：白眼相待，谓不喜爱。青眼，与白眼相对，谓喜悦时正目而视，眼多青处。

⑳道殣相望：路上饿死的人，到处可见。殣，饿死。

㉑荏弱：柔弱，体弱。

㉒胡饼：芝麻烧饼。胡，胡麻，即芝麻，相传张骞从西域传入，故称"胡麻"。

㉓设肆廛间：在街市上开个店铺。廛，商业区。

㉔悫：忠厚。

㉕出入：支出与收入。锱铢：锱和铢都是古代微小重量单位。这里指极少量的钱财。

㉖请粟：乞粮。请，乞求。

㉗一介：也作"一芥"，谓轻微。王充《论衡·知实》："不取一芥于人。"芥，指草芥。

㉘狷洁自好：耿直守分，洁身自好。狷，耿介。

㉙恝情骨肉：对亲兄弟漠不关心。恝，冷漠、无动于衷。

㉚遵闺教：听老婆话。闺，闺闱，妇女所居的内室，借指妇人、妻子。

【译文】

莒县有个姓商的人家，哥哥是个富户，弟弟是个穷汉，两家只隔道墙。

康熙年间，一个大歉年，弟弟穷得顾不上口。一天，天到晌午了，还没生火做饭，二商空肚子咕噜噜叫，愁得走过来走过去，想不出一点办法。妻子让二商去求哥哥。二商说："没有用啊！要是大哥怜惜咱穷，早就想法子接济咱了！"妻子硬逼二商去，二商就让大儿子去了。

一会儿，大儿子就空着手回来了。二商说："怎么样？我说没有用呗！"妻子就详细盘问大伯说些什么。儿子说："大伯还犹犹豫豫的，拿眼瞅伯母；伯母对我说：'兄弟分开家，有饭各自吃，谁也顾不得谁啊！'"二商两口子一听，无话可说，只好把破烂家什变卖掉，换点秕糠，熬锅野菜粥来糊弄肚子。

村子里有几个不务正业的无赖，瞅着大商家富足，半夜三更，翻过墙头，进了大商家。大商两口子听见动静，惊醒过来，揣摩着来了盗贼，就咝咝地敲响脸盆，大声呼喊救命！可是，因为大商家为人太刻薄，东邻西舍谁也不愿意冒险去解救。大商妻子叫了一阵，见没有人应声，不得已，只好高声呼叫："二兄弟，好兄弟，快来救命吧！"二商听得嫂子呼叫，就要急忙去救。可是，妻子把他死命拉住，不让二商去，大声对嫂子喊道："兄弟分了家，有祸各自受，谁也顾不上谁啊！"

不大会儿，强盗砸破房门，抓住大商两口，就烧红了铁器烙他们。烙一下，叫喊一声，烙一下，呼号一声，嗷嗷直叫，实在凄惨！二商忍耐不住了，就说："大哥两口固然不讲情义，可是哪有白看着哥哥被害死，却不去救的！"随说着，领着几个儿子，拿着家什，一起越过墙头，大声呼喊着："捉贼呀，捉贼呀！"二商父子们会几手武术，盗贼们对他们也惧怕几分，又怕招引得别人也来援助，就呼哨一声，散开跑了。二商进房一看，哥哥嫂嫂的两条大腿都给烙得焦煳了。赶忙把他们扶到床上歇息，又把大商家的丫头、仆人招集一起，才回家来。

大商虽然遭受了一场烙刑，可是金银财宝一点也没受损失。大商心里挺感念二商的情义，就对妻子说："如今咱能保全住财物，全靠咱兄弟解救。该当分给他们点东西啊！"妻子哼了一声说："你要是有个好兄弟，也不受这炮烙的苦楚了！"大商再也不敢吭声了。

二商家连糠菜都吃光了，觉得既然救了哥哥的命，哥哥准得送给点东西来报答。可是，等了一阵子，什么也没等来。二商妻子再也等不得了，就叫儿子拿上口袋去借粮。这次倒是没空手，儿子提着一斗粮食回来了。二商妻子嫌少，气得脸发了青，要将粮食退回去。二商劝止了。

又过了两个月，二商一家人饿得皮包骨，实在打熬不住了。二商说："如今是山穷水尽，日子没法过了。不如把咱这几间茅草房子卖给大哥。大哥担心咱搬家走了，也许不要咱的房契，想法子周济咱。就是真买了咱这房子，咱得个十来两银子，也还能支撑着活下去啊！"妻子也觉得只有走这条路了，就让儿子拿着房契去找大商。

大商一见侄子拿着房契来卖宅子，心里也一阵酸痛，就和妻子商量："就算是兄弟不够仁义，怎么说也还是手足兄弟。他要是搬走了，咱家就孤单了。我看，不如不收房契，还是接济他家点好。"妻子说："不对！他说要走，是要挟咱；你要信了，正是上了当。世上没有兄弟的，就都死掉了吗！咱把院墙再加高些，就不怕强盗了。依我看，还不如买了他这宅子，他愿意上哪儿就上哪儿，咱还更宽绰呢！"两口子商量好了，就让二商在卖房契上签字画押，交付了买房子的银子。二商只好全家搬到邻村去住。

那伙子歹徒，一听见二商搬了家，又明火执仗，砸烂了大门，进了大商家。抓住大商，棍棒敲，皮鞭抽，绑捆吊打，更加惨毒。大商只是哭叫哀告，要什么就交出什么，全部的财宝，都交了出来，只求保命。这伙强盗临走之时，又打开粮仓，招呼村里穷人前来取粮，能背多少就背多少。一会儿，粮仓就抢空了。

到了第二天，二商才听到大哥家遭到抢劫的消息。他赶忙跑来看望，可是大哥已经是昏迷不醒，连话也说不出声了。二商连连喊了几声大哥，大商使劲睁开眼睛，看了看弟弟，只是难受得用手指抓床，不一会儿，叹了口气，两腿一伸，死去了。

二商大哭了一场，想起哥哥惨死，又十分气愤，跑到县衙门告了状。县官要派差人去抓强盗，可是，强盗早就远走高飞了，上哪儿去抓捕啊！要办抢粮的人，可是，有一百多人抢粮，又都是村里穷人，法不治众嘛，连州官也没办法治。案子只好不了了之。

大商留下的小孩，才五岁，家里穷了，常常自个儿跑到叔叔家来住，几天也不回家；要送他回去，就哭个没完没了。二商媳妇因为大伯哥不好，待承这孩子也不热诚。二商倒是劝说着：“他爹不讲义气，可这孩子有什么罪过呀！”就买上几块蒸饼，哄着抱着，把孩子送回家去。再过几天，二商又瞒着妻子，偷偷背上一斗粮食，送给嫂子，让她抚养孩子。就这么样，隔个半月二十天的，二商就送点粮米去。又过了几年，大商家的田地房产卖掉，嫂子得了钱，生活能维持了，二商这才不去大哥家了。

又一年，天旱不雨，颗粒无收，到处饿死人，又是个多年不遇的大灾年。二商家人口多，碰上这种年头，生活更是困难。可是，侄子也因为没法过活，找上门来。侄子已经十五岁了，身子骨瘦弱，干不得重活。二商只好安排他跟着小哥们挎个篮子卖芝麻烧饼。

有天夜里，二商梦见大哥来了。大商神情惨戚，难过地说：“因为我听了老婆的话，丢掉了弟兄手足的情义。弟弟不仅不记恨我，还对我家这么照顾，使我更加惭愧。咱卖的宅子，现在空闲着，你去租来住下。在房后蓬棵下面，我埋藏着银子。你把它挖掘出来，能够过上个温饱的日子了。让我那不成器的儿子跟着你过活吧。那个长舌头老婆，我是恨透她了，你以后用不着照顾她！”二商醒来很觉惊奇。

天明以后，二商就去找那个房主，花大价钱，才租了下来。果然挖掘出五百两银子。

有了这些银子，二商不当小贩了，让儿子和侄子在市面开了个铺子。侄子很精明灵秀，记账打算盘从来也不出错；为人又诚实憨厚，收入支出，连一枚铜钱也清清楚楚，如实报账。看到侄子这样子，二商更加喜爱他。

这一天，侄子哭着请求给他母亲些粮米。二商妻子不想给，二商感念侄子一番孝心，按月给嫂子送米送柴。

过了几年，二商家越过越富。这时候，大商妻子生病去世了，二商也老了，就让儿子和侄子分开家过，把家产的一半分给了侄子。

沂水秀才

【原文】

沂水某秀才①，课业山中②。夜有二美人入，含笑不言，各以长袖拂榻，相将坐③，衣奂无声④。少间，一美人起，以白绫巾展几上，上有草书三四行⑤，亦未尝审其何词。一美人置白金一铤，可三四两许；秀才掇内袖中⑥。美人取巾，握手笑出，曰："俗不可耐！"秀才扪金⑦，则乌有矣⑧。丽人在坐，投以芳泽⑨，置不顾；而金是取，是乞儿相也，尚可耐哉！狐子可儿⑩，雅态可想。

友人言此，并思不可耐事，附志之：对酸俗客。市井人作文语⑪。富贵态状。秀才装名士。旁观诡态。信口谎言不倦。揖坐苦让上下⑫。歪诗文强人观听。财奴哭穷。醉人歪缠。作满洲调⑬。体气苦逼人语⑭。市井恶谑⑮。任憨儿登筵抓肴果。假人馀威装模样。歪科甲谈诗文⑯。语次频称贵戚⑰。

【注释】

①沂水：县名，今属山东省。

②课业：学业。此谓攻读学业。

③相将坐：彼此相扶而坐。将，持，扶。

④耎：同"软"。

⑤草书：草体字。

⑥掇内袖中：拾取放入袖中。内，同"纳"。

⑦扪：抚摸。

⑧乌有：无有。乌，同"无"。

⑨芳泽：本指妇女润发的香油，此指美人手迹，即题字的白绫巾。

⑩可儿：可意人儿。

⑪市井人作文语：市井谋利之人，却故装谈吐斯文。市井人，指商人。市井，古称进行买卖的街市。文语，文雅的话。

⑫揖坐苦让上下：谓主客见面本应相揖分宾主而坐，却故作斯文苦苦地互相逊让。

⑬作满洲调：谓汉人模仿满洲人的腔调说官话。

⑭体气苦逼人语：谓身有狐臭，却死死地挨近人说话。体气，此指狐臭。苦，此从二十四卷抄本，原作"若"。

⑮恶谑：谓开有损人格的玩笑。

⑯歪科甲：指无才倖进的陋劣文人。歪，不正。科甲，指科甲出身的人。

⑰语次：谈话之间。

【译文】

　　沂水县有一个秀才，在山中读书，夜间有两个美女进到书房里，微笑着不说话，各自用长长的衣袖掸拂一下床榻，相互挨着坐下，衣服柔软没有一点声音。过了一会儿，其中一个美人站起身，把一块白绸子平放在几案上，上面有草体字三四行，秀才也不仔细看写的是什么。另一个美女拿出一锭白银，有三四两。秀才拿过来放到了袖子里。美人拿起手帕，拉着手走了出去，说："俗不可耐！"秀才伸手一摸，白银不见了。

沂水秀才

美人在身边坐着，把写有文字的香帕送给他，可他却置之不理，但见了银子却拿去了，这真是一副要饭人的样子，叫人还能忍受吗？狐狸精变成可意人儿，优雅之态可以想见。

朋友谈到这个故事，叫人联想到人世间许多俗不可耐的事情，顺便记录下来：

面对酸腐庸俗的客人；鄙俗的人说些文绉绉的话；摆出富贵人的样子；穷秀才装名人；在一旁观察巴结讨好的丑态；随便撒谎不休止；过分地谦让座位次序的高低上下；勉强别人欣赏自己的歪诗劣文；守财奴装穷叫苦；发酒疯者缠人不放；说话故作满族人腔调；神气神态咄咄逼人；开低级的玩笑；听凭不懂事的孩子在筵席上抓吃菜肴果品；假借别人的权势抖威风；通过不正当的方式考中的秀才举人反而在有才学的人面前谈论诗文；谈话间不停地说出有权有势的亲戚等等。

梅　女

【原文】

　　封云亭，太行人①。偶至郡，昼卧寓屋。时年少丧偶，岑寂之下②，颇有所思。凝视间，见墙上有女子影，依稀如画。念必意想所致。而久之不动，亦不灭。异之。起视转真；再近之，俨然少女，容蹙舌伸，索环秀领。惊顾未已，冉冉欲下。知为缢鬼，然以白昼壮胆，不大畏怯。语曰：“娘子如有奇冤，小生可以极力③。”影居然下，曰：“萍水之人④，何敢遽以重务浼君子。但泉下槁骸，舌不得缩，索不得除，求断屋梁而焚之⑤，恩同山岳矣。”诺之，遂灭。呼主人来，问所见状。主人言：“此十年前梅氏故宅，夜有小偷入室，为梅所执，送诣典史⑥。典史受盗钱五百，诬其女与通，将拘审验。女闻自经。后梅夫妻相继卒，宅归于余：客往往见怪异，而无术可以靖之⑦。”封以鬼言告主人。计毁舍易楹，费不赀⑧，故难之；封乃协力助作。

　　既就而复居之。梅女夜至，展谢已，喜气充溢，姿态嫣然。封爱悦之，欲与为欢。瞵然而惭曰⑨：“阴惨之气，非但不为君利；若此之为，则生前之垢⑩，西江不可濯矣⑪。会合有时，今日尚未。”问：“何时？”但笑不言。封问：“饮乎？”答曰：

一四〇三

"不饮。"封曰："对佳人闷眼相看，亦复何味？"女曰："妾生平戏技，惟谙打马⑫。但两人寥落，夜深又苦无局⑬。今长夜莫遣，聊与君为交线之戏⑭。"封从之。促膝戟指⑮，翻变良久，封迷乱不知所从；女辄口道而颐指之⑯，愈出愈幻，不穷于术。

梅女

封笑曰："此闺房之绝技。"女曰："此妾自悟，但有双线，即可成文[17]，人自不之察耳。"更阑颇急，强使就寝，曰："我阴人不寐，请自休。妾少解按摩之术，愿尽技能，以侑清梦[18]。"封从其请。女叠掌为之轻按，自顶及踵皆遍；手所经，骨若醉。既而握指细搦，如以团絮相触状，体畅舒不可言；搦至腰，口目皆慵；至股，则沉沉睡过矣。及醒，日已向巳，觉骨节轻和，殊于往日。心益爱慕，绕屋而呼之，并无响应。日夕，女始至。封曰："卿居何所，使我呼欲遍？"曰："鬼无所，要在地下。"问："地下有隙可容身乎？"曰："鬼不见地，犹鱼不见水也。"封握腕曰："使卿而活，当破产购致之。"女笑曰："无须破产。"戏至半夜，封苦逼之。女曰："君勿缠我。有浙娼爱卿者，新寓北邻，颇极风致。明夕，招与俱来，聊以自代，若何？"封允之。次夕，果与一少妇同至，年近三十已来，眉目流转，隐含荡意。三人狎坐，打马为戏。局终，女起曰："嘉会方殷[19]，我且去。"封欲挽之，飘然已逝。两人登榻，于飞甚乐[20]。诘其家世，则含糊不以尽道，但曰："郎如爱妾，当以指弹北壁，微呼曰'壶卢子'，即至。三呼不应，可知不暇，勿更招也。"天晓，入北壁隙中而去。次日，女来。封问爱卿。女曰："被高公子招去侑酒，以故不得来。"因而剪烛共话[21]。女每欲有所言，吻已启而辄止[22]；固诘之，终不肯言，唏嘘而已。封强与作戏，四漏始去。自此二女频来，笑声彻宵旦，因而城社悉闻[23]。

典史某，亦浙之世族[24]，嫡室以私仆被黜[25]。继娶顾氏，深相爱好；期月夭殂[26]，心甚悼之。闻封有灵鬼，欲以问冥世之缘，遂跨马造封[27]。封初不肯承，某力求不已。封设筵与坐，诺为招鬼妓。日及曛，叩壁而呼，三声未已，爱卿即入。举头见客，色变欲走。封以身横阻之。某审视，大怒，投以巨碗，溘然而灭[28]。封大惊，不解其故，方将致诘。俄暗室中一老妪出，大骂曰："贪鄙贼！坏我家钱树子！三十贯索要偿也[29]！"以杖击某，中颅。某抱首而哀曰："此顾氏，我妻也。少年而殒，方切哀痛；不图为鬼不贞。于姥乎何与？"妪怒曰："汝本浙江一无赖贼，买得条乌角带[30]，鼻骨倒竖矣[31]！汝居官有何黑白？袖有三百钱，便而翁也！神怒人怨，死期已迫。汝父母代哀冥司，愿以爱媳入青楼[32]，代汝偿贪债，不知耶？"

言已，又击。某宛转哀鸣。方惊诧无从救解，旋见梅女自房中出，张目吐舌，颜色变异，近以长簪刺其耳。封惊极，以身幛客。女愤不已。封劝曰："某即有罪，倘死于寓所，则咎在小生。请少存投鼠之忌③③。"女乃曳妪曰："暂假馀息㉞，为我顾封郎也。"某张皇鼠窜而去。至署，患脑痛，中夜遂毙。

次夜，女出笑曰："痛快！恶气出矣！"问："何仇怨？"女曰："囊已言之：受贿诬奸。衔恨已久，每欲浼君，一为昭雪。自愧无纤毫之德，故将言而辄止。适闻纷挐㉟，窃以伺听，不意其仇人也。"封讶曰："此即诬卿者耶？"曰："彼典史于此，十有八年；妾冤殁十六寒暑矣。"问："妪为谁？"曰："老娼也。"又问爱卿，曰："卧病耳。"因辗然曰："妾昔谓会合有期，今真不远矣。君尝愿破家相赎，犹记否？"封曰："今日犹此心也。"女曰："实告君：妾殁日，已投生延安展孝廉家。徒以大怨未伸，故迁延于是。请以新帛作鬼囊，俾妾得附君以往，就展氏求婚，计必允谐。"封虑势分悬殊㊱，恐将不遂。女曰："但去无忧。"封从其言。女嘱曰："途中慎勿相唤；待合卺之夕，以囊挂新人首，急呼曰：'勿忘勿忘！'"封诺之。才启囊，女跳身已入

携至延安，访之，果有展孝廉，生一女，貌极端好；但病痴，又常以舌出唇外，类犬喘日㊲。年十六岁，无问名者㊳。父母忧念成痗㊴。封到门投刺，具通族阀。既退，托媒。展喜，赘封于家。女痴绝，不知为礼，使两婢扶曳归所。群婢既去，女解衿露乳，对封憨笑。封覆囊呼之。女停眸审顾，似有疑思。封笑曰："卿不识小生耶？"举之囊而示之。女乃悟，急掩衿，喜共燕笑㊵。诘旦，封入谒岳。展慰之曰："痴女无知，既承青眷㊶，君倘有意，家中慧婢不乏，仆不靳相赠㊷。"封力辨其不痴。展疑之。无何，女至，举止皆佳，因大惊异。女但掩口微笑。展细诘之，女进退而惭于言㊸；封为略述梗概。展大喜，爱悦逾于平时。使子大成与婿同学，供给丰备。年馀，大成渐厌薄之㊹，因而郎舅不相能㊺；厮仆亦刻疵其短㊻。展惑于浸润㊼，礼稍懈。女觉之，谓封曰："岳家不可久居；凡久居者，尽葛茸也。及今未大决裂，宜速归。"封然之，告展。展欲留女，女不可。父兄尽怒，不给舆马。女自出妆资赁马归。后展招令归宁，女固辞不往。后封举孝廉，始通庆好。

异史氏曰："官卑者愈贪，其常情然乎？三百诬奸，夜气之牿亡尽矣⑱。夺嘉偶，入青楼，卒用暴死⑲。吁！可畏哉！"

康熙甲子⑳，贝丘典史最贪诈㉑，民咸怨之。忽其妻被狡者诱与偕亡。或代悬招状云㉒："某官因自己不慎，走失夫人一名。身无馀物，止有红绫七尺，包裹元宝一枚，翘边细纹，并无阙坏㉝。"亦风流之小报㉞。

【注释】

①太行：山名，在山西高原与河北平原之间。这里指太行山地区。

②岑寂：冷清，寂寞。

③极力：尽力，竭力。

④萍水之人：偶然相遇的人。浮萍随水，漂泊不定，因此用以比喻偶然相遇。

⑤焚之：据山东省博物馆抄本，原作"焚"。

⑥典史：官名，元置，知县的属官。清制，由典史掌管缉捕、狱囚等事。

⑦靖：平息。

⑧费不赀：费用太多。不赀，不可计量。

⑨瞒然：惭愧貌。

⑩生前之垢：指典史诬陷之辱。垢，耻辱。

⑪西江不可濯矣：意谓尽长江之水也无法洗清。西江，西来之江，指长江。濯，洗涤。

⑫打马：打双陆也称打马。双陆的棋子称"马"，古时闺中流行的类似棋类的博戏。

⑬局：棋盘。

⑭交线之戏：一种小儿游戏，俗称"翻线"。一人架线于双手手指，线股对称成双；另一人接过，翻成另一花样；如此轮换翻弄。花样变化不尽。

⑮戟指：食指和拇指伸直，如戟形。此用以架线。

⑯口道：口中讲说。颐指：颔示指点。颐，下颔。

⑰文：文采、纹理；指翻线的花样。

⑱侑：助。清梦：犹言"雅梦"，对别人睡眠的敬称。

⑲嘉会方殷：欢会正盛。

⑳于飞：比翼而飞，以喻男女欢会，两情相得。

㉑剪烛共话：灯下闲谈。剪烛，剪去烛花，使烛光明亮。

㉒吻已启而辄止：意谓话到唇边总是不说。吻，唇边。

㉓城社：犹言全城。社，里社。

㉔浙：浙江省。

㉕私仆：与仆人私通。黜：此指休弃。

㉖期月：满一月。

㉗造：登门拜访。

㉘溘然：忽然。

㉙索要：须要。

㉚买得条乌角带：意谓花钱买了个小小的官职。乌角带，用乌角圆板四片，镶以银边为饰的腰带，明代最低级官员的腰饰。

㉛鼻骨倒竖：谓其仰面朝天，傲气十足。

㉜青楼：指妓院。南朝刘邈《万山见采桑人》诗："倡妾不胜愁，结束下青楼。"

㉝少存投鼠之忌：意谓免得使我受到牵连，请暂住手。投鼠之忌，以物投掷老鼠，应顾忌到砸坏老鼠所盘踞的器物，故声谚语有云："欲投鼠而忌器。"

㉞暂假馀息：暂且留他一命。假，贷、宽容。馀息，残存的气息，指垂死之身。

㉟纷挐：纷乱，犹言纷攘。

㊱势分：家势与身份。

㊲类犬喘日：像狗在烈日下伸舌喘息。

㊳问名：古代婚礼程序之一。男家具书，请人到女家问女之名。女方复书，具告女的出生年月和女生母姓氏。男方据此占卜婚姻凶吉。这里指做媒、提亲。

㊴痗：忧愁之病。此据青柯亭本，原作“癖”。

㊵燕笑：指闺房谈笑。

㊶青眷：青眼相看；指看中、喜爱。眷，顾视。

㊷靳：吝惜。

㊸进退：为难的样子。

㊹厌薄：嫌憎鄙视。

㊺郎舅：郎，妻称丈夫曰“郎”。舅，夫称妻的兄弟为“舅”。不相能：不相容。

㊻刻疵其短：刻薄地诽谤他的短处。疵，诽谤。

㊼浸润：日积月累的谮言，如水浸润。

㊽夜气之牿亡尽矣：意谓良心丧尽。牿，同“梏”。梏亡，指因受物欲束缚而失去善心。

㊾卒：终于。用：因而。

㊿康熙甲子：指康熙二十三年，即公元一六八四年。

(51)贝丘：古地名，在今山东博兴东南。此指博兴县。

(52)招状：寻人招贴。

(53)阙坏：残缺。

(54)小报：小小的果报；指惩罚。

【译文】

封云亭是太行地方的人。他偶然间来到府城，白天躺在客店休息。当时他正值年轻丧偶，在寂寞之中，很想女人。就在他聚精会神地冥思苦想的时候，发现墙壁上有个女人的影子，好像贴在墙上的画。他想这一定是想念女人所引起的幻觉。但是，过了很长时间，影子既不消失也不动，他感到非常奇怪。起身细看，影子变得更加真切；再近前细看，居然是一位年轻女子，面带愁容伸着舌头，绳索套在秀美的脖子上。

封云亭正看得吃惊的时候，年轻女子好像要下来。知道是个吊死鬼，但是凭着白天，他不太害怕。对她说："你有什么冤屈未申，我一定竭力相助。"影子居然从墙上走下来说："咱们偶然相遇，怎么能用这么重大的事情去麻烦你？只是这九泉之下的枯骨，舌头不能缩进口里，绳索不能从脖子上取下来，请你把屋梁弄断烧掉，这大恩大德如同山岳了。"封云亭答应，随即影子也不见了。

封云亭把房主叫来，问他为什么会发生刚才所见到的事情，房主说："这房子十年前是梅家的住宅。夜里有个小偷进来偷东西，被梅家抓住送到管治安的典史那里，典史接受了小偷三百文钱的贿赂，就诬陷梅女和小偷通奸，要把梅女拘留审验。梅女得到消息后气愤不过，上吊自杀了。后来梅氏夫妇也相继死去，他家的宅子归了我。住店的客人常常见到一些怪异的现象，但没有办法制止。"封把女鬼说的话告诉给房主。房子主人考虑到拆房子换屋梁费用太大，感到为难，封云亭就出钱帮助房主拆房梁。

房梁修好以后，封云亭又住到了原来的房中。梅女当夜又来到封云亭的面前，道谢之后，脸上充满了喜色，姿态娇媚。封云亭非常爱慕她，想要与梅女交欢。女鬼低头惭愧地说："我身上的阴惨之气，不但对您没好处；如果这样做了，那么生前别人加给我的污秽肮脏之辞，就是用西江的水也洗不清。以后有结合的机会，现在还不到时候。"封云亭问："什么时候？"梅女只是微笑不答。封云亭问："喝点酒吗？"梅女回答说："不喝。"封云亭说："面对美人坐着，呆眼相看，这又是什么滋味？"梅女回答说："平生游戏娱乐的方法，只懂深闺之雅戏——打马，可是两个人又太单调，夜深了又苦于没有棋盘。现在漫漫长夜没法打发，姑且和你做交线翻服的游戏。"封云亭听从了她的意见：两人膝盖相碰，一个人将双手的食指和中指像载一样伸开来绷线，另一个人翻线，翻了很长时间，封云亭就眼花缭乱，不知怎么翻才对。梅女一边口述如何翻法，一边用面部表情示意他怎样翻，这样越翻越奇妙，变化无穷。封云亭笑着说："这真是闺房中绝妙的游戏。"梅女回答说："这玩法是我自己悟出来的，只要两根线，就交织成各种各样的花样，人们不深入观察罢了。"

玩到夜深觉得疲倦，他极力让梅女去睡，梅女说："阴间的人不睡觉，请你自己睡吧。我稍懂一点按摩术，愿意使出全副本领，帮助你做个好梦。"封云亭同意了。梅女叠起双掌给他轻轻地按摩，从头顶到脚跟都按摩遍了，她的手所按摩过的地方，骨头好像酥了一样好受。接着又握指成拳，轻轻地敲着，好像用棉絮摩擦皮肤似的，全身舒服得无法形容。当捶到腰间的时候，嘴巴和眼睛都有了倦意，当捶到大腿上的时候，就昏沉沉地睡着了。

等到醒来的时候，时间已快到晌午了，封云亭感到全身骨节舒服轻松，和往日大不一样，封对梅女更加爱慕不已，他绕着屋子喊了好一阵，可是并没有一点回应。直到太阳西下，梅女才来到。封云亭问梅女："你住在什么地方，叫我到处喊？"回答说："鬼没有固定的住所，总之是在地下了。"封云亭又问："地下有缝隙可以容身吗？"梅女回答说："鬼不受土地的阻碍就像鱼不受水的阻碍一样。"封云亭抓住梅女的手说："如果你能复活，就是倾家荡产也要把你娶过来。"梅女笑着回答："用不着倾家荡产。"玩到半夜，封云亭苦苦要求梅女和他同床，梅女说："不要缠我，有个叫爱卿的浙江妓女，最近搬到我家北边居住，人长得非常有风韵，明晚，叫她和我一起来，让她替我陪你，怎么样？"封云亭同意了。

第二天，梅女果然和一个少妇一起来了。少妇年龄有三十岁左右，眼神飘忽，暗暗透出风流放荡的情态。三个人挤在一起亲密地坐着，玩打马的游戏，玩完最后一局，梅女站起来说："聚会到这时正好，我暂离开。"封云亭想要留住她，可是梅女轻飘飘地如一阵清风似的不在了。封云亭和爱卿两人上了床，解衣做爱，快乐非常。封云亭问她的家世，她含糊应对不肯说出详情，只是说："郎君如果喜欢我，只要用手指轻敲北墙，小声叫'壶卢子'，我立即就来。叫三声不答应，就知道我没闲工夫，不要再叫了。"天快亮的时候，爱卿进到北墙的缝隙当中离开了。

第二天，梅女一个人来了，封云亭问她爱卿为啥没来。梅女说："被高公子叫去陪酒了，所以没来。"于是两个人点着蜡烛在灯下谈心。梅女总像有话要说，但嘴唇一动就停住了。封云亭再三追问她，但还是不肯说，只是不停地叹息罢了。封硬拉她玩交线的游戏，玩到四更天她才离开。从这时起梅女、爱卿两个经常来玩，嬉笑之声通宵达旦，全城的人都能听到。

那个典史官吏，也是浙江世家之子，他的妻子因为和仆人私通被他休了。后来又娶了顾氏，两人相亲相爱感情很好。可惜结婚才一个月顾氏就死了，典史心中非常怀念她。听说封云亭与女鬼有交情，想要打听阳世人与阴间人怎样相会，于是骑上马到封云亭处拜访。封云亭开始不肯答应，典史再三恳求，封云亭只好设宴招待他，答应为他把鬼妓招出。

到了黄昏，封云亭敲着墙叫"壶卢子"，三声未毕，爱卿就来了。爱卿抬头看见典史，脸色突变，回身想走，封云亭挺身将她拦住。典史细细一看，勃然大怒，抓起大碗向爱卿扔去，爱卿忽然不见了。封云亭见状非常吃惊，不知道是什么原因，正要详细询问，即见黑暗中走出个老太婆，冲着典史大骂："你这个卑鄙的贪赃贼！坏了我家的摇钱树！快拿出三十贯钱赔我！"说完拿着手杖就打典史，打中了他的头。典史双手抱着头悲伤地说："这顾氏是我老婆，年纪轻轻就死了，我正在为她伤心得要死，不料她做了鬼却不洁不贞，与你老太婆有什么相干？"老太婆生气地说："你本是浙江的一个无赖，花钱买了条乌角腰带，就鼻孔朝天了！你当官有什么黑白之分？袖筒中有三百钱就是你的爹了！你搞得天怒人怨，死期已到了，你爹妈替你向阎王爷求情，愿意把心爱的儿媳送人妓院，替你偿还贪债，你还不知道吗？"说完又打他。典史被打得高一声低一声地哀叫着。

封云亭正吃惊地不知怎样解劝，看见梅女从房中走出来，瞪着眼睛，吐出舌头，脸色变得十分可怕，靠近典史用长簪刺他的耳朵。封云亭非常吃惊，用自己的身子挡着典史。梅女愤恨难平。封云亭劝她说："典史即使真的有罪，可他死在我的寓所里，那么责任就在我身上。请你不要因打老鼠把家具也毁坏了呀！"梅女就拉住老太婆对她说："暂时留他一口气，看我的情面，照顾一下封郎。"典史仓皇鼠窜而去。回到衙门后，患上了头痛病，半夜就死了。

第二天夜里，梅女出来笑着说："痛快！终于出了这口恶气！"封云亭问："你和他有什么冤仇？"梅女说："以前我就对你说过，他接受贿赂诬陷我与别人有奸情，我对他心怀仇恨很久了。常常想请你帮助昭雪，因为平时对你没任何好处，所以很惭愧，几次话到嘴边就止住了。刚好昨晚听到屋里打斗的声音，我暗中偷听，没想到这家伙正是我的仇人。"封云亭吃惊地说："这就是诬陷你的坏蛋哪！"梅女说："那个典史在这里当了十八年官，我也冤死十六年了。"封云亭问："老太婆是什么人？"梅女回答："她是个老妓女。"封又问到爱卿的情况，梅女回答："她病了。"接着微笑着说："我以前对你说过我们结合有期，现在真的快到了。你曾经说愿意倾家荡产来赎我出去，还记得吗？"封云亭回答："现在我还是这么想啊！"梅女说："实话告诉你，我死后就投生到延安展举人家去了。只是因为大冤未申，所以拖延到现在灵魂还在这里。请你用新绸子做个装鬼的袋子，使我能够进入袋子里伴你一块儿到展家去求婚，估计展家一定会答应的。"封云亭担心门户身份相差悬殊，恐怕求婚不能成功。梅女说："只管去，不用担心。"封云亭就听从了她的话。梅女又嘱咐说："路上千万不要叫我，等到结婚那天晚上喝交杯酒时，把绸口袋挂在新娘头上，然后赶快说：'莫忘，莫忘！'封云亭答应了。"刚把口袋打开，梅女就跳进去了。

封云亭到了延安，一打听，果然有个展举人，生了一个很漂亮的女孩，只是患有呆痴病，又常把舌头伸出口外，像狗在烈日下喘息似的。十六岁了，还没有人来提亲。父母为她的事都愁病了。封云亭到展家递上名帖，详细地通报了自己的家世。然后回到自己的寓所，请媒人到展家去提亲。展举人很高兴，把他招为上门女婿。

展女痴呆得很厉害，见人不知道行礼，只好让两个婢女连拉带扶地引进新房。众婢女离开新房后，展女解开上衣露出双乳，对封痴笑。封云亭将装梅女鬼魂的绸袋倒过来挂在展女的脖子上后赶紧喊："莫忘！莫忘！"展女两眼盯住封生细细地看，好像在惊奇地想着什么。封云亭笑着对她说："你不认识我了吗？"还把绸口袋举起来给她看，展女才醒悟过来，急忙整理好上衣，两人亲热地交谈。

第二天早上，封云亭进房拜见岳父。展举人安慰他说："我那呆女儿什么都不懂，既然承蒙你看上了她，如果你有想法，我家中有不少聪明伶俐的丫鬟，乐意赠送。"封云亭极力争辩说展女不痴，展举人很怀疑。没多久展女来了，语言行动都很得体，看到女儿这样良好的状态，展举人非常吃惊，展女只是对着父亲掩口微笑。展举人仔细地盘问女儿，女儿进退两难，羞于开口，封云亭替她向展举人简单地叙述了事情的经过。展举人非常高兴，对女儿的疼爱，比以往好多了。于是，让儿子展大成和封云亭在一起读书，提供非常丰厚的待遇和学习条件。

过了一年多，展大成渐渐地对封云亭轻慢起来，并讨厌他，所以郎舅两个人关系很不协调。家里的仆人也对封云亭说长道短，展举人也被这些闲话所迷惑，对封云亭的态度冷淡下来。展女发觉后，对封云亭说："岳父家是不能长久地住下去的，凡长久住在岳父家里的，都是让人瞧不起的窝囊废。乘着现在还没有太大的裂痕，应该尽快回老家。"封云亭同意了，告诉展举人。展举人想把女儿留下，女儿不答应。展举人父子俩都很生气，不给他们车马。展女拿出自己的首饰换钱租了车马回到封家。后来展举人叫女儿回家探望，展女执意推辞不肯回去。后来封云亭考中举人，翁婿两家才有了来往。

郭 秀 才

【原文】

东粤士人郭某①，暮自友人归，入山迷路，窜榛莽中。更许，闻山头笑语，急趋之。见十馀人，藉地饮②。望见郭，哄然曰："坐中正欠一客，大佳，大佳！"郭既坐，见诸客半儒巾③，便请指迷④。一人笑曰："君真酸腐⑤！舍此明月不赏，何求道路？"即飞一觥来。郭饮之，芳香射鼻，一引遂尽⑥。又一人持壶倾注。郭故善饮，又复奔驰吻燥^⑦，一举十觥。众人大赞曰："豪哉！真吾友也！"

郭秀才

　　郭放达喜谑，能学禽语，无不酷肖。离坐起溲，窃作燕子鸣。众疑曰："半夜何得此耶？"又效杜鹃，众益疑。郭坐，但笑不言。方纷议间，郭回首为鹦鹉鸣曰："郭秀才醉矣，送他归也！"众惊听，寂不复闻。少顷，又作之。既而悟其为郭，始大笑。皆撮口从学，无一能者。一人曰："可惜青娘子未至。"又一人曰："中秋还集于此，郭先生不可不来。"郭敬诺。一人起曰："客有绝技；我等亦献踏肩之戏，若何？"于是哗然并起。前一人挺身矗立；即有一人飞登肩上，亦矗立；累至四人，高不可登；继至者，攀肩踏臂，如缘梯状：十馀人，顷刻都尽，望之可接霄汉。方惊顾间，挺然倒地，化为修道一线⑧。

郭骇立良久，遵道得归⑨。翼日，腹大痛；溺绿色，似铜青，着物能染，亦无溺气，三日乃已。往验故处，则肴骨狼籍，四围丛莽，并无道路。至中秋，郭欲赴约，朋友谏止之。设斗胆再往一会青娘子，必更有异，惜乎其见之摇也⑩！

【注释】

①东粤：地区名，指今广东省。古粤族居浙、闽及两广，故两广称两粤；今广东简称粤。

②藉地饮：坐在地上饮酒。

③客半儒巾：谓客中半是秀才。儒巾，古时儒生所戴的一种头巾。明代通称方巾，为生员即秀才的巾饰。

④指迷：指点使不迷途。即请其指明前行的方向、道路。

⑤酸腐：犹言迂腐的儒生，是对迂腐而不通世故的儒生的戏称。

⑥一引遂尽：端起酒杯就喝干了。引，持，举杯。

⑦吻燥：口渴。

⑧修道：长长的道路。

⑨遵道：沿着这条道路。遵，循，沿。

⑩见：识见、胆识。摇：动摇，不坚定。

【译文】

广东有个姓郭的读书人，傍晚从朋友家回来，在山里迷了路，走到荆棘草莽之中。到了夜里一更天左右，听到山顶上有说说笑笑的声音，赶忙走了过去。见有十多个人席地饮酒。他们看见郭生，喧闹着说："席中正好缺了一个客人，太好了！太好了。"郭生也就顺其意坐到了空位上，看见在座的人有一半都戴着读书人的头巾，就请求指明回家的路。一个人取笑说："你真是酸腐，放着这美好明月不去欣赏，还问什么回家的路？"说完就飞快地递上一杯酒，郭生一饮而尽，酒味芳醇扑鼻。另一人拿着酒壶往他的杯子里倒酒，郭生本来就有酒量，又加上赶路口渴，一喝就是十杯。众人都大加赞赏："真海量呀！够朋友！"

郭生旷达豪放爱开玩笑，能学各种鸟叫，非常逼真。当他离开座位去解小便时，暗中学燕子叫，众人惊疑地说："半夜里哪来的燕子叫？"接着又学杜鹃叫，众人更加奇怪。郭生回到座位上，只是微笑不说话。正在众人纷纷议论的时候，郭生回过头装鹦鹉叫着说："郭秀才喝醉了，快送他回去！"大家正惊奇地听着，又什么声音也没有了。过了一会儿，鹦鹉又叫了。这时大家终于想到是郭生在开玩笑，才大笑起来，都把嘴撮起来跟他学鸟叫，但没有一个学得像的。

有一个人说："可惜青娘子没来！"又一个人说："中秋晚上我们还在此集会，郭先生可不能不来呀！"郭生恭恭敬敬地答应了。这时候有一个人站起来说："客人拿出超人的技艺，我们也来献上踏肩的游戏，怎么样？"于是众人喧闹着站了起来，开始提议的人挺身直立，接着就有另一个人飞身站到了他的肩上，也在上面挺直身子，这样叠立了四个人以后，后边的人再也不能飞身站上去了，便攀着肩膀踩着手臂，像登梯子一样登上去。十多个人一会儿工夫都登了上去，从下往上看真好像到了九霄云外。郭生正在吃惊地望着人梯，不料人梯笔直地倒在了地上，化作了一条又直又长的大路。郭生吃惊地站了好一会儿，顺着这条路回到了家中。

第二天，郭生腹痛难忍，拉出的粪便是绿的，有点像青铜色，碰到东西能染上去，但也没有臭气，过了三天才停止了。郭生跑到那天喝酒的地方察看，只有满地放的剩菜和骨头，四面杂草丛生，根本就没有道路。到了中秋节那天，郭生还想去赴约，朋友把他劝住了。如果郭生大着胆子再去会青娘子，一定有更奇怪的事情，可惜他主意不坚定。

死　僧

【原文】

　　某道士，云游日暮①，投止野寺②。见僧房扃闭，遂藉蒲团③，趺坐廊下④。夜既静，闻启扃声⑤。旋见一僧来，浑身血污，目中若不见道士，道士亦若不见之。

死僧

僧直入殿，登佛座，抱佛头而笑，久之乃去。及明，视室，门扃如故。怪之，入村道所见。众如寺，发扃验之，则僧杀死在地，室中席箧掀腾，知为盗劫。疑鬼笑有因；共验佛首，见脑后有微痕，刳之[6]，内藏三十馀金。遂用以葬之。

异史氏曰："谚有之：'财连于命。'不虚哉！夫人俭啬封殖[7]，以予所不知谁何之人，亦已痴矣；况僧并不知谁何之人而无之哉！生不肯享，死犹顾而笑之，财奴之可叹如此。佛云：'一文将不去，惟有孽随身[8]。'其僧之谓夫！"

【注释】

①云游：本谓行踪无定。见《后汉书·杜笃传》。此指僧道四处漫游。

②野寺：犹言荒寺。

③蒲团：僧人用以坐禅及跪拜的一种蒲编圆垫。

④趺坐：结跏趺坐的省词。佛教徒修禅坐法，俗称盘腿打坐。

⑤启扃：开门。扃，门扇。

⑥刳：剜，用利刃抠出。

⑦封殖：聚敛货利。殖，生利息。

⑧孽：佛教名词，罪孽，恶因；恶因得恶报。

【译文】

有一个道士云游四方。一天傍晚，投宿在荒野的寺庙里。看见和尚的房门紧紧地关着，于是拿了一个蒲团，在檐廊下双脚交叠而坐。到了夜深人静时，听见开门的声音，接着看见一个和尚进来，浑身是血，眼里就像根本没看见道士坐在那里，道士也像没看见他一样。那个和尚径直走进大殿，登上佛像的座位，抱着佛像的头大笑，好半天才离开。

等到天亮，道士看和尚的住室，门还是紧紧地关着。道士对此事感到十分奇怪，进到村子里把所见的事说了。众村民到庙里，打开门查看，见和尚被杀死倒在地上，房里的箱子席子全掀翻了，知道是被强盗劫杀的。大家怀疑鬼笑一定有原因，便共同察看佛像的头，发现佛像的头后有一小块裂痕，挖开一看，里面藏了三十多两银子。便用这笔钱把和尚埋葬了。

阿　英

【原文】

甘玉，字璧人，庐陵人①。父母早丧。遗弟珏，字双璧，始五岁，从兄鞠养②。玉性友爱，抚弟如子。后珏渐长，丰姿秀出③，又惠能文。玉益爱之，每曰："吾弟表表④，不可以无良匹。"然简拔过刻⑤，姻卒不就。适读书匡山僧寺⑥，夜初就枕，闻窗外有女子声。窥之，见三四女郎席地坐，数婢陈设酒，皆殊色也。一女曰："秦娘子，阿英何不来？"下坐者曰："昨自函谷来⑦，被恶人伤右臂，不能同游，方用恨恨⑧。"一女曰："前宵一梦大恶，今犹汗悸。"下坐者摇手曰："莫道，莫道！今宵姊妹欢会，言之吓人不快。"女笑曰："婢子何胆怯尔尔⑨！便有虎狼衔去耶？若要勿言，须歌一曲，为娘行侑酒⑩。"女低吟曰："闲阶桃花取次开⑪，昨日踏青小约未应乖⑫。嘱付东邻女伴少待莫相催，着得凤头鞋子即当来。"吟罢，一座无不叹赏。谈笑间，忽一伟丈夫岸然自外入⑬，鹘睛荧荧⑭，其貌狞丑。众啼曰："妖至矣！"仓卒哄然，殆如鸟散。惟歌者婀娜不前⑮，被执哀啼，强与支撑⑯。丈夫吼怒，龁手断指，就便嚼食。女郎踣地若死。玉怜恻不可复忍，乃急抽剑拔关出⑰，挥之，中股；股落，负痛逃去。扶女入室，面如尘土，血淋衿袖；验其手，则右拇断矣。裂帛代裹之。女始呻曰："拯命之德，将何以报？"玉自初窥时，心已隐为弟谋，因告以意。女曰："狼疾之人⑱，不能操箕帚矣。当别为贤仲图之⑲。"

诘其姓氏，答言："秦氏。"玉乃展衾，俾暂休养；自乃襆被他所。晓而视之，则床已空，意其自归。而访察近村，殊少此姓；广托戚朋，并无确耗。归与弟言，悔恨若失。

阿英

珏一日偶游涂野⑳，遇一二八女郎，姿致娟娟㉑，顾之微笑，似将有言。因以秋波四顾而后问曰："君甘家二郎否？"曰："然。"曰："君家尊曾与妾有婚姻之约^㉒，何今日欲背前盟，另订秦家？"珏云："小生幼孤^㉓，凤好都不曾闻，请言族阀，归当问兄。"女曰："无须细道，但得一言，妾当自至。"珏以未禀兄命为辞。女笑曰："骇郎君^㉔！遂如此怕哥子耶？妾陆氏，居东山望村。三日，当候玉音^㉕。"乃别而去。珏归，述诸兄嫂。兄曰："此大谬语！父殁时，我二十馀岁，倘有是说，那得不闻？"又以其独行旷野，遂与男儿交语，愈益鄙之。因问其貌。珏红彻面颈，不出一言。嫂笑曰："想是佳人。"玉曰："童子何辨妍媸^㉖？纵美，必不及秦；待秦氏不谐，图之未晚。"珏默而退。逾数日，玉在途，见一女子零涕前行。垂鞭按辔而微睨之，人世殆无其匹^㉗。使仆诘焉，答曰："我旧许甘家二郎；因家贫远徙，遂绝耗问。近方归，复闻郎家二三其德^㉘，背弃前盟。往问伯伯甘璧人^㉙，焉置妾也？"玉惊喜曰："甘璧人，即我是也。先人曩约，实所不知。去家不远，请即归谋。"乃下骑授辔，步御以归^㉚。女自言："小字阿英，家无昆季^㉛，惟外姊秦氏同居^㉜。"始悟丽者即其人也。玉欲告诸其家，女固止。窃喜弟得佳妇，然恐其佻达招议^㉝。久之，女殊矜庄^㉞，又娇婉善言。母事嫂，嫂亦雅爱慕之。

值中秋，夫妻方狎宴，嫂招之。珏意怅惘。女遣招者先行，约以继至；而端坐笑言良久，殊无去志。珏恐嫂待久，故连促之。女但笑，卒不复去。质旦，晨妆甫竟，嫂自来抚问^㉟："夜来相对^㊱，何尔怏怏^㊲？"女微哂之。珏觉有异，质对参差^㊳。嫂大骇："苟非妖物，何得有分身术？"玉亦惧，隔帘而告之曰^㊴："家世积德，曾无怨仇。如其妖也，请速行，幸勿杀吾弟！"女赧然曰："妾本非人，只以阿翁凤盟，故秦家姊以此劝驾^㊵。自分不能育男女，尝欲辞去，所以恋恋者，为兄嫂待我不薄耳。今既见疑，请从此诀。"转眼化为鹦鹉，翩然逝矣。初，甘翁在时，蓄一鹦鹉甚慧，尝自投饵^㊶。时珏四五岁，问："饲鸟何为？"父戏曰："将以为汝妇。"间鹦鹉乏食，则呼珏云："不将饵去，饿煞媳妇矣！"家人亦皆以此为戏。后断锁亡去。始悟旧约云即此也。然珏明知非人，而思之不置；嫂悬情犹切，且夕啜泣。玉悔之而无如何。

后二年为弟聘姜氏女，意终不自得。有表兄为粤司李^㊷，玉往省之，久不归。适土寇为乱，近村里落，半为丘墟。珏大惧，率家人避山谷。山上男女颇杂，都不知其谁何。忽闻女子小语，绝类英。嫂促珏近验之，果英。珏喜极，捉臂不释。女乃谓同行者曰："姊且去，我望嫂嫂来。"既至，嫂望见悲哽。女慰劝再三，又谓："此非乐土。"因劝令归。众惧寇至，女固言："不妨。"乃相将俱归。女撮土拦户，嘱安居勿出，坐数语，反身欲去。嫂急握其腕，又令两婢捉左右足，女不得已，止焉。然不甚归私室；珏订之三四，始为之一往。嫂每谓新妇不能当叔意㊶。女遂早起为姜理妆，梳竟，细匀铅黄㊸，人视之，艳增数倍；如此三日，居然丽人。嫂奇之，因言："我又无子。欲购一妾，姑未遑暇㊺。不知婢辈可涂泽否？"女曰："无人不可转移，但质美者易为力耳。"遂遍相诸婢，惟一黑丑者，有宜男相㊻。乃唤与洗濯，已而以浓粉杂药末涂之，如是三日，面色渐黄㊼；四七日，脂泽沁入肌理，居然可观。日惟闭门作笑，并不计及兵火。一夜，噪声四起，举家不知所谋。俄闻门外人马鸣动，纷纷俱去。既明，始知村中焚掠殆尽；盗纵群队穷搜，凡伏匿岸穴者，悉被杀掳。遂益德女，目之以神。女忽谓嫂曰："妾此来，徒以嫂义难忘，聊分离乱之忧。阿伯行至，妾在此，如谚所云，非李非桃㊽，可笑人也。我姑去，当乘间一相望耳。"嫂问："行人无恙乎？"曰："近中有大难。此无与他人事，秦家姊受恩奢，意必报之，固当无妨。"嫂挽之过宿，未明已去。

玉自东粤归㊾，闻乱，兼程进㊿。途遇寇，主仆弃马，各以金束腰间，潜身丛棘中。一秦吉了飞集棘上[51]，展翼覆之。视其足，缺一指，心异之。俄而群盗四合，绕莽殆遍，似寻之。二人气不敢息。盗既散，鸟始翔去。既归，各道所见，始知秦吉了即所救丽者也。

后值玉他出不归，英必暮至；计玉将归而早出。珏或会于嫂所，间邀之，则诺而不赴。一夕，玉他往，珏意英必至，潜伏候之。未几，英果来，暴起，要遮而归于室[52]。女曰："妾与君情缘已尽，强合之，恐为造物所忌[53]。少留有馀，时作一面之会，如何？"珏不听，卒与狎。天明，诣嫂，嫂怪之，女笑云："中途为强寇所劫，劳嫂悬望矣。"数语趋出。居无何，有巨狸衔鹦鹉经寝门过。嫂骇绝，固疑是英。时方沐[54]，辍洗急号，群起噪击，始得之。左翼沾血，奄存馀息[55]。把置膝头，抚摩良久，始渐醒。自以喙理其翼[56]。少选，飞绕中室，呼曰："嫂嫂，别矣！吾怨

中华传世藏书

聊斋志异

图文珍藏版

一四二三

珏也！"振翼遂去，不复来。

【注释】

①庐陵：郡名。治所在今江西省吉安市。

②鞠养：抚养。

③秀出：秀美出众。

④表表：卓异；不同寻常。

⑤简拔：选择；挑选。简，选。刻：苛刻，严格。

⑥匡山：即江西省庐山。

⑦函谷：指函谷关。在河南省灵宝市西南，关城在谷中。

⑧方用恨恨：正因此而感到遗憾。用，因。

⑨尔尔：如此耳！

⑩娘行：犹言"咱们"，妇女们自称之词。娘，妇女的通称，多指青年妇女。

⑪取次：随便；任意。

⑫踏青：古时称春日郊游为"踏青"。小约：小小的约会。乖：违背，此指爽约。

⑬岸然：高耸的样子。

⑭鹘睛：鹰样的眼睛。鹘，鹰属猛禽。

⑮婀娜：体态柔弱。这里指行走摇曳不稳。不前：指逃跑落在后面。

⑯支撑：抗拒。

⑰抽剑：此据山东博物馆抄本，原作"袖剑"。

⑱狼疾之人：指肢体残缺之人。

⑲贤仲：犹言"令弟"。仲，老二。

⑳涂野：犹言"旷野"，涂，同"途"。

㉑姿致：风姿情态。娟娟：美好的样子。

㉒君家尊：您家令尊；指甘珏的父亲。

㉓孤：幼年无父为"孤"；有时也指失去父母。

㉔騃：痴呆。

㉕玉音：您的回信。玉，尊敬对方之词。

㉖妍媸：美丑。

㉗人世殆无其匹：犹言世间无双。匹，匹敌。

㉘二三其德：语出《诗·卫风·氓》。犹言三心二意。

㉙伯伯：大伯子；夫兄。

㉚步御：步行御马。御，牵马。

⑪昆季：弟兄。长者为昆，幼者为季。

㉜外姊：表姐。

㉝佻达：轻浮、不庄重。招议：引起物议。

㉞矜庄：端庄。

㉟抚问：据山东省博物馆抄本补，原缺。

㊱夜来：据山东省博物馆抄本补，原缺。

㊲怏怏：抑郁不乐。

㊳质对参差：意谓经过质询查问，发现了破绽。参差，不齐，喻破绽。

㊴隔帘：在帘外。封建礼俗男女有别，故甘玉在弟妇室外，隔帘相语。

㊵劝驾：古时举送贤者出仕，且为之备车驾，称"劝驾"。此指劝促阿英去甘家完婚。

㊶投饵：喂食。投，送。

㊷粤：广东广西地区，古为"百粤"之地，故名。司李：即"司理"，各州主管狱讼之官。明代也称推官为"司理"。

㊸叔：丈夫的弟弟。

㊹细匀铅黄：细心地为她搽匀脂粉。铅和黄，都是化妆品。铅，铅粉。黄，雄黄之类的染料。六朝以来女子有黄额妆，在额间涂黄为饰。

㊺暇：据山东省博物馆抄本，原作"假"。

㊻宜男相：生育男孩的相貌。旧时祝颂妇人多子为"宜男"。

㊼面色：据山东省博物馆抄本，原作"面赤"。

㊽非李非桃：犹言不伦不类；谓处境尴尬。

㊾东粤：指广东。

㊿兼程：以加倍速度赶路。

51秦吉了：鸟名，即鹩哥，绀黑色，红嘴黄爪，能学人言，类似鹦鹉。

52要遮：拦截。

53造物：创造万物者，指天。

54沐：洗头发。

55奄存馀息：仅存一点微弱气息。奄，气息微弱的样子。

56喙：据山东省博物馆本，原作"啄"。

【译文】

　　甘玉，字璧人，庐陵人。父母早早去世，留下个弟弟名珏，字双璧。这甘珏从五岁起，就跟着哥哥过日子。甘玉很友爱，抚养弟弟像待承亲生儿子。后来，甘珏慢慢长大，相貌秀美出众，又很聪明能做文章。甘玉更加喜爱他，常说："我弟弟不同寻常，不能没有个好媳妇。"可是因为挑选得太苛刻，婚事一直没定。

　　这时，甘玉正在匡山寺庙里读书，夜里刚刚躺在床上，听得窗外有女子说话声音。他偷偷往外一看，只见有三四个女子坐在地上，几个丫头摆酒上菜，都长得特别漂亮。一个女子说："秦娘子！这么美妙的夜晚，阿英怎么不来？"下首座位的女子说："昨天从函谷关来，被恶人伤了右胳臂，不能一道来玩，正在感到遗憾呢！"一个女子说："前天夜里做了一场噩梦，到现在还胆战心惊。"下首座位的女子急忙摆手说："别说了，别说了！今晚上姐妹们欢聚一起，说那个吓得人家不痛快。"女子笑着说："这丫头怎么这么胆怯！真有虎狼叼了你去吗？若要不说，就得唱支曲子，给姐妹们劝酒。"那女子低声唱道："闲阶桃花取决开，昨日踏青小约未应乖。嘱咐东邻女伴少待莫相催，着得凤头鞋子即当来。"唱完，满座没有不叫好赞赏的。

说笑之间，忽然一个高大魁伟的男子汉从外面闯进来，鹰眼闪闪，相貌凶恶。女子们哭叫着："妖怪来了！"慌里慌张乱糟糟的，如同鸟儿般四散逃窜。只有那个唱歌的，因体质柔弱落在后面，被那汉子捉住，哀声啼叫，死命挣扎。那汉子生气吼叫，咬断她一根指头，正在嚼吃。女子倒在地上像是死了。甘玉觉得可怜，再也忍耐不住，就急忙抽出剑来，拔去门闩出来，一剑挥去，砍中那汉子的大腿。大腿掉下来，那汉子忍着疼痛逃跑了。

甘玉扶着女子进了房。那女子面如土色，鲜血淋湿了襟袖。看看她的手，是右拇指断了，甘玉扯块布条替她裹上。女子才呻吟着说："救命大恩，怎么报答呢？"甘玉在起初偷看时，心里暗暗就替弟弟打谱，想给弟弟找个媳妇，就告诉她自己的心意。女子说："我是残废人了，不能操持家务。当会给令弟另找一个。"问她姓氏，回答说："姓秦。"甘玉就铺好被褥，让她在这里暂时休养，自己抱着铺盖到别处住宿去了。

到了早晨，甘玉前来一看，床上已经没有人了，以为她是自己回家了。可是，在近村查访，很少有这姓，多方托亲告友探听，也没有可靠音信。回去和弟弟说了，像丢掉什么一样，很是后悔。

一天，甘珏偶尔到郊外游逛，遇见一个十六七岁的女子，风姿娟美。那女子看着甘珏微微一笑，似乎有话要说。她那清澈如水的眼睛向四外看了看。然后问道："你是甘家二郎吧？"甘珏说："是！"女子说："你家父亲曾经应许我嫁给你，怎么如今要违背先前盟约，另订秦家呢？"甘珏说："我从小死去父亲，这门亲事不曾听说过，请告诉我你是哪家，我回去问问哥哥。"女子说："不用细说，只要你一句话，我就自己去你家里。"甘珏说没得到哥哥同意，不好说。女子笑了，说："傻瓜！就这么怕哥哥吗？既然这样，我姓陆，住东山望村。三天以内，听你的回音。"就告别走了。

甘珏回家，告诉哥哥嫂嫂，哥哥说："真是胡说！父亲去世时，我二十多岁了，要有这话，哪能不知道！"又觉得她一个人走在郊外，竟然和男人交谈，更看不起她。又问那女子长相。甘珏羞得面红耳赤，默不作声。嫂子笑着说："想必是个美人！"甘玉说："小孩子哪分得出美丑？即便是美女，也一定比不上秦女。等秦女不成时，再说这个也不晚。"甘珏也没说什么，退下出房去了。

过了几天，甘玉走在路上，看见一个女子哭哭啼啼往前走着。甘玉停马按辔，略微瞅了一眼，是个举世无双的美女呢！甘玉叫仆人去询问。回答说："我原先许配甘家二郎，因家里穷，全家搬到远处，就断了音信。最近才回来，又听说甘家三心二意，又变了卦。我要去问问大伯哥甘璧人，怎么安排我呢？"甘玉惊喜地说："甘璧人就是我呀！先人以前订约，我实在不知道。离家不远了，请一道回家去商量吧！"就下了马将缰绳交给那女子，让女子骑马，自己步行，回家来了。女子自己说："我小名阿英。家里没有兄弟姐妹，只有个表姐姓秦，住在一块儿。"甘玉才醒悟，那晚一个女子说的阿英，就是这个女子啊！甘玉打算告诉女子家里，女子劝止了。甘玉暗自高兴弟弟得了这么个美貌媳妇，可又担心她轻佻招人议论。时间长了，阿英很是庄重，又温顺可爱，说话伶俐。她对待嫂子像待承娘亲，嫂子也特别喜爱她。

到了中秋节，小两口正在吃酒说笑。嫂子派丫头邀请阿英去。甘珏不愿阿英去，心里不痛快。阿英打发丫头先回去，说自己随后就到。可是仍然坐着说说笑笑，好大一阵没有去的意思。甘珏怕嫂子等得太长了，催阿英去。阿英只是笑着，终究也没去。

第二天清晨，阿英刚梳洗完，嫂子走来，安慰说："昨夜对面喝酒，怎么老是闷闷不乐？"阿英只是微笑。甘珏觉得奇怪，就质问阿英，可是回答总是对不上茬。嫂子十分惊怕，回去说："要不是妖怪，怎么会有分身法呢！"甘玉也害了怕，走去隔着帘子求告说："我家祖祖辈辈积德行善，从来没有冤家仇人。你要是妖怪，请赶快离开，千万别伤害我弟弟。"阿英红了脸，说："我本不是人类，只是因为老公公早先许亲，所以秦姐姐劝我来你家。自知不能生儿育女，常想辞别，所以恋恋不舍，是觉得哥哥嫂子对我厚爱。如今既然有了疑心，只好从此永远分离了！"转眼变成鹦鹉，展翅飞走了。

原来，甘翁在世时，养了只鹦鹉，很灵透，常亲自喂食。甘珏当时四五岁，问道："养鸟干什么？"甘翁开玩笑说："大了给你当媳妇！"有时担心鹦鹉缺食，就叫甘珏："不去喂食，饿煞媳妇了！"家里人也都拿这来给甘珏开玩笑。后来，鹦鹉挣断锁链飞走了。这时，甘玉才醒悟阿英说的原先定了亲是说的这回事。可是，甘珏明知阿英是鹦鹉，仍然思她想她，怎么也忘不下。嫂子更加挂念她，一早一晚暗自哭泣。甘玉很是后悔，可也没有法子啊。过了两年，给弟弟娶了姜家女儿，可是甘珏总觉得不顺心。

有个表兄在广东当司李，甘玉去看望，去了很长时间没有回家来。正在这时，土匪作乱，邻近几个村子，大半被烧成废墟。甘珏十分害怕，领着全家藏到山谷里避难。山上男男女女避难的很杂，谁也不认识谁。忽听得有女子小声说话，极像阿英。嫂子催促甘珏到近处察验一下，果真是阿英。甘珏高兴极了，抓住胳臂不放手。阿英就对同行的人说："姐姐先走吧，我看看嫂嫂就来。"到了跟前，嫂子一见，泣不成声。阿英再三安慰劝说，又告诉说："这地方不是安全地方。"劝他们回家去。大伙怕土匪到村里去，阿英坚持说："不碍事的！"就互相搀扶着都回了家。阿英捏把土撒下去拦住门户，嘱咐他们安心居住不要出门。坐下说了几句话，回身要走。嫂子赶紧抓住阿英的手腕子，又叫两个丫头按住她左右两脚，阿英不得已，只好住下来。

阿英虽然不走了，却不常回原来的住房，甘珏约她三四次，才去住上一夜。嫂子常说新媳妇不当甘珏的意。阿英就早早起来，给姜女梳妆，梳完头，仔细擦粉抹胭脂，人们看看，漂亮了几倍，这样打扮了三天，姜女竟然成了个美人了。嫂子觉得神奇，就说："我又没有儿子，想买个二房，还没顾得。不知道丫头能涂抹得漂亮了吧？"阿英说："没有人不可以变美。只是本质美的费力少些罢了。"就相看了每个丫头，只有个又黑又丑的有生男孩的貌相。阿英就叫她去，给她洗脸，洗后用掺上药面的香粉厚厚地抹上。这样三天，脸色渐渐变黄，四七二十八天以后，脂粉沁进皮肤，丫头居然漂亮起来。

中华传世藏书

聊斋志异

图文珍藏版

　　阿英在甘家，关起大门天天和嫂子说说笑笑，根本不提土匪杀人放火的事。一天夜里，忽听村里到处闹哄起来，甘家全家吓得不知该怎么办。一会儿，听得门外人喊马叫，纷纷走了。到了天明，才知道村里给烧光抢光，土匪一群一队到处搜索，凡是藏在山谷里的人，有的被杀掉，有的被抓走。甘家更加感谢阿英的恩德，当神仙看待她。一天，阿英忽然对嫂子说："我这次来，是难忘嫂子的情义，略微分担离乱的忧愁。大哥就要回来了，我在这里，正像俗话说的'非李非桃'，叫人笑话。我要走了，有空就来看你！"嫂子说："出外的人平安无事吧！"回答说："眼下有大难，这不关别人的事，秦家姐姐受过大恩，想必能报答他，一定不妨事！"嫂子又挽留过了夜，天还不亮，阿英已经走了。

　　甘玉从广东回家来，听到家乡有乱事，日夜赶路。路上遇上土匪，甘玉和仆人舍了马匹，各自把银子拴在腰里，藏在荆棘丛里。有只秦吉了飞在荆棘上，张翅遮蔽。甘玉看看那鸟的足，缺一个指头，心里奇怪。一会儿，土匪四面围来，绕着荆棘丛察看，似乎是寻找甘玉两人，两人吓得连大气也不敢喘。土匪散去后，那鸟才飞走了。甘玉回到家，互相说到见闻，才知道秦吉了就是他救过的那个美人。

　　后来，每逢甘玉外出不回家，阿英晚上必定来嫂嫂房里；预计甘玉要回来了，阿英就早早离去。甘珏有时在嫂嫂房里见到阿英，趁空约她，她只是答应却不前去。一天晚上，甘玉又外出了，甘珏觉得阿英一定会来，就偷偷藏起等着。

　　不多时，阿英果然来了。甘珏突然蹿出来，拉扯着阿英到了自己房里。阿英说："我和你的情缘已经完结，硬要欢好，怕是老天要生气。少留点余情，还能常见见面，怎么样！"甘珏不答应，硬是和阿英合欢。天亮后，阿英去见嫂嫂，嫂嫂怪她昨夜不来。阿英笑着说："半路上被强盗劫去了，让嫂子挂心了。"说了几句话，赶忙走了。

　　不多时，有条大狸猫叼着只鹦鹉，从房门路过。嫂子吓坏了，疑心那鹦鹉是阿英。当时正在洗脸，赶忙住手，高声呼救，大伙赶来又喊又打，才从猫嘴里抢下来。那鹦鹉左翅膀沾满了血，已经奄奄一息。嫂子抱在腿上，抚摩了好长时间，那鹦鹉才苏醒过来。鹦鹉自己用嘴梳理好翅膀，一会儿，飞起来在房子里绕圈子，叫道："嫂嫂，告别了！我怨珏呀！"振翅飞去，没有再来。

橘 树

【原文】

陕西刘公①，为兴化令②。有道士来献盆树，视之，则小橘，细裁如指③，摈弗受④。刘有幼女，时六七岁，适值初度。道士云："此不足供大人清玩⑤，聊祝女公子福寿耳。"乃受之。女一见，不胜爱悦。置诸闺闼⑥，朝夕护之惟恐伤。刘任满，橘盈把矣。是年初结实。简装将行，以橘重赘，谋弃之。女抱树娇啼。家人绐之曰："暂去，且将复来⑦。"女信之，涕始止。又恐为大力者负之而去⑧，立视家人移栽墀下，乃行。

女归，受庄氏聘。庄丙戌登进士⑨，释褐为兴化令⑩。夫人大喜。窃意十馀年，橘不复存，及至，则橘已十围，实累累以千计。问之故役，皆云："刘公去后，橘甚茂而不实，此其初结也。"更奇之。庄任三年，繁实不懈；第四年，憔悴无少华⑪。夫人曰："君任此不久矣。"至秋，果解任。

异史氏曰："橘其有夙缘于女与⑫？何遇之巧也。其实也似感恩⑬，其不华也似伤离。物犹如此，而况于人乎？"

【注释】

①陕西：陕西省，辖境与今省区略同。

②兴化令：兴化县令。兴化，明、清县名，治在今福建莆田县。

③裁：才。

④摈弗受：拒绝不受。

⑤清玩：称对方玩赏的敬词。清，清雅。

⑥闺闼：未嫁女子的居室。

⑦"暂去，且将复来"：此据青柯亭刻本，原作"几日而不复来"。

⑧大力者：力气大的人。

⑨丙戌：当指康熙四十五年（1706）。

⑩释褐为兴化令：一入仕即为兴化县令。释褐，谓脱去布衣，换上官服，为入仕的雅称。兴化令，此据山东省博物馆本，原作"兴令"，脱化字。

⑪华：花。

⑫夙缘：前世的因缘。夙，通"宿"。

⑬实：果实。

【译文】

陕西人刘公任兴化县令，有个道士献给他一个栽有橘树的盆景。仔细观察，小的才有手指那么粗细，便拒绝不接受。刘公有个小女儿，当时只有六七岁，正赶上过生日。道士道："这小橘树不值得大人您欣赏，权且送给女公子做生日礼物，祝她多福多寿。"于是就收下了。小女孩看了这棵小橘树，特别喜爱，就把它放到自己的闺房中，早晚精心保护，唯恐受到伤害。刘公任职期满时，小橘树的主干已有一把粗细了。

这年，结了果。刘公要离开兴化县时，认为橘树是个累赘，商量把它扔了。小女孩却抱着树撒娇啼哭。家人哄骗她说："我们暂时离开，将来还要回来。"女孩相信了，才不再哭闹。但是又担心力气大的人给背跑了，站在院子里看着家人把小橘树移栽到台阶下，才跟着走了。

这个女孩回来后，嫁给了一个姓庄的书生，庄生在康熙五年考中了进士，授任兴化县令。当了县令夫人的刘女非常高兴，心里猜想十多年了，橘树一定不在了。

可到了兴化县，看到橘树已经有十围那么粗，结满了果实，至少有上千颗。夫人向衙门里的老差役打听这十几年来橘树的生长情况，都说："自从刘公走后，橘树长得很茂盛，但是不结果，这是第一次结果子。"夫人更感到奇怪。

橘树

庄生任职三年当中，橘树年年都结满果实。到了第四年，橘树开始憔悴，很少开花。夫人说："您这县令当不长了。"到了秋天，庄生果然被解职了。

赤　字

【原文】

顺治乙未冬夜①，天上赤字如火。其文云："白苕代靖否复议朝冶驰。"

【注释】

①顺治乙未：清世祖（福临）顺治十二年，即公元一六五五年。

【译文】

顺治十二年，冬天的一个晚上，天上出现一行火红的大字。写的是："白苕代靖否复议朝冶驰。"

牛　成　章

【原文】

牛成章，江西之布商也①。娶郑氏，生子、女各一。牛三十三岁病死。子名忠，时方十二；女八九岁而已。母不能贞②，货产入囊，改醮而去③。遗两孤，难以存济。有牛从嫂④，年已六袠⑤，贫寡无归，遂与居处⑥。

牛成章

　　数年，妪死，家益替⑦。而忠渐长，思继父业而苦无资。妹适毛姓，毛富贾也。女哀婿假数十金付兄。兄从人适金陵⑧，途中遇寇，资斧尽丧，飘荡不能归。偶趋典肆⑨，见主肆者绝类其父；出而潜察之，姓字皆符。骇异不谕其故⑩。惟日流连其傍，以窥意旨，而其人亦略不顾问。如此三日，觇其言笑举止，真父无讹。即又不敢拜识；乃自陈于群小⑪，求以同乡之故，进身为佣。立券已⑫，主人视其里居、姓氏，似有所动，问所从来。忠泣诉父名。主人怅然若失。久之，问："而母无恙乎⑬?"忠又不敢谓父死，婉应曰："我父六年前经商不返⑭，母醮而去。幸有伯母抚育，不然，葬沟渎久矣。"主人惨然曰："我即是汝父也。"于是握手悲哀。又导入参其后母⑮。后母姬，年三十馀，无出，得忠喜，设宴寝门。牛终欷歔不乐，即欲一归故里。妻虑肆中乏人，故止之。牛乃率子纪理肆务；居之三月，乃以诸籍委子⑯，取装西归。

既别，忠实以父死告母。姬乃大惊，言："彼负贩于此，囊所与交好者，留作当商；娶我已六年矣。何言死耶?"忠又细述之。相与疑念，不谕其由。逾一昼夜，而牛已返，携一妇人，头如蓬葆⑰。忠视之，则其所生母也。牛摘耳顿骂："何弃吾儿!"妇慑伏不敢少动。牛以口龁其项。妇呼忠曰："儿救吾! 儿救吾!"忠大不忍，横身蔽鬲其间⑱。牛犹忿怒，妇已不见。众大惊，相哗以鬼。旋视牛，颜色惨变，委衣于地，化为黑气，亦寻灭矣。母子骇叹，举衣冠而瘗之。忠席父业⑲，富有万金。后归家问之，则嫁母于是日死，一家皆见牛成章云。

【注释】

①江西：江西省，清时辖境与今省区约略相同。

②不能贞：谓不能守节寡居。

③改醮：改嫁。

④从嫂：叔伯嫂。

⑤六袠：六十岁。袠，通"秩"。十年为一袠。

⑥遂：此据山东省博物馆本，原作"送"。

⑦家益替：家业更加衰败。替，衰败。

⑧适金陵：往金陵去。金陵，指今江苏南京市。

⑨典肆：典押衣物的商店，即当铺。

⑩不谕：不明白。

⑪自陈于群小：向其仆自我介绍。群小，此指仆人。

⑫立券：订立契约文书。

⑬而：同"尔"，你。

⑭六年：此据山东省博物馆本，原无"六"字。

⑮参：拜见。

⑯以诸籍委子：把各类账册交付其子。

⑰头如蓬葆：犹言头发如乱草。颜师古注："草丛生曰葆。"蓬，蓬草。

⑱蔽扇：遮挡。扇，隔。

⑲席：因，凭借，犹言承受。

【译文】

有个名叫牛成章的人，是江西贩卖布疋的商人。娶妻郑氏，生了一个儿子和一个女儿。牛成章三十三岁得病死了。儿子名叫牛忠，当时才有十二岁；女儿只有八九岁而已。母亲不能守节，变卖了家产，装进自己的腰包，嫁给了别人。撇下两个孤儿，没有人周济他们，很难活下去。牛成章有个堂嫂，已经六十多岁了，是个无家可归的穷寡妇，被人送过来，和兄妹二人同居。过了几年，老寡妇死了，家境越来越衰落。

牛忠逐渐长大成人，想要继承父亲的行业，却苦于没有本钱。妹妹嫁给一个姓毛的，是个很有钱的买卖人。妹妹向女婿哀求，借了几十吊钱，交给哥哥做资本。哥哥跟随别人去金陵做买卖，路上遇上了土匪，盘缠全部丧尽了，便东奔西走，没有办法回家。偶然走进一家当铺，看见当铺的主人很像他的父亲；他出了当铺，在附近偷偷地察访，姓名和他父亲完全一样。他很惊讶，不知这是什么缘故每天只在当铺左近留连着，以便窥测主人的反应，但是主人毫不理睬他。这样窥测了三天，看见主人的谈笑举止，真是他的父亲，绝对没有认错，但又不敢进去拜父认亲；就把自己的发现告诉了许多市民，请求他们转告主人，看在同乡的面子上，要进当铺做个佣人。写完雇佣文书，主人看他写在文书上的家乡和姓名，心里似乎动了一下，就问他到金陵来做什么。他流着眼泪讲了父亲的姓名。王人一听，心里好像丢失了什么东西似的。沉默了很长时间。才问他："你母亲好吗？"他不敢说父亲已经死了，委婉地回答说："我父亲六年前出去经商没有回来，母亲改嫁走了。幸亏有个伯母抚养我们，不然的话，早就葬身于壕沟了。"主人很凄惨地说："我就是你的父亲哪。"于是就互相握手，心里很悲痛。又把他领进寝室，去拜见他的后妈。后妈姬氏，三十多岁，没有生儿养女，得到牛忠做儿子，心里很高兴，就在卧室里设宴，给儿子接风。

牛成章唉声叹气，心里始终不痛快，就想回一趟家乡。妻子忧虑铺子里缺人，所以劝止了。牛成章就带着儿子经管铺子里的事情；过了三个月，就把许多账簿委派给儿子经管，备下行装，回江西去了。他走了以后，牛忠就把父亲已经死亡的实情告诉了后妈。姬氏一听就大吃一惊，说："他是一个贩运货物的小贩子，把货物贩到这里，从前的一些好朋友，把他留下，作了典当商人；娶我已经六年了，怎能说他死了呢？"牛忠又详详细细地说了一遍。互相很疑惑，不知这是什么道理。

过了一天一夜，牛成章就回来了，领回一个妇人，头发乱糟糟的，好像一团蓬草。牛忠一看，原来是他的生身母亲。牛成章揪着她的耳朵，跺着脚骂她："为什么抛弃我的儿子！"她吓得战战兢兢，服服帖帖，动也不敢动。牛成章用嘴咬她的脖子。妇人招呼牛忠说："儿子救我！儿子救我！"牛忠很不忍心，就横着身子，隔在他们中间。牛成章仍然怒气冲冲的，妇人已经无影无踪了。大伙儿都大吃一惊，互相吵吵嚷嚷，说是活见鬼了。回头看看牛成章，脸色变得惨白，把衣服脱在地上，化成一团黑气，很快也消失了。母子二人又是惊讶，又是叹息，把他的衣服帽子埋葬了。牛忠凭借父亲留下的产业，财富万贯。后来他回到家乡打听情况，都说出嫁的母亲就在那天死了，全家都看见了牛成章。

青　娥

【原文】

　　霍桓，字匡九，晋人也。父官县尉①，早卒。遗生最幼，聪惠绝人。十一岁，以神童入泮②。而母过于爱惜，禁不令出庭户，年十三尚不能辨叔伯甥舅焉。同里有武评事者③，好道，入山不返。有女青娥，年十四，美异常伦。幼时窃读父书，慕何仙姑之为人④。父既隐，立志不嫁。母无奈之。一日，生于门外瞥见之。童子虽无知，只觉爱之极，而不能言；直告母，使委禽焉⑤。母知其不可，故难之。生郁郁不自得。母恐拂儿意，遂托往来者致意武，果不谐。生行思坐筹，无以为计。

　　会有一道士在门，手握小镵⑥，长裁尺许。生借阅一过，问："将何用？"答云："此劂药之具⑦；物虽微，坚石可入。"生未深信。道士即以斫墙上石，应手落如腐。生大异之，把玩不释于手。道士笑曰："公子爱之，即以奉赠。"生大喜，酬之以钱，不受而去。持归，历试砖石，略无隔阂。顿念穴墙则美人可见⑧，而不知其非法也。更定，逾垣而出，直至武第；凡穴两重垣，始达中庭⑨。见小厢中⑩，尚有灯火，伏窥之，则青娥卸晚装矣。少顷，烛灭，寂无声。穿墉入⑪，女已熟眠。轻解双履，悄然登榻；又恐女郎惊觉，必遭呵逐，遂潜伏绣被之侧，略闻香息，心愿窃慰。而半夜经营，疲殆颇甚，少一合眸，不觉睡去。女醒，闻鼻气休休；开目，见穴隙亮入。大骇，暗摇婢醒，拔关轻出⑫，敲窗唤家人妇，共燕火操杖以往。则见一总角书生⑬，酣眠绣榻；细审，识为霍生。挽之始觉⑭，遽起，目灼灼如流星，似亦不大畏惧，但腼然不作一语。众指为贼，恐呵之。始出涕曰："我非贼，实以爱娘子故，愿以近芳泽耳⑮。"众又疑穴数重垣，非童子所能者。生出镵以言异。共试之，骇绝，讶为神授。将共告诸夫人。女俯首沉思，意似不以为可。众窥知女意，因曰："此子声名门第，殊不辱玷。不如纵之使去，俾复求媒焉。诘旦，假盗以告夫人，如何也？"女不答。众乃促生行。生索镜。共笑曰："骇儿童！犹不忘凶器耶？"生觑枕边，有凤钗一股，阴纳袖中。已为婢子所窥，急白之。女不言亦不怒。一媪拍颈曰："莫道他骏，若小意念乖绝也[16]。"乃曳之，仍自窦中出。既

青娥

归，不敢实告母，但嘱母复媒致之。母不忍显拒，惟遍托媒氏，急为别觅良姻。青娥知之，中情皇急，阴使腹心者风示媪。媪悦，托媒往。会小婢漏泄前事，武夫人辱之，不胜恚愤。媒至，益触其怒，以杖画地^⑰，骂生并及其母。媒惧窜归，具述其状。生母亦怒曰："不肖儿所为，我都梦梦^⑱。何遂以无礼相加！当交股时，何不将荡儿淫女一并杀却？"由是见其亲属，辄便披诉^⑲。女闻，愧欲死。武夫人大悔，而不能禁之使勿言也。女阴使人婉致生母，且矢之以不他^⑳，其词悲切。母感之，乃不复言；而论亲之媒，亦遂辍矣。会秦中欧公宰是邑^㉑，见生文，深器之^㉒，时召入内署，极意优宠。一日，问生："婚乎？"答言："未。"细诘之，对曰："凤与故武评事女小有盟约；后以微嫌^㉓，遂致中寝。"问："犹愿之否^㉔？"生觍然不言。公笑曰："我当为子成之。"即委县尉、教谕^㉕，纳币于武^㉖。夫人喜，婚乃定。逾岁，娶归。女入门，乃以镜掷地曰："此寇盗物，可将去！"生笑曰："勿忘媒妁。"珍佩之，恒不去身。

女为人温良寡默^㉗，一日三朝其母；馀惟闭门寂坐，不甚留心家务。母或以吊庆他往，则事事经纪，罔不井井。年馀，生一子孟仙。一切委之乳保^㉘，似亦不甚顾惜。又四五年，忽谓生曰："欢爱之缘，于兹八载。今离长会短，可将奈何！"生惊问之，即已默默，盛妆拜母，返身入室。追而诘之，则仰眠榻上而气绝矣。母子痛悼，购良材而葬之。母已衰迈，每每抱子思母，如摧肺肝，由是遘病^㉙，遂惙不起。逆害饮食^㉚，但思鱼羹，而近地则无，百里外始可购致。时厮骑皆被差遣；生性纯孝，急不可待，怀资独往，昼夜无停趾。返至山中，日已沉冥，两足跋踦^㉛，步不能咫。后一叟至，问曰："足得毋泡乎^㉜？"生唯唯。叟便曳坐路隅，敲石取火，以纸裹药末，熏生两足讫。试使行，不惟痛止，兼益矫健。感极申谢。叟问："何事汲汲^㉝？"答以母病，因历道所由，叟问："何不另娶？"答云："未得佳者。"叟遥指山村曰："此处有一佳人，倘能从我去，仆当为君作伐。"生辞以母病待鱼，姑不遑暇。叟乃拱手，约以异日入村，但问老王，乃别而去。生归，烹鱼献母。母略进，数日寻瘳。乃命仆马往寻叟。

至旧处，迷村所在。周章逾时^㉞，夕暾渐坠^㉟；山谷甚杂，又不可以极望。乃与仆上山头，以瞻里落；而山径崎岖，苦不可复骑，跋履而上，昧色笼烟矣㊱。蹀躞四望，更无村落。方将下山，而归路已迷。心中燥火如烧。荒窜间，冥堕绝壁㊲。幸数尺下有一线荒台，坠卧其上，阔仅容身，下视黑不见底。惧极，不敢少动。又幸崖边皆生小树，约体如栏。移时，见足傍有小洞口；心窃喜，以背着石，蜡行而入㊳。意稍稳，冀天明可以呼救。少顷，深处有光如星点。渐近之，约三四里许，忽睹廊舍，并无釭烛㊴，而光明若昼。一丽人自房中出，视之，则青娥也。见生，惊曰：“郎何能来？”生不暇陈，抱祛鸣恻㊵。女劝止之。问母及儿，生悉述苦况，女亦惨然。生曰：“卿死年馀，此得无冥间耶？”女曰：“非也，此乃仙府。曩时非死，所瘗，一竹杖耳。郎今来，仙缘有分也。”因导令朝父，则一修髯丈夫㊶，坐堂上；生趋拜。女白：“霍郎来。”翁惊起，握手略道平素㊷。曰：“婿来大好，分当留此。”生辞以母望，不能久留。翁曰：“我亦知之。但迟三数日，即亦何伤。”乃饵以肴酒，即令婢设榻于西堂，施锦裀焉。生既退，约女同榻寝。女却之曰：“此何处，可容狎亵？”生捉臂不舍。窗外婢子笑声嗤然，女益惭。方争拒间，翁入，叱曰：“俗骨污吾洞府！宜即去！”生素负气，愧不能忍，作色曰：“儿女之情，人所不免，长者何当伺我？无难即去，但令女须便将去。”翁无辞，招女随之，启后户送之；赚生离门，父子阖扉去。回首峭壁巉岩，无少隙缝，只影茕茕㊸，罔所归适。视天上斜月高揭㊹，星斗已稀。怅怅良久，悲已而恨，面壁叫号，迄无应者㊺。愤极，腰中出镵，凿石攻进，且攻且骂。瞬息洞入三四尺许。隐隐闻人语曰：“孽障哉㊻！”生奋力凿益急。忽洞底豁开二扉，推娥出曰：“可去，可去！”壁即复合。女怨曰：“既爱我为妇，岂有待丈人如此者？是何处老道士，授汝凶器，将人缠混欲死？”生得女，意愿已慰，不复置辨；但忧路险难归。女折两枝，各跨其一，即化为马，行且驶，俄顷至家。时失生已七日矣。

初，生之与仆相失也，觅之不得，归而告母。母遣人穷搜山谷㊼，并无踪绪。正忧惶无所㊽，闻子自归，欢喜承迎。举首见妇，几骇绝。生略述之，母益忻慰。女以形迹诡异，虑骇物听，求即播迁。母从之。异郡有别业，刻期徙往，人莫之知。偕居十八年，生一女，适同邑李氏。后母寿终。女谓生曰：“吾家茅田中，有雉范八卯㊾，其地可葬。汝父子扶榇归窆。儿已成立，宜即留守庐墓㊿，无庸复来。”生从其言，葬后自返。月馀，孟仙往省之，而父母俱杳。问之老奴，则云：“赴葬未还。”心知其异，浩叹而已。孟仙文名甚噪，而困于场屋，四旬不售。后以拔贡入北闱(51)，遇同号生(52)，年可十七八，神采俊逸，爱之。视其卷，注顺天廪生霍仲仙(53)。瞪目大骇，因自道姓名。仲仙亦异之，便问乡贯，孟悉告之。仲仙喜曰：“弟赴都时，父嘱文场中如逢山右霍姓者，吾族也，宜与款接，今果然矣。顾何以名字相同如此？”孟仙因诘高、曾并严、慈姓讳(54)，已而惊曰：“是我父母也！”仲仙疑年齿之不类。孟仙曰：“我父母皆仙人，何可以貌信其年岁乎？”因述往迹，仲仙始信。场后不暇休息，命驾同归。才到门，家人迎告，是夜失太翁及夫人所在。两人大惊。仲仙入而询诸妇，妇言：“昨夕尚共杯酒，母谓：‘汝夫妇少不更事(55)。明日大哥来，吾无虑矣。’早旦入室，则阒无人矣(56)。”兄弟闻之，顿足悲哀。仲仙犹欲追觅；孟仙以为无益，乃止。是科仲领乡荐(57)。以晋中祖墓所在，从兄而归。犹冀父母尚在人间，随在探访，而终无踪迹矣。

异史氏曰：“钻穴眠榻，其意则痴；凿壁骂翁，其行则狂；仙人之撮合之者，惟欲以长生报其孝耳。然既混迹人间，狎生子女，则居而终焉，亦何不可？乃三十年而屡弃其子，抑独何哉？异已！”

【注释】

①县尉：掌管一县刑狱缉捕的官员。明代废县尉，以典史掌县尉事，后世因称典史为县尉。

②以神童入泮：此指幼年考中秀才。神童，智力过人的儿童。唐宋时科举考试特设有童子科，应试者称“应神童试”。唐制十岁以下，宋制十五岁以下，可应试。明代童生试，则不论年龄大小。霍桓十一岁入泮，故称之为“神童”。

③评事：官名，掌管评审刑狱。汉置廷尉平，隋以后称评事。明清分设左右评事，均隶大理寺。

④何仙姑：道教八仙之一。相传为唐广东增城女子，住云母溪，十四五岁时食云母粉而成仙。另一说，为吕洞宾所超度的赵仙姑。赵，名何，或以手持荷花谐音为何姓。

⑤委禽：致送聘女的礼物，此指通媒求婚。禽，指雁，古代订婚纳采用雁。

⑥镵：装有长柄、用以掘土采药的铁铲，也叫"长镵"。

⑦劚：锄；掘。

⑧穴墙：在墙上掘洞。穴，挖洞。美人：据山东省博物馆抄本，原阙"人"。

⑨中庭：正院。

⑩厢：厢房；正房两侧的房屋。

⑪墉：墙壁。

⑫暗摇婢醒，拔关轻出：据山东省博物馆抄本及二十四卷抄本，原作"暗中拔闺轻出"。

⑬总角：古代男女未成年前，束发为两结，形如角，故称总角。

⑭扰：揣动。

⑮芳泽：化妆用的香脂，借指美女的容颜。

⑯若小：这小孩。小，据山东省博物馆抄本和二十四卷抄本补。乖绝：极为机灵。

⑰以杖画地：以手杖指画或叩击地面，表示愤怒。

⑱梦梦：犹"懵懵"，昏昧不明，指一无所知。

⑲披诉：公开宣扬。披，披露。

⑳矢之以不他：誓不他嫁。语出《诗·鄘风·柏舟》："之死矢靡它。"矢，通"誓"。

㉑秦中：古地区名。指今陕西中部平原地区，因春秋战国时属秦国而得名。

㉒器：器重。

㉓嫌：嫌隙；怨恨。

㉔犹：据山东省博物馆抄本及二十四卷抄本，原作"有"。

㉕教谕：官名。明清以教谕为各县教职，负责县学的管理及课业。

㉖纳币：古代婚礼"六礼"之一，犹后世之订婚。纳币，又称"纳征"。

㉗温良寡默：温厚善良，沉默寡言。

㉘乳保：乳娘、保姆。

㉙遘病：遭病，成疾。

㉚逆害饮食：不思饮食。

㉛跛踦：脚有毛病，走路歪瘸。

㉜泡：磨伤起泡。据山东省博物馆抄本，原作"胞"。

㉝汲汲：心情急切。

㉞周章：彷徨。此据青柯亭刻本，原作"周张"。

㉟夕暾：犹言"夕阳"。暾，本指初升的太阳，此指阳光。

㊱昧色笼烟：暮色苍茫。笼烟，烟雾笼罩。

㊲冥堕绝壁：昏暗中从绝壁上掉下来。

㊳螬：蛴螬，行动时曲背蠕动。

㊴釭烛：灯火。

㊵抱祛：捧握其手。祛，袖口。

㊶修髯：长髯。修，长。髯，两颊上的胡须。

㊷道平素：谈说家常。平素，指往日的事情。

㊸茕茕：孤独无依。

㊹揭：悬。

㊺迄：据山东省博物馆抄本，原作"乞"。后文"且攻且骂"，据博本补。

㊻孽障：同"业障"，佛教语，原意为过去所做的恶事造成了不良的后果。后来成为骂人的话，意思是祸患。

㊼穷搜：据山东省博物馆抄本，原阙"搜"字。

㊽无所：据山东省博物馆抄本，原作"所"。

㊾菢：鸟伏卵。

(50)守庐墓：服丧期间，在先人墓旁搭盖草庐，守护坟墓。

(51)以拔贡入北闱：以拔贡的资格，参加在顺天举行的乡试。拔贡，科举时代贡入国子监的生员之一种。清初六年一次，由各省学政考选品学兼优的生员，保送入京，作为拔贡。北闱，清代在顺天（今北京市）举行的乡试，称“北闱”。

(52)同号生：考场中同一号舍的考生。乡试的“贡院”，内分若干巷舍，并按《千字文》编号。每一号巷舍有几十间小房，每个考生占用一间，在其中考试。

(53)廪生：即“廪膳生员”，资历最优的秀才。廪生每月可从儒学领到米粮的津贴，称为食廪。

(54)高、曾：高祖，曾祖。严、慈：父亲，母亲。姓讳：姓名。

(55)更事：懂事。

(56)阒：寂静。

(57)领乡荐：乡试考中。

【译文】

霍桓，字匡九，山西人。父亲当过县尉，很早就去世了。撇下他，年纪很小，但聪明绝顶。十一岁的时候，号称神童，考中了秀才。因为母亲过分地爱惜他，禁止他的行动，不让他走出家门，所以十三岁的时候还认不清叔叔伯伯外甥和舅舅。

同村有个姓武的，做过评事官，喜好道教，进入深山没有回来。家里有个女儿名叫青娥，漂亮的容貌，不同于寻常。小时候背地读过父亲的书，很羡慕何仙姑的为人。父亲隐居以后，她立志不嫁人。母亲对她毫无办法。

一天. 霍桓在门外瞥见了青娥。小孩子虽然不懂事，但是觉得特别喜爱她。却说不出口来；回家坦率地告诉了母亲，让母亲请一个媒人，去求婚。母亲知道办不妥，所以感到很为难。他闷闷不乐，心里很不得意。母亲害怕违拗了儿子的心愿，就拜托一个媒婆，把求婚的心愿传给武夫人，果然没有说妥。

他走路也寻思，坐着也筹划，毫无办法可想。恰巧门外来了一个道士，手里握

着一把小镐头，才一尺来长。他借过来看了一眼，就问道士："你要用它做什么呢？"道士回答说："这是挖药的工具；镐头虽然很小，可以刨进坚硬的石头。"他不大相信。道士就用小镐去砍墙上的石头，石头应手而落，好像快刀砍豆腐。他感到很奇怪，拿拿手里反来复去的玩赏着，总也不肯撒手。道士笑着说："公子喜爱它，我就送给你了。"他高兴极了，要用金钱酬谢道士，道士没有接受，抹身就走了。

他把小镐拿回家里，试遍了砖瓦石块，毫无阻挡。突然灵机一动：在墙上掏个窟窿，就可以看见美人。却不知那是非法的。到了起更的时候，他跳出自家的墙头，一直来到武家的宅子外面；一连挖通了两道厚墙，才到达院子里。看见一间小厢房里还有灯光，扒窗向里一望，只见青娥已经卸了晚装。过了不一会儿，熄了灯，就寂静无声了。他凿透山墙，钻进绣房，看见青娥已经睡得很熟。他轻轻地脱下两只鞋，悄悄地上了绣床；又怕惊醒女郎，一定会受到斥逐，就偷偷地卧在绣花褶裙的旁边，略微闻到一点芳香的气息，也就感到安慰了。因为忙碌了半宿，身上很疲倦，稍微一闭眼，便不知不觉地进了梦乡。

女郎睡醒一觉，听到有人呼呼地喘气；睁开眼睛，看见墙上有个窟窿，月光洒进了屋里。她大吃一惊，急忙下了床，暗中拔开门闩，轻手轻脚地溜出去，敲窗招呼仆妇丫鬟，大家点着火把，操起棒子进了绣房。看见一个年纪很小的书生，在小姐的床上酣睡着；仔细一看，认识他是书生霍桓。推了一把，他才醒过来。突然爬起来，黑亮亮的眼睛一眨一眨的，好像两个流星，似乎也不太害怕，但却羞答答的，一句话也不说。大家指定他是做贼的，吓唬他，呵斥他，他才流着眼泪说："我不是做贼的，是因为爱慕娘子的缘故，希望靠近她的芳体罢了。"大家又怀疑挖透好几道厚墙，不是一个十几岁的孩子所能做到的。他就拿出小镐，说它是个神奇的工具。大家接过来试验一下，很凉讶，认为这是神仙送给他的宝物。大家要去告诉老夫人。青娥低头沉思着，意思似乎认为不可以。大家看出了她的心意，就说："这孩子名声很好，门第也不错，和他结亲，绝对受不到耻辱。不如把他放回去，叫他再一次托媒求婚。明天早晨，去向夫人报告的时候，就说盗贼挖的窟窿，你看怎么样？"青娥没有回答。大家就催他快走。他索取他的小镢头。大家笑着说："这个呆小子！你还没有忘掉凶器吗？"他看见小姐的枕头旁边，有一股凤头钗，就偷偷地拿来塞进袖筒里。但是已被丫鬟看见了，急忙告诉了青娥。青娥既不说话也不生气。有个老太太拍着他的脖项说："可别说他像个呆子，他的心眼乖着呢。"就把他拽出来，仍然叫他从窟窿里钻出去了。

他回家以后，不敢把实情告诉母亲，只是嘱咐母亲托谋再去求婚。母亲不忍明显地拒绝，只是到处托靠媒人，急切地给他另找良缘。青娥知道了以后，心里又怕又急，背地打发心腹丫鬟去给他母亲透露一点口风。母亲一听高兴了，就托媒再去求婚。

恰巧有个小丫鬟泄漏了前几天的事情，武夫人感到很羞耻，心里不胜气愤。媒人来提媒，更触了她的气头子，她就用拐杖指天画地，骂了霍桓，也骂了霍桓的母亲。媒人一看就害怕了，赶紧跑回来，把情况全都告诉了母亲。母亲也很生气地说："不肖儿的所作所为，我都蒙在鼓里，怎能这样对我无礼呢！当两个人交股的时候，她为什么不把荡儿淫女一齐杀掉呢？"从此以后，见了武家的亲属，她就谈论这件事情。青娥听到以后，羞得要死。武夫人也很后悔，但却不能禁止人家不说话。青娥背后派人委婉地劝告霍桓的母亲，而且发誓不嫁给别人，话语说得很悲切。母亲受了感动，就不再讲了；而求婚的打算，也就中止了。

陕西的欧公，恰好来到这里当县官，看见霍桓的文章以后，很器重这个年轻的秀才，时常把他召进后衙，特别宠爱他。一天，欧公问他："你结婚了没有？"他回答说："还没有。"详细问他没有结婚的原因，他说："我从前和武评事的女儿订过婚约；后来因为略微发生一点仇怨，结果就中止了。"欧公问他："你还有这个愿望吗？"他羞答答的不说话。欧公笑着说："我当给你成全这门亲事。"于是就委托县尉和县学教师两个人，给武夫人送去了聘礼。武夫人心里很高兴，婚事就定下来了。

过了一年，他把青娥娶到家里。青娥进门以后，把小镢摔在地上说："这是做强盗的工具，应该扔掉它！"他笑着说："不要忘了媒人。"很珍重地佩戴着，总也不离身子。青娥的为人，温和善良，沉默寡言，每天向婆母三次问安；其余的时间，只是关门静坐，不太留心家里的事情。婆母有时出去参加红白喜事，她就事事都管，没有一样不管得井井有条的。过了一年多，生了一个儿子，起名叫作孟仙。一切都委托给乳母，对自己的儿子也似乎不怎么顾惜。

又过了四五年，青娥忽然对霍桓说："我和你的恩爱良缘，到此已经八年了。现在将要长期离别，欢会的时间很短了，这是无可奈何的！"他很惊讶地询问什么原因，她却默默不语，穿得整整齐齐的，前去参拜婆母，拜完，抹身就进了卧室。他追进卧室，想询问参拜母亲的原因，只见青娥在床上仰卧着，已经气绝身亡了。母子二人沉痛地哀悼她，买了一口好棺材，把她埋葬了。

母亲已经年迈，身体很衰弱，常常抱着孙子想念他的母亲，就像摧折了五脏六腑，从此积忧成疾，竟然卧床不起了。什么吃喝也咽不下去，唯独想喝鱼汤，近处却又没有地方买鱼，只有百里以外才能买到。当时家里的仆人和马匹都被派出去了；霍桓性格纯孝，急得不能等待，就怀里揣上金钱，一个人前去买鱼，昼夜不停脚地赶路。回来的时候走进一条山沟，太阳落进了西山，天色已经昏黑，两只脚一瘸一拐的，一步迈不出一尺远。

从他身后来了一个老头儿，问他："你是不是脚上打泡了？"他向老头儿点点头。老头儿就拉他坐在路旁，用火镰敲石取火，又用纸包的药末，熏他的两只脚。熏完以后，叫他走走试试，不但不疼了，而且更加矫健。他很感激，一再向老头儿道谢。老头儿问他："你有什么事情，急急忙忙的赶路？"他说母亲病了想鱼吃，并把得病的因由，也一五一十地告诉了老头儿。老头儿问他："为什么不再另娶呢？"他回答说："还没遇到漂亮的好姑娘。"老头儿指着远处的山村说："此处有一位漂亮的好姑娘，若能跟我去一趟，我就给你做媒。"他推托母亲有病等鱼吃，暂时没有闲空，来不及去了。老头儿就向他拱手告别，约定过几天再到村里去，进村只问老王就行了，说完就扬长而去。

他回到家里，把鱼烹好了，献给了母亲。母亲略微吃了几口，过几天病就好了。他就命令仆人备马，前去寻找那个老头儿。来到前几天路过的山沟里，迷失了方向，不知村庄在什么地方。进进退退地盘旋了半天，夕阳逐渐落进了西山；山谷里地势很复杂，又不能极目远望，就和仆人分别登上山头，以便看看村庄在什么地方。但是山路崎岖，苦于不能继续骑马，只好徒步攀登。天色黑沉沉的，山谷里已被烟雾笼罩了。在山头上跑来跑去，遥望四处，哪里也没有村落。刚要下山，又迷失了回去的道路。急得心急火燎。在踏荒流窜的时候，黑沉沉地看不见道路，就从峭壁上掉了下去。幸好几尺以下有个荒芜的平台，正好掉在平台上。平台很窄小，只能容下他的身子，往下一看，黑洞洞地看不见沟底。他怕得要死，一点也不敢动弹。又庆幸平台的边缘上生了一圈小树，好像一圈栏杆，约束着他的身体。

不一会儿，他看见脚边有一个小小的洞口；心里不由一阵高兴，就用脊背靠着石壁，慢慢地爬进了洞口。心里这才稍微稳定了，希望天亮以后可以喊人搭救他。又过了一会儿，看见石洞的深处有一个亮点，好像天上的星光。他慢慢地走近亮点，大约走了三四里路，忽然看见了房舍，并没有什么灯烛，却亮得像白天一样。从房子里出来一个美人，仔细一看，却是青蛾。青蛾见到他，很惊讶地说："你怎么能来到这里呢？"他没有工夫叙述来到这里的经过，抱住青蛾的袖口，就痛心地哭起来。青蛾劝阻他，他才止住了眼泪。青蛾打听婆母和儿子的情况，他把家里的苦境全部说了一遍，青蛾心里也很凄惨。他说："你去世一年多了，这里是不是阴间呢？"青蛾说："不是阴间，而是仙人的洞府。我在去年没有死，你所埋葬的，只是一根竹棍子而已。郎君今天来到这里，也是仙缘有分。"说完就领他去朝见父亲。他看见一个胡子很长的男人，坐在堂上；就奔过去磕头。青蛾告诉父亲："霍郎来了。"老头儿很惊讶地站起来，握着女婿的手，略微说了几句往日的事情。就说："女婿来得很好，该当留在这里。"他推托母亲盼望他，不能在此久留。老头儿说："我也知道你的母亲望眼欲穿。但是晚回去三几天，却也没有什么妨害。"

说完就以酒菜招待女婿，叫使女在西屋给他设了一张床，床上铺着锦被。他从岳父那里退出来以后，邀请青蛾和他在一张床上睡觉。青蛾拒绝说："这是什么地方，能够容许你我亲热？"他抓着青蛾的胳膊不肯撒手。窗外的使女发出了嗤嗤的笑声，青蛾更加羞愧难当。正在拉拉扯扯的时候，老头儿进来了，斥责他说："一身庸俗的骨头，玷污了我的洞府！你应该马上就回去！"他平素就恃其意气，不肯屈居于人，现在羞得再也不能忍受了，也就变了脸色说："儿女情长，谁也免不了的，一个长辈人，哪该偷看我们的私会呢？我马上回去也不难，但是必须把你女儿带回去。"老头儿没有推辞的话，就招呼女儿跟着他，打开后门送出去；骗他离开了门口，父女就关上大门回去了。

他回头一看，全是悬崖峭壁，没有一点缝隙，只有他自己孤单单的一个影子，没有办法可以回家。仰望天空，斜月高悬，星斗已经很稀了。他怅然若失，恼恨了很长时间，由悲痛而变成愤恨，面对石壁又喊又叫，始终没有应声的。他气愤到了极点，从腰上摘下小镐，凿着石头往里进攻，一边进攻一边骂。眨眼工夫就凿出一个三四尺深的洞子，隐隐约约地听见里面有人在说："真是一个孽障啊！"他奋力往里凿，越凿越急。忽然洞底敞开两扇门，把青蛾推了出来，说："去吧，去吧！"石壁马上又合到一起了。青蛾埋怨他说："既然爱我给你做媳妇，哪有这样对待岳父的呢？哪里来的一个老道，送你这么一个凶器。真要把人缠死了！"

他得到了青蛾，心愿已经满足了，也就不再争辩；只是忧虑山高路险，难以回家。青蛾折下两条树枝，一人跨上一个，当即变成两匹骏马，走一段，跑一段，顷刻之间到家了。他当时已经失踪七天了。当初，他和仆人失散以后，仆人哪里也找不到他，就回去告诉了母亲。母亲派人到山谷里穷搜，哪里也没有他的踪迹。母亲正在担忧受怕的时候，听说儿子自己回来了，很高兴地迎出去。抬头看见了媳妇，几乎把她吓死。儿子大致讲了青蛾的情况，母亲更加高兴了。青蛾认为她的回来很奇怪，担心别人大惊小怪，请求马上搬到别的地方去。母亲同意她的请求。在另一个府里有个别墅，就选定一个日子搬去了，那里的人们不知她的来龙去脉。

在一起住了一十八年，又生了一个女儿，嫁给同县一家姓李的。后来母亲去世了。她对丈夫说："在我们老家的荒田里，有一只野鸡抱了八个卵，是个很有风水的地方，可以安葬母亲。你们父子二人扶灵回去安葬吧。儿子已经成家立业，应该留在那里守陵尽孝，不要再回来了。"他遵从青蛾的意见葬了母亲以后，自己回来了。

过了一个多月，孟仙回家看望父母，而父母全都无影无踪了。他向一个老奴打听情况，老奴说："他们赴葬没有回来。"孟仙心里明知出了怪事，但也只能浩叹而已。

孟仙的文才很有名气，但却困于考场，考一场败一场，四十多岁了，也没考上举人。后来以拔贡的身份参加顺天府的乡试，遇到同县的一个秀才，大约十七八岁，英俊潇洒，超俗不凡，心里很爱慕。看看他的卷子，卷首写着顺天府廪生霍仲仙。他瞠目结舌，大吃一惊，就向仲仙介绍了自己的姓名。仲仙也很惊异，就打听他的家乡住处，孟仙全部告诉了他。仲仙很高兴地说："我来北京的时候，父亲嘱咐我，在考场里如果遇见山西姓霍的，就是我们的一家子，你应该诚恳地接待他，今天果然遇见了。但是我们的名字为什么这样相同呢？"孟仙因而就问仲仙的高祖、曾祖以及父母的名字。仲仙告诉他以后，他很惊讶地说："你的父母就是我的父母啊！"仲仙怀疑年岁不像。孟仙说："我们的父母都是仙人，怎能以相貌作为他们年龄的凭据呢？"因而就把从前的形迹说了一遍，仲仙这才相信了。

乡试结束以后，哥俩来不及休息，让仆人备马，一同回到仲仙的家乡。刚到门口，家人就迎出来告诉他们，说昨天晚上太翁和太夫人不知哪里去了。两个人大吃一惊。仲仙进屋去问媳妇，媳妇说："昨晚儿还在一起喝酒，母亲对我说：'你们夫妻很年轻，没有处事的阅历。明天你大哥来了，我就没有忧虑了。'早晨进屋去问安，屋子里静悄悄的，一个人也没有了。"哥俩一听，跺着脚痛哭。仲仙还想出去追寻；孟仙认为追也没有用，就打消了追寻的念头。这一科，仲仙考中了举人。因为晋中是祖坟的所在地，仲仙就跟着哥哥回到了老家。还希望父母仍然活在人间，到处察访，始终没有访到踪迹。

异史氏说："钻墙挖洞，睡在女孩子的床上，他心里是很迷恋的；凿着石壁，咒骂岳父，他的行为是狂妄的；仙人把夫妇二人撮合到一起，只是想要他们长生不老，以报答他们的孝心罢了。但是既然已经混迹人间，亲昵地生活在一起，并且生了子女，有始有终地住下去，有什么不可以呢？竟在三十年之内，一次又一次地抛弃自己的儿子，那是为了什么呢？怪呀！"

镜　听

　　益都郑氏兄弟，皆文学士①。大郑早知名，父母尝过爱之②，又因子并及其妇；二郑落拓，不甚为父母所欢，遂恶次妇，至不齿礼③：冷暖相形，颇存芥蒂④。次

镜听

妇每谓二郑："等男子耳，何遂不能为妻子争气？"遂摈弗与同宿。于是二郑感愤，勤心锐思⑤，亦遂知名。父母稍稍优顾之，然终杀于兄⑥。次妇望夫綦切，是岁大比⑦，窃于除夜以镜听卜⑧。有二人初起，相推为戏，云："汝也凉凉去！"妇归，凶吉不可解，亦置之。闱后，兄弟皆归。时暑气犹盛，两妇在厨下炊饭饷耕⑨，其热正苦。忽有报骑登门⑩，报大郑捷⑪。母入厨唤大妇曰："大男中式矣⑫！汝可凉凉去。"次妇忿恻⑬，泣且炊。俄又有报二郑捷者。次妇力掷饼杖而起⑭，曰："依也凉凉去⑮！"此时中情所激⑯，不觉出之于口；既而思之，始知镜听之验也。

异史氏曰："贫穷则父母不子⑰，有以也哉⑱！庭帏之中⑲，固非愤激之地；然二郑妇激发男儿，亦与怨望无赖者殊不同科⑳。投杖而起，真千古之快事也！"

【注释】

①文学士：读书能文的人。

②过爱：偏爱。

③不齿礼：不按常礼对待；指不同等看待。齿，并列。

④芥蒂：梗塞之物，喻思想感情上的隔阂。

⑤勤心锐思：竭尽心思，指勤奋苦读。勤，劳。锐，锐敏。

⑥杀：衰减；不如。

⑦大比：明清时称乡试为"大比"。

⑧以镜听卜：用"镜听"之术来占卜。镜听，也称"镜卜"，古人于除夕或岁首卜吉凶之术。问卜者于除夕持镜向灶神祷告，然后怀镜胸前，出门窥听市人无意的言语，借此占卜吉凶休咎。

⑨饷耕：给种地的人送饭。饷，送饭。

⑩报骑：报马。科举时代，骑着快马报告考中喜讯的人。

⑪捷：胜利；此指中举。

⑫中式：科举考试被录取叫"中式"。

⑬怨恻：又气愤，又伤心。

⑭力掷：用力摔下。饼杖：擀饼杖。

⑮侬：我。

⑯中情所激：内心感情的激发。

⑰父母不子：父母对其子，不当儿子看待。

⑱以：故。相当口语"理由"。

⑲庭帏之中：指家庭内室。庭帏，当作"庭闱"，父母居处。

⑳殊不同科：大不相同。科，品类，类别。

【译文】

益都县郑家两兄弟，都是有学问的读书人。大郑很早就成了知名人士，父母曾经过分的喜爱他，媳妇也就跟着丈夫沾光；二郑很不得志。父母不太喜爱他，于是也就嫌恶二媳妇，甚至不用同样的礼节对待她：一冷一暖，形成鲜明的对照。二媳妇心里积了许多怨恨。

二媳妇常对二郑说："都是同样的男子汉，你怎么不能给老婆争口气呢？"于是便抛弃了丈夫，不和丈夫同床共枕。二郑感到很气愤。于是就勤勤恳恳地用心学习，细心的思考，不久也成了知名人士。父母虽然稍微高看一眼，但是终究还比哥哥矮一头。

二媳妇望夫成名的思想很迫切，这一年又是大比之年，就在三十晚上用镜子偷偷的占卜。见镜子里有两个人刚刚起床，互相推操着开玩笑，说："你也凉快凉快去！"她听完就往回走，是凶险还是吉利，她理解不了，也就放到一边去了。

乡试结束以后，哥俩都回到了家里。当时天气还很热，两个媳妇在厨房里给田间劳动的家人和雇工做饭，二人热得好苦。忽然有个报子飞马前来报捷，说大郑中举了。母亲进了厨房，招呼大郑媳妇说："大男中举了！你可以凉快凉快去。"

二媳妇很痛心，也很气愤，一边流着眼泪一边做饭。过了不一会儿，又有一个报子登门报捷说，二郑也中举了。二媳妇使劲一摔擀面杖，挺起腰杆说："我也凉快凉快去！"这时候她的心里很激动，不自觉地从嘴里冒出来了；事后一想，才知道这是镜听的预兆实现了。

异史氏说："穷困的时候，父母不能平等对待儿子，这是有的！在父母面前，固然不是愤怒而激动的地方；但是二郑媳妇激发男子上进，也是和心怀怨恨的泼妇根本不同的。摔了擀面杖，挺起腰杆，真是千古的一件快事！"

牛 癀

【原文】

陈华封，山人①。以盛暑烦热，枕藉野树下②。忽一人奔波而来，首着围领，疾趋树阴，掬石而座③，挥扇不停，汗下如流潘④。陈起坐⑤，笑曰："若除围领，不扇可凉。"客曰："脱之易，再着难也。"就与倾谈，颇极蕴藉。既而曰："此时无他想，但得冰浸良酝，一道冷芳⑥，度下十二重楼⑦，暑气可消一半。"陈笑曰："此愿易遂，仆当为君偿之。"因握手曰："寒舍伊迩⑧，请即迁步⑨。"客笑而从之。

至家，出藏酒于石洞，其凉震齿。客大悦，一举十觥。日已就暮，天忽雨；于是张灯于室，客乃解除领巾，相与磅礴⑩。语次，见客脑后，时漏灯光，疑之。无何，客酩酊，眠榻上。陈移灯窃窥之，见耳后有巨穴，盏大；数道膜间鬲如棂；棂外奕革垂蔽⑪，中似空空。骇极，潜抽髻簪，拨膜觇之⑫，有一物状类小牛，随手飞出，破窗而去。益骇，不敢复拨。方欲转步，而客已醒。惊曰："子窥见吾隐矣！放牛癀出⑬，将为奈何？"陈拜诘其故，客曰："今已若此，尚复何讳。实相告：我六畜瘟神耳。适所纵者牛癀，恐百里内牛无种矣。"陈故以养牛为业，闻之大恐，拜求术解⑭。客曰："余且不免于罪，其何术之能解？惟苦参散最效⑮，其广传此方，勿存私念可也。"言已，谢别出门。又掬土堆壁龛中，曰："每用一合亦效⑯。"拱不复见⑰。

解除圍領漏
燈光巨穴偏
従耳後藏誤
走牛癀神有
罪持救留得
苦多方

牛瘟

牛瘟

居无何，牛果病，瘟疫大作。陈欲专利，秘其方，不肯传；惟传其弟。弟试之神验。而陈自剉啖牛⑱，殊罔所效⑲。有牛二百蹄躈⑳，倒毙殆尽；遗老牝牛四五头，亦逡巡就死㉑。中心懊恼，无所用力。忽忆笼中掬土，念未必效，姑妄投之。经夜，牛乃尽起。始悟药之不灵，乃神罚其私也。后数年，牝牛繁育，渐复其故。

【注释】

①蒙山：山名。在今山东费县、平邑和蒙阴三县交界处，绵亘百二十里。

②枕藉：此为设枕铺席的意思。

③掬石：两手捧石。

④潘：汁。

⑤坐：此据二十四卷抄本，原作"座"。

⑥冷芳：犹冷香，清香。

⑦十二重楼：指人咽喉管之十二节。

⑧寒舍伊迩：我家就在附近。寒舍，谦指自己的居处。伊，语助词，无义。迩，近。

⑨迂步：犹言枉步。迂，迂曲。

⑩相与磅礴：谓彼此不拘形迹，开怀痛饮。磅礴，同"槃礴""般礴"，伸开两腿而坐，示不拘形迹。

⑪奭革：软皮。奭，同"软"。

⑫膜：此据二十四卷抄本，原作"腹"。

⑬牛瘟：牛瘟。瘟，瘟疫。

⑭术：此据山东省博物馆本，原作"述"。

⑮苦参散：用苦参制作的方药。苦参，又名苦蘵、苦骨，根可入药，以味苦，因称。

⑯一合：容量单位。十合为一升。

⑰拱：拱手。

⑱剉：切割。此言将苦参切碎成剂。

⑲殊罔所效：一点效果也没有。

⑳二百蹄躈：四十头牛。二，此据山东省博物馆本，原作"而"。蹄躈，《史记·货殖列传》"马蹄躈千。"《汉书·货殖传》作"马蹄噭千"，颜师古注："噭，口也。蹄与口共千，则为马二百也。"噭，借为"躈"。

㉑逡巡：顷刻，即刻。

【译文】

陈华封，蒙山人。因为伏天闷热，就枕着一堆草，躺在野外的一棵树下乘凉。忽然看见一个人，急慌慌地走来，头上围着大领子，疾奔树下的阴凉地方，搬来一块石头，往上一坐，不停地挥着扇子，汗水像流水似的往下直淌。陈华封坐起来，笑着说："你若拿掉围在头上的大领子，不煽扇子也能凉快。"客人说："脱下来容易。再围上就难了。"陈华封就和客人畅谈起来，感到客人很文雅，也很有礼貌。谈了一会儿，客人说："我现在不想别的，只想冰浸的好酒，一杯芳香的凉饮，喝下喉咙，暑气可以消除一半。"

陈华封笑着说："这个愿望很容易实现，我马上就让你喝到凉酒。"说完就站起来，拉着客人的手说："我家离这儿很近，请你跟我走几步吧。"客人喜笑颜开地跟他去了。到家以后，从石洞子里搬出一坛子凉酒，冰得牙帮骨直打战战。客人心里高兴极了，一口气喝了十大杯。天色已晚，下起了大雨；于是就在屋里点起灯烛，客人解下了大领子，和他天南地北地无所不谈。

在说话的时候，看见客人的脑袋后边时常漏出一线灯光，心里很疑惑。过了不一会儿，客人喝得酩酊大醉，就在床上睡着了。他把灯火移过来，偷偷地一看，看见耳朵后面有个窟窿，有小杯子那么大；中间有几道厚膜，间隔得好像窗户上的雕花格子；格子外面挂着柔软的皮帘，遮蔽着里面的东西，里面好像空空的。他很惊讶，偷偷抽出发髻上的簪子，拨开厚膜，往里一看，有一个小小的动物。形状类似小牛犊，随手飞出来，穿破窗户飞走了。他越发吃了一惊，不敢再去拨拉。刚要转身回步，客人已经醒了。很惊讶地说："你看见我的隐秘了！放出了牛瘟，这可怎么办呢？"他向客人打躬作揖，询问原因，客人说："现在已经这样了，还有什么隐讳的。实话告诉你：我是六畜的瘟神。你刚才放出去的是牛瘟，恐怕百里以内的老牛要死得绝种了。"

陈华封从来就以养牛为业，听了这话很害怕，就打躬施礼地请求解救牛瘟的办法。客人说："我免不了要受惩罚，还有什么解救的办法？医治牛瘟，只有苦参散最有效。你要广泛地传播这个药方，不要存有私念就行了。"说完，告别出了大门。又从门外捧回一些黄土，堆放在壁上的佛龛里，说："每次用一合，也有效。"拱手告别，再也看不到他的形迹了。

过了不几天，牛果然病了，瘟疫到处泛滥。陈华封想要独占药方，就保守秘密，不肯往外传授；只传给他的弟弟。弟弟试了一下，很有神效。他自己用小锅熬药，给老牛喝下去，一点也不见效。他养了四十头大牛，差不多死净了；剩下四五头老母牛，也在顷刻之间就要死了。他心里很懊糟，没办法可以挽救。忽然想起瘟神捧在佛龛里的黄土，想来也未必有效，胡乱给老牛吃下去试试。过了一夜，老母牛全部治好了。他这才省悟，药力所以不灵，是瘟神惩治他的私心。好几年以后，乳牛下乳牛，不断地繁殖，才逐渐恢复到原先的数目。

金 姑 夫

【原文】

会稽有梅姑祠①。神故马姓，族居东莞②，未嫁而夫早死，遂矢志不醮③，三旬而卒。族人祠之，谓之梅姑。丙申④，上虞金生⑤，赴试经此，入庙徘徊，颇涉冥想。至夜，梦青衣来⑥，传梅姑命招之。从去。入祠，梅姑立候檐下，笑曰："蒙君宠顾，实切依恋。不嫌陋拙，愿以身为姬侍。"金唯唯。梅姑送之曰："君且去。设座成，当相迓耳⑦。"醒而恶之。是夜，居人梦梅姑曰："上虞金生，今为吾婿，宜塑其像。"诘村人语梦悉同。族长恐玷其贞，以故不从。未几，一家俱病。大惧，为肖像于左。既成，金生告妻子曰："梅姑迎我矣。"衣冠而死。妻痛恨，诣祠指女像秽骂；又升座批颊数四⑧，乃去。今马氏呼为金姑夫。

金姑夫

异史氏曰："未嫁而守，不可谓不贞矣。为鬼数百年，而始易其操，抑何其无耻也？大抵贞魂烈魄，未必即依于土偶；其庙貌有灵，惊世而骇俗者，皆鬼狐凭之耳⑨。"

【注释】

①会稽：地名。清绍兴府治所，即今浙江绍兴市。

②东莞：古地名，此处所指未详。古东莞有若干处；此或指今山东省沂水县。汉曾在该地置东莞县，因称。

③不醮：不改嫁。

④丙申：当指清世祖（福临）顺治十三年（1656）。

⑤上虞：县名，清代属浙江省绍兴府。

⑥青衣：此指婢女。

⑦相迓：相迎。

⑧批颊：打嘴巴。

⑨凭：假借。

【译文】

浙江绍兴有一座梅姑祠。祠里的神像生前是个姓马的姑娘，娘家在东莞县，没出嫁的时候未婚夫就死了，她就发誓不再改嫁，三十岁便离开了人世。同族人给她建了一座祠堂，叫作梅姑祠。丙申年，浙江上虞县有个姓金的秀才，参加乡试路过绍兴，进了梅姑祠，徘徊了半天，对梅姑的为人想得很深刻。到了晚上，他梦见来了一个使女，传达梅姑的命令，请他前去相会。他就跟着使女走了。进了庙门，梅姑站在房檐下等着他，笑着说："承蒙你的宠爱，实在对你很依恋。若不嫌我丑陋笨拙，愿意许下终身，给你做个侍妾。"金生唯唯诺诺地应了一声。梅姑把他送出来说："你暂且回去。等把你的神像塑成以后，我就去接你。"醒来感到很厌烦。

就在这天晚上，居民梦见梅姑说："上虞县的金生，现在是我女婿，应该给他塑造一个神像。"村民早晨起来互相询问，梦境完全相同。族长害怕玷污梅姑的贞节，所以没有听从她在梦里的吩咐。过了不几天，全家都得了重病。这才害怕了，就在她的左边塑了金生的神像。塑成以后，金生告诉妻子说："梅姑接我来了。"穿上衣服，戴上帽子，死了。妻子恨死了梅姑，就到梅姑祠里，指着神像臭骂一顿；还登上神座，左右开弓，打了四五个嘴巴子，才走了。现在马家的后代，都对金生的神像称呼金姑夫。

异史氏说："没有出嫁就守节，不能说是不贞。做鬼做了几百年，却开始改变她的节操，怎么那样无耻呢？大概贞节烈女的魂魄，未必就依附在泥像上；那些有灵验的庙堂和神像，有惊世骇俗的行动，都是鬼怪狐狸借那个地方在兴妖作怪。"

梓　潼　令

【原文】

常进士大忠，太原人①。候选在都②。前一夜，梦文昌投刺③。拔签，得梓潼令。奇之。后丁艰归④，服阕候补，又梦如前。默思岂复任梓潼乎？已而果然。

【注释】

①太原：府名。治所在阳曲，即今山西太原市。

②候选在都：在京都等候吏部选用。清制，内自郎中、外自道员以下的官吏，凡初由考试或捐纳出身，及原官因故（丁忧、罣误等）开缺依例起复者，都须赴吏部听候选用，称候选。

③文昌：指梓潼帝君，道教所奉主宰功名、禄位之神。

④丁艰：旧时称遭父母丧为丁艰或丁忧。父死称"丁外艰"，母死称"丁内艰"。丁艰须在家守丧三年，在官者要辞官家居，期满（即"服阕"），赴吏部候选补官。

梓潼令

【译文】

　　进士常大忠，太原人。考中进士以后，住在首都等候选派官职。前一天晚上，梦见他向文昌帝君投递名帖，请求进见。抽签一看，是到四川省担任梓潼县的县令。心里很惊奇。后来他父母去世了。回家守孝三年，期满脱掉孝服，进京候选，又做了同样一个梦。他默默一想，难道还去梓潼县担任县令？后来果然去当了梓潼县的县官。

鬼　　津

【原文】

　　李某昼卧，见一妇人自墙中出，蓬首如筐①，发垂蔽面；至床前，始以手自分，露面出，肥黑绝丑。某大惧，欲奔。妇猝然登床，力抱其首，便与接唇，以舌度津，冷如冰块，浸浸入喉②。欲不咽而气不得息，咽之稠粘塞喉。才一呼吸，而口中又满，气急复咽之。如此良久，气闭不可复忍。闻门外有人行声，妇始释手去。由此腹胀喘满，数十日不食。或教以参芦汤探吐之③，吐出物如卵清④，病乃瘥。

【注释】

　　①蓬首如筐：披头散发，像只乱草筐。蓬首，头发散乱之状。蓬，飞蓬，草名。

　　②浸浸：渐渍。

③参芦汤：中药方剂，参芦散的汤剂。人参和芦根为末。水调一、二钱，或加竹沥和服。功能吐虚痰。治虚弱人痰涎壅盛，胸膈满闷，温温欲吐。

④卵清：蛋白。

【译文】

　　李某人，白天躺在床上，看见从墙里出来一个妇人，头上乱蓬蓬的好像一个破筐。披垂的乱发遮着脸面；来到床前，才用手分开她的头发，露出脸面，又肥又黑，奇丑无比。李某吓得要死，想要爬起来逃跑。妇人突然上了床，用力抱着他的脑袋，就和他接吻，用舌头往他嘴里送唾液，冰凉冰凉的，好像冰块似的，逐渐浸进了咽喉。想要不咽，气又喘不出来，往下一咽，粘糊糊的直塞咽喉。刚一呼吸，嘴里又被填满了，上气不接下气，又咽下去了。这样被填了很长时间。憋得喘不出气来，再也不能忍受了。听见门外有行人的脚步声，妇人才撒开手，下床走了。从此就肚子胀得鼓鼓的，胸腔堵得满满的，呼吸很困难。好几十天吃不下东西。有人教他喝点人参芦苇汤，吐一吐试试。他喝了人参芦苇汤，吐出的东西都像鸡蛋清。吐完了，病也好了。

仙 人 岛

【原文】

　　王勉，字黾斋，灵山人①。有才思，屡冠文场②，心气颇高；善诮骂③，多所凌折④。偶遇一道士，视之曰："子相极贵，然被'轻薄孽'折除几尽矣⑤。以子智慧，若反身修道，尚可登仙籍。"王嗤曰："福泽诚不可知，然世上岂有仙人⑥！"

道士曰："子何见之卑？无他求，即我便是仙耳。"王乃益笑其诬。道士曰："我何足异。能从我去，真仙数十，可立见之。"问："在何处？"曰："咫尺耳。"遂以杖夹股间，即以一头授生，令如己状。嘱合眼，呵曰："起！"觉杖粗如五斗囊，凌空翁飞⑦，潜扪之，鳞甲齿齿焉⑧。骇惧，不敢复动。移时，又呵曰："止！"即抽杖

仙人岛

去，落巨宅中，重楼延阁⑨，类帝王居。有台高丈馀；台上殿十一楹，弘丽无比。道士曳客上，即命童子设筵招宾。殿上列数十筵，铺张炫目。道士易盛服以伺。少顷，诸客自空中来，所骑或龙、或虎、或鸾凤，不一类。又各携乐器。有女子，有丈夫，有赤其两足。中独一丽者，跨彩凤；宫样妆束，有侍儿代抱乐具，长五尺以来，非琴非瑟，不知其名。酒既行，珍肴杂错，入口甘芳，并异常馐。王默然寂坐，惟目注丽者；然心爱其人，而又欲闻其乐，窃恐其终不一弹。酒阑，一叟倡言曰："蒙崔真人雅召，今日可云盛会，自宜尽欢。请以器之同者，共队为曲⑩。"于是各合配旅⑪。丝竹之声，响彻云汉。独有跨凤者，乐伎无偶⑫。群声既歇，侍儿始启绣囊，横陈几上。女乃舒玉腕，如挝筝状⑬，其亮数倍于琴，烈足开胸，柔可荡魄。弹半炊许⑭，合殿寂然，无有咳者。既阕⑮，铿尔一声⑯，如击清磬。共赞曰："云和夫人绝技哉⑰！"大众皆起告别，鹤唳龙吟，一时并散。

道士设宝榻锦衾，备生寝处。王初睹丽人，心情已动；闻乐之后，涉想尤劳⑱。念己才调⑲，自合芥拾青紫⑳，富贵后何求弗得。顷刻百绪，乱如蓬麻。道士似已知之，谓曰："子前身与我同学，后缘意念不坚，遂坠尘网。仆不自他于君㉑，实欲拔出恶浊；不料迷晦已深，梦梦不可提悟㉒。今当送君行。未必无复见之期，然作天仙，须再劫矣㉓。"遂指阶下长石，令闭目坐，坚嘱无视。已，乃以鞭驱石。石飞起，风声灌耳，不知所行几许。忽念下方景界，未审何似；隐将两眸微开一线，则见大海茫茫，浑无边际。大惧，即复合，而身已随石俱堕，砰然一响，泪没若鸥㉔。幸凫近海，略谙泅浮。闻人鼓掌曰："美哉跌乎！"危殆方急，一女子援登舟上，且曰："吉利，吉利，秀才'中湿'矣㉕！"视之，年可十六七，颜色艳丽。王出水寒栗，求火燎之。女子言："从我至家，当为处置。苟适意，勿相忘。"王曰："是何言哉！我中原才子㉖，偶遭狼狈，过此图以身报，何但不忘！"女子以棹催艇，疾如风雨，俄已近岸。于舱中携所采莲花一握，导与俱去。半里许入村，见朱户南开，进历数重门，女子先驰入。少间，一丈夫出，是四十许人，揖王升阶，命侍者取冠袍袜履，为王更衣。既，询邦族。王曰："某非相欺，才名略可听闻。崔真人切切眷恋，招升天阙㉗。自分功名反掌，以故不愿栖隐。"丈夫起敬曰："此名仙人岛，远绝人世。文若，姓桓。世居幽僻，何幸得近名流。"因而殷勤置酒。又从容而言曰："仆有二女，长者芳云，年十六矣，只今未遭良匹。欲以奉侍高人，如何？"王意必采莲人，离席称谢。桓命于邻党中㉘，招二三齿德来㉙。顾左右，立唤女郎。无何，异香浓射，美姝十馀辈，拥芳云出，光艳明媚，若芙蕖之映朝日。拜已，即坐。群姝列侍，则采莲人亦在焉。酒数行，一垂髫女自内出，仅十馀龄，而姿态秀曼，笑依芳云肘下，秋波流动。桓曰："女子不在闺中，出作何务？"乃顾客曰："此绿云，即仆幼女。颇惠，能记典坟矣㉚。"因令对客吟诗。遂诵竹枝词三章㉛，娇婉可听。便令傍姊隅坐。桓因谓："王郎天才，宿构必富㉜，可使鄙人得闻教乎？"王即慨然颂近体一作㉝，顾盼自雄㉞。中二句云："一身剩有须眉在，小饮能令块磊消㉟。"邻叟再三诵之。芳云低告曰："上句是孙行者离火云洞，下句是猪八戒过子母河也㊱。"一座抚掌。桓请其他。王述水鸟诗云："潴头鸣格磔㊲，……"忽忘下句。甫一沉吟，芳云向妹咕咕耳语㊳，遂掩口而笑。绿云告父曰："渠为姊夫续下句矣。云：'狗腚响弸巴㊴。'"合席粲然。王有惭色。桓顾芳云，怒之以目。王色稍定，桓复请其文艺㊵。王意世外人必不知八股业，乃炫其冠军之作㊶，题为"孝哉闵子骞"二句㊷，破云㊸："圣人赞大贤之孝……"绿云顾父曰："圣人无字门人者，'孝哉……'一句，即是人言。"王闻之，意兴索然。桓笑曰："童子何知！不在此，只论文耳。"王乃复诵。每数句，姊妹必相耳语，似是月旦之词㊹，但嗫嗫不可辨。王诵至佳处㊺，兼述文宗评语㊻，有云："字字痛切。"绿云告父曰："姊云：'宜删"切"字。'"众都不解。桓恐其语嫚㊼，不敢研诘。王诵毕，又述总评，有云："羯鼓一挝，则万花齐落㊽。"芳云又掩口语妹，两人皆笑不可仰。绿云又告曰："姊云：'羯鼓当是四挝。'"众又不解。绿云启口欲言，芳云忍笑诃之曰："婢子敢言，打煞矣！"众大疑，互有猜论。绿云不能忍，乃曰："去'切'字，言'痛'则'不通'㊾。鼓四挝，其声云'不通又不通'也。"众大笑。桓怒诃之。因而自起泛巵㊿，谢过不遑。王初以才名自诩，目中实无千古；至此，神气沮丧，徒有汗淫[51]。桓诿而慰之曰："适有一言，请席中属对焉[52]：'王子身边，无有一点不似玉。'"众未措想，绿云应声曰："宅翁头上，再着半夕即成龟。"芳云失笑，呵手扭胁肉数四[53]。绿云解脱而走，回顾曰："何预汝事！汝骂之频频，不以为非；宁他人一句，便不许耶？"桓咄之，始笑而去。邻叟辞别。诸婢导夫妻入内寝，灯烛屏榻，陈设精备。又视洞房中，牙签满架[54]，靡书不有。略致问难，响应无穷[55]。王至此，始觉望洋堪羞[56]。女唤"明珰"，则采莲者趋应，由是始识其名。屡受诮辱，自恐不见重于闺闼；幸芳云语言虽虐，而房帏之内，犹相爱好。王安居无事，辄复吟哦。女曰："妾有良言，不知肯嘉纳否？"问："何言？"曰："从此不作诗，亦藏拙之一法也[57]。"王大惭，遂绝笔。久之，与明珰渐狎。告芳云曰："明珰与小生有拯命之德，愿少假以辞色[58]。"芳云乃即许之。每作房中之戏，招与共事，两情益笃，时色授而手语之[59]。芳云微觉，责词重叠；王惟喋喋[60]，强自解免。一夕，对酌，王以为寂，劝招明珰。芳云不许。王曰："卿无书不读，何不记'独乐乐'数语[61]？"芳云曰："我言君不通，今益验矣。句读尚不知耶[62]？'独要，乃乐于人要；问乐，孰要乎[63]？曰：不。'"一笑而罢。适芳云姊妹赴邻女之约，王得间，急引明珰，绸缪备至。当晚，觉小腹微痛；痛已，而前阴尽肿。大惧，以告芳云。云笑曰："必明珰之恩报矣！"王不敢隐，实供之。芳云曰："自作之殃，实无可以方略[64]。既非痛痒，听之可矣。"数日不瘳，忧闷寡欢。芳云知其意，亦不问讯，但凝视之，秋水盈盈，朗若曙星[65]。王曰："卿所谓'胸中正，则眸子瞭焉[66]'。"芳云笑曰："卿所谓'胸中不正，则瞭子眸焉[67]'。"盖"没有"之"没"，俗读似"眸"，故以此戏之也。王失笑，哀求方剂。曰："君不听良言，前此未必不疑妾为妒意。不知此婢，原不可近。曩实相爱，而君若东风之吹马耳[68]，故唾弃不相怜。无已，为若治之。然医师必审患处。"乃探衣而咒曰："'黄鸟黄鸟，无止于楚[69]！'"王不觉大笑，笑已而瘳。

逾数月，王以亲老子幼，每切怀忆，以意告女。女曰："归即不难，但会合无日耳。"王涕下交颐，哀与同归。女筹思再三，始许之。桓翁张筵祖饯。绿云提篮入，曰："姊姊远别，莫可持赠。恐至海南，无以为家，夙夜代营宫室，勿嫌草创[70]。"芳云拜而受之。近而审谛[71]，则用细草制为楼阁，大如橼[72]，小如橘，约二十馀座，每座梁栋榱题[73]，历历可数；其中供帐床榻[74]，类麻粒焉。王儿戏视之，而心窃叹其工。芳云曰："实与君言⑦⑤：我等皆是地仙⑦⑥。因有夙分⑦⑦，遂得陪从。本不欲践红尘⑦⑧，徒以君有老父，故不忍违。待父天年，须复还也。"王敬诺。桓乃问："陆耶？舟耶？"王以风涛险，愿陆。出则车马已候于门。谢别而迈，行踪骛驶⑦⑨。俄至海岸，王心虑其无途。芳云出素练一匹，望南抛去，化为长堤，其阔盈丈。瞬息驰过，堤亦渐收。至一处，潮水所经，四望辽邈⑧⑩。芳云止勿行，下车取篮中草具，偕明珰数辈，布置如法，转眼化为巨第。并入解装，则与岛中居无稍差殊，洞房内几榻宛然。时已昏暮，因止宿焉。早旦，命王迎养⑧①。王命骑趋诣故里，至则居宅已属他姓。问之里人，始知母及妻皆已物故⑧②，惟老父尚存。子善博，田产并尽，祖孙莫可栖止，暂僦居于西村。王初归时，尚有功名之念，不恝于怀⑧③；及闻此况，沉痛大悲，自念富贵纵可携取，与空花何异⑧④。驱马至西村见父，衣服滓敝⑧⑤，衰老堪怜。相见，各哭失声。问不肖子⑧⑥，则出赌未归。王乃载父而还。芳云朝拜已毕，燂汤请浴⑧⑦，进以锦裳，寝以香舍。又遥致故老与谈宴，享奉过于世家。子一日寻至其处，王绝之，不听入，但予以廿金，使人传语曰："可持此买妇，以图生业。再来，则鞭打立毙矣！"子泣而去。王自归，不甚与人通礼；然故人偶至，必延接盘桓，执为抑过于平时⑧⑧。独有黄子介，夙与同门学，亦名士之坎坷者，王留之甚久，时与秘语，赂遗甚厚。居三四年，王翁卒，王万钱卜兆⑧⑨，营葬尽礼。时子已娶妇，妇束男子严，子赌亦少间矣；是日临丧，始得拜识姑嫜⑨⑩。芳云一见，许其能家，赐三百金为田产之费。翼日，黄及子同往省视，则舍宇全渺，不知所在。

异史氏曰："佳丽所在，人且于地狱中求之，况享受无穷乎？地仙许携姝丽，恐帝阙下虚无人矣。轻薄减其禄籍⑨①，理固宜然，岂仙人遂不之忌哉？彼妇之口，抑何其虐也！"

【注释】

①灵山：灵山卫，明置，在今山东省胶南市东北。

②屡冠文场：在科举考试中屡次名列第一。文场，科举考场。

③诮骂：诘责辱骂。

④多所凌折：很多人被其欺侮伤害。

⑤被"轻薄孽"折除几尽：谓其富贵被其轻薄罪孽准折得差不多了。孽，罪业。折除，相准除去。折，准折。几，近。

⑥世上：此从二十四卷抄本，原作"世人"。

⑦翕飞：言囊一收一鼓地飞行。

⑧齿齿：排列如齿，有次序的样子。

⑨延阁：指从属于主体建筑的楼阁。

⑩共队为曲：共为一部奏曲。队，部列。

⑪各合配旅：谓乐器相同者，个个相聚，配合有序。旅，次序。

⑫伎：通"技"。

⑬如挎筝状：像是用手拨弄筝的样子。挎，用手拨弄筝或琵琶等弦索乐器。筝，弦乐器。

⑭半炊许：约有煮半顿饭的工夫。

⑮既阕：一曲奏完之后。阕，乐终，因谓一曲为一阕。

⑯铿尔：象声词，弦索乐器停奏时余音。

⑰云和夫人：盖为杜撰的善琴的仙女名。云和，山名，出产琴材，因此称琴。

⑱涉想尤劳：就更加对其思念不已。涉想，设想，想象。

⑲才凋：犹才气。一般指文才。

⑳芥拾青紫：谓取高官如从地上拾取芥草一样轻易。青紫，汉三公（丞相、太尉、御史大夫）官印上的绶带。芥，小草。

㉑不自他：犹言不自外。

㉒梦梦：昏乱，糊涂。

㉓再劫：遭两次劫数。劫，梵语音译"劫波"的略称，意为极为久远的时节。佛教对"劫"的说法不一。

㉔汩没若鸥：像海鸥沉潜水中。汩没，沉没。

㉕秀才"中湿"："中湿"为"中式"的谐音。科举考试被录取叫"中式"。此处为讥讽之语。秀才中式，即考中秀才（生员）。

㉖中原：此指我国中部地区。

㉗天阙：天宫。

㉘邻党：犹乡党。古代以一万二千五百户为一乡，五百家（或云二百五十家）为党。后泛指邻里。

㉙齿德：年高而有德者。齿，年齿，年龄。

㉚典坟：五典、三坟的简称。此泛指古代文籍。

㉛竹枝词：仿民歌"竹枝"而写的诗。竹枝，巴渝一带的民歌。

㉜宿构：谓预先构思。此指旧作。

㉝近体：近体诗。我国古代诗歌体裁之一，也称今体诗，即格律诗。诗的形式有五言、七言律诗、绝句、排律之分；除排律句数不拘外，诗的句数、字数、平仄、对仗、用韵等，都有严格要求。

㉞顾盼自雄：左顾右盼，自以为无居其上者。顾盼，形容得意忘形。

㉟"一身"二句：这两句上下思理不相连属，而各句文意亦不通：上句本要说自己具有刚强不屈的须眉男子气概，却说"一身"只剩下"须眉"；下句所写以酒浇愁。应是"痛饮"，而却说："小饮"。所以引起芳云的讥笑。须眉，胡须和眉毛。古人以须眉为男性美，因以指男子。块磊，心中郁结不平。

㊱"上句是"二句：孙行者离火云洞，见《西游记》四十一回，谓孙悟空在号山村松林涧火云洞被红孩儿妖火所烧。此借以讽刺"剩有须眉"。猪八戒过子母河，见《西游记》五十三回，谓猪八戒过西梁女国子母河，吃了河水，成了胎气，腹中长了血团肉块，后来吃了一口"落胎泉"里的水，才消了胎气。此借以讽刺"小饮能令块磊消"。

㊲"潴头鸣格磔"：此以谐音相调谑。潴，水停积处，指陂塘。潴头谓"猪头"。格磔，是鹧鸪鸟叫声，非关水鸟。

㊳呫呫：犹呫嚅，低声细语。

㊴狗腚响弸巴：字面与“潴（猪）头鸣格磔”相对，而意谓放狗屁。腚，山东方言，屁股。

㊵文艺：本指写作方面的学问。此指八股文。

㊶冠军之作：指其“屡冠文场”的八股文。

㊷题为“孝哉闵子骞”二句：《论语·先进》：“子曰：‘孝哉闵子骞，人不间于其父母昆弟之言。”

㊸破：破题，为八股文程式之一。起首两句必须概括剖析全题，因称。

㊹月旦：品评。

㊺至：此从二十四卷本，原作“之”。

㊻文宗：此指提学使。

㊼语嫚：言辞轻慢。

㊽“羯鼓”二句：谓其文意旨高远，文采斐然。羯鼓，古羯族乐器。形如漆桶，两头可以敲击，其音急促高烈。挝，敲击。万花齐落，喻文采缤纷。

㊾“痛”则“不通”：吕湛恩注谓“言人有痛处，则血脉不流通也。”此借以讽刺其文句不通。

㊿泛卮：谓斟满酒。卮，圆形酒器。

(51)汗淫：汗水淫淫。淫，汗水直流的样子。

(52)属对：联对。

(53)数四：再三再四，多次。

(54)牙签：象牙制作的图书标签，因以指书函。

(55)响应：回答，应答。

(56)望洋堪羞：谓以自己见闻鄙陋为羞。望洋，仰视的样子。此喻指开阔了眼界而自感羞愧。

(57)一法：此据二十四卷抄本，原无“法”字。

(58)少假以辞色：稍微给以好言语、好脸色；意谓另眼相待。

㊾色授而手语：谓眉目传情，手势示意。

⑥喋喋：唠唠叨叨，说个不了。

⑥"独乐乐"数语：《孟子·梁惠王》下："（孟子）曰：'独乐乐，与人乐乐，孰乐?'曰：'不若与人。'"芳云所读，是故意断错，读错。

⑥句读尚不知也：此从二十四卷抄本，"尚"原作"当"。句读，亦叫"句逗"。文辞语意已尽处为句，行文中用圈（句）来表示；语意未尽而须停顿处为读，行文中用点（读）来表示。

⑥"独要"五句：王勉引《孟子》，意在强调"与人乐乐"；芳云将原文添字换字，故意读错断错，戏言不能"要"那种快乐。

⑥无可以方略：没有解决的办法。方略，办法。

⑥"秋水"二句：喻谓眼波清澈，像晨星一样明亮。秋水，喻眼波。盈盈，水清澈的样子。

⑥"胸中正"二句：谓心术端正，则眼光是明亮的。

⑥瞭子：山东方言，男性生殖器的谐音。

⑥若东风之吹马耳：犹言如同风过马耳边，漠然无所动于心。"吹"，也作"射"。

⑥"黄鸟"二句：由《诗·秦风·黄鸟》和《诗·小雅·黄鸟》的诗句凑泊成句，用作戏语。黄鸟，喻指男子生殖器。楚，树名，即牡荆。此借为"痛楚"之"楚"，痛苦。

⑦草创：凡事初设之称，此处犹言粗制。

⑦审谛：仔细观看。

⑦橼：枸橼，果名。似橘，柠檬之一种。

⑦榱题：屋檐的椽子头，即出檐。

⑦供帐：谓供具张设。也作"供张"。

⑦与：此从二十四卷抄本，原作"于"。

⑦地仙：方士称住在人间的仙人。

⑦夙分：宗教迷信谓前世的缘分。

⑧红尘：佛道指称人世间。

⑨骛驰：急驰。骛，疾。驰，马行迅速。

⑩辽：此从二十四卷抄本，原作"违"。

⑪迎养：迎父母供养。养，供养，事奉。

⑫物故：谓死亡。

⑬不恝于怀：犹言不释于怀。恝，恝置，淡然忘之，不介意。

⑭空花：虚幻之花。花，也作"华"。

⑮滓敝：肮脏破旧。

⑯不肖子：犹言不孝子。不肖，子不似父。

⑰燀汤：烧热水。燀，烧热。

⑱扨抑：谦逊。

⑲卜兆：卜坟兆，即以占卜择定墓地。

⑳姑嫜：公婆。

㉑禄籍：登记禄位的簿册。此指福禄名位。

【译文】

　　王勉，字黾斋，灵山人。才思敏捷，在考场上一次又一次地名列第一，所以心气很高，善于冷嘲热讽地骂人，时常侮辱人。一天，他偶然遇见一个道士。看着他说："你有一副极其富贵的相貌，但是被你轻薄的嘴巴子几乎折磨光了。以你的智慧来说，如果抛弃仕途，进山修道，还是可以名列仙籍的。"王勉讥笑他说："一个人的富贵，的确无法预料，但是世上哪有仙人呢？"道士说："你的见识怎么这样低呢？不用到别的地方去寻找，我就是一位神仙。"王勉越发笑他胡说八道。

　　道士说："我没有什么值得奇怪的。你能跟我去一趟，几十位真正的神仙，你立刻就可以见到。"王勉问他："在什么地方？"道士说："近在咫尺而已。"说完就

把拐杖夹在两腿的中间，把另一头交给王勉，叫他也学自己的样子，用腿夹上。嘱咐他闭上眼睛，喊一声："起！"他感到拐杖马上变粗了，粗得好像一条能装五斗米的口袋，凌空飞起。他偷偷地伸手一摸，披着一层又一层鳞甲。他很惊讶，也很害怕，再也不敢动弹了。飞了一会儿，道士又喊了一声："停下！"马上就把拐杖抽出去，落在一个很大的宅子里，重楼连着殿阁，类似帝王居住的宫殿。中间有一座一丈多高的高台，台上有座十一根抱檐柱的宫殿，无比弘丽。道士把他拉上宫殿，就让童子摆下酒宴招待客人。童子在殿上摆了十几桌酒菜，铺张得光彩夺目。道士换了一身很整齐的道袍，坐在殿上等候客人。

过了不一会儿，从空中来了许多客人，有乘龙的，有骑虎的，有跨凤的，坐骑都是不同的。而且每个人都带着乐器。有女子，有男人，也有光着两只脚板的。其中有一位独一无二的美人，跨着一只彩凤；一身宫女的装束，有个使女给她抱着乐器，有五尺来长，不是琴，不是瑟，不知叫什么名字。行酒以后，山珍掺着海错，吃到嘴里，甘甜可口，芳香扑鼻，都是不同寻常的珍馐美味。

王勉一句话也不说，静静地坐着，只是目不转睛地看着那位美人；他心里既是爱慕，又想听听她的音乐，暗自怕她直到席终也不肯弹奏一曲。酒宴快要结束的时候，有个老头儿倡议说："承蒙崔真人的盛情邀请，今天可以说是盛会，自然应该尽情地欢乐。请拿着同样乐器的人，归到一起，奏同样的乐曲吧。"于是就一组一组地搭配起来。刹那间，管弦齐奏，乐声响彻云霄。唯有那位跨凤的美人，弹弄乐器的技能没有能和她配对儿的。等大家的乐声停下来以后，使女才打开她的绣囊，把乐器横放在桌子上。美人就轻舒玉腕，像弹筝似的弹弄起来，那种清亮的声音比琴声高出好几倍，激昂的时候足以扯裂人的胸襟，柔弱的时候可以令人魂荡神驰。大约弹了煮半顿饭的时间，整个大殿寂静无声，没有一个咳嗽的。曲终的时候，铿的一声，如同敲了一声清脆的玉磬。大家都赞美她说："云和夫人真是绝技呀！"说完都站起来告别。霎时间鹤唳龙吟，一下子全都散净了。

道士给王勉设了一张镶嵌珠宝的卧榻，准备了锦被，让他睡觉。他刚一看到美人的时候，已经动了春心；听完乐声之后，更加劳心费神地想念她。思念自己的才情，对于做个高官，就像拣一棵小草那么容易，等到富贵以后，什么样的美人求不到呢。顷刻之间，千头万绪，心里像一团乱麻。道士似乎已经知道了，就对他说："你的前身和我同师学道，后来因为有了别的念头，学道的意志不坚定，就掉进了尘网。我对你没有别的意思，是真心实意的要把你从恶浊的环境里救出来；想不到你已经迷失很深了，糊糊涂涂的，不能把你提醒。现在该当马上把你送回去。我们未必没有再见的机会，但是要做天上的神仙，还必须遭受两次大劫。"说完就指着阶下的一条长石，叫他闭着眼睛坐上去，坚决嘱咐他不要睁开眼睛往下看。他坐稳以后，道士就用鞭子驱赶石头。石头凌空飞起，呜呜地风声直灌耳朵，不知飞行了多少路程。他忽然想到下方的景物，没看到是个什么样子；两只眼睛偷偷地睁开一条缝，看见一片大海，茫茫荡荡，无边无岸。

他吓得胆战心惊，马上又闭上了眼睛，但是身子已经随着石头掉下来，砰的一声，像一只潜水的鸥鸟，完全淹没了。幸亏他从前住在海边，稍微熟悉一点游水的技术。听见有人拍着巴掌说："跌得好美呀！"他正在危急之中，有个女子把他救到船上，而且向他道喜说："吉利，吉利，秀才'中湿'了！"他抬头一看，女子的年龄大约十六七岁，长得很艳丽。

他出水以后，冷得浑身打战，请求用火烤烤衣服。女子说："你跟我到家，给你换一套干衣服。假若舒心如意了，你可不要忘了我。"他说："这是什么话呀！我是中原的才子，偶然遇到灾难，才造得这样狼狈。过此以后，我打算用自己的身子报答你的救命之恩，岂但只是一个不忘呢！"女子就用双桨划水，催促小船前进，快得好像疾风催阵雨，顷刻已经划到岸边了。女子从船舱里拿出一把刚才采到的莲花，领他一起往回走。

大约走了半里路，进了一个村庄，看见一座朱红的门楼，向南开着大门，进了大门，又经过几道重门，女子首先跑进去报信。不一会儿，从里面出来一个男子。大约四十来岁，拱手作揖，请他上了台阶，让侍者给他拿来帽子、袍子、鞋子和袜子，给他更换衣服。换完以后，询问他的家乡住处。他说："我实不相瞒，才子的名声，你们可能大概听见过。崔真人情深意切地思念我，把我招进了天宫。我自己一想：博取人间的功名易如反掌，所以不愿在天宫里隐居。"

那个男子很恭敬地站起来说："我们这里名叫仙人岛，是个远隔人世的地方。我姓桓，名叫文若。世世代代住在这个幽静偏僻的地方，天缘有幸，使我能够接近中原的名士。"因而就殷勤地置办酒席。又从容不迫地说："我有两个女儿。大的名叫芳云，已经十六岁了，直到今天也没遇到一个好配偶。想要叫她侍奉你这位高雅的书生，你看怎么样？"他想一定是采莲的姑娘，就离开席位，向主人道谢。桓文若就派人在邻近的乡亲里，请来两三位年高有德的老头儿。又看着左右的侍从人员，叫他们立刻招呼女郎。过了不一会，从门里喷出一阵浓烈的异香，有十几个美女，拥着芳云走出来。芳云光彩照人，鲜艳悦目，好像一朵映着朝阳的出水芙蓉。拜完了天地，即席就座。一群美女排在两旁侍候着，那个采莲的姑娘也在里边。

敬过几遍酒，从门里出来一位披垂头发的小姑娘，只有十多岁，生得姿容秀丽，体态轻柔，笑盈盈地依在芳云的胳膊肘里，两只水灵灵的大眼睛，瞅瞅这个，看看那个，不停地转动着。桓文若说："女孩子不在闺房里坐着，出来做什么？"又回头看着王勉说："这孩子名叫绿云，是我的小女儿。她很聪明，能够记住三坟五典了。"因而就叫她对着客人吟诗。她就背了三首"竹枝词"，声音柔嫩婉转，特别好听。背完就让她挨着姐姐坐在桌角上。

桓文若接着就对王勉说："王郎是个天才，过去的作品一定很丰富，可以让鄙人领教吗？"他就慷慨地答应了，背诵一首自己创作的近体诗，左顾右盼，得意忘形，认为自己很了不起：其中有这么两句："一身剩有须眉在，小饮能令块磊消。"邻居老头儿再三再四地吟诵着。芳云低声告诉他说："上一句是孙行者逃离火云洞，下一句是猪八戒路过子母河。"全座的客人都拍手大笑。桓文若请他再背诵别的文章。他就背诵水鸟诗："潴头鸣格碟，……"忽然忘了下一句。他刚一沉吟，芳云就扒着妹妹的耳朵喳喳了几句，然后掩口而笑。绿云告诉父亲说："她给姐夫续出下句了。说是，'狗腚响彭巴。'"全座又是一阵哄笑。

王勉脸上有了惭愧的表情。桓文若看着芳云，狠狠地瞪了一眼。王勉的神色才稍微安定了，桓文若又请他背诵八股文。他想世外之人一定不懂八股文，就炫耀他

聊斋志异

图文珍藏版

在考场上的冠军之作，题目是"孝哉闵子骞！人不间于其父母昆弟之言。"破题之句是："圣人赞大贤之孝……"话还没有说完，绿云看着父亲说："圣人是不称呼弟子的表字的，'孝哉……'一句，就是别人说的。"王勉一听就败兴了。桓文若笑着说："小孩子知道什么！不在于别人说的还是圣人说的，我们只是评论他的文章而已。"王勉于是又背诵起来。每当他背诵几句的时候，姐妹两个必定要喊喊喳喳的一阵耳语，似乎都是品评的言论，只是因为有所顾忌，听不太清楚。王勉背诵到最得意的句子，同时还叙述考试官的评语，说是："字字痛切。"绿云告诉父亲说："姐姐说，'应该把切字删去。'"大家都不理解为什么要删去"切"字。桓文若怕她又要说出一些侮弄人的语言，所以不敢追问。王勉背完他的八股文，又叙述考试官的总评。说是："羯鼓一挝，则万花齐落。"芳云又捂着嘴和妹妹嘀咕了几句，两个人都笑得抬不起头来。绿云又告诉父亲说："姐姐说，'羯鼓应该是四挝。'"大家又不明白了。绿云张口刚要说，芳云忍住笑声呵斥她说："死丫头，你敢说出来，我就打死你！"大家很疑惑，互相猜测，议论纷纷。绿云实在忍不住了，就说："删去'切'字，光说一个'痛'字，那就'不通'了。羯鼓四挝，它的声音就是说，'不通又不通。'"大家一阵哄堂大笑。

桓文若很生气地呵斥她。随后就站起来干杯敬酒，赶紧向王勉道歉。王勉刚来的时候，夸耀自己是个有名的才子，眼睛里实在前无古人；到这个时候，他神情沮丧，空自出了一身热汗。桓文若以奉承的态度安慰他说："我恰巧有一句对子，请席中的客人对上下联。上联是，'王子身边，无有一点不似玉。'"大家还没想出适当的句子，绿云就张口回答说："黾翁头上，再着半夕即成龟。"芳云忍不住，扑哧一声笑了，就呵呵两只手，一把一把地扭她腋下的肉。绿云挣出来就跑，又回头看着姐姐说："干你什么事！你一次又一次地骂人，不认为那是不对；难道别人骂一句，就不允许吗？"桓文若呵斥她，她才笑盈盈地走了。紧接着，邻居的几位老头儿也告别了。

酒宴已散，一群使女把夫妻二人领进卧室，屋里的灯烛、屏风和卧床，一切设备都很精致齐备。再看看洞房之中，只见书架上插满了牙签，无书不有。他略微给芳云出了几个难题，芳云随口应答，脑子里的学问无穷无尽。到这个时候，他才感到望洋兴叹，不胜羞愧。芳云召唤一声"明踏"，他看见采莲的姑娘应声跑了进来，从此才晓得她的名字。因为一次又一次地受到芳云的讥诮和羞辱，他害怕妻子会瞧不起他；幸而芳云虽然嘴巴子很厉害，但在房帏之中，还是恩恩爱爱的。

他过着安逸的生活，一天到晚无事可做，便又哼哼呀呀地吟诗。芳云说："我有一句良言，不知你愿不愿意接受？"他问："什么良言？"芳云说："你从此以后不再作诗，也是藏拙的一个好道道。"他感到很惭愧，就搁笔不再写诗了。

住得时间久了，他和明珰越来越亲昵。他告诉芳云说："明珰对我有救命之恩，希望你能好言好语地对待她。"芳云马上就答应了。每当两个人在闺房里玩耍的时候，就招呼明珰一起玩，两下的感情越来越深厚，时常眉来眼去做手势，交流内心的情感。芳云稍微有些发觉，一遍又一遍地责问他；他喋喋不休，硬给自己辩解。一天晚上，夫妻二人一杯对一杯地喝酒，他认为很寂寞，劝芳云把明珰招呼来。芳云不答应。他说："贤卿无书不读，怎不记得《孟子》里的，'独乐乐'几句话呢？"芳云说："我说你不通，现在越发应验了。对于句读，你还不会用吗？《孟子》上说的是，'独要，乃乐于人要；问乐，孰要乎？曰：不。'"他听到这里，只能一笑而已。

一天，芳云姐妹二人恰好到邻女家里赴约去了，他得到了机会，急忙把明珰领进卧房，缠缠绵绵的，恩爱到了极点。当天晚上，他觉得小肚子有些轻微的疼痛；疼完以后，阴部全肿了。他很害怕，就告诉了芳云。芳云笑着说："一定是把明珰的恩情报答了！"他不敢隐瞒，如实作了招供。芳云说："是你自己造出的灾难，我实在没有可以治疗的办法。既不疼也不痒，可以听之任之吧。"过了好几天也没见好，就忧心忡忡，闷闷不乐。芳云知道他的心情，也不过问。只是凝视着他，一双水汪汪的大眼睛，好像破晓时的星光。他说："你可以说是'胸中正，则眸子了焉'。"芳云笑着说："你可以说是胸中不正，则了子眸焉。"原来"没有"的"没"字，山东人读起来近似"眸"音，所以芳云用这个谐音字跟他开玩笑。他也扑哧一声笑了，向她哀求治疗的办法。芳云说："你不听从我的良言嘛，在此以前未必不怀疑我心怀嫉妒。你不了解这个丫头，根本不能和她亲近。你们从前实心实意的爱恋着，我曾责备过你，而你却当作耳边风，所以我就唾弃了她，不再宠爱她。也是没有别的办法，就给你治治吧。但是医师必需审察患病的地方。"就把手伸进他的裤子里，祷告说："黄鸟黄鸟，无止于楚!"他不觉失声大笑，笑完了，病也好了。

过了几个月，他因为父母年老，儿子年幼，心里时常想得很急切，就把心事告诉了芳云。芳云说："你要回去，那也不难，只是我们没有相会的日期了。"他哭得满脸是泪，哀求和她一起回去。芳云再三再四地思考之后，才答应了。桓文若摆酒设宴，给他们饯行，绿云提着一个篮子走进来，说："姐姐远别了，没有别的东西可以拿来送给你。恐怕到了海南以后，没有地方居住，早起晚睡给你营造一所房子，初学乍练，你不要嫌弃。"芳云给妹妹敬了礼。接了过来。拿到眼前仔细一看，原来是用细草扎制的楼台殿阁，大的像橙子那么大小，小的只有橘子那么大，约有二十多座，每一座的雕梁画栋，甚至檐下的托瓦橼子，都清清楚楚的可以数得出来；屋子里的陈设，以及床榻之类的用具，类似麻粒那么大小。王勉把它看成是小孩子的玩具，但是心里却也暗自赞美做得精美。

芳云说："实话对你说吧：我们都是地仙。因为和你前世有缘，所以才能陪伴你，跟你回去。本来不想踏入人间。只因你有年老的父亲，所以不忍违背你的要求。等到父亲百年之后，还必须回来。"他很恭敬地答应了。桓文若就问他："你们陆行呢？还是坐船呢？"他认为海里风大浪险，愿意陆行。出去一看，车马已经在门前等着了。

他谢过岳父，告别全家，挥鞭上路，走得飞快。不一会儿就来到海边了，他担心无路可走。芳云取出一匹白练，向南抛去，立刻变成一道长堤，足有一丈多宽。瞬息之间驰过了长堤，长堤也就逐渐收了起来。来到一个地方，是潮水浸过的洼地，四周一望，空阔无边。芳云就止住车马，不再往前赶路，下了车子，从篮子里取出妹妹送给她的草扎玩具，和明珰等几个使女一齐动手；如法布置，转眼就变成一座巨大的宅子。他们一起进了宅子，从车上卸下行装，进屋一看，和仙人岛上的住宅毫无差别，洞房里的桌子、床榻，也仿佛一模一样。当时已经黑天了，就在这里住了一宿。

第二天早晨，芳云叫他去把父亲和儿子接到这里养起来。他策马奔回故乡，到家一看，宅子已经属于别人了。向村民打听情况，才知道母亲和妻子已经去世，只有年老的父亲还活在世上。儿子喜好赌博，田园家产全都输光了，祖孙没有地方栖身，暂时租房子住在西村。他刚一回来的时候，还有求取功名的念头缠在心头上，总也忘不了；及至听到这个情况，心里很沉痛，自想富贵即使可以拿到手里，也和虚无的花朵没有什么差别。策马到了西村，看见父亲穿着肮脏破旧的衣服，年老力衰，实在令人可怜。父子相见，都放声地哭起来。他询问儿子的下落，父亲说是出去赌博没有回来。他就用车子把父亲接回家里。

芳云拜见完了公公，叫人烧了热水，请公公沐浴，又送来锦衣绣袍，让他住在芳香的阁楼里。又从远处请来几位很有声望的老人，天天陪着吃酒谈天，享受的供养，超过了官僚世家。一天，儿子找到了他们的住处，王勉拒不接见，也不让他进门，只给他二十金，叫人给他传话说："可拿这笔钱去买个媳妇，谋取一个生活的职业。如果再来登门，就一顿鞭子立刻打死他！"儿子痛哭流涕地走了。他从回来以后，不大和别人礼尚往来；但是老朋友偶然来到家里，一定要用酒宴接待，还要留下住几天，谦让的态度，完全超过平时。唯独有个名叫黄子介的人，从前和他是同学，也是名士中不得志的人，王勉把他留下住了很长时间，时常和他秘密聊天，送给他很多东西。

住了三四年，父亲去世了，他花了万金，选购一块莹地，尽情尽礼地安葬了。当时儿子已经娶了媳妇，媳妇管束男子很严格，儿子也很少出去赌博；这一天，媳妇到基地去给爷爷吊丧，才拜识了公婆。芳云一见面，就赞许她能够管理家业，赏给她三百金，作为购买田产的经费。第二天，黄子介和儿子前去看望他们，房舍已经无踪，不知搬到哪里去了。

异史氏说："美人所在的地方，就是在地狱里，人们也会前去求婚，何况有无穷无尽的享受呢？地仙允许携带美女，恐怕没有人会在皇帝手下当官了。因为他很轻薄，所以减掉了做官的命运，本来是理所当然的，难道仙人就不忌讳吗？那位妇人的嘴巴子，怎么那样暴虐呢！"

阎 罗 薨

【原文】

巡抚某公父①，先为南服总督②，殂谢已久③。公一夜梦父来，颜色惨栗④，告曰："我生平无多孽愆⑤，只有镇师一旅⑥，不应调而误调之，途逢海寇，全军尽覆。今讼于阎君，刑狱酷毒，实可畏凛。阎罗非他，明日有经历解粮至⑦，魏姓者是也。当代哀之，勿忘！"醒而异之，意未深信。既寐，又梦父让之曰⑧："父罹厄难⑨，尚弗镂心⑩，犹妖梦置之耶？"公大异之。

明日，留心审阅，果有魏经历，转运初至，即刻传入，使两人捺坐⑪，而后起拜，如朝参礼⑫。拜已，长跽涟洏而告以故⑬。魏不自任，公伏地不起。魏乃云："然，其有之⑭。但阴曹之法，非若阳世愦愦⑮，可以上下其手⑯，即恐不能为力。"公哀之益切。魏不得已，诺之。公又求其速理。魏筹回虑无静所⑰。公请为粪除宾廨⑱，许之。公乃起。又求一往窥听，魏不可。强之再四，嘱曰："去即勿声。且冥刑虽惨，与世不同，暂置若死，其实非死。如有所见，无庸骇怪⑲。"

至夜，潜伏廨侧，见阶下囚人，断头折臂者，纷杂无数。墀中置火鎗油镬⑳，数人炽薪其下㉑。俄见魏冠带出，升座，气象威猛，迥与曩殊㉒。群鬼一时都伏，齐鸣冤苦。魏曰："汝等命戕于寇，冤自有主，何得妄告官长？"众鬼哗言曰："例不应调，乃被妄檄前来㉓，遂遭凶害，谁贻之冤㉔？"魏又曲为解脱，众鬼嗥冤，其声訩动。魏乃唤鬼役："可将某官赴油鼎，略入一煠㉕，于理亦当。"察其意，似欲借此以泄众忿。即有牛首阿旁㉖，执公父至，即以利叉刺入油鼎。公见之，中心惨怛[27]，痛不可忍，不觉失声一号，庭中寂然，万形俱灭矣。公叹咤而归。及明，视魏，则已死于廨中。松江张禹定言之[28]。以非佳名，故讳其人。

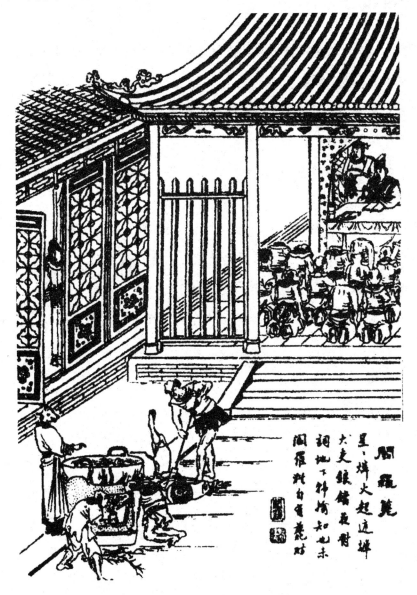

阎罗薨

图文珍藏版

【注释】

①巡抚：明清时代与总督同为地方最高长官；清为省级地方政府的长官，总揽一省的军政大权，地位略次于总督。

②南服：南方。周制，以土地距国都远近分为五服，因此称南方为南服。

③殂谢：谓死亡。

④惨栗：谓极度悲痛。

⑤孽愆：犹言罪过。

⑥镇师一旅：所属镇的军队五百人。镇，清制，总督或巡抚所属有镇、协、营、汛各级。镇，指总兵，为绿营兵高级武官：因掌理本镇军务，又称"总镇"。旅，军队编制单位，五百人为旅。

⑦经历：官名。金代枢密院、都元帅府皆置经历，元明因之。掌出纳、移文等事。

⑧让：责备。

⑨罹厄难：遭受危难。

⑩尚弗镂心：还不铭记于心。镂心，刻在心上。镂，雕刻。

⑪捺坐：强按于座。

⑫如朝参礼：如同上朝参见皇帝的礼节。朝参，官吏上朝参见皇帝。

⑬长跽涟洏：直挺挺地跪着，两眼垂泪。长跽，犹长跪，上身挺直而跪。涟洏，垂泪的样子。

⑭其有之：大概有这件事。

⑮惛惛：犹蓿蓿，昏暗不明。惛，通"蓿"。

⑯上下其手：谓串通作弊。

⑰筹回：反复谋划。

⑱粪除宾廨：清扫接待宾客的公廨。粪除，扫除。

⑲无庸：不用。

⑳火钤油镬：烹刑刑具。钤、镬，烹器，即下文所云"油鼎"。

㉑炽薪：将柴草烧旺。

㉒迥与曩殊：迥然与日间所见不同。曩，曩昔，过去，往日。

㉓檄：传递军令的公文。

㉔贻：给予。

㉕一煤：食物放入油或汤中，一沸而出称"煤"，此谓将某公父放入油锅一炸。

㉖牛首、阿旁：均为迷信传说中阴间恶鬼名。

㉗惨怛：悲痛。

㉘松江：县名，今属上海市。

【译文】

某巡抚的父亲，从前在南方做过总督，去世已经很久了。一天晚上，他梦见父亲来到跟前，脸色凄惨，浑身发抖，告诉他说："我一生没有多少罪过，只有一镇军队，不应该调迁，被我误调，中途遇上海盗，全军覆没。他们现在到阎王那里告状，阴间的刑罚残酷而又狠毒，实在可怕。阎王不是别人，明天有一个经历官，押运粮草来到你们这里，那个姓魏的就是。你应该替我哀求他，千万不要忘了！"

他醒来以后，感到很奇怪，想来想去，没有深信。睡着了以后，又梦见父亲责备他说："父亲遭到了危难，还不刻在心上，还认为是个妖梦，置之不理吗？"他很惊异。第二天，他留心审阅，果然有个魏经历，转运粮草，刚刚来到这里，他立刻把姓魏的传进巡抚衙门，叫两个人想坐在椅子上，随后就倒身下拜，如同在朝房里参见皇帝。参拜完了，直挺挺地跪在地上，两泪涟涟，把父亲的梦里要求告诉了魏经历。魏经历说他自己不是阎王，他就跪在地下不起来。"

魏经历这才无奈地说："是啊，我是阎王。但是阴曹地府的刑法，不像阳间那么昏愦，不能通融作弊，恐怕不能为你效力。"他更加恳切地哀求。魏经历迫不得已，答应了。他又请求迅速办理。魏经历筹思一会儿，忧虑没有僻静的地方。他请求清扫客厅，魏经历点头答应了。他这才站起来。又请求审理案件的时候，他要偷偷地去听听，魏经历没有答应。他再三再四地要去看看，魏经历嘱咐他说："去了不要出声。而且阴间的刑罚虽然很残酷，但和阳间完全不同，暂时好像置于死地了，其实没死。你如果看见了什么现象，千万不要大惊小怪。"

到了晚上，他偷偷地藏在客厅旁边，看见台阶下面的囚犯，全是断头断臂的鬼魂，纷纷攘攘，非常杂乱，数也数不清。阶面上架着一只油锅，好几个人在油锅底下加柴烧火。不一会儿，看见魏经历头戴王冠，穿着袍服走出来，升堂落座，气势很威猛，和白天见到的完全不同。群鬼霎时都跪在地下，齐声喊冤叫苦。魏经历说："你们的性命是被海盗残害的，冤自有主，怎能胡乱控告长官呢？"群鬼吵吵嚷嚷地说："我们按例是不该调动的，竟然被他乱发命令调出来，就在半路上遭到凶杀，是谁招致的冤枉呢？"魏经历又曲意为死去的总督解脱罪责，群鬼喊冤叫屈，喊声震天动地。魏经历就召唤鬼役说："可把那个当官的押送油锅，放进去略微炸一下，也是理所应该的。"看他的用意，似乎想要借着这个惩罚，泄掉群鬼的气愤。有个名叫阿旁的牛头鬼，把巡抚的父亲捆到堂上，就用尖利的叉子挑起来，扔到油锅里去了。巡抚一看，痛悼于心，疼得再也忍受不了，不觉一声大叫，庭堂里寂静无声，阎王、鬼怪全都不见了。他又惊又叹地回到家里。等到天亮，他去看望魏经历，姓魏的已经死在客厅里。这个故事，是松江的张禹定讲的。因为巡抚的官声很不好，所以隐讳了故事里的人名。

颠道人

【原文】

颠道人①，不知姓名，寓蒙山寺②。歌哭不常③，人莫之测，或见其煮石为饭者。会重阳，有邑贵载酒登临④，舆盖而往⑤，宴毕过寺，甫及门，则道人赤足着破衲⑥，自张黄盖，作警跸声而出⑦，意近玩弄。邑贵乃惭怒，挥仆辈逐骂之。道人笑而却走。逐急，弃盖，共毁裂之，片片化为鹰隼，四散群飞。众始骇。盖柄转成巨蟒，赤鳞耀目。众哗欲奔，有同游者止之曰："此不过翳眼之幻术耳⑧，乌能噬人！"遂操刃直前。蟒张吻怒逆，吞客咽之。众骇，拥贵人急奔，息于三里之外。使数人逡巡往探，渐入寺，则人蟒俱无。方将返报，闻老槐内喘急如驴，骇甚。初不敢前；潜踪移近之，见树朽中空，有窍如盘。试一攀窥，则斗蟒者倒植其中，而孔大仅容两手，无术可以出之。急以刀劈树，比树开而人已死⑨。逾时少苏，异归。道人不知所之矣。

异史氏曰："张盖游山，厌气浃于骨髓⑩。仙人游戏三昧⑪，一何可笑！余乡殷生文屏，毕司农之妹夫也⑫，为人玩世不恭⑬。章丘有周生者⑭，以寒贱起家，出必驾肩而行⑮。亦与司农有瓜葛之旧⑯。值太夫人寿⑰，殷料其必来，先候于道，着猪皮靴，公服持手本⑱。俟周至，鞠躬道左，唱曰：'淄川生员，接章丘生员！'周惭，下舆，略致数语而别。少间，同聚于司农之堂，冠裳满座⑲，视其服色，无不窃笑；殷傲睨自若⑳。既而筵终出门，各命舆马。殷亦大声呼：'殷老爷独龙车何在？'有二健仆，横扁杖于前㉑，腾身跨之。致声拜谢，飞驰而去。殷亦仙人之亚也㉒。"

【注释】

① 颠：疯癫。

② 蒙山：当指山东蒙山。在山东中部，蒙阴县南。

③ 不常：不正常。

④ 邑贵：本县中有权势的人。登临：登山临水；这里指登游蒙山。

⑤ 舆盖：坐轿张伞。盖，贵官出行时作为仪仗使用的大伞。

⑥ 破衲：破旧僧服。按戒律规定，僧尼的衣服当用人们遗弃的碎布缝衲而成，因而称僧服为"百衲衣"，简称为"衲"。

⑦ 作警跸声：发出"喝道"的声音。警跸，古时皇帝出入经过的地方严加戒备，鸣鞭吆喝，驱散行人，称"警跸"。警，警戒。跸，清道、禁止通行。

⑧ 翳眼之幻术：迷惑他人视觉的幻术，俗称"障眼法"。翳，遮蔽。

⑨ 人：据山东省博物馆抄本补，原阙。

⑩ 厌气：令人憎恶的俗气。浃：浸透。

⑪ 游戏三昧：此指游戏之事。三昧，梵语音译，意思是心性专注的精神状态。佛教徒称自在无碍，排除杂念，使心神平静，叫"游戏三昧"。

⑫ 毕司农：淄川人毕自严，明代万历进士，官至户部尚书，故称他为毕司农。司农，户部尚书的别称。

⑬ 玩世不恭：不拘礼法，藐视世俗。

⑭ 章丘：县名，今属山东省济南市。

⑮ 驾肩：坐轿。肩，肩舆，即轿子。

⑯ 瓜葛之旧：展转相连的远亲。

⑰ 太夫人：此尊称毕母。

⑱ 着猪皮靴，公服持手本：足着带毛猪皮靴，身穿生员服，手持拜见名帖。殷生此等装束，后文又跨扁杖而去，都是玩世不恭的恶作剧，意在嘲弄周生"以寒贱

起家. 出必驾肩而行。"

⑲冠裳：犹言衣冠，官吏士绅的代称。

⑳傲睨自若：傲慢睥睨，态度自如。

㉑扁杖：扁担。即殷生谑称的"独龙车"。

㉒亚：流亚；类型相近。

【译文】

有个疯疯癫癫的道士，不知姓甚名谁，在蒙山寺里寄居。有时高歌，有时痛哭，变化无常中，谁也猜不透他的心思，有人看见他煮石头当饭吃。

恰好赶上重阳节，淄川县有个显贵的人物，用车子拉着酒菜，到蒙山去登高，坐着带有伞盖的车轿到了山上，宴后路过蒙山寺，刚刚来到山门外，看见道士光着两只脚，穿着破道袍，自己打着黄罗伞盖，喊着皇帝出巡时的呵道声，出了山门，意思近似耍弄那个显贵人物。

那位显贵人物恼羞成怒，就指挥仆人搽着骂他。道士笑呵呵地往后退却。仆人追急了，他就扔了黄罗伞盖，仆人一齐动手，把伞盖撕个稀巴烂，结果片片碎片都成了鹞鹰，一群群地四处飞散了。大伙儿这才大吃一惊。剩下一个伞柄，转眼就变成一条巨蟒，身上的赤鳞，光彩夺目。大伙吓得乱喊乱叫，拔腿就要逃跑。有个同游的客人止住他们说："这不过是个障眼的幻术罢了，它不能吃人！"说完就操起一把钢刀，径直奔了过去。大蟒火儿了，张开大口迎上来，把客人吞进了肚子。大伙儿吓得要死，拥着贵人一路飞奔，跑出三里之外，才停下来休息。派了几个人，进进退退地回去探听情况，慢慢地进了庙门，道士和大蟒全都不见了。刚要回去报信，忽听老槐树里呼哧呼哧的好像驴喘，更是怕得不得了。起初还不敢靠前；转悠了半天，蹑手蹑脚地挪到眼前，看见老槐树的树心子已经烂空了，有个窟窿像盘子那么大小。试着攀上去一看，看见斗蟒的人大头朝下栽在窟窿里。但是窟窿的大小只能容下两只手，没有办法可以把他救出来。急忙挥刀劈树，等把大树劈开的时候，人已经死了。过了一个时辰，才稍微缓过一口气，就抬着往回走。道士不知哪里去了。

颠道人

异史氏说："打着伞盖游山，那种令人厌恶的气派，真是通彻骨髓了。仙人对他的耍笑很奥妙，多么可笑啊！我们乡里的秀才殷文屏，是户部尚书毕司农的妹夫，为人玩世不恭。章丘有个姓周的秀才，出身于贫苦人家，出门一定要乘坐轿子。他从前和毕司农也有一点瓜葛。一天，赶上毕司农母亲的寿诞之日，殷文屏料想周生必定前来拜寿，就先在路上迎候，脚上穿着猪皮靴子，身上穿着秀才的官服，手里拿着进见上官的名帖。等周生来到跟前的时候，就站在道旁鞠躬施礼，高呼："淄川的秀才，迎接章丘的秀才！"周生羞愧难当，便下了轿子，说了几句就走了。过了不一会儿，两个人又在毕司农的厅堂上聚在一起。满座的客人都戴着纱帽，穿着蟒袍，看看他俩的服饰，没有不偷偷发笑的；殷文屏却傲慢地坐在席上，旁若无人，神态自若。酒宴结束以后，客人出了大门，有马的骑马，有轿的坐轿。殷文屏也大声呼叫："殷老爷的独龙车何在？"两个健壮的仆人，把一根扁担横在他的眼前，他就飞身跨上了扁担。说了一句感谢的话，就被两个仆人飞快地抬走了。殷文屏也不亚于那位耍笑阔人的仙人。"

胡 四 娘

【原文】

程孝思，剑南人①。少惠能文。父母俱早丧，家赤贫，无衣食业，求佣为胡银台司笔札。胡公试使文，大悦之，曰："此不长贫，可妻也。"银台有三子四女，皆襁中论亲于大家；止有少女四娘，孽出②，母早亡，笄年未字③，遂赘程④。或非笑之，以为惛耄之乱命⑤，而公弗之顾也。除馆馆生⑥，供备丰隆。群公子鄙不与同食，婢仆咸揶揄焉。生默默不较短长，研读甚苦。众从旁厌讥之，程读弗辍；群又以鸣钲锽聒其侧⑦，程携卷去，读于闺中。

初，四娘之未字也，有神巫知人贵贱，遍观之，都无谀词；惟四娘至，乃曰："此真贵人也！"及赘程，诸姊妹皆呼之"贵人"以嘲笑之；而四娘端重寡言，若罔闻之。渐至婢媪，亦率相呼。四娘有婢名桂儿，意颇不平，大言曰："何知吾家郎君，便不作贵官耶?"二姊闻而嗤之曰："程郎如作贵官，当抉我眸子去⑧！"桂儿怒而言曰："到尔时，恐不舍得眸子也！"二姊婢春香曰："二娘食言，我以两睛代之。"桂儿益恚，击掌为誓曰："管教两丁盲也⑨！"二姊忿其语侵，立批之⑩。桂儿号哗。夫人闻知，即亦无所可否，但微哂焉。桂儿噪诉四娘；四娘方绩，不怒亦

阅画炎凉一瞬中四娘真有大家风性化蝶于偏修怨恨取双眸血溅红

胡四娘

不言，绩自若⑪。会公初度⑫，诸婿皆至，寿仪充庭⑬。大妇嘲四娘曰："汝家祝仪何物？"二妇曰："两肩荷一口⑭！"四娘坦然，殊无惭怍。人见其事事类痴，愈益狎之⑮。独有公爱妾李氏，三姊所自出也，恒礼重四娘⑯，往往相顾恤⑰。每谓三娘曰："四娘内慧外朴⑱，聪明浑而不露⑲，诸婢子皆在其包罗中，而不自知。况程郎昼夜攻苦，夫岂久为人下者？汝勿效尤⑳，宜善之，他日好相见也。"故三娘每归宁，辄加意相欢。

是年，程以公力，得入邑庠㉑。明年，学使科试士㉒，而公适薨㉓，程缞哀如子㉔，未得与试。既离苦块㉕，四娘赠以金，使趋入遗才籍㉖。嘱曰："曩久居，所不被呵逐者，徒以有老父在；今万分不可矣！倘能吐气，庶回时尚有家耳。"临别，李氏、三娘赂遗优厚㉗。程入闱，砥志研思㉘，以求必售。无何，放榜，竟被黜。愿乖气结，难于旋里，幸囊资小泰㉙，携卷入都。时妻党多任京秩㉚，恐见诮讪，乃易旧名，诡托里居，求潜身于大人之门。东海李兰台见而器之㉛，收诸幕中，资以膏火㉜，为之纳贡㉝，使应顺天举；连战皆捷㉞，授庶吉士㉟。自乃实言其故。李公假千金，先使纪纲赴剑南，为之治第。时胡大郎以父亡空匮，货其沃墅，因购焉。既成，然后贷舆马，往迎四娘。

先是，程擢第后，有邮报者㊱，举宅皆恶闻之；又审其名字不符，叱去之。适三郎完婚，戚眷登堂为馈㊲，姊妹诸姑咸在，惟四娘不见招于兄嫂。忽一人驰入，呈程寄四娘函信；兄弟发视，相顾失色。筵中诸眷客，始请见四娘。姊妹惴惴，惟恐四娘衔恨不至。无何，翩然竟来㊳。申贺者，捉坐者，寒暄者，喧杂满屋。耳有听，听四娘；目有视，视四娘；口有道，道四娘也：而四娘凝重如故㊴。众见其靡所短长㊵，稍就安帖，于是争把盏酌四娘。方宴笑间，门外啼号甚急，群致怪问。俄见春香奔入，面血沾染。共诘之，哭不能对。二娘呵之，始泣曰："桂儿逼索眼睛，非解脱，几抉去矣！"二娘大惭，汗粉交下。四娘漠然㊶；合坐寂无一语，各始告别。四娘盛妆，独拜李夫人及三姊，出门登车而去。众始知买墅者，即程也。四娘初至墅，什物多阙。夫人及诸郎各以婢仆、器具相赠遗，四娘一无所受；惟李夫人赠一婢，受之。

中华传世藏书

聊斋志异

图文珍藏版

居无何，程假归展墓[42]，车马戾从如云。诣岳家，礼公枢，次参李夫人。诸郎衣冠既竟[43]，已升舆矣[44]。胡公殁，群公子日竞资财，枢之弗顾。数年，灵寝漏败[45]，渐将以华屋作山丘矣[46]。程睹之悲，竟不谋于诸郎，刻期营葬，事事尽礼。殡日，冠盖相属[47]，里中咸嘉叹焉。

程十馀年历秩清显[48]，凡遇乡党厄急[49]，罔不极力。二郎适以人命被逮，直指巡方者[50]，为程同谱[51]，风规甚烈[52]。大郎浼妇翁王观察函致之[53]，殊无裁答[54]，益惧。欲往求妹，而自觉无颜，乃持李夫人手书往。至都，不敢遽进，觇程入朝，而后诣之。冀四娘念手足之义，而忘睚眦之嫌[55]。阍人既通，即有旧媪出，导入厅事，具酒馔，亦颇草草。食毕，四娘出，颜温霁[56]，问："大哥人事大忙，万里何暇枉顾？"大郎五体投地[57]，泣述所来。四娘扶而笑曰："大哥好男子，此何大事，直复尔尔？妹子一女流，几曾见呜呜向人？"大郎乃出李夫人书。四娘曰："诸兄家娘子，都是天人[58]，各求父兄，即可了矣，何至奔波到此？"大郎无词，但顾哀之。四娘作色曰："我以为跋涉省妹子，乃以大讼求贵人耶[59]！"拂袖径入。大郎惭愤而出。归家详述，大小无不诟詈；李夫人亦谓其忍。逾数日，二郎释放宁家，众大喜，方笑四娘之徒取怨谤也。俄而四娘遣价候李夫人[60]。唤入，仆陈金币，言："夫人为二舅事，遣发甚急，未遑字覆[61]。聊寄微仪，以代函信。"众始知二郎之归，乃程力也。后三娘家渐贫，程施报逾于常格。又以李夫人无子，迎养若母焉[62]。

【注释】

①剑南：唐置剑南道，辖四川剑阁以南广大地区，治所在今四川成都。

②孽出：庶出；妾生。

③笄年未字：年已及笄，尚未许人。

④赘程：招程孝思为赘婿。旧时男子就婚于女家叫"入赘"。

⑤惛耄：同"惛眊"或"惛眊"，年老神志不清。乱命：本指病危昏迷时所留下的遗命，后泛指荒谬无理的命令。

⑥除馆馆生：整理馆舍，让程生居住。后一"馆"字作动词。

⑦鸣钲：犹言敲锣。钲，古打击乐器，形似钟，有长柄可执，口向上。锽聒：锽锽地吵闹。锽，钟鼓声。聒，嘈杂。

⑧抶：挖掉。眸子：眼珠。

⑨两丁：两个。指春香及二姊两人。

⑩批：手击；打耳光。

⑪绩：捻麻线。

⑫初度：生日。

⑬寿仪：祝寿的礼物。

⑭两肩荷一口：意谓只送来一张嘴。讽刺其贫穷不送寿礼而白吃白喝。

⑮愈益狎之：更加轻侮她。狎，轻侮。

⑯礼重：敬重；以礼相待。

⑰顾恤：照顾体恤。

⑱内慧外朴：内心聪明而外表朴钝。

⑲浑而不露：浑厚不露锋芒。

⑳效尤：学人坏样。效，仿效。尤，过错。

㉑入邑庠：进县学，别称"入泮"。

㉒科试：也称"科考"。清代每届乡试前，各省学政巡回举行考试，选拔优秀生员参加乡试。

㉓薨：周代诸侯死，叫"薨"；唐代二品以上官员死，也称"薨"。后来则用以恭维有地位的官员之死。

㉔缞哀如子：着重孝服，哀痛哭泣，如同亲生儿子。缞，最重的丧服，用粗麻布制成，披于胸前。

㉕既离苦块：指居丧期满。苦块，"寝苦枕块"的略语。苦，草荐。块，土块。古礼，居亲丧时，以草荐为席，以土块为枕。

㉖入遗才籍：指参加录科考试，以取得参加乡试的资格。清代科举制度，生员

因故未参加科试者，在科考完毕后可集中在省城举行一次补考。这种考试叫"录科"。也称"遗才"试。考试合格者册送参加乡试。这种名册称"遗才籍"。

㉗赂遗：赠送财物。

㉘砥志研思：深思熟虑；指用心为文。砥和研，都是细致琢磨的意思。

㉙小泰：比较充足。泰，侈，丰足。

㉚妻党：妻方的家族。任京秩：做京官。秩，官吏的职位或品级。

㉛兰台：御史。东汉时称御史台为兰台寺，后世因以"兰台"作为御史的代称。

㉜膏火：灯油；代指学习费用。

㉝纳贡：明清时代，准许向政府纳资，捐得国子监监生的资格。由普通身份纳捐的监生称"例监"，由生员纳捐的称"纳贡"。纳贡者有资格参加乡试。

㉞连战皆捷：指考选举人的乡试及次年考选进士的会试、殿试，都胜利通过；即中了举人，又中了进士。

㉟庶吉士：官名，明初置，永乐时隶属于"翰林院"，以进士擅长文学及书法者充任。清代于翰林院设庶常馆，进士殿试后，朝考前列者得选用为庶吉士。三年后再经考试，根据成绩另授官职。

㊱邮报：传送喜信。邮，寄递。

㊲为馈：也称"馈女"。旧时女儿嫁后三日，母家馈送食物。

㊳翩然竟来：竟然大方、爽快地来了。翩然，轻盈潇洒的样子。

㊴凝重：庄重。

㊵靡所短长：无所计较。靡，无。

㊶漠然：淡漠；若无其事。

㊷展墓：扫墓。

㊸衣冠既竟：穿戴完毕。指换上冠服，准备出迎。

㊹升舆：上轿。升，登上。

㊺灵寝：寄放灵柩的内堂。古时往往停柩屋内，择吉待葬。

㊻以华屋做山丘：意谓临时寄放灵柩的内堂，将毁败成为埋葬灵柩的荒丘。华屋，华丽房屋，活人所居的地方。山丘，死人埋葬的地方。

㊼冠盖相属：指吊唁的官员接连不断。冠盖，官员的冠服和车盖，用作仕宦的代称。相属，连续不断。

㊽历秩清显：历任清贵的要职。秩，职。清显，指官位显贵、政事不繁。

㊾乡党：指乡里。厄急：急难。

㊿直指巡方者：受命为巡按御史的这位官员。直指，官名，汉时设直指使，衣绣衣，出巡地方，有权诛杀不法官员，审判大狱，又称绣衣直指。

(51)同谱：同宗。谱，记述宗族世系的谱牒。又，同时进士及第者称“同兰谱”。

(52)风规甚烈：执法甚严。风规，风教法规。烈，刚正。

(53)观察：观察使。

(54)裁答：裁笺作复；指回信。

(55)睚眦之嫌：小的怨仇。睚眦，怒目而视。嫌，仇怨。

(56)温霁：喻脸色温和。霁，天气晴朗。

(57)五体投地：双膝、双肘及头额着地。本是佛教最敬重的礼节，这里指伏地磕头。

(58)天人：天上的人。此嘲讽曾依恃高门，欺侮四娘夫妇的嫂子们。

(59)以大讼求贵人：因为吃了大官司而求助于贵人。当初胡家曾以“贵人”嘲笑四娘，此时四娘自称“贵人”，有反讥之意。

(60)价：送信、传话的仆人。

(61)未遑字覆：来不及写回信。

(62)“又以李夫人”二句：据山东省博物馆抄本。原作“又迎李夫人，如子迎养若母焉”。

程孝思，剑南人。小时候就很聪明，有文才。父母早都去世了，家里穷得一无所有，没有可以维持生活的职业，就请求雇给胡银台担任文书工作。胡银台让他写一篇文章试试。他写了，胡银台看了特别高兴，说："这个年轻人不能永远贫穷，可以把女儿给他做妻子。"

胡银台有三个儿子四个女儿，都在襁褓之中就和世家大户结了亲；只有小女儿四娘，是小老婆生的，母亲很早就去世了，已经到了盘发插笄的年龄，还没有许配人家，就把程孝思招进家里做了女婿。有人讥笑银台，认为那是老糊涂了做出的决定，银台却不理睬他们。腾出一所房子给他居住，供给的衣食用具都很丰富。三个公子看不起他，不和他同桌吃饭，丫鬟仆妇也都嘲弄他。他沉默不语，不计较是非曲直，总是刻苦钻研，发愤读书。三个公子在旁边不厌其烦地讥笑他，他也不停地读书；三个公子又在他身旁敲锣打鼓，他就卷起书本，到闺房里去苦读。

前几年，四娘还没许人的时候，有个很有眼力的巫婆，能知每个人的贵贱，看遍了银台的子女，都没有阿谀奉迎的言辞；唯独四娘来到跟前的时候，她才说："这姑娘真是一位贵人哪！"等把程孝思招到家里做了女婿，姐妹们都用"贵人"的称号嘲笑她；而四娘却端重寡言，好像根本没有听见。慢慢地熏染到仆妇丫鬟，也都称呼她"贵人"。四娘有个贴身丫鬟，名叫桂儿，心里很不平，就大声豪气地说："怎知我家的郎君，将来就不能做个贵官呢？"二姐一听就用鼻子嗤了一声说："程郎若能作了贵官，把我的眼珠子抠出去！"桂儿生气地说："到了那个时候，恐怕舍不得你的眼珠子了！"二姐的丫鬟春香说："如果二娘不履行自己的诺言，用我的两只眼睛替她。"桂儿更恼了，就和春香击掌打赌，发誓说："管教你们两个都变成瞎子！"这话冲了二姐的肺管子，立刻就打了她两个嘴巴子。打得桂儿又哭又嚷。老夫人听到了，也未加可否，只是微微一笑。桂儿吵吵嚷嚷地去告诉四娘；四娘正在纺线，不生气也不说话，仍然神态自若地摇着纺车。

一天，恰好是银台的寿诞之日，几个女婿都来了，送来的寿礼，摆了满院子。大儿子媳妇用嘲笑口吻询问四娘说："你家的寿礼是什么物品呢？"二儿子媳妇说："两个肩膀扛个嘴巴子！"四娘听到这些冷讽热嘲，坦然自若，毫无惭愧的脸色。别人看她事事都像一个大傻子，就越来越看不起她。只有银台的爱妾李氏，是三姐的生身母亲，始终尊重四娘，常来看望她，也常在生活上给以帮助。还常对三娘说："四娘内心聪明，外表朴实，她的聪明是浑而不露的，那几个丫头的行为早已网在她的心里了，她们自己还不知道呢。何况程郎连明昼夜地刻苦读书，怎能永远居于人下呢？你不要学习她们，应该和四娘互敬互爱，日后也好互相见面。"所以三娘每次回到娘家的时候，总是和她加倍的欢乐相处。

　　这一年，程孝思在银台的帮助下，考中了秀才。第二年，学使科试秀才的时候，恰好银台去世了，他披麻戴孝，守孝如子，没有参加科试。三年期满之后，四娘向学使衙门赠送了金钱，把他编进"遗才"名册里，让他前去参加乡试。嘱咐他说："你从前所以能够长时间地住在这里，没有被轰出去，只是因为老父活在世上；现在老父已经去世，再想住下去，万分之一的希望也没有了！这次赶考，倘若能够扬眉吐气，回来的时候也许还有一个家。"临别的时候，李夫人和三娘送给他很多钱。他进了考场以后，决心精雕细磨地写文章，以求务必考中。可是过了不久，发榜以后，竟然名落孙山了。违背了自己的愿望，心里郁着一口气，难于回家，幸而口袋里还有不少钱，就带着行李进了京都。

　　当时妻子的很多亲戚都在京里当官，怕被他们讥笑，他就改了名字，假托是胡银台的同乡，请求在大官的门下藏身做事。东海的李兰台，看见他的文墨就很器重他，收到家里做个幕宾，帮他一些灯火费，又出钱给他捐了一个贡生的头衔，叫他参加顺天府的乡试；他在考试中考中了举人，第二年参加会试，又考中了进士，选进翰林院，授给庶吉士的头衔。到这个时候，他才把改名的原因告诉了李兰台。李兰台送给他千金，先打发一个管家去剑南，给他置办家宅。当时胡大郎因为父亲的去世，钱匣子花空了，要出卖一所带有良田的别墅，管家就购买了这所别墅。买到手里以后，然后租了车马，把四娘接到别墅里住下。

在这以前，他考中了进士，驿站有人去到胡家报信，全家都耻于听到他的消息；又看他的名字不相符，就把报信的人斥走了。当时正赶上三郎结婚，亲眷都来登堂送礼，三个姐姐和诸多姑姑都在场，唯独四娘没有被哥哥嫂子招呼来。忽然有个人，急急忙忙地跑进来，送来一封程孝思寄给四娘的家书；哥几个打开一看，你看看我，我看看你，全都大惊失色。酒筵上的诸多亲眷，这才请求见见四娘。姐妹们心里惴惴不安，唯恐四娘怀恨不肯来。过了不一会儿，四娘竟然欣然自得地来了。向她表达祝贺的，捉着胳膊请她就座的，向她问暖问寒的，满屋都是杂乱的喧闹声。耳朵能够听到的，都是阿谀四娘的声音；眼睛看着的，都在盯着四娘的脸色；嘴里要说的，说的都是四娘；四娘呢，还是那样庄重。大家看他不计较过去的说短道长，心里才略微安定了，于是就争先恐后地向她敬酒。

全家正在筵席上谈谈笑笑的时候，听见门外哭号的声音很急切。大家很奇怪地派人出去打听。不一会儿，看见春香跑进来，沾了一脸的血。大家一齐问她出了什么事，她哭得无法回答。二娘呵斥她，她才哭哭啼啼地说："桂儿逼着我要眼睛，不是拼命地挣出来，几乎被她抠去了！二娘很惭愧，热汗掺着脸上的粉脂，一道一道地往下直流。四娘很冷漠地坐在席上；全座的客人也都默默相对，谁也没说一句话，各个都开始告别了。四娘穿得整整齐齐的，只是拜了李夫人和三姐，就出门上了车子走了。大家这才知道，购买别墅的人，原来就是程孝思。

四娘刚一搬进别墅的时候，缺少很多日用家具。老夫人和几个哥哥，每人都向她赠送丫鬟仆妇和各种各样的家具，四娘一样也没收下：唯独李夫人送她一个使女，她收下了。过了不久，程孝思请假回乡祭祀祖坟，车马和随从人员黑压压的一大群。他到了岳父家里，首先参拜岳父的灵柩，其次参拜李夫人。几个郎舅穿完衣服，出来会见的时候，他已经上了轿子走了。胡银台去世以后。三个儿子天天争夺财产，没有人照顾灵柩。几年的时间，灵堂已经屋漏墙倒，逐渐把一所华丽的房子变成土丘了。程孝思一看，心里很悲痛，竟然没和几个郎舅商量，就选定一个日子，安葬了岳父，事事都尽情尽礼。出殡那一天，很多官员参加丧礼，路上的伞盖一个接着一个，乡下人都很称赞他。

他做了十几年的高官，不断地升迁，一向很清廉，凡是遇上乡亲有什么危难，他没有不竭尽全力帮忙的。二郎恰好因为人命官司被捕了，管案的巡察御史，是程孝思的同榜进士，法度很严明。大郎哀求岳父王道台给他写了一封求情信，根本没有回复，于是就更加害怕了。想去北京求求妹妹，自己又觉得没有脸面，只好带着李夫人的一封亲笔信，前去求情。到了首都，不敢立即到妹子家里去，偷看程孝思入朝了，然后才进去求情。希望四娘思念手足的情义，忘却从前的怨恨。守门人通报进去以后，马上出来一位从前的老女仆，把他领进客厅，给他准备了酒菜，也很潦草。吃完以后，四娘出来相见，满脸和气地问他："大哥的人情事理都很忙，怎能抽出时间，不远万里来到北京，屈尊下顾呢？"大郎立刻五体投地，满眼流泪，陈述来到北京的目的。四娘把他搀起来，笑着说："大哥是个好样的男子汉，这是什么大不了的事情，值得这个样子？妹妹是个女流之辈，你什么时候见我向人呜呜咽咽的？"大郎就把李夫人的手书交给了她。四娘说："几位哥哥家里的娘子，都是才能出众的人物，她们回去请求自己的父兄，就可以了结了，何必到我这里奔波呢？"大郎无话可以回答。只是不停地哀求。四娘变了脸子说："我以为你跋涉千里，是来看望妹子的，想不到却是因为吃了官司前来请求'贵人'帮忙的！"一甩袖子，径自回到内室去了。大郎满面羞愧，很生气地出了程府。回家详细一说，大大小小没有不骂的；李夫人也说她残忍。过了几天，二郎从狱里放出来，回到家里。全家都高兴极了，这才笑话四娘白白的得到家人的怨恨和责备。过了不一会儿，四娘派一个仆人回来看望李夫人。李夫人把仆人招呼进来，仆人见面就掏出金银说："夫人为二舅的官司，很急切地把我派出来设法营救，来不及给你写信。给你带来一点微薄的礼物，代替她的书信，"全家这才知道二郎的回来，是程孝思的力量。后来，三娘的家境逐渐贫穷了，程孝思超越常格的对她施恩报德。又因为李夫人没有儿子，便接到家里，当作母亲养起来。

僧　术

【原文】

　　黄生，故家子。才情颇赡①，夙志高骞②。村外兰若，有居僧某，素与分深③。既而僧云游，去十馀年复归。见黄，叹曰："谓君腾达已久，今尚白紵耶④？想福命固薄耳。请为君贿冥中主者⑤。能置十千否？"答言："不能。"僧曰："请勉办其半，馀当代假之。三日为约。"黄诺之，竭力典质如数⑥。

　　三日，僧果以五千来付黄。黄家旧有汲水井，深不竭，云通河海。僧命束置井边，戒曰⑦："约我到寺，即推堕井中。候半炊时，有一钱泛起，当拜之。"乃去。黄不解何术，转念效否未定，而十千可惜。乃匿其九，而以一千投之。少间，巨泡突起，铿然而破，即有一钱浮出，大如车轮。黄大骇。既拜，又取四千投焉。落下，击触有声，为大钱所隔，不得沉。日暮，僧至，谯让之曰⑧："胡不尽投？"黄云："已尽投矣。"僧曰："冥中使者止将一千去⑨，何乃妄言？"黄实告之，僧叹曰："鄙吝者必非大器。此子之命合以明经终⑩；不然，甲科立致矣⑪。"黄大悔，求再襄之。僧固辞而去。黄视井中钱犹浮，以绠钓上，大钱乃沉。是岁，黄以副榜准贡⑫，卒如僧言。

　　异史氏曰："岂冥中亦开捐纳之科耶⑬？十千而得一第⑭，直亦廉矣⑮。然一千准贡，犹昂贵耳。明经不第，何值一钱！"

【注释】

　　①赡：富足，富。

②凤志高骞：一向志在高飞。凤，昔日，素日。高骞，高举，高飞。喻指飞黄腾达。骞，飞。

③分：情分。

④尚白紵：尚着白衣，即为平民。白紵，细而洁白的夏布。

⑤冥中主者：指迷信所谓阴世主持福禄之神。冥中，冥冥之中，指阴世。

⑥典质：抵押物产。

⑦戒：告。

⑧谯让：犹诮让，责备。

⑨将：持，拿。

⑩合以明经终：该当以贡生终老。明经，明清时代对贡生的敬称。

⑪甲科：明清时代指进士。

⑫副榜准贡：即副贡。副榜，指乡试副榜。明嘉靖年间始设，清因之。副榜录取者准作贡生，称副贡。

⑬捐纳：封建时代政府准许士民以捐资纳粟得官之法，始于秦，历代相沿，为封建时代弊政之一。

⑭一第：一次及第。此指甲科及第。

⑮直：同"值"。

【译文】

有个姓黄的秀才，是官僚地主的子弟。才气很丰富，早就立下了雄心壮志，一定要飞黄腾达。村外有一座大庙，住在庙里的一个和尚，一向和他情分很深。后来老和尚离开大庙出外云游，过了十几年才回来。他看见黄秀才，叹了一口气说："我以为你飞黄腾达已经很久了，现在还是白衣秀士吗？想必你的福命一定很薄。我愿意到阴间贿赂主管福命的神主。你能不能置办十千文钱呢？"他回答说："不能。"和尚说："请你尽力凑足一半，其余的一半，我替你借来。约定三天为期。"

黄秀才答应了，竭尽全力地典当东西，如数凑了五千文。

第三天，和尚果然借来了五千文，交给了黄秀才。黄家过去有一口水井，很深很深的，从来也不干涸，说是井下直通河海。老和尚叫他把钱捆起来，放在井边，命令他说："大约在我回到庙里的时候，就把铜钱推进井里。等候煮半顿饭的工夫，从井底泛起一个大钱，你就立刻跪下磕头。"说完就回去了。黄秀才不了解这是什么法术，心里一转念，是不是有效还没有定准，投下十千文，实在可惜。他就藏起来十分之九，只把一千文扔进井里。不一会儿，从井底鼓出一个大泡，砰的一声鼓破了，当即浮出一枚铜钱，足有车轮子那么大小。他大吃一惊，磕完了头，又拿起四千文扔进去。铜钱往下一落，碰到车轮大的铜钱上，发出一阵哗啦啦的响声，被大钱隔住了，沉不下去。天黑以后，老和尚来了，谴责他说："你为什么没有全部投进去呢？"他说："已经全部投进去了。"老和尚说："阴间的使者只拿去一千文，你为什么不说实话呢？"他就把实话告诉了老和尚。老和尚叹口气说："鄙薄的吝啬鬼，必然不是一个大器之材。这是你的命运，一辈子只该当个贡生；不然的话，立刻就会考中进士了。"他很后悔，请求再给他祈祷一次。老和尚坚决告辞走了。他往井里一看，铜钱还浮在大钱上，用绳子吊上来，大钱才沉下去。这一年，他参加乡试，名列副榜，做了贡生，终于像老和尚说的一样。

异史氏说："难道阴间也有开捐纳贡这一科目吗？十千文竟能买到进士及第，也太廉价了。但是一千文买个贡生，还是昂贵的。贡生考不中进士，哪值一文钱呢！"

禄　数

【原文】

　　某显者多为不道①，夫人每以果报劝谏之②，殊不听信。适有方士③，能知人禄数④，诣之。方士熟视曰："君再食米二十石、面四十石，天禄乃终。"归语夫人。计一人终年仅食面二石，尚有二十馀年天禄，岂不善所能绝耶？横如故。逾年，忽病"除中⑤"，食甚多而旋饥，一昼夜十馀食。未及周岁，死矣。

【注释】

　　①显者：位居通显之人，指高官权要。

　　②果报：宗教所谓因果报应。

　　③方士：善方术的人士，古代指录仙、炼丹，自称能长生不死的人。此指相士。

　　④禄数：指寿数。

　　⑤除中：病名。旧注为消渴疾，即糖尿病。

【译文】

　　有个显贵人物，行为不正，做了很多不道德的事情，夫人常用因果报应的道理规劝他，他总是听不进去，也不相信。有个会相面的人，能知一个人有多少福分，他就前去相面。相面的人专心注目地仔细一看说："你再吃二十石米，四十石面，天赐的福禄就结束了。"他回家告诉了夫人。仔细一算，一个人一年到头只能吃下两石面，还有二十多年的天赐福禄，怎能因为行为不善而能断绝呢？仍然横行如故。过了一年，忽然得了糖尿病，一顿吃下很多东西，肚子里很快就饿了，一昼夜吃饭十几顿。没到一年，死了。

柳　生

【原文】

周生，顺天宦裔也①。与柳生善：柳得异人之传，精袁许之术②。尝谓周曰："子功名无分；万锺之资③，尚可以人谋。然尊阃薄相④，恐不能佐君成业。"未几，妇果亡。家室萧条⑤，不可聊赖。因诣柳，将以卜姻⑥。入客舍，坐良久，柳归内不出。呼之再三，始方出，曰："我日为君物色佳偶，今始得之。适在内作小术，求月老系赤绳耳⑦。"周喜，问之。答曰："甫有一人携囊出，遇之否？"曰："遇之。褴褛若丐。"曰："此君岳翁，宜敬礼之。"周曰："缘相交好，遂谋隐密，何相戏之甚也！仆即式微⑧，犹是世裔，何至下昏于市侩⑨？"柳曰："不然。犁牛尚有子⑩，何害？"周问："曾见其女耶？"答曰："未也。我素与无旧，姓名亦问讯知之。"周笑曰："尚未知犁牛，何知其子？"柳曰："我以数信之⑪。其人凶而贱，然当生厚福之女。但强合之必有大厄，容复禳之。"周既归，未肯以其言为信，诸方觅之，迄无一成。

一日，柳生忽至，曰："有一客，我已代折简矣⑫。"问："为谁？"曰："且勿问，宜速作黍⑬。"周不谕其故，如命治具。俄客至，盖傅姓营卒也⑭。心内不合，阳浮道与之⑮；而柳生承应甚恭。少间，酒肴既陈，杂恶草具进。柳起告客："公子向慕已久，每托某代访，曩夕始得晤。又闻不日远征，立刻相邀，可谓仓卒主人矣⑯。"饮间，傅忧马病，不可骑。柳亦俯首为之筹思。既而客去，柳让周曰："千金不能买此友，何乃视之漠漠？"借马骑归，因假周命，登门持赠傅。周既知，稍稍不快，已无如何。过岁，将如江西⑰，投臬司幕⑱。诣柳问卜。柳言："大吉！"

柳生

周笑曰："我意无他，但薄有所猎^⑲，当购佳妇，几幸前言之不验也^⑳，能否？"柳云："并如君愿。"及至江西，值大寇叛乱，三年不得归。后稍平，选日遵路^㉑，中途为土寇所掠，同难人七八位，皆劫其金资，释令去；惟周被掳至巢。盗首诘其家世，因曰："我有息女^㉒，欲奉箕帚^㉓，当即无辞。"周不答。盗怒，立命枭斩。周惧，思不如暂从其请，因从容而弃之^㉔。遂告曰："小生所以踟蹰者，以文弱不能从戎，恐益为丈人累耳。如使夫妇得相将俱去，恩莫厚焉。"盗曰："我方忧女子累人，此何不可从也。"引入内，妆女出见，年可十八九，盖天人也。当夕合卺，深过所望。细审姓氏，乃知其父，即当年荷囊人也。因述柳言，为之感叹。

过三四日，将送之行，忽大军掩至，全家皆就执缚。有将官三员监视，已将妇翁斩讫，寻次及周。周自分已无生理^㉕。一员审视曰："此非周某耶？"盖傅卒已军功授副将军矣。谓僚曰："此吾乡世家名士，安得为贼。"解其缚，问所从来。周诡曰："适从江皋娶妇而归，不意途陷盗窟，幸蒙拯救，德戴二天^㉖！但室人离散，求借洪威，更赐瓦全^㉗。"傅命列诸俘，令其自认，得之。饷以酒食，助以资斧，曰："曩受解骖之惠^㉘，旦夕不忘。但抢攘间，不遑修礼，请以马二匹、金五十两^㉙，助君北旋^㉚。"又遣二骑持信矢护送之^㉛。途中，女告周曰："痴父不听忠告，母氏死之。知有今日久矣。所以偷生旦暮者，以少时曾为相者所许，冀他日能收亲骨耳。某所窖藏巨金，可以发赎父骨；馀者携归，尚足谋生产。"嘱骑者候于路，两人至旧处，庐舍已烬，于灰火中取佩刀掘尺许，果得金；尽装人囊，乃返。以百金赂骑者，使瘗翁尸；又引拜母冢，始行。至直隶界^㉜，厚赐骑者而去。

周久不归，家人谓其已死，恣意侵冒^㉝，粟帛器具，荡无存者。闻主人归，大惧，哄然尽逃；只有一妪、一婢、一老奴在焉。周以出死得生，不复追问。及访柳，则不知所适矣。女持家逾于男子，择醇笃者授以资本^㉞，而均其息。每诸商会计于檐下，女垂帘听之；盘中误下一珠^㉟，辄指其讹。内外无敢欺。数年，伙商盈百，家数十巨万矣。乃遣人移亲骨，厚葬之。

异史氏曰："月老可以贿嘱，无怪媒妁之同于牙侩矣^㊱。乃盗也而有是女耶？培塿无松柏^㊲，此鄙人之论耳。妇人女子犹失之，况以相天下士哉！"

【注释】

①顺天宦裔：顺天府官宦人家的后代。顺天，清代府名，治所在今北京市。

②袁许之术：谓相人之术。袁许，泛指相术家。袁，指袁天纲，唐代成都（今四川成都市）人，精相人之术。生平详新、旧《唐书·方伎传》。纲，俗作"罡"。许，指许负，汉初河内温（今河南温县）人，善相术。

③万锺：极言资财之多。锺，古容量单位。四升为豆，四豆为区（瓯），四区为釜，十釜为锺。

④尊阃：称他人夫人的敬词，犹言尊夫人。阃，指闺门，妇女所居处。

⑤萧条：冷落凄清。

⑥卜姻：占问婚姻之事。

⑦月老系赤绳：用囊冲赤绳以系夫妻之足，虽仇家异域，此绳一系亦皆谐和。后因以月老、月下老或月下老人为主管男女婚姻之神。

⑧式微：谓家世衰微。

⑨下昏于市侩：谓降低身份与商人的女儿成亲。昏，古"婚"字。市侩，此泛指商贩。

⑩犁生尚有子：耕牛所生之子如果够得上作牺牲的条件，山川之神也一定会享用，不会拒绝。这里借以说明虽其人低贱，其子却不一定不好。

⑪数：命数，运数。

⑫代折简：谓代为邀请。折简，书信。此指请帖。

⑬作黍：谓备酒饭。

⑭营卒：此盖指驻防京城的营兵。清代兵制，汉兵用绿旗，称绿营；在京师戍卫者为巡捕营，为京城南北东西中五营之首。

⑮阳浮道与之：表面上虚与应付。

⑯仓卒主人：仓促之间做主人。意谓不及措办美食。仓卒，同"仓促"。

⑰如江西：到江西去。如。往。

⑱投臬司幕：投奔按察使，做幕僚。臬司，明清时代按察使的别称。

⑲薄有所猎：谓稍微得到一些钱财。猎，求取。

⑳几幸：希望。几、幸，义同，希冀之意。

㉑选日：此据二十四卷抄本，原无"日"字。遵路：循路而行。遵，循，沿着。

㉒息女：亲生女。

㉓奉箕帚：供洒扫之役，做人妻室的谦词。

㉔因从容而弃之：犹言待事过之后，再找机会丢弃她。

㉕自分：自料。

㉖德戴二天：犹言感谢您再生之恩。二天，《后汉书·苏章传》载，苏章为冀州刺史巡视属下时，发现老友清河太守有奸弊，在惩办之前请其叙旧，太守自以为章庇护他，因"喜曰：'人皆有一天，我独有二天。'"后诗文中习以"二天"作为感恩之词。

㉗瓦全：本与"玉碎"相对，谓苟且偷生。此谓使离散的夫妻得以完聚。

㉘解骖之惠：此指周生赠马救其困急之事。骖，一车三马或四马中的旁马。

㉙马二四：此据二十四卷抄本，原作"二马四"。

㉚北旋：北归。旋，回归。

㉛信矢：作为信物的令箭。

㉜直隶：清置行政区，辖境略与今河北省相当。

㉝侵冒：侵犯占夺。冒，冒人名分，而己享其利。

㉞醇笃者：朴厚忠实的人。

㉟盘：算盘。

㊱牙侩：犹牙人。集市上为买卖双方说合成交，从中赚取佣金的经纪人。

㊲培塿无松柏：谓小土堆上长不出大树。

　　有个姓周的书生，是顺天府一户官宦人家的后代。他和柳生是好朋友。柳生得到一位高明人物的传授，精通"相人术"。曾对周生说过："你没有功名的缘分；万贯家产，还可以人力谋取。不过，你的夫人一身薄命相，恐怕不能辅助你成家立业。"过了不久，媳妇果然死了，家里没有妻子，冷冷清清，百无聊赖，所以就到柳生家里去，想要占卜自己的婚事。

　　他进了柳生的客房，坐了很久，柳生回到内室不出来。他再三再四地招呼，柳生才从屋里出来说："我天天都在为你物色一位好媳妇，今天才找到。刚才没出来，是在屋里做了一个小小的法术，请求月老给你们系上赤绳。"他一听就高兴了，打听谁家的姑娘。柳生回答说："刚才有个人，提着一条口袋往外走，你碰见没有？"他说："碰见了。穿一身破烂衣服，好像是个要饭花子。"柳生说："这就是你的岳父，应该向他敬礼。"周生说："因为我们是要好的朋友，才和你谋求婚姻大事，怎能这样戏弄我呢！我纵然家境衰落了。也还是个世家大户的后代，何至于跟市侩论婚？"柳生说："你说得不对。姑娘虽然是乞丐的女儿，但是德行好，又很漂亮，给你做老婆，有什么害处呢？"他问："你见过他的女儿吗？"柳生回答说："没有见过。我和他向来没有交往，他的姓名也是刚才经过询问才知道的。"周生笑着说："犁牛是个什么样子，你还不知道，怎能了解他的女儿呢？"柳生说："我按气数推算，相信他有一个好女儿。那个人性格凶狠，地位微贱，当然会生出一个很有福分的女儿。但是硬给你们捏合起来，必有大灾大难，容许我再给你们慢慢地祈祷。"

　　周生回到家里，不大相信柳生的言论，多方托人找老婆，始终一个也没谈成。一天，柳生忽然来了，说："有一位客人，我已经替你写信邀请了。"他问："请的是谁？"柳生说："你暂且别问是谁，应该赶快准备酒菜。"他不知道什么事情，就按柳生的意见准备了酒菜。不一会儿，客人来了，原来是个姓傅的兵卒。因为不合自己的心意，就表面上敷衍几句；柳生却毕恭毕敬地应承着。过了一会儿，酒菜摆起来了，其中杂着很粗劣的饭菜。柳生站起来告诉客人："公子对你想望已经很久了，时常托我替他探望你，直到前天晚上才到得会面的机会。又听说不久就要远征了，立刻托我请你赴宴，可以说今天主人很仓促。"在饮酒的时候，姓傅的忧虑他的战马病了，不能骑着出征。柳生也低头替他想办法。酒宴结束以后，客人走了，柳生责备他说："这是一位千金买不到的好朋友，你为什么袖手旁观，漠不关心呢？"说完就借了一匹马，骑回去，假借周生的使命，登门送给了姓傅的。周生知道以后，心里有些不痛快，但是已经无可奈何了。

过了一年，他要去江西，投奔一个按察使，做幕宾。到柳生家里询问吉凶祸福。柳生说："很吉利！"他笑着说："我没有别的意思，只想挣点钱，用它娶个好媳妇。你前几年做媒没有实现，这回能够实现吗？"柳生说："完全可以满足你的愿望。"

等他到达江西的时候，正赶上强盗叛乱，被隔了三年，没有办法回家。后来稍微平静了，他选了一个日子，循着旧路往回走，半路上被土匪抓去，同难的七八个人，都被抢光了金钱，才叫他们走了；只把他一个人掳进了匪巢。强盗头子问完他的家乡门第，就说："我有一个亲生女儿，想要给你做妻子，你应该不要推辞。"他沉默不语，没有答应。强盗头子火儿了，马上叫人拉出去砍头。他害怕了，心里一琢磨，如其被砍了脑袋，不如暂时顺从他的请求，将来慢慢想法抛弃她。于是就告诉强盗头子说："小生所以犹豫不决，因为是个文弱书生，不能投笔从戎，害怕给丈人增加累赘。如果能叫我们夫妻二人一起离开这里，没有比这更深厚的恩德了。"强盗头子说："我正在担忧女子累赘人，这有什么不能听从的。"就领他进了内室，让女儿梳妆打扮，出来相见，大约十八九岁，美得像天上的仙女。当天晚上就喝了交杯酒。真是大喜过望。详细打听她的姓名，才知道她的父亲就是当年那位提着口袋的乞丐。所以就把柳生做媒的事情说了一遍，感动得慨然长叹。

过了三四天，将要送行的时候，大军乘人不备杀进了匪巢，全家都被抓住捆起来。有三员将官监视他们，已经把媳妇的父亲砍了脑袋，接着轮到了周生。他自料没有活下去的可能了。一员将官仔细看着他说："这不是周某人吗？"原来那位将官就是当年姓傅的兵卒，因为屡建军功，已经授给副将了。他对两个同僚说："这是我家乡一户世家大族的名士，哪能做贼呢。"就给他解开绳子，问他怎么来到这里的。他狡诈地说："我刚从江西按察使那里娶了媳妇往回走，不料半路陷进了贼窟，幸而得到你的拯救，我将永远记住你的恩德！但是我和妻子离散了，请求借助你的洪威，再成全我们。"傅将军就当面下令，把许多俘虏领来排队，叫他自己辨认，很容易就认出来了。傅将军用酒饭招待他，还助他一笔回家的路费，说："当年受到你赠送战马的恩惠，天天挂在心上，总也不忘。但是目前在纷乱的环境里，来不及准备礼物，请求用两匹马和五十两金子，助你北上回乡。"又派遣两位骑兵，拿着令箭，护送他们回家。

半路上，妻子对他说："愚昧的父亲不听劝告，母亲气郁而死，我知道会有今天的结局，已经很久了，所以天天苟且偷生地活着，是因为小时候有一位相面的人给我许下一门亲事，希望日后能够收拾父亲的尸骨。父亲在窖里埋着一大笔钱，可以挖出来赎买父亲的尸骨；把剩余的带回家去，还足够谋取生活的一项事业。"嘱咐两位骑兵在路上等着，两个人回到原先的地方，房舍已经化为灰烬，就拔出佩刀，在灰烬中挖进一尺来深，果然挖出了金子；全部装进钱袋子，又返回来。拿出百金贿赂两个骑兵，骑兵就答应他们埋葬了父亲的尸体；又领着周生拜别了母亲的坟墓，才动身往回走。到了河北地界，厚厚赏赐了两个骑兵，打发他们回去了。

周生很久没有回来，家人说他已经死了，任意侵吞他的财产，粮米绸缎，日用器具，已经荡然无存。听说主人回来了，都吓得要死，一哄而散，全都逃走了；只剩一个仆妇、一个使女和一个老奴。他因为死里逃生，活下来很不容易，不想结怨，也就不再追问了。到柳生家里拜访，却不知柳生搬到哪里去了。

妻子操持家务胜过男子，选择一些淳朴的人，交给他们一些资本，叫他们出去做买卖，得到的利钱两家平分。每当许多商人在檐下合算账目的时候，她就挂起帘子，坐在里面听着；算盘里错打一个算盘珠，她就指出算错了。里里外外没有人胆敢欺骗她。几年的工夫，结伙经商的足有一百多人，家财达到了几十万。就派人把父母的尸骨迁回来，用厚礼埋葬了。

异史氏说："月下老人可以用钱财贿赂，嘱托他给办事情，无怪媒妁之言和牙侩的伶牙俐齿相同了。难道强盗也有这样的女儿吗？小土丘长不出松树，这是我的谬论而已。妇人女子尚且看错了，何况相看天下的士人呢！"

冤　狱

【原文】

朱生，阳谷人①。少年佻达②，喜诙谑。因丧偶，往求媒妪。遇其邻人之妻，睨之美。戏谓妪曰："适睹尊邻，雅少丽③，若为我求凰④，渠可也⑤。"妪亦戏曰："请杀其男子，我为若图之⑥。"朱笑曰："诺。"更月馀，邻人出讨负⑦，被杀于野。邑令拘邻保⑧，血肤取实⑨，穷无端绪；惟媒妪述相谑之词，以此疑朱。捕至，百口不承。令又疑邻妇与私，搒掠之，五毒参至⑩。妇不能堪，诬伏。又讯朱，朱曰："细嫩不任苦刑，所言皆妄。既是冤死，而又加以不节之名，纵鬼神无知，予心何忍乎？我实供之可矣：欲杀夫而娶其妇，皆我之为，妇不知之也。"问："何凭？"答言："血衣可证。"及使人搜诸其家，竟不可得。又掠之，死而复苏者再。朱乃云："此母不忍出证据死我耳，待自取之。"因押归告母曰："予我衣，死也；即不予，亦死也：均之死，故迟也不如其速也。"母泣，入室移时，取衣出付之。令审其迹确，拟斩。再驳再审⑪，无异词。

经年馀，决有日矣。令方虑囚⑫，忽一人直上公堂，努目视令而大骂曰⑬："如此愦愦⑭，何足临民！"隶役数十辈，将共执之。其人振臂一挥，颓然并仆。令惧，欲逃。其人大言曰⑮："我关帝前周将军也⑯！昏官若动，即便诛却！"令战惧悚听。其人曰："杀人者乃宫标也，于朱某何与？"言已，倒地，气若绝。少顷而醒，面无人色。及问其人，则宫标也⑰。榜之，尽服其罪。盖宫素不逞⑱，知某讨负而归，意腰橐必富，及杀之，竟无所得。闻朱诬服，窃自幸。是日身入公门，殊不自知。令问朱血衣所自来，朱亦不知之。唤其母鞫之，则割臂所染；验其左臂刀痕，犹未平也。令亦愕然。后以此被参揭免官[19]，罚赎羁留而死[20]。年馀，邻母欲嫁其妇；妇感朱义，遂嫁之。

冤狱

异史氏曰："讼狱乃居官之首务，培阴骘[21]，灭天理，皆在于此，不可不慎也。躁急污暴，固乖天和；淹滞因循，亦伤民命[22]。一人兴讼，则数农违时[23]；一案既成，则十家荡产：岂故之细哉[24]！余尝谓为官者，不滥受词讼，即是盛德。且非重大之情，不必羁候[25]；若无疑难之事，何用徘徊？即或乡里愚民，山村豪气，偶因鹅鸭之争[26]，致起雀角之忿[27]，此不过借官宰之一言，以为平定而已，无用全人，只须两造[28]，笞杖立加，葛藤悉断[29]。所谓神明之宰非耶？每见今之听讼者矣：一票既出，若故忘之。摄牒者入手未盈，不令消见官之票；承刑者润笔不饱，不肯悬听审之牌[30]。蒙蔽因循，动经岁月，不及登长吏之庭[31]，而皮骨已将尽矣！而俨然而民上也者，偃息在床[32]，漠若无事。宁知水火狱中[33]，有无数冤魂，伸颈延息，以望拔救耶！然在奸民之凶顽，固无足惜；而在良民株累[34]，亦复何堪？况且无辜之干连[35]，往往奸民少而良民多；而良民之受害，且更倍于奸民。何以故？奸民难虐，而良民易欺也。皂隶之所殴骂，胥徒之所需索[36]，皆相良者而施之暴。自入公门，如蹈汤火。早结一日之案，则早安一日之生；有何大事，而顾奄奄堂上若死人[37]！似恐溪壑之不遽饱[38]，而故假之以岁时也者[39]！虽非酷暴，而其实厥罪维均矣[40]。尝见一词之中[41]，其急要不可少者，不过三数人；其馀皆无辜之赤子，妄被罗织者也[42]。或平昔以睚眦开嫌[43]，或当前以怀璧致罪[44]，故兴讼者以其全力谋正案[45]，而以其馀毒复小仇[46]。带一名于纸尾，遂成附骨之疽；受万罪于公门，竟属切肤之痛[47]。人跪亦跪，状若鸟集；人出亦出，还同猱系[48]。而究之官问不及，吏诘不至，其实一无所用，只足以破产倾家，饱蠹役之贪囊[49]；鬻子典妻，泄小人之私愤而已。深愿为官者，每投到时[50]，略一审诘：当逐逐之[51]，不当逐芟之[52]。不过一濡毫、一动腕之间耳，便保全多少身家，培养多少元气[53]。从政者曾不一念及于此，又何必桁杨刀锯能杀人哉[54]！"

【注释】

①阳谷：县名，今属山东省。

②佻达：轻薄。

③雅少丽：十分年轻美丽。雅，甚。

④求凰：男子求偶。皇，《乐府诗集》六〇作"凰"。相传相如以此歌向卓文君求爱。

⑤渠：她。

⑥若：你。

⑦讨负：犹讨债。负，欠债。

⑧邻保：此指邻里。保，户籍编制单位。始于北宋，明清相沿。初设时十家为一保，五十家为一大保。每两人出一保丁；保内人犯法，保丁须检举、揭发。

⑨血肤取实：谓企图通过拷打刑讯，令其供出实情。血肤，打得皮破血流。

⑩五毒参至：极言施刑惨烈。五毒，五种酷刑，所指不一，此泛指各种酷刑。参，杂。

⑪驳：驳勘，上司驳回复查。

⑫虑囚：审查核实囚犯的罪状。

⑬努目：犹怒目。

⑭愦愦：昏愦、糊涂。

⑮大言：大声说。

⑯关帝前周将军：即周仓，传说为三国蜀关羽的部将。旧时关庙中有其塑像，持大刀立于关羽之后。

⑰从"于朱某何与"至"则官标也"，此据山东省博物馆本增补，原无此八句。

⑱素不逞：平素为非作歹。不逞，本谓不满意、不得志。此用引申义，即为非作歹。

⑲参揭：弹劾、揭发。

⑳罚赎羁留而死：罚其以金自赎，并在被羁留期间死去。

㉑"培阴骘"三句：谓积养阴德，还是灭绝天理，全表现在如何处理讼狱方

面。阴骘，犹言阴德。天理，天性。

㉒"躁急"四句：谓急于结案而滥施刑罚，固然有违自然祥和之气；而长期拖延，消极不办，也常常伤害百姓性命。乖，违。天和，自然的祥和之气。污暴，犹贪暴，言贪求贿赂而滥施刑罪。淹滞，停止不前，此谓拖延不办。因循，谓不事进取，取消极态度。

㉓违时：谓违背农时，使农民错过耕种和收割的季节。

㉔故之细：事之小者，即小事。故，事。细，小。

㉕羁候：羁留候审。

㉖鹅鸭之争：指邻里因小事发生争执。

㉗雀角之忿：喻指赴官争讼。雀角，喻忿争。

㉘西造：指争讼双方，即原告和被告。

㉙葛藤悉断：谓诉讼纠葛，全部剖断分明。葛藤，葛和藤，均为缠树蔓生植物，因喻事务纠缠不已。此喻民事诉讼纠纷。

㉚"摄牒者"四句：谓经办案件的捕役、书吏填满私囊之后，才允许见官候审。摄牒者，指奉命捕系犯人的人。承刑者，指主办文案的官吏，即刀笔吏。润笔，本指旧时给予写字绘画者的报酬，此指文吏借人诉讼而从中敲诈的钱财。

㉛长吏：此泛指昕讼的主管长官。

㉜偃息在床：卧在床上养息。

㉝水火狱中：水深火热的牢狱之中。

㉞株累：因受牵连而致罪。株，树根，此谓株连。一人有罪而牵连别人，犹如树根向四处延伸一样。

㉟干连：犹牵连。干，关涉。

㊱胥徒：古代官府中的小吏及奔走服役的人。此泛指官府衙役。

㊲"而顾"句：谓却只是因循之官长在大堂之上有气无力像将死的人。极言官之拖沓，办案不力。

㊳溪壑之不遽饱：喻指如溪似壑之贪欲不能很快填满。溪壑，本谓溪谷沟壑，

此以之喻无厌的贪欲。

㊴岁时：此从二十四卷抄本，原无“时”字。

㊵厥罪维均：谓拖延时日以勒索诉讼者与刑罚酷暴之罪相同。厥，其。维，语中助词，无义。均，等。

㊶词：讼词。

㊷罗织：捏造罪名，陷害无辜。

㊸以睚眦开嫌：谓以小愤而产生仇怨。睚眦，怒目而视，借指小怨小忿。开，启。嫌，仇怨。

㊹以怀璧致罪：谓或因富有遭到嫉恨而获罪。

㊺正案：犹主案。

㊻以其馀毒复小仇：以其馀恨对小的仇怨进行报复。毒，恨。

㊼“带一名”四句：谓状词上妄加一人，便使其如骨生恶疮难以摆脱；使其在官府遭受种种苦难，竟是因为谗害所致。纸，状纸。附骨之疽，骨上生的恶疮。此谓一旦牵连入案，就如疮生骨上难以割除一样摆脱不掉。万罪，犹言万般苦难。切肤之痛，犹切身之痛。此指因遭受谗害而吃官司、受折磨。切肤，切身。

㊽“人跪”四句：极言官府不分青红皂白，凡受案件牵连的人都须陪着打官司、受折磨。乌集，如群鸦集于一处，黑压压一片。猱系，如同系猱。猱，猴属。

㊾蠹役：害民的吏役。

㊿投到时：案中有关人员到公堂之时。

(51)逐：斥出。言将无事生非者赶出公堂，不予受理。

(52)芟：除去，言将关涉案件的一般人员除名，只留审必要的当事者。

(53)元气：人的精神，生命力的本原。此言不害民即保全社会元气。

(54)“从政者”二句：谓今之为官者从不念及保全百姓、培养社会元气。这种淹滞因循的作风也一样可以杀人，并不只是靠残酷的刑具。曾，竟。桁杨刀锯，均指刑具。桁杨，加在犯人颈上或脚上的大型刑具。

【译文】

　　有个姓朱的书生，是阳谷人。年纪轻轻的，作风很轻佻，喜欢开玩笑。因为死了妻子，就去请求媒婆给他物色配偶。遇上了媒婆邻居的妻子，斜着眼睛一瞥，感到很漂亮。就对媒婆开玩笑说："刚才看到了你的尊贵的邻妇，神态文雅，年纪很轻，容貌很漂亮，你若给我求妻，她就可以了。"媒婆也开个玩笑说："请你杀掉她的男人，我就给你谋取到手。"他笑着说："可以。"

　　过了一个多月，邻人出去讨债，在野外被人杀死了。县官拘捕了邻居和雇工，在血污的皮肤上寻找证据，始终找不到头绪；唯独媒婆讲了从前和朱生的几句玩笑，县官以此就怀疑朱生是杀人的凶犯。把他抓上大堂，他说什么也不承认。县官又怀疑邻妇和他私通，严刑拷打邻妇，五刑交相使用，打得很残酷。邻妇忍受不了，便屈打成招。又审讯朱生。朱生说："细嫩的女人受不了苦刑，所以供词全是胡说八道。丈夫已经冤死，又给妻子加上不贞节的罪名，即使鬼神不知道，我又怎能忍心呢？我如实招供好了：想杀死她的丈夫，娶她做妻子，都是我干的，她实在是不知道的。"问他："有何凭证？"他说："血衣可证。"等派人到他家里搜查的时候，竟然没有搜出血衣。又严刑拷打，打得两次死去活来。他就说："这是我母亲不忍拿出可以判我死刑的罪证罢了，等我自己回去取来。"因此就把他押回家里，他告诉母亲说："给我血衣，我是死刑；即使不给我血衣，也还是死刑：反正都是死刑，所以晚给不如早给。"母亲流着眼泪，进屋去了一会儿，拿出一件血衣交给了公差。县官审核案情确凿，打算判他死刑。上司一再地驳回，县官就一再审问，没有不同的供词。经过一年多，就定了秋决的日期。

　　一天，县官正在审理判决其他囚犯的案子，忽然来了一个人，径直上了公堂，怒冲冲地瞪着县官，破口大骂道："你这样昏愦无能，怎能担任民间的父母官！"几十名衙役，一齐围上来，想要逮捕他。那个人一挥胳膊，衙役全都跟头把式地倒在地上。县官害怕了，站起来想要逃跑。那个人大喝一声说："我是关公座前的周仓！

昏官若敢动一动，我就杀死你！"县官只好战战兢兢地听着。那个人说："杀人的凶手乃是宫标，和朱某人有什么关系？"说完就倒在地上，好像断气了。过了一会儿才苏醒过来，面无人色。询问姓名，原来这个人就是宫标。打他一顿棍子，他就全部招供服罪了。

宫标一向是个为非作歹的家伙，他知道邻人讨债回来的时辰，以为腰包里一定揣着很多钱，等杀死以后，竟然一无所得。听说朱生已经屈打成招。他心里暗自庆幸。这一天，他身子已经进了衙门，自己却根本不知道。县官询问朱生血衣从哪里来的，朱生也不知道。把他母亲唤来审问，原来是母亲割破胳膊染成的；查看左臂，上面的刀痕还没有痊愈。县官也愣住了。后来因为这个冤案被弹劾，罢了官，罚他赎罪，在拘留的时候死掉了。过了一年多，邻家婆母要把媳妇嫁出去，媳妇感激朱生的恩义，就嫁给了朱生。

异史氏说："审判案子是当官的首要任务，是培植阴德，还是伤天害理，都在审判上，不能不慎重。急躁动刑，或者贪赃施虐，固然违背了自然的和气；停滞不决，拖拖拉拉，也会害死人的。一个人告状打官司，就有好几户农民违误农时；断决一个案子，就有十户倾家荡产：当官的哪知这些细情呢！我曾对当官的议论过，不滥收状子，就是盛大的恩德了。而且不是重大的案情，不必拘留候审；如果没有疑难的案情，何必犹豫不决呢？即或是乡下的愚民，山村里的土豪，偶然因为小鹅小鸭的争执，以致引起'鼠牙雀角'的气愤，这不过是借助当官的一句公平话，以便平定胸中的怒气而已，用不着把人全抓来，只需要原告被告到场就行了。对于无理欺人的，立刻揍他几十棍子，纠缠不清的歪理，统统可以断清了。所谓神明的清官，不就是这样吗？现在时常看到一些听取诉讼的官员，发出一张拘票之后，好像故意忘掉了。手持拘票的衙役，入手的贿赂没有抓满的时候，就不会叫他见官消票；受理刑事的小吏，得不到足够的笔墨报酬，决不肯挂出听审牌。瞒上欺下，拖拖沓沓，动辄经年累月，没到登上大官僚的厅堂的时候，皮肉骨头已经快要刮光了。但是那些神态威严的老百姓的父母官，整天倒在床上养神，漠不关心，似乎天下平静无事了。哪知在水深火热的牢狱里，有无数的冤魂，伸着脖子延续生命，殷切地盼望拔苦救难呢！这对于凶恶蛮横的奸民，固然没有值得可惜的；而对于受到株连的良民，又怎能受得了呢？况且无罪而受到牵连的人，往往是奸民少而良民多；而且良民受到的侵害，更超过奸民的几倍。为什么呢？因为奸民难以侵害，良民好欺负。衙役的打骂，里胥之徒的敲诈勒索，都选择善良的老实人。才敢逞凶施暴。自从进入公门，就像赴汤蹈火。早一天得到结案，那就早一天得到安生。有什么大不了的事情，竟然气息奄奄地留恋在大堂之上，活像一个死人，似乎害怕死尸不能立刻填满壕沟，所以借着岁月来磨蹭！虽然算不上残暴，其实他的罪恶和残暴是相同的。我曾经见过，在一张状子里，控告的紧要人物不过三几个人，其余的都是无罪的平民百姓，全是虚构罪名的受害者。有的是平素有所冒犯而积下的小怨小恨，有的是因为很有才能而招到嫉害，所以告状的人用他的全部精力图谋正案，而把剩下的精力恶毒地报复小怨小恨。在状子尾巴上带上一个名字，就成为附在骨头上的恶疮；使人在公堂上受害，竟然成为切肤之痛。别人跪下，他也跪下，形态好像乌合之众；别人出了大堂，他也只好跟出去，好像脖子上系着绳子，被人牵来牵去的小猴。但是追根究底，当官的审不到他，当吏的问不到他，其实毫无用处，只是足以倾家荡产，以填满那些蛀虫衙役贪婪的腰包；出卖儿子，典当老婆，泄小人的私愤而已。我深切地希望那些当官的，每次临堂问案的时候，大致审问一下：该驱逐的给以驱逐，不合于驱逐的给以除名。只不过是蘸蘸笔、动动腕子的时间，便能保全很多人的身家性命，培养很多人的元气。当官的如果想不到这一点，又何必给人扛枷带索，逞能杀人呢！"

鬼　令

【原文】

教谕展先生①，洒脱有名士风②。然酒狂，不持仪节。每醉归，辄驰马殿阶③。阶上多古柏。一日，纵马入，触树头裂，自言："子路怒我无礼④，击脑破矣！"中夜遂卒。邑中某乙者，负贩其乡，夜宿古刹。更静人稀，忽见四五人携酒入饮，展亦在焉。酒数行，或以字为令曰⑤："田字不透风，十字在当中；十字推上去，古字赢一锺。"一人曰："回字不透风，口字在当中；口字推上去，吕字赢一锺。"一人曰："图字不透风，令字在当中；令字推上去，含字赢一锺。"又一人曰："困字不透风，木字在当中；木字推上去，杏字赢一锺。"末至展，凝思不得。众笑曰："既不能令，须当受命。"飞一觥来。展即云："我得之矣：曰字不透风，一字在当中；……"众又笑曰："推作何物？"展吸尽曰："一字推上去，一口一大锺！"相与大笑，未几出门去。某不知展死，窃疑其罢官归也。及归问之，则展死已久，始悟所遇者鬼耳。

【注释】

①教谕：学官名。明清县学置教谕，掌文庙祭祀、教育所属生员。

②洒脱有名士风：言行不拘，有名士的风度。洒脱，谓言行顺乎自然，不为礼俗所拘。名士，此指唾弃礼法、任性而行的所谓"名士"。

③殿阶：此指文庙殿阶。

④子路：姓仲名由，字子路，孔子弟子。

中华传世藏书

聊斋志异

图文珍藏版

⑤以字为令曰：此据山东省博物馆本，原无"曰"字。

鬼令

【译文】

　　县学教谕展先生，行动洒脱，有名士风度。但却好酒贪杯，醉了就要酒疯，不能保持教师的礼节。每天醉醺醺地回来，总是骑着马，从孔庙殿前的台阶上跑过去。台阶上有很多古老的柏树。一天，他纵马跑进殿门，撞到柏树上，把头骨撞裂了，自己说："子路恼我没有礼貌，打破了我的头颅！"半夜就死了。

这个县的某乙，挑着货郎担，在展先生的家乡卖货，晚间住在古庙里。在夜静人稀的时候，忽然看见四五个人，携带酒菜，进来喝酒，展先生也在里面。互相敬过几遍酒，有人就用文字作酒令说："田字不透风，十字在当中；十字推上去，古字赢一钟。"另一个人说："回字不透风，口字在当中；口字推上去，吕字赢一钟。"再一个人说："图字不透风，令字在当中；令字推上去，含字赢一钟。"又一个人说："困字不透风，木字在当中；木字推上去，杏字赢一钟。"最后轮到了展先生。他专注地想了半天，也没想出来。大家笑着说："既然不能行令，就必须按着酒令罚一杯。"说完就递给他一杯酒。他马上就说："我已经得到酒令了。口字不透风，一字在当中；……"大家又笑着说："推做什么字？"他一口喝干了杯子说："一字推上去，一口一大钟！"大家和他一起哈哈大笑，过了一会儿就出门走了。某乙不知道展先生已经死亡，心里怀疑他是罢官回乡呢。回去一问，原来展先生已经死去很久了，这才恍然大悟，那天在庙里遇见的。原来是一群鬼。

甄　后

【原文】

洛城刘仲堪①，少钝而淫于典籍②，恒杜门攻苦③；不与世通。一日，方读，忽闻异香满室；少间，珮声甚繁。惊顾之，有美人入，簪珥光采④；从者皆宫妆⑤。刘惊伏地下。美人扶之曰："子何前倨而后恭也？"刘益惶恐，曰："何处天仙，未曾拜识。前此几时有侮？"美人笑曰："相别几何，遂尔梦梦⑥！危坐磨砖者，非子耶⑦？"乃展锦荐⑧，设瑶浆，捉坐对饮，与论古今事，博洽非常。刘茫茫不知所对。美人曰："我止赴瑶池一回宴耳⑨；子历几生，聪明顿尽矣！"遂命侍者，以汤沃水晶膏进之。刘受饮讫，忽觉心神澄沏。既而曛黑^⑩，从者尽去，息烛解襦，曲尽欢好。未曙，诸姬已复集。美人起，妆容如故，鬓发修整，不再理也。刘依依苦诘姓字^⑪，答曰："告郎不妨^⑫，恐益君疑耳。妾，甄氏；君，公幹后身^⑬。当日以妾故罹罪，心实不忍，今日之会，亦聊以报情痴也。"问："魏文安在^⑭？"曰："丕，不过贼父之庸子耳。妾偶从游嬉富贵者数载，过即不复置念。彼曩以阿瞒故^⑮，久滞幽冥，今未闻知。反是陈思为帝典籍^⑯，时一见之。"旋见龙舆止于庭中^⑰。乃以玉脂合赠刘，作别登车，云推而去。

甄后

刘自是文思大进。然追念美人⑱，凝思若痴。历数月，渐近羸殆⑲。母不知其故，忧之。家一老妪，忽谓刘曰："郎君意颇有思否？"刘以言隐中情⑳，告之。妪曰："郎试作尺一书㉑，我能邮致之。"刘惊喜曰："子有异术，向日昧于物色㉒。果能之，不敢忘也。"乃折柬为函，付妪便去。半夜而返曰："幸不误事。初至门，门者以我为妖，欲加缚絷。我遂出郎君书，乃将去。少顷唤入，夫人亦欷歔，自言不能复会。便欲裁答。我言：'郎君羸惫，非一字所能瘳。'夫人沉思久，乃释笔云：'烦先报刘郎，当即送一佳妇去。'濒行，又嘱：'适所言，乃百年计；但无泄，便可永久矣。'"刘喜，伺之。明日，果一老姥率女郎，诣母所，容色绝世，自言陈氏；女其所出㉓，名司香，愿求作妇。母爱之，议聘；更不索资，坐待成礼而去。惟刘心知其异，阴问女："系夫人何人？"答云："妾铜雀故妓也㉔。"刘疑为鬼。女曰："非也。妾与夫人俱隶仙籍，偶以罪过谪人间。夫人已复旧位；妾谪限未满，夫人请之天曹㉕，暂使给役，去留皆在夫人，故得长侍床箦耳。"一日，有瞽媪牵黄犬丐食其家，拍板俚歌㉖。女出窥，立未定，犬断索咋女。女骇走，罗衫断。刘急以杖击犬。犬犹怒，龁断幅，顷刻碎如麻，嚼吞之。瞽媪捉领毛，缚以去。刘入视女，惊颜未定，曰："卿仙人，何乃畏犬？"女曰："君自不知：犬乃老瞒所化，盖怒妾不守分香戒也㉗。"刘欲买犬杖毙。女不可，曰："上帝所罚，何得擅诛？"

居二年，见者皆惊其艳，而审所从来，殊恍惚，于是共疑为妖。母诘刘，刘亦微道其异。母大惧，戒使绝之。刘不听。母阴觅术士来，作法于庭。方规地为坛㉘，女惨然曰："本期白首；今老母见疑，分义绝矣㉙。要我去，亦复非难，但恐非禁咒可遣耳！"乃束薪蓺火，抛阶下。瞬息烟蔽房屋，对面相失。忽有声震如雷。已而烟灭，见术士七窍流血死矣。入室，女已渺。呼妪问之，妪亦不知所去。刘始告母。妪盖狐也。

异史氏曰："始于袁，终于曹，而后注意于公幹㉚，仙人不应若是。然平心而论：奸瞒之篡子㉛，何必有贞妇哉？犬睹故妓，应大悟分香卖履之痴，固犹然妒之耶？呜呼！奸雄不暇自哀，而后人哀之已㉜！"

【注释】

①洛城：指洛阳，即今河南洛阳市。此据山东省博物馆本。"城"，原作"成"。

②淫于典籍：谓沉湎于古代典籍。淫，沉浸，沉湎。

③杜门：谓闭门不出。

④簪珥：泛指首饰。簪，插定发髻的长针。珥，耳饰。

⑤宫妆：宫人装束。

⑥遂尔梦梦：就这样糊涂起来。尔，如此。梦梦，糊涂。

⑦"危坐"二句：据《世说新语·言语》刘孝标注引《文士传》："（刘）桢性辩捷，所问应声而答。坐平视甄夫人，配输作部，使磨石。武帝（指曹操）至尚方观作者，见桢匡坐正色磨石。武帝问曰：'石何如？'桢因得喻己自理，跪而对曰：'石出荆山悬崖之巅，外有五色之章，内含卞氏之珍。磨之不加莹，雕之不增文，禀气坚贞，受之自然。顾其理枉屈纡绕而不得申。'帝顾左右大笑，即日赦之。"

⑧锦荐：锦绣坐垫。

⑨瑶池：古代神话中西王母居处。

⑩曛黑：黄昏时。

⑪依依：依恋不舍。

⑫不妨：此据山东省博物馆本，"妨"原作"访"。

⑬"妾甄氏"以下四句：据《三国志·魏志·文昭甄皇后传》载，甄氏，中山无极（今河北无极县）人，建安中为袁绍中子熙妻，曹操平冀州，改嫁曹丕。丕称帝后，于黄初二年（222）赐死。明帝（曹叡）立，追尊为文昭皇后。《世说新语·言语》刘孝标注引《典略》云："刘桢字公幹，东平宁阳人。建安十六年，世子（指曹丕）为五官中郎将，妙选文学，使桢随侍太子。酒酣坐欢，乃使夫人甄氏

出拜，座上客多伏，而桢独平视。他日公（曹操）闻，乃收桢，减死输作部。"

⑭魏文：魏文帝曹丕。

⑮阿瞒：曹操小字。

⑯陈思为帝典籍：陈思，指曹植。魏明帝太和六年（232）封陈王，卒谥思。帝，此指神话传说中的玉帝，即上帝。典籍，掌管文籍。

⑰龙舆：帝后所乘之车。

⑱"然追念美人"句：此据山东省博物馆本，原缺。

⑲羸殆：消瘦不堪。

⑳言隐中情：所言暗合自己思恋之情。

㉑尺一书：即书信。

㉒向日昧于物色：谓过去未曾发现其才而加以访求。向日，犹昔日。昧于物色，未曾访求。昧，不明。物色，访求。

㉓女其所出：此女为其所生。

㉔铜雀故妓：指曹操的姬妾。铜雀，台名，建安十五年（210）曹操建，其故址在今河北临漳县西南。操临终，令其姬妾居此台上，为其守节。

㉕天曹：道家所称天上的官府。

㉖俚歌：唱俚俗之歌。

㉗分香戒：即守节之戒。

㉘规地为坛：划地筑坛。坛，高出地面的土台。此指法坛。

㉙分义：夫妻的缘分。

㉚注意：犹属意，谓情意归向。

㉛奸瞒之篡子：指曹操的儿子曹丕。曹操专擅朝政而未代汉，曹丕代汉自立为帝；以封建正统观看来，曹操为奸，丕为篡。

㉜不暇自哀，而后人哀之：语出杜牧《阿房宫赋》，谓自己生前来不及为此感伤，而由后人为其感伤。

【译文】

洛阳有个刘仲堪，少年时代头脑很迟钝，但却过度地喜很好书籍，常年关门苦读，不和世人互通往来。一天，他正在读书，忽然闻到满屋子都是奇异的香气；过了不一会儿，又听到一阵繁杂的环珮声。惊讶地抬头一看，有个美人进来了，簪环耳饰放着奇异的光彩，跟随的侍女都是宫装打扮。他吃了一惊，跪在地下迎接。美人把他扶起来说："你为什么先前很傲慢，后来这样恭敬呢？"他更加恐惧不安地说："你是什么地方的天仙，我没有拜见过，所以不认识。在此以前，我什么时候对你傲慢过呢？"美人笑着说："互相分别只有若干年，你就这样糊涂了！在曹操面前，正襟危坐的磨砖人，不就是你吗？"于是就在座椅上铺上锦垫，摆下美酒，拉他坐下，面对面地喝起来。和她谈古论今，她的学识非常渊博。刘仲堪神志迷茫，不知怎样答对。美人说："我只去王母娘娘那里赴了一次瑶池宴；你却经历了几次人生，聪明才智就突然丧尽了！"于是就让跟随她的侍女，把用香汤滋润的水晶膏献给了刘仲堪。刘仲堪接过来，喝了下去，忽然觉得神志清澈了。天黑以后，侍女都走了，熄灯上床，宽衣解带，尽情地欢娱。

天没亮，许多侍女又来集合了。美人起床以后，仪容妆饰都和昨天一样，鬓发也是俊美整齐的，不用再去梳理。刘仲堪依依惜别，苦苦询问她的姓名。她说："告诉你也没有什么关系，恐怕越发加重你的疑惑。我，甄氏；你，刘祯的后身。当年因为我的缘故，使你遭到磨砖的惩罚，心里实在不忍，今天的相会，也是略微报答你的痴情。"他问甄氏："魏文帝曹丕在什么地方？"甄后说："曹丕，不过是曹操一个平庸无能的儿子。我偶然跟他享了几年富贵，过后就再也没有挂念他。他从前因为曹操的缘故，在阴间滞留了很久，现在没有听到他的消息。相反的，曹植现在却给上帝管理图书，时常可以见一面。"说话的工夫，看见蛟龙拉着车子，停在院子里，甄后送他一个玉脂盒，告别登车，云推雾绕地走了。

从此以后，刘仲堪的文思有了很大的进步。但却天天追念那位美人，专心致意地苦想，好像一个呆子。过了几个月，逐渐瘦弱，几乎到了危险的边缘。母亲不知他病倒的原因，心里很忧虑。家里有个年老的仆妇，忽然对刘仲堪说："你是不是非常想念一个人？"他觉得话里有话，就把心里的隐秘告诉了老女仆。老女仆说："你写一封书信试试，我能给她送到她手里。"刘仲堪又惊又喜地说："你有奇异的神术，往日我很愚昧，没找到你。你真能把信送到，我永远不忘你的恩情。"说完就裁纸写了一封信，交给老女仆，她便拿走了。半夜才回来说："幸好没有误了你的大事。我刚到达甄后宫门的时候，门卫把我当成妖怪，要用绳子捆我。我就拿出你的书信，他们就把书信送了进去。过了不一会儿，把我招呼进去，夫人也抽抽噎噎的，自己说是不能再来相会。就要裁纸给你写回信。我说，'郎君已经瘦得疲惫不堪了，不是一两个字能够治好的。'夫人沉思了很长时间，才放下笔说，'请你先回去转告刘郎，我该马上给他送去一位佳人做妻子。'临走的时候，又嘱咐说，'我刚才说的话，是刘郎的百年大计；只要不泄漏出去，就能白头偕老。'"

刘仲堪很高兴，就在家里等着。第二天，果然有一个老太太，领着一个少女，来到母亲的住所，容貌很漂亮，是一位绝代佳人，自我介绍："我姓陈；少女是我亲生姑娘，名叫司香，愿意给你儿子做媳妇。"母亲很喜爱这个少女，就和老太太商量聘礼；老太太不要聘礼，坐等他们举行了婚礼，才告别走了。只有刘仲堪心里知道她来得不同寻常，就在私下问她："你是夫人的什么人？"少女说："我从前是铜雀台上的姬妾。"

刘仲堪怀疑她是鬼物。她说："不是。我和夫人都名列仙籍。偶然犯了罪过，受到惩罚，才降到人间。夫人已经恢复从前的仙位；我还没有服满惩罚的期限，叫我暂时前来服侍你，将来回去还是留下，都决定于夫人，所以能够长期在枕席上侍奉你。"

一天，有个瞎眼老太太，牵着一条黄狗，到她家来讨饭吃，打着竹板，唱着通俗的民间小调儿。少女出去看看，还没站稳，黄狗就挣断了绳子，跑过来咬她。她吓得抹身往回跑，黄狗一口就咬断她的罗带。刘仲堪赶紧操起棒子打狗。黄狗仍然怒气冲冲的，又咬断一幅罗裙，顷刻之间，撕得粉碎，像一团乱麻，嚼巴嚼巴吞下去了。瞎老太太抓着它后脖子上的长毛，拴上脖套牵走了。刘仲堪进屋看看少女，惊慌的脸色还没镇静下来，问她："你是仙人，怎么怕狗呢？"少女说："你当然不知道：那条黄狗是曹操变化的，他怪我没有遵守分香卖履的戒令，所以咬我。"刘仲堪想要买来那条黄狗，用棒子把它打死。少女认为不可以，说："那是上帝的惩罚，怎能擅自打死呢？"

她在刘家住了二年，看见她的人，对她的漂亮都很惊讶，详细追究她的来历，她说得很模糊，于是人们都怀疑她是妖精。母亲追问刘仲堪，刘仲堪也说了一点她的特殊来历。母亲很害怕，命令儿子和她断绝关系。刘仲堪不听。母亲偷偷找来一个驱妖提怪的术士，在院子里作法。术士刚刚划地为坛，少女就凄惨地说："本来希望和你白头偕老；现被老母怀疑是个妖怪，我们的情义已经到头了。要我离开你家，也还没有难处，但是恐怕不是咒言咒语可以撵走的。"说完就点着一支火把，扔到台阶底下去了。瞬息之间。浓烟遮蔽了房舍，对面不见人。忽然霹雳大作，震耳欲聋。过了一会儿，浓烟消散了，看见术士七窍流血，死在地下。进屋一看，少女已经无影无踪。招呼老女仆，询问女郎的去向，老女仆也不知哪里去了。刘仲堪这才告诉母亲："老女仆原来是个狐狸精。"

异史氏说："甄氏起初是袁绍的儿媳，最后是曹操的儿媳，死后又专注于刘桢，仙人不应该这个样子。但是平心而论：曹操那位篡夺汉室江山的儿子，何必叫他有个贞节的媳妇呢？黄狗看见从前的姬妾，应该彻底省悟，分香卖履是傻人办的傻事，还能顽固的心怀嫉妒吗？唉！奸雄没有闲空哀叹自己，只有后人哀叹了！"

宦　娘

　　温如春，秦之世家也①。少癖嗜琴②，虽逆旅未尝暂舍。客晋，经由古寺，系马门外，暂憩止。入则有布衲道人，趺坐廊间③，筇杖倚壁④，花布囊琴。温触所好，因问："亦善此也?"道人云："顾不能工⑤，愿就善者学之耳。"遂脱囊授温，视之，纹理佳妙⑥，略一勾拨⑦，清越异常。喜为抚一短曲。道人微笑，似未许可⑧，温乃竭尽所长。道人哂曰："亦佳，亦佳! 但未足为贫道师也。"温以其言夸，转请之。道人接置膝上，裁拨动，觉和风自来；又顷之，百鸟群集，庭树为满，温惊极，拜请受业。道人三复之。温侧耳倾心，稍稍会其节奏。道人试使弹，点正疏节⑨，曰："此尘间已无对矣。"温由是精心刻画⑩，遂称绝技。

　　后归程，离家数十里，日已暮，暴雨莫可投止。路旁有小村，趋之。不遑审择，见一门，匆匆遽入。登其堂，阒无人。俄一女郎出，年十七八，貌类神仙。举首见客，惊而走入。温时未偶，系情殊深。俄一老妪出问客。温道姓名，兼求寄宿。妪言："宿当不妨，但少床榻；不嫌屈体，便可藉藁⑪。"少旋，以烛来，展草铺地，意良殷。问其姓氏，答云："赵姓。"又问："女郎何人?"曰："此宦娘，老身之犹子也。"温曰："不揣寒陋，欲求援系⑫，如何?"妪颦蹙曰："此即不敢应命。"温诘其故，但云难言，怅然遂罢。妪既去，温视藉草腐湿，不堪卧处，因危坐鼓琴，以消永夜。雨既歇，冒夜遂归。

　　邑有林下部郎葛公⑬，喜文士。温偶诣之，受命弹琴。帘内隐约有眷客窥听⑭，忽风动帘开，见一及笄人，丽绝一世。盖公有一女，小字良工，善词赋，有艳名。温心动，归与母言，媒通之；而葛以温势式微⑮，不许。然女自闻琴以后，心窃倾

慕，每冀再聆雅奏；而温以姻事不谐，志乖意沮⑯，绝迹于葛氏之门矣。一日，女于园中，拾得旧笺一折，上书《惜馀春》词云⑰："因恨成痴，转思作想，日日为情颠倒⑱。海棠带醉，杨柳伤春，同是一般怀抱。甚得新愁旧愁，划尽还生，便如

曲凤求凰
侯分明一
爇香探裎
合忙绣间
裡良缘探
拜门墙暗
顾聆雅奏
宦娘

宦娘

青草⑲。自别离，只在奈何天里，度将昏晓⑳，今日个蹙损春山，望穿秋水，道弃已拚弃了㉑！芳衾妒梦，玉漏惊魂，要睡何能睡好？漫说长宵似年，侬视一年，比

更犹少㉒：过三更已是三年，更有何人不老！"女吟咏数四，心悦好之。怀归，出锦笺，庄书一通㉓，置案间；逾时索之，不可得，窃意为风飘去。适葛经闺门过，拾之；谓良工作，恶其词荡㉔，火之而未忍言，欲急醮之㉕。临邑刘方伯之公子㉖，适来问名㉗，心善之，而犹欲一睹其人。公子盛服而至，仪容秀美。葛大悦，款延优渥㉘。既而告别，坐下遗女舄一钩㉙。心顿恶其儇薄，因呼媒而告以故。公子亟辨其诬；葛弗听，卒绝之。

先是，葛有绿菊种，吝不传，良工以植闺中。温庭菊忽有一二株化为绿，同人闻之，辄造庐观赏；温亦宝之。凌晨趋视，于畦畔得笺写《惜馀春》词，反覆披读，不知其所自至。以"春"为己名，益惑之，即案头细加丹黄㉚，评语亵嫚。适葛闻温菊变绿，讶之，躬诣其斋，见词便取展读。温以其评亵，夺而挼莎之㉛。葛仅读一两句，盖即闺门所拾者也。大疑，并绿菊之种，亦猜良工所赠。归告夫人，使逼诘良工。良工涕欲死，而事无验见，莫有取实。夫人恐其迹益彰，计不如以女归温。葛然之，遥致温。温喜极。是日，招客为绿菊之宴，焚香弹琴，良夜方罢㉜。既归寝，斋童闻琴自作声，初以为僚仆之戏也㉝；既知其非人，始白温。温自诣之，果不妄。其声梗涩㉞，似将效己而未能者。爇火暴入，杳无所见。温携琴去，则终夜寂然。因意为狐，固知其愿拜门墙也者㉟，遂每夕为奏一曲，而设弦任操若师，夜夜潜伏听之。至六七夜，居然成曲，雅足听闻。

温既亲迎㊱，各述曩词，始知缔好之由，而终不知所由来。良工闻琴鸣之异，往听之，曰："此非狐也，调凄楚，有鬼声。"温未深信。良工因言其家有古镜，可鉴魑魅㊲。翌日，遣人取至，伺琴声既作，握镜遽入；火之，果有女子在，仓皇室隅，莫能复隐。细审之，赵氏之宦娘也。大骇，穷诘之。泫然曰："代作蹇修㊳，不为无德，何相逼之甚也？"温请去镜，约勿避；诺之。乃囊镜。女遥坐曰："妾太守之女，死百年矣。少喜琴筝；筝已颇能谙之㊴，独此技未能嫡传㊵，重泉犹以为憾㊶。惠顾时，得聆雅奏，倾心向往；又恨以异物不能奉裳衣㊷，阴为君脶合佳偶㊸，以报眷顾之情。刘公子之女舄，《惜馀春》之俚词，皆妾为之也。酬师者不可谓不劳矣。"夫妻咸拜谢之。宦娘曰："君之业㊹，妾思过半矣㊺；但未尽其神理。

请为妾再鼓之。"温如其请,又曲陈其法㊻。宦娘大悦曰:"妾已尽得之矣!"乃起辞欲去。良工故善筝,闻其所长,愿以披聆㊼。宦娘不辞,其调其谱,并非尘世所能。良工击节,转请受业。女命笔为绘谱十八章,又起告别。夫妻挽之良苦。宦娘凄然曰:"君琴瑟之好㊽,自相知音㊾;薄命人乌有此福。如有缘,再世可相聚耳。"因以一卷授温曰:"此妾小像。如不忘媒妁,当悬之卧室,快意时焚香一炷,对鼓一曲,则儿身受之矣㊿。"出门遂没。

【注释】

①秦:古地区名,指今陕西省中部一带地区。

②癖嗜:嗜之成癖;极端爱好。

③趺坐:"跏趺坐"的略称,双足交叠而坐。

④筇杖:竹杖。筇竹可做杖,因称杖为"筇"

⑤顾不能工:只是不能精通。顾,但是。工,据山东省博物馆抄本,原作"止"。

⑥纹理:指琴身的漆纹。

⑦勾拨:拨动。"勾"与"拨"都是弹琴的指法。

⑧许可:赞许认可。

⑨点正疏节:指点纠正不合节奏之处。

⑩刻画:细致描摹。此指严格按其节奏练琴。

⑪藉藁:用草铺地代床。藉,垫。藁,干草。

⑫"不揣寒陋"二句:意谓我不自量,欲攀附高门,结为姻亲。揣,揣度。寒陋,家境寒微卑下。援系,攀附。

⑬林下部郎:退隐家居的部郎。林下,犹言田野,古时做官退休叫归林。部郎,封建朝廷各部郎中或员外郎之类的高级部员。

⑭眷客:女眷。

⑮势：家势。式微：衰微、衰落。式，语词，无义。

⑯志乖意沮：愿望不遂，心情沮丧。乖，违。

⑰《惜馀春》词：此词亦收入《聊斋词集》。主旨是写少女的"春怨"。

⑱"因恨成痴"三句：春色恼人，激起心中痴情；愁思难遣，转作无限怀想；日日夜夜被痴情颠倒。

⑲"甚得新愁旧愁"三句：真正是新仇旧恨，像青草那样，划尽还生。甚得，真正是。划，削除。

⑳"自别离"三句：自从分别以后，只在无可奈何的恼人春色中，度过黑夜和白天。奈何天，无可排遣的意思。度将昏晓，度昏晓。将，语助词，无义。

㉑"今日个蹙损春山"三句：如今啊，已把双眉皱坏、两眼望穿；料想对方已经决心将我抛闪。个，语助词，相当于"价"。春山，比喻美人的眉毛。秋水，比喻美人的眼睛，像秋水那样澄清明亮。道，料想。

㉒"漫说长宵似年"三句：说什么长夜像是一年；我看一年比一更天还少。意长夜难熬。

㉓庄书一通：端端正正地书写了一遍。

㉔词荡：词意放荡。荡，淫荡。

㉕醮之：把她嫁出去。醮，古代婚礼的仪式，女子出嫁，父母酌酒饮之。

㉖方伯：古时诸侯一方之长称方伯。明清时也称布政使为方伯，谓其为一方之长。

㉗问名：古婚礼六礼之一，指求婚。

㉘款延：热诚接待。优渥：优厚。

㉙舄：古代一种复底鞋。

㉚细加丹黄：详细地加上一些批语。丹黄，红色和黄色，古时批校书籍所用的两种颜色。

㉛挼莎：用手揉搓。

㉜良夜：深夜。

㉝僚仆：同主之仆。

㉞梗涩：生硬而不畅。梗，阻碍。

㉟拜门墙：拜于门下为弟子。门墙，师门

㊱亲迎：古代婚礼仪式之一，新婿亲至女家迎娶。

㊲鉴：照见。

㊳蹇修：媒人的代称。传说蹇修是伏羲的臣子，《离骚》曾谓"吾令蹇修以为理"，意思是说派蹇修为媒以通辞理。后因称媒人为"蹇修"。

㊴谙：通晓。

㊵嫡传：指正宗乐师的传授。嫡，正宗、正统。

㊶重泉：犹言九泉，指地下。

㊷异物：指死亡的人。奉裳衣：伺候生活起居，指嫁与为妇。

㊸肺合：即"聊合"，撮合的意思。

㊹业：学业，这里指琴艺。

㊺思过半矣：意谓大部分已能领悟。

㊻曲陈：详细地述说。曲，婉转。

㊼披聆：诚心聆听。

㊽琴瑟之好：比喻夫妇间感情和谐。

㊾知音：相传古代伯牙善鼓琴，锺子期善听琴，能从伯牙的琴声听出他的心意。后因以知音比喻知己。

㊿儿：古时年轻女子的自称。

【译文】

温如春，是陕西一户官僚世家的子弟。从小就嗜琴成癖，即使出门在外，也随身带着琴，没有暂时放弃一会儿的时候。在山西做客，路过一座古庙，把马拴在山门以外，暂时休息一下。

他进了古庙，看见一个穿着破布袍子的道士，在廊下盘脚打坐，墙壁上依着一根竹杖，花布口袋里装着琴。他的爱好被琴触动了，就问道士："你也善于弹琴吗？"道士说："我喜好弹琴，但是弹得不精，愿意向擅长的人学习。"说完就脱去琴囊，送给他看看。他接过来一看，纹理很美，略一勾拨，声音高昂而又清畅。他很高兴地弹一支短曲。道士微笑着，似乎不能称赞他。他就使出全部本领，又弹了一曲。道士微笑着说："也好，也好！但却不足以给贫道做老师。"他认为道士有点夸口，转而请求道士弹一曲。道士接过来，放在膝上，刚一拨动琴弦，他就觉得刮来一阵微风；又弹了不一会儿，百鸟群集，院子里的树上都落满了。他极其惊讶，磕头礼拜，请求认师学艺。道士再三再四地反复教他。他侧耳静听，竭尽诚心地学习，才稍稍领会了道士的节奏。道士叫他弹弹试试，一节一节地给以指点和纠正，说："就是这个程度，世上已经没有对手了。"他从此更精心地雕琢，便称为绝技。

后来，他在回家的路上，离家还有几十里，天色已晚，暴雨倾盆，没有地方投宿。路旁有个小小的村庄，他就奔过去。来不及仔细选择，看见一个大门，就匆匆忙忙地跑进去。登上厅堂，寂静无人。不一会儿，出来一位少女，只有十七八岁，秀丽的容貌类似神女。抬头看见了客人，惊讶地跑回内室去了。温如春当时还没有媳妇，一见面就被女郎迷住了，感情被迷得很深。过了一会儿，出来一个老太太，询问他的姓名。他说了自己的姓名，还要求寄宿一宵。老太太说："寄宿当然没有什么关系，但是没有床榻；不嫌委屈你的贵体，可以睡在草铺上。"过了一不会儿，老太太送来一支蜡烛，打开草捆铺在地，态度很诚恳。温如春问她姓什么，她说："姓赵。"又问："少女是你什么人？"她说："她是宦娘，是老身的侄女。"温如春说："我不揣冒昧，想求你给引见引见，怎么样？"老太太皱眉蹙额地说："我可不敢答应你的请求。"温如春问她不敢答应的原因，老太太只说难以启口。他怅然若失，只好作罢了。老太太走了以后，他看看铺在地下的杂草，已经腐烂，而且湿漉漉的，不能躺下睡觉，所以就盘坐弹琴，以消磨漫长的雨夜。暴雨一停，他就摸黑往回走。县里有个姓葛的老头儿，当过部郎，现在退居林下，喜爱有文才的读书人。温如春偶然到他家里做客，接受他的要求，就坐下弹琴。门帘里面隐隐约约的，有个女眷在偷听，忽然来了一阵风，刮开了门帘，看见一位十五六岁的少女，秀丽的容貌举世无双。原来葛公有个女儿，小名良工，善于吟诗作赋，很有艳丽的名声。温如春动心了，回家和母亲一说，就托媒前去求婚；葛公认为温家已经衰落，没有应允。可是女儿自从听到琴声以后，暗自倾心地爱慕着，时常盼望再一次听到高雅的琴声；而温如春因为婚事没有说妥，意志受了挫折，灰心失望，葛家的大门就断了他的脚印。

一天，女儿在花园里，拣到一页旧信笺，信笺上写着一首词，词牌名叫《惜余春》，词的内容是："因恨成痴，转思作想，日日为情颠倒。海棠带醉，杨柳伤春，同是一般怀抱。甚得新愁旧愁，铲尽还生，便如青草。自别离，只在奈何天里，度将昏晓。今日个瘿损春山，望穿秋水，道弃已拚弃了！芳衾妒梦，玉漏惊魂，要睡何能睡好？漫说长宵似年，侬视一年，比更犹少：过三更已是三年，更有何人不老！"少女吟咏了三四遍，心里很喜爱。揣回闺房，拿出一张精制华美的信纸，工工整整地抄了一遍，放在书桌上；过了一个时辰，再去寻找，找不着了，心里暗想，可能被风刮走了。事也凑巧，恰巧葛公从她闺房门前路过，拣到这首词；以为是良工创作的，嫌恶词句浪荡，用火烧掉了，却不忍明说，就想迅速把她嫁出去。

临邑县刘伯方的公子，恰好托媒前来求婚，葛公心里赞许了，但是还想亲眼看看刘伯方的公子。公子穿着华丽的衣服来了，容貌秀丽，神态很潇洒。葛公心里很高兴，请进客厅，用丰厚的礼节款待他。可是告别走了以后，在他座位上遗下一只女人的睡鞋。葛公立刻产生了恶感，认为是个轻佻的年轻人，所以就招呼媒婆，把这件事情告诉他了。公子一次又一次的申冤叫屈；葛公不听。终于拒绝了对方的求婚。

从前，葛公家里有一种绿色菊花，老头子很吝啬，不肯往外传，良工把它栽在闺房的院子里。温如春院庭里的菊花，忽然有一两株也变成了绿菊，同人听到这个消息，就来登门观赏；温如春也把它当成了宝贝。第二天凌晨，在花池子旁边拣到一张信纸，纸上写了一首词，词牌名叫《惜余春》。翻来覆去地阅读，不知它从什么地方来的。因为"春"字是自己的名字，更加受了迷惑，就趴在桌子上，用朱笔详批细点，评语都是不庄重的轻狂语言。

葛公听到温家菊花变绿的消息，很惊讶，亲自登门观赏。看完绿菊进了书房，见到《惜余春》就打开阅读。因为上面写了一些不庄重的轻狂语言，温如春夺下来就揉搓了。葛公仅仅读了一两句，原来就是在女儿闺房外拣到的那首词。老头子心里很疑惑，加上绿菊的菊种，猜测都是良工送给他的。回家告诉了夫人，叫夫人逼问良工。良工哭得要死要活，因为没有见证，也就没有问出实情。夫人害怕寻踪追迹更会露出劣迹，就和丈夫商量，不如把女儿嫁给温如春。葛公答应了，就派人给温如春送信。温如春喜出望外。

这一天，他请来很多客人，摆下欣赏绿菊的菊花宴，焚香弹琴，直到深夜才散席。他回去就寝以后，书童听见琴声自作，起初认为那是他的同伙儿在弹着玩儿呢；后来知道不是人在弹琴，才去报告温如春。温如春亲到书房门外一听，果然不是胡说八道。琴声强直，很不滑润，似乎仿效自己的弹法，而又学得不熟练。点着火把，突然闯进书房，无影无形，什么也没看见。他把琴带走了，一宿到亮，寂静无声。因而猜想是个狐狸，知道它是愿意前来拜师学艺的，就每天晚上给它弹一曲，给它设一张琴，叫它任意弹奏，很像老师教学生，天天夜里都偷偷地听声。教到六七夜以后，居然弹成了曲子，弹得高雅，值得一听了。

他把良工娶到家里，两个人都讲了从前得到的一首《惜余春》词，这才知道结成伴侣的因由，但却始终不知从什么地方来的。良工听到琴声自鸣的奇怪现象，前去一听，说："这不是狐狸弹的，琴调凄凉酸楚，具有鬼声。"温如春不太相信。良工就说她家有一面古镜，可以照出妖魔鬼怪。第二天，派人回家取来镜子，等到琴声响起来的时候，拿着镜子突然进了屋里；点灯一照，果然有个女子，神色惊慌地躲在墙角上，再也不能隐避了。仔细一看，原来是赵家的宦娘。他大吃一惊，就抠根问底地追问她。宦娘很伤心地流着眼泪说："我给你作了媒人，不能说是无德，为什么这样逼人太甚呢？"温如春愿意拿掉镜子，和她约定，不要隐避；她答了。于是就把古镜装进了镜囊。宦娘坐在远远的地方说："我是赵太守的女儿，死去一百年了。从小喜爱琴筝；弹筝的技术已经很熟练，唯独弹琴的技术，没有得到正宗的传授，在九泉之下，仍然认为很遗憾。你到我家的时候，使人能够听到高雅的弹奏，对你倾心向往；又恨自己是个鬼物，不能给你做妻子，就在私下给你撮合一位好配偶。用以报答对你的眷恋之情。刘公子遗下的女鞋，《惜余春》的通俗歌词，都是我干的。这样酬谢师父，不能不说劳苦功高了。"夫妻二人都很感激她，向她拜谢。宦娘说："你的专长，我已经探索过半了；但是还没完全学透精湛的道理，请你再给我弹一次。"温如春遵从她的请求，给她弹了一曲，又向她传授了曲折隐秘的弹法。宦娘非常愉快地说："我已经全部学到了！"说完就站起来，告辞要走。

良工从前善于弹筝，听说这是宦娘最擅长的技艺，希望她能弹奏一曲听听。宦娘也不推辞，她的声调，她的曲谱，都不是世上所能听到的。良工很赞赏，反而向她拜师学艺。宦娘挥笔给她写了十八章曲谱，又站起来告别。夫妻二人苦苦挽留她。宦娘凄恻地说："你们是美满的小两口，自然是互相知音的；我是一个薄命人，没有这个福分。如果有缘，来生再相聚吧。"说完就交给温如春一轴画卷说："这是我的肖像。你如果不忘媒人，应该挂在卧室里。心情畅快的时候，烧上一炷香，对我弹一曲，就算我亲身领受了。"说完出了房门，就在夜色里隐没了。

阿　绣

【原文】

海州刘子固①，十五岁时，至盖省其舅②。见杂货肆中一女子，姣丽无双，心爱好之。潜至其肆，托言买扇。女子便呼父。父出，刘意沮，故折阅之而退③。遥睹其父他往，又诣之。女将觅父，刘止之曰："无须，但言其价，我不斩直耳④。"女如言，故昂之⑤。刘不忍争，脱贯竟去⑥。明日复往，又如之。行数武，女追呼曰："返来！适伪言耳，价奢过当⑦。"因以半价返之。刘益感其诚，蹈隙辄往⑧，

由是日熟。女问："郎居何所？"以实对。转诘之，自言："姚氏。"临行，所市物，女以纸代裹完好，已而以舌舐粘之。刘怀归不敢复动，恐乱其舌痕也。积半月，为仆所窥，阴与舅力要之归。意惓惓不自得^⑨。以所市香帕脂粉等类，密置一箧，无人时，辄阖户自捡一过^⑩，触类凝想^⑪。

阿绣

阿绣

知君自有意
中人价鼎如
何诋不真他
日重来较俊
为尚廷幻术
现双身

次年，复至盖，装甫解，即趋女所；至则肆宇阒焉，失望而返。犹意偶出未返，蚤又诣之，扃如故⑫。问诸邻，始知姚原广宁人⑬，以贸易无重息，故暂归去；又不审何时可复来。神志乖丧。居数日，怏怏而归。母为议婚，屡梗之，母怪且怒。仆私以曩事告母，母益防闲之⑭，盖之途由是绝。刘忽忽遂减眠食⑮。母忧思无计，念不如从其志。于是刻日办装，使如盖，转寄语舅媒合之。舅即承命诣姚。逾时而返，谓刘曰："事不谐矣！阿绣已字广宁人。"刘低头丧气，心灰绝望。既归，捧箧啜泣，而徘徊顾念，冀天下有似之者。

　　适媒来，艳称复州黄氏女⑯。刘恐不确，命驾至复。入西门，见北向一家，两扉半开，内一女郎，怪似阿绣；再属目之，且行且盼而入，真是无讹。刘大动，因僦其东邻居，细诘知为李氏。反复疑念：天下宁有此酷肖者耶？居数日，莫可夤缘⑰，惟目眈眈候其门⑱，以冀女或复出。一日，日方西，女果出。忽见刘，即返身走，以手指其后；又复掌及额，而入。刘喜极，但不能解。凝思移时，信步诣舍后，见荒园寥廓⑲，西有短垣，略可及肩。豁然顿悟，遂蹲伏露草中。久之，有人自墙上露其首，小语曰："来乎？"刘诺而起，细视，真阿绣也。因大恸⑳，涕堕如縆㉑。女隔堵探身，以巾拭其泪，深慰之。刘曰："百计不遂，自谓今生已矣，何期复有今夕？顾卿何以至此？"曰："李氏，妾表叔也。"刘请逾垣。女曰："君先归，遣从人他宿，妾当自至。"刘如言，坐伺之。少间，女悄然入，妆饰不甚炫丽，袍裤犹昔。刘挽坐，备道艰苦，因问："卿已字，何未醮也？"女曰："言妾受聘者，妄也。家君以道里赊远㉒，不愿附公子婚，此或托舅氏诡词㉓，以绝君望耳。"既就枕席，宛转万态，款接之欢，不可言喻。四更遽起，过墙而去。刘自是不复措意黄氏矣㉔。旅居忘返，经月不归。一夜，仆起饲马，见室中灯犹明；窥之，见阿绣，大骇，顾不敢诘主人㉕。旦起，访市肆，始返而诘刘曰："夜与还往者，何人也？"刘初讳之。仆曰："此第岑寂，狐鬼之薮，公子宜自爱。彼姚家女郎，何为而至此？"刘始觍然曰："西邻是其表叔，有何疑沮？"仆言："我已访之审：东邻止一孤媪，西家一子尚幼，别无密戚。所遇当是鬼魅；不然，焉有数年之衣，尚未易者？且其面色过白，两颊少瘦，笑处无微涡㉖，不如阿绣美。"刘反复思，乃大惧曰："然且奈何？"仆谋伺其来，操兵入共击之。至暮，女至，谓刘曰："知君见疑，然妾亦无他，不过了夙分耳："言未已，仆排闼入㉗。女呵之曰："可弃兵！速具酒来，当与若主别。"仆便自投㉘，若或夺焉。刘益恐，强设酒馔。女谈笑如常，举手向刘曰："君心事，方将图效绵薄㉙，何竟伏戎㉚？妾虽非阿绣，颇自谓不亚，君视之犹昔否耶？"刘毛发俱竖，嗫不语。女听漏三下，把盏一呷，起立曰："我且去，待花烛后㉛，再与新妇较优劣也。"转身遂杳。

刘信狐言，竟如盖。怨舅之诳己也，不舍其家；寓近姚氏，托媒自通，唳以重赂㉜。姚妻乃言："小郎为觅婿广宁㉝，若翁以是故去㉞，就否未可知。须旋日方可计校。"刘闻之，傍徨无以自主，惟坚守以伺其归。逾十馀日，忽闻兵警㉟，犹疑讹传；久之，信益急，乃趣装行。中途遇乱，主仆相失，为侦者所掠㊱。以刘文弱，疏其防，盗马亡去。至海州界，见一女子，蓬鬓垢耳，出履蹉跌，不可堪。刘驰过之，女遽呼曰："马上人非刘郎乎？"刘停鞭审顾，则阿绣也。心仍讶其为狐，曰："汝真阿绣耶㊲？"女问："何为出此言？"刘述所遇。女曰："妾真阿绣也。父携妾自广宁归，遇兵被俘，授马屡堕。忽一女子，握腕趣遁㊳，荒窜军中，亦无诘者。女子健步若飞隼，苦不能从，百步而屡屡褪焉。久之，闻号嘶渐远，乃释手曰：'别矣！前皆坦途，可缓行，爱汝者将至，宜与同归。'"刘知其狐，感之。因述其留盖之故。女言其叔为择婿于方氏，未委禽而乱始作。刘始知舅言非妄。携女马上，叠骑归。入门则老母无恙，大喜。系马入，俱道所以。母亦喜，为女盥濯，竟妆，容光焕发。母抚掌曰："无怪痴儿魂梦不置也！"遂设裯褥，使从己宿。又遣人赴盖，寓书于姚㊴。不数日，姚夫妇俱至，卜吉成礼乃去㊵。

刘出藏箧，封识俨然㊶。有粉一函，启之，化为赤土。刘异之。女掩口曰："数年之盗，今始发觉矣。尔日见郎任妾包裹，更不及审真伪，故以此相戏耳。"方嬉笑间，一人搴帘入曰："快意如此，当谢蹇修否㊷？"刘视之，又一阿绣也，急呼母。母及家人悉集，无有能辨识者。刘回眸亦迷；注目移时，始揖而谢之。女子索镜自照，赧然趋出㊸，寻之已杳。夫妇感其义，为位于室而祀之㊹。一夕，刘醉归，室暗无人，方自挑灯，而阿绣至。刘挽问："何之？"笑曰："醉臭熏人，使人不耐！如此盘诘，谁作桑中逃耶㊺？"刘笑捧其颊。女曰："郎视妾与狐姊孰胜？"刘曰："卿过之。然皮相者不辨也㊻。"已而合扉相狎。俄有叩门者，女起笑曰："君亦皮相者也。"刘不解，趋启门，则阿绣入，大愕。始悟适与语者，狐也。暗中又闻笑声。夫妻望空而祷，祈求现像。狐曰："我不愿见阿绣。"问："何不另化一貌？"曰："我不能。"问："何故不能？"曰："阿绣，吾妹也，前世不幸夭殂。生时，与余从母至天宫，见西王母，心窃爱慕，归则刻意效之。妹较我慧，一月神似；我学三月而后成，然终不及妹。今已隔世，自谓过之，不意犹昔耳㊼。我感汝两人诚，故时复一至，今去矣。"遂不复言。自此三五日辄一来，一切疑难悉决之。值阿绣归宁㊽，来常数日住，家人皆惧避之。每有亡失，则华妆端坐，插玳瑁簪长数寸㊾，朝家人而庄语之㊿："所窃物，夜当送至某所；不然，头痛大作，悔无及！"天明，果于某所获之。三年后，绝不复来。偶失金帛，阿绣效其妆，吓家人，亦屡效焉。

【注释】

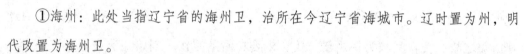

①海州：此处当指辽宁省的海州卫，治所在今辽宁省海城市。辽时置为州，明代改置为海州卫。

②盖：唐置盖州，明为盖州卫，清改为盖平县；即今辽宁省盖州市。

③折阅：指亏本，此指压低售价。阅，卖。

④不靳直：不计较价钱。靳，吝惜。直，同"值"。

⑤故昂之：故意提高价格。

⑥脱贯：从钱串上取下钱来；意思是付钱。贯，古时穿钱的绳索。此据山东省博物馆抄本，原作"脱赍"。

⑦价奢过当：价钱高得太多。奢，昂贵。过当，超过合理价格。

⑧蹈隙：趁空，指乘其父不在之时。

⑨惓惓：恳切；眷念不忘。

⑩阖户：关上门。此据二十四卷抄本，原作"闔户"。下文"阖"，据青柯亭刻本改。

⑪触类凝思：犹言触景生情，思念不已。

⑫扃：据山东省博物馆抄本，原作"閣"。

⑬广宁：旧县名，治所在今辽宁省北镇市。

⑭防闲：防范禁止。

⑮忽忽：失意的样子。

⑯艳称：夸赞地称道。艳，艳羡，羡慕。复州：辽置，治所在今辽宁省复县西北，明为复州卫。

⑰夤缘：攀附；指寻找因由与之亲近。

⑱眈眈：注目察看。此据山东省博物馆抄本，原作"耽耽"。

⑲寥廓：静寂，广阔。

⑳恫：悲痛。

㉑涕堕如绠：犹言泪落如雨。绠，井绳。

㉒赊远：遥远。

㉓诡词：假话。诡，欺、诈。

㉔措意：属意。

㉕诘：据山东省博物馆抄本，原作"言"。

㉖涡：酒窝。

㉗排闼：推开门扇。此据二十四卷抄本，原作"排挞"。

㉘自投：谓降伏而自动放下兵器。

㉙图效绵薄：打算尽我微力为你效劳。绵薄，薄弱的能力，谦词。

㉚伏戎：犹伏兵，指仆人暗中操兵伺击。

㉛花烛：旧俗结婚皆燃花烛，因以花烛代称结婚。

㉜啖以重赂：用丰厚财礼打动对方。啖，利诱。赂，赠予财物。

㉝小郎：旧时妇女称丈夫的弟弟为小郎。

㉞若翁：乃父，指阿绣的父亲。故：据山东省博物馆抄本，原作"欲"。

㉟兵警：出兵打仗的消息。

㊱侦者：军队的前哨。

㊲"曰：汝真阿绣耶"：据青柯亭本补，原缺。

㊳趣遁：催促快逃。趣，催促。

㊴寓书：寄信。

㊵卜吉成礼：选定吉日举行婚礼。

㊶封识俨然：原封不动地在那里。封识，封裹的标记。

㊷蹇修：媒人。

㊸赧然：脸红，难为情的样子。

㊹位：牌位。

㊺作桑中逃：指处出幽会。

㊻皮相者：只看外表的人。

㊼犹昔耳：仍如往昔，意谓和前世一样仍不能超过她。

㊽归宁：旧时女子回娘家叫"归宁"。

㊾玳瑁：龟属动物，甲壳可作装饰品。

㊿朝家人：召集家中仆婢。朝，会集，召集。

【译文】

　　海州刘子固，十五岁那年，到盖平探望舅舅。看见街上杂货铺里有一个女郎，长得娇美无比，心里喜欢上她。他悄悄地走到店铺里，假说要买扇子，女郎就叫她父亲。父亲出来了，刘子固很扫兴，故意讨价还价了一阵就离开了。远远看见她父亲出了门，就又走了过去。那女郎看见他，又想去找她父亲。刘子固阻止她说："你不必去找，只要讲一个价钱，我不会还价的。"女郎听他这么说，故意抬高价钱。刘子固不忍心和她争，付了钱就走了。

第二天，刘子固又到那店铺里去，仍和昨天一样。他刚离开店铺走了几步，女郎追喊道："回来！刚才只是骗骗你罢了，价钱开得太高了，不值的。"就把钱退了一半给他。刘子固更感到她为人诚实，以后一有空闲，就跑到店铺里去买东西，因此一天天熟悉起来。女郎问："你家住什么地方？"刘子固从实说了，又反问女郎姓氏，女郎说她姓姚。

离开店铺时，女郎替刘子固把所买的东西用纸包好，用舌头把封口舔湿粘牢。刘子固拿着东西回到家里，就不敢再动，怕弄坏了她用舌头舔过的地方。

半个月下来，仆人看出了秘密，暗中和他舅舅商量，竭力把他送回海州。刘子固心情闷闷不乐，有一种失落感。他把买来的香帕脂粉等东西，密藏在箱子里，没人时，就关上门，一样样拿出来细看，触物生情，久久地沉浸在回想中。

第二年，刘子固又到盖平去。刚把行装放下，就跑向女郎的店铺。到那里一看，门窗关得紧紧的，只好失望地回来。还以为女郎偶然出门没有回家，第二天一早又去，那门窗照旧关着。问了几个邻舍，才知道姚家原是广宁人，因嫌做买卖收入少，所以暂时回老家去了，也不晓得什么时候才能再来，刘子固一听，神情沮丧，住了几天，就无精打采地回家了。

母亲给他提亲事，他总是不同意，母亲又生气又摸不着头脑。仆人暗地里把以前的事告诉了他母亲，母亲就把他管束得更紧了，从此不许他再到盖平去。

刘子固神志恍惚，觉也睡不好，饭也吃不下。他母亲犯了愁，又想不出办法，心想不如称了他的心愿。于是马上为他准备行装，送他到盖平，同时传话给他舅舅，请他做媒说合。舅舅答应后就去姚家，一会儿回来，对刘子固说："这事儿不能成了，阿绣已经许配给一个广宁人了。"

刘子固垂头丧气，灰心绝望。回家以后，捧着收藏香帕脂粉的箱子哭泣。他一面徘徊，一面发着痴想，希望天底下有一个像阿绣那样的美女。这时刚好有个媒婆，说复州黄家有一个闺女如何如何漂亮。刘子固怕媒婆的话不确实，就座了车子亲自到复州去相亲。

进了西门，看见朝北一户人家，两扇门半开着，里面有一个女郎，模样和阿绣像得出奇。再定睛看她，她边走边回头望，进里屋去了。果真是阿绣，一点也不会错。他十分激动，就租了东隔壁一间房子住下。仔细打听，知道这一家姓李。刘子固翻来覆去想出了神：天底下哪有这样相像的人呢？

住了几天，他没有机会和这家人拉上关系，只好成天盯着女郎家门口等候，希望女郎再出来。一天傍晚时候，女郎果然出来了。她突然看到刘子固，转身就走，用手指指后面，又把手掌朝下举手齐额，进屋去了。

刘子固高兴极了，但不知女郎打的手势是什么意思。他沉思了很久，随意走到屋后，只见一个荒园空荡荡的很大，西头有一截矮墙，大约有齐肩高。他顿时开窍，领悟了女郎手势的意思，就在露草中蹲伏下来。

过了好久，有个人从墙上露出头来，低声说："来了吗？"刘子固答应了一声站起来，仔细一看，真的是阿绣。这时他喜极而悲，眼泪像断了线的珠子一样落下来。女郎隔着墙探出身来，用手帕替他擦眼泪，深情地安慰他。刘子固说："我千方百计，达不到目的，自以为这辈子没指望了，怎会想到还有今天！但你怎么会到这里的呢？"女郎说："李家是我的表叔。"

刘子固要求越墙过去相会，女郎说："你先回去，把仆人打发到别的地方去睡，我会自己来的。"

刘子固听从了她的话，回家等她。不久，女郎悄悄地进来了，她的服饰打扮不怎么漂亮，还是从前那身旧衣裳。刘子固拉她坐下，一一诉说别后想得好苦，求得多难，就问："你已许配人家了，怎么还不出嫁？"女郎说："说我受了人家的聘，是假话。我父亲因为你家太远，不愿和你结亲。这也许托你舅舅故意这么说，要断了你这个念头。"说完两人上床共寝，亲热异常，绸缪欢爱，美不可言。到了四更，女郎就急急起身，越墙而去。

刘子固从此再也不想什么黄家姑娘了，住了一个月，还想不到要回去。一天夜里，仆人起来喂马，看见他房里灯还亮着；偷偷往里一看，见阿绣在那里，大吃一惊。但不敢问主人，早上起来，到街上去打听，回来才问刘子固："夜里和少爷来住的，是什么人？"刘子固开始还想隐瞒，仆人说："这房子冷清清的，怕是鬼怪狐精的老窝，少爷应该自己爱护一点。那姚家的女郎，为什么跑到这里来？"刘子固才红着脸说："西边邻居是她的表叔，有什么好猜疑的？"仆人说："我已经打听明白了：东隔壁只有一个孤老太婆，西边那家有个年幼的孩子，没有别的亲戚。你遇到的一定是鬼怪，否则哪有一个人衣服穿了几年还不换的？再说她脸色太白，两颊又瘦了点，笑起来没有小酒窝，不如阿绣漂亮。"

刘子固反复一想，才害怕起来，说："那怎么办呢？"仆人出了一个主意：等她来时，拿了刀冲进去一起对付她。

到黄昏时候，女郎来了，对刘子固说："我知道你在怀疑我，但我也没有别的意思，不过来了却我们的缘分罢了。"话还没有讲完，仆人就闯开门进来了。女郎喝住他说："把你的刀放下！快去拿酒来，我和你主人告别！"

仆人主动把刀扔下，好像有人夺下来似的。刘子固更加害怕，勉强壮着胆子摆了酒食。女郎谈笑如常，用手指着刘子固说："我知道你的心事，正要为你出点力，为什么竟埋伏下杀手？我虽不是阿绣，自认也不比她差，你看我还不如从前的那个阿绣吗？"

刘子固汗毛直竖，像哑巴似的一句话也讲不出。女郎听得打三更了，拿起酒杯来喝了一口，起身说："我走了，等你结婚之后，再来和你的新娘子比一比谁美谁丑吧！"说完，转身就不见了。

刘子固信了狐精的话，就直接回到盖平。他怨恨舅舅骗自己，就不住在舅舅家里，在姚家附近租了间房子住下，托媒人去说亲，送去很厚的聘礼，想打动女家的心。姚家的妻子说："我家小叔在广宁为阿绣找了一户人家，她父亲带着她亲自看去了，能不能成功还说不定。要等回来才好商量。"刘子固听了，一时没了主意，心神不定，最后决心守在盖平，等候阿绣回来。

过了十多天，忽然听说打仗了。开始还怀疑是谣言，日子一长，风声越来越紧，就收拾行装回家。半路上遇到了乱兵，刘子固和仆人走散了，他自己被一个探子抓了去。军队里看他生得文弱，对他防范不严，被他偷了一匹马逃走了。

到了海州地面，他看见一个女子，蓬头垢面，走路一颠一蹶的，十分狼狈。刘子固骑马经过时，那女子急忙喊道："骑在马上的不是刘郎吗？"刘子固勒马细看，原来是阿绣。

刘子固仍然怀疑她是狐精，问道："你是真阿绣吗？"女郎说："你为什么问这个话？"刘子固就把他遇到假阿绣的事说了一遍。女郎说："我是真阿绣啊。父亲带我从广宁回来，路上遇到兵马，被俘虏了，他们给我马骑，我几次都从马上跌下来。这时忽然有一个姑娘，拉着我的手就跑，在兵马中乱奔，也没有人查问。那姑娘跑得比鸟儿还要快，我竭力奔跑也赶不上，走了百把步路鞋子就掉了好几次。过了半天，听到人喊马嘶的声音渐渐远了，她才放下我的手说：'再见了，前面路上太平，可慢慢走，爱你的人快要到了，你正好同他一道回去。'"

刘子固知道这女郎就是狐精，心里很感激她。他对阿绣说了留在盖平的缘故。阿绣说，她叔父为她挑了一个姓方的男家，还没有下聘，就遇到了兵灾。刘子固才知道舅舅的话并不是假的。他把阿绣扶上马，两人一前一后骑着回家了。

回到家里，看到母亲平安无事，刘子固非常高兴。拴好马，走进里屋，把前后说了一遍，母亲也很喜欢，给阿绣洗澡，打扮完毕，容光焕发，母亲拍着手说："难怪痴儿子做梦都想着你！"就铺设被褥，叫女郎跟她一道睡。同时派人去盖平，捎信给姚家。不几天，姚家夫妻俩来了，选定好日子完了婚才走。

刘子固取出秘藏的箱子，那些香帕脂粉还包得好好的。其中有一匣粉，打开来一看，竟是红土。刘子固觉得奇怪。阿绣掩着嘴笑道："几年前的骗局，今天才被你发觉了。那时我见你总是任凭我包扎，顾不上细看东西的真假，所以就拿这红土跟你开了个玩笑！"

两人正在说笑时，有一个人掀开帘子走了进来，说："这样快活，该不该谢谢媒人？"刘子固一看，又是一个阿绣来了。急忙喊他母亲，母亲和家里人都到齐了。没人能分辨出谁真谁假。刘子固转眼看时，也迷糊了；定睛看了好久，才认出那后来的阿绣，就向她作揖道谢。那女郎要来镜子，自己照了一下，红着脸跑出去，再寻已不见踪影了。

夫妇俩感激她的恩义，在房里为她立了一块牌位供着。

一天黄昏，刘子固喝醉了酒回家，屋里黑洞洞的没有一个人。他刚点上灯，阿绣进来了。刘子固拉住她的手问："到哪里去了？"阿绣笑着说："酒臭熏得人受不了，还这样盘问，莫非我和人家幽会去了吗？"刘子固笑着捧住她的脸，女郎就问："你看我和狐姊姊谁漂亮？"刘子固说："你比她漂亮，但粗心的人是分辨不出来的。"说罢，两人就关上门睡觉了。一会儿，听到有人敲门，女郎起身笑道："你也是个粗心的人呀！"刘子固听了摸不着头脑，走去开了门，却是阿绣来了。刘子固大吃一惊，才省悟到刚才和他讲了半天话的阿绣是狐精。黑暗中还听到她的笑声。

夫妻两人对着天空祈祷，要求狐精再现人形。狐精说："我不愿再见阿绣。"刘子固问："那你为什么不另外变个样子呢？"狐精说："我不能变。"刘子固又问："为什么不能变呢？"狐精答道："阿绣是我的妹妹，上一世不幸早死。她在世时和我跟着母亲到天宫去，见到西王母，心里暗暗爱慕王母娘娘的外貌风度，回来后一心一意模仿她的言谈举止。妹妹比我聪明，一个月神态就像了，我学了三个月才像，但总不及妹妹工夫到家。现在又过了一世，我自以为可以超过妹妹，想不到还是不及她。我被你们的诚意感动，所以常到你们这里来，现在我要走了。"说罢就不再开口了。

从此，狐精每隔三五天就来一次，刘家有什么疑难，她都能帮助解决。碰到阿绣回娘家去，狐精来了就一住几天，刘家的仆人都害怕，躲避她。

每逢刘家丢失东西，狐精就打扮得漂漂亮亮，头上插根几寸长的玳瑁簪子，端端正正坐了，板着面孔对刘家的仆人说："谁偷了东西，今夜必须送到某某地方；要是不送去，头痛天发起来，后悔也来不及！"天亮去一看，失窃的东西果然已放在那里了。过了三年，狐精就不再来了。家里偶然遗失了金银绸缎什么的，阿绣就装着狐精的打扮吓唬仆人，也常有效果。

杨疤眼

【原文】

一猎人，夜伏山中，见一小人，长二尺已来，踽踽行涧底①。少间，又一人来，

杨疤眼

高亦如之②。适相值，交问何之③。前者曰："我将往望杨疤眼。前见其气色晦黯，多罹不吉。"后人曰："我亦为此，汝言不谬。"猎者知其非人，厉声大叱，二人并无有矣。夜获一狐，左目上有瘢痕，大如钱。

【注释】

①踽踽：孤独的样子。

②高亦如之：高矮也相等。

③交问：彼此相问。

【译文】

有个猎人，夜间埋伏在山中，见一个小人，身子才有二尺来长，正孤零零地在山谷底的溪边行走。一会儿，又有一个人走来，高矮差不多。二人正好走到一起，彼此询问对方去哪里。前一个人说："我要去看看杨疤眼。前些日子见他满脸晦气，多数是要碰到倒霉事儿了。"后一个人说："我也正要去看看他。你讲的准没错。"猎人知道他们并不是人，就厉声呵斥，二人都不见了。夜间，猎人捕得一只狐狸，左眼上有疤痕像铜钱一般大。

小 翠

【原文】

王太常①，越人②。总角时，昼卧榻上。忽阴晦，巨霆暴作③，一物大于猫，来伏身下，展转不离。移时晴霁，物即径出。视之，非猫，始怖，隔房呼兄。兄闻，喜曰："弟必大贵，此狐来避雷霆劫也。"后果少年登进士，以县令入为侍御④。生一子，名元丰，绝痴，十六岁不能知牝牡⑤，因而乡党无与为婚⑥。王忧之。适有

小翠

帧帐奇谋运
不窍痴兄颗
倒戟闹中功
成便尔将身
退出取余情
补化工

小翠

妇人率少女登门，自请为妇。视其女。嫣然展笑，真仙品也。喜问姓名。自言："虞氏。女小翠，年二八矣。"与议聘金。曰："是从我糠覈不得饱⑦，一旦置身广厦，役婢仆，厌膏粱⑧，彼意适，我愿慰矣，岂卖菜也而索直乎！"夫人大悦，优厚之。妇即命女拜王及夫人，嘱曰："此尔翁姑⑨，奉侍宜谨。我大忙，且去，三数日当复来。"王命仆马送之。妇言："里巷不远，无烦多事:"遂出门去。小翠殊不悲恋，便即奁中翻取花样⑩。夫人亦爱乐之。

数日，妇不至。以居里问女，女亦憨然不能言其道路。遂治别院，使夫妇成礼。诸戚闻拾得贫家儿作新妇，共笑姗之⑪；见女皆惊，群议始息。女又甚慧，能窥翁姑喜怒。王公夫妇，宠惜过于常情，然惕惕焉⑫，惟恐其憎子痴；而女殊欢笑，不为嫌。第善谑⑬，刺布作圆⑭，蹋蹴为笑。着小皮靴，蹴去数十步⑮，给公子奔拾之⑯，公子及婢恒流汗相属。一日，王偶过，圆礑然来⑰，直中面目。女与婢俱敛迹去⑱，公子犹踊跃奔逐之。王怒，投之以石，始伏而啼。王以告夫人；夫人往责女，女俯首微笑，以手刓床⑲。既退，憨跳如故，以脂粉涂公子，作花面如鬼。夫人见之，怒甚，呼女诟骂。女倚几弄带，不惧，亦不言。夫人无奈之，因杖其子⑳。元丰大号，女始色变，屈膝乞宥㉑。夫人怒顿解，释杖去。女笑拉公子入室，代扑衣上尘，拭眼泪，摩挲杖痕，饵以枣栗。公子乃收涕以忻㉒。女阖庭户，复装公子做霸王，作沙漠人㉓；已乃艳服，束细腰，婆娑作帐下舞㉔；或髻插雉尾，拨琵琶，丁丁缕缕然㉕，喧笑一室，日以为常。王公以子痴，不忍过责妇；即微闻焉，亦若置之。

同巷有王给谏者㉖，相隔十馀户，然素不相能㉗。时值三年大计吏㉘，忌公握河南道篆㉙，思中伤之。公知其谋，忧虑无所为计。一夕，早寝。女冠带，饰冢宰状㉚，剪素丝作浓髭㉛，又以青衣饰两婢为虞候㉜，窃跨厩马而出㉝，戏云："将谒王先生。"驰至给谏之门，即又鞭挝从人，大言曰："我谒侍御王㉞，宁谒给谏王耶㉟！"回辔而归㊱。比至家门，门者误以为真，奔白王公。公急起承迎，方知为子妇之戏。怒甚，谓夫人曰："人方蹈我之瑕㊲，反以闺阁之丑，登门而告之。余祸不远矣！"夫人怒，奔女室，诟让之㊳。女惟憨笑，并不一置词。挞之，不忍；出之㊴，则无家：夫妻懊怨，终夜不寝。时冢宰某公赫甚，其仪采服从㊵，与女伪装无少殊别，王给谏亦误为真。屡侦公门，中夜而客未出，疑冢宰与公有阴谋。次日早朝，见而问曰："夜，相公至君家耶㊶？"公疑其相讥，惭言唯唯，不甚响答。给谏愈疑，谋遂寝㊷，由此益交欢公。公探知其情，窃喜，而阴嘱夫人，劝女改行㊸；女笑应之。

逾岁，首相免㊹，适有以私函致公者，误投给谏。给谏大喜，先托善公者往假万金㊺，公拒之。给谏自诣公所。公觅巾袍㊻，并不可得；给谏伺候久，怒公慢，愤将行。忽见公子衮衣旒冕㊼，有女子自门内推之以出。大骇；已而笑抚之，脱其服冕而去。公急出，则客去远。闻其故，惊颜如土，大哭曰："此祸水也㊽！指日赤吾族矣㊾！"与夫人操杖往。女已知之，阖扉任其诟厉。公怒，斧其门。女在内含笑而告之曰："翁无烦怒。有新妇在，刀锯斧钺，妇自受之，必不令贻害双亲。翁若此，是欲杀妇以灭口耶？"公乃止。给谏归，果抗疏揭王不轨㊿，衮冕作据。上惊验之，其旒冕乃梁藟心所制，袍则败布黄袱也。上怒其诬。又召元丰至，见其憨状可掬，笑曰："此可以作天子耶？"乃下之法司[51]。给谏又讼公家有妖人，法司严诘臧获[52]，并言无他，惟颠妇痴儿，日事戏笑；邻里亦无异词。案乃定，以给谏充云南军[53]。王由是奇女。又以母久不至，意其非人。使夫人探诘之，女但笑不言。再复穷问，则掩口曰："儿玉皇女，母不知耶？"

无何，公擢京卿[54]。五十余，每患无孙。女居三年，夜夜与公子异寝，似未尝有所私。夫人异榻去，嘱公子与妇同寝。过数日，公子告母曰："借榻去，悍不还！小翠夜夜以足股加腹上，喘气不得；又惯掐人股里。"婢妪无不粲然。夫人呵拍令去。一日，女浴于室，公子见之，欲与偕；女笑止之，谕使姑待。既出，乃更泻热汤于瓮，解其袍袴，与婢扶之入。公子觉蒸闷，大呼欲出。女不听，以衾蒙之。少时，无声，启视，已绝[55]。女坦笑不惊[56]，曳置床上，拭体干洁，加复被焉。夫人闻之，哭而入，骂曰："狂婢何杀吾儿！"女鞿然曰[57]："如此痴儿，不如勿有。"夫人益恚，以首触女；婢辈争曳劝之。方纷噪间，一婢告曰："公子呻矣！"辍涕抚之，则气息休休，而大汗浸淫[58]，沾浃裀褥[59]。食顷，汗已，忽开目四顾，遍视家人，似不相识，曰："我今回忆往昔，都如梦寐，何也？"夫人以其言语不痴，大异之。携参其父，屡试之，果不痴。大喜，如获异宝。至晚，还榻故处，更设衾枕以觇之。公子入室，尽遣婢去。早窥之，则榻虚设。自此痴颠皆不复作，而琴瑟静好，如形影焉[60]。

年馀，公为给谏之党奏劾免官，小有置误[61]。旧有广西中丞所赠玉瓶[62]，价累千金，将出以贿当路。女爱而把玩之，失手堕碎，惭而自投。公夫妇方以免官不快，闻之，怒，交口呵骂。女忿而出[63]，谓公子曰："我在汝家，所保全者不止一瓶，何遂不少存面目？实与君言：我非人也。以母遭雷霆之劫，深受而翁庇翼[64]；又以我两人有五年凤分，故以我来报曩恩、了凤愿耳。身受唾骂、擢发不足以数，所以不即行者，五年之爱未盈。今何可以暂止乎！"盛气而出，追之已杳。公爽然自失[65]，而悔无及矣。公子入室，睹其剩粉遗钩，恸哭欲死；寝食不甘，日就羸瘁。公大忧，急为胶续以解之[66]，而公子不乐。惟求良工画小翠像，日夜浇祷其下[67]，几二年。

偶以故自他里归，明月已皎，村外有公家亭园，骑马墙外过，闻笑语声，停辔，使厮卒捉鞚[68]；登鞍一望，则二女郎游戏其中。云月昏蒙，不甚可辨，但闻一翠衣者曰："婢子当逐出门！"一红衣者曰："汝在吾家园亭，反逐阿谁？"翠衣人曰："婢子不羞！不能作妇，被人驱遣，犹冒认物产也？"红衣者曰："索胜老大婢无主顾者[69]！"听其音，酷类小翠，疾呼之。翠衣人去曰："姑不与若争，汝汉子来矣。"既而红衣人来，果小翠。喜极。女令登垣承接而下之，曰："二年不见，骨瘦一把矣！"公子握手泣下，具道相思。女言："妾亦知之，但无颜复见家人。今与大姊游戏，又相邂逅，足知前因不可逃也。"请与同归，不可；请止园中，许之。公子遣仆奔白夫人。夫人惊起，驾肩舆而往，启钥入亭。女即趋下迎拜；夫人捉臂流涕，力白前过，几不自容，曰："若不少记榛梗[70]，请偕归，慰我迟暮[71]。"女峻辞不可。夫人虑野亭荒寂，谋以多人服役。女曰："我诸人悉不愿见，惟前两婢朝夕相从，不能无眷注耳；外惟一老仆应门，馀都无所复须。"夫人悉如其言。托公子养疴园中，日供食用而已。

女每劝公子别婚，公子不从。后年馀，女眉目音声，渐与曩异，出像质之，迥若两人。大怪之。女曰："视妾今日，何如畴昔美?"公子曰："二十馀岁，何得速老?"女笑而焚图，救之已烬。一日，谓公子曰："昔在家时，阿翁谓妾抵死不作茧⑫。今亲老君孤，妾实不能产，恐误君宗嗣。请娶妇于家，旦晚侍奉公姑，君往来于两间，亦无所不便。"公子然之，纳币于钟太史之家⑬。吉期将近，女为新人制衣履，赍送母所。及新人入门，则言貌举止，与小翠无毫发之异。大奇之。往至园亭，则女亦不知所在。问婢，婢出红巾曰："娘子暂归宁，留此贻公子。"展巾，则结玉块一枚⑭，心知其不返，遂携婢俱归。虽顷刻不忘小翠，幸而对新人如觌旧好焉。始悟钟氏之姻，女预知之，故先化其貌，以慰他日之思云。

异史氏曰："一狐也，以无心之德，而犹思所报；而身受再造之福者⑮，顾失声于破甑⑯，何其鄙哉！月缺重圆⑰，从容而去，始知仙人之情，亦更深于流俗也！"

【注释】

①太常：官名，汉为九卿之一。以后各代设太常寺，置卿和少卿各一人，掌管宫廷祭祀礼乐等事。

②越：指今浙江地区。古越国建都于会稽（今浙江绍兴），春秋末年越国灭吴，向北扩展，疆域有江苏南部、江西东部、浙江北部等地区。

③巨霆：迅雷。

④以县令入为侍御：从外任知县调入朝廷为御史。清代称御史为"侍御"。

⑤牝牡：雌雄，指男女性别。鸟兽雌性叫"牝"，雄性叫"牡"。

⑥与：据山东省博物馆抄本，原作"於"。

⑦糠覈：粗粝的饭食。覈，米麦的粗屑。

⑧厌：通"餍"，饱食。膏粱：肥脂与细粮，指美食。

⑨翁姑：公婆。

⑩奁：此指闺中盛放什物的箱匣。

⑪笑姗：嘲笑。

⑫惕惕：担心、忧虑。

⑬第：但。善谑：善于戏耍玩笑。

⑭剌布作圆：缝布做球。剌，缝制。圆，球。

⑮数十步：据山东省博物馆抄本，原作"数步"。

⑯绐：哄骗。

⑰碣然：形容踢球的声音。

⑱敛迹：躲藏，藏身。

⑲刓：划刻。

⑳杖：棒打。

㉑乞宥：求饶。宥，原谅。

㉒收涕以忻：止住眼泪而欢喜高兴。

㉓"装公子做霸王，作沙漠人"及以下数句：这里是合写他们所扮演的两出戏。装公子作霸王，指扮演西楚霸王项羽；下文写小翠"乃艳服，束细腰婆娑做账下舞"，指扮演虞姬；串演的是楚汉相争时霸王和虞姬的故事。公子作沙漠人，指扮演发兵索取昭君的匈奴王；下文写小翠"髻插雉尾，拨琵琶，丁丁缕缕"，指扮演王昭君；串演的是汉王昭君出塞和亲的故事。

㉔婆娑：舞蹈的姿态。

㉕丁丁缕缕然：形容弹奏琵琶所发出的连续不断的声响。丁丁，形容声音响亮。缕缕，形容声细不绝。

㉖给谏：官名，给事中的别称。明代给事中分吏、户、礼、兵、刑、工六科，掌侍从规谏、稽察六部弊误等事。清代隶属都察院。

㉗素不相能：向来不相容：

㉘三年大计吏：明清时，每三年对官吏举行一次考绩。对外官的考绩称"大计"，对京官的考绩称"京察"。

㉙握河南道篆：做河南道监察御史。篆，官印。明代都察院下设十三道监察御史，给予印篆，分区负责考察各该地区刑名吏治情况。

㉚冢宰：周代官员，为六卿之首。明代以内阁大学士为相，中叶后多兼吏部尚书，故又称吏部尚书为冢宰。

㉛素丝：白色生丝。浓髭：密集的胡须。

㉜虞候：宋时贵官雇用的侍从。此指侍卫、随员。

㉝厩马：指家中的马匹。厩，马棚。

㉞侍御王：侍御王先生，指王太常。

㉟给谏王：给谏王先生，指王给谏。

㊱回辔：回马。

㊲蹈我之瑕：寻找我的过错。瑕，玉的斑点，比喻缺点或毛病。蹈，据山东省博物馆抄本，原作"盗"。

㊳诟让：责骂。让，责备。

㊴出：休弃。

㊵仪采服从：仪容、风采、服饰和扈从。

㊶相公：此指上文所说的"冢宰"。

㊷寝：停止、中止。

㊸改行：改变其所作所为。

㊹首相：也指上文所说的"冢宰"。

㊺善公者：与王公友善的人。

㊻觅巾袍：寻找官服，拟穿戴出见宾客。巾袍，犹言冠服。

㊼衮衣旒冕：此指穿戴帝王冠服。衮衣，皇帝所穿的衮龙袍。旒冕，前后悬垂玉串的皇冠。

㊽祸水：汉成帝宠赵飞燕的妹妹合德。披香博士淖方成唾曰："此祸水也，灭火必矣。"见《飞燕外传》。照五行家的说法，汉朝得火德而兴，因而说赵合德祸害汉室，如同水之灭火。后因称败坏国家的女性为"祸水"。

49指日赤吾族矣：不久就将诛灭我家全族。指日，不日，为期不远。赤族，全家族被杀。

50抗疏：上疏直陈。不轨：越出常轨，不守法度。

51下之法司：把王给谏交付法司审理。明清时代，以刑部、都察院、大理寺为三法司，负责审理重大案件。

52臧获：奴婢。

53充云南军：充军到云南。充军为古代刑罚。宋代把罪犯发配往军内或官作坊服劳役，明代则大都发配往边远驻军服役，都叫充军。

54擢：提升。京卿：清代对三品或四品京官的尊称，或称“京堂”。这里指从侍御擢升为太常寺卿。

55绝：气绝。

56坦笑：坦然而笑。

57鞭然：笑的样子。

58浸淫：渗渍。

59沾浃：湿透。

60如形影焉：如影随形，谓亲密相伴。

61罣误：同“挂误”。此指官吏因公事受谴责。

62中丞：巡抚的别称。明清时，巡抚兼带副都御史衔，相当于前代的御史中丞，故称之为“中丞”。

63忿：据山东省博物馆抄本和二十四卷抄本，原作“奋”。

64而翁：据山东省博物馆抄本，原作“而公”。而，同“尔”。

65爽然自失：意谓深为内疚。爽然，茫然。自失，内心空虚。

66胶续：指续娶。旧时以琴瑟谐和比喻夫妇，因此俗谓丧妻为断弦，再娶曰续弦。暗来因称男子续娶为“胶续”或“鸾胶再续”。

67浇祷：酹酒祈祷。

68厩卒：马夫。捉：抓住。鞚：有嚼口的马络头。

⑥索胜：总还胜过。

⑦榛梗：草木丛生，阻塞不通；喻隔阂，前嫌。

⑦迟暮：喻晚年。迟，晚。

⑦抵死：到老死；终究。不做茧：以蚕不做茧比喻妇女不能生育。

⑦纳币：下聘礼。太史：古史官。明清时，因修史之事归于翰林院，因称翰林为"太史"。

⑦玉玦：玉饰，形为环而有缺口，古时常用以赠人表示决绝。

⑦再造：犹言再生。

⑦失声于破甑：东汉孟敏荷甑而行，甑堕地破裂，孟敏不顾而去，认为"甑已破矣，视之何益"。这里反用其意，借以指责王太常毫无涵养，竟然惋惜已碎的玉瓶，诟骂对王家有再造之德的小翠。失声，不自禁而出声。甑，陶甑，古代炊器。

⑦月缺重圆：指小翠盛气离开王家，后在园亭又与公子重新团圆。

【译文】

有个掌管宗庙礼仪的太常官，姓王，浙江人。小时候，白天躺在床上，突然天昏地暗，雷电大作，一只比猫还大的东西，跑来伏在他的身下，转来转去，不肯离开。一会儿雨过天晴，那东西就走了。仔细看去，并不是猫，才害怕起来，隔着房间喊他的哥哥。他哥哥一听很高兴，说道："兄弟将来必定会做大官，这狐狸来躲避雷击啊。"后来他果然少年中了进士，由知县升任御史。

王公有个儿子，名叫元丰，是个白痴，长到十六岁，还分不清男女，因此乡里人都不愿意把自己的女儿嫁给他。王公常为儿子的婚事发愁。

一天，有个妇人领着个年轻的女儿找上门来，主动请求把女儿给他家做媳妇。看那女孩子，笑容微露，模样儿真像仙女下凡。王家高兴地问那妇人姓名。她自称姓虞，女儿叫小翠，今年十六岁了。和她商量聘礼，那妇人道："这孩子跟着我，连糠都吃不饱，一旦住在这高大的房子里，有丫鬟奴仆供她使唤，有山珍海味任她吃喝，只要她生活得好，我就安心了，难道是要做买卖，讲什么价钱？"王夫人听后非常高兴，盛情款待了她们。那妇人便叫女儿拜见王公夫妇，吩咐道："这就是你的公婆，你要小心伺候他们。我很忙，先回去，三四天后再来看你。"

王公叫仆人备马相送。妇人说她家很近，不必麻烦，就出门走了。小翠倒也没有什么悲伤或恋恋不舍地样子，就随手在小箱子里翻检做针线活儿的花样。王夫人又疼爱又高兴。

过了几天，不见那妇人到来。王夫人问小翠家住何处，她却傻乎乎地说不清来去的途径。王夫人便另外收拾了一个院子，让小两口成婚。亲戚们听说王家捡了个穷人家的女儿做媳妇，大家嘲笑这件事；后来亲眼看见小翠，都感到吃惊，风言风语才没了。

小翠很聪明，能看出公婆心里的喜怒。王公夫妇格外宠爱她，但总担心她嫌自己的儿子傻；而小翠却乐呵呵的，一点不嫌弃。只是爱戏耍，缝了个布球，常踢着取乐。她穿上小皮靴，一踢就是几十步远，哄元丰奔跑着去拾取。元丰和丫鬟们奔来奔去，累得满头大汗。一天，王公偶然走过，那布球啪的一声，正好打在他脸上。小翠和丫鬟们连忙溜走，元丰还是起劲地奔过去追球。王公很生气，拾起一块石头向元丰掷去。元丰被打，才趴在地上哭了。

王公把这事告诉了夫人，夫人便去责备小翠。小翠低着头只是微笑，用手划着床沿。夫人离开后，她又照旧痴憨地蹦蹦跳跳，还把脂粉抹在元丰脸上，扮成个花脸活鬼。夫人见了，心中大怒，把小翠叫来骂了一顿。小翠身靠桌子，摆弄着衣带，既不害怕，也不说话。夫人对她没有办法，就把元丰打了一顿。元丰痛得直叫，小翠才着了慌，跪下求饶。夫人怒气顿时消了，丢下棍棒，走了出去。

小翠笑着把元丰拉到卧室，替他拂去衣服上的尘土，擦干眼泪，抚摩他身上的棍棒伤痕，拿枣子、栗子给他吃，他才停住眼泪高兴起来。小翠关上房门，又把元丰扮成楚霸王，或者胡人。自己则穿上艳丽的衣服，把腰束得细细的，翩翩跳起虞美人舞；或在发髻上插根野鸡翎子，手弹琵琶，叮叮咚咚。房里一片笑闹声。从早到晚，经常这样。王公因为儿子傻，也就不忍过分责怪媳妇，即使稍有所闻，也只当没有听到，不去管她。

在王家所在巷子里，还住着一个姓王的给谏官，相隔十多家门面。但关系素来不大好。那时正值三年一次的官吏政绩考评，王给谏妒忌王公做了河南道御史，想找岔儿陷害他。王公知道他的阴谋，心里犯愁，但一时又想不出对付的办法。

一天晚上，王公很早就睡了。小翠穿戴上男人的衣冠扮做宰相的样子，剪了一些白丝线当作胡须贴在嘴上；又叫两个丫鬟穿上青衣，扮成相府侍从，偷偷地从马棚里牵了一匹马，骑着出去。开玩笑说："我要去看看王先生。"到了王给谏家门口，又用鞭子打随从，大声说道："我要见的是王御史，难道要我去见那王给谏么！"掉转马头就走。回到自己家门口，看门人错以为真是宰相到了，赶紧进去报告王公。王公连忙起身出去迎接。一看才知道是儿媳妇闹着玩的，气得大发脾气，对夫人说道："有人正在找我的岔儿，这媳妇反把家丑送上门去告诉人家。我倒霉的日子快到了！"夫人听了也很恼火，奔到小翠房里责骂她。小翠只是傻笑，并不分辩。弄得王公夫妇毫无办法；打她吧，不忍下手；休掉她吧，她又无家可归。夫妇俩非常悔恨，一夜都没有睡好觉。

当时的宰相某公，声势显赫。他的神采、服饰、随从，都与小翠装扮的没有什么差别。王给谏也信以为真，多次派人到王公家门口去探听消息。到了半夜，仍不见宰相出来，他疑心宰相正在与王公商议什么机密大事。第二天早朝，见到王公，便问道："昨晚相公到您府上来了吗？"王公以为是在讽刺他，满面羞惭，只是低声含糊地答应了两声。王给谏越加怀疑起来，从此就放弃了找王公岔儿的打算，并竭力讨好他。王公打听到王给谏并不知道事情的真相，心中暗暗喜欢，但私下里还是嘱咐夫人，劝小翠以后别再这样胡闹了。小翠也笑着答应了。

过了一年，宰相被免了职。这时正好有人写了一封私信给王公，但误送到了王给谏家里。王给谏大喜，便先托和王公有交情的人，向他借一万两银子，以此相要挟。王公拒绝了。王给谏亲自上门。王公找会客穿戴的衣帽，一件也找不到。王给谏在外面等了好久，认为王公故意怠慢他，气呼呼正要离开，忽见王公的儿子身穿龙袍，头戴平天冠，被一个女子从房里推出来。王给谏看见，先是吓了一大跳，然后笑着按住他，脱下那龙袍、平天冠就走。王公急急忙忙赶出来，王给谏已经走远了。王公知道了事情的经过后，吓得面如土色，大哭道："这个害人精呀，没几天就要满门抄斩了！"接着就与夫人拿了棍棒去打小翠。小翠早已知道，紧闭了房门，任凭他们去叫骂。王公气极了，拿斧头劈门。小翠在房里笑着说道："公公用不着生气，有儿媳妇，要杀要斩，自有儿媳妇来承当，决不会连累两位大人。公公这个样子，是要杀我灭口吗？"王公听了，只好住手。

王给谏回去后，果然上奏章揭发王公要造反，还把龙袍、平天冠呈上，作为凭证。皇帝大惊，亲自验看，发现那平天冠是秫秸心扎成的，龙袍只是块破旧的黄包袱。皇帝大怒，说王给谏诬陷好人。又把元丰叫去，见了他那副傻相，笑道："他这种样子能做皇帝吗？"便交给司法机关处置。王给谏又指控王家有妖人。执法官把他家中的丫鬟、仆役抓去严加审问，众人都说："并无妖人，只是疯媳妇、傻儿子一对小夫妻成天戏耍取笑罢了。"左右邻舍说的也都这样。案子判决结果是：王给谏诬告不实，充军云南。

王公从此就觉得这小翠不平常，加上她母亲久去不来，越发疑心她不是个凡人，便叫夫人去探问她。小翠只是笑而不答。再三追问，小翠才掩着嘴笑着说："我是玉皇大帝的女儿，婆婆不知道吗？"

不久，王公升任太常卿。这时他已经五十多岁了，常常为没有孙子发愁。小翠过门已经三年，每夜与元丰分床而睡，似乎从来没有同衾共枕过。夫人就把另一张床抬走，叮嘱儿子和媳妇睡在一起。过了几天，元丰对母亲说："借了那张床去，怎么老是不还！小翠每夜把腿搁在我肚子上，叫人喘不过气来。她又喜欢掐人大腿，实在难受。"鬟仆妇听了都笑起来。夫人忙喝住他，拍拍他叫他走。

一天，小翠在房里洗澡，元丰见了，要和她共浴。小翠笑着阻止他，叫他等一下。等她洗好出了浴缸，另外换了热水倒进缸里，替元丰脱去衣服，与丫鬟一起把他扶进去。元丰感到闷热，大叫着要出来。小翠不理他，反用被子给他蒙上。不多一会，没声息了，拉开被子一看，已经死去。小翠却坦然笑着，也不惊慌，把元丰拖到床上，替他擦干身体，盖上两条被子。夫人听到消息，哭着跑进来，骂道：

"你这疯丫头，为什么杀死我儿子！"小翠笑嘻嘻地说："像这样的傻儿子，倒不如没有的好。"夫人听后越发气恼，用头去撞小翠。丫鬟们争着拉开夫人劝解。

正在吵得不可开交的当儿，一个丫鬟禀报说："公子出声了！"夫人忙收住眼泪，过去抚摸儿子，见他微微吐着气，大汗淋漓，把被褥都湿透了。过了一顿饭工夫，汗不出了，忽然睁开眼睛，向四面张望，看见家里的人，好像都不认识似的，说道："现在我回想起从前的事来，都像在梦里一样，这是什么原因呀？"夫人听他说的不像痴话，觉得非常奇怪，带着他去见他父亲，试了好几次，果然不痴不傻了。夫妇俩大喜，像是得了珍珠奇宝一般。到晚上，把另一张床搬回原处，铺上被褥，看他怎么样。他一到房里，就把丫鬟们都打发走。第二天早上去察看，那张床还是原样，空摆在那里。自此以后，小夫妻俩就不再有疯疯癫癫的行为了，两人恩爱非常，形影不离。

过了一年多，王公被王给谏同党的人弹劾，免了官，还受了点处分。王家藏有广西巡抚送的一只白玉花瓶，价值数千金，这时想拿它贿赂当权的人。小翠很喜欢这只花瓶，拿在手中把玩，一不小心掉在了地上，跌得粉碎。她羞愧地跑去向公婆认错。王公夫妇正为丢官的事心中不快，现在听说又打了花瓶，不由怒从心起，两人把小翠骂了一顿。小翠一阵风似的跑出来，对元丰说道："我在你家，替你们保全的不止一只花瓶，为什么就不肯留一点面子给我呢？老实告诉你吧，我不是凡人，只因为我母亲遭雷霆之劫，受过你父亲保护，又因为我们俩有五年的缘分，所以我来报前恩，了凤愿。我挨的骂都数不清了，所以不走，是因为五年的缘分没满。如今我还能再待下去吗？"说罢，气冲冲地走了出去。元丰追到门外，小翠已不知去向。

王公嘴里不说，心里像丢了魂一样，但后悔已来不及了。元丰每次进房，见到小翠用过的脂粉和留下的鞋子，总要哭得死去活来，觉也睡不好，饭也吃不下，人一天天消瘦下来。王公着实发愁，急着替他续娶，以解除他的悲痛。但元丰却不愿意，只是请来一位名画师，替小翠画了一张像，日夜供奉祈祷。这样差不多过了两年。

有一天，元丰偶然因事从别处回家，已经明月当空，村外有他家的一座花园，他骑着马从花园墙外经过，听到园内有说笑声，便停下马来，叫马夫勒住缰绳，自己站在马鞍上向里面望。只见两个女郎正在园中游戏，因为月亮被云遮着，昏昏蒙蒙，看不大清楚。只听得一个穿绿衣裳地说道："这丫头应当赶出门去！"一个穿红衣裳地答道："你在我家花园里玩，想要赶谁出去？"绿衣女道："这丫头真不害羞！不会做媳妇，被人家休了出来，还要冒认人家的财产吗？"红衣女道："总比你这嫁不出去的老丫头强些！"元丰听那红衣女说话的声音，很像小翠，便连忙喊她。绿衣女边走边说道："我暂且不和你争论，你男人来了。"红衣女就走了过来，果然是小翠。元丰高兴极了。小翠叫元丰爬上墙头，接他过去，说道："两年不见，你竟瘦得只剩下一把骨头了。"元丰握着小翠的手，一边哭着，一边诉说思念之苦。小翠道："我也知道，但只是没脸再见你们家的人。今天和大姊在这里游玩，想不到又会碰到你，可知姻缘是逃不掉的。"元丰请小翠一道回去，她不肯；请她留在园中，她同意了。

元丰差遣仆人赶快回家，禀报王夫人。夫人很吃惊，起身坐了轿子赶来。打开大门，走进亭亭，小翠忙迎接跪拜。夫人拉着小翠的臂膀，流着眼泪，竭力表白以前错了，几乎无以自容，说道："如果你不怀恨我，就请你同我一道回去，使我晚年能得些安慰。"小翠坚决推辞不肯。夫人担心花园荒凉，打算多派几个人来服侍。小翠道："我什么人都不愿意见。只是从前跟我的两个丫鬟，天天和我在一起，我对她们还是很想念的。外面再派一个老仆看门，其他人都不需要了。"夫人全部照办。对外只说儿子在花园里养病，每天给他们送去吃的和穿的。

小翠常劝元丰另外娶妻，元丰不依。过了一年多，小翠的容貌和声音，渐渐变得和从前不一样了，取出画像一对照，完全好像两个人。元丰大为奇怪。小翠说道："你看我现在比过去美吗？"元丰道："你现在美虽然美，但好像不如以前了。"小翠道："想必是我老了。"元丰道："你才二十多岁，怎么会这么快就老。"小翠笑着把画像烧了，元丰上前夺取，已经成了灰烬。

一天，小翠对元丰说："从前在家时，公公说我到死也不会生孩子。现在双亲

都老了，你又是个独子。我真的不能生育，怕误了你家传宗接代。我劝你还是另娶一个妻子在家里，早晚也好由她来服侍公婆，你两边跑跑，也没有什么不便。"元丰答应了，就聘定了钟太史家女儿。婚期近了，小翠忙着为新娘做了衣服、鞋子，送到王夫人那儿。及至新娘过门，她的言谈、容貌、举止，与小翠一模一样。元丰十分惊奇，再到园亭中去找小翠，已不知去向。问丫鬟，丫鬟取出一块红巾说："娘子暂时回娘家去了，留下这红巾叫我交给你。"元丰展开红巾，见系着一块表示决绝的玉块，知道她再也不会回来了，便带着丫鬟回去。虽然时刻想念小翠，幸而见到新娘就像见了小翠一样。他这时才悟出与钟家的姻缘，小翠早就预料到了，所以先化成钟家女儿的容貌，以便安慰元丰日后对她的思念。

异史氏说：一只狐狸，因为受人无意中的保护，尚且还想到报恩；而身受重恩大德的人，反而为打破一只花瓶，对恩人声色俱厉，这是多么卑鄙啊！月缺重圆，从容离去，方知仙家情谊，远远超过世俗。

金 和 尚

【原文】

　　金和尚，诸城人①。父无赖，以数百钱鬻子五莲山寺②。小顽钝③，不能肄清业④，牧猪赴市，若佣保⑤。后本师死⑥，稍有遗金，卷怀离寺⑦，作负贩去。饮羊、登垄⑧，计最工。数年暴富，买田宅于水坡里。弟子繁有徒，食指日千计。绕里膏田千百亩⑨。里中起第数十处，皆僧，无人⑩；即有，亦贫无业，携妻子，僦屋佃田者也。每一门内，四缭连屋，皆此辈列而居。僧舍其中：前有厅事⑪，梁楹节棁⑫，绘金碧，射人眼；堂上几屏，晶光可鉴；又其后为内寝，朱帘绣幕，兰麝充溢喷人⑬；螺钿雕檀为床⑭，床上锦茵蓐⑮，褶叠厚尺有咫；壁上美人、山水诸名迹，悬粘几无隙处。一声长呼，门外数十人轰应如雷。细缨革靴者[16]，皆乌集鹄立[17]；受命皆掩口语，侧耳以听。客仓卒至，十馀筵可咄嗟办[18]，肥醴蒸熏[19]，纷纷狼藉如雾霈。但不敢公然蓄歌妓；而狡童十数辈[20]，皆慧黠能媚人，皂纱缠头，唱艳曲[21]，听睹亦颇不恶。金若一出，前后数十骑，腰弓矢相摩戛[22]。奴辈呼之皆以

金和尚

"爷";即邑之人若民[23],或"祖"之,"伯、叔"之,不以"师",不以"上人",不以禅号也[24]。其徒出,稍稍杀于金[25],而风鬃云辔[26],亦略于贵公子等。金又广结纳,即千里外呼吸亦可通,以此挟方面短长,偶气触之,辄惕自惧[27]。而其为人,鄙不文,顶趾无雅骨[28]。生平不奉一经,持一咒,迹不履寺院,室中亦未尝蓄铙鼓[29];此等物,门人辈弗及见,并弗及闻。凡僦屋者,妇女浮丽如京都,脂泽金粉,皆取给于僧;僧亦不之靳[30],以故里中不田而农者以百数。时而恶佃决僧首瘗床下[31],亦不甚穷诘,但逐去之,其积习然也。金又买异姓儿,私子之。延儒师,教帖括业[32]。儿聪慧能文,因令入邑庠[33];旋援例作太学生[34];未几,赴北闱[35],领乡荐[36]。由是金之名以"太公"噪。向之"爷"之者"太"之[37],膝席者皆垂手执儿孙礼[38]。

无何,太公僧殁[39]。孝廉衰绖卧苫块[40],北面称孤[41];诸门人释杖满床榻[41];而灵帏后嘤嘤细泣,惟孝廉夫人一而已。士大夫妇咸华妆来,搴帏吊唁[42],冠盖舆马塞道路。殡日,棚阁云连[43],幢幡翳日[44]。殉葬刍灵[45],饰以金帛;舆盖仪仗数十事[46];马千匹,美人百袂[47],皆如生。方弼、方相[48],以纸壳制巨人,皂帕金铠;空中而横以木架,纳活人内负之行。设机转动,须眉飞舞;目光铄闪,如将叱咤。观者惊怪,或小儿女遥望之,辄啼走。冥宅壮丽如宫阙,楼阁房廊连垣数十亩,千门万户,入者迷不可出。祭品象物,多难指名。会葬者盖相摩[49],上自方面,皆伛偻入,起拜如朝仪[50];下至贡监簿史[51],则手据地以叩,不敢劳公子,劳诸师叔也。当是时,倾国瞻仰,男女喘汗属于道[52];携妇褓儿[53],呼兄觅妹者声鼎沸。杂以鼓乐喧豗[54],百戏鞺鞳[55],人语都不可闻。观者自肩以下皆隐不见,惟万顶攒动而已。有孕妇痛急欲产,诸女伴张裙为幄,罗守之;但闻儿啼,不暇问雌雄,断幅绷怀中,或扶之,或曳之,蹩躠以去[56]。奇观哉!葬后,以金所遗资产,瓜分而二之:子一,门人一。孝廉得半,而居第之南;之北、之西东,尽缁党[57]。然皆兄弟叙,痛痒又相关云。

异史氏曰:"此一派也,两宗未有[58],六祖无传[59],可谓独辟法门者矣[60]。抑闻之:五蕴皆空[61],六尘不染[62],是谓'和尚';口中说法,座上参禅[63],是谓'和样’；鞋香楚地，笠重吴天⑭，是谓‘和撞’；鼓钲镗䶎⑮，笙管敖曹⑯，是谓‘和唱’；狗苟钻缘，蝇营淫赌⑰，是谓‘和幛’。金也者，‘尚’耶？‘样’耶？‘唱’耶？‘撞’耶？抑地狱之‘幛’耶？”

【注释】

①金和尚，诸城人：据李象先等编《五莲山志·诸师本传》，和尚姓金，名彻，字泰雨，原籍为辽阳。明末在山东诸城五莲山寺出家。王士稹《分甘馀话》卷四云：“国初一僧，金姓，自京师来青之诸城，自云是旗人金中丞之族，公然与冠盖交往。诸城九仙山古刹，常住腴田数千亩，据而有之。益置膏腴，起甲第。徒众数百人，或居寺中，或以自随，居别墅。鲜衣怒马，歌儿舞女，虽豪家仕族不及也。有金举人者，自吴中来，父事之，愿为之子。此僧以势利横行闾里者几三十年，乃死。中分其资产，半予僧徒，半予假子。有往吊者，举人斩衰稽颡，如俗家礼。余为祭酒日，举人方肄业太学，亦能文之士，而甘为妖髡假子，忘其本生，大可怪也。”

②五莲山：山名，在今山东五莲、日照两县交界处，主峰原在诸城市境，五莲山寺，即万寿护国光明寺，为明神宗万历年间奉敕修建。

③小：少小。

④清业：佛教指和尚诵经、打坐等。

⑤佣保：旧称佣工。《史记·栾布列传》：“为酒人保。”《集解》：“《汉书音义》曰：酒家作保佣也；可保信，故谓之保。”

⑥本师：佛教指释迦牟尼，意即祖师。此指剃度、授戒的师父。

⑦卷怀：收藏。

⑧饮羊、登垄：泛指欺诈牟利、独霸市场的卑劣行为。饮羊，谓羊贩以水饮羊，增其重量以骗取高利。见《孔子家语·相鲁》。登垄，垄断而登之。垄。垄断，冈陇之断而高者，喻网罗市利之意。《孟子·公孙丑》下：“古之为市也……有贱

丈夫焉，必求龙断而登之，以左右望，而罔市利。"龙，同"垄"。

⑨膏田：肥沃的土地。

⑩无人：无僧众之外的人。人，指俗家人。

⑪厅事：此指私宅所设处理家务的处所。

⑫梁楹节棁：即屋梁、楹柱、柱端斗拱、梁上短柱。

⑬兰麝：兰与麝香，均为香料。

⑭螺钿雕檀为床：谓雕镂的檀木床上镶有精美的螺钿。螺钿，用螺壳、玳瑁等，磨薄后刻花鸟人物等形象，镶嵌于雕镂器物之上，称为螺钿。

⑮锦茵蓐：锦绣的褥子。茵，坐垫、褥子。蓐，陈草复生，引申为草垫子。此借为褥。

⑯细缨革靴者：指仆人。细缨，冠的系带。革靴，皮制长筒靴。

⑰乌集鹄立：犹言群集恭立。乌集，如乌鸦群集。鹄立，谓似鹄之延颈而立，恭敬翘盼之状。鹄，即天鹅。

⑱可咄嗟办：犹言可立即办好。咄嗟，犹呼吸之间，谓时间短暂。

⑲肥醴：肥肉、甜酒。

⑳狡童：此指美貌的少年。

㉑艳曲：艳丽的歌曲。一般指以男女情爱为内容的歌曲。

㉒摩戛：碰撞。戛，击。

㉓即邑之人若民：此从山东省博物馆本，原作"即邑人之若民"。人，指上层人士；民，指下层平民。若，或。

㉔"或'祖'之"五句：言有的称之为"祖"，有的称之为"伯""叔"，而不称其为"上人"，不称其僧人名号。上人，佛教称具备德智善行的人，见《圆觉要览》。此谓对僧人的敬称。禅号，僧人名号。

㉕杀：减。

㉖风鬣云辔：谓车马如风会云集，极言扈从之盛。风鬣，犹言风驰电掣的马，指骏马。鬣，马鬣毛，指代马。云辔，指扈侍前后的众多骑卒、仆役。辔，马缰。

引申为骑行。因指骑卒。

㉗"金又"五句：谓金和尚结交甚广，能及时获得各方情况，并以之要挟地方大员，使他们不敢触犯自己。结纳，结交。呼吸，一呼一吸，极言时间短促。方面，一个方面的军政事务，因指独当一面的地方官，如总督、巡抚等。短长，偏义，指短处。偶气触之，偶然有所触犯。辄惕自惧，就惊而自惧，谓惊惧不安。

㉘顶趾无雅骨：谓浑身无一点文雅气。顶趾，从头到脚。

㉙未尝蓄铙鼓：未置法事之具，即谓从来未曾作法事。铙鼓，僧人用于作法事的两种乐器。铙，铙钹，亦称"铜钹"。铜制，形如圆盘，两只相碰擦以发声。

㉚不之靳：不靳之。靳，吝惜。

㉛决：割断。

㉜帖括：唐代科考，明经科以"帖经"取士，考生为应付考试，将经文中偏僻的章句编成歌诀熟读记诵，叫帖括。明清时代，指科举考试的八股文为帖括。

㉝邑庠：县学。

㉞援例作太学生：谓援例捐纳作监生。例，指捐纳之例。太学生，国子监监生的别称。

㉟北闱：清代指称顺天（今北京市）乡试。

㊱领乡荐：谓考中举人。

㊲向之"爷"之者"太"之：谓过去称爷的，现在称太爷。

㊳膝席者：谓恭敬者。膝席，谓跪于席。古人屈膝跪地坐，对人表示尊敬时，上身直起，两膝仍着地。

㊴衰绖卧苫块：谓穿孝服，守丧制，如丧父母。衰绖，孝服。

㊵北面称孤：谓跪于灵前，自称孤子。北面，面北而拜。孤，无父之子。

㊶杖：苴杖，古代居父母丧所用的竹杖，俗称哭丧棒。

㊷搴帏：揭开灵帏。搴，揭。

㊸棚阁：指暂时搭架的孝棚。

㊹旛幢：同"幡幢"。此指用于丧仪的旌旗。

㊺刍灵：茅草扎成的人马，古时殉葬用品。下文"马千匹，美人百袂"，均为刍灵。

㊻事：件。

㊼美人百袂：谓美人五十。袂，衣袖。

㊽方弼、方相：本古代驱疫避邪的神像。原只有方相，《封神演义》又加上方弼，说为兄弟两人。殡葬时，将其用纸、竹等糊扎成高大狰狞的形象，作为开路神。

㊾盖相摩：车盖相碰撞。

㊿起拜如朝仪：谓礼节如同朝见君主一样。

51贡监：明制，生员入监读书者，谓之贡监。簿史，指主管文书记事的小官。簿，主簿。史，府吏。簿、史，泛指府县主管文书、财赋的杂职吏员。

52属于道：相接于道。

53襁儿：背负哺乳幼童。襁，襁褓。

54喧阗：嘈杂的响声。

55百戏鞺鞳：散乐杂技的锣鼓喧闹。百戏，古散乐杂技。鞺鞳，锣鼓声。

56蹩躄：此谓歪歪倒倒，如跛行一般。蹩，跛不能行。躄，行不正。

57尽缁党：全是和尚。缁，黑色。僧服色尚黑，因以指僧人。

58两宗：中国佛教禅宗自南朝宋末菩提达摩五传后，因北方神秀的渐悟说与南方慧能的顿悟说主张不同，衍变而为南北两宗。

59六祖：禅宗自达摩至慧能，衣钵共传六世，即达摩、慧可、僧璨、道信、宏忍、慧能，称禅宗六祖。

60法门：佛教指修行者入道的门径。

61五蕴：也称"五阴""五众"。佛教指色（形相）、受（情欲）、想（意念）、行（行为）、识（心灵）。

62六尘：佛教指色、声、香、味、触、法。认为六尘与六根（眼、耳、鼻、舌、身、意）相接，而产生种种嗜欲，导致种种烦恼，因又称之为六贼。

⑥参禅：佛教修行方法，即默坐静思，悟求佛理。

⑥"鞋香"二句：指僧人履地戴天，云游四方，寻师问道。鞋、笠，为其穿戴之物；楚地、吴天，言其奔走之地。

⑥鼓钲鍠聒：钟鼓之声聒耳。钲，钲铙，铜锣。鍠，钟鼓声。

⑥敖曹：喧闹。

⑥"狗苟"二句：指不顾羞耻，到处钻营，从事淫赌等卑鄙无耻的行为。狗苟，苟且无耻。蝇营，像苍蝇一样飞来飞去。

【译文】

金和尚，山东诸城人。父亲是个无赖，为几百个钱把他卖在五莲山寺庙里。

金和尚年轻时很笨，念经都念不上来，养猪打杂，像佣人一般。后来他师父死了，留下一点钱给他，他把钱藏在怀里就离开寺庙，做买卖去了。

他对欺诈牟利那一套，最有心机。几年工夫，就发了横财，在水坡里买了田地房屋。还收了很多门徒，每天吃饭的，总有千把人。水坡里四周良田千百亩，都是他的。就地造的几十处住宅，住的都是和尚，没有别的人；即使有，也是贫穷无业的人，带了妻儿来赁他的屋住，租他的田种。每一个门户里面，四厢房屋相连，都是这些人挨着住的。和尚住在中间，前面有厅堂，梁木柱子，描金绘碧，耀人眼目。堂上摆设的几案屏风，光亮得可以照人。堂后是卧室，大红门帘，绣花帐幔，兰花、麝香满屋散发着扑鼻的香气。嵌着螺钿的雕花檀香木床，床上绣花锦缎被褥，叠起来有一尺八寸高。壁上美人山水名家名画，挂贴得几乎不留空隙。一声呼唤，门外几十个人应声轰然如雷。头戴缨帽脚穿皮靴的差人，乌鸦飞集般走拢来，天鹅伸颈般站立两旁，听候吩咐，都掩口回话，侧耳恭听。客人突然到来，十几桌酒席可以立刻办好，美酒佳肴，多得不计其数。只是不敢堂堂皇皇蓄养歌妓，但漂亮的男孩有十几个，都聪明狡猾，能讨人喜欢。他们头缠黑纱，唱着动人的曲子，听听看看，也很不错。金和尚若出门，前前后后有几十个骑马的随从，腰际佩挂的弓箭互相磕磕碰碰。仆从们都称他"爷"。就是当地老百姓，也有的称他公公，有的称他伯伯叔叔，不叫他师父，不叫他和尚，不称他法号。他的门徒外出，威风比他小一点，但飞马如云，气派也和富贵人家的子弟差不多。

金和尚又广泛结交朋友，即使千里之外，他的消息也很灵通，他就借此掌握省里大官的短处来要挟他们。谁要是偶然触犯了他，便提心吊胆，无法自安。

他为人粗野，不文明，从头到脚没有一根雅骨。生平不诵一本经、不念一句咒，不进寺院门，房子里也从来不放铙钹钟鼓。这类东西，他的门徒不但没见过，连听都没听说过。

凡是来租他房子住的人家，女人都像京城中一样打扮得轻浮华丽。胭脂花粉，都由和尚供应。和尚也不计价。因此水坡里一带不种田的农户有上百家。有时凶恶的佃户把和尚杀了埋在床底下，金和尚也不十分追究，只是把他们赶走，因为这是和尚难改的积习造成的。

金和尚又买了一个外姓人家的小孩，私下认作儿子，请了先生，教他做应试文章。孩子聪明，学会了写文章，金和尚就叫他去考县学。随即又按照惯例捐了个太学生，不多几时，去参加乡试，中了举人。从此，金和尚成为众人口中的"太公"了。从前叫"爷"的改叫"太爷"。客人来见，都垂着手行儿孙的礼节。

不久，这位太公和尚死了。那举人披麻戴孝，睡在草席上。他向北跪着，自称孤儿。门徒们的哭丧棒放下来可以摆满床榻，但是灵柩幕布后面，只有举人夫人一个人轻声哭泣。那些做官人家的妇女，打扮得漂漂亮亮，撩起帘幕进来吊孝；戴冠的，张伞的，又是车，又是马，把路都堵住了。

出丧那天，沿路搭的祭棚吊台，多得像满天云朵，旌旗招展遮住了太阳。陪葬用的稻草人，都用金丝织物装饰，车子、仪仗等器物有几十种，上千匹马，百来个美女，都像真的一样。用纸扎的巨大的开路神，头裹黑巾，身披金甲，里面是空心的，横架了一根木头，由活人藏在里面扛着行走。还装了机关，转动时须眉飞舞，目光一亮一亮的，好像将要发怒逞威似的。观看的人都觉得惊奇，有的小孩子远远看到了就哭着躲避。替死人准备的住宅华丽极了，像宫殿似的，楼、阁、房、廊，墙连着墙，足有几十亩地，千门万户，进去的人都迷路出不来。祭品和龙凤麟龟四种灵物，好多说不出名目。送葬的伞盖碰着伞盖，上从大官起，一个个弯腰进去行礼，像臣子朝见君王；下到贡生、监生、文书、佐史，则伏地跪拜，不敢劳动公子，劳动各位长老。这时候，全城的人都出来瞻仰，男男女女，喘着气，流着汗，接连不断排在路旁；有男人带着妻子的，有母亲抱着孩子的，有呼唤哥哥寻找妹妹的，一片嘈杂喧嚣。加上鼓乐吹打声、杂耍锣鼓声，人说话都听不见了。那些看热闹的人肩膀以下都没在人的海洋中，只见万头攒动罢了。有怀胎的妇女被挤得肚疼要生孩子，几个女伴张开裙子做成临时的帏屏，围守护理；只听小孩哭声，也来不及看清是男是女，赶紧撕破裙幅，包了抱在怀里。有的搀扶，有的牵引，一晃一晃地走了。这真是奇观啊。

丧事办完，把金和尚的遗产分做两份，一份是儿子的，一份是门徒的。举人得了一半家产，住宅四周，住的全是和尚，但彼此都是兄弟辈分，好坏还都互相照应。

异史氏说：这一派和尚，南北两大禅宗未尝见过，六代祖师也从来不曾传下，可说是独立门户了。然而我听人说过：色、受、想、行、识五蕴皆空，声、色、香、味、触、法六尘不染的，叫作"和尚"；嘴里讲着教义，坐在座位上修行的，叫作"和样"；走南闯北的，叫作"和撞"；锣鼓敲得热闹，笙管吹得响亮的，叫作"和唱"；像狗一样钻觅门路，像苍蝇一样追逐嫖赌的，叫作"和幛"。像金和尚这样的人，是"和尚"呢？"和样"呢？"和撞"呢？"和唱"呢？还是该下地狱的"和幛"呢？

龙 戏 蛛

【原文】

　　徐公为齐东令①。署中有楼，用藏肴饵，往往被物窃食②，狼藉于地。家人屡受谯责，因伏伺之。见一蜘蛛，大如斗。骇走白公③。公以为异，日遣婢辈投饵焉。蛛益驯，饥辄出依人，饱而后去。积年馀，公偶阅案牍，蛛忽来伏几上。疑其饥，方呼家人取饵；旋见两蛇夹蛛卧，细裁如箸，蛛爪踆腹缩，若不胜惧。转瞬间，蛇暴长，粗于卵。大骇，欲走。巨霆大作，合家震毙。移时，公苏；夫人及婢仆击死者七人。公病月馀，寻卒。公为人廉正爱民，柩发之日，民敛钱以送，哭声满野。

　　异史氏曰④："龙戏蛛，每意是里巷之讹言耳，乃真有之乎⑤？闻雷霆之击，必于凶人⑥，奈何以循良之吏，罹此惨毒？天公之愦愦⑦，不已多乎⑧！"

【注释】

①齐东：县名，故地在今山东省济阳、章丘、高青三县之间。

②被物：此据山东省博物馆本，"被"原作"备"。

③白：禀告。

④异史氏曰：此据山东省博物馆本增补，原缺此下一段。

⑤乃：竟。

⑥凶人：凶恶之人。

⑦愦愦：糊涂。

⑧已：太，过。

【译文】

　　徐公做齐东县令，官署中有一个阁楼，用来储藏菜肴糕饼之类。常被什么东西偷吃，撒落一地。家里人多次受责备，就暗中躲在一边察看。看见一只蜘蛛，有斗一般大，吓得奔去报告徐公。徐公觉得这事不同寻常，就每天派丫头们投放食物喂

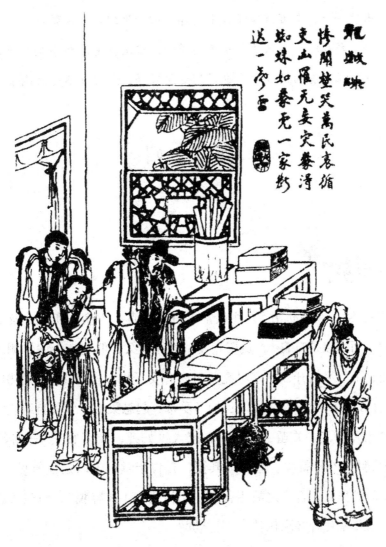

龙戏蛛

聊斋志异

图文珍藏版

养它。蜘蛛也更加顺从，饿了就出来傍着人，吃饱了就离去。过了一年多，徐公偶然翻阅公文，蜘蛛忽然爬上来伏在桌上。以为它饿了，刚要叫家里人取食物来喂它，随即看见两条蛇躺在蜘蛛的两边，只像筷子那么细。蜘蛛蜷着爪子缩成一团，好像十分害怕。一转眼，两条蛇突然长大了，身体比鸡蛋还要粗。徐公大吃一惊，正要逃走。顿时霹雳大作，全家都被震得昏死过去。过了一会，徐公苏醒了，夫人和丫头仆人共七人被雷打死。徐公病了一个多月，不久也死了。他为人廉洁正直，爱护百姓，出殡那天，老百姓凑了钱来送葬，田野里到处都是哭声。

异史氏说：龙戏蛛，总认为这是民间谣传，难道真有这种事吗？听说雷电只打恶人，怎么这样正直有为的官吏，也遭到这般惨祸，老天爷不是太糊涂了吗？

商　妇

【原文】

天津商人某①，将贾远方②，往从富人贷资数百。为偷儿所窥，及夕，预匿室中以俟其归。而商以是日良③，负资竟发。偷儿伏久，但闻商人妇转侧床上，似不成眠。既而壁上一小门开，一室尽亮。门内有女子出，容齿少好，手引长带一条，近榻授妇，妇以手却之。女固授之；妇乃受带，起悬梁上，引颈自缢。女遂去，壁扉亦阖。偷儿大惊，拔关遁去。既明，家人见妇死，质诸官④。官拘邻人而锻炼之⑤，诬服成狱，不日就决。偷儿愤其冤，自首于堂，告以是夜所见。鞫之情真，邻人遂免。问其里人，言宅之故主曾有少妇经死，年齿容貌⑥，与盗言悉符，因知是其鬼也。俗传暴死者必求代替⑦，其然欤？

【注释】

①天津：天津卫，即今河北天津市。

②贾远方：到远方经商。贾，商，此谓经商。

③以是日良：因此日吉利。古人外出，常据历书选所谓吉日良辰。

④质诸官：报之于官，请予审理。

⑤锻炼：此处意谓严刑逼供陷人于罪。

⑥年齿：据山东省博物馆抄本，原缺"年"字。

⑦暴死：突然死亡。一般指自经、溺死等不正常死亡。

【译文】

　　天津有个商人，要到很远的地方去做买卖，向有钱人借了几百钱作本钱。正好被小偷看见，到晚上，事先潜伏在商人家中，等他回来。而商人因为这一天吉利，带了钱已出发了。小偷躲了很久，只听商人的老婆在床上翻来覆去，好像睡不着觉。后来墙上一扇小门开了，满室亮堂堂的。只见门内有一个女子出来，年轻貌美，手里拿了一根长带子，走近床榻，把带子交给商人的老婆。那妇人用手推开，少女坚持要给她。妇人就接过带子，起床悬在梁上，把脖子伸进圈套上吊。少女就走了，那墙上的小门也关上了。小偷大吃一惊，拔掉门闩就逃。

　　天亮后，家里人发现主妇吊死了，就报告了官府。官府把邻居抓来拷问，屈打成招，下了大狱，没几天就要杀头。小偷对这冤狱出于义愤，就到公堂去自首，把那天晚上看到的情形全说了。审问属实，邻居才免罪释放。向那地方的人了解，说商人住宅原先的主人曾有一个少妇上吊自尽，年龄和相貌同小偷讲的完全一样，才确信那是少妇的鬼魂。

　　世俗传说不得好死的人一定要找替身，真有这回事吗？

阎　罗　宴

【原文】

静海邵生①，家贫。值母初度②，备牲酒祀于庭③；拜已而起，则案上肴馔皆空。甚骇，以情告母。母疑其困乏不能为寿，故诡言之。邵默然无以自白。无何，学使案临，苦无资斧，薄贷而往。途遇一人，伏候道左，邀请甚殷。从去，见殿阁楼台，弥亘街路④。既入，一王者坐殿上，邵伏拜。王者霁颜命坐⑤，即赐宴饮，因曰："前过华居⑥，厮仆辈道路饥渴⑦，有叨盛馔。"邵愕然不解。王者曰："我忤官王也⑧。不记尊堂设帨之辰乎⑨？"筵终，出白镪一裹⑩，曰："豚蹄之扰，聊以相报。"受之而出，则宫殿人物，一时都渺；惟有大树数章⑪，萧然道侧。视所赠，则真金，秤之得五两。考终，止耗其半，犹怀归以奉母焉。

【注释】

①静海：县名，今属天津市。

②初度：谓生日。

③牲：指供祭祀用的家畜，一般用牛、羊、猪之头，贫家或用猪蹄代替。

④弥亘街路：犹言远接街路。弥亘，犹远亘，远远相接。街路，临街之路。

⑤霁颜：和颜悦色。

⑥华居：称人居室的敬词。

⑦厮仆：奴仆。

⑧忤官王：俗称"十殿阎罗"之一。"忤"，或作"伍"。

⑨尊堂设帨之辰：指其母寿辰。尊堂，对人父母的敬称。设帨之辰，指称女子生日。庆贺女子生日因称设帨。

⑩白镪一裹：白金一包。

⑪大树数章：大树数株。章，大树曰章；一章，犹一株。

【译文】

静海县邵姓书生，家里很穷。正逢母亲生日，邵生准备了点酒肉，摆在院中供神。跪拜后起立，发现桌上供的食品全光了。他很吃惊，把情形告诉了母亲。母亲疑心他没钱买东西给自己做生日，故意编了假话来骗她。邵生无法辩白，只好默不作声。

不久，学官来考查学生。邵生苦于没有盘缠，只好借了点钱去参加考试。途中遇见一人，跪候在路旁，殷勤地邀请他。他就跟着去了。只见整条街路满是殿阁楼台。进门后，有位王爷坐在殿堂上面。邵生跪下叩头。王爷和蔼地让邵生坐下，又立刻请他吃酒。接着说道："前些日子经过贵府，仆人们赶路又饥又渴，有劳你给吃了一顿美餐。"邵生怔了神，不明白他这话的意思。王爷道："我是四殿阎王。你忘了你母亲过生日那天的事了吗？"酒宴过后，王爷拿出一封银子，说道："仆人们叨扰了你家的供品，就用这来报答你吧。"邵生收了银子出门，那宫殿、人物，一下子都不见了，只有几棵大树，冷冷落落挺立在路旁。再看看那银子，倒是真的，称一下，足有五两。考试结束，邵生只花了一半，剩下的藏在怀里，拿回家供养母亲了。

役　鬼

【原文】

山西杨医①，善针灸之术；又能役鬼。一出门，则捉骡操鞭者，皆鬼物也。尝

役鬼

夜自他归，与友人同行。途中见二人来，修伟异常^②。友人大骇。杨便问："何人?"答云："长脚王、大头李，敬迓主人^③。"杨曰："为我前驱^④。"二人旋踵而行，蹇缓则立候之^⑤，若奴隶然。

【注释】

①山西：山西省。

②修伟：高大。

③敬迓：敬迎。迓，迎。

④为我前驱：犹言为我在前开路。

⑤蹇缓：行走缓慢。蹇，行动迟缓。

【译文】

山西杨医生，擅长针灸医术，又能驱使鬼。他一出门，为他牵骡执鞭的，全是鬼。有天夜里他从外面回家，与朋友结伴而行。途中看见两个人迎面走来，身材都长得特别高大。朋友见了大为吃惊。杨医生问："谁?"二人答道："长脚王、大头李，前来迎候主人。"杨医生说："给我在前面带路。"二人就转过身去在前面走，杨医生他们走得慢，就停下来等候，像奴仆一样。

细　柳

【原文】

细柳娘，中都之士人女也^①。或以其腰嫖娜可爱^②，戏呼之"细柳"云。柳少

图文珍藏版

慧，解文字，喜读相人书③。而生平简默④，未尝言人臧否⑤；但有问名者，必求一亲窥其人。阅人甚多，俱未可，而年十九矣。父母怒之曰："天下迄无良匹，汝将以丫角老耶⑥？"女曰："我实欲以人胜天⑦；顾久而不就，亦吾命也。今而后，请惟父母之命是听。"

细柳

时有高生者，世家名士，闻细柳之名，委禽焉⑧。既醮，夫妇甚得。生前室遗孤，小字长福，时五岁，女抚养周至。女或归宁，福辄号啼从之，呵遣所不能止。年馀，女产一子，名之长怙。生问名字之义，答言："无他，但望其长依膝下耳。"女于女红疏略，常不留意；而于亩之东南⑨，税之多寡，按籍而问，惟恐不详。久之，谓生曰："家中事请置勿顾，待妾自为之，不知可当家否？"生如言，半载而家无废事，生亦贤之。

一日，生赴邻村饮酒，适有追逋赋者⑩，打门而谇⑪；遣奴慰之⑫，弗去。乃趣童召生归⑬。隶既去，生笑曰："细柳，今始知慧女不若痴男耶？"女闻之，俯首而哭。生惊挽而劝之，女终不乐。生不忍以家政累之，仍欲自任，女又不肯。晨兴夜寐，经纪弥勤。每先一年，即储来岁之赋，以故终岁未尝见催租者一至其门；又以此法计衣食，由此用度益纾⑭。于是生乃大喜，尝戏之曰："细柳何细哉：眉细、腰细、凌波细⑮，且喜心思更细。"女对曰："高郎诚高矣：品高、志高、文字高，但愿寿数尤高⑯。"村中有货美材者⑰，女不惜重直致之；价不能足，又多方乞贷于戚里。生以其不急之物，固止之，卒弗听。蓄之年馀，富室有丧者，以倍资赎诸其门⑱。生因利而谋诸女，女不可。问其故，不语；再问之，荧荧欲涕。心异之，然不忍重拂焉，乃罢。

又逾岁，生年二十有五，女禁不令远游；归稍晚，僮仆招请者，相属于道。于是同人咸戏谤之。一日，生如友人饮，觉体不快而归，至中途堕马，遂卒。时方溽暑，幸衣衾皆所夙备。里中始共服细娘智。福年十岁⑲，始学为文。父既殁，娇惰不肯读，辄亡去从牧儿遨⑳。谯诃不改，继以夏楚㉑，而顽冥如故。母无奈之，因呼而谕之曰："既不愿读，亦复何能相强？但贫家无冗人㉒，便更若衣，使与僮仆共操作。不然，鞭挞勿悔！"于是衣以败絮，使牧豕；归则自掇陶器，与诸仆啖饭粥。数日，苦之，泣跪庭下，愿仍读。母返身面壁，置不闻。不得已，执鞭啜泣而出。残秋向尽㉓，桁无衣㉔，足无履，冷雨沾濡，缩头如丐。里人见而怜之，纳继室者，皆引细娘为戒，啧有烦言㉕。女亦稍稍闻之，而漠不为意。福不堪其苦，弃豕逃去；女亦任之，殊不追问。积数月，乞食无所，憔悴自归；不敢遽入，哀求邻媪往白母。女曰："若能受百杖，可来见；不然，早复去。"福闻之，骤入，痛哭愿受杖㉖。母问："今知改悔乎？"曰："悔矣。"曰："既知悔，无须挞楚，可安分牧豕，再犯不宥！"福大哭曰："愿受百杖，请复读。"女不听。邻妪怂恿之，始纳焉。濯发授衣，令与弟怙同师。勤身锐虑，大异往昔，三年游泮㉗。中丞杨公㉘，见其文而器之㉙，月给常廪㉚，以助灯火。怙最钝，读数年不能记姓名。母令弃卷而农。怙游闲惮于作苦。母怒曰："四民各有本业㉛，既不能读，又不能耕，宁不沟瘠死耶㉜？"立杖之。由是率奴辈耕作，一朝晏起，则诟骂从之；而衣服饮食，母辄以美者归兄。怙虽不敢言，而心窃不能平。农工既毕，母出资使学负贩。怙淫赌，入手丧败，诡托盗贼运数㉝，以欺其母。母觉之，杖责濒死。福长跪哀乞，愿以身代㉞，怒始解。自是一出门，母辄探察之。怙行稍敛，而非其心之所得已也。

一日，请母，将从诸贾入洛；实借远游，以快所欲，而中心惕惕，惟恐不遂所请。母闻之，殊无疑虑，即出碎金三十两，为之具装；末又以铤金一枚付之，曰："此乃祖宦囊之遗㉟，不可用去，聊以压装，备急可耳。且汝初学跋涉，亦不敢望重息，只此三十金得无亏负足矣。"临又嘱之。怙诺而出，欣欣意自得。至洛，谢绝客侣，宿名娼李姬之家。凡十馀夕㊱，散金渐尽。自以巨金在橐，初不意空匮在虑；及取而斫之，则伪金耳。大骇，失色。李媪见其状，冷语侵客。怙心不自安，然囊空无所向往，犹冀姬念凤好，不即绝之。俄有二人握索人，骤絷项领。惊惧不知所为。哀问其故，则姬已窃伪金去首公庭㊲矣。至官，不能置辞，梏掠几死。收狱中，又无资斧，大为狱吏所虐，乞食于囚，苟延馀息。初，怙之行也，母谓福曰㊳："记取廿日后，当遣汝之洛。我事烦，恐忽忘之。"福不知所谓，黯然欲悲，不敢复请而退。过二十日而问之。叹曰："汝弟今日之浮荡，犹汝昔日之废学也。我不冒恶名，汝何以有今日？人皆谓我忍，但泪浮枕簟，而人不知耳！"因泣下。福侍立敬听，不敢研诘。泣已，乃曰："汝弟荡心不死，故授之伪金以挫折之，今度已在缧绁中矣。中丞待汝厚，汝往求焉㊴，可以脱其死难，而生其愧悔也。"福立刻而发。比入洛，则弟被逮三日矣。即狱中而望之，怙奄然面目如鬼㊵，见兄涕不可仰。福亦哭㊶。时福为中丞所宠异，故遐迩皆知其名，邑宰知为怙兄，急释之。

怙至家，犹恐母怒，膝行而前。母顾曰："汝愿遂耶？"怙零涕不敢复作声，福亦同跪，母始叱之起。由是痛自悔，家中诸务，经理维勤；即偶惰，母亦不呵问之。凡数月，并不与言商贾，意欲自请而不敢，以意告兄。母闻而喜，并力质贷而付之，半载而息倍焉。是年，福秋捷[42]，又三年登第[43]；弟货殖累巨万矣[44]。邑有客洛者，窥见太夫人，年四旬，犹若三十许人，而衣妆朴素，类常家云。

异史氏曰："《黑心符》出，芦花变生，古与今如一丘之貉，良可哀也[45]！或有避其谤者，又每矫枉过正，至坐视儿女之放纵而不一置问，其视虐遇者几何哉？独是日挞所生，而人不以为暴；施之异腹儿，则指摘从之矣。夫细柳固非独忍于前子也；然使所出贤，亦何能出此心以自白于天下？而乃不引嫌[46]，不辞谤，卒使二子一富一贵，表表于世[47]。此无论闺阃[48]，当亦丈夫之铮铮者矣[49]！"

【注释】

①中都：古邑名。春秋晋地。在今河南沁阳市东北。

②嫖娙：轻捷娙娜。嫖，轻捷的样子。

⑧相人书：即讲述相术之书。相人，观察人的形貌以预测其命运。

④简默：沉默少言。

⑤臧否：谓善恶得失。

⑥以丫角老：谓终身做姑娘，犹言做老处女、老姑娘。丫角，未出嫁少女头上梳作两髻，像分叉的两只角，因称。

⑦以人胜天：此谓通过人事努力来改变自己既定的命运。

⑧委禽：送聘礼，表示订婚。

⑨亩之东南：谓田亩耕作之事。亩，田垄，田埂。

⑩追逋赋者：追讨拖欠赋税者。追，追科，催征赋税。逋，拖欠。

⑪打门而诟：打着门叫骂。诟，犹言叫骂。

⑫慰：此据山东省博物馆本。原作"委"。

⑬趣：通"促"，促使。

⑭益纾：越发宽裕。

⑮凌波细：谓脚小。凌波，原指女子轻盈步态。

⑯尤：此据山东省博物馆本，原作"犹"。

⑰美材：优质棺木。

⑱以倍资赎诸其门：以比原价多一倍的价钱到其家买取。赎，以原价买取人所购置的器物。

⑲十岁：此据山东省博物馆本。原缺"十"字。

⑳亡去从牧儿遨：逃去跟牧童玩耍。

㉑夏楚：犹言鞭打。夏，榎木；楚，荆木。

㉒冗人：闲散之人。

㉓残秋向尽：据山东省博物馆本补，原阙。

㉔桁：衣架。

㉕啧有烦言：本谓言语发生争执。此谓里人对细娘有许多非议。

㉖"可来见"至"痛哭愿受杖"：此据山东省博物馆本增补，原缺此几句。

㉗游泮：进县学，成为秀才。

㉘中丞：指巡抚。

㉙器之：看重他。器，器重。

㉚月给常廪：即使其为廪生。

㉛四民：士、农、工、商。

㉜沟瘠死：谓辗转沟壑饥饿而死。瘠，饿死。

㉝运数：此据山东省博物馆本，原作"连数"。

㉞以身代：此据山东省博物馆本。原无"身"字。

㉟宦囊：指居官所积财物。

㊱凡：此据山东省博物馆本，原作"几"。

㊲公庭：此据山东省博物馆抄本，"庭"原作"廷"。

㊳谓：此据山东省博物馆抄本，原作"为"。

㊴往：此据山东省博物馆本，原无此字。

㊵奄然：气息微弱的样子。

㊶福亦哭：此据二十四卷抄本，原无"亦"字。

㊷秋捷：秋闱告捷，谓考中举人。

㊸登第：登进士第，谓中进士。

㊹弟：此据山东省博物馆本，原无此字。

㊺"黑心"四句：谓一旦续娶继室，前室之子必然遭受虐待，古今都一样，的确令人悲哀。《黑心符》，书名，唐代莱州长史于义方撰，一卷。书内论述时人续娶继室之害，以劝诫子孙。后因以指暴虐不仁的继室。芦花变生。为孔门弟子闵子骞受继母虐待的故事，详《马介甫》注。

㊻不引嫌：谓不避嫌疑。引嫌，为防嫌而回避。

㊼表表于世：卓立于世。表表，特出，卓立。

㊽无论闺阃：不要说妇女。闺阃，内室。此代指妇女。

㊾铮铮者：犹言佼佼者。

【译文】

细柳姑娘是中都读书人的女儿。有人见她细腰婀娜可爱，开玩笑叫她"细柳"。她从小聪明，识文解字，爱读星相之类的书。但性格内向，平素缄默少语，从来不谈及人家是非。要是有人来说媒，一定要亲自看看对方的相貌，看过的人很多，都没看中。此时已十九岁了。父母生气地说："天下就没有一个满意的，你是否要当一辈子老姑娘？"细柳说："我实在是想借他人的福泽去战胜上天所注定的苦命，不料这么长时间都未能如愿，这也是命中注定。从今以后，我听从父母的安排。"

当时有个姓高的书生，是出身世家的有名气的学士，听到细柳聪明貌美之名，就和她缔结了婚约。完婚后，夫妻关系融洽，高生前妻留下个男孩，小名叫长福，只有五岁，细柳对他关怀备至，她回娘家时，长福就哭着要跟去，就是斥骂让他留在家里也不听。过了一年多，细柳生了个儿子，取名长怙。高生问她给孩子取名字的含义是什么，回答说："没别的意思，只是希望他常常留在身边。"

细柳对于针线活等家务事不太经心，却对田产的位置，租税的盈亏等事十分留意，按账簿记录详细查问，唯恐了解得不详尽。时间长了，就对高生说："家中的大小事情，你以后放下不必操心，让我自己处理，不知能否当好这个家？"高生同意了，半年中家事处理得很有条理，高生也认为她的确有持家的能力。

有一天，高生到邻家赴宴，刚好来了个催收欠税的差役，进门后说了些难听的话，细柳叫仆人去赔礼道歉，差役还是不走。就赶紧叫书童请丈夫回来。差役走了以后，高生笑着说："细柳，现在才知道聪明的女人不如傻乎乎的男人吧？"细柳听了，低着头哭起来，高生吃惊地扶着她悉心劝慰，但细柳始终高兴不起来。高生不忍心让家事烦累细柳一个人，还想自己处理，细柳又不同意。早起晚睡，经营得更勤快了。经常在前一年就把下一年的赋税准备好，所以一年当中没看见一个催税的差役上门。又用这种提前预算的方法计划衣食等开销，所以经济上更加宽裕。高生非常高兴，开玩笑说："细柳有多细啊，眉细、腰细、脚细，可喜心思更细。"细柳说："高郎实在高啊，品高、志高、文才高，但愿年寿更高。"

村里有人要卖一口上好的棺材，细柳不惜花高价买，钱不够，就从邻里亲戚手中去借。高生认为是不急用的东西，一再不让买，细柳不听。买了一年多，一个富人家死了人，愿出两倍的价钱来买这口棺材，高生因有利可图就把这事和细柳商量，细柳不答应。问她原因，她不说，再问，她眼泪汪汪只想哭。高生心里奇怪，但不忍让细柳为此事伤心，也就算了。

又过了一年，高生二十五岁，细柳禁止他出远门，回家稍晚一点，书童和仆人就不断地去催他。所以他的朋友都因细柳把他管得严和他开玩笑。一天，高生到朋友家喝酒，觉得身体不舒服就回家，行至途中从马上掉下来，当即死了。当时正是盛夏，幸好细柳早就准备好了寿衣和棺材，邻里人才佩服细柳有先见之明。

长福十岁，才学习写作文章。父亲死后，他懒惰厌学，常逃学去和牧童玩耍，细柳责骂他，不肯悔改，又用荆条打他，仍然顽固不改。细柳没办法，于是把他叫到跟前教训说："你既然不愿读书，我也没办法强迫你读下去。但家贫不能有闲人，去换了衣服，和仆人一道干活，否则我要用鞭子打你，可不要后悔。"于是给他穿上破衣服，叫他放猪。每天回家，让他拿着陶钵和仆人一起吃粥。

过了几天，他觉得太苦了，哭着跪在庭院里，要求回去读书。细柳转身把脸对着墙，不理他。长福不得已拿着鞭子哭着又放猪去了。

秋去冬来，身上没有换洗的衣服，脚上没鞋穿，冰冷的雨水湿透衣服，缩着头像乞丐一样，邻里都很可怜长福。娶了后妻的，都叫她们不要学细柳，说了她许多坏话。细柳渐渐听到了，并不在意，长福受不了这份苦，丢下猪逃跑了。细柳发觉后，听任他自便，根本不予追问。

过了几个月，他讨饭都找不到地方，瘦骨伶仃地跑了回来，但不敢立即回家，请邻居老太太向母亲求情。细柳说："他如果愿意受一百下杖打就来见我，不然，趁早走开。"长福在门外听见了，急忙跑进来，哭着说愿受杖打。细柳问："现在你知道悔改了吗？"长福说："我后悔了。"细柳说："既知后悔，无须责打，可以安心放猪，再犯不饶。"长福大声哭着说："情愿受责打一百，求母亲让我再去读书。"细柳不肯答应，邻居老太太又帮着说情，才答应了他读书的请求。细柳让长福洗了头发，换上新衣服，和弟弟长怙一同上学。

经过苦中磨砺，长福勤奋读书锐意进取，和过去厌学时的情绪截然不同，三年就考中了秀才。巡抚杨公，看了他的文章很器重，按月补助他伙食费，帮他支付开销。

长怙智力不佳，反应迟钝，读了几年书连姓名都记不住。母亲让他停止读书去种地。长怙平时闲散惯了害怕吃苦，细柳生气地说："士农工商各有自己的专业，既然不能读书，又不愿种地，岂不是要饿死在路边上了吗？"马上把他打了一顿。

从此，他每天领着佣人去耕田，哪一天早晨起来晚了，就要遭到母亲的责骂。在吃穿饮食方面，母亲总是把好的给长福。长怙虽然嘴里不说，但心里却不服气。

田里的农活做完后，母亲拿钱让他去做生意。长怙嫖娼赌钱，钱一到手就花光，向母亲撒谎说被强盗抢走了或运气不好赔了本，母亲觉察到了，把他往死里打。长福跪着向母亲求情，愿意替弟弟受责打，母亲才消了气。从此长怙一出门，细柳就暗中派人监视。他的行为才稍有收敛，但他并非真心改过，只是害怕母亲而已。

一天，他向母亲请求，要和其他几个商人到洛阳做生意。其实是想借出远门的机会，在外面随心所欲玩个痛快，他心里惴惴不安，生怕母亲不答应他的请求。母亲听说后，根本没有怀疑，马上拿出三十两银子给他，又细心地准备了行李。后来又给他一锭金子，说："这是你祖父当官时留下的，不能动用，压压行装而已，以备应急，况且你初次远行，也不敢指望你挣大钱，只要这三十两银子不赔进去就行了。"临走又嘱咐了一遍，长怙答应得好好的，洋洋自得地出门了。

到了洛阳，长怙谢绝了同来的商客，自己住到名娼李姬的家里。才十多天，就把三十两银子花光了。自己觉得口袋里还有大金块，根本不担心把钱花光以后怎么办。等他把金子拿出来凿开鉴别，原来是假的，他吓得大惊失色。妓院老板娘见他钱花光了，就用冷言冷语中伤他。长怙心里不安，但口袋没钱无处容身，还希望李姬念在过去的情分上，不马上赶他走。忽然两个衙役拿着绳子走进来，突然套住他的脖子。他吓得不知如何是好，哀伤地问是什么原因。原来是李姬偷了他的假金子到官府报案了。他被押到公堂，无法置辩，被打个半死，下到狱中。又没钱疏通关节，受尽了狱吏的折磨，只好向别的囚犯讨口饭吃，勉强维持生命。

当初，长怙要去洛阳时，母亲对长福说："记着二十天后，你要去洛阳一趟，我的事很多，怕到时忘了。"长福想问为什么，只见母亲神色黯然，不敢再问就退了出来。

过了二十天，长福问到去洛阳的事，母亲叹息说："你弟弟现在浮荡的情形，和你当年不肯读书一样。我当时如果不承受虐待你的恶名，你怎么能有今天？别人都说我狠心，但晚上我的泪水把枕头都湿透了，只是别人不知道罢了！"于是落下泪来。长福站在一边恭敬地听着，不敢细问。母亲止住哭泣，说："你弟弟游荡的心不死，所以给了他一锭假金子，让他受些折磨，我估计现在他已经被关进监狱了。巡抚大人待你很好，你去向他求情，能救你弟弟性命，也可以让他产生悔改之心。"长福立刻出发。

等到了洛阳，长怙已被关了三天。长福到狱中去看他，长怙已奄奄一息。面目难看得像鬼，看见哥哥后，哭得抬不起头来，长福也难过得流泪不止。当时长福受巡抚大人特别的宠爱，所以远近都知道他的名字。县令听说长怙是他弟弟，连忙把他释放了。

长怙回到家里，还怕母亲生气，跪着爬到母亲面前。母亲盯着他说："你的愿望实现了吧？"长怙涕泪齐下不敢作声，长福亦陪弟弟跪下，母亲才呵斥叫他起来。从此长怙痛改前非，对家中大小事情，精心料理。即使偶尔有些疏漏，母亲也不再呵叱责问他。

母亲一连几个月也不跟他提做生意的事，而他想再去经商，又不敢对母亲说，就把自己的意思告诉了哥哥。母亲听说了很高兴，便抵押家产借贷了很大一笔钱交给他。半年就赚了一倍的钱。

这年，长福考上了举人，三年后又考上了进士。弟弟的生意也越做越大，成了资本巨万的富商。本县有客居洛阳的人，看到过太夫人细柳，年过四十，还像三十多岁的模样，但穿着很朴素，和普通人家一样。

图文珍藏版

卷八

画　马

　　临清崔生①，家窭贫②。围垣不修③。每晨起，辄见一马卧露草间，黑质白章④；惟尾毛不整，似火燎断者。逐去，夜又复来，不知所自。崔有好友，官于晋⑤，欲往就之，苦无健步⑥，遂捉马施勒乘去，嘱属家人曰⑦："倘有寻马者，当如晋以告⑧。"

　　既就途，马骛驶⑨，瞬息百里。夜不甚餍刍豆⑩，意其病。次日紧衔不令驰⑪，而马蹄嘶喷沫，健怒如昨。复纵之，午已达晋。时骑入市廛，观者无不称叹⑫。晋王闻之，以重直购之。崔恐为失者所寻⑬，不敢售。居半年，无耗⑭，遂以八百金货于晋邸，乃自市健骡归。

　　后王以急务，遣校尉骑赴临清⑮。马逸⑯，追至崔之东邻，入门，不见。索诸主人：主曾姓，实莫之睹。及入室，见壁间挂子昂画马一帧⑰，内一匹毛色浑似，尾处为香炷所烧，始知马，画妖也。校尉难复王命，因讼曾。时崔得马资，居积盈万，自愿以直贷曾，付校尉去。曾甚德之，不知崔即当年之售主也。

　　①临清：县名，即今山东省临清市。

②窭贫：此据青柯亭刻本，原作"屡贫"。贫陋，贫困。

③围垣：指围绕住宅修建的垣墙。

④黑质白章：黑皮毛，有白花纹。质，指马体。章，花纹。

⑤晋：山西省的简称。

⑥健步：指可供骑乘的大牲口马、骡之类。步，代步，坐骑。

⑦嘱属：犹言叮嘱、嘱咐。

⑧当如晋以告：此据山东博物馆抄本，原无"晋"字。

⑨骛驶：急驰。

⑩餤：同"啖"，吃。刍豆：犹言草料。刍，草。

⑪紧衔：拉紧马嚼子。衔，衔于马口、制驭马之行止的铁链，即马嚼子。

⑫称叹：此据山东博物馆抄本，原作"称欢"。

⑬崔：此据山东省博物馆抄本，原作"催"。

⑭无耗：无音讯，无消息。

⑮校尉：武官名。秦设。隋唐后为没有固定职事的武散官，清制八品以下为校尉，明清也指称卫士。

⑯马逸：马受惊狂奔。

⑰子昂：赵孟𫖯（1254—1322），字子昂，号松雪道人、水精宫道人，湖州（今浙江吴兴）人，元著名书画家，诗人。今存世画迹有《秋郊饮马》等。

【译文】

临清县有个姓崔的书生，家里很穷，围墙破了也无力修补。每天早晨起来，就看见一匹马卧在带露的草中，毛色是黑地白花，只是尾毛不整齐，好像被火烧断了。把它赶走，夜里又来了，不知从哪里来的。

崔生有个好朋友在晋地做官，他想去投奔他，发愁没有马骑，便把这匹无主的马捉住，配上鞍子笼头骑上前去，嘱咐家人说："如果有找马的人，就如实告诉他。"上路以后，马跑如飞，一会儿工夫就跑了上百里。夜晚也不太吃草料，崔生怀疑它病了。第二天勒紧马缰绳想不让它跑得太快，但它又踢又叫口里喷沫，雄健的样子和昨天没差别。又放纵任它驰行，中午就到了晋地。骑马到街上，看到马的人没有不称赞的。晋王听说后，愿出高价买下它。崔生怕丢马的人寻找，没敢卖。住了半年后，一直没听说是谁家丢了马，就以八百两银子卖给了晋王府，自己又到集市上买了头雄健的骡子骑回家。

画马

后来晋王因有紧急事情，派一名校尉骑着那匹马到临清出差。马跑了，校尉追到崔生东边邻居家中，眼见它进门了，可跟进去一看却无影踪。便向这家主人索要马。主人姓曾，确实没见到马。校尉进屋搜寻，见他家墙上挂着一幅赵子昂画的骏马图，画上那匹马的毛色和寻找的马一模一样，画上的尾毛处被香火烧坏了一点，才知道那匹马就是画上的马而成了精怪。校尉没法向晋王交差，便到衙门去告曾某。

这时崔生用卖马的钱做生意发了大财，积攒的银两以万计，自愿代曾某拿出八百两银子，交给校尉而去。曾某很感激，不知道当年是崔生将马卖给晋王的。

局　诈

【原文】

某御史家人①，偶立市间，有一人衣冠华好，近与攀谈。渐问主人姓字、官阀②，家人并告之。其人自言："王姓，贵主家之内使也③。"语渐款洽，因曰："宦途险恶，显者皆附贵戚之门，尊主人所托何人也？"答曰："无之。"王曰："此所谓惜小费而忘大祸者也。"家人曰："何托而可？"王曰："公主待人以礼，能覆翼人④。某侍郎系仆阶进⑤。倘不惜千金赍，见公主当亦不难。"家人喜，问其居止。便指其门户曰："日同巷不知耶？"家人归告侍御。侍御喜，即张盛筵，使家人往邀王。王欣然来。筵间道公主情性及起居琐事甚悉，且言："非同巷之谊，即赐百金赏，不肯效牛马⑥。"御史益佩戴之。临别，订约，王曰："公但备物，仆乘间言之，旦晚当有报命。"

越数日始至，骑骏马甚都⑦，谓侍御曰："可速治装行。公主事大烦，投谒者踵相接，自晨及夕，不得一间。今得一间，宜急往，误则相见无期矣。"侍御乃出

兼金重币⑧，从之去。曲折十馀里，始至公主第，下骑祗候⑨。王先持贽入。久之，出，宣言："公主召某御史。"即有数人接递传呼。侍御伛偻而入，见高堂上坐丽人，姿貌如仙，服饰炳耀；侍姬皆着锦绣，罗列成行。侍御伏谒尽礼，传命赐坐檐下，金碗进茗。主略致温旨，侍御肃而退。自内传赐缎靴、貂帽。

既归，深德王⑩，持刺谒谢⑪，则门阖无人。疑其侍主未复。三日三诣，终不复见。使人询诸贵主之门，则高扃局锢。访之居人，并言："此间曾无贵主。前有数人僦屋而居，今去已三日矣。"使反命，主仆丧气而已。

副将军某⑫，负资入都，将图握篆⑬，苦无阶。一日，有裘马者谒之⑭，自言："内兄为天子近侍。"茶已，请间云⑮："目下有某处将军缺，倘不吝重金，仆嘱内兄游扬圣主之前⑯，此任可致，大力者不能夺也。"某疑其妄。其人曰："此无须踟蹰。某不过欲抽小数于内兄⑰，于将军锱铢无所望⑱。言定如干数，署券为信。待召见后，方求实给；不效，则汝金尚在，谁从怀中而攫之耶？"某乃喜，诺之。次日，复来引某去，见其内兄，云："姓田。"煊赫如侯家。某参谒，殊傲睨不甚为礼。其人持券向某曰："适与内兄议，率非万金不可⑲，请即署尾⑳。"某从之。田曰："人心叵测，事后虑有反复。"其人笑曰："兄虑之过矣。既能予之，宁不能夺之耶？且朝中将相，有愿纳交而不可得者。将军前程方远，应不丧心至此㉑。"某亦力矢而去。其人送之，曰："三日即复公命。"

逾两日，日方西，数人吼奔而入，㉒曰："圣上坐待矣！"某惊甚㉓，疾趋人朝。见天子坐殿上，爪牙森立㉔。某拜舞已。上命赐坐，慰问殷勤，顾左右曰："闻某武烈非常，今见之，真将军才也！"因曰："某处险要地，今以委卿，勿负朕意，侯封有日耳。"某拜恩出。即有前日裘马者从至客邸，依券兑付而去。于是高枕待绶㉕，日夸荣于亲友。过数日，探访之，则前缺已有人矣。大怒，忿争于兵部之堂㉖，曰："某承帝简，何得授之他人？"司马怪之㉗。及述宠遇，半如梦境。司马怒，执下廷尉㉘。始供其引见者之姓名，则朝中并无此人。又耗万金，始得革职而去。异哉！武弁虽骏㉙，岂朝门亦可假耶？疑其中有幻术存焉，所谓"大盗不操矛弧"者也㉚。

嘉祥李生㉛，善琴。偶适东郊，见工人掘土得古琴㉜，遂以贱直得之。拭之有异光；安弦而操，清烈非常。喜极，若获拱璧㉝，贮以锦囊，藏之密室，虽至戚不以示也㉞。

邑丞程氏㉟，新莅任，投刺谒李。李故寡交游，以其先施故㊱，报之。过数日，又招饮，固请乃往。程为人风雅绝伦，议论潇洒，李悦焉。越日，折柬酬之，欢笑益洽。从此月夕花晨，未尝不相共也。年馀，偶于丞廨中，见绣囊裹琴置几上，李便展玩。程问：“亦谙此否？”李曰：“生平最好。”程讶曰：“知交非一日，绝技胡不一闻？”拨炉爇沉香㊲，请为小奏。李敬如教。程曰：“大高手！愿献薄技，勿笑小巫也㊳。”遂鼓“御风曲”㊴，其声泠泠㊵，有绝世出尘之意㊶。李更倾倒㊷，愿师事之。

自此二人以琴交，情分益笃。年馀，尽传其技。然程每诣李，李以常琴供之㊸，未肯泄所藏也。一夕，薄醉㊹。丞曰：“某新肄一曲㊺，亦愿闻之乎？”为奏“湘妃”㊻，幽怨若泣。李亟赞之。丞曰：“所恨无良琴；若得良琴，音调益胜。”李欣然曰：“仆蓄一琴，颇异凡品。今遇锺期㊼，何敢终密？”乃启椟负囊而出。程以袍袂拂尘，凭几再鼓，刚柔应节，工妙入神。李击节不置。丞曰：“区区拙技，负此良琴。若得荆人一奏㊽，当有一两声可听者。”李惊曰：“公闺中亦精之耶？”丞笑曰：“适此操乃传自细君者㊾。”李曰：“恨在闺阁，小生不得闻耳。”丞曰：“我辈通家㊿，原不以形迹相限。明日，请携琴去，当使隔帘为君奏之。”李悦。次日，抱琴而往。丞即治具欢饮。少间，将琴入，旋出即坐。俄见帘内隐隐有丽妆，顷之，香流户外。又少时，弦声细作，听之，不知何曲；但觉荡心媚骨，令人魂魄飞越。曲终便来窥帘，竟二十馀绝代之姝也。丞以巨白劝釂，内复改弦为“闲情之赋”(51)，李形神益惑。倾饮过醉，离席兴辞(52)，索琴。丞曰：“醉后防有蹉跌。明日复临，当令闺人尽其所长。”

李归。次日诣之，则廨舍寂然，惟一老隶应门。问之，云：“五更携眷去，不知何作，言往复可三日耳。”如期往伺之，日暮，并无音耗。吏皂皆疑，白令，破扃而窥其室；室尽空，惟几榻犹存耳。达之上台(53)，并不测其何故。李丧琴，寝食俱废，不远数千里访诸其家。程故楚产㊿，三年前，捐资授嘉祥㊺。执其姓名，询其居里，楚中并无其人。或云："有程道士者，善鼓琴；又传其有点金术㊻。三年前，忽去不复见。"疑即其人。又细审其年甲、容貌㊼，吻合不谬。乃知道士之纳官，皆为琴也。知交年馀，并不言及音律；渐而出琴，渐而献技，又渐而惑以佳丽；浸渍三年，得琴而去。道士之癖，更甚于李生也。天下之骗机多端，若道士，骗中之风雅者矣。

【注释】

①御史：官名，明清指监察御史，别称侍御。

②官阀：官阶门第。

③贵主：谓公主。

④覆翼：荫庇，保护。

⑤某侍郎系仆阶进：某侍郎就是通过我而进见公主的。侍郎，官名，明清时为中央六部的副长官。系，是。仆，自我谦称。阶进，当台阶使之进，即通过我的关系而进见的意思。

⑥效牛马：即效牛马之劳，为之奔走的意思。

⑦都：美。

⑧兼金：精金，好金。

⑨祗候：犹恭候、敬候。

⑩德王：感激这位姓王的人。

⑪刺：名片。

⑫副将军：武官名。位在将军之下，参将之上。

⑬将图握篆：将谋作将军。握篆，掌印之官，即任正职的官员。

⑭裘马者：衣裘乘马者。裘马，谓衣饰、坐骑华贵。

⑮请间：谓请避人私下交谈。间，间语，私语

⑯游扬：宣扬，传扬。此谓在皇帝面前称道其能。

⑰于：此据山东省博物馆本，原无此字。

⑱锱铢：古重量单位，此极言微少。

⑲率：大率，大约，大概。

⑳署尾：即署纸尾。此指署名画押。

㉑丧心：心理反常。

㉒吼奔而入：大声嚷着飞奔而入。

㉓"圣上坐待矣！"某惊甚：此据山东省博物馆本，原作"圣上坐矣，待某惊甚。"

㉔爪牙：鸟兽用以自卫的爪和牙，此引申指守卫宫廷的武士。

㉕绶：印绶。此代指官印。

㉖兵部：隋唐以后，中央六部之一，掌全国武官选用、兵籍、军械、军令之政。长官为兵部尚书。

㉗司马：古官名。西周始置，掌握军政和军赋。后世用作兵部尚书的别称。

㉘执下廷尉：拘系起来，下廷尉狱。廷尉，官名，亦官署名。秦汉时廷尉为九卿之一，掌刑狱。明清指大理寺卿。

㉙武弁：即武冠，借指武官、武士。骙：痴呆。

㉚大盗不操矛弧：谓善于偷盗的人并不手持武器。矛，武器。长柄，尖头，两刃。弧，木弓。

㉛嘉祥：县名，今属山东省。

㉜工人：古时指从事劳役的人。

㉝拱璧：大璧。详《蛇人》注。

㉞不以示：即不拿它给人看。

㉟邑丞：县丞，县令的佐官。

㊱以其先施故：因其首先拜谒的缘故。施，先加礼致敬叫施。

㊲沉香：香木。木材为名贵熏香料。

㊳勿笑小巫：犹言你这高手不要笑我技艺低劣。小巫，对大巫而言。巫，巫师。

㊴御风曲：此为杜撰的琴曲。御风，乘风而行。

㊵泠泠：形容音调清脆悦耳。

㊶绝世出尘之意：谓给人以飘然欲仙、超脱尘世之感。

㊷倾倒：佩服。

㊸常：此据山东省博物馆本，原无此字。

㊹薄醉：微醉。

㊺肄：学习，练习。

㊻湘妃：琴曲名，即"湘妃怨"。

㊼今遇锺期：意即今遇知音。锺期，即锺子期，春秋时楚国人，精于音律，与善琴者伯牙相知。

㊽荆人：谦指自己的妻子。

㊾"适此"句：刚才所弹奏的这支曲子本是从妻子那里学来的。适，刚才。操，琴曲曰操。细君，也称小君，本为古时诸侯妻之称，后为妻的通称。

㊿通家：本谓世代交谊之家。此犹言一家人，极言其关系亲密。

51闲情之赋：即《闲情赋》。东晋诗人陶渊明作。赋抒写了诗人对爱情的追求及思而不得的怅惘心情，感情热烈奔放，文辞华美动人。此为取其赋意而杜撰的琴曲名。

52兴辞：起身告辞。兴，起。

53达之上台：将此事报告上官。达，通禀，报告。上台，犹上官。台，本为官署名，后用作对官长的敬称。

54楚产：楚地人。楚，泛指今湖北、湖南及河南南部地区。

55捐资授嘉祥：即通过向政府捐纳金钱被授为嘉祥县丞。捐，捐纳，封建时代授官法之一种，即捐资纳粟买得官职。

56点金术：古时宗教及方士之流谓用其炼丹术将丹炼成之后，即可点石成金或点铁成金。

㊼年甲：年岁、年纪。甲，甲子。古以甲子纪岁月，因亦以之代指岁月、年岁。

【译文】

有个御史的家人，这天正在集市上闲站，忽然，有一个人，穿戴很是华丽，走近前来和他攀谈。那人问这个家人的主人姓甚名谁，是个什么官衔。家人就一五一十地告诉给他。那个人自个儿介绍道："我姓王，是公主家的亲信。"两个人越谈越近乎，姓王的就说："官路凶险，做大官的都投靠皇亲的门子，不知道你家主人投靠的哪一家子啊？"这个家人说："没有啊！"王姓说："这就是舍不得小钱，却忘记大灾祸的呢！"这家人问："那么，投靠什么人才能保险呢？"王姓说："俺们公主待人以礼，能够保护人！某侍郎就是我引荐的。你家主人要是能舍得千数两银子的见面礼，见上公主也不是难事。"家人很高兴，就问姓王的住在哪里。王姓指着家门说："咱们住在一条胡同里，你还不知道呵！"

这个家人回家，禀报了侍御。侍御一听，很是高兴，准备好了丰盛宴席，派家人去邀请那姓王的人。王姓很痛快地来了。宴席中间，王姓就说起公主的性情和日常琐事，十分详细，并且说："要不是同住一条胡同的情分，就是送我一百两银子，我也不给你跑这个腿呢！"御史越发感激道谢。临别时，订下约定，王姓说："你准备好礼品就是了！我趁空就禀报公主，早晚就有好消息啊！"

过了几天，王姓骑着高头大马来了。他对御史说："赶快穿戴整齐，带上礼物，跟我去拜见！公主实在太忙了，求见的人一个接一个，从早到晚，总不得闲。这一霎间刚好有点空闲，咱们得赶紧快走，误了这个时辰，要想见面就不知道得等到哪一天了！"御史带上见面的礼物和金银财宝，随着王姓去了。拐弯抹角，走了十多里路，才到了公主的宅第。御史下了马，在门外等候；王姓带着见面礼进府禀报。

等了好大工夫，王姓才出门来，宣告："公主召见某御史！"接着就有人一个个地接连传呼着。御史弓背弯腰紧迈小步走进去。只见高堂上坐着一位贵妇人，姿态容貌，亚赛天仙，穿着服饰，华丽鲜亮；两旁宫女，花簇锦绣，排列两行。御史跪拜叩头，行过大礼。公主传令，在檐下赐座，金碗送来香茶。公主问候了一两声，夸奖了几句话，然后，御史肃静地退了下来。接着，内里又传出赐给的东西，有锦缎朝靴，貂皮帽子，御史又赶快谢了恩。

回到家里，御史十分感激王姓，带着名片，亲自登门去道谢。到了门口，只见大门紧紧关闭，没有人在。大概是伺候公主还没回来吧！三天去了三趟，始终也不见人。派人到公主府上去问问吧，那里也紧紧关着大门。问问邻居，他们说："这宅子从来也没有住过什么公主。前几天有几个人租住着，如今已经走了三天了！"差人回来报告，御史和家人非常丧气，只好自认倒霉罢了。

有位副将军，带着大批的银子进了京城，想谋划升成正将军，待了不少日子了，还没找到个门路，很是发愁。

这一天，来了一位客人，这人身穿皮袍，跨着骏马，自称他的大舅子是皇帝身边的侍奉。仆人献上茶后，这人就低声对副将军说："眼下有个某地的将军职位空缺，倘若您舍得多花点银子，我告诉内兄，让他在皇上面前吹嘘一番，这个将军的缺，你就能补上去，别人再有力量也夺不走这个美差。"副将军怀疑这人说话玄虚。那人说："这事您也不用犹豫，我不过是想在内兄那里抽个小份子，一文钱也不想拿将军您的。咱们商量定了多少银子，立个文书当凭证。等到皇上召见许了官以后，再将银子兑现，要是办不成，银子照旧是你的，谁还能从你怀里硬抢了走吗！"

副将军听他这么一说，才放了心，高兴地答应下来。

第二天，那人又到客店里来，领着副将军去拜见他那内兄。

那人的内兄说是姓田，家里很是阔气，像个公侯之家。副将军参拜，姓田的很傲气，对副将军似乎也不看在眼里。引见人拿了写好的文书，对副将军说："刚才和内兄商量，要办成这件事，非得一万两银子不可。请您签上名字吧！"副将军答应下来，签上姓名。

姓田的说："现时的人，心眼太不好，恐怕事情办成后，就不认账了！"引见人赶忙赔笑说:"老兄太过虑了。既然有本事许给他官职,还没有能耐把官职再给他抹掉吗!何况朝廷里的文武大官,想和咱攀扯交情还高攀不上呢!这位将军前程无量,绝不会那么丧良心啊!"副将军也急忙表白心意,指天起誓,绝不忘记大恩大德。引见人送出门来,说:"三天之内就给你个确信!"

过了两天,这天太阳刚刚落山,有几个官差吼叫着跑进门来,说:"皇上正在坐殿等你进见呢!"副将军吓了一大跳,急忙跟着进了皇宫。

只见皇上坐在金銮宝殿的龙椅上,文武大臣、侍卫人员两旁肃立。副将军战战兢兢,急忙三跪九叩,三呼万岁,行过大礼。

皇上命令赐座,慰问了几句话。对两旁大臣说:"听说副将军英勇善战,今日一见,真是个将军之材呀!"又对副将军说:"那地方是个险要之地,如今委派你当将军去镇守,千万不要辜负寡人的一番心意呀!过几天就下旨正式委任你了!"

副将军谢过皇恩,出了皇宫。引见人就跟着来到客店,按照文书约定,把银子交付清楚。引见人告别辞去。

从这起,副将军心花怒放,趾高气扬,就等着领将军印啦,整日里拜亲访友,向人们夸耀。

过了几天,忽然听得消息,说是那个将军的缺已经有人补上了。

副将军很是恼火,直接跑到兵部大堂质问:"我是皇上亲口御封的那地方的将军,你们怎么竟敢许给别的人!"

兵部长官很奇怪,就问是怎么回事。副将军就把皇上亲口许官的经过说了一遍。兵部一听,这简直是在做梦,非常生气,命令把副将军押在监狱里。这时候,副将军才供出引见者的姓名,可是,朝廷里并没有这么个人啊!

副将军又花费了一万两银子,才弄了个撤销职务的处分,回家去了。

这桩事真是怪啊!武将军虽然是个傻蛋,难道朝廷能是假的吗。可能这事当中有戏法魔术,是平常说的那种不拿刀枪的大骗子干的吧!

嘉祥县有个李生,很擅长弹琴。有一天,去东郊游玩,见到工人挖土挖出只古琴来,就花很少的钱买了下来。回到家里,把琴擦抹干净,琴身闪射出奇异的色泽，装上琴弦，弹奏曲子，音调非常清冽。李生高兴极了，如同得到珍贵的和氏之璧，绣了只锦囊把琴装起来，放在密室里珍藏好，就是至亲好友，也舍不得拿出来给看看。

县里新到任的副县令，姓程，前来拜见李生。李生一向很孤僻，平素很少交接友人，因为这位程副县令先来拜见，不得不去回拜了。过了几天。程令又派人来请李生去喝酒；李生怎么推辞也辞不掉，只好去赴宴了。这程令为人风流文雅，言谈俊逸潇洒，李生很是喜欢他。过了一天，李生写了请帖回请程县令，宴席之上，两人越谈越投心合意，你欢我笑非常融洽。从此，无论是夜晚赏月，清晨观花，两个人是没有不在一块儿的时候了。

过了一年多，在副县令的官衙里，李生偶然发现矮几上放着只裹着锦囊的琴。李生就启开锦囊，弹拨了几下。程令问："你也喜欢弹琴吗？"李生说："是我平素最喜好的！"程令惊讶地说："咱们交朋友不是一天了，你有高超的技艺怎么不早告诉呢？"于是，拨平铜炉里的灰烬，点燃起沉香，请求李生弹奏。李生盘膝坐下，认真地弹奏了一支乐曲。程令听完，称赞说："真是大才高手！我的水平很低，也弹一曲，作为答谢，可别笑话我献丑啊！"于是，弹奏起《御风曲》来。那琴音如同轻风习习，飘然飞扬，真有超脱世俗、升仙而去的韵味！李生听后，非常倾心美慕，愿意拜程令为师，跟他学琴。自从这天起，两人又成了琴友，交情越来越真挚深厚。只一年多，程令就把自己的本事，全部传给李生了。可是，程令每次到李生家来，李生总是拿平常的琴供他弹奏，从不肯泄露自己收藏的那只珍贵古琴。

一个夜晚，两人都喝得略微有些醉意了。程令说："我最近新演习了一支曲子，你愿不愿意听听呢？"李生表示非常愿听。程令就弹奏起《湘妃怨》曲子。只听得琴音幽怨低沉，如泣如诉，使人心酸欲泪！李生深受感动，鼓掌叫好！程令却叹息说："只恨没有上好的琴啊，要是有优良的琴，音调要比这更为动听！"李生很痛快地说："我收藏着一只古琴，和一般的琴大不相同。如今遇见你这样像钟子期般的知音，哪敢再收藏着不贡献出来呢！"于是，进到内室，打开箱柜，启开锦囊，捧出古琴来。程令用大襟擦抹掉灰尘，坐在几前，又重新弹奏那支曲子，真是节奏强弱分明，抑扬动听，功夫绝妙，引人入胜。李生听得入迷，不禁手打拍子，闭目欣赏。程令奏完曲子，站起身来，带着歉意说："我这样浅薄的技艺，太辜负这么好的古琴了！要是让我内人来弹奏，还能有一两声可以中听的！"李生惊奇地问："尊夫人也很善于弹琴吗？"程令笑了笑，说："不瞒你说，刚才弹奏的曲子，就是从内人那里学来的。"李生感叹说："可惜在闺房之内，我是没有福分能听得到了！"程令说："咱们这么深厚的交情，原是不受世俗之礼约束的。到明天，请你带着琴到我家去，一定让内人隔着帘子给你弹奏！"李生特别高兴，连声道谢。

第二天，李生抱着古琴来到程家。程家马上摆好宴席，两人饮酒谈笑。一会儿，程令抱着那只古琴进了内室，转身又走出来，仍然座席饮酒。接着，看到通内室的门帘里面隐隐约约有个身穿艳丽服装的女人落座，不大会儿，浓郁的香气流到帘外来。稍待了一阵，弦声轻轻响起来，李生也听不懂弹奏的是什么曲子，只觉得心猿意马，使人魂飞神驰！曲子奏完，便有人稍微拨开点帘子，往外窥探客人，竟然是个二十多岁的极为漂亮的女子呢！程令又让换上大个酒杯，一杯杯地劝说李生干杯。这阵儿，帘子里又调整了琴弦，奏起《闲情之赋》，李生听着，更觉意动神摇，心神迷茫。李生喝了一杯又一杯，不觉间真的醉了，支撑着站起身来，要告辞离别，带琴回去。程令说："你喝得略多了点，路上不大方便，得防备跌着碰着，还是不带琴走吧！明天请你再到我家来，定让内人把她弹琴的本领全部贡献出来！"李生被仆人搀扶着，跟跟跄跄回家去了。

第二天，李生又去程家。一到门前就愣住了，程家空落落的没有动静，只有一个老差人在看守大门。李生就问："你家主人在哪里？"老仆人说："早五更头里，带着家眷走了，不知道干什么去了。留下话说是三几天就能回来。"没有办法，李生只好回家。过了三天，李生又去程家，直等到日头落山，还是没有音信。县衙的官吏和差人也都疑惑起来，禀告了县令，打开房门去看，只见各个房间都是空空的，仅剩下案几椅子和空床！人们报告给上面的官儿，谁也弄不明白这是什么缘故。

李生丢了心爱的古琴，饭也吃不下，觉也睡不好。想来想去，下决心到千里之外程令的老家去查访。据说那程副县令是湖南人，在三年前捐钱买官，被任命为嘉祥县副县令。李生跋山涉水，经历了千辛万苦，总算到了湖南。说着程令的姓名，问到他说的住地，当地人都说没有这么个当官的人。

有人揣度着说："倒是有个程道士，喜好弹琴奏曲，还传说他会点石成金的法术。三年前离开这里，就再也没人见到过他。"大伙儿怀疑程令就是程道士吧！李生又详细问询那道士的年龄、相貌，确实样样与程令相符。这才明白，程道士花钱买官，全是为着骗取李生的古琴啊！仔细想想，程道士和李生交朋友一年多，根本不谈音乐的事儿，渐渐让李生知道他会弹琴，渐渐又教给李生弹琴，渐渐又以美人弹琴迷惑李生；慢慢用了三年的软功夫，最后稳稳当当地骗走古琴。看来，这道士对古琴的爱好，比李生还更加厉害呢！天底下的骗人花样非常多，像道士这样的做法，可算得是骗局之中很文明风雅的呢！

放　蝶

【原文】

　　长山王进士岵生为令时①，每听讼，按罪之轻重，罚令纳蝶自赎；堂上千百齐放，如风飘碎锦，王乃拍案大笑。一夜，梦一女子，衣裳华好，从容而入，曰："遭君虐政，姊妹多物故②。当使君先受风流之小谴耳。"言已，化为蝶，回翔而去。明日，方独酌署中，忽报直指使至③，皇遽而出，闺中戏以素花簪冠上④，忘除之。直指见之，以为不恭，大受诟骂而返。由是罚蝶令遂止。

　　青城于重寅⑤，性放诞。为司理时⑥，元夕以火花爆竹缚驴上⑦，首尾并满，牵登太守之门⑧，击柝而请⑨，自白："某献火驴，幸出一览。"时太守有爱子患痘，心绪方恶，辞之。于固请之。太守不得已，使阍人启钥⑩。门甫辟，于火发机，推驴人。爆震驴惊，跑踉跌狂奔⑪；又飞火射人，人莫敢近。驴穿堂入室，破瓯毁甑，火触成尘，窗纱都烬。家人大哗。痘儿惊陷，终夜而死。太守痛恨，将揭劾⑫。于浼诸司道⑬，登堂负荆⑭，乃免。

【注释】

①长山：旧县名，故地今山东邹平县一带。王进士岅生：王岅生，字子凉，明末进士，曾任如皋县知县。

②物故：死亡。

③直指使：官名。也称直指使者，朝廷特派巡视地方的官员。明清时代，指巡按御史。

④素花：白花。

⑤青城：地名，即今山东省高青县。

⑥司理：也称"司李"，明清指推官，掌狱讼。

⑦元夕：农历正月十五日。

⑧太守：此指知府。

⑨击柝：敲着木梆。柝，旧时巡夜者击以报更的木梆。

⑩阍人：守门人。

⑪踉跌：谓驴疾行。

⑫揭劾：检举其过错而弹劾。

⑬浼诸司道：向司道官长求情。浼，请托，央求。司道，指布政使司、按察使司及道员。

⑭负荆：背负荆条，请求责罚。表示悔罪认错。

【译文】

长山县的进士王斗生，在担任县官的时候，每次听完刑事上的争讼，就按照刑律，根据罪行的轻重，惩罚罪人缴纳蝴蝶；在大堂之上，把千百只蝴蝶一起放出来，好像风飘碎锦，王岎生就拍案大笑。一天晚上，他梦见一个女子，穿着华丽的衣服，从从容容地走进来，说："遭受你的暴政，我的姊妹多数被你糟蹋死了。应该首先叫你受一次风流的小谴责。"说完，变成一只蝴蝶。盘旋着飞走了。第二天他正在官署里自饮自酌，衙役忽然向他报告，说巡察御史到了。他便匆匆忙忙地出去迎接。老婆跟他开玩笑，把一朵小白花插在他的纱帽上，他忘了除掉。巡察御史看见了小白花，认为很不恭敬，让他挨了一顿臭骂，就让他溜回来了。从此以后，罚人缴纳蝴蝶的政令才停止了。

青城有个叫于重寅的，性格很放荡，也很荒诞。他在担任推官的时候，在元宵节的晚上，把火花爆竹绑在驴身上，从头绑到尾巴，全身绑得满满的，然后牵到太守的大门外，敲着梆子求见太守，自己说是："我向太守敬献一头火驴，希望太守出来看看。"当时太守的爱子出天花，正是心情很不好的时候．所以就辞谢了。他一再地请求。太守迫不得已，叫看门的人打开了门上的锁头。大门刚一拉开，他就点着了发火的机关，把驴子推进门里。爆竹的爆炸，惊炸了驴子，驴子就刨着蹶子狂奔；又加上飞进的火花射人，谁也不敢接近。驴子穿过大堂，窜进屋里，踢碎了瓦盆，踏毁了锅碗，火驴碰到的地方飞土扬尘，窗纱全部化成了灰烬。家人大吵大嚷。出天花的儿子受了惊吓，陷入死亡状态，天亮就死了。太守又痛又恨，要向上司揭发他的罪状，进行弹劾。他哀求许多官员给他说情，又登堂请罪，才得以赦免。

男 生 子

【原文】

福建总兵杨辅①，有娈童②，腹震动。十月既满，梦神人剖其两胁出之。及醒，两男夹左右啼。起视胁下，剖痕俨然。儿名之天舍、地舍云。

异史氏曰③："按此吴藩未叛前事也④。吴既叛，闽抚蔡公疑杨欲图之⑤，而恐其为乱，以他故召之。杨妻凤智勇，疑之，沮杨行⑥。杨不听。妻涕而送之。归则传矢诸将⑦，披坚执锐，以待消息。少顷，闻夫被诛，遂反攻蔡。蔡仓皇不知所为，幸标卒固守⑧，不克乃去。去既远，蔡始戎装突出，率众大噪。人传为笑焉。后数年，盗乃就抚⑨。未几，蔡暴亡。临卒，见杨操兵入，左右亦皆见之。呜呼！其鬼虽雄，而头不可复续矣！生子之妖，其兆于此耶？"

【注释】

①福建总兵：福建省的总兵官。清代总兵为绿营兵高级武官，受提督节制，掌理本镇军务，因又称总镇。其所辖营兵称镇标。

②娈童：旧时被当作女性玩弄的美貌男子。娈，美好的样子。

③异史氏曰：此据《聊斋志异遗稿》本补，原缺此四字。

④吴藩：指吴三桂。

⑤闽抚：福建巡抚。

⑥沮：阻止。

⑦传矢诸将：即向诸将发布命令。矢，箭。此指令箭。

⑧标卒：清军制，总督、巡抚等统领的绿营兵，称标；一标三营。巡抚统属的称抚标。此指抚标士卒。

⑨就抚：接受招抚，即归降。

【译文】

福建总兵杨辅，有一个娈童，肚子里震动。满了十个月，梦见一位神仙，剖开他的两肋，取出两个婴儿。醒过来以后，左右两腋夹着两个男孩子，呱呱地哭叫着。起来看看肋下，剖开的伤痕很明显。给两个儿子起了名字，一个叫天舍，一个叫地舍。

异史氏说："这是吴三桂没有叛乱之前的事情。吴三桂叛乱以后，福建的巡抚蔡公，怀疑杨辅是吴三桂的同党，想要除掉他，又怕他叛乱，就用别的借口召见他。杨辅的妻子一向智勇双全，怀疑巡抚没安好心，禁止杨辅前去会见巡抚。杨辅不听。妻子流着眼泪把他送走了。回去传齐诸将，披上铠甲，手持兵刃，等候消息。过了不一会儿，听说丈夫被杀了，就领兵反攻蔡巡抚。蔡公在仓促之间，不知如何是好，幸亏标兵拼死守卫，她攻不进去就退走了。她撤退很远了，蔡公才披上铠甲，手握兵器冲出来，带领一群兵大喊大叫。被人传为笑语。几年以后，这伙强盗受了招安。过了不久，蔡公突然死了。临死的时候，看见杨辅手持兵刃闯了进来，身旁的侍卫人员也都看见了。唉！杨辅的鬼魂虽然很威武，但是他的人头再也续不上了！娈童生孩子的怪现象，就是他杀头的预兆吗？"

钟 生

【原文】

钟庆馀，辽东名士①。应济南乡试。闻藩邸有道士知人休咎②，心向往之。二场后，至趵突泉③，适相值。年六十馀，须长过胸，一皤然道人也④。集问灾祥者如堵⑤，道士悉以微词授之⑥。于众中见生，忻然握手，曰："君心术德行⑦，可敬也！"挽登阁上，屏人语⑧，因问："莫欲知将来否？"曰："然。"曰："子福命至薄，然今科乡举可望。但荣归后，恐不复见尊堂矣。"生至孝，闻之泣下，遂欲不试而归。道士曰："若过此已往，一榜亦不可得矣。"生云："母死不见，且不可复为人，贵为卿相，何加焉？"道士曰："某夙世与君有缘，今日必合尽力。"乃以一丸授之曰："可遣人夙夜将去，服之可延七日。场毕而行，母子犹及见也。"生藏之，匆匆而出，神志丧失。因计终天有期⑨，早归一日，则多得一日之奉养，携仆贳驴⑩，即刻东迈⑪。驱里许，驴忽返奔，下之不驯，控之则蹶。生无计，燥汗如雨。仆劝止之，生不听。又贳他驴，亦如之。日已衔山，莫知为计。仆又劝曰："明日即完场矣，何争此一朝夕乎？请即先主而行，计亦良得。"不得已，从之。

次日，草草竣事，立时遂发，不遑啜息⑫，星驰而归⑬。则母病绵惙⑭，下丹药，渐就痊可。入视之，就榻泫泫⑮。母摇首止之，执手喜曰："适梦之阴司，见王者颜色和霁，谓稽尔生平⑯，无大罪恶；今念汝子纯孝⑰，赐寿一纪⑱。"生亦喜。历数日，果平健如故。未几，闻捷，辞母如济。因赂内监⑲，致意道士。道士欣然出，生便伏谒。道士曰："君既高捷，太夫人又增寿数，此皆盛德所致，道人何力焉！"生又讶其先知，因而拜问终身。道士云："君无大贵，但得耄耋足矣⑳。君前身与我为僧侣，以石投犬，误毙一蛙，今已投生为驴。论前定数㉑，君当横折㉒；

今孝德感神，已有解星入命，固当无恙。但夫人前世为妇不贞，数应少寡㉓。今君以德延寿，非其所耦，恐岁后瑶台倾也㉔。"生恻然良久，问继室所在。曰："在中州㉕，今十四岁矣。"临别嘱曰："倘遇危急，宜奔东南。"

后年馀，妻病果死。钟舅令于西江㉖，母遣往省，以便途过中州，将应继室之谶㉗。偶适一村，值临河优戏㉘，士女甚杂。方欲整辔趋过，有一失勒牝驴㉙，随之而行，致骡蹄趹㉚，生回首，以鞭击驴耳；驴惊，大奔。时有王世子方六七岁㉛，乳媪抱坐堤上；驴冲过，扈从皆不及防，挤堕河中。众大哗，欲执之。生纵骡绝驰㉜，顿忆道士言，极力趋东南。约三十馀里，入一山村，有叟在门，下骑揖之。叟邀入，自言"方姓"，便诘所来。生叩伏在地，具以情告。叟言："不妨。请即寄居此间，当使徵者去㉝。"至晚得耗，始知为世子，叟大骇曰："他家可以为力，此真爱莫能助矣！"生哀不已。叟筹思曰："不可为也。请过一宵，听其缓急，倘可再谋。"生愁怖㉞，终夜不枕。次日侦听，则已行牒讥察㉟，收藏者弃市㊱。叟有难色，无言而入。生疑惧，无以自安。中夜叟来，入坐便问："夫人年几何矣？"生以鳏对。叟喜曰㊲："吾谋济矣。"问之，答云："余姊夫慕道，挂锡南山㊳；姊又谢世。遗有孤女，从仆鞠养，亦颇慧。以奉箕帚如何㊴？"生喜符道士之言，而又冀亲戚密迩，可以得其周谋㊵，曰："小生诚幸矣。但远方罪人，深恐贻累丈人㊶。"叟曰："此为君谋也。姊夫道术颇神，但久不与人事矣。合卺后，自与甥女筹之，必合有计。"生喜极，赘焉。

女十六岁，艳绝无双。生每对之歔欷。女云："妾即陋，何遽遽见嫌恶？"生谢曰："娘子仙人，相耦为幸㊷。但有祸患，恐致乖违。"因以实告。女怨曰："舅乃非人！此弥天之祸，不可为谋，乃不明言，而陷我于坎窞㊸！"生长跪曰："是小生以死命哀舅，舅慈悲而穷于术，知卿能生死人而肉白骨也㊹。某诚不足称好逑㊺，然家门幸不辱寞㊻。倘得再生，香花供养有日耳㊼。"女叹曰："事已至此，夫复何辞？然父自削发招提㊽，儿女之爱已绝。无已，同往哀之，恐担挫辱不浅也㊾。"乃一夜不寐，以毡绵厚作蔽膝㊿，各以隐着衣底；然后唤肩舆，入南山十馀里。山径拗折绝险[51]，不复可乘。下舆，女趑趄甚艰[52]，生挽臂拽扶之，竭蹶始得上达[53]。不远，即见山门，共坐少憩。女喘汗淫淫⁵⁴，粉黛交下。生见之，情不可忍，曰："为某事，遂使卿罹此苦！"女愀然曰⁵⁵："恐此尚未是苦⁵⁶！"困少苏⁵⁷，相将入兰若⁵⁸，礼佛而进。曲折入禅堂⁵⁹，见老僧趺坐⁶⁰，目若瞑，一僮执拂侍之⁶¹。方丈中⁶²，扫除光洁；而坐前悉布沙砾，密如星宿。女不敢择，入跪其上；生亦从诸其后。僧开目一瞻，即复合去。女参曰⁶³："久不定省⁶⁴，今女已嫁，故偕婿来。"僧久之，启视曰："妮子大累人！"即不复言。夫妻跪良久，筋力俱殆，沙石将压入骨，痛不可支。又移时，乃言曰："将骡来未？"女答曰："未。"曰："夫妻即去，可速将来。"二人拜而起，狼狈而行。

既归，如命，不解其意，但伏听之。过数日，相传罪人已得，伏诛讫。夫妻相庆。无何，山中遣僮来，以断杖付生云："代死者，此君也。"便嘱瘗葬致祭，以解竹木之冤。生视之，断处有血痕焉。乃祝而葬之。夫妻不敢久居，星夜归辽阳。

【注释】

①辽东：郡名，古燕地，秦置郡，治襄平（今辽阳市），辖境为今辽宁东南部辽河以东地区。清顺治十年（1653）曾于此置辽阳府。

②藩邸：藩王府邸。封建帝王分封诸侯王，以屏王室，故称。明德王邸在今济南市珍珠泉一带。

③趵突泉：泉名，在济南旧城西南。泉三蜂拥流，蔚为壮观，金代"名泉碑"列为济南诸泉之冠，号称"天下第一泉"。

④皤然：头发斑白的样子。

⑤集问灾祥者如堵：群集而问祸福的人，像墙壁一样围在四周。

⑥微词：此指隐含预测祸福的言辞。微，幽深，精妙。

⑦心术：思想意识。

⑧屏人语：避人语。

⑨终天有期：谓母丧有日。终天，谓父母之丧，悲痛至于终身而无穷极。

⑩赁：租借。

⑪东迈：向东行进。

⑫不遑啜息：意即顾不上吃喝休息，日夜趱行。啜，吃、喝。

⑬星驰而归：连夜奔驰而归。

⑭绵惙：病势垂危，将要断气。

⑮泫泣：流泪。

⑯生平：此据山东省博物馆抄本，原作"生生"。

⑰纯孝：大孝。纯，大。

⑱赐寿一纪：即增十二岁的年寿。岁星（木星）绕太阳一周约需十二年，古时因称十二年为一纪。

⑲内监：指藩邸内的宦官。

⑳耄耋：高寿。

㉑前定数：迷信谓由生前善恶而确定的今生命运。数，命数，命运。

㉒横折：谓意外地早死。横，意外，突然。折，夭折。

㉓数：命数，命运。

㉔瑶台倾：谓妻死。瑶台，美玉砌成之台。

㉕中州：古分中国为九州，豫州居中，因称中州；其地当今河南，因相沿亦称河南为中州。

㉖西江：泛指今广东西部地区。西江，珠江干流之一，流经广东西部，与黔、桂、郁三江自广西合流后，称西江。

㉗应继室之谶：验合当娶后妻之预言。谶，谶语，预言。

㉘临河优戏：在河边演戏。优，扮演杂戏的人。

㉙失勒牡驴：失去控制的公驴。勒，羁勒。

㉚蹄跌：骡马用后蹄踢人，尥蹶子。

㉛王世子：诸侯王之嫡子。

㉜绝驰：犹言飞驰。绝，绝尘，足不沾尘。

㉝徼者：指巡捕一类的吏役。

㉞怖：此据山东省博物馆抄本，原作"佈"。

㉟行牒讥察：行文稽查。牒，公文。讥，稽查，查问。

㊱弃市：指问斩，杀头。

㊲喜：此据山东省博物馆抄本，原作"以"。

㊳挂锡南山：谓在南山出家做和尚。挂锡，悬挂锡杖。僧人远出，要持锡杖，而中途停宿时，杖不得着地，必挂于僧房壁牙之上，故称僧人止宿为挂锡。此盖谓出家居寺。

㊴奉箕帚：供洒扫之役，女儿为人作妻室的谦词

㊵周谋：周密谋划。

㊶丈人：此谓长者，对年老人的尊称。

㊷相耦：相配，结为夫妇。耦，通"偶"，匹配。

㊸陷我于坎窞：谓让其落入陷阱，犹言被其坑害。坎窞，洞穴陷阱。

㊹生死人而肉白骨：谓救活人命，起死回生。

㊺好逑：好的配偶。

㊻辱寞：即辱没。寞，通"没"。

㊼香花供养：谓如佛般供敬。

㊽削发招提：指出家做和尚。招提，梵语"拓斗提奢"的省称，义为四方，误为招提。自北魏太武帝造寺称招提，遂为寺院的别称。

㊾挫辱：折辱。

㊿蔽膝：跪拜时所用护膝的围裙。

(51)绝险：此据山东省博物馆本，原作"绝陷"。

(52)跬步：半步。此指行步。

(53)竭蹶：力竭仆跌，极言劳苦之状。

(54)淫淫：汗流不断的样子。

(55)愀然：忧惧的样子。

㊄苦：此据山东省博物馆抄本，原无此字。

㊄困少苏：疲劳稍微减轻一点。

㊄兰若：指寺庙。

㊄禅堂：僧人参禅之处，犹言僧堂。

㊅跌坐：佛教徒坐禅的一种姿势，即将双足背交叉于左右股上而坐。

㊅拂：拂尘。

㊅方丈：佛寺长老及住持说法的处所。

㊅参：参拜。

㊅定省：昏定晨省，谓请安探视。

【译文】

　　钟庆余，是辽东的名士。他参加乡试，到了济南。听说王府里有个道士，能知每个人的吉凶祸福，心里就想前去看看。考到二场结束以后，他到了趵突泉，恰巧碰上了道士。道士有六十多岁，长长的胡须飘洒到胸下，是个须发银白的老道。聚在老道身边询问吉凶的，好像围了一堵墙，道士都用几句话打发走了。道士在人群里一眼看见了钟庆余，很高兴地和他握着手说："你的心术和你的品德，都是令人可敬的。"就拉着他的手上了阁楼，避开别人，问他说："是不是想要知道你的将来呢？"他说："是的。"道士说："你的福命很薄。但是这一科考上举人，还是可以期望的。可是荣归以后，恐怕再也见不到你的母亲了。"

　　钟庆余是个很孝顺的孝子，一听这话，就流下了眼泪，便想不参加乡试，赶紧往回走。道士说："你若错过这次乡试，将来再也不会中举的。"钟庆余说："母亲去世的时候不能见面，再也不能做人了，即使贵为公侯将相，有什么可取呢？"道士说："我前世和你有缘，今天应该竭尽全力帮助你。"说完就拿出一丸药，交给他说："你可以打发一个人，起早贪黑地送回去，给你母亲吃下去，可以延缓七天。你考完了就往回走，母子还来得及见上一面。他揣起药丸，急匆匆地往外走，神情意志完全丧失了。由于算到母亲寿终为期不远了，早回去一天，母亲就能多得一天的奉养，就带着仆人，租了一头驴子，立刻跨上了东行的大道。往前跑了一里来地，驴子忽然抹身就往回跑。用鞭子赶它，它不驯服；牵着笼头往前拉它，它就尥蹶子。他无计可施，急得热汗如雨。仆人劝他住下，他不听。又租了别的驴子，也和那头驴子一样。太阳落进西山了，毫无办法可想。仆人又劝阻说："明天就是最后一场了，何必争此一朝一夕呢？我请求比你早走一天，也是一个好办法。"他迫不得已，就听从了仆人的意见。

第二天，他在考场上潦潦草草地写完了考卷，就立刻往回走，顾不上吃饭睡觉，星夜疾驰，很快就回到家里。到家听说母亲病得很衰弱，吃了道士的丹药，逐渐痊愈了。他进屋去看望母亲，来到病榻跟前，不停地流泪。母亲摇摇头，禁止他哭泣，拉着他的手，很高兴地说："我刚才做梦，到了阴间，看见阎王的脸色很温和。说查你的一生，没有大的罪恶；现在想到你的儿子是一位纯粹的孝子，再赐给你阳寿一十二年。"他也高兴了。过了几天，母亲果然恢复了健康。

过了不久，他接到考中举人的捷报，又辞别母亲到了济南。到了济南就给王府的内监送了一笔钱，让他向道士传达了自己的谢意。道士很高兴地出来了，他便跪在地下磕头。道士说："你已经考中了举人，太夫人又增加了阳寿，这都是你的盛德引来的，贫道有什么力量呢！"他又惊讶道士已经预先知道了，因而躬身下拜，询问自己的终身。道士说："你命里没有大富大贵，只要活到八九十岁就满足了。你的前身是和我一起出家当和尚，在投石击犬的时候，你失手打死了一只青蛙。那只青蛙已经托生作了驴子。按照以前定下的气数，你应该不得好死；现在因为有大孝的美德，感动了神仙，已有解星进入你的命运，今后一定会无病无灾的。但是你的夫人前世不守贞节，命里注定：应该青年守寡。现在因为你品德好而延长了寿命，她就不佩再做你的夫人了，恐怕一年以后你会死了老婆的。"他悲痛了很长时间，询问二房妻子在什么地方。道士说："在河南，今年已经十四岁了。"临别的时候，又嘱咐他说："倘若遇上危急的时候，应该奔向东南。"

一年多以后，妻子果然病死了。他的舅舅在江西的一个县里当县官，母亲打发他去看望舅舅，以便路过河南时，顺路应验二房妻子的预言。他偶然到了一个村子，正赶上村民在河边上游戏，男女很杂乱。他刚想拉起缰绳赶快走过去，有一头没带笼头的叫驴，跟在后边一起往前走，惹得骡子尥蹶子踢它。他回过头来，用鞭子抽了驴子的耳朵。驴子受了惊吓，拼命地狂奔。当时有个王子，才六七岁，奶妈子抱着他坐在河堤上；驴子冲过来，侍从人员都来不及防护，把王子挤到河里了。大伙儿大喊大叫，想要抓住他。他放开骡子的缰绳，拼命地往前奔跑，忽然想起道士的嘱咐，极力奔向东南。

大约跑了二十多里，跑进一个山村，有个老头儿站在门外，他就下了骡子，向老头儿作了个揖。老头儿把他请进屋里，自我介绍"姓方"，随后就问他从什么地方来的。他跪在地上磕头，把实情完全告诉了老头儿。老头儿说："不要紧。请你就住在我的家里，我马上派人去探听消息。"到晚上得到了准信，才知道挤到河里的是个王子。老头儿大吃一惊说："别的人家可以给你帮忙，这个人家，我真是爱莫能助了！"他不停地哀求。老头儿思谋着说："没有办法帮助你。请你住一宿，听听抓人的缓急，倘然不急，可以再想想办法。"他又愁又怕，一宿到亮也没睡着觉。第二天派人出去探听消息，听说已经发出公文追查逃犯，有敢藏匿的，在闹市上砍头。老头儿脸上现出为难的神色，没有说话就进了屋里。他疑虑重重，怕得要死，没有办法能叫自己安静下来。

挨到半夜，老头来了，进屋坐下就问他："你的夫人多大岁数了？"他回答自己是个光棍儿。老头儿高兴地说："我的计谋成功了。"他问老头儿什么计谋，老头儿回答说："我的姐夫爱慕佛道，在南山出家；姐姐又去世了。撇下一个孤女，由我抚养，孩子也很聪明。把她嫁给你做妻子，你看怎么样？"他心里很高兴，这门亲事符合道士的预言，又希望结成贴近的亲戚，可以得到营救，就说："小生实在幸运了。但是一个远方的罪人，很怕留下祸患连累岳丈。"老头儿说："这是为你想的办法。我姐夫的道术很神通，但他很久不参与人间的事务了。你们成亲以后，你自己和外甥女谋划谋划，一定会有办法的。"他高兴极了，就在老头家里作了女婿。

女郎十六岁，容貌很漂亮，是个举世无双的美人。钟生时常对他唉声叹气。女郎说："我即使容貌丑陋，怎么就能马上遭到你的嫌恶呢？"他道歉说："娘子是个仙女，和你结成夫妇，是我的幸福。但是我有祸患，恐怕给你带来累赘。"就把实情告诉了女郎。女郎怨恨说："舅舅做事不通人情！这是弥天大祸，是没有办法的，事前却不明说，把我推进了陷阱！"他直挺挺跪在地下说："是我死命地哀求舅舅，舅舅很慈悲，却又没有别的办法，知道你能起死回生。我诚然不够一个好丈夫，但是庆幸有个好的门第，不会辱没你的一生。倘若得到再生，对你虔诚地供养，是指日可待的。"女郎叹了一声说："事情已经到了这种程度，还有什么推辞的？但是父亲自从削发出家以后，对儿女的疼爱已经断绝了。没有别的办法，同你一道去哀求，恐怕要受到很大的挫折和凌辱。"就一夜没有睡觉，用毡绵作了两副厚厚的护膝，各个都藏裹在裤腿里；然后喊来轿子，抬进南山，往里走了十几里。山路崎岖险峻，再也无法乘轿了。他们下了轿子，女郎跨进半步都很艰苦，钟生挎着她的胳膊，拽着扶着，走得精疲力竭，跟头把式的，才到了山上。往前走了不远，就看见了山门，一起坐在地上休息一会儿。女郎气喘吁吁，汗水淋漓，和着粉黛交错地往下流着。他一看此景，心里很不忍，便说："为了我的事情，竟然使你遭到这么大的痛苦！"女郎脸色凄惨地说："恐怕这还不是最苦的！"

稍微解除了一点疲乏，互相搀扶着进了大庙，一边给佛像磕头，一边往里走。曲曲折折地进了禅堂，看见一个老和尚盘腿打坐，像似闭目养神，一个童子拿着蝇拂，在旁边侍立着。方丈里面，扫得干干净净；但在老和尚的座位前边，全都铺上了碎石子儿，密密麻麻的，好像天上的星斗。女郎不敢选择地方，进来就跪在碎石子儿上；钟生也跟在后边，跪在碎石子儿上。老和尚睁开眼睛看了一看，马上又闭上了。女郎参拜父亲说："很久没来探望父亲了，现在女儿已经出嫁，所以和女婿一起来看望你。"老和尚沉默了很长时间，睁开眼睛看着女儿说："妮子太累人了！"马上又闭上眼睛不再说话了。夫妻跪了很久，都已疲惫不堪，沙石快要压进骨头里去了，痛得难以支持。又过了一会儿，老和尚才开口说话："把骡子牵来没有？"女郎回答说："没有牵来。"老和尚说："你们夫妻马上回去吧，应把骡子马上给我送来。"两个人叩头爬起来，狼狈不堪地出了大庙。到家以后，遵嘱把骡子送进了大庙，但是不了解父亲的用意，只是藏在家里听声。

过了几天，人们互相传说，罪犯抓到了，已经绑赴刑场砍了脑袋。夫妻二人互相庆贺。不久，山里打发一个童子来到家里，把一根断头的拐杖交给钟生说："替你死掉的，就是这位君子。"便嘱咐钟生埋葬拐杖，还要设酒祭奠，用来解免竹木的冤屈。他接过来一看，砍断的地方还有血痕。于是就作了祈祷，然后埋葬了。夫妻二人不敢在此久居，星夜赶回了辽阳。

鬼　妻

【原文】

泰安聂鹏云①，与妻某，鱼水甚谐②。妻遘疾卒③。聂坐卧悲思，忽忽若失。一夕独坐，妻忽排扉入④。聂惊问："何来?"笑云："妾已鬼矣。感君悼念，哀白地下主者⑤，聊与作幽会。"聂喜，携就床寝，一切无异于常。从此星离月会⑥，积有年馀。聂亦不复言娶。伯叔兄弟惧堕宗主⑦，私谋于族，劝聂鸾续⑧；聂从之，聘于良家⑨。然恐妻不乐，秘之。未几，吉期逼迩⑩。鬼知其情，责之曰："我以君义，故冒幽冥之谴；今乃质盟不卒⑪，锺情者固如是乎?"聂述宗党之意。鬼终不悦，谢绝而去。聂虽怜之，而计亦得也。迨合卺之夕，夫妇俱寝，鬼忽至，就床上挞新妇，大骂："何得占我床寝!"新妇起，方与挡拒。聂惕然赤蹲，并无敢左右祖⑫。无何，鸡鸣，鬼乃去。新妇疑聂妻故并未死，谓其赚己，投缳欲自缢。聂为之缕述⑬，新妇始知为鬼。日夕复来。新妇惧避之。鬼亦不与聂寝，但以指掐肤肉；已乃对烛目怒相视，默默不语。如是数夕。聂患之。近村有良于术者⑭，削桃为杙⑮，钉墓四隅，其怪始绝。

①泰安：州名，今为山东省泰安市。

②鱼水甚谐：喻指夫妻谐和融洽，两情相得。鱼水，喻指夫妻。

③遘疾：犹言染疾，遘，遇，遭受。

④排扉：推门。

⑤哀白地下主者：哀告冥间的主管人。

⑥星离月会：谓离、会均在夜间。

⑦惧堕宗主：犹言担心断绝宗嗣。堕，废绝。宗主，指嫡长子，嫡长子为一宗之主，故称。

⑧鸾续：即续弦，续娶妻子。鸾，鸾胶，弦断可用以接续。

⑨良家：清白人家。

⑩逼迩：逼近。迩，近。

⑪质盟不卒：盟誓不能终守。质，盟约。

⑫无敢左右袒：不敢表示偏袒哪一方。左右袒，左袒或右袒，即袒露左臂或右臂，以示支持或偏护某一方。

⑬缅述：追述。

⑭术：巫术。

⑮杙：小木桩。

【译文】

泰安县有个聂鹏云，和妻子某氏，鱼水情深，感情很深厚。妻子突然得病死了。他坐着沉思，躺着苦想，精神恍惚，好像丢失了什么东西。一天晚上，他独自坐在屋里，妻子突然推开房门进来了。他惊讶地问道："你来做什么？"妻子笑着说："我已经是个鬼物了。感谢你的悼念，哀告阴间的阎王，和你略做幽会。"他高兴了，携手上床，躺下就寝，一切都和往常没有什么不同。从此以后就星离月会，在一起过了一年多。他也不说再娶妻子。叔伯兄弟们怕他断了后代，都在私下劝他续娶；他听从了劝告，就和一位好人家的女儿订了婚。但是害怕鬼妻不高兴，就对她保守秘密。过了不久，婚礼的吉期越来越近了。女鬼知道了他的实情，责备他说："我因为你有情义，所以冒着阴间的谴责，前来和你幽会；你现在对于盟约不能坚持终生，钟情的人原来是这个样子吗？"聂鹏云就向她讲了同族弟兄的心意。女鬼心里终究不痛快，谢绝走了。他虽然可怜她，但是自己的打算已经随心如愿了。等到结婚的晚上，夫妻都躺下的时候，女鬼忽然来了，就在床上抓打新娘子，大声叫骂："怎敢侵占我的睡床！"新娘子爬起来，和她对撑对打。聂鹏云吓得胆战心惊，赤裸裸地蹲在床上，谁也不敢袒护。过了一会儿，鸡叫了，鬼才走了。新娘子怀疑他的妻子本来没有死，说他欺骗了自己，就要悬梁自尽。他从头到尾，详详细细地讲了一遍，新娘子才知道是个女鬼。太阳落下西山，女鬼又来了。新娘子心里很害怕，就躲开了她。女鬼也不和聂鹏云睡觉，只用指头掐他的皮肉；掐完就对着灯烛，瞪着眼睛，怒冲冲地看着他，默默相对，一句话也不说。就这样折腾了好几个晚上。聂鹏云心里很忧虑。近村有个善于驱妖赶鬼的人，给他削了四个桃木楔子，钉在她坟墓的四个角上，女鬼才绝迹了。

黄　将　军

【原文】

　　黄靖南得功微时[1]，与二孝廉赴都[2]，途遇响寇[3]。孝廉惧，长跪献资。黄怒甚，手无寸兵，即以两手握骡足，举而投之。贼不及防，马倒人堕。黄拳之臂断，搜索而归。孝廉服其勇，资劝从军④，后屡建奇勋，遂腰蟒玉⑤。

晋人某⑥，有勇力，生平不屑格拒之术⑦，而搏击家当之尽靡⑧。过中州⑨，有少林弟子受其辱⑩，忿告其师。群谋设席相邀，将以困之。既至，先陈茗果⑪。胡桃连壳，坚不可食。某取就案边，伸食指敲之，应手而碎。寺众大骇，优礼而散。

【注释】

①黄靖南得功：黄得功（1594~1645），号虎山，明开原卫（今辽宁开原）人。明末在辽东防御后金（清），因功升为将领。微时，微贱时。

②孝廉：明清指举人。

③响寇：即响马。旧称结伙拦路抢劫的强盗。因其马带铃，从远处即可听到，故称。

④资劝：资助并劝说。

⑤腰蟒玉：服蟒衣，腰玉带，谓成为将军，封为侯伯。蟒，蟒衣，衣上以金线绣蟒，为高级文武官员之服。玉，玉带。

⑥晋：山西省的简称。

⑦格拒之术：指拳术、技击。

⑧靡：倒，败退。

⑨中州：指今河南省一带地区。

⑩少林：少林寺。在今河南登封市北少室山北麓。始建于北魏。自唐以来，寺僧皆习武艺，拳术自成一派，称少林派。

⑪茗果：茶水、果品。

【译文】

黄靖南还是平头百姓的时候，和两个举人到京城去，途中遇上了强盗。举人吓得要死，直挺挺地跪着，把钱献给了强盗。黄靖南勃然大怒，手无寸铁，就用两只手握住骡子的蹄腿，举起来扔了出去。骑在骡子身上的强盗来不及防备，骡子倒了，人也摔下去了。黄靖南给他一拳，打断了他的胳膊，搜索他的钱袋子，把钱搜出来，还给了举人。举人佩服他的勇猛，帮他一些盘缠，劝他去投军。后来屡建奇功，就身穿蟒袍，腰系玉带，做了大官。

三朝元老

【原文】

某中堂①，故明相也。曾降流寇②，世论非之。老归林下，享堂落成③，数人直宿其中。天明，见堂上一匾云："三朝元老。"一联云："一二三四五六七，孝弟忠信礼义廉。"不知何时所悬。怪之，不解其义。或测之云："首句隐亡八，次句隐无耻也。"

洪经略南征④，凯旋。至金陵⑤，醮荐阵亡将士⑥。有旧门人谒见⑦，拜已，即呈文艺⑧。洪久厌文事，辞以昏眊⑨。其人云⑩："但烦坐听，容某颂达上闻："遂探袖出文，抗声朗读⑪，乃故明思宗御制祭洪辽阳死难文也⑫。读毕，大哭而去。

【注释】

①中堂：指宰相。明清即指内阁大学士。

②流寇：封建统治阶级对农民起义军的蔑称，此指李自成、张献忠所领导的农民起义军。

③享堂：供奉祖宗的祠堂。享，祭享。

④洪经略：指洪承畴（1593～1665），字彦演，号亨九，福建南安人。明万历进士。明末为兵部尚书总督河南、山西及陕、川、湖军务，镇压农民起义军。后调任蓟辽总督，抵御清兵。崇祯十四年（1641），率八总兵、步骑十三万驰援锦州，

三朝元老

与清军会战于松山，兵败被俘，降清，隶属汉军镶黄旗。顺治二年（1645），至南京总督军务，镇压江南人民抗清斗争。后经略湖广、云南等地，总督军务，镇压大西农民军的抗清斗争；至顺治十六年（1659）攻占云南后返京。官至武英殿大学

士，七省经略。

⑤金陵：即今江苏南京市。

⑥醮荐：祭悼。醮，祭祀。荐，进献祭品。

⑦旧门人：指洪在明朝为官所取士或幕府中的僚属。门人，食客、门下客。

⑧文艺：此泛指文章。

⑨昏眊：年老眼睛昏花。

⑩其人：此据二十四卷抄本，原作"生"。

⑪抗声：高声。

⑫明思宗：即明崇祯帝朱由检。

【译文】

有一位内阁大学士，从前是明朝的宰相。他曾经投降过李自成的起义军，世上的舆论，指责他是一个卑鄙无耻的家伙。他告老还乡以后，在享堂落成时，有好几个人在享堂里值宿。天亮的时候，看见堂上挂了一块匾，写的是："三朝元老"；还有一副对联，上联是："一二三四五六七"，下联是："孝弟忠信礼义廉"。不知是什么时候挂上去的。大家感到很奇怪，不懂字里行间的意思。有人推测说："上联隐着亡八，下联隐着无耻。"

洪承略奉命南征，凯旋回到金陵的时候，大办水陆道场，追荐阵亡的将士。有个从前的门客进见他，参拜完了以后，就向他进献一篇文章。他厌恶文墨已经很久了，便借口老眼昏花，没有接受。那个人说："只请你坐在那里听着就行了，容我朗读给你听听。"就从袖筒里掏出一篇文章，高声朗读。原来是明朝的崇祯皇帝亲笔写的祭祀洪承略战死辽阳、为国殉职的祭文。读完以后，痛哭流涕地走了。

医　术

【原文】

张氏者，沂之贫民①。途中遇一道士，善风鉴②，相之曰："子当以术业富③。"张曰："宜何从？"又顾之，曰："医可也。"张曰："我仅识'之无'耳④，乌能是⑤？"道士笑曰："迂哉！名医何必多识字乎？但行之耳。"

既归，贫无业，乃摭拾海上方⑥，即市廛中除地作肆⑦，设鱼牙蜂房⑧，谋升斗于口舌之间⑨，而人亦未之奇也⑩。会青州太守病嗽⑪，牒檄所属征医⑫。沂固山僻⑬，少医工；而令惧无以塞责，又责里中使自报⑭。于是共举张。令立召之。张方痰喘，不能自疗，闻命大惧，固辞。令弗听，卒邮送去⑮。路经深山，渴极，咳愈甚。入村求水，而山中水价与玉液等，遍乞之，无与者。见一妇漉野菜⑯，菜多水寡，盎中浓浊如涎。张燥急难堪，便乞馀潘饮之⑰。少间，渴解，嗽亦顿止。阴念：殆良方也。

比至郡，诸邑医工，已先施治，并未痊减。张入，求得密所，伪出药目，传示内外；复遣人于民间索诸藜藿⑱，如法淘汰讫⑲，以汁进太守。一服，病良已。太守大悦，赐赉甚厚，旌以金扁⑳。由此名大噪，门常如市，应手无不悉效。有病伤寒者，言症求方。张适醉，误以疟剂予之。醒而悟之，不敢以告人。三日后，有盛仪造门而谢者㉑，问之，则伤寒之人，大吐大下而愈矣。此类甚多。张由此称素封㉒，益以声价自重，聘者非重资安舆不至焉㉓。

益都韩翁㉔，名医也。其未著时㉕，货药于四方。暮无所宿，投止一家，则其子伤寒将死，因请施治。韩思不治则去此莫适，而治之诚无术。往复距踱㉖，以手搓体㉗，而汗泥成片，捻之如丸。顿思以此绐之㉘，当亦无所害。晓而不愈，已赚得寝食安饱矣。遂付之。中夜，主人挝门甚急。意其子死，恐被侵辱，惊起，逾垣疾遁。主人追之数里，韩无所逃，始止。乃知病者汗出而愈矣。挽回，款宴丰隆；临行，厚赠之。

医术

【注释】

①沂：州名，治所在今山东省临沂市。

②风鉴：相术。以人相貌的某些特征，预言人一生祸福的方术。

③以术业富：以从事某种技艺致富。

④仅识"之无"：只认识"之无"二字。后因以指不识字或识字不多。

⑤乌能是：怎么能从事这种职业。乌，何。是，此。

⑥撷拾海上方：检取各地流传的方药。撷，拾取。海上方，犹言偏方。

⑦即市廛中除地作肆：就在集市上摆地摊。市廛，集市。肆，店铺。

⑧设鱼牙蜂房：疑指张设鱼牙绸制作的、分格储药像蜂房一样的小摊。鱼牙，绸名。

⑨谋升斗于口舌之间：意谓靠叫卖野药，谋取升斗口粮。

⑩未之奇：未奇之。此处意为未引起人们的注意。

⑪青州太守：此指青州府知府。青州，府名，治所在今山东益都县。太守，明清为知府的别称。

⑫牒檄所属征医：行文所属各县征召医生。牒檄，下达紧急文书。牒，公文。檄，紧急征召的公文。

⑬固：本来。

⑭里：古代乡一级行政单位，明代设里长管理里中之事。

⑮邮送：由驿站传送。邮，传递文书的驿站。

⑯漉野菜：淘洗野菜。漉，过滤。

⑰馀潘：馀汁。潘，汁。此指洗菜剩余的水。

⑱藜藿：藜与藿，两种野菜。藿，豆叶。藜，又名莱，草名，叶似藿而色赤，初生可食。

⑲讫：此据二十四卷抄本，原作"计"。

⑳扁：同"匾"，匾额。

㉑盛仪造门而谢：带着丰盛的礼物亲至其家致谢。仪，礼物。造，至。

㉒素封：古代指称无爵位封邑而富有资财的人。

㉓安舆：即安车。用一匹马拉着可以坐乘的小车。古车立乘，此可坐乘，故称。安车一般让老年人和妇女乘坐，故以安车迎接是表示优礼。

㉔益都：县名，今属山东省。

㉕未著时：未著闻于世时，即无名声时。

㉖跮踱：忽进忽退。

㉗搓：此据二十四卷抄本，原作"蹉"。

㉘绐：欺骗。

【译文】

　　有一个姓张的，是沂水县的贫民。他在路上遇见一位道士。道士很会相面，看着他的面貌说："你应该从事一项技术，才能发财致富。"他问道士："我从事什么事业合适呢？"道士又相看了一会儿，说："你可以行医。"他说："我斗大的字识不了一口袋，怎能行医呢？"道士笑着说："你真迂腐啊！名医何必多识字呢？只要行医就行了。"他回到家里以后，穷得无事可做，就杂取一些海内的验方，在市上打扫一块地面，摆了一个小摊子，摆上鱼牙蜂窝，利用一张巧嘴，谋取斗八升的粮食，人们倒也不以为怪。

　　恰好青州太守得了咳嗽病，就发下公文，晓谕青州属下的各县，征求名医给他治病。沂水本来是个偏僻的山区，很少有精通医道的医生；县官害怕没有办法搪塞过去，就责成乡里推荐医生。于是就共同推举姓张的。县官马上召见他。他正害着咳嗽痰喘之病，自己还没有办法治疗呢，听到县官的命令，吓得要死，就坚决推辞，说他没有办法。县官不听，终于通过驿站把他送走了。

　　他路过深山的时候，渴得要命，咳嗽越发厉害了。进了一个村子找水喝．而山里的水价和美酒是相等的，全村都乞讨遍了，也没有人给他水喝。看见一个农妇在漉野菜，菜多水少，盆里浓浓的浊水，好像唾液似的。他渴得再也不能忍受了，便讨来剩下的菜汁喝了下去。过了一会儿，渴解除了，咳嗽也立即停止了。他暗自琢磨：这大概是个医治咳嗽的良方。

等他到了青州，各县的良医，已经先行治疗了，但太守的咳嗽并没有减轻。他进了太守的衙门，要求住进一间密室，开了个假药单子，向内外传阅；又打发人到民间搜寻了许多野菜，用农妇的办法，去掉杂质，漉出浓浓的菜汁，献给了太守。太守只喝了一次，咳嗽病就好了。太守心里很高兴，赏给他很多财物，还送他一块金匾，表彰他的医术。

他从此就声名大震，登门求医的，经常像个闹市，手到病除，没有不灵的。有个害伤寒病的，向他说了症状，请求药方。他恰巧喝醉了，错把医治疟疾的药物给了他。醒酒以后知道给错了，却不敢告诉别人。三天以后，有人登门向他送厚礼，感谢他的救命之恩，他一打听，原来是那个伤寒病人，吃了他给的药物以后，大吐大泻，已经痊愈了。诸如此类的事情，多得不可胜数。他因此就称为财主，更以声价自重，请他出去治病的，不给很多钱，不用小车子接他，他是不到的。

益都县有个姓韩的老头儿，是个名医。在他没有出名的时候，他游历四方，到处卖药。一天，天黑了没有住宿的地方，就到一户人家去投宿，那户人家的儿子得了伤寒病，眼看快要死了，就请他医治。他一想，如果不给医治，离开这里便没有地方可去；给医治吧，又实在没有办法。他急得走来走去的，用手搓着身体，搓下一片又一片的汗泥，捏巴捏巴，捏成了泥蛋儿，好像一个药丸。突然想起一个主意，把泥丸骗他吃下去，也该没有什么害处。睡到明天早晨，即便治不好，也赚了一宿安稳觉和一顿饱饭吃了。想到这里就把泥丸交给了主人。睡到半夜的时候，主人敲门敲得很急。他以为主人的儿子死了，害怕受到凌辱，便惊慌地爬起来，跳过墙头，急急忙忙地逃走了。主人追出好几里地，他没有力气逃跑了，才停了下来。这才知道病人吃了泥丸以后，发了一场透汗，已经痊愈了。主人把他拉回来，用丰盛的酒宴招待他；临行的时候，送给他很多钱。

藏虱

【原文】

　　乡人某者①，偶坐树下，扪得一虱，片纸裹之，塞树孔中而去。后二三年，复经其处，忽忆之，视孔中纸裹宛然。发而验之，虱薄如麸。置掌中审顾之。少顷，掌中奇痒，而虱腹渐盈矣。置之而归。痒处核起②，肿痛数日，死焉。

【注释】

　　①乡人：同乡人。

　　②核起：肿起如核。核，此盖指疙瘩、硬块。

【译文】

　　有个乡下人，偶然坐在树下，从身上摸到一个虱子，用纸片包起来，塞进树孔里就走了。二三年以后，他又路过那个地方，忽然想起塞在树孔里的虱子，往树孔里一看，纸包还明显地塞在那里。他掏出纸包，打开一看，虱子薄薄的，好像麸皮。放在手心里，很仔细地看着。不一会儿，感到手心很痒，虱子的肚子却渐渐地鼓起来了。他扔了虱子就回到家里。发痒的地方鼓起一个核桃大的硬包，肿了好几天，死了。

梦　狼

【原文】

　　白翁，直隶人①。长子甲，筮仕南服②，二年无耗。适有瓜葛丁姓造谒③，翁款之。丁素走无常④。谈次，翁辄问以冥事，丁对语涉幻；翁不深信，但微哂之。

　　别后数日，翁方卧，见丁又来，邀与同游。从之去，入一城阙。移时，丁指一门曰："此间君家甥也。"时翁有姊子为晋令，讶曰："乌在此？"丁曰："倘不信，入便知之。"翁入，果见甥，蝉冠豸绣坐堂上⑤，戟幢行列⑥，无人可通⑦。丁曳之出，曰："公子衙署，去此不远，亦愿见之否？"翁诺。少间，至一第，丁曰："入之。"窥其门，见一巨狼当道，大惧，不敢进。丁又曰："入之。"又入一门，见堂上、堂下、坐者、卧者，皆狼也。又视墀中⑧，白骨如山，益惧。丁乃以身翼翁而进⑨。公子甲，方自内出，见父及丁良喜。少坐，唤侍者治肴蔌⑩。忽一巨狼，衔死人入。翁战惕而起⑪，曰："此胡为者？"甲曰："聊充庖厨⑫。"翁急止之。心怔忡不宁，辞欲出，而群狼阻道。进退方无所主，忽见诸狼纷然嗥避，或窜床下，或伏几底。错愕不解其故⑬。俄有两金甲猛士努目入，出黑索索甲⑭。甲扑地化为虎⑮，牙齿巉巉⑯。一人出利剑，欲枭其首⑰。一人曰："且勿，且勿，此明年四月间事，不如姑敲齿去。"乃出巨锤锤齿，齿零落堕地。虎大吼，声震山岳。翁大惧，忽醒，乃知其梦。心异之，遣人招丁，丁辞不至。

　　翁志其梦，使次子诣甲，函戒哀切。既至，见兄门齿尽脱；骇而问之，醉中坠马所折。考其时，则父梦之日也。益骇。出父书。甲读之变色，间曰："此幻梦之适符耳，何足怪。"时方赂当路者⑱，得首荐⑲，故不以妖梦为意。弟居数日，见其蠹役满堂⑳，纳贿关说者中夜不绝，流涕谏止之。甲曰："弟日居衡茅㉑，故不知仕途之关窍耳㉒。黜陟之权㉓，在上台不在百姓㉔。上台喜，便是好官；爱百姓，何术能令上台喜也?"弟知不可劝止，遂归，告父。翁闻之大哭。无可如何，惟捐家济贫，日祷于神，但求逆子之报㉕，不累妻孥。次年，报甲以荐举作吏部㉖，贺者盈门；翁惟欷歔，伏枕托疾不出。未几，闻子归途遇寇，主仆殒命。翁乃起，谓人

梦狼
梦四去许破甚颜
贺客盈门泱狀潜
有谁官场真面目
尽狼何必在深山

曰："鬼神之怒，止及其身，祐我家者不可谓不厚也。"因焚香而报谢之。慰藉翁者，咸以为道路讹传，惟翁则深信不疑，刻日为之营兆㉗。而甲固未死。

先是，四月间，甲解任㉘，甫离境，即遭寇，甲倾装以献之。诸寇曰："我等来，为一邑之民泄冤愤耳，宁专为此哉！"遂决其首。又问家人："有司大成者，谁是？"司故甲之腹心，助纣为虐者㉙。家人共指之。贼亦杀之。更有蠹役四人，甲聚敛臣也㉚，将携入都。——并搜决讫，始分资入囊，骛驰而去。甲魂伏道旁，见一宰官过，问："杀者何人？"前驱者曰："某县白知县也。"宰官曰："此白某之子，不宜使老后见此凶惨，宜续其头。"即有一人掇头置腔上，曰："邪人不宜使正，以肩承颌可也㉛。"遂去。移时复苏。妻子往收其尸，见有馀息，载之以行；从容灌之，以受饮㉜。但寄旅邸，贫不能归。半年许，翁始得确耗，遣次子致之而归。甲虽复生，而目能自顾其背，不复齿人数矣。翁姊子有政声，是年行取为御史㉝，悉符所梦㉞。

异史氏曰："窃叹天下之官虎而吏狼者，比比也㉟。即官不为虎，而吏且将为狼，况有猛于虎者耶㊱！夫人患不能自顾其后耳；苏而使之自顾，鬼神之教微矣哉㊲！"

邹平李进士匡九㊳，居官颇廉明。常有富民为人罗织㊴，役吓之曰："官索汝二百金，宜速办；不然，败矣！"富民惧，诺备半数。役摇手不可。富民苦哀之，役曰："我无不极力，但恐不允耳。待听鞫时，汝目睹我为若白之，其允与否，亦可明我意之无他也。"少间，公按是事㊵。役知李戒烟，近问："饮烟否？"李摇其首。役即趋下曰："适言其数，官摇首不许，汝见之耶？"富民信之，惧，许如数。役知李嗜茶，近问："饮茶否？"李颔之。役托烹茶，趋下曰："谐矣！适首肯，汝见之耶？"既而审结，富民果获免，役即收其苞苴㊶，且索谢金㊷。呜呼！官自以为廉，而骂其贪者载道焉，此又纵狼而不自知者矣㊸。世之如此类者更多，可为居官者备一鉴也。

又邑宰杨公，性刚鲠，撄其怒者必死。尤恶隶皂，小过不宥。每凛坐堂上，胥吏之属，无敢咳者。此属间有所白，必反而用之。适有邑人犯重罪，惧死。一吏索重贿，为缓颊。邑人不信，且曰："若能之，我何靳报焉。"乃与要盟。少顷，公鞫是事。邑人不肯服。吏在侧呵语曰："不速实供，大人械梏死矣！"公怒目："何知我必械梏之耶？想其赂未到耳。"遂责吏，释邑人。邑人乃以百金报吏。要知狼诈多端，少释觉察，即为所用，正不止肆其爪牙以食人于乡而已也。此辈败我阴骘，甚至丧我身家。不知居官者作何心腑，偏要以赤子饲麻胡也！

【注释】

①直隶：旧省名。明永乐初，建都北京，称直隶北京的地区为北直隶，称直隶南京的地区为南直隶。清初以北直隶为直隶省。辖有今北京、天津两市、河北省大部及河南、山东小部分地区。

②筮仕南服：在南方做官。筮，用蓍草占卜。古人出外做官，必先占卜吉凶；后因称入官为"筮任"。南服，古代王畿外围，每五百里为一区划，按距离远近分为五等地带，称为五服；因称南方为南服。

③瓜葛：喻远戚。

④走无常：旧时迷信所谓当阴差。

⑤蝉冠豸绣：此指穿着官服。蝉冠，以貂尾蝉纹为饰之冠，古代贵官所着。豸绣，绣有獬豸的官服。官服绣有獬豸图案，象征公正无私，为御史和其他司法官员的服饰。

⑥戟幢行列：指成行排列于堂前的仪仗。戟，指"棨戟"，套有赤黑缯衣之戟，用作仪仗。幢，古时作为仪仗用的以羽毛为饰的旌旗。

⑦无人可通：意谓官仪威严，私谊无人转达。

⑧墀：堂前台阶上面的空地。又指台阶。

⑨翼：遮蔽、掩护。

⑩肴蔌：菜肴。

⑪战惕：惊惧的样子。

⑫聊充庖厨：略供厨房使用。庖厨，厨房。

⑬错愕：仓促惊愕。

⑭黑索：即纆索，官府捆绑犯人的绳索。

⑮甲：据山东省博物馆抄本补，原缺。

⑯巉巉：山岩高峭险峻，借以形容牙齿尖锐锋利。

⑰枭其首：斩其头。枭首，旧时酷刑，斩头而悬挂木上。

⑱当路者：即当道者，指掌大权的人物。

⑲得首荐：取得优先荐举擢升的资格。荐，荐举，指保举调京考选。明清时代每三年考察外官政绩，叫"大计"。大计优异者，荐举擢升新职。

⑳蠹役：害民的吏役，对衙门差役的贬称。蠹，蛀虫，喻枉法敛财。

㉑衡茅：衡门茅舍，平民所居的陋室。衡门，横木为门。

㉒关窍：犹言"诀窍"。

㉓黜陟：指官吏的罢黜和提升。陟，擢升。

㉔上台：犹言上官。

㉕逆子之报：指白甲应该得到的报应。逆子，忤逆之子。报。果报、报应。

㉖作吏部：此指为吏部属官。明清时州县官内调各部，一般补授主事、员外郎之类的官职。

㉗营兆：卜寻墓葬之地。兆，墓地。

㉘解任：卸任；此指解除原官上调。

㉙助纣为虐：纣，商末暴君，后以喻坏人。

㉚聚敛臣：代长官搜刮钱财的帮凶。臣，奴仆。

㉛以肩承颔：用肩部承接下巴，使其头脸侧向。颔，据山东省博物馆本，原作"领"。

㉜以受饮：据山东省博物馆抄本，原作"但受饮"。

㉝行取：明代制度，按照规定年限，州县官经地方高级官员的保举，可以调京，通过考选，补授科道或部属官职，称为"行取"。

㉞悉符所梦：前谓梦其甥"蝉冠豸绣"，今果然补授御史，故谓"悉符所梦"。

㉟比比：到处皆是。

㊱猛于虎：比虎还凶猛。此谓贪吏甚至比贪官凶狠。

㊲微矣哉：多么奥妙啊！微，幽深、精妙。

㊳邹平：县名，在今山东省。

㊴为人罗织：被人诬陷。罗织，虚构罪名，进行陷害。

㊵按：审讯。

㊶苞苴：行贿的财物。

㊷谢金：酬谢的小费。

㊸纵狼：喻放纵吏役作恶。

【译文】

有个姓白的老头儿，是河北人。大儿子白甲，初次去南方做官，三年没有音信了。恰巧有个姓丁的远房亲戚来登门拜访，老头儿招待他。姓丁的一向是个走阴差的活人。在谈话的时候，老头儿就问他阴间的事情，姓丁的说起阴间的事情，有很多虚幻的东西；老头儿不大相信，只是笑微微地听着。

姓丁的告别以后．过了几天，老头儿正躺在床上睡觉，看见姓丁的又来了，请老头儿和他一起出去溜达溜达。老头儿跟他出去了，进了一座城门。往前走了不一会儿，姓丁的指着一个大门说："这里是你家的外甥。"当时老头儿有个姐姐的儿子在山西当县官，便很惊讶地说："怎么来到这里了？"姓丁的说："你倘若不信，进去看看就知道了。"老头儿进了门里，果然看见了外甥。外甥头戴附有蝉文、插着貂尾的帽子，身穿绣着獬豸的官服，一身御史的打扮，坐在大堂上，门戟和旌旗列在两旁，没有人往里通报。姓丁的把老头儿拉出门外，说："你儿子的官署，离这儿不远，也愿意看看吗？"老头儿回答愿意看看。

往前走了不一会儿，到了一座府门，姓丁的说："你进去吧。"老头儿往门里一看，有一只大狼挡在道上，心里很害怕，不敢往里进。姓丁的又说："你进去吧。"又进了一道门，看见堂上堂下，坐着的，躺着的，都是狼。又看见台阶上面，白骨堆得像座小山，心里更害怕了。姓丁的就用身子护着老头儿往里走。大儿子白甲刚从里面出来，看见父亲和姓丁的来了，很高兴。坐了不一会儿。就招呼侍者准备酒菜。忽然看见一只大狼，叼着一个死人进来了。老头儿胆战心惊地站起来说："你这是干什么？"白甲说："姑且充当厨房里的肉菜。"老头儿赶紧给制止了。他心惊肉跳，坐卧不宁，辞别儿子想要往外走，看见一群狼挡在道上。是进还是退，正在六神无主的时候，忽然看见群狼乱纷纷地嗥叫着，四处逃避，有的逃进床下，有的卧在桌子底下。老头儿猛吃一惊，不知这是什么缘故。过了不一会儿，有两个金甲勇士，瞪着愤怒的眼睛进了大堂，拿出一条黑色的绳子，捆绑了白甲，白甲仆倒在地，变成一只老虎，白馋馋牙齿很锋利。其中一个人抽出锋利的剑，要砍掉他的脑袋。另一个人说："别砍，别砍，这是明年四月间的事情，不如暂且把他牙齿敲掉。"于是就拿出一把大锤子，敲他的牙齿，牙齿就零零落落地掉在地上。老虎大声吼叫，叫得山摇地动。老头儿很害怕，忽然吓醒了，才知那是一个噩梦。

老头儿心里很惊异，派人去招呼姓丁的，姓丁的借故推托，不来。老头儿把恶梦记在心里，叫二儿子到白甲那里去一趟，给白甲写了一封信，凄恻而又诚恳地进行劝诫。弟弟到了哥哥的任所以后，看见哥哥的门牙完全脱落了；惊讶地问他怎么脱落的，他说醉酒以后落马摔折的。查对坠马的日期，正是父亲做梦那一天。弟弟越发吃了一惊。拿出父亲的书信，交给了哥哥。白甲读完了书信，脸上失去了血色，想了一会儿说："这是幻梦的巧合罢了，有什么值得奇怪的。"他当时正在贿赂省里一个当权的长官，要做第一名被保举提升的县官，所以没把妖梦放在心上。弟弟住了几天，看见满堂都是蠹虫似的贪得无厌的衙役，纳贿的，通关节的，直到半夜也不绝迹，所以就流着眼泪劝止他。白甲说："弟弟住在穷乡僻壤的茅草房里，所以不知仕途上的诀窍。罢官和升官的大权，都在顶头上司，不在老百姓手里。上司喜欢你，便是好官；爱惜老百姓，有什么办法能叫上司喜欢你呢？"弟弟知道劝阻不了，就回家了。回家告诉了父亲。父亲一听，痛哭流涕，拿他没有办法，只能捐献家财，周济贫民，天天向神祈祷，只求逆子的报应不要连累妻子和儿女。

第二年，地方长官上报白甲是第一名好县官，所以调进京城，升任吏部主事。给老头儿贺喜的人充满了门庭；老头儿只是长吁短叹，趴在枕头上，托病不出来会客。过了不久，听说儿子在进京的路上遇见了强盗，主仆全都丧命了。老头儿这才爬起来，对人说："鬼神的谴责，只到他一个人的身上，对我家的保佑，不能说是不厚啊。"因而就烧香感谢鬼神。安慰老头儿的人，都说那是外间的误传，只有老头儿深信不疑，选定一个日子，给白甲营造坟墓。

但是白甲原本没有死掉。在这之前的四月间，他解除官印以后，刚离开县境，就遇上了强盗。他把全部钱财都献了出去。那些强盗说："我们来此，是为全县的人民泄怨怒，哪一个是专为你的臭钱而来的！"说完就砍了他的脑袋。然后又问家人说："有个名叫司大成的，哪一个是他？"司大成一向是白甲的心腹，是个帮助白甲做坏事的家伙。家人一起指出了司大成。强盗也把他杀了。还有四个蠹虫似的衙役，那是白甲聚敛财产的打手和看家狗，白甲要把他们带进京都，也一并搜出来杀掉了，然后才瓜分了财物，装进钱口袋，上马飞驰而去了。

白甲的灵魂趴在道旁，只见过来一位县官，问道："被杀的是个什么人？"马前喝道地说："是某县的白知县。"那位官员说："这是白某人的儿子，不应该让他老年以后看到这副凶残的景象，应该把白甲的头接回到他的脖子上。"马上就有一个人，拣起人头安在他的脖腔上，说："邪人不应该给他接正，叫他用肩膀扛着下巴颏就可以了。"说完便扬长而去。过了一会儿，白甲苏醒了。妻子来收拾他的尸体，见他还有一点气息，就用车子把他拉走；慢慢地给他灌一点饭汤，他也能接受饮食。但是寄居在旅店里，穷得无法回家。大约过了半年左右，老头儿才得到确实消息，打发二儿子把他接回家里。白甲虽然复活了；但是脑袋安歪了，眼睛能够看到自己的脊背，再也不能和人类同列了。老头儿姐姐的儿子政绩很好，这一年被调进京都，做了御史，完全符合老头儿的梦境。

异史氏说："我哀叹当今的天下，官如虎，吏似狼，到处都是。即使当官的不是虎，为吏的却要做狼，更有比虎还凶的！人往往看不到自己的后背；复活以后叫他自己看到了，鬼神的教诲是很微妙的！"

邹平有个名叫李匡九的进士，做官很廉洁，很贤明。曾经有个富人，被人罗织一些罪名，到衙门里听审。门房的衙役吓唬他说："当官的向你索取二百金，你应该急速回去操办；不然的话，官司就要打败了！"富人害怕了，答应给准备半数。衙役摇摇手，表示不行。富人苦苦向他哀求。衙役说："我没有不极力帮忙的，只怕不允许罢了。等到听审的时候，你看着我给你说情，当官的答应还是不答应，可以表明我心里没有别的意思。"过了不一会儿，李匡九审察富人的案子。衙役明知李匡九戒烟了，却来到跟前问道："您要吸烟吗？"李匡九摇摇他的脑袋。衙役马上跑下去说："我刚才说了你的钱数，当官的摇头不允许，你看见了吧？"富人相信了，心里很害怕，答应如数拿出二百金。衙役知道李匡九喜好喝茶，又来到跟前问道："您喝不喝茶？"李匡九点了点头。衙役假托下去沏茶，又跑下去说："给你说妥了！当官的刚才点头，你看见了吧？"接着就审理结案，富人果然得到了赦免，衙役就收下他的贿赂，还向他勒索了谢金。唉！当官的自以为很廉洁，而骂他贪赃的却是怨声载道。这又是一个纵狼行凶，自己却不知道的。世上这类事情很多，可以为当官的备下一面镜子。

夜　明

【原文】

　　有贾客泛于南海①。三更时，舟中大亮似晓。起视，见一巨物，半身出水上，俨若山岳；目如两日初升，光明四射，大地皆明。骇问舟人，并无知者。共伏睹之。移时，渐缩入水，乃复晦。后至闽中②，俱言某夜明而复昏，相传为异。计其时，则舟中见怪之夜也。

【注释】

①贾客：商人。

②闽中：指今福建一带地区。闽，福建省的简称。

【译文】

有个商人，航行在南海上。三更时分，船舱里雪亮雪亮的，好像天亮了。他爬起来往外一看，看见一个很大的怪物，半截身子浮在水面上，好像一座山岳；眼睛像两个初升的太阳，光芒四射，天上地下都亮了。很惊讶地询问船户，谁也不知那是什么怪物。大家都趴在船上看着它。过了一会儿，逐渐缩进水里，天地又黑了。后来到了福建，人们都说某一天晚上，天地一派通明，后来又变黑了，当作怪事互相传播着。他按照时间一算，就是他在船上看见怪物的那天晚上。

夏 雪

【原文】

丁亥年七月初六日①，苏州大雪②。百姓皇骇③，共祷诸大王之庙④。大王忽附人而言曰："如今称老爷者，皆增一大字；其以我神为小，消不得一大字耶⑤？"众悚然，齐呼"大老爷"，雪立止。由此观之，神亦喜谄，宜乎治下部者之得车多矣⑥。

异史氏曰："世风之变也，下者益谄，上者益骄。即康熙四十馀年中⑦，称谓之不古⑧，甚可笑也。举人称爷，二十年始；进士称老爷，三十年始；司、院称大老爷⑨，二十五年始。昔者大令谒中丞⑩，亦不过老大人而止；今则此称久废矣。

夏雪

即有君子，亦素谄媚行乎谄媚，莫敢有异词也。若缙绅之妻呼太太⑪，裁数年耳。昔惟缙绅之母，始有此称；以妻而得此称者，惟淫史中有乔林耳，他未之见也。唐时，上欲加张说大学士⑫。说辞曰：'学士从无大名，臣不敢称。'今之大，谁大之？初由于小人之谄，而因得贵倨者之悦，居之不疑，而纷纷者遂遍天下矣。窃意数年以后，称爷者必进而老，称老爷者必进而大，但不知大上造何尊称？匪夷所思已⑬！"

丁亥年六月初三日，河南归德府大雪尺馀⑭，禾皆冻死，惜乎其未知媚大王之术也。悲夫！

【注释】

①丁亥年：当指清圣祖康熙（玄烨）四十六年（1707）。

②苏州：今江苏苏州市。

③皇骇：惊恐不安。皇，通"惶"。

④大王之庙：此盖指金龙四大王庙，在苏州（今江苏苏州市）阊门北。

⑤消不得：犹言承受不起。

⑥治下部者之得车多：讥刺谄媚者品格愈低劣则待遇愈优厚。

⑦康熙：清圣祖（玄烨）年号（1662~1722）。

⑧称谓：称呼，名称。

⑨司、院：两司、抚院，即各省布政使司、按察使司和巡抚。

⑩大令：古时对县令的敬称。中丞：明清巡抚的别称。

⑪缙绅：也作搢绅、荐绅，退职乡居之官。

⑫张说（667~730）：字道济，一字说之。唐河南洛阳人。历任至兵部侍郎同中书门下平章事、左丞相等职，封燕国公。学士：官名。南北朝后为掌管文学著述之官。唐时以文学言语备顾问，出入侍从，因得参与机密政事。玄宗初，置翰林学士，由张说等充任。

⑬匪夷所思：不是常理所能思议的事。匪，通"非"。夷，平常。

⑭河南归德府：治所在今河南商丘市。

【译文】

　　康熙四十六年七月初六，苏州下了大雪。老百姓又惊又怕，一齐到大王庙里祈祷。大王忽然附在一个人的身上说："如今称为老爷的，都加上一个大字。你们认为我是一位小神，消受不了一个大字吗？"大家毛骨悚然，齐声喊他"大老爷"，降雪立刻停止了。由此可以看出，神仙也喜欢献媚，难怪那些医治屁股病的医生，得到的赏赐格外丰厚。

　　异史氏说："世风的变化，下面的越献媚，上边的越娇横，就以康熙在位的四十多年之中，可以说是世风不古，很可笑的。举人称爷，是康熙二十年开始的；进士称为老爷，是康熙三十年开始的；司、院称为大老爷，是康熙二十五年开始的。从前县官进见巡抚，也不过叫声老大人而已；现在这个称呼已经废弃很久了。即使有些正人君子，也平日进行谄媚，一言一行也要谄媚，不敢有不同的语言。至于官员的妻子称为太太，才有几年的历史。从前只有官员的母亲，才有太太的称号；把妻子称为太太的，只在淫史中有个林乔而已，别的书里没有见过这个称呼。唐朝的张说，皇帝要加封他为大学士。张说推辞说，'学士从来没有大名，臣不敢称为大学士。'现在的大字，谁给加的呢？起初是由于小人的'谄媚，因而得到贵官的喜悦，也就当之无异，所以就纷纷攘攘地传遍天下了。我私下想过，再过几年以后，现在称爷的必定进一步称为老爷，现在称老爷的必定进一步称为大老爷，但是不知大字的上边还要造出什么样的尊称？不是根据常理所能想到的！

　　康熙四十六年六月初三，河南归德府下了一尺多深的大雪，庄稼全部冻死了，可惜那里的人民不知苏州人谄媚大王的方法。太可悲了！

化 男

【原文】

苏州木渎镇①，有民女夜坐庭中，忽星陨中颅，仆地而死。其父母老而无子，止此女②，哀呼急救。移时始苏，笑曰："我今为男子矣！"验之，果然。其家不以为妖，而窃喜其得丈夫子也。此丁亥间事③。

【注释】

①苏州：府名，治所在吴县，即今江苏省苏州市。木渎镇：在吴县西南二十七里。

②止：只。

③丁亥：当指康熙四十六年（1707），是年为丁亥。

【译文】

苏州有个木渎镇，镇上有个民女，晚上坐在院庭里，忽然从天上掉下一颗星星，打中她的头颅，她一个跌头跌倒在地，死了。她父母年老没有儿子，只有这么一个女儿，悲哀地呼叫，紧急地抢救。过了一会儿才苏醒过来，笑着说："我现在变成男子了！"察看一下，果然变成了男子。她家不认为这是非常奇怪的现象，而是暗自庆幸突然得了一个男子。真是奇闻。这也是康熙四十六年的事情。

禽　侠

【原文】

　　天津某寺①，鹳鸟巢于鸱尾②。殿承尘上③，藏大蛇如盆，每至鹳雏团翼时④，辄出吞食净尽⑤。鹳悲鸣数日乃去。如是三年，人料其必不复至，而次岁巢如故⑥。约雏长成，即径去，三日始还。入巢哑哑，哺子如初。蛇又蜿蜒而上。甫近巢，两鹳惊，飞鸣哀急，直上青冥⑦。俄闻风声蓬蓬，一瞬间，天地似晦。众骇异，共视一大鸟翼蔽天日，从空疾下，骤如风雨，以爪击蛇，蛇首立堕，连摧殿角数尺许⑧，振翼而去。鹳从其后，若将送之。巢既倾，两雏俱堕，一生一死。僧取生者置钟楼上；少顷，鹳返，仍就哺之，翼成而去。

　　异史氏曰："次年复至，盖不料其祸之复也；三年而巢不移，则报仇之计已决；三日不返，其去作秦庭之哭⑨，可知矣。大鸟必羽族之剑仙也⑩，飘然而来，一击而去，妙手空空儿何以加此⑪？"

　　济南有营卒⑫，见鹳鸟过，射之，应弦而落。喙中衔鱼，将哺子也。或劝拔矢放之，卒不听。少顷，带矢飞去。后往来郭间⑬，两年余，贯矢如故。一日，卒坐辕门下，鹳过，矢坠地。卒拾视曰："矢固无恙耶？"耳适痒，因以矢搔耳。忽大风摧门⑭，门骤合，触矢贯脑而死。

【注释】

　　①天津：地名，天津卫，即今天津市。
　　②鹳鸟巢于鸱尾：鹳鸟将巢筑在屋脊之端的鸱尾上。鹳，鸟名，大型涉禽，形

似鹤。鸱尾，又名鸱吻、蚩尾，我国古建筑屋脊两端的饰物，以外形略似鸱尾，故称。

③承尘：即天花板。

④团翼：垂翼，谓雏羽毛初长成，未习飞之前。团，下垂貌。

⑤净尽：此据二十四卷抄本，原无"净"字。

⑥而：此据二十四卷抄本，原无此字。

⑦青冥：青天。

⑧摧：此据二十四卷抄本，原作"催"。

⑨秦庭之哭：谓哀求支援。

⑩羽族之剑仙：谓为鸟类之中能救助弱小的一种禽鸟。羽族，指鸟类。

⑪妙手空空儿：唐传奇小说中的剑客名，其剑术神妙，曾为魏博节度使谋刺陈许节度使刘昌裔，刘为女侠聂隐娘所救。

⑫营卒：军卒。

⑬郭：城郭。

⑭摧门：此据二十四卷抄本，原作"催门"。

【译文】

　　天津的某一座佛寺，鹳鸟在佛殿房脊的鸱尾上营巢。在佛殿的天棚上，藏着盆口粗的一条大蛇，每年到雏鸟的翅膀快要长成的时候，它就爬出来，一口一个，吞得干干净净。鹳鸟悲哀地鸣叫着，好几天才飞走。一连三年都是这个样子，人们猜测，鹳鸟一定不能再来了，但是到了第二年，它们仍然飞了回来，还在那里营巢孵雏。约莫雏鸟快要长成的时候，老鹳鸟却径自飞走了，过了三天才回来。进了窝里，哑哑地叫着，和从前一样地哺育小鹳鸟。大蛇又蜿蜒着爬上来了。刚一接近鸟巢，两只鹳鸟惊慌地飞出来，急切地哀叫着，一直飞上晴朗的高空。不一会儿，忽然听到一阵蓬蓬的风声，一眨眼的工夫，天地似乎昏暗了。大家很惊异，都抬头仰望天空，看见一只大鸟，翅膀遮住了太阳，从高空猛扎下来，疾如暴风骤雨，用爪子袭击蛇头，一下子就把蛇头敲掉了，并把殿角摧毁了好几尺，然后振起翅膀飞走了。两只鹳鸟跟在后边，好像给它送行。鸟窝已经倾覆了，两个雏鸟都掉在地上，一个还活着，一个摔死了。和尚把活着的捡起来，放在钟楼上。不一会儿，两只鹳鸟飞回来了，仍然哺育小鸟，直到长成了翅膀，才一起飞走了。

禽侠

异史氏说:"第二年又回来营巢育雏,是没有料到祸患会重演;三年没有挪窝,那是报仇的决心已经下定了;三天没有回来,那是出去搬取救兵,是可想而知的。那只大鸟,一定是鸟类中的一位剑仙,来得像一阵疾风,一击而去,高明的剑客空空儿,怎能超过它呢?"

济南有一个兵卒,看见鹳鸟飞过头顶,就射了一箭,鹳鸟应弦而落。嘴里叼着一条鱼,是要叼回去喂育雏鸟的。有人劝告拔掉羽箭放了它,那个兵卒不听。过了一会儿,鹳鸟带着羽箭飞走了。后来,它往来于域郭之间,两年多,穿在身上的羽箭一直没有掉下来。一天,那个兵卒坐在辕门之下,鹳鸟从头上飞过,羽箭掉在地上了。兵卒捡起来看着说:"箭哪,箭哪,你一向无恙吗?"恰巧耳朵眼发痒,就用箭头去挠耳朵眼。忽然大风冲击辕门,门扇突然一合,撞到箭杆上,穿进脑子里,穿死了。

鸿

【原文】

天津弋人得一鸿①。其雄者随至其家,哀鸣翔翔,抵暮始去。次日,弋人早出,则鸿已至,飞号从之;既而集其足下。弋人将并捉之。见其伸颈俯仰,吐出黄金半铤②。弋人悟其意,乃曰:"是将以赎妇也。"遂释雌。两鸿徘徊,若有悲喜,遂双飞而去。弋人称金,得二两六钱强。噫!禽鸟何知,而锺情若此!悲莫悲于生别离③,物亦然耶?

【注释】

①弋人：射鸟的人。弋，以绳系箭而射。鸿，大雁。

②铤：同"锭"。一锭五两或十两。

③悲莫悲于生别离：在悲伤的事情中，没有比夫妻生离更可悲伤的了。

鸿

【译文】

　　天津有个猎鸟的人，射到一只鸿雁。他拿着鸿雁往回走，那只公雁也跟在后面飞到他家，悲哀地鸣叫，绕着房子飞翔，直到天黑才飞走了。第二天，猎鸟的人清早一出门，看见那只公雁已经飞回来了，飞着叫着跟着他往前走；随后就落在他的脚下。猎鸟的人想要一并抓住它。看见它抻着脖子，一仰一俯的，从嘴里吐出半锭黄金。猎鸟的人明白它的用意，就说："是要赎买你的媳妇啊？"于是就教了那只母雁。两只鸿雁走来走去的，好像悲喜交集，就双双飞走了。猎鸟的人秤秤得到的金子，二两六钱多一点。唉！禽鸟有什么智慧，竟然这样钟情呢！人的悲哀莫过于生离死别，动物也是这样吗？

象

【原文】

　　粤中有猎兽者①，挟矢如山②。偶卧憩息，不觉沉睡，被象来鼻摄而去。自分必遭残害。未几，释置树下，顿首一鸣，群象纷至，四面旋绕，若有所求。前象伏树下，仰视树而俯视人③，似欲其登。猎者会意，即足踏象背，攀援而升。虽至树巅，亦不知其意向所存。少时，有狻猊来④，众象皆伏。狻猊择一肥者，意将搏噬。象战栗，无敢逃者，惟共仰树上，似求怜拯。猎者会意，因望狻猊发一弩，狻猊立毙⑤。诸象瞻空，意若拜舞。猎者乃下，象复伏，以鼻牵衣，似欲其乘。猎者随跨身其上，象乃行。至一处，以蹄穴地，得脱牙无算⑥。猎人下，束治置象背。象乃负送出山，始返。

【注释】

①粤中：指今广东省。粤，泛指两广地区，后为广东省的简称。

象

②如山：往山里去。如，往。

③俯视：此据二十四卷抄本，原作"俯仰"。

④狻猊：即狮子。

⑤立殪：即刻而死。殪，死。

⑥无算：无数，不可计量。

【译文】

　　广东有一个猎人，腋下挟着箭头，进山打猎。他偶然躺在地上歇息，不觉沉睡如泥，被一头大象用鼻子卷走了。他自料一定要受到残害。大象往前走了不一会儿，就把他放在树下，向他叩了个头，叫了一声，象群便纷纷而来，在他四周旋绕着，似乎对他有所求。先前那只大象趴在树下，抬头望望树梢，然后又看看猎人，似乎要他上树。他领会了大象的意思，就用两只脚踩着象背，爬上了大树。虽然爬到了树梢，也不知大象想要叫他干什么。过了不一会儿，来了一只狻猊，群象都趴在地上。狻猊挑一头最肥的，意思是要捉住吃掉它。大象浑身打战，没有敢于逃走的，只是仰着脑袋望着树上，一副可怜的样子，似乎哀求拯救它们。猎人领会了大象的意思，就向狻猊射了一箭，狻猊立刻中箭身亡。群象仰望着天空，好像向他拜舞致敬。猎人就下来了。大象又趴在地上，用鼻子拉着他的衣服，似乎要他骑到背上。猎人随即跨到背上，大象就驮他往前走。来到一个地方，用蹄子在地下扒个坑，得到无数脱落的象牙。猎人下了大象，把象牙收拾收拾捆起来，放到象背上。大象就驮着象牙，把他送出深山，才返回去。

负　尸

【原文】

　　有樵夫赴市①，荷杖而归②，忽觉杖头如有重负。回顾，见一无头人悬系其上。

大惊，脱杖乱击之，遂不复见。骇奔，至一村，时已昏暮，有数人爇火照地，似有所寻。近问讯，盖众适聚坐，忽空中堕一人头，须发蓬然，倏忽已渺。樵人亦言所见，合之适成一人，究不解其何来。后有人荷篮而行，忽见其中有人头，人讶诘之，始大惊，倾诸地上，宛转而没。

【注释】

①樵夫：打柴的人。

②荷杖：扛着扁担。

【译文】

有个樵夫，到市上卖完柴禾，扛着肩担往回走，忽然觉得扁担头上挂着个沉重的东西。回头一看，看见一个没有脑袋的人悬挂在扁担头上。他大吃一惊，抽出扁担乱打一气，于是就看不见了。他惊慌失措地往前奔跑，跑进一个村子，当时已经天黑了，有好几个人打着火把，照着地下，似乎在寻找什么东西。他来到跟前一问，原来刚才大家坐在一起闲谈，忽然从空中落下一颗人头，头发胡子乱蓬蓬的，一眨眼的工夫，已经无影无踪了。樵夫也说了自己看见的东西。合到一起恰好成为一个人，但是终究不知人头和人身是从哪里来的。后来有人担着篮子走路，忽然看见篮子里有一颗人头，别人惊讶地问他为什么担着人头，他才大吃一惊、把人头倒在地上，三旋两转就隐没了。

紫花和尚

【原文】

诸城丁生①，野鹤公之孙也②。少年名士，沉病而死，隔夜复苏，曰："我悟道矣③。"时有僧善参玄④，遣人邀至，使就榻前讲《楞严》⑤。生每听一节，都言非是，乃曰："使吾病痊，证道何难⑥。惟某生可愈吾疾，宜虔请之⑦。"盖邑有某生者，精岐黄而不以术行⑧，三聘始至，疏方下药⑨，病愈。既归，一女子自外入，曰："我董尚书府中侍儿也⑩。紫花和尚与妾有夙冤，今得追报，君又欲活之耶⑪？再往，祸将及。"言已，遂没。某惧，辞丁。丁病复作，固要之，乃以实告。丁叹曰："孽自前生，死吾分耳⑫。"寻卒。后寻诸人，果有紫花和尚，高僧也，青州董尚书夫人尝供养家中；亦无有知其冤之所自结者⑬。

【注释】

①诸城：县名，今属山东省。

②野鹤公：指丁耀亢。丁耀亢，字西生，号野鹤，明末诸生，入清曾任容城教谕、惠安知县。清初文学家，著有《续金瓶梅》《丁野鹤诗词稿》等。

③悟道：意即参明佛理。

④参玄：参究玄理。玄，深奥、神秘，此指佛理。

⑤楞严：佛经名。全称《大佛顶如来密因修证了义诸菩萨万行首楞严经》，简称《首楞严经》《大佛顶经》。唐代天竺（古印度）沙门般利密帝等译。经中阐述心性本体，属大乘秘密部。

⑥证道：证入佛道。证，验证。

⑦虔请：诚心请求。虔，诚。

紫花和尚

⑧精岐黄而不以术行：谓精研医学而不行医治病。岐黄，岐伯与黄帝，相传为医家之祖。后以岐黄代指中医学术。

⑨疏方：谓书写药方。疏，条陈，一条一条地书写。

⑩董尚书：即董可威，曾官工部尚书。

⑪欲：此据二十四卷抄本，原无此字。

⑫"孽自"二句：谓罪业是前生所造，今死也是应该的。孽，谓罪业。分，自应。

⑬冤之所自结：结冤的缘由。

【译文】

　　诸城县的丁生，是野鹤公的孙子。他是一位少年名士，病重而死，隔了一夜又苏醒过来，说："佛道我完全领悟了。"当时有一位精通佛法的和尚，就派人把和尚请来，在他床前讲演"楞严经"。丁生每听完一节，都说讲得不对，并说："能把我的疾病治好了，论证佛道有什么困难呢？只有某某书生能够治好我的疾病，应该虔诚地把他请来。"原来诸城县有一位书生，精通医道而又不行医，请了三次才请来，开了方子吃了药，病就好了。那个书生回到家里，有个女子从门外走进来，说："我是董尚书府里的侍女。紫花和尚前世和我有冤仇，我现在追到这里进行报复，你还把他治活吗？你再去给他治病，灾难就会临头的。"说完就隐没了。那个书生害怕了，辞谢了丁生的邀请。后来，丁生老痛复发，一再邀请他，他就把实话告诉了丁生。丁生慨然长叹说："罪孽来自前生，死亡是我命里注定的。"不久就死了。后来问了别人，果然曾经有个紫花和尚，是一位得道的高僧，青州董尚书的夫人，曾经把他请到家中供养着，谁也不知他和侍女为什么结下了冤仇。

周 克 昌

【原文】

淮上贡生周天仪①，年五旬，止一子，名克昌，爱昵之②。至十三四岁，丰姿益秀；而性不喜读，辄逃塾③，从群儿戏，恒终日不返。周亦听之。一日，既暮不归，始寻之，殊竟乌有。夫妻号咷④，几不欲生。

年馀，昌忽自至，言：“为道士迷去，幸不见害。值其他出，得逃归。”周喜极，亦不追问。及教以读，慧悟倍于曩畴⑤。逾年，文思大进，既入郡庠试⑥，遂知名。世族争婚，昌颇不愿。赵进士女有姿，周强为娶之。既入门，夫妻调笑甚欢；而昌恒独宿，若无所私。逾年，秋战而捷⑦。周益慰。然年渐暮⑧，日望抱孙，故常隐讽昌⑨。昌漠若不解。母不能忍，朝夕多絮语。昌变色，出曰：“我久欲亡去，所不遽舍者，顾复之情耳⑩。实不能探讨房帷，以慰所望。请仍去，彼顺志者且复来矣。”追曳之，已踣，衣冠如蜕⑪。大骇，疑昌已死，是必其鬼也。悲叹而已。

次日，昌忽仆马而至，举家惶骇。近诘之，亦言：为恶人掠卖于富商之家⑫；商无子，子焉。得昌后，忽生一子。昌思家，遂送之归。问所学，则顽钝如昔。乃知此为真昌；其入泮、乡捷者⑬，鬼之假也⑭。然窃喜其事未泄，即使袭孝廉之名⑮。入房，妇甚狎熟；而昌觍然有怍色，似新婚。甫周年，生子矣。

异史氏曰：“古言庸福人⑯，必鼻口眉目之间具有少庸⑰，而后福随之；其精光陆离者⑱，鬼所弃也。庸之所在，桂籍可以不入闱而通⑲，佳丽可以不亲迎而致；而况少有凭借，益之以钻窥者乎⑳！”

①淮上：淮水之滨。

②爱昵：谓溺爱。

③逃塾：逃学。塾，私塾。

④号咷：此据青柯亭刻本，原作"号跳"。

⑤曩畴：昔日，往昔。

⑥入郡庠试：即到府城参加选拔生员的考试。郡，此指府城所在地。庠，县学。

⑦秋战而捷：指参加秋季举行的乡试，中了举人。

⑧年渐暮：年岁渐老。

⑨隐讽：以隐约的言辞暗示。

⑩顾复：喻父母养育之恩。

⑪衣冠如蜕：衣帽如同蜕下的皮壳。蜕，蝉、蛇之类脱皮去壳。蜕，此据青柯亭刻本，原作"脱"。

⑫掠卖：劫掠出卖。

⑬入泮、乡捷者：入县学为生员、乡试中举的人。

⑭鬼之假：是鬼假借周克昌的名字。

⑮孝廉：明清为举人的别称。

⑯庸福人：平庸而使人得福。庸，平庸，平常。

⑰少庸：少许平庸的标志。

⑱精光陆离者：容貌不平庸的人，指才智超轶者。精光，仪容。语出《史记·扁鹊列传》。陆离，美玉。此谓不平常，不同凡庸。

⑲桂籍可以不入闱而通：谓不进考场而可以得到科举功名。桂籍，科举及第人员的名籍。

⑳钻窥：钻穴隙相窥，指男女不经媒合而私会，喻仕宦不由正当途径而取得。

【译文】

　　淮上有个名叫周天仪的进士，五十岁了，只有一个儿子，名叫周克昌，很溺爱。长到十三四岁，风姿越来越漂亮；但是生性不爱读书，总是逃学，跟一群孩子游戏，经常一天到晚不回家。周天仪也听之任之。

掌上明珠去复回幻
形真是贵疑猜矢场
科第闺悼福尧使
庸奴坐高来 周克昌

周克昌

一天，天黑以后也没回来，才出去寻找，竟然哪里也没找到。夫妻二人号啕痛哭，几乎不想活下去。过了一年多，周克昌忽然自己回来了，说是："被道士迷去，幸好没有被害。赶上道士外出，才得到机会逃回来。"周天仪高兴极了，也没详细追问。教他读书的时候，他的悟性比从前加倍的聪明。过了一年，文思大进，考中了秀才，才知道他的名字。世家大族争着和他通婚，周克昌心里很不愿意。赵进士有个女儿，容貌很漂亮，周天仪硬是逼他成了亲。新娘子进门以后，夫妻互相调笑很欢畅；周克昌却经常一个人睡觉，好像没和妻子有过私生活。又过了一年，他考中了举人。周天仪心里愈加感到安慰。但是逐渐到了晚年，天天盼望抱孙子，所以曾经委婉地用语言向他暗示。他迷茫茫的，好像听不明白。母亲再也不能忍耐了，一天到晚总是絮絮叨叨的。他突然变了颜色，走出卧房说："我很早就想逃离家门，所以没有马上放弃这个家，是抚养之恩罢了。我实在不能探讨闺房的事情，以安慰父母的愿望。我愿意离开这里，那位能够顺从父母心愿的人，就要回来了。"老太太撵出去拉他一把，他已经跌倒在地，衣服帽子好像蝉蜕似的摆在地上。老太太大吃一惊，怀疑周克昌已经死了，这一定是他的鬼魂。只能悲叹而已。

第二天，周克昌忽然带着仆人，骑着骏马回来了，全家又惊又怕。到他跟前盘问他，他也说："被坏人拐去，卖给一家富商；富商没有儿子，把他当儿子。富商得他以后，忽然生了一个儿子。他想家，就把他送回来了。询问他的学业，愚蠢迟钝，还和从前一样。这才知道这个是周克昌；那个考中秀才和举人的，是借用他名字的一个鬼物。也就暗自高兴，这件事情没有泄露出去，就让他承袭了举人的头衔。他进了闺房，媳妇对他很亲热；他却满脸通红，有害羞的脸色，好像一个新婚的新郎。刚到一周年，就生了儿子。

异史氏说："古人说，有平庸福气的人，在他鼻口眉目之间，一定有点平庸的东西，随后才有福气；那种光怪陆离的人，鬼也嫌弃他。有平庸福气的人，不考也可以登科，不亲自迎娶也可以得到佳人；何况多少有些凭借，更能瞅机会钻营的人呢！"

嫦 娥

【原文】

太原宗子美①，从父游学②，流寓广陵③。父与红桥下林姬有素④。一日，父子过红桥，遇之，固请过诸其家，瀹茗共话⑤。有女在旁，殊色也。翁亟赞之。姬顾宗曰："大郎温婉如处子，福相也。若不鄙弃，便奉箕帚⑥，如何？"翁笑，促子离席，使拜媪曰："一言千金矣！"先是，姬独居，女忽自至，告诉孤苦。问其小字，则名嫦娥。姬爱而留之，实将奇货居之也⑦。时宗年十四，睨女窃喜，意翁必媒定之；而翁归若忘。心灼热⑧，隐以白母。翁笑曰："曩与贪婆子戏耳。彼不知将卖黄金几何矣，此何可易言⑨！"

逾年，翁媪并卒。子美不能忘情嫦娥，服将阕⑩，托人示意林姬。姬初不承。宗忿曰："我生平不轻折腰，何媪视之不值一钱？若负前盟，须见还也！"姬乃云："曩或与而翁戏约⑪，容有之。但无成言，遂都忘却。今既云云，我岂留嫁天王耶⑫？要日日装束，实望易千金；今请半焉，可乎？"宗自度难办，亦遂置之。适有寡媪僦居西邻，有女及笄，小名颠当。偶窥之，雅丽不减嫦娥。向慕之，每以馈遗阶进⑬；久而渐熟，往往送情以目，而欲语无间。一夕，逾垣乞火。宗喜挽之，遂相燕好。约为嫁娶，辞以兄负贩未归。由此蹈隙往来，形迹周密⑭。一日，偶经红桥，见嫦娥适在门内，疾趋过之。嫦娥望见，招之以手，宗驻足；女又招之，遂入。女以背约让宗⑮，宗述其故。女入室，取黄金一铤付之。宗不受，辞曰："自分永与卿绝，遂他有所约。受金而为卿谋，是负人也；受金而不为卿谋，是负卿也：诚不敢有所负。"女良久曰："君所约，妾颇知之。其事必无成；即成之，妾不怨君之负心也。其速行，媪将至矣。"宗仓卒无以自主，受之而归。隔夜，告之颠当。颠当深然其言，但劝宗专心嫦娥。宗不语；愿下之⑯，而宗乃悦。即遣媒纳金林妪，妪无辞，以嫦娥归宗。入门后，悉述颠当言。嫦娥微笑，阳丛恚之。宗喜，急欲一白颠当，而颠当迹久绝。嫦娥知其为己，因暂归宁，故予之间⑰，嘱宗窃其佩囊。已而颠当果至，与商所谋，但言勿急。及解衿狎笑，胁下有紫荷囊，将便摘

聊斋志异

图文珍藏版

嫦娥

取。颠当变色，起曰："君与人一心，而与妾二！负心郎！请从此绝。"宗曲意挽解，不听，竟去。一日，过其门探察之，已另有吴客僦居其中；颠当子母迁去已久，影灭迹绝，莫可问讯。

宗自娶嫦娥，家暴富⑱，连阁长廊，弥亘街路⑲。嫦娥善谐谑，适见美人画卷，宗曰："吾自谓，如卿天下无两，但不曾见飞燕、杨妃耳⑳。"女笑曰："若欲见之，此亦何难。"乃执卷细审一过，便趋入室，对镜修妆，效飞燕舞风㉑，又学杨妃带醉㉒。长短肥瘦，随时变更；风情态度，对卷逼真。方作态时，有婢自外至，不复能识，惊问其僚㉓；复向审注㉔，恍然始笑。宗喜曰："吾得一美人，而千古之美人，皆在床闼矣！"

一夜，方熟寝，数人撬扉而入，火光射壁。女急起，惊言："盗入！"宗初醒，即欲鸣呼。一人以白刃加颈，惧不敢喘。又一人掠嫦娥负背上，哄然而去。宗始号，家役毕集，室中珍玩，无少亡者。宗大悲，惘然失图㉕，无复情地。告官追捕，殊无音息。荏苒三四年㉖，郁郁无聊，因假赴试入都㉗。居半载，占验询察，无计不施。偶过姚巷，值一女子，垢面敝衣，偃僂如丐㉘。停趾相之，乃颠当也。骇曰："卿何憔悴至此？"答云："别后南迁，老母即世㉙，为恶人掠卖旗下㉚，挞辱冻馁，所不忍言。"宗泣下，问："可赎否？"曰："难矣。耗费烦多，不能为力。"宗曰："实告卿：年来颇称小有，惜客中资斧有限，倾装货马，所不敢辞。如所需过奢，当归家营办之。"女约明日出西城，相会丛柳下；嘱独往，勿以人从。宗曰："诺。"

次日，早往，则女先在，袿衣鲜明㉛，大非前状。惊问之，笑曰："曩试君心耳，幸绨袍之意犹存㉜。请至敝庐，宜必得当以报。"北行数武，即至其家，遂出肴酒，相与谈宴。宗约与俱归。女曰："妾多俗累㉝，不能从。嫦娥消息，固颇闻之。"宗急询其何所，女曰："其行踪缥缈㉞，妾亦不能深悉。西山有老尼㉟，一目眇，问之，当自知。"遂止宿其家。天明示以径。宗至其处，有古寺，周垣尽颓；丛竹内有茅屋半间，老尼缀衲其中㊱。见客至，漫不为礼。宗揖之，尼始举头致问。因告姓氏，即白所求。尼曰："八十老瞽，与世睽绝㊲，何处知佳人消息？"宗固求之。乃曰："我实不知。有二三戚属，来夕相过，或小女子辈识之，未可知。汝明夕可来。"宗乃出。次日再至，则尼他出，败扉扃焉。伺之既久，更漏已催，明月高揭㊳，徘徊无计，遥见二三女郎自外入，则嫦娥在焉。宗喜极，突起，急揽其袪㊴。嫦娥曰："莽郎君！吓煞妾矣！可恨颠当饶舌㊵，乃教情欲缠人。"宗曳坐，执手款曲㊶，历诉艰难，不觉恻楚。女曰："实相告：妾实姮娥被谪㊷，浮沉俗间，其限已满；托为寇劫，所以绝君望耳。尼亦王母守府者㊸，妾初遣时，蒙其收恤，故暇时常一临存㊹。君如释妾，当为代致颠当。"宗不听，垂首陨涕。女遥顾曰："姊妹辈来矣。"宗方四顾，而嫦娥已杳。宗大哭失声，不欲复活，因解带自缢。恍惚觉魂已出舍，怅怅靡适㊺。俄见嫦娥来，捉而提之㊻，足离于地；入寺，取树上尸推挤之，唤曰："痴郎，痴郎！嫦娥在此。"忽若梦醒。少定，女恚曰："颠当贱婢！害妾而杀郎君，我不能恕之也！"下山赁舆而归。既命家人治装，乃返身出西城，诣谢颠当；至则舍宇全非，愕叹而返。窃幸嫦娥不知。入门，嫦娥迎笑曰："君见颠当耶？"宗愕然不能答。女曰："君背嫦娥，乌得颠当？请坐待之，当自至。"未几，颠当果至，仓皇伏榻下。嫦娥叠指弹之，曰："小鬼头陷人不浅！"颠当叩头，但求赊死㊼。嫦娥曰："推人坑中，而欲脱身天外耶？广寒十一姑不日下嫁㊽，须绣枕百幅、履百双，可从我去，相共操作。"颠当恭白："但求分工，按时赍送。"女不许，谓宗曰："君若缓颊㊾，即便放却。"颠当目宗，宗笑不语。颠当目怒之。乃乞还告家人，许之，遂去。宗问其生平，乃知其西山狐也。买舆待之。次日，果来，遂俱归。

　　然嫦娥重来，恒持重不轻谐笑。宗强使狎戏，惟密教颠当为之。颠当慧绝，工媚。嫦娥乐独宿，每辞不当夕。一夜，漏三下㊿，犹闻颠当房中，吃吃不绝。使婢窃听之。婢还，不以告，但请夫人自往。伏窗窥之，则见颠当凝妆作己状㉑，宗拥抱，呼以嫦娥。女哂而退。未几，颠当心暴痛，急披衣，曳宗诣嫦娥所，入门便伏。嫦娥曰："我岂医巫厌胜者㉒？汝欲自捧心效西子耳㉓。"颠当顿首，但言知罪。女曰："愈矣。"遂起，失笑而去。颠当私谓宗："吾能使娘子学观音㉔。"宗不信，因戏相赌。嫦娥每趺坐㉕，眸含若瞑。颠当悄以玉瓶插柳，置几上；自乃垂发合掌，侍立其侧，樱唇半启，瓠犀微露㊽，睛不少瞬。宗笑之。嫦娥开目问之，颠当曰："我学龙女侍观音耳㊾。"嫦娥笑骂之，罚使学童子拜。颠当束发，遂四面朝参之㊿，伏地翻转，逞诸变态，左右侧折，袜能磨乎其耳。嫦娥解颐，坐而蹴之㊾。颠当仰首，口衔凤钩㊿，微触以齿。嫦娥方嬉笑间，忽觉媚情一缕，自足趾而上，直达心舍，意荡思淫，若不自主。乃急敛神，呵曰："狐奴当死！不择人而惑之耶？"颠当惧，释口投地。嫦娥又厉责之，众不解。嫦娥谓宗曰："颠当狐性不改，适间几为所愚。若非夙根深者㊿，堕落何难！"自是见颠当，每严御之㊿。颠当惭惧，告宗曰："妾于娘子一肢一体，无不亲爱；爱之极，不觉媚之甚。谓妾有异心，不惟不敢，亦不忍。"宗因以告嫦娥，嫦娥遇之如初。然以狎戏无节，数戒宗，宗不听；因而大小婢妇，竞相狎戏。

一日，二人扶一婢，效作杨妃。二人以目会意，赚婢懈骨作酣态㊿，两手遽释；婢暴颠墀下，声如倾堵。众方大哗；近抚之，而妃子已作马嵬薨矣㊿。大众惧，急白主人。嫦娥惊曰："祸作矣！我言如何哉！"往验之，不可救。使人告其父。父某甲，素无行，号奔而至，负尸入厅事㊿，叫骂万端。宗闭户惴恐，莫知所措。嫦娥自出责之，曰："主即虐婢至死㊿，律无偿法；且邂逅暴殂㊿，焉知其不再苏㊿？"甲噪言："四支已冰㊿，焉有生理！"嫦娥曰："勿哗。纵不活，自有官在。"乃入厅事抚尸，而婢已苏，抚之随手而起。嫦娥返身怒曰："婢幸不死，贼奴何得无状！可以草索絷送官府！"甲无词，长跪哀免。嫦娥曰："汝既知罪，姑免究处。但小人无赖，反复何常，留汝女终为祸胎，宜即将去。原价如干数，当速措置来。"遣人押出，俾浼二三村老，券证署尾㊿。已，乃唤婢至前，使甲自问之："无恙乎？"答曰："无恙。"乃付之去。已，遂召诸婢，数责遍扑㊿。又呼颠当，为之厉禁㊿，谓宗曰："今而知为人上者，一笑嚬亦不可轻㊿。谴端开之自妾，而流弊遂不可止。凡哀者属阴，乐者属阳；阳极阴生，此循环之定数㊿。婢子之祸，是鬼神告之以渐也㊿。荒迷不悟，则倾覆及之矣。"宗敬听之。颠当泣求拔脱㊿。嫦娥乃掐其耳；逾刻释手，颠当怃然为间㊿，忽若梦醒，据地自投，欢喜欲舞。由此闺阁清肃，无敢哗者。婢至其家，无疾暴死。甲以赎金莫偿，浼村老代求怜恕，许之。又以服役之情，施以材木而去。宗常患无子。嫦娥腹中忽闻儿啼，遂以刃破左胁出之，果男；无何，复有身，又破右胁而出一女。男酷类父，女酷类母，皆论昏于世家。

异史氏曰："阳极阴生，至言哉！然室有仙人，幸能极我之乐，消我之灾，长我之生，而不我之死。是乡乐，老焉可矣，而仙人顾忧之耶㉘？天运循还之数，理固宜然；而世之长困而不亨者㉙，又何以为解哉？昔宋人有求仙不得者，每曰：'作一日仙人，而死亦无憾。'我不复能笑之也。"

【注释】

①太原：府名，治所在今山西太原市。

②游学：此谓外出求学。

③流寓广陵：寄居广陵。广陵，战国楚广陵邑。明清为扬州府。故城在今江苏扬州市东北。

④红桥：桥名，在今江苏扬州市。有素：谓平素有交往。

⑤瀹茗：煮茶。

⑥奉箕帚：服洒扫之役，做人妻室的谦词。

⑦奇货居之：谓把她看作奇货，将待价而沽。奇货，稀有而珍奇的货物。

⑧心灼热：心情焦灼，躁急。

⑨何可易言：怎能说得这么容易。

⑩服将阕：居丧之期将满。古时丧礼规定，父母死服丧三年，期满除服，称服阕。服，丧服。阕，终了。

⑪而：尔，你。

⑫天王：此处犹言天子。

⑬以馈遗阶进：以馈送礼品作为进其家门的缘由。阶进，进门之阶。阶，缘由，途径。

⑭形迹周密：谓交往显得更加亲密。形迹，行动上表现出的迹象。周密，谓亲

密。周，至。

⑮让：责备。

⑯愿下之：情愿居于其下，即做妾。

⑰故予之间：故意给他一个间隙。

⑱暴富：骤然富起来。

⑲弥亘街路：犹言远接街路。

⑳飞燕、杨妃：赵飞燕、杨贵妃。赵飞燕，汉成帝后，因体轻善舞，故名飞燕。杨贵妃，名玉环，号太真。唐玄宗时封为贵妃。二人在历史上都以容貌美丽著称。

㉑飞燕舞风：言体态轻盈。

㉒杨妃带醉：慵懒娇媚的醉态。

㉓僚：同僚，此指其他婢女。

㉔审注：仔细端详。

㉕怔然失图：吓得没了主意。怔然，惊惧的样子。图，谋略，主张。

㉖荏苒：时光渐渐逝去。

㉗假：借，借着。

㉘伛偻：逶迤的样子。

㉙即世：去世。此据二十四卷抄本，原作"既世"。

㉚旗下：旗人居住之地。旗，清设八旗，即正黄、正白、正红、正蓝和镶黄、镶白、镶红、镶蓝。凡编入旗籍的人，称旗人，又称旗下人。

㉛袿衣：妇女上衣。此盖指袍服，即袿袍。

㉜绨袍之意：犹故人之情意。

㉝俗累：谦言为生活琐事所牵累。

㉞缥缈：飘忽不定。

㉟西山：山名，在今北京市西郊。

㊱缀衲：缝补僧衣。衲，衲衣，即百衲衣，僧尼之服。

㊲睽绝：隔绝。

㊳高揭：高举。

㊴祛：袖口，此指衣袖。

㊵饶舌：多嘴。

㊶款曲：叙衷情。

㊷姮娥：神话中的月中女神，相传为后羿之妻，因窃食不死之药而奔月。姮，为“恒”的俗字。汉人为避汉文帝（刘恒）讳，改“恒”为“常”。常娥，通作“嫦娥”。

㊸王母：即西王母，神话中的女神。

㊹临存：省问。指地位或辈分高的人，探视、问候地位或辈分低的人。

㊺伥伥靡适：迷迷糊糊地不知向哪里去。伥伥，无所见的样子。靡适，无所适从。适，往，至。

㊻提之：此据二十四卷抄本，原作“投之”。

㊼赊死：缓期处死。求饶的委婉说法。

㊽广寒：广寒宫，即月宫。

㊾缓颊：此谓求情。

㊿漏三下：即三更天。

(51)凝妆：盛妆。

(52)医巫厌胜者：犹言治病除邪之人。巫，巫师，迷信职业者，借托鬼神而为人驱除祸祟。厌胜，古时迷信。指以法术加害于人。

(53)捧心效西子：此谓颠当妄自模仿嫦娥。西子，即西施，春秋时期越国美女。据说她因患心病而常常捧心皱眉，同村丑女以为美，亦捧心皱眉以仿效之。

(54)观音：佛教菩萨名，即观世音，也称观自在。唐人为避唐太宗（李世民）讳，只称观音，本男性，唐宋后讹为女像，又变为妙庄王女。

(55)趺坐：结跏趺坐的略称。俗称盘腿打坐。

(56)瓠犀：瓠（葫芦）中子，洁白整齐，因以喻美女之齿。

(57)龙女：神话中龙王之女。

(58)朝参：此谓向上参拜。朝，向，对。

(59)蹴之：用脚踢她。

(60)凤钩：对嫦娥之足的美称。钩，言其足小而弓弯如钩。

(61)夙根：前世根业。夙，夙世，佛教谓前生。根，根业，根性、业力。

(62)严御：谓严加管教。

(63)懈骨作酣态：谓模仿贵妃醉酒后倦怠慵懒的样子。懈，倦怠。

(64)妃子已作马嵬薨：谓跌死。据载，唐玄宗天宝十四年（755），安禄山发动叛乱，次年引兵入关，玄宗仓皇逃窜。行至马嵬驿（今陕西兴平县马嵬镇），卫兵哗变，杀死杨国忠，玄宗被迫赐杨贵妃死，葬马嵬坡。

(65)厅事：此指私宅堂屋。

(66)即：此据二十四卷抄本，原作“郎”。

(67)邂逅暴殂：偶然暴死。殂，死。

(68)苏：苏醒，复活。

(69)支：同“肢”。

(70)券证署尾：在券证的末尾署名。券证，此指婢女赎身的契约。署尾，即署纸尾，本谓公文于长官名后随附画押，此指让村老署名画押作保。

(71)扑：打。此据二十四卷抄本，原作“朴”。

(72)厉禁：严厉的禁条。

(73)一笑嚬：一笑一嚬；笑一声，皱一下眉。嚬，同“颦”。

(74)“凡哀者”四句：此以阴阳转化之论，说明乐极生悲的道理。阴、阳，是古代解释万物化生的哲学概念。

(75)告之以渐：把出现祸患的迹象告诉你。

(76)拔脱：谓从迷误中超拔、解脱出来。

(77)怃然为间：怅然自失了一小会。怃然，怅然自失的样子。

(78)“是乡”三句：此处快乐，终老于此也可以了，而仙人为什么却有所忧虑呢？

⑦长困：此据二十四卷抄本，原作"长固"。不亨：不顺利。亨，通。

【译文】

太原有个宗子美，跟着父亲远游外地，从师求学，住在扬州。父亲和红桥下的林老太太从前有过交往。一天，父子二人路过红桥，遇上了姓林的老太太。老太太一再邀请，把父子二人请到家里，煮茶待客，坐在一起唠嗑，有个少女站在旁边，是个很漂亮的姑娘。父亲一次又一次地赞美她。林老太太看着宗子美说："你儿子性格温柔，容貌清秀，像个女孩子，是个福相。若不嫌弃我的女儿，就给你做媳妇，怎么样？"父亲满脸是笑，催促儿子离开席位，叫他参拜老太太，说："这可是一言千金！"

在这以前，姓林的老太太一个人过日子，女郎忽然自己来到老太太家，告诉老太太，她是一个无依无靠的孤女。老太太询问少女的名字，少女名叫嫦娥。老太太可怜她，就把她留在家里，实际是等待机会要把她当作可以高价出售的奇货。当时宗子美十四岁。一眼瞥见了嫦娥，心里暗自高兴，以为父亲一定会托媒定下这门亲事；但是父亲回到家里以后，好像忘了。他心里急得火烧火燎的，就在背后告诉了母亲。父亲听到就笑着说："那是以前和贪婪的老婆子开个玩笑罢了。她不知要把女儿卖多少黄金呢，这哪里可以轻易说妥的？"

过了一年，父母相继去世。宗子美心里总忘不了嫦娥，就在将要脱掉孝服的时候，托人把自己的心意告诉了林老太太。老太太起初不承认。他很气愤地说："我生来不轻易给人弯腰施礼，为什么老太太把我的弯腰看得不值一钱呢？她若违背从前的婚约，必需给我还礼！"老太太听见这话才说："从前和他父亲开玩笑的时候，也许说过婚约，但却没有说定，就完全忘掉了。现在既然如此，我难道要把女儿留在家里嫁给天王吗？按照往常的嫁妆，实指望换取千金的聘礼；现在甘愿要他五百金，可以吧？"他自料难以办到，也就放弃了。

恰巧有个寡妇租房子住在他的西邻，寡妇家有个十四五岁的女儿，名叫颠当。他偶然看见了颠当，文雅秀丽，不次于嫦娥。他很爱慕，时常以赠送东西做因由，一步一步地向颠当靠近；久而久之，逐渐熟识了，时常以眉目传情，想要说说知心话，又没有机会。一天晚上，颠当爬过墙头向他借火。他很高兴地拉住颠当，于是就像夫妻那么恩爱了。要和颠当订下嫁娶的婚约，颠当推托哥哥做买卖没有回来，从此以后，两个人寻找机会，偷偷地互相往来，形迹很秘密。

一天，他偶然路过红桥，恰好看见嫦娥站在门里，赶紧迈开大步，想要赶过去。嫦娥望见了他，向他招招手，宗子美就停住了脚步；嫦娥又向他招招手，他就进了屋子。嫦娥责备他违背了婚约，他就讲了违约的原因。嫦娥进了屋里，拿出一锭黄金送给他。他不接受，辞谢说："我自料和你永远绝情了，就和别人订了婚约。接受你的黄金，和你结成夫妻，是对别人的负心；接受你的黄金，不和你结成夫妻，是对你的负心，我实在不肯负心。"嫦娥想了很久说："你所订下的婚约，我早就知道了。你们的婚事肯定结不成；即使结成了，我不怨你负心也就是了。你快走吧，老太太快要回来了。"

宗子美在仓促之间，自己也拿不定主意，接过黄金就回去了。隔了一夜，告诉了颠当。颠当很赞成嫦娥的一番话，劝他只能专心于嫦娥。他沉默不语；颠当向他表态，愿做小老婆，他才高兴了。马上打发媒人把黄金送给林老太太做聘金，老太太无话推辞，就把嫦娥嫁给了宗子美。进门以后，他把颠当的意思全部告诉了嫦娥。嫦娥微笑着，表面上怂恿他，叫他娶颠当为妾。他很高兴，想要赶紧告诉颠当，但是颠当的足迹很久也不踏进他的门坎了。嫦娥知道颠当是为自己的缘故，所以她就暂时回了娘家，故意给颠当一个机会。告别的时候，嘱咐宗子美偷取颠当的佩囊。过了一会儿，颠当果然来了，和她商量从前的婚约，颠当只说不要着忙。及至解开她的衣襟，亲昵调笑的时候，见她肋下有个紫色荷包，就要伸手摘下来。颠当立刻变了脸色，爬起来说："你和别人一心一意，和我三心二意！负心的郎君！从此永别了。"他低三下四地挽留解释，颠当不听，径自走了。一天，他路过颠当门前，进去看看，已经另有一个姓吴的客人，租房子住在里边，颠当母子已经搬走很久了，从此就形消影灭，没有地方可以打听她们的下落。

宗子美自从娶了嫦娥，家境突然富裕起来，楼阁连着楼阁，长廊连着厅台，连绵占了几条街。嫦娥性格诙谐，善于开玩笑。她碰巧看见一幅美人图。宗子美说："我自己认为，你这样的容貌是举世无双的，但是没有见过赵飞燕和杨贵妃是个什么样子。"嫦娥笑着说："要想见到她们，这也没有什么难的。"就拿着画卷，仔细看了一遍，便进了卧室，对着镜子化妆，仿效赵飞燕的舞风，又学杨贵妃的醉态。长短肥瘦，随时变更；风情神态，对着画卷一看。很逼真。她正在粉演的时候，有一个丫鬟，从外面进了屋子，再也不能认识她了，就很惊讶地询问同伴儿；同伴告诉她以后，再向美人仔细一看，恍然大悟。这才笑了。宗子美高兴地说："我得到一个美人。千古的美人，都在我闺门中的床上了！"

一天晚上，正在沉睡的时候，有好几个人撬开房门进了屋子，火光照射在墙上。嫦娥急忙爬起来，惊讶地说："强盗进来了！"宗子美刚一醒过来，就要呼喊。有个人把刀子按在他的脖子上，他吓得不敢喘气。另外一个人，把嫦娥抢过来，背到背上，一哄而散。他这才呼喊，家人全都跑来了，屋里的奇珍异宝，一点也没有丢失。宗子美很悲痛，又惊又怕，没有办法可想。他告到官府，官府派人追捕，毫无消息。时光过了三四年，他心情郁闷，百无聊赖，所以就假装赶考，进了京城。在京城住了半年，打卦算命，明察暗访，无计可施。偶然路过姚巷，碰上一个女子，蓬头垢面，穿得破破烂烂，畏畏缩缩的，好像一个乞丐。他停下脚步一看，原来是颠当。很惊讶地说："你怎么这样憔悴？"颠当回答说："离别以后，搬到南方，老母去世了，被坏人抢来卖给满人，受尽了打骂凌辱，挨尽了冻饿，实在不忍告诉你。"他流下了眼泪，问道："可以赎身吗？"颠当说："难哪。要耗费很多金钱，你是无能为力的。"他说："实话告诉你，这几年堪称家道小康，可惜客居在外，盘缠有限，就是卖光行李，售出坐马，也在所不辞。如果赎身的价钱要得过多，我立刻回家为你操办。"颠当约他明天出西城，相会于丛柳之下，并且嘱咐他，叫他自己去，不让别人跟去。"他说："可以。"

第二天，他很早就前往相会的地点，看见颠当已经先到了，穿着鲜艳的裤褂，绝不是昨天的形状。很惊讶地问她："她笑着说："昨天是试试你的心，幸而你还没有忘了旧情。请到我家里去吧，我一定要报答你。"往北走了几步，就到了她家，便拿出酒菜，互相饮酒谈天。宗子美约她一起回家。她说："我被很多俗事拖累着，不能跟你回去。嫦娥的消息，我已经听到很多次了。"宗子美赶紧询问嫦娥在什么地方，她说："嫦娥行踪缥缈。我也不能深知。西山有一位老尼姑，瞎了一只眼，你去问她，就会知道的。"于是就在她家住了一宿。天亮以后，给他指出一条通往西山的道路。宗子美到了西山，有一座古寺，周围的垣墙全部坍倒了；竹林子里有半间茅草房，有一个老尼姑，穿着千缝百纳的僧袍，坐在屋里。她看见客人来了，不理睬，不能以礼相迎。宗子美向她行个揖手礼，老尼姑才抬头问他做什么。他把姓名告诉了老尼姑，就提出了要求。老尼姑说："我是一个八十多岁的瞎老婆子，与世隔绝，什么地方能够知道佳人的消息呢？"宗子美很固执地向她请求。她才说："我实在不知道。我有两三个亲戚，明天晚上都来看望我，女孩子们也许认识嫦娥，也未可知。你明天晚上可以再来看看。"宗子美听完就出了茅屋。

第二天再到那里，老尼姑已经外出，草房的破门锁得紧紧的。他等了很久，漏壶的声音已经催动更鼓，明月高悬，走来走去，无计可想，远远看见两三个少女，从外面走进来，嫦娥也在里面。他高兴极了，突然跳出来，赶紧拉住她的袖子。嫦娥说："真是一个莽撞的郎君！吓死我了！可恨颠当多嘴多舌，竟教情欲又来缠人。"宗子美拽她坐下，手拉手地倾诉衷情，把自己的艰难困苦从头到尾告诉了嫦娥，不觉一阵心酸。嫦娥说："实话告诉你：我真是被贬的月里嫦娥，出没在人间，因为被贬的期限已经满了就假托被强盗劫去，是要断绝你的想望罢了。老尼姑也是王母娘娘守卫府门的人，我刚一遭到谴责的时候，因为受到她的收养和周济，所以时常前来看望她。你如果放了我，我就把颠当领来代替我。"宗子美不听，总是低着脑袋落泪。嫦娥望着远处说："我的姐妹们来了。"宗子美刚向四处看望，嫦娥已经无影无踪了。他放声痛哭，不想继续活在世上，所以就解下带子，悬梁自尽了。

恍恍惚惚的，觉得魂魄已经离开了躯壳，迷迷茫茫，不知到什么地方去。徘徊了一会儿，看见嫦娥来了，一把抓住他，把他提起来，两只脚离开地皮；拎进了佛

中华传世藏书

聊斋志异

图文珍藏版

寺，从树上解下他的尸首，把魂魄往尸首上一推挤，呼喊着说："痴郎，痴郎！嫦娥在此。"他忽然像从梦中醒过来了。镇定一会儿，嫦娥就怨恨地说："颠当这个贱丫头！坑害了我，又杀害了郎君，我不能饶恕她！"下山租了一台轿子，回到家里。宗子美到家就叫家人准备行装，又返身出了西城，去感谢颠当；到那一看，屋舍完全不是原来的样子，惊愕了半天，只好长吁短叹地回来了。心里暗自庆幸，以为嫦娥不知道。进了家门，嫦娥迎出来，笑着问他："你见到颠当了吗？"他陡然一惊，无话可以回答。嫦娥说："你背着嫦娥，怎能见到颠当呢？请你坐下等着，她会自己来的。"

等了不一会儿，颠当果然来了，慌慌张张地跪在床下。嫦娥叠指弹着她的脑袋说："小鬼头，你害人不浅哪？"颠当给她叩头，只求饶她不死。嫦娥说："把人推进火坑里，你想脱身于天外吗？广寒宫的十一姑不久就要下嫁。需要绣制一百幅枕头，一百双绣鞋，应该跟我一起去，我们一同给她做出来。"颠当很恭敬地请求："我只请求分工制作，按时给送去。"嫦娥不答应，对宗子美说："你若给她说说情，我就放她回去。"颠当眼睁睁地看着宗子美，宗子美笑眯眯地不说话。颠当狠狠地瞪他一眼。颠当请求回去告诉家人，嫦娥点头应允，她就走了。宗子美打听她的生平，才知道她是西山的一只狐狸精。就买了轿子等着。

第二天，颠当果然来了，就一同回了老家。但是嫦娥重新回来以后，经常谨小慎微，庄重自爱，不轻易开玩笑。宗子美硬要叫她过亲昵的夫妻生活，她就暗中叫颠当代替她。颠当很聪明，善于谄媚。嫦娥乐于一个人独宿，常常推辞，不和丈夫一起睡觉。一天晚上，已经鼓打三更了，还听见颠当的卧房里，有咻咻不绝的笑声。就打发一个丫鬟偷偷去听声。丫鬟回来了，不把情况告诉她，只请夫人亲自去看看。她扒窗往里一看，只见颠当穿着华丽的服装，学做嫦娥的形状，宗子美把她抱在怀里，呼她的为嫦娥。嫦娥微笑着退下去了。过了不一会儿，颠当心口突然疼起来，急忙披上衣服，拉着宗子美，到了嫦娥的卧室，进门就跪在地下。嫦娥说："我难道是个用咒语制人的巫医吗？你是想要自己捧着心口，东施效颦罢了。"颠当给她磕头，说她知罪了。嫦娥说："你的病好了。"她就站起来，笑出了声音，走了。

颠当私下对宗子美说："我能叫娘子学观音。"宗子美不相信，所以就开玩笑似的打了赌。嫦娥每次盘腿打坐的时候，总是闭着眼睛，好像睡着了。颠当悄悄把柳枝插在玉瓶里。放在嫦娥面前的矮桌上；自己就披着头发，两手合十，侍立在身旁，樱唇半启，玉齿微露，眼睛一眨不眨地站着。宗子美一看就笑了。嫦娥睁开眼睛，问他笑什么，颠当说："我学龙女侍候观音。"嫦娥笑着骂她，惩罚她，叫她学习童子拜观音。颠当束起头发，就四面朝拜，趴在地下翻来覆去地旋转着，卖弄技巧，变幻各种姿态，左盘右曲，侧身折拜，脚上的袜子能够摩擦她的耳朵。嫦娥笑容满面，坐着踢她一脚。颠当仰起脑袋，用嘴叼着嫦娥的一只脚，并用牙齿轻轻地触撞着。嫦娥正在嬉笑之间，忽然觉得有一缕媚情，从脚趾往上升腾，一直达到心房，使她神志放荡，产生了淫欲，几乎不能自主了。于是就急忙收神敛志，呵斥说："狐奴该死！不选择人就进行迷惑吗？"颠当害怕了，松了口，跪在地下。嫦娥更加严厉地责备她，大家不知为什么要责备她。嫦娥对宗子美说："颠当的狐性不改，刚才几乎被她愚弄了。如果不是一个根基很深的人，堕落下去有什么难的！"从此以后，见到颠当的时候，常常是严厉地防御她。颠当又羞又怕，告诉宗子美说："我对于娘子的一肢一体，没有不爱的；爱到了极点，不知不觉就谄媚她。说我对她有二心，不但不敢，也不忍心。"宗子美就把颠当的心意告诉了嫦娥。嫦娥待她仍和当初一样。但是因为无节制地轻狂游戏，嫦娥屡次告诫宗子美，宗子美不听，因而大大小小的仆妇丫鬟，也争做轻狂的戏耍。

一天，两个人扶着一个丫鬟，学作贵妃醉酒。扶着的两个人以目传情，心领神会，诳骗那个丫鬟，叫她骨架松懈，装作醉态的时候，两个人突然一撒手；丫鬟猛然跌到台阶底下，噗的一声，好像倒了一面墙。大家正在吵吵嚷嚷的，有人到她跟前一摸，已经是马嵬坡前的杨贵妃，死了。大家害怕了，急忙跑去禀告主人。嫦娥惊讶地说："惹祸了！我的话怎么样！"前去验查，已经不能救活了。派人去告诉她的父亲：其父某甲，一向没有德行，一路号叫着跑进来，把尸体背进大厅，百般叫骂。宗子美关上房门，心里惴惴不安，不知怎么办才好。嫦娥亲自出来责备某甲说："主人虐待使女，直到死亡，也没有偿命的法律；而且偶然之间，突然死了，怎知她不能复活呢？"某甲吵吵嚷嚷地说："四肢已经冰冷，哪有复活的道理！"嫦娥说："你不要吵吵。纵然不能复活。自有官在。"说完就进了大厅，抚摩丫鬟的尸体，丫鬟已经苏醒了。她伸手一摸，随手就站起来。嫦娥抹回身子，怒冲冲地说："幸好丫鬟没有死，你个贼奴才，怎敢无理取闹！应该用草绳子把他捆起来，送进官府治罪！"某甲无话可说，直挺挺地跪在地上哀求免罪。嫦娥说："你既然知罪了，暂且免于追究，也不处罚。但是无赖小人，反复无常，留下你的女儿，终究是个祸胎，应该马上把她领回去。原先若干两银子的卖身价钱，你应该急速筹办，马上送来。"说完就派人把他押出去，叫他请来两三位村老，写了赎身文书，并在文书的后尾签名画押。完了以后，就把那个丫鬟叫到眼前，让其甲亲自问她："你没事吗？"丫鬟回答："我没事。"于是就交给某甲，叫他领回去了。

办完这件事情，就把许多丫鬟都叫来，数落她们，责备她们，挨个儿都打了一遍。又招呼颠当，严厉禁止她的玩耍。对宗子美说："现在才知道，做为主人的一颦一笑，也不能轻狂。玩笑从我开始的，流弊就不能制止了。凡是悲哀的，都是属阴的；欢乐的，都是属阳的；乐极生悲，这是循环不已的定数。那个丫鬟的灾祸，是鬼神逐渐前采报信的。再若执迷不悟，倾家荡产的灾难就要临头了。"宗子美恭恭敬敬地听着。颠当流着眼泪，请求从苦海中把她拉出来。嫦娥就掐着她的耳朵；掐过一刻才松了手，顷刻之间，颠当怅然若失。忽然好像从梦中醒过来，跪在地上自己承认错误，高兴得快要舞起来了。从此以后，闺房里清清静静，无人敢于喧哗了。

那个丫鬟回到家里，没病突然死了。某甲因为赎金没法偿还，就哀求村老替他说情，哀求可怜他，饶恕他，嫦娥答应了。又因为有服役的情义，施舍一口棺材，把他打发走了。

宗子美时常忧虑没有儿子。嫦娥的肚子里，忽然听见了男孩子的哭叫声，就用刀子破开左肋取出来，果然是个男孩子；过了不久，又有了身孕，又破开右肋，取出一个女孩子。男孩子很像他的父亲，女孩子很像她的母亲，长大以后，都和世家大族结了亲。

异史氏说："乐极生悲，至理名言哪！但是家里有一位仙人，幸好能够极我之乐，消除我的灾害，使我长生不老，使我不能死亡。这样一个安乐乡，可以老死在里边。可是仙人有什么顾虑呢？天道循环的气数，固然是理之当然；但世上潦倒一生，而达不到乐境的人，又怎么解释呢？从前的宋朝，有人求仙而不得的，常说，'作一日仙人，死也不遗憾。'我再也不能讥笑他们了。"

鞠 乐 如

【原文】

鞠乐如，青州人。妻死①，弃家而去。后数年，道服荷蒲团至②。经宿欲去，戚族强留其衣杖③。鞠托闲步至村外，室中服具，皆冉冉飞出，随之而去。

【注释】

①妻死：此据二十四卷抄本，原无"死"字。

②道服荷蒲团至：穿着道士的服装，背着蒲团回到家乡。荷，背负。蒲团，宗教用物，跪拜、打坐时用以为垫。

③戚族：泛指亲戚。

【译文】

鞠乐如，青州人。老婆死了以后，撇了家业走了。过了几年以后，穿着道袍，带着蒲团回到家里。住了一宿就要回去，亲戚和本家当户，硬把他的衣服、手杖留下了。他借口出去散步，走到村外，屋里的道袍和手杖，都慢慢地飞出来，跟他走了。

褚　　生

【原文】

顺天陈孝廉，十六七岁时，尝从塾师读于僧寺，徒侣綦繁①。内有褚生，自言山东人，攻苦讲求②，略不暇息；且寄宿斋中，未尝一见其归。陈与最善，因诘之。答曰："仆家贫，办束金不易③，即不能惜寸阴④，而加以夜半，则我之二日，可当人三日。"陈感其言，欲携榻来与共寝。褚止之曰："且勿，且勿！我视先生，学非吾师也。阜城门有吕先生⑤，年虽耄，可师，请与俱迁之。"盖都中设帐者多以月计⑥，月终束金完，任其留止。于是两生同诣吕。吕，越之宿儒⑦，落魄不能归⑧，因授童蒙⑨，实非其志也。得两生甚喜；而褚又甚慧，过目辄了，故尤器重之。两人情好款密，昼同几，夜同榻。

月既终，褚忽假归，十馀日不复至。共疑之。一日，陈以故至天宁寺⑩，遇褚廊下，劈荆淬硫⑪，作火具焉。见陈，忸怩不安⑫。陈问："何遽废读？"褚握手请间，戚然曰："贫无以遗先生⑬，必半月贩⑭，始能一月读。"陈感慨良久，曰："但往读，自合极力⑮。"命从人收其业，同归塾。戒陈勿泄，但托故以告先生。陈父固肆贾⑯，居物致富，陈辄窃父金，代褚遗师。父以亡金责陈，陈实告之。父以为痴，遂使废学。褚大惭，别师欲去。吕知其故，让之曰："子既贫，胡不早告？"乃悉以金返陈父，止褚读如故，与共饔飧⑰，若子焉。陈虽不入馆，每邀褚过酒家饮。褚固以避嫌不往；而陈要之弥坚，往往泣下，褚不忍绝，遂与往来无间。

逾二年，陈父死，复求受业⑱。吕感其诚，纳之；而废学既久，较褚悬绝矣。居半年，吕长子自越来，丐食寻父。门人辈敛金助装，褚惟洒涕依恋而已。吕临别，嘱陈师事褚。陈从之，馆褚于家。未几，入邑庠，以"遗才"应试⑲。陈虑不能终幅⑳，褚请代之。至期，褚偕一人来，云是表兄刘天若，嘱陈暂从去。陈方出，褚忽自后曳之，身欲踣，刘急挽之而去。览眺一过，相携宿于其家。家无妇女，即馆客于内舍。居数日，忽已中秋。刘曰："今日李皇亲园中㉑，游人甚夥，当往一豁积闷㉒，相便送君归。"使人荷茶鼎、酒具而往㉓。但见水肆梅亭㉔，喧啾不得入㉕。过水关，则老柳之下，横一画桡㉖，相将登舟。酒数行，苦寂。刘顾僮曰："梅花馆近有新姬，不知在家否？"僮去少时，与姬俱至。盖构栏李遏云也。李，都中名妓，工诗善歌，陈曾与友人饮其家，故识之。相见，略道温凉。姬戚戚有忧容。刘命之歌，为歌《蒿里》㉗。陈不悦，曰："主客即不当卿意，何至对生人歌死曲？"姬起谢，强颜欢笑，乃歌艳曲㉘。陈喜，捉腕曰㉙："卿向日《浣溪沙》读之数过㉚，今并忘之。"姬吟曰："泪眼盈盈对镜台，开帘忽见小姑来㉛，低头转侧看弓鞋㉜。强解绿蛾开笑面㉝，频将红袖拭香腮，小心犹恐被人猜。"陈反复数四㉞。已而泊舟，过长廊，见壁上题咏甚多，即命笔记词其上。日已薄暮，刘曰："闱中人将出矣。"遂送陈归。入门，即别去。陈见室暗无人，俄延间，褚已入门；细审之，却非褚生㉟。方疑，客遽近身而仆㊱。家人曰："公子惫矣！"共扶拽之。转觉仆者非他㊲，即己也。既起，见褚生在旁，惚惚若梦。屏人而研究之。褚曰："告之勿惊：我实鬼也。久当投生，所以因循于此者，高谊所不能忘，故附君体，以代捉刀㊳；三场毕㊴，此愿了矣。"陈复求赴春闱㊵。曰："君先世福薄，悭吝之骨，浩赠所不堪也㊶。"问："将何适？"曰："吕先生与仆有父子之分，系念常不能置。表兄为冥司典簿㊷，求白地府主者，或当有说。"遂别而去。

陈异之。天明，访李姬，将问以泛舟之事，则姬死数日矣。又至皇亲园，见题句犹存，而淡墨依稀，若将磨灭。始悟题者为魂㊸，作者为鬼㊹。至夕，褚喜而至，曰："所谋幸成，敬与君别。"遂伸两掌，命陈书褚字于上以志之。陈将置酒为饯，摇首曰："勿须。君如不忘旧好，放榜后，勿惮修阻㊺。"陈挥涕送之。见一人伺候于门；褚方依依，其人以手按其项，随手而匾，掬入囊，负之而去。过数日，陈果捷㊻。于是治装如越。吕妻断育几十年，五旬馀，忽生一子，两手握固不可开。陈至，请相见，便谓掌中当有文曰“褚”。吕不深信。儿见陈，十指自开，视之果然。惊问其故，具告之。共相欢异。陈厚贻之，乃返。后吕以岁贡廷试入都㊼，舍于陈㊽；则儿十三岁，入泮矣。

异史氏曰：“吕老教门人㊾，而不知自教其子。呜呼！作善于人，而降祥于己，一间也哉㊿！褚生者，未以身报师，先以魂报友，其志其行，可贯日月(51)，岂以其鬼故奇之与！”

【注释】

①徒侣：门徒学友。

②攻苦：攻读。讲求：研讨。

③束金：犹言“束脩”。脩，脯，干肉。十条干肉称“束脩”。

④惜寸阴：珍惜短暂的光阴。

⑤阜城门：即“阜成门”，北京城门之一。

⑥设帐者：指塾师。

⑦宿儒：老成博学的读书人。

⑧落魄：同“落泊”，穷困失意。

⑨童蒙：初学幼童。蒙，愚蒙。

⑩天宁寺：刘侗《帝京景物略》谓天宁寺在北京城南。

⑪劈苘淬硫：把苘劈成束缕，在缕端淬上硫黄，遇火星即燃，可用作引火。苘，苘麻，草本，茎皮纤维可以做绳。淬，浸染。

⑫忸怩：羞惭；不好意思。

⑬遗：赠予。

⑭贩：做小买卖。

⑮自合：自当。极力：尽力，指尽力相助。

⑯肆贾：开店铺者，即坐商。

⑰共饔飧：共食。饔，早餐。飧，晚餐。

⑱受业：从师学习，承受学业。

⑲以"遗才"应试：通过"遗才试"，取得资格参加乡试。

⑳终幅：犹言"终篇"，指完成全篇的八股文。

㉑李皇亲园：刘侗《帝京景物略》谓在北京城南，园"以水胜，以舟游"，"历二水关，长廊数百间"，东有饭店，西有酒肆。

㉒豁：散，解。

㉓荷：担。茶鼎：烧茶的炊具。

㉔梅亭：李皇亲园中有堂，"其东梅花亭，……砌亭朵朵，其为瓣五，曰梅也。……亭三重，曰梅之重瓣也，……"见《帝京景物略》。

㉕喧啾：喧哗嘈杂，形容人多拥挤。

㉖横一画桡：漂浮着一条画舫。桡，船桨，代指小船。

㉗蒿里：古乐府曲名，送葬时用的挽歌。蒿里，是死者魂魄聚居的地方。

㉘艳曲：香艳歌曲。

㉙捉腕曰：据二十四卷抄本，原作"捉肮已"。

㉚向日：从前。浣溪沙：词牌名，此指用《浣溪沙》词牌所写的词。

㉛小姑：丈夫的妹妹。据二十四卷抄本，原作"小帖"。

㉜弓鞋：旧时缠足妇女所穿的鞋。

㉝绿蛾：妇女的蛾眉。以黛染画，眉呈微绿痕采，故云。

㉞数四：据二十四卷抄本，原作"四数"。

㉟褚：据二十四卷抄本，原作"绪"。

㊱遽近身：据二十四卷抄本，原作"遽身"。

㊲仆者：据二十四卷抄本，原作"扑者"。

㊳捉刀：旧时，代人作文称"捉刀"。

㊵春闱：明清时，会试在春天举行，故称"春闱"。

㊶诰赠所不堪也：意思是无福受封赠。诰赠，皇帝封赠的命令。明清制度，一品至五品官职，授诰命。朝廷推恩大官重臣，赠官爵给其父母，父母在者称"封"，已殁者称"赠"。不堪，据青柯亭刻本，原作"不戡"。

㊷典簿：掌管簿籍。簿，指迷信所说的生死簿。

㊸题者为魂：题句的人是陈生的离魂。

㊹作者为鬼：作词的人是已经死去的李姬。

㊺悼：怕；畏。修阻：路途遥远、艰难。

㊻捷：指乡试中举。

㊼岁贡廷试：此指岁贡生免于坐监（就学国子监），直接参加廷试，考职录用。岁贡，也称挨贡，由学政在各府、州、县学廪膳生员中按年资选送，贡入国子监。清顺治二年（1645），廪生及恩、拔、岁贡均免坐监，直接参加廷试。见《清会典事例》卷385《礼部》《学校》。廷试进行考职，贡生上上卷用为通判，上卷用为知县。康熙二十六年（1687）停止岁贡廷试。

㊽舍于陈：住于陈孝廉家。

㊾门人：据二十四卷抄本，原作"明人"。

㊿一间：非常接近，所差无几。间，间隙。

51可贯日月：意谓其志行之高，可以贯穿日月。贯，穿透。

【译文】

　　河北顺天府陈举人，十六七岁的时候，曾跟着塾师在寺庙里读书，同学很多。其中有个褚生，自称山东人，刻苦攻读，深入探讨，一刻不停；而且就在书房里寄宿，从没有见他回过家。陈生和他关系最好，就问他为什么这样。褚生回答说："我家里很穷，筹措学费不容易，即使不能珍惜每一寸光阴，每天多学半个夜晚，那么我读二天书，就可以抵别人三天了。"陈生听了很感动，想把床搬来和他一起睡。褚生劝阻说："你暂且不要来，不要来！我看这个先生，学问不能做我们的老师。阜成门有位吕先生，虽然年老，可以拜他为师，让我们一起搬到那里去吧。"原来京城里的塾师，大多按月收费，到了月底学费用完，去留听便。于是两人一起到吕先生那里读书。

吕先生是浙江一个老学者，穷困潦倒，回不了家，就收些学生教书，实在不是他的志向。收了这两个学生，心里很高兴，而褚生又很聪明，过目就明白，所以尤其器重他。两个人感情密切，白天同桌读书，夜间同床睡觉。到月底，褚生忽然请假回去，十多天还没回来。大家都很疑惑。一天，陈生有事到天宁寺，在廊檐下遇到褚生，见他正在把麻梗削成小片，一头沾上硫黄，制作火柴。褚生看到陈生，满脸羞愧，十分不安。陈生问道："你为什么突然停学呢?"褚生握着他的手，避开旁人，忧伤地说："我家里穷，没钱给先生，必须做半个月小买卖，才能读一个月书。"陈生感慨好久，才说："你只管回去读书就是了，我自会尽力帮助你的。"就吩咐随从的人收起他营业的摊子，一起回私塾。褚生告请陈生保密，只找个借口告诉了吕先生。陈生的父亲，原是个开店铺的商人，靠囤积居奇发了财。陈生就偷了父亲的钱，替褚生付给老师。父亲因为缺了钱责问他，陈生以实情相告。父亲以为他是个傻瓜，就叫他停学了。褚生十分惭愧，向老师告别，准备回去。吕先生知道了他的情况后，责备说："你既然很穷，为什么不早些告诉我?"就把钱都退还给陈父，叫褚生留下来照常读书，和他一起吃饭，就像对待自己的儿子一样。陈生虽然不能进学馆读书，但常常邀请褚生到酒家喝酒。褚生原来因避嫌不肯去，但陈生却邀请得更加恳切，往往眼泪都流下来，褚生不忍心再拒绝，就跟他往来无间了。

过了两年，陈生的父亲死了，重新要求从师学习。吕先生为他的诚恳所感动，就收下了他；只是停学已久，和褚生相比，就差得多了。过了半年，吕先生的大儿子自浙江来，一路讨饭寻到父亲。学生们凑钱帮助老师准备行装。褚生只是流着眼泪依依不舍而已。吕先生临别时，嘱咐陈生拜褚生为师。陈生听从了他的话，请褚生住在家里讲学。不久，考取了秀才，并以"遗才"的身份参加乡试。陈生担心作文不能完篇，褚生自愿代他去应试。

到了乡试的日子，褚生带了一个人来，说是表兄刘天若，嘱咐陈生暂时跟他去。陈生刚出去，褚生忽然从后面拖住他，身子就要倒下了，刘天若忙挽着他往外走。游览一番，牵着手到刘家住宿。刘家没有妇女，就让客人住在内室。住了几天，不觉到了中秋节。刘天若说："今天李皇亲的花园中，游客很多，应当去解解闷。顺便送你回家。"于是派人挑着茶壶、酒具前往。到了那里，只见水边店铺梅中亭，喧闹嘈杂都是人，无法进去。过了水关，老柳树下横着一座画舫，两人相扶着上了船。喝了几杯酒，感到寂寞无聊。刘天若对家童说："梅花馆新近有个歌姬，不知在家吗？"家童去了不久，和歌姬一起来了，原来这个歌姬就是妓院里的李遏云。李遏云是京城中的名妓，长于诗词，善于歌舞。陈生曾和朋友在她家里喝过酒，所以认识她。见面寒暄了几句，李姬神色忧伤，面带愁容。刘天若叫她唱歌，就唱了一首名为《蒿里》的挽歌。陈生心里不痛快，说："即使主客都不称你的心，又何至于对着活人唱丧歌呢？"李姬站起来谢罪，勉强装出笑容，唱了一段艳曲。陈生这才高兴了，握住她的手腕说："你过去作的《浣溪沙》读过好几遍，现在都忘了。"李姬就吟道：

一双清澈的眼睛，

含着热泪愁对镜台。

忽然门帘被人拉开，

只见小姑走了进来。

顿时低头转向一边，

故意望着脚上的弓鞋。

勉强解开紧锁的黛眉，

装作笑颜显出欢快。

却又频频举起红袖，

偷偷擦拭沾湿的香腮。

尽管小心翼翼地遮掩，

依然怕被别人疑猜。

陈生听后，反复念了三四遍。过了一会，船靠了岸。陈生路过长廊，看到墙上题了不少诗，就提笔将李姬所吟的那首词写在上面。这时已近黄昏，刘天若说："应考的人快要出场了。"就送陈生回家。一进门，便告辞了。

陈生走进屋子，见里面十分昏暗，没有别人，迟延片刻，褚生已进了门；仔细看看，却又不像。正惊疑不定间，客人突然走到身边跌倒了。仆人说："公子累坏了！"一起上前把他扶起来。陈生转瞬间觉得跌倒的不是别人，倒是自己。陈生起身后，看到褚生就在旁边，恍恍惚惚，好像做了个梦。于是把仆人打发出去，追问这是怎么回事。褚生说："我告诉你，可别吃惊。我实际上是个鬼，早就该去投胎了，所以拖延到现在，是因为不能忘了你深厚的情谊，所以附在你的身上，代你前去应试。现在三场已经考完，我的心愿也了结了。"陈生还求他代为参加明年春天的会试。褚生说："你的先父福分薄，吝啬的尸骨，不配承受皇帝的追封。"陈生问："你现在准备到哪里去？"褚生说："吕先生和我有父子的情谊，常常系在心头，不能忘掉。我表兄是阴曹地府的文书，求他向阎王说说情，或许能够答应我的要求。"说完就告别了。

陈生觉得很奇怪。天亮以后，就去找李姬，想问她昨天一起泛舟的事情，可是到了那里，李姬已经死去好几天了。又到李皇亲的花园，看到题的那首词还在，但是墨迹很淡，隐隐约约留在墙上，好像就要磨灭了。这才明白题写的是自己灵魂，而作者则是一个女鬼。到了晚上，褚生高兴地来了。说："很幸运。我的打算已经成功，现在来向你告别。"说完伸出两个手掌，叫陈生在掌心写个"褚"字，作为记号。陈生想置办酒席为他钱行，褚生摇摇头说："不必了。你如果不忘旧情，发榜后不要怕路途的遥远险阻，来看看我。"陈生抹着眼泪送他出去，看到一个人在门外等着；褚生正在依依惜别的时候，那人用手按在他头顶上，随手就按扁了，捧进一个口袋里，背着走了。

过了几天，陈生果然高中举人。于是准备行装，前往浙江。吕先生的妻子已经近十年不生育了，五十多岁的人，忽然生了一个儿子，两只小手握得紧紧的，掰也掰不开。陈举人到了那里后，请求吕先生让他看看孩子，就说孩子的掌心一定有个"褚"字。吕先生不太相信。孩子见了陈举人，十个指头自己松开了，掌心果然有个"褚"字。吕先生惊讶地询问究竟，陈举人就把事情的经过告诉了他。两个人都高兴而惊奇。陈举人向孩子赠送了很多东西，才回去。后来吕先生被推选为岁贡，进京参加廷试，就寄居在陈举人家中。说起他的儿子，今年十三岁，已经考取了秀才。

异史氏说：吕先生教学生读书，不知所教的就是自己儿子。唉！对别人行善，吉祥就会降到自己身上，其间关系十分密切。褚生这个人，在用身子报答老师之前，先用魂魄报答了朋友，他的志气、操行，可以和日月争光，哪里因为他是鬼物才使人感到惊奇呢！

盗　户

【原文】

　　顺治间①、滕、峄之区②，十人而七盗，官不敢捕。后受抚③，邑宰别之为"盗户"。凡值与良民争，则曲意左袒之④，盖恐其复叛也。后讼者辄冒称盗户，而怨家则力攻其伪；每两造具陈⑤，曲直且置不辨，而先以盗之真伪，反复相苦，烦有司稽籍焉⑥。适官署多狐，宰有女为所惑，聘术士来，符捉入瓶，将炽以火。狐在瓶内大呼曰："我盗户也！"闻者无不匿笑。

　　异史氏曰："今有明火劫人者⑦，官不以为盗而以为奸；逾墙行淫者，每不自认奸而自认盗：世局又一变矣。设今日官署有狐，亦必大呼曰'吾盗'无疑也。"

　　章丘漕粮徭役⑧，以及征收火耗⑨，小民尝数倍于绅衿⑩，故有田者争求托焉。虽于国课无伤⑪，而实于官橐有损⑫。邑令锺⑬，牒请厘弊⑭，得可。初使自首；既而奸民以此要士[15]，数十年鬻去之产，皆诬托诡挂，以讼售主。令悉左袒之[16]，故良懦多丧其产[17]。有李生亦为某甲所讼，同赴质审。甲呼之"秀才"；李厉声争辨，

盗户

不居秀才之名。喧不已。令诘左右，共指为真秀才。令问："何故不承？"李曰："秀才且置高阁[18]，待争地后，再作之不晚也。"噫！以盗之名，则争冒之；秀才之名，则争辞之：变异矣哉！有人投匿名状云[19]："告状人原壤[20]，为抗法吞产事：身以年老不能当差[21]，有负郭田五十亩[22]，于隐公元年[23]，暂挂恶衿颜渊名下[24]。今功

令森严㉕，理合自首。讵恶久假不归，霸为己有。身往理说，被伊师率恶党七十二人，毒杖交加，伤残胫股；又将身锁置陋巷，日给箪食瓢饮，囚饿几死。互乡约地证㉖，叩乞革顶严究㉗，俾血产归主㉘，上告。"此可以继柳跖之告夷、齐矣㉙。

【注释】

①顺治：清世祖（福临）年号（1644—1661）。

②滕、峄之区：指今山东藤县、峄县一带。

③受抚：接受招抚，即归顺官府。

④左袒：偏袒。

⑤每两造具陈：常常被告和原告双方都进行申诉。两造，诉讼双方。

⑥稽籍：查证盗户名籍。

⑦明火劫人：谓公开行劫。明火，手执火把。

③漕粮：水道运送公粮。

⑨火耗：谓碎银火熔铸锭而受的损耗。元时于征收产金税外，扣除熔铸损耗，见《元史·刑法志》三。明中计以后，田赋征银，以弥补消耗为名征收火耗。清初征收火耗极重，已为正税之外的勒索。

⑩绅衿：乡绅和学中生员，泛指地方上有地位权势的人。绅，指退居乡间的官员和中科第的人。衿，青衿，为学中生员的服饰，因指生员。

⑪国课：国税。课，赋税。此据青柯亭刻本，原无"课"字。

⑫官橐：橐，盛物的袋子。此犹言宦橐，指居官期间搜刮得来的钱财。

⑬邑令锺：姓锺的县令。

⑭牒请厘弊：发文书请求改革弊政。厘，厘革，调整改革。

⑮要士：要挟士人。

⑯左袒之：谓偏护之。

⑰良懦：善良懦怯之人。

⑱置高阁：谓弃置不用。

⑲匿名状：不署姓名的讼词。此讼词，以游戏文字讽刺恶人告状，诬陷士人。

⑳原壤：春秋鲁国人。相传因其母死不哭而歌，被孔子杖击其胫。

㉑身：自身、本人。

㉒负郭田：近城肥沃的田地。

㉓隐公元年：即公元前722年，为鲁国史书《春秋》记年之始。隐公，鲁隐公，公元前722年——前694年在位。

㉔恶衿：贪暴的秀才。衿，青衿，秀才服饰。颜渊；名回，孔子弟子，以安贫乐道著称。

㉕功令：古时课功的法令，即考核、选拔学者的法令。

㉖互乡：地名。不详其处。

㉗革顶严究：革去功名，严加查办。顶，顶戴，用以区别官员品级的服饰。

㉘俾：使。血产：辛苦经营所置的地产。

㉙柳跖之告夷齐：此指柳跖告夷齐的匿名状。柳跖，柳下跖，即盗跖，春秋战国时人。《庄子·盗跖》篇说他率"从卒九千人，横行天下，侵暴诸侯。"旧时常以喻指大盗。夷、齐，伯夷、叔齐，商末孤竹君之二子。兄弟二人彼此让国，逃往周地，后因未能谏阻周武王伐纣，宁死不食周粟，双双饿死在首阳山上。旧时常以喻指高尚廉洁之士。

【译文】

　　清顺治年间（1644—1661），山东藤县、峄县一带，十个人中有七个是强盗，连官府也不敢追捕。后来受了招安，县官将他们另立户口，称作"盗户"。凡是碰到"盗户"和良民发生纠纷，就违心地袒护"盗户"，唯恐他们重新作乱。后来打官司的人总是冒称"盗户"，而对方则又极力攻击他是假的。双方陈述，是非曲直暂且放在一边不去争辩，而先在"盗户"的真假上面，相互争个不休，最后只好麻

烦官吏去查阅户籍。这时官署里常有狐狸作祟，县官的女儿被迷惑了，于是请来一个术士，画符念咒，将狐狸捉到瓶子里，准备用火烧。狐狸在瓶中大声喊道："我是盗户呀！"听到的人无不暗暗发笑。

异史氏说：如今明火执仗拦路抢劫的人，官府不把他们当"盗"而以为是"奸"；而翻墙进行奸淫的人，又总不承认自己是"奸"而承认是"盗"——这是世道的又一个变化了。假如今天官署里还有狐狸的话，也必定会大声呼喊"我是强盗"，这是毫无疑问的。

山东章丘市摊派水道运粮的劳役，以及征收法定以外的苛捐杂税，平民百姓常比绅士多出好几倍，所以有一些田地的人家，争着托人求情，把田产挂在绅士名下。这虽然对国家赋税没有什么损害，却实在有损于官吏的腰包。有个姓钟的县官，向上司打报告请求革除这个弊病，得到许可。起初叫隐瞒田产的人出来自首；随后有些奸诈的刁民趁机要挟，几十年前卖掉的田产，都诬称虚挂在某人名下，和当年的买主打官司。县官不做调查分析，统统偏袒他们，很多善良懦弱的人因此丧失了田产。有个姓李的书生，被某甲告了一状，一起到衙门对质受审。某甲叫他"秀才"，李生厉声争辩，不肯承认，两人争吵不休。县官询问身边的衙役，都说他是真秀才。就问他："你为什么不承认呢？"李生说："暂且把秀才这两个字抛在一边吧，等争清土地是谁的以后，再做秀才也不晚。"唉！强盗的名称，争着冒充；秀才的名称，却争着推辞——世道变得太怪了！有人投了一封匿名状说："告状人原壤，为抗拒法律，侵吞田产之事：我因为年老体衰，不能当差。家有五十亩靠近城郭的良田，在鲁隐公元年（公元前722年），暂时挂在劣绅颜渊名下。现在法令森严，理应自首。哪知劣绅久借不还，霸为己有。我亲自前去说理，被他老师孔子率领恶党七十二人，棍棒交加一顿毒打，臂伤腿残；又把我关在陋巷里，每天只给一箪饭，一瓢水，几乎饿死。互乡的田契可作证据，叩请革除劣绅颜渊的功名，严加追究，让血产归还主人。上告。"明代有人写了一篇文章，内容为春秋大盗柳下跖上告商末隐士伯夷、叔齐并吞他的血产。这篇状子可作为它的续篇了。

某　乙

　　邑西某乙，故梁上君子也①。其妻深以为惧，屡劝止之；乙遂翻然自改。居二三年，贫窭不能自堪②，思欲一作冯妇而后已之③，乃托贸易，就善卜者，以决趋向。术者曰："东南吉，利小人，不利君子。"兆隐与心合，窃喜。遂南行，抵苏、

某乙

松间④，日游村郭，凡数月⑤。偶入一寺，见墙隅堆石子二三枚，心知其异，亦以一石投之⑥。径趋龛后卧。日既暮，寺中聚语，似有十馀人。忽一人数石，讶其多，因共搜之，龛后得乙。问："投石者汝耶？"乙诺。诘里居、姓名，乙诡对之。乃授以兵，率与俱去。至一巨第，出奊梯⑦，争逾垣入。以乙远至，径不熟，俾伏墙外，司传递、守囊橐焉。少顷，掷一裹下；又少顷，缒一篚下。乙举篚知有物，乃破篚，以手揣取，凡沉重物，悉纳一囊，负之疾走，竟取道归。由此建楼阁、买良田，为子纳粟⑧。邑扁其门曰"善士"⑨。后大案发，群寇悉获；惟乙无名籍，莫可查诘，得免。事寝既久，乙醉后时自述之。

曹有大寇某⑩，得重资归，肆然安寝⑪。有二三小盗，逾垣入，捉之，索金。某不与；灼箠并施⑫，罄所有⑬，乃去。某向人曰："吾不知炮烙之苦如此⑭！"遂深恨盗，投充马捕⑮，捕邑寇殆尽。获曩寇，亦以所施者施之。

【注释】

①梁上君子：代指窃贼。

②贫窭：贫困。此据青柯亭刻本，原作"贫屡"。

③一作冯妇：谓再偷盗一次。冯妇，人名。后因以指代重操旧业者。

④苏、松：苏，苏州府。治所在今江苏苏州市。松，松江府。治所在今上海市松江区。

⑤凡：此据青柯亭刻本，原作"几"。

⑥以：原无此字，据青柯亭刻本补。

⑦奊梯：用绳索结成的梯形攀登用具。奊，软。

⑧纳粟：明清时期，可以通过向官方捐纳财货，而入国子监肄业，称作监生，可不经过府州县学考试直接参加省和京城乡试。

⑨扁其门：在其门上挂匾。扁，同"匾"。

⑩曹：曹州府，治所在今山东菏泽市。

⑪肆然：犹言坦然，毫无顾忌地。

⑫灼箠：烧灼，笞打。

⑬罄：尽。

⑭炮烙：相传为殷纣王所用的一种酷刑。用炭烧热铜柱，令人爬行柱上，然后堕于炭上烧死。此泛指烧红铁器烙人躯体。

⑮马捕：即捕快。旧时州县官署专事捕捉犯人的差役。

【译文】

　　县城西部某乙，原是个窃贼。他的妻子为此十分害怕，多次劝他不要再干了，某乙便幡然改悔。过了两三年，穷得实在受不了，就想重操旧业，再偷一次，然后洗手不干。于是用做生意的名义到出色的算命先生那里，询问去什么地方顺利。算命先生替他占了一卦，说："东南吉，有利于小人，不利于君子。"这个征兆和某乙所想的正相合，心里暗暗高兴。于是去南方，到达苏州、松江一带，天天在城乡游荡，就这样过了几个月。一天，某乙偶然走进一座寺庙，见墙角堆着两三块石子，心里明白这必有缘故，也拿一块石子扔在那里。随后直奔佛龛后面睡下。天黑以后，听到寺庙中有人聚在一起说话，好像有十多个人。忽然有一个人数了石子，很奇怪怎么多了一块，便一起到佛龛后面搜查，发现了某乙，问道："扔石子的是你吗？"某乙承认了。那帮人询问他的住所、姓名。某乙都用假话来回答。于是给他一件武器，带着他一起走了。到了一个大宅子，那帮人拿出软梯，争着越过围墙进去。因为某乙远道而来，路不熟，就让他躲在围墙外面，传送、看守装着财物的口袋。过了一会，抛下一个包裹；又过了一会，用绳子吊下一只箱子。某乙抬了抬箱子知道里面有财物，就打开箱子，用手在里面摸索，只要是沉重的东西，都拿出来装进一个口袋，背着它飞快地逃走，竟自取道回家。从此建造楼阁，购买良田，并替儿子交纳财货捐了个监生。县官在他家大门上挂了块写着"善士"两字的匾额。后来这件抢劫大案破了案，那帮强盗都被捕获，只有某乙因为没有真实的姓名、籍贯，无从追查，得以逃脱罪责。事情平息已久，某乙喝醉后自己常常述说这件事。

山东曹州府有个大盗某人，得到许多财货后回来，毫无顾忌地在家中安睡。有两三个小盗翻墙进来，把某人抓了起来，向他勒索金银。某人不肯给，于是鞭打火烫交加，直到他把所有的财物都拿了出来，那几个小盗才离开。某人对别人说："我不知道炮烙竟然这么痛苦！"从此极其痛恨强盗，投入衙门充当马捕，县里的强盗几乎被他捉光。抓到以前抢他的强盗后，也用鞭打火烫的酷刑还报了他们。

霍 女

【原文】

朱大兴，彰德人①。家富有而吝啬已甚，非儿女婚嫁②，座无宾，厨无肉。然佻达喜渔色③，色所在，冗费不惜。每夜，逾垣过村，从荡妇眠。一夜，遇少妇独行，知为亡者，强胁之，引与俱归。烛之，美绝。自言："霍氏。"细致研诘。女不悦，曰："既加收齿④，何必复盘察？如恐相累，不如早去。"朱不敢问，留与寝处。顾女不能安粗粝⑤，又厌见肉臊⑥，必燕窝、鸡心、鱼肚白作羹汤⑦，始能餍饱。朱无奈，竭力奉之。又善病，日须参汤一碗⑧。朱初不肯。女呻吟垂绝⑨，不得已，投之，病若失。遂以为常。女衣必锦绣，数日，即厌其故。如是月馀，计费不赀，朱渐不供。女啜泣不食，求去。朱惧，又委曲承顺之。每苦闷，辄令十数日一招优伶为戏⑩。戏时，朱设凳帘外，抱儿坐观之；女亦无喜容，数相消骂⑪，朱亦不甚分解⑫。居二年，家渐落。向女婉言，求少减；女许之，用度皆损其半。久之，仍不给，女亦以肉糜相安⑬；又渐而不珍亦御矣⑭。朱窃喜。忽一夜，启后扉亡去。朱怊怅若失，遍访之，乃知在邻村何氏家。

何大姓，世胄也⑮，豪纵好客，灯火达旦。忽有丽人，半夜入闺闼。诘之，则朱家之逃妾也。朱为人，何素藐之；又悦女美，竟纳焉。绸缪数日，益惑之，穷极奢欲，供奉一如朱。朱得耗，坐索之，何殊不为意。朱质于官。官以其姓名来历不明，置不理。朱货产行赇⑯，乃准拘质。女谓何曰："妾在朱家，原非采礼媒定者，胡畏之？"何喜，将与质成⑰。座客顾生谏曰："收纳逋逃⑱，已干国纪⑲；况此女入门，日费无度⑳，即千金之家，何能久也？"何大悟，罢讼，以女归朱。过一二日，女又逃。

霍女

霍女

有黄生者，故贫士，无偶。女扣扉入，自言所来。黄见艳丽忽投，惊惧不知所为。黄素怀刑㉑，固却之。女不去。应对间，娇婉无那㉒。黄心动，留之，而虑其不能安贫。女早起，躬操家苦㉓，劬劳过旧室焉㉔。黄为人蕴藉潇洒，工于内媚，因恨相得之晚；止恐风声漏泄，为欢不久。而朱自讼后，家益贫；又度女不能安，遂置不究。

女从黄数岁，亲爱甚笃。一日，忽欲归宁，要黄御送之㉕。黄曰："向言无家，何前后之舛㉖？"曰："曩漫言之㉗？妾镇江人。昔从荡子㉘，流落江湖，遂至于此。妾家颇裕，君竭资而往，必无相亏。"黄从其言，赁舆同去。至扬州境㉙，泊舟江际。女适凭窗，有巨商子过，惊其艳，反舟缀之㉚，而黄不知也。女忽曰："君家綦贫，今有一疗贫之法，不知能从否？"黄诘之，女曰："妾相从数年，未能为君育男女，亦一不了事。妾虽陋，幸未老耄，有能以千金相赠者，便鬻妾去，此中妻室、田庐皆备焉。此计如何？"黄失色，不知何故。女笑曰："君勿急，天下固多佳人，谁肯以千金买妾者？其戏言于外，以觇其有无。卖不卖，固自在君耳。"黄不肯。女自与榜人妇言之㉛，妇目黄，黄漫应焉。妇去无几，返言："邻舟有商人子，愿出八百。"黄故摇首以难之。未几，复来，便言如命，即请过船交兑。黄微哂。女曰："教渠姑待，我嘱黄郎，即令去。"女谓黄曰："妾日以千金之躯事君，今始知耶？"黄问："以何词遣之㉜？"女曰："请即往署券㉝，去不去固自在我耳。"黄不可。女逼促之，黄不得已诣焉。立刻兑付。黄令封志之㉞，曰："遂以贫故，竟果如此，遽相割舍。倘室人必不肯从㉟，仍以原金璧赵㊱。"方运金至舟，女已从榜人妇从船尾登商舟，遥顾作别，并无凄恋。黄惊魂离舍㊲，嗌不能言㊳。俄商舟解缆，去如箭激。黄大号，欲追傍之。榜人不从，开舟南渡矣。瞬息达镇江，运资上岸。榜人急解舟去。黄守装闷坐，无所适归，望江水之滔滔，如万镝之丛体㊴。方掩泣间，忽闻娇声呼"黄郎"。愕然回顾，则女已在前途。喜极，负装从之，问："卿何遽得来？"女笑曰："再迟数刻，则君有疑心矣。"黄乃疑其非常，固诘其情。女笑曰："妾生平于吝者则破之，于邪者则诳之也。若实与君谋，君必不肯，何处可致千金者？错囊充牣㊵，而合浦珠还㊶，君幸足矣，穷问何为？"乃雇役荷囊，相将俱去。

　　至水门内，一宅南向，径入。俄而翁媪男妇，纷出相迎，皆曰："黄郎来也！"黄入参公姥[42]。有两少年揖坐与语，是女兄弟大郎、三郎也。筵间味无多品，玉桮四枚，方几已满。鸡蟹鹅鱼，皆脔切为箾。少年以巨碗行酒，谈吐豪放。已而导入别院，俾夫妇同处。衾枕滑爽，而床则以熟革代棕藤焉。日有婢媪馈致三餐，女或时竟日不出。黄独居闷苦，屡言归，女固止之。一日，谓黄曰："今为君谋：请买一人，为子嗣计。然买婢媵则价奢；当伪为妾也兄者，使父与论婚，良家子不难致。"黄不可。女弗听。有张贡士之女新寡[43]，议聘金百缗[44]，女强为娶之。新妇小名阿美，颇婉妙。女嫂呼之；黄瑟踧不安[45]，女殊坦坦[46]。他日，谓黄曰："妾将与大姊至南海，一省阿姨[47]，月馀可返，请夫妇安居。"遂去。

　　夫妻独居一院，按时给饮食，亦甚隆备[48]。然自入门后，曾无一人复至其室。每晨，阿美入觐媪，一两言辄退。娣姒在旁[49]，惟相视一笑。既流连久坐，亦不款曲[50]。黄见翁，亦如之。偶值诸郎聚语，黄至，既都寂然。黄疑闷莫可告语。阿美觉之，诘曰："君既与诸郎伯仲[51]，何以月来都如生客？"黄仓猝不能对，吃吃而言曰[52]："我十年于外，今始归耳。"美又细审翁姑阀阅[53]，及妯娌里居。黄大窘，不能复隐，底里尽露。女泣曰："妾家虽贫，无作贱媵者，无怪诸宛若鄙不齿数矣[54]！"黄惶怖莫知筹计，惟长跪一听女命。美收涕挽之，转请所处。黄曰："仆何敢他谋，计惟孑身自去耳[55]。"女曰："既嫁复归，于情何忍？渠虽先从，私也；妾虽后至，公也。不如姑俟其归，问彼既出此谋，将何以置妾也？"居数月，女竟不返。一夜，闻客舍喧饮。黄潜往窥之，见二客戎装上座：一人裹豹皮巾，凛若天神；东首一人，以虎头革作兜牟[56]，虎口衔额，鼻耳悉具焉。惊异而返，以告阿美，竟莫测霍父子何人。夫妻疑惧，谋欲徙寓他所，又恐生其猜度[57]。黄曰："实告卿：即南海人还[58]，折证已定[59]，仆亦不能家此也。今欲携卿去，又恐尊大人别有异言。不如姑别，二年中当复至。卿能待，待之；如欲他适，亦自任也。"阿美欲告父母而从之，黄不可。阿美流涕，要以信誓，乃别而归。黄入辞翁姑。时诸郎皆他出，翁挽留以待其归，黄不听而行。登舟凄然，形神丧失[60]。至瓜州[61]，忽回首见片帆来，驶如飞；渐近，则船头按剑而坐者，霍大郎也。遥谓曰："君欲遄返⁶²，胡再不谋⁶³？遗夫人去，二三年谁能相待也？"言次，舟已逼近。阿美自舟中出，大郎挽登黄舟，跳身径去。先是，阿美既归，方向父母泣诉，忽大郎将舆登门⁶⁴，按剑相胁，逼女凤走⁶⁵。一家慑息⁶⁶，莫敢遮问。女述其状，黄不解何意，而得美良喜，开舟遂发。

至家，出资营业，颇称富有。阿美常悬念父母，欲黄一往探之；又恐以霍女来，嫡庶复有参差⁶⁷。居无何，张翁访至，见屋宇修整，心颇慰，谓女曰："汝出门后，遂诣霍家探问，见门户已扃，第主亦不之知，半年竟无消息。汝母日夜零涕，谓被奸人赚去，不知流离何所。今幸无恙耶？"黄实告以情，因相猜为神。后阿美生子，取名仙赐。至十馀岁，母遣诣镇江，至扬州界，休于旅舍，从者皆出。有女子来，挽儿入他室，下帘，抱诸膝上，笑问何名。儿告之。问："取名何义？"答云："不知。"女曰："归问汝父当自知。"乃为挽髻，自摘髻上花代簪之⁶⁸；出金钏束腕上⁶⁹。又以黄金内袖⁷⁰，曰："将去买书读。"儿问其谁，曰："儿不知更有一母耶？归告汝父：朱大兴死无棺木，当助之，勿忘也。"老仆归舍，失少主；寻至他室，闻与人语，窥之，则故主母。帘外微嗽，将有咨白⁷¹。女推儿榻上，恍惚已杳。问之舍主，并无知者。数日，自镇江归，语黄，又出所赠。黄感叹不已。及询朱，则死裁三日，露尸未葬，厚恤之。

异史氏曰："女其仙耶？三易其主不为贞⁷²。然为吝者破其悭⁷³，为淫者速其荡⁷⁴，女非无心者也。然破之则不必其怜之矣，贪淫鄙吝之骨，沟壑何惜焉？"

【注释】

①彰德：旧府名，府治在今河南省安阳市。

②嫁：据二十四卷抄本补，原缺。

③渔色：追求女色。渔，猎取。

④收齿：此言"收纳"。

⑤安粗粝：甘心粗食。粗粝，糙米。

⑥肉臛：肉羹。

⑦燕窝：金丝燕之巢窝，以海藻及燕口分泌液制成，为珍贵的滋养品。鸡心：疑指鸡心螺，一种海味。鱼肚白：以鱼鳔等物制成的白色明胶，供食用的称"鱼肚"，为名贵海味。

⑧参汤：人参汤。

⑨垂绝：将死。

⑩优伶：旧时称演员为"优伶"。优，俳优。伶，乐人。

⑪数相诮骂：经常对朱加以责骂。数，频繁。

⑫分解：分辩。

⑬肉糜：煮烂的肉糊。

⑭御：用。

⑮世胄：世家子弟。胄，后裔。

⑯货产行赇：变卖田产，贿赂官府。

⑰质成：争讼。在公堂对质。

⑱逋逃：逃亡的人。

⑲干：犯。国纪：国法。

⑳无度：没有节制。

㉑怀刑：守法。

㉒无那：同"婀娜"，柔美。

㉓躬操家苦：亲自操作家中劳苦之事。

㉔劬劳：劳苦，劳累。旧室：旧妻，此指结婚多年的妻子。

㉕御：驾驭车马。

㉖舛：乖违；矛盾。

㉗漫言之：随便说的。

㉘荡子：浪游在外的男子。

㉙扬州：今江苏省扬州市，在长江北岸，与镇江隔江相望。

㉚缀：尾随。

㉛榜人：船夫。

㉜遣：推托。

㉝署券：签署卖身契约。

㉞封志之：将兑金封存加上印记。

㉟室人：犹言"内人"，指妻子。

㊱璧赵：完璧归赵。此谓将财物归还原主。

㊲惊魂离舍：惊骇得魂不附体。舍，指躯体。

㊳嗑：噎；气结喉塞。

㊴万镝：万箭。镝，箭镞。丛体：聚射于身。丛，聚集。

㊵错囊充牣：钱袋充盈；指黄生得千金。错囊，彩绣之囊。牣，满。

㊶合浦珠还：喻霍女去而复回。后以"合浦珠还"比喻失物复得。

㊷公姥：翁媪，指霍女父母。

㊸贡士：古时荐举给朝廷的人员，称贡士。汉代也称孝廉为贡士。清制，会试考中者称贡士。

㊹缗：铜钱千文为一缗。穿铜钱之绳叫缗。

㊺瑟踧：局促、惊异。

㊻坦坦：坦然；平静。

㊼南海：其地当指今珠江三角洲。秦置南海郡，治所在番禺（今广州市），隋分置南海县。

㊽隆备：丰盛齐全。

㊾娣姒：妯娌。

㊿款曲：殷勤应酬。

[51]伯仲：犹言兄弟。旧时兄弟排行常以伯、仲、叔、季为序，故以"伯仲"代指兄弟。

㊾吃吃：语言寒涩，形容有话说不出口。

㊾阀阅：此指世家门第。原指世宦门前旌表功绩的柱子，在门左曰"阀"，在右曰"阅"。

㊾宛若：妯娌。宛若，女子名，后世用为妯娌的代称。

㊾孑身：孤身。

㊾兜牟：也作"兜鍪"，头盔。

㊾生其猜度：引起霍家父子的猜疑。

㊾南海人：指赴南海省亲的霍女。

㊾折证：对证，辩白。

⑥形神丧失：形体和精神都失去凭藉。

⑥瓜州：镇名，在镇江对岸，江北运河入长江处。

⑥遄返：急归。

⑥胡再不谋：为何不加商量。再，加。

⑥将舆：带着轿子。舆，肩舆。

⑥风走：指随夫远去。风，奔逸。

⑥慑息：怕得不敢粗声喘气。

⑥嫡庶复有参差：指妻妾之间再出现争执。参差，不齐，矛盾。

⑥簪：插。

⑥钏：手镯。

⑦内：同"纳"，装入。

⑦咨白：禀白。

⑦贞：贞节，指妇女从一而终，不嫁二夫。

⑦悭：吝啬。

⑦速：促使。荡：放浪。

【译文】

朱大兴，河南彰德府人。家境富有，但非常吝啬，除儿女婚嫁外，家里没有客。厨房没有肉。可是行为轻佻，喜欢猎取女色，在女人身上，花费再多也在所不惜。每夜都翻墙窜村，去和一些淫荡的女人睡觉。一天晚上，朱大兴遇见一个少妇独自赶路，知道她是从家中逃出来的，就胁迫她跟自己一起回家。用烛光一照，漂亮极了。少妇自称姓霍，朱大兴详细追问她的来历。霍女不高兴地说："既然你已收留了我，何必还要这样盘问？如果你怕受到牵连，不如及早让我离开。"朱大兴不敢再问了，就留下她住在一起。只是霍女不惯粗茶淡饭，又讨厌肉食，一定要燕窝、鸡心、鱼肚白做羹汤，才能吃饱。朱大兴无可奈何，只好尽力奉养她。霍女又多病，每天必须喝一碗人参汤。朱大兴起先不肯给，霍女整天呻吟，眼看就要死了，没办法，只好给她喝，病一下子就好了。以后也就习以为常。霍女穿着一定要锦绣，没几天就嫌陈旧。这样过了一个多月，花的钱不计其数。朱大兴渐渐供养不起了。霍女只是啼哭，不肯吃饭，要求离开。朱大兴害怕了，又去迁就奉承她。霍女经常苦于烦闷，隔十几天就叫朱大兴请一帮艺人来演戏；演的时候，朱大兴在帘外摆个凳子，抱了儿子坐着看戏。霍女也没有高兴的样子，几次嘲骂他，朱大兴也不怎么辩解。过了两年，家境逐渐败落，朱大兴婉言请求她减少一些开支；霍女答应了，日常费用都减掉一半。时间一长，还是供养不起，霍女吃点肉粥也行了，又慢慢地连普通的食物也能吃了。朱大兴暗暗高兴。

一天晚上，霍女忽然打开后门逃走了。朱大兴十分伤感，像丢了魂一样，到处寻访，才知道她在邻村何某家里。何家是个大族，世家子弟，豪放好客，常常在家里宴饮作乐，灯火通宵达旦。忽然有个美人半夜走进他的卧室。一问，原来是朱大兴家逃出来的小妾。何某一向瞧不起朱大兴的为人，又爱霍女的美貌，竟把她收留下来。一起亲热了几天后，越发被她迷住了，穷奢极欲，供养她完全和朱大兴当初一样。朱大兴得到消息，就到何家要人，何氏根本就不在乎。朱大兴到官府去告状，官府因为霍女姓名、来历都不清楚，置之不理。朱大兴变卖了家产行贿，官府才准许传何某来审问。霍女对何某说："我在朱家，原本就不是明媒正娶的，你怕他什么？"何某很高兴，准备和朱大兴争个明白。有个客人叫顾生的劝他说："收容逃亡的人，已经犯了国法；何况这个女人进门以后，每天挥霍无度，就是千金家产也怎么能长久呢？"何某大为醒悟，就不去打官司了，把霍女归还朱大兴。

过了一二天，霍女又逃走了。有个姓黄的书生，原是个贫苦的读书人，妻子死了。霍女敲门进来，对他讲了自己的来历。黄生看到这么一个美人忽然投奔他，又惊又怕，不知如何是好。黄生一向守法，坚决不肯收留她。霍女就是不走，谈话间，显得十分娇柔可爱。黄生动心了，就把她留下来，只是担心她不能忍受贫困。霍女每天很早就起床，亲自操持家务劳累，比他的前妻更能吃苦耐劳。黄生为人文雅潇洒，很能赢得妻子欢心，两人相见恨晚，只怕走漏了风声，不能长久欢聚在一起。而朱大兴自从打官司后，家境更加贫穷，又考虑到霍女终究不能安于贫苦，也就不再追究了。

霍女跟着黄生过了几年，相亲相爱，十分情深。一天，忽然想回娘家探望，要黄生备车送她。黄生说："你过去一直说没有家，怎么前后说的不一样啊？"霍女说："从前不过是随便说说。我是江苏镇江人，过去跟一个浪荡子流落江湖，就到了这里。我娘家很富裕，你卖了全部家产送我前去，一定不会亏待你。"黄生听从了她的话，雇了车和她一起去了。

到了扬州境内，船停在江边。霍女正巧靠在窗口，有个大商人的儿子乘船经过，为她容貌艳丽而惊奇，掉过船头尾随在后，黄生一点也不知道，霍女忽然说："你家很穷，现在我有个脱贫的办法，不知你能听从吗？"黄生问她是什么办法，霍女说："我跟从你好几年了，没能替你生男育女，这也是一件放不下的心事。我虽然容貌丑陋，幸而还未年老，如果有谁愿出一千两银子，那就把我卖了，这样，你再娶妻子、购买田地房屋的钱，就都有了。这个办法怎么样？"黄生脸色也变了，不知她说这话是什么缘故。霍女笑着说："你不要着急，天下有的是美人，谁肯用一千两银子买我？你不妨在外面假装说要把妻子卖掉，看看有没有买主。至于到底卖不卖，当然得由你自己决定。"黄生不肯。霍女就自己去和船夫的妻子说了，那妇人看着黄生，黄生随便应了一声。船妇去了不一会，回来说："邻船有个大商人的儿子，愿意出八百两银子。"黄生故意摇摇头为难她。她又去了不一会，回来说商人的儿子答应如数付给，请马上到那条船上去交人拿钱。黄生微微讪笑。霍女说："叫他暂且等一下，我和黄郎说几句话就叫他去。"接着对黄生说："我天天都以价值千金的身子来侍候你，今天才知道了吧！"黄生问她："现在用什么话去打发他们呢？"霍女说："请你马上过去签署契约，去不去本来就由我自己决定。"黄生不同意。霍女逼着他快去，黄生无可奈何，才上了邻船。商人的儿子立刻兑付了银子，黄生叫人将银子封存起来。加上印记，对商人的儿子说："因为家境贫困，竟然真的把妻子卖了，突然互相分手。如果我妻子一定不肯跟随你，仍把银子如数奉还。"刚把银子运到船上，霍女已跟随船夫的妻子，从船尾登上商人的船，远远地望着他告别，一点没有悲哀依恋的神情。黄生惊骇得魂不附体，气结喉塞，一句话也说不出来。不一会，商人的船解开缆绳，如箭一般飞速离开。黄生放声大哭，想追上去靠近那条船。船夫没理他，只管开船南渡。转眼到了镇江，把财货搬上岸，船夫急忙解开缆绳，把船开走。

　　黄生守着行李，闷坐在江边，没有可去的地方，望着滔滔的江水，如万箭穿心一般痛苦。正在掩面流泪的时候，忽然听到娇滴滴呼唤"黄郎"的声音。黄生怔怔地往四周一看，只见霍女已经在前边路上了。高兴之极，背着行李跟了上去。问道："你怎么这么快就能回来了呢？"霍女笑着说："再晚个把小时回来，你就要生疑心了。"黄生由此怀疑她不是平常人，一再追问她的隐情。霍女笑着说："我生平做事，对于吝啬鬼就破他的财，对于有邪念的人就欺骗他。如果这回用实话和你商量，你一定不会答应，这样，到哪里去得到一千两银子呢？现在钱袋已经装满，我人也回来了，你已很幸运，也该满足了，还寻根究底干什么？"于是雇人挑着钱袋，一起走了。

　　到了镇江水门内，有一所朝南的住宅，霍女带着黄生径自走了进去。不一会，男女老少纷纷出来迎接，都说："黄郎来了！"黄生进去拜见了岳父岳母。有两个年轻人，向黄生作揖问候，坐下来交谈，原来是霍女的兄弟大郎和三郎。酒席上菜的品种不多，四个玉盘，就已把方桌摆满，鸡蟹鹅鱼，都切成块。年轻人用大碗向他进酒，谈吐十分豪放。饭后将黄生领进另外一所小院，让他们夫妇居住。被褥枕头光滑柔软，而床榻则用熟皮代替棕藤做成。每天有丫鬟女仆把饭菜送来，霍女有时整天不出正院门。黄生一个人住着，觉得苦闷无聊，多次提出要回家，霍女坚持不让他走。一天，她对黄生说："我现在为你考虑，请你买个女人，生儿育女，传宗接代。可是买妾价钱太贵，你可以假装是我的哥哥，让我父亲出面给你提亲，那么就是良家女子也不难找到。"黄生不同意这么做，霍女根本就不听从。张贡士有个女儿，新近死了丈夫，商量以后，霍女用了一百贯钱的聘礼，硬替黄生将她娶来。新娘子小名阿美，性格温顺，姿色秀丽。霍女叫她嫂子，黄生局促不安，而霍女却十分坦然。过了几天，霍女对黄生说："我要和大姐到南海去看望姨妈，过一个多月就可回来，请你们夫妻安心住在这里。"随后就走了。

黄生和阿美独住小院，女仆按时送来饭菜，也很丰盛周到。只是自从阿美进门以后，再也没有一个人到他屋里来。每天早晨，阿美去给婆婆请安，只说了一两句话就退出来，妯娌们在一旁，也只是见面时笑一笑而已。即使多坐一会，也不热情应酬。黄生拜见岳父，也是这样。一次霍女的几个兄弟正在一起闲谈，黄生偶然走过那里，马上就没声音了。黄生心里纳闷，但又没人可以告诉。阿美发觉后，问道："你既然和他们是兄弟，为什么一个月来都像生客一般？"黄生仓促之间，无言以对，结结巴巴地说："我在外面生活了十年，现在刚刚回来。"阿美又详细地询问公公婆婆的家世，以及妯娌们娘家的住处。黄生回答不出，十分为难，知道不能再隐瞒下去，就把实情都说了出来。阿美哭着说："我家虽然贫穷，但从没有做下贱的小老婆的，难怪妯娌们都看不起我，不把我和她们同样看待！"黄生惊惶不安，不知如何是好，只有直挺挺地跪在地上，听凭阿美处置。阿美收住眼泪把他拉起来，反而问他怎么办。黄生说："我还敢有什么打算，想来只有独自离开这里罢了。"阿美说："我既然已嫁给你，又怎么忍心再回娘家去？她虽然先跟着你，却是私奔；我虽然是后到的，却是明媒正娶。不如暂且等她回来，问她既然想出这个主意，又打算怎么安置我？"但过了几个月，霍女竟不回来。

一天晚上，听到客房里有喝酒喧闹的声音。黄生偷偷前往窥探，只见两个穿着戎装的客人，坐在上座，其中一个人头裹豹皮巾，威风凛凛，如同天神；东头一个用虎头皮作头盔，虎口衔着他的额头，虎鼻虎耳全都具备。黄生惊异地回去，告诉了阿美，始终猜不透霍家父子究竟是些什么人。夫妻俩疑惧不安，想搬出去另外找地方住，又怕引起霍家的猜疑。黄生说："实话告诉你：就是去南海的人回家，当面对证定下来，我也不能在此安家了。现在想带着你走，又怕令尊大人有不同意见。不如暂时分手。两年之内，我一定再回来，你能等待就等待我，如果想另外嫁人，也由你自己决定。"阿美想回家告诉父亲后，跟着他一起去，黄生不答应。阿美痛哭流涕，要他立下誓言，才告别他回娘家。黄生进去向霍女的父母辞行，当时几个兄弟都外出了，老汉挽留他，叫他等人回来后再说。黄生不听，就自己走了。上船以后，心头悲伤，模样像丢了魂一般。到了瓜州，转过身忽然看到一艘帆船飞驰而来，渐渐靠近，握着剑坐在船头的正是霍大郎。大郎远远地对黄生说："你急于回家，为什么不和我们再商量一下？叫夫人回去等上二三年，谁能这样等待呢？"说话之间，船已靠拢。阿美从船舱里出来，大郎扶她登上黄生的船，又跳回自己的船径自开走了。这以前，阿美已经回到娘家，正向父母哭诉，霍大郎忽然带着轿子登门，手按剑把逼阿美上轿，风驰电掣般地走了。全家吓得气都不敢出，没有人敢上前阻拦责问。阿美讲了这些情况，黄生也不明白霍家这样做是什么意思，不过得到阿美，心里很高兴，就开船出发了。

回家以后，黄生拿出钱来经商，称得上相当富有。阿美时常思念父母，要黄生去看看；又怕把霍女带来，谁嫡谁庶又要出现麻烦。过了不久，阿美的父亲寻访到这里，见房屋高大整洁，十分欣慰。就对女儿说："你出门以后，我就到霍家去探问情况，见门已上锁，连房东也不知他们到哪里去了，半年一直没有消息。你母亲日夜流泪，说你被坏人骗了去，不知流落到什么地方。现在幸而还安好吧！"黄生将实情告诉了他，大家都猜想霍家的人是神仙。

后来阿美生了个儿子，取名为仙赐。长到十多岁，母亲让他去镇江。到了扬州地界，住在一家旅店里，随从的人都出去了。这时有个女子来到旅店，拉着仙赐的手走进另一房间，放下门帘，把他抱在膝上，笑着问他的名字。孩子告诉了她。女子又问道："取这个名字是什么意思？"回答说："不知道。"女子说："回去问问你父亲就知道了。"说完替仙赐挽了个发髻，把自己髻上的花摘下来，代他插在头上；拿出金镯子套在他的手腕上。又把黄金放在他的袖子里，说："拿去买书读吧。"孩子问她是谁，女子说："我儿不知道还有一个母亲吗？回去告诉你父亲，朱大兴死了连棺木都没有，应该帮助他下葬，可别忘记了。"老仆人回到旅店，发现小主人不见了，找到别的房间，听到他和人讲话，偷偷一看，原来是从前的主母。就在门帘外轻轻咳嗽了一声，想进去禀告。女子急忙将孩子推到床上，恍惚间就消失了踪影。去问旅店主人，都不知道有这么一个人。过了几天，仙赐从镇江回家，将这件事告诉了父亲，又拿出所赠送的东西给他看。黄生感慨万千。去探问朱大兴的情况，得知他才死了三天，尸体暴露还没安葬，黄生就给了朱家很多钱，把他收敛了。

异史氏说：霍女大概是个神仙吧？换了三个丈夫，称不上贞洁；但她让吝啬鬼破财，使淫荡的人加速堕落，看来并不是无意的。不过像朱大兴这种人。既然已破了他的财，就不必再可怜他，这么一副贪淫鄙吝的尸骨，扔在沟壑之中，有什么好可惜的？

司 文 郎

【原文】

平阳王平子①，赴试北闱②，赁居报国寺③。寺中有馀杭生先在④，王以比屋居⑤，投刺焉⑥。生不之答⑦。朝夕遇之，多无状。王怒其狂悖⑧，交往遂绝。一日，有少年游寺中，白服裙帽，望之傀然⑨。近与接谈，言语谐妙⑩，心爱敬之。展问邦族，云："登州宋姓⑪。"因命苍头设座，相对喋谈⑫。馀杭生适过，共起逊坐⑬。生居然上座，更不拗挹⑭。卒然问宋⑮："亦入闱者耶？"答曰："非也。驽骀之才⑯，无志腾骧久矣⑰。"又问："何省？"宋告之。生曰："竟不进取，足知高明。山左、

司文郎

右并无一字通者⑱。"宋曰："北人固少通者，而不通者未必是小生；南人固多通者，然通者亦未必是足下⑲。"言已，鼓掌。王和之⑳，因而哄堂。生惭忿，轩眉攘

腕而大言曰㉑："敢当前命题，一校文艺乎㉒？"宋他顾而哂曰："有何不敢！"便趋寓所，出经授王㉓。王随手一翻，指曰："'阙党童子将命㉔。'"生起，求笔札。宋曳之曰："口占可也。我破已成㉕：'于宾客往来之地，而见一无所知之人焉。'"王捧腹大笑。生怒曰："全不能文，徒事嫚骂，何以为人！"王力为排难㉖，请另命佳题。又翻曰："'殷有三仁焉㉗。'"宋立应曰："三子者不同道㉘，其趋一也㉙。夫一者何也？曰：仁也。君子亦仁而已矣，何必同？"生遂不作，起曰："其为人也小有才。"遂去。

王以此益重宋。邀入寓室，款言移暑㉚，尽出所作质宋㉛。宋流览绝疾，逾刻已尽百首㉜，曰："君亦沉深于此道者？然命笔时，无求必得之念，而尚有冀倖得之心，即此已落下乘㉝。"遂取阅过者一一诠说。王大悦，师事之；使庖人以蔗糖作水角㉞。宋啖而甘之，曰："生平未解此味，烦异日更一作也㉟。"从此相得甚欢。宋三五日辄一至，王必为之设水角焉。馀杭生时一遇之，虽不甚倾谈，而傲睨之气顿减。一日，以窗艺示宋㊱。宋见诸友圈赞已浓㊲，目一过，推置案头，不作一语。生疑其未阅，复请之。答已览竟。生又疑其不解。宋曰："有何难解？但不佳耳！"生曰："一览丹黄㊳，何知不佳？"宋便诵其文，如夙读者，且诵且訾㊴。生踧踖汗流㊵，不言而去。移时，宋去；生入，坚请王作㊶。王拒之。生强搜得，见文多圈点，笑曰："此大似水角子！"王故朴讷，觍然而已。次日，宋至，王具以告。宋怒曰："我谓'南人不复反矣㊷'，伧楚何敢乃尔㊸！必当有以报之！"王力陈轻薄之戒以劝之，宋深感佩。

既而场后，以文示宋，宋颇相许㊹。偶与涉历殿阁，见一瞽僧坐廊下，设药卖医。宋讶曰："此奇人也！最能知文，不可不一请教。"因命归寓取文。遇馀杭生，遂与俱来。王呼师而参之。僧疑其问医者，便诘症候㊺。王具白请教之意。僧笑曰："是谁多口？无目何以论文？"王请以耳代目。僧曰："三作两千馀言，谁耐久听！不如焚之，我视以鼻可也。"王从之。每焚一作，僧嗅而颔之曰："君初法大家㊻，虽未逼真，亦近似矣。我适受之以脾。"问："可中否？"曰："亦中得。"馀杭生未深信，先以古大家文烧试之。僧再嗅曰："妙哉！此文我心受之矣，非归、胡何解办此㊼！”生大骇，始焚已作。僧曰：“适领一艺，未窥全豹㊽，何忽另易一人来也？”生托言：“朋友之作，止此一首；此乃小生作也。”僧嗅其馀灰，咳逆数声，曰：“勿再投矣！格格而不能下㊾，强受之以膈㊿；再焚，则作恶矣。”生惭而退。数日榜放，生竟领荐(51)；王下第(52)。宋与王走告僧。僧叹曰：“仆虽盲于目，而不盲于鼻；帘中人并鼻盲矣(53)。”俄馀杭生至，意气发舒，曰：“盲和尚，汝亦啖人水角耶？今竟何如？”僧曰：“我所论者文耳，不谋与君论命(54)。君试寻诸试官之文，各取一首焚之，我便知孰为尔师。”生与王并搜之，止得八九人。生曰：“如有舛错，以何为罚？”僧愤曰：“剜我盲瞳去！”生焚之，每一首，都言非是；至第六篇，忽向壁大呕，下气如雷。众皆粲然。僧拭目向生曰：“此真汝师也！初不知而骤嗅之，刺于鼻，棘于腹，膀胱所不能容，直自下部出矣！”生大怒，去，曰：“明日自见，勿悔，勿悔！”越二三日，竟不至；视之，已移去矣。乃知即某门生也。

宋慰王曰：“凡吾辈读书人，不当尤人(55)，但当克己(56)：不尤人则德益弘(57)，能克己则学益进。当前踧落(58)，固是数之不偶(59)；平心而论，文亦未便登峰，其由此砥砺，天下自有不盲之人。”王肃然起敬。又闻次年再行乡试，遂不归，止而受教。宋曰：“都中薪桂米珠(60)，勿忧资斧。舍后有窖镪(61)，可以发用。”即示之处。王谢曰：“昔窦、范贫而能廉(62)，今某幸能自给，敢自污乎？”王一日醉眠，仆及庖人窃发之。王忽觉，闻舍后有声；窃出，则金堆地上。情见事露，并相慑伏。方诃责间，见有金爵，类多镌款(63)，审视，皆大父字讳(64)。盖王祖曾为南部郎(65)，入都寓此，暴病而卒，金其所遗也。王乃喜，秤得金八百馀两。明日告宋，且示之爵，欲与瓜分，固辞乃已。以百金往赠瞽僧，僧已去。积数月，敦习益苦(66)。及试，宋曰：“此战不捷，始真是命矣！”

俄以犯规被黜。王尚无言；宋大哭，不能止。王反慰解之。宋曰：“仆为造物所忌，困顿至于终身，今又累及良友。其命也夫！其命也夫！”王曰：“万事固有数在。如先生乃无志进取，非命也。”宋拭泪曰：“久欲有言，恐相惊怪。某非生人，乃飘泊之游魂也。少负才名，不得志于场屋。佯狂至都(67)，冀得知我者，传诸著作。甲申之年(68)，竟罹于难，岁岁飘蓬(69)。幸相知爱，故极力为‘他山’之攻(70)，生平未酬之愿，实欲借良朋一快之耳。今文字之厄若此，谁复能漠然哉⑦！"王亦感泣，问："何淹滞？"曰："去年上帝有命，委宣圣及阎罗王核查劫鬼⑦，上者备诸曹任用，馀者即俾转轮⑦。贱名已录，所未投到者，欲一见飞黄之快耳⑦。今请别矣！"王问："所考何职？"曰："梓潼府中缺一司文郎⑦，暂令聋僮署篆⑦，文运所以颠倒。万一侥得此秩，当使圣教昌明。"明日，忻忻而至，曰："愿遂矣！宣圣命作'性道论'⑦，视之色喜，谓可司文。阎罗稽簿⑦，欲以'口孽'见弃⑦。宣圣争之，乃得就。某伏谢已，又呼近案下⑧，嘱云：'今以怜才，拔充清要；宜洗心供职，勿蹈前愆。'此可知冥中重德行更甚于文学也。君必修行未至，但积善勿懈可耳。"王曰："果尔，馀杭其德行何在？"曰："不知。要冥司赏罚，皆无少爽。即前日瞽僧，亦一鬼也，是前朝名家。以生前抛弃字纸过多，罚作瞽。彼自欲医人疾苦，以赎前愆，故托游廛肆耳。"王命置酒。宋曰："无须。终岁之扰，尽此一刻，再为我设水角足矣。"王悲怆不食，坐令自啖。顷刻，已过三盛⑧，捧腹曰："此餐可饱三日，吾以志君德耳。向所食，都在舍后，已成菌矣。藏作药饵，可益儿慧。"王问后会，曰："既有官责，当引嫌也。"又问："梓潼祠中，一相酹祝，可能达否？"曰："此都无益。九天甚远，但洁身力行，自有地司牒报，则某必与知之。"言已，作别而没。

王视舍后，果生紫菌⑧，采而藏之。旁有新土坟起，则水角宛然在焉。王归，弥自刻厉⑧。一夜，梦宋舆盖而至，曰："君向以小忿，误杀一婢，削去禄籍；今笃行已折除矣⑧。然命薄不足任仕进也，"是年，捷于乡；明年，春闱又捷。遂不复仕。生二子，其一绝钝，啖以菌，遂大慧。后以故诣金陵，遇馀杭生于旅次，极道契阔⑧，深自降抑⑧，然鬓毛斑矣。

异史氏曰："馀杭生公然自诩，意其为文，未必尽无可观；而骄诈之意态颜色，遂使人顷刻不可复忍。天人之厌弃已久，故鬼神皆玩弄之。脱能增修厥德，则帘内之'刺鼻棘心'者⑧，遇之正易，何所遭之仅也。"

【注释】

①平阳：明代府名，治所在今山西省临汾市。

②北闱：在北京顺天府举行的乡试称"北闱"。

③报国寺：《帝京景物略》卷三谓报国寺在北京广宁门外。

④馀杭：县名，在今浙江省杭州市北部。

⑤比屋居：邻屋而居。比，并列。

⑥投刺：投递名帖，指前去拜访。

⑦生不之答：馀杭生没有回访他。

⑧狂悖：狂妄傲慢。

⑨傀然：高大的样子。

⑩谐妙：诙谐而精妙。

⑪登州：明代府名，治所在今山东省蓬莱市。

⑫噱谈：谈笑。噱，大笑。

⑬逊坐：让座。

⑭拗挹：谦逊。也作"拗抑"。

⑮卒然：突然；冒失而无礼貌的样子。

⑯驽骀：驽和骀都是劣马，比喻才能平庸。

⑰腾骧：马昂首奔腾．喻奋力上进。骧，马首昂举。

⑱山左、右：指山东省和山西省。无一字通者；没有通晓文墨的人。

⑲足下：旧时同辈间相称的敬词。

⑳和：附和。

㉑轩眉攘腕：扬眉捋袖，形容愤怒。轩，高扬。攘腕，捋袖伸腕。攘，捋。

㉒校：通"较"。文艺：指八股文。八股文亦称"时文""制艺"。

㉓经：指四书、五经等儒家经书。

㉔"阙党童子将命"：这是摘自《论语·宪问》的一句话，用作比试的题目。阙党，即阙里，孔子居处。将命，奉命奔走。孔子说这个童子不是求上进而是一个想走捷径的人，宋生借题发挥，以之奚落馀杭生。

㉕破：破题：八股文开头用两句说破题目要义，称"破题"。

㉖排难：调解纠纷。

㉗"殷有三仁焉"：这是摘自《论语·微子》的一句话。意思是说殷纣王昏乱残暴，微子、箕子、比干是三位仁人。

㉘不同道：谓微子、箕子、比干这三个人对待纣王暴政的表现不同。

㉙其趋一也：其目的是一致的。

㉚款言：亲切谈心。移晷：日影移动，指时间很长。晷，日影。

㉛质：质疑问难；请教的意思。

㉜刻：指较短的时间。古代用漏壶计时，一昼夜共一百刻。

㉝下乘：下等、下品。

㉞水角：水饺。

㉟更：再。

㊱窗艺：平时习作的时艺。

㊲圈赞：古时阅读文章，遇有佳句，往往在旁边加圈，表示称赞。

㊳一览丹黄：仅仅看一下圈赞。丹黄，旧时批校书籍，用朱笔书写，遇误字用雌黄涂抹，因以"丹黄"代称对文章的评点。

㊴訾：诋毁，批评。

㊵踟蹰：局促不安。

㊶坚请王作：一定要拜读王生所作的文章。

㊷"南人不复反矣"：三国时，蜀相诸葛亮南征孟获，七擒七纵，最后孟获心悦诚服，向诸葛亮表示："公天威也，南人不复反矣！"宋生风趣地引用此话，比喻原以为"南人"馀杭生已经降服。

㊸伧楚：鄙陋的家伙。魏晋南北朝时，吴人鄙视楚人荒陋，故称楚地人为伧

楚，后遂以“伧楚”作为讥讽粗鄙的一般用语。

㊹许：赞许，称赞。

㊺症候：病状。

㊻法：师法，仿效。大家：名家之最者。

㊼归、胡：指明代归有光和胡友信。归、胡为明嘉靖、隆庆间精于八股文之“大家”！

㊽未窥全豹：未看见全部。后因以全豹喻全部或整体。

㊾格格：格格不入。格，阻遏。

㊿膈：胸腔和腹腔间的隔膜。

(51)领荐：领乡荐，指中举。

(52)下第：落榜。

(53)帘中人：清代举行乡试时，贡院办公分内帘外帘，外帘管事务，内帘管阅卷。帘中人指阅卷官员。

(54)不谋：没有打算。

(55)尤人：怨恨别人。尤，怨恨。

(56)克己：严格要求自己。

(57)弘：光大。

(58)踧落：失意。

(59)数之不偶：命运不佳。不偶，遭遇不顺利，没有成就。

(60)薪桂米珠：柴价贵如桂，米价贵如珠，比喻生活费用昂贵。

(61)窖镪：窖埋在地下的钱财。镪，钱贯，引申为成串的钱，后多指白银。

(62)窦、范贫而能廉：窦，窦仪，渔阳人。宋初为工部尚书，为官清介重厚。贫困时，有金精戏弄他，但他不为所动。范，范仲淹，宋朝吴县人。少孤，从母适长山（今山东章丘）朱氏，读书长白山醴泉寺，贫而食粥，“见窖金不发。及为西帅，乃与僧出金缮寺。廉。廉洁自守。

(63)镌款：凿刻的文字。镌，凿。款，款识，古代金属器皿上铸刻的题款。

⑭大父：祖父。字讳：名字。旧时对尊长不直称其名，渭之避讳，因也以"讳"指所避讳的名字。

⑮南部郎：明初建都南京，明成祖朱棣迁都北京，而在南京仍保留六部官制。南部郎。南京的部郎，指郎中、员外郎一类的部属官员。

⑯敦习：勤勉学习。

⑰佯狂：诈为病狂。狂，纵情任性。

⑱甲申之年：指崇祯十七年（1644）。这一年李自成领导的农民起义军攻陷北京。

⑲飘蓬：随风飘荡的蓬草，喻游荡无定所。

⑳极力为"他山"之攻：意谓尽力勉励朋友上进。他山，也作"它山"。《诗·小雅·鹤鸣》："它山之石，可以攻玉。"意思是说它山的石头可以用作琢磨玉器的砺石。后来以之比喻在学习上互相砥砺，互相研讨。攻，磨治。

㉑漠然：无动于衷。

㉒宣圣：指孔子。封建时代曾给孔子"至圣文宣王"之类的封号，所以称之为"宣圣"。劫鬼：遭遇劫难而死的鬼魂。

㉓转轮：佛教用语。即所谓"轮回转生"，谓众生在生死世界轮回循环。这里指投胎转世。转，据二十四卷抄本补，原阙。

㉔飞黄：传说中的神马。此谓飞黄腾达。以神马飞驰，喻科举得志。

㉕梓潼府：梓潼帝君之府。梓潼帝君为道教所奉的主宰功名禄位之神。传说姓张，名亚子或恶子，晋人。宋、元道士称玉皇大帝命他掌文昌府和人间禄籍，是主宰天下文教之神。司文郎：官名，唐置，司文局之佐郎。此指主管文运之神。

㉖聋僮：《蠡海录》谓梓潼文昌帝君有二从者，一名天聋，一名地哑。这里的"聋僮"，兼有昏聩不明的寓意。署篆：代掌官印。

㉗"性道论"：这是虚拟的题目。性道，指儒家讲的人性与天道。

㉘稽簿：稽查簿籍。簿，指记录功过的册子。道教曾制定"功格"和"过律"，据以记录人们日常行为的善恶，作为权衡降与祸福的标准。

⑦口孽：佛教用语，也称"口业"。此指言语的恶业，即言论过失。

⑧又：据二十四卷抄本，原作"及"。

⑧三盛：犹言三碗或三盘。盛，杯盘之类的盛器。

⑧紫菌：即紫芝，菌类植物。古人以"芝"为瑞草，服食可益寿却病。

⑧弥自刻厉：更加刻苦自励。弥，更，甚。

⑧今笃行已折除矣：意谓如今你诚笃修行已经抵消先前的罪过。

⑧道契阔：久别重逢，互诉离情。契阔，久别的情怀。

⑧降抑：卑恭；谦虚。

⑧帘内之"刺鼻棘心"者：指只会作臭文章的考官。刺鼻棘心，这里是借瞽僧之言，讽刺考官之文，臭不可闻。言外之意，只有不通的考官才能录取不通的考生。

【译文】

　　山西平阳王平子，去京城参加顺天府的乡试，租了报国寺的房子住下。有个浙江余杭县的书生先在寺中了，因为贴邻，王平子就递上名帖，但余杭生都没有回访他。早晚碰见了，也常没有礼貌。王平子被他的狂妄激怒了，就不再跟他来往。

　　一天，有个年轻人到报国寺游玩，穿着白衣，戴着周沿挂纱的帽子，望去很有气魄。王平子走上前和他交谈，年轻人谈吐诙谐，妙趣横生。王平子心里十分喜爱敬重他，就问起他的籍贯、家族，年轻人说："家住山东登州府，姓宋。"于是叫仆人摆好座椅，相对谈笑。恰巧余杭生经过，两人都起身让座。余杭生居然坐了上座，毫不谦让，突然问宋生："你也是参加乡试的吗？"宋生回答说："不。我才能低下，早就没有飞黄腾达的念头了。"又问："家在哪个省？"宋生告诉了他。余杭生说："竟然不进取功名，由此也足以了解你了。山东、山西两地，没有一个通晓文字的人。"宋生说："北方人通晓文字的固然少，但不通晓的未必是我；南方人通晓文字的固然多，但通晓的也未必就是你。"说完，拍起手来；王平子跟着一起拍

手，从而引起了哄堂大笑。余杭生恼羞成怒，扬起眉毛，捋起袖子，大声地说："你敢当面出题，较量一下八股文吗？"宋生看也不看他，微笑着说："有什么不敢的！"余杭生就跑回住处，拿了一本经书交给王平子。王平子随手一翻，指着其中一句说："'阙党童子将命。'"就用它来作比试的题目。（这句话出自《论语·宪问》，全文的意思是：阙里有一个儿童来向孔子传达信息。下文还说：有人问孔子："这小孩是恳求上进的人吗？"孔子说："我看见他大模大样坐在座位上，又看见他同长辈并肩而行。这不是一个求上进的人，只是一个想走捷径的人。"）余杭生站起来，寻找笔墨纸张。宋生拉着他说："随口成文就可以了。我的破题已经想好：'在宾客往来的地方，看见一个无知的人。'"王平子听了，捧着肚子哈哈大笑。余杭生怒气冲冲说："一点不会做文章，只会谩骂，算什么人呢！"王平子极力为他们调解，请求另外出一个好题目。又翻书说："'殷有三仁焉。'（这句话出自《论语·微子》，联系上文，整个意思是：商纣王昏乱残暴，微子离开了他，箕子做了奴隶，比干因谏劝被杀。孔子说："殷商末年有三位仁人。"）宋生听了，应声而说："三个人的做法不同，但目的是一致的。一致在什么地方呢？是仁。君子只要仁就可以了，何必一定要相同呢？"余杭生就不再作文了，起身说："这个人还略微有些才能。"说完走了。

王平子由此更加敬重宋生，把他请进屋子，亲切交谈了很久。他把自己所作的文章全都拿出来向宋生请教，宋生看得很快，一刻工夫就把上百篇看完了，说："你对八股文也很有研究；不过执笔时虽然没有志在必得的念头，而还怀有侥幸获胜的心理，就这一点，已经落到下品了。"就把看过的文章一一详加分析解说。王平子非常高兴，就拜宋生为师。并叫厨子用蔗糖包水饺招待他。宋生吃了觉得很好吃，说："我一辈子没尝过这美味，麻烦你以后再做一次。"从此两人相处得很快活。宋生每隔三五天就要来一次，王平子必定要包水饺给他吃。余杭生有时碰见他们，虽然不怎么畅谈，但那骄傲自大、目空一切的神态大大减少了。

一天，余杭生把平时习作的八股文全拿给宋生看。宋生见几个朋友圈点赞语已经写得密密麻麻，就用眼扫了一遍，朝桌上一推，一句话也不说。余杭生怀疑他没看文章内容，再一次请他看看。宋生回答说已看完了。余杭生又怀疑他没看懂。宋生说："有什么难懂的？只是不好罢了。"余杭生说："你只看了一下评点，怎么知道不好呢？"宋生便背诵他的文章，好像早就熟读了的，一面背诵，一面批评。余杭生局促不安，汗流浃背，默默地离开了。过了一会，宋生走了，余杭生又进来，坚决要看王平子的文章。王平子不给他看。宋生硬把王平子的文章搜出来，见上面有很多圈点，笑着说："这太像水饺了！"王平子一向为人朴实，口齿迟钝，只是羞惭罢了。第二天，宋生来了，王平子把事情都告诉了他。宋生发怒说："我原以为那南方人一定降服了，这卑鄙的家伙怎么敢这样无礼！一定要报复报复他。"王平子极力劝他为人行事不要轻薄。宋生深受感动，对王平子的气度十分钦佩。

乡试结束后，王平子把应试的文章给宋生看，宋生很赞赏。两人偶然走进一座宫观，看到有个瞎眼和尚坐在廊檐下行医卖药。宋生惊讶地说："这是个奇人！最懂得文章好坏，不能不向他请教。"于是叫王平子回住所把文章拿来。王平子路上碰到余杭生，就和他一起来了。王平子口称法师，上前参拜。和尚怀疑他是求医问病的人，就询问病情。王平子陈述了请他指教文章的意思。和尚笑着说："是谁多嘴多舌，我没有眼睛，怎么评论文章呢？"王平子请他用耳朵听。和尚说："三场试卷共有两千多字，谁有耐心长时间听呢？不如把它们烧掉，我用鼻子闻闻就行了。"王平子听从他的话，每烧一篇文章，和尚就闻一下，点点头说："你刚开始摹仿大作家的手笔，虽然还没逼真，也已经近似了。刚才我是用脾来领受的。"王平子问他："能中举吗？"回答说："也可以中。"余杭生不太相信，先把古代大作家的文章烧了试试他。和尚又闻了说："妙啊！这篇文章我用心领受了，不是归有光、胡友信，谁能写出这样好的文章！"余杭生大吃一惊，这才烧了自己的文章。和尚说："刚才领受了一篇文章，还没看到全体，怎么忽然又另外换了一个人来？"余杭生找了个借口说："刚才烧的是朋友的作品，只有那一篇；这篇才是我作的。"和尚闻闻文章的余灰，呛得连声咳嗽，说："不要再烧了！格格不入，实在不能闻。勉强用横膈膜来领受，再烧，就要呕吐了。"余杭生惭愧地退了下去。

过了几天，乡试发榜，余杭生竟然中举，而王平子却落第了。宋生与王平子去告诉和尚，和尚叹息着说："我虽然瞎了眼，但鼻子没有瞎，而考官连鼻子都瞎了。"不一会，余杭生来了，洋洋自得地说："瞎和尚，你也吃了人家的水饺吗？现在究竟怎么样？"和尚说："我谈论的是文章，没打算和你谈论命运。你不妨去把那些考官的文章找来，每人取一篇烧掉，我就知道谁是你的座师了。"余杭生和王平子一起搜寻，只得到八九个人的文章。余杭生问和尚："如果你说错了，怎么处罚？"和尚愤愤地说："那就把我的瞎眼珠挖掉！"余杭生就烧文章，每烧一篇，都说不是；到了第六篇，和尚忽然向着墙壁大呕大吐起来，屁放得像打雷。大家都笑了。和尚擦着眼睛对余杭生说："这真是你的座师了！起先我还不知道，突然一闻，刺鼻戳腹，连膀胱都无法容纳，一直从屁眼里放了出去！"余杭生勃然大怒，走了出去，说："明天自见分晓，不要后悔！不要后悔！"过了两三天，到底没有来；去看他，已经搬走了。这才知道他就是那个考官的门生。

宋生安慰王平子说："凡是我们这样的读书人，不该怨恨别人，只应克制自己。不怨人德行就会日益光大，能克己学问才会日益长进。眼下不得志，固然是命运不佳；但平心而论，文章也没有到登峰造极的境界。从此磨砺自己，精益求精，天下自有不瞎的考官会赏识你。"王平子肃然起敬。又听说明年还要举行乡试，就不回家，留在京城受宋生指教。宋生说："京城里柴如桂、米如珠，你不必担心盘缠不够。屋后有埋藏的白银，可以挖出来使用。"就将埋藏的地点指给他看。王平子辞谢说："宋代窦仪、范仲淹贫困时能廉洁自重，如今我幸而还能自给，哪敢玷污自己呢？"一天，王平子喝醉酒睡着了，仆人和厨子偷偷去发掘银子。王平子忽然醒来，听到屋后有声响，悄悄出去，见银子已堆在地上。事情败露，仆人和厨子都吓得跪在地上请罪。王平子正在大声呵责之际，看到里面有些银杯，大多刻着文字，仔细一看，都是祖父的名字。——原来王平子的祖父曾在南京做过部郎，到北京后住在这里，得急病死了，这些银子是他留下的。王平子这才高兴了，一称，有八百多两。第二天告诉了宋生，并把银杯给他看，要和他平分这些银子，宋生坚决推辞才作罢。又拿了一百两银子去送给瞎和尚，但瞎和尚已经走了。

几个月下来，王平子学习更加勤勉刻苦。到了乡试的时候，宋生说："这次考

聊斋志异

再不中，那才真是命了!"不久，因违犯了应考规则被除名了。王平子还没有什么怨言，宋生却放声大哭，无法抑制。王平子反而去劝慰他。宋生说："我被老天爷忌恨，一生贫困潦倒，现在又连累了好朋友。岂不是命吗! 岂不是命吗!"王平子说："万事固然都是命中注定的。但像先生却是不想求取功名，和命运无关。"宋生擦着眼泪说："很早就想对你说了，只怕你吃惊: 我不是活人，而是漂泊不定的鬼魂。年轻时背着才子的名声，在考场上总不得志，于是装疯作傻来到京城，希望能找到一个知己，传授我的著作。崇祯十七年（1644）李自成攻陷北京，我竟遭难死了。以后年年都像随风飘游的蓬草，没有定所。幸而与你相知，所以极力帮助你切磋学问，实在是想使生平没有实现的愿望，借好朋友来快慰一下。现在文章的命运这样不济，谁还能无动于衷呢?"王平子也感动得流下了眼泪，问道："你为什么长时间滞留在这里?"宋生说："去年上帝有命令，委派宣圣孔子和地府阎王核查遭劫难的鬼魂，优秀的派到各部任用，其余的就让去阳间投胎转生。我的名字已被录用，所以没去报到，是想看到你飞黄腾达高兴一下。现在让我们告别吧。"王平子问："阴府考核你担任什么职务?"宋生说："天帝命梓潼帝君主管天下文教，他府中现在缺少一名主管文学的司文郎，暂时叫聋僮代理，所以文运就颠倒了。万一有幸得到这个职位，我一定让圣教兴盛起来。"

第二天，宋生高高兴兴地来了，说："我的愿望实现了! 宣圣叫我做了一篇'性道论'，看了后面露喜色，说我可以主管文章。阎王查阅生死簿，说我言语有过失，不能任用。宣圣为我力争，才得成功。我拜谢完毕，又把我叫到桌前，叮嘱说:'现在因为爱惜你的才学，提拔你担任这个清贵的职务;应当改正过失，把事办好，不要再重犯过去的错误。'由此可知，阴间对德行比对文学更加重视。你德行修养一定还未到家，只要持续不懈地做好事就行了。"王平子说："果真这样，那么余杭生的德行在哪里?"宋生说："这我不知道。总之阴间的赏罚，都一点不会错。以前碰到的瞎和尚，也是一个鬼。他是前朝的名家，因为生前把写过字的纸扔得太多，被罚做瞎子。他自己想要医治世人的疾苦，来赎前生的罪过，所以假托行医在市上漫游。"王平子吩咐仆人准备酒菜，宋生说："不必了。整年打扰你，现在到头了。再为我准备一餐水饺就够了。"王平子心情悲痛，不想吃东西，就叫他自己吃，不一会，宋生已吃了三碗，捧着肚子说："这一餐可以三天不饿肚子，我用它牢记你的恩德。过去吃的水饺，都在屋后面，已经变成蕈了。你把它当作药藏起来，可以增进小孩的聪明。"王平子问他以后什么时候能相会，宋生说："既有官职在身，就该避嫌疑了。"又问他："我到梓潼祠中，把酒浇在地上祝告，你能听到吗？"回答说："这都没有什么好处。九天之外很远，只要你洁身自好，努力实行，自有土地神报告，我一定会知道的。"说完，告别不见了。王平子到屋后一看，果然长着紫色的蕈，就采下藏了起来。旁边有一堆凸起的新土，水饺仿佛就在那里。

王平子回家后，更加刻苦自励，一天晚上，梦见宋生坐着官轿来了，说："你过去因小事发怒，误杀了一个丫鬟，已被阴府从禄位簿册上除名，如今你诚笃修行，已经抵消了从前的罪过。只是你福分浅，不能在仕途中进取。"这一年，王平子考中了举人；第二年春天，又考中了进士。就不再做官了。生下两个儿子，其中一个极其鲁钝，给他吃了紫蕈后，就变得很聪明。王平子后来有事到南京，在旅店碰见余杭生，畅叙久别的情怀，余杭生非常谦恭，但鬓发已经斑白了。

异史氏说：余杭生公然自夸，想来他写的文章，未必没有一点可观之处；但那种骄狂做作的神态脸色，使人一刻也无法容忍。天道人事对此厌弃已久，因此鬼神也都在玩弄他。如果能修养德性，那么令人"刺鼻戳腹"的考官，要碰上原是很容易的，何至于仅仅只遇到一次呢？

丑　狐

【原文】

　　穆生，长沙人①。家清贫，冬无絮衣。一夕枯坐②，有女子入，衣服炫丽而颜色黑丑③，笑曰："得毋寒乎？"生惊问之，曰："我狐仙也。怜君枯寂，聊与共温冷榻耳。"生惧其狐，而厌其丑，大号。女以元宝置几上④，曰："若相谐好，以此相赠。"生悦而从之。床无裀褥，女代以袍。将晓，起而嘱曰："所赠，可急市软帛作卧具；馀者絮衣作馔，足矣。倘得永好，勿忧贫也。"遂去。生告妻，妻亦喜，即市帛为之缝纫。女夜至，见卧具一新，喜曰："君家娘子劬劳哉！"留金以酬之。从此至无虚夕。每去，必有所遗。

年馀，屋庐修洁，内外皆衣文锦绣，居然素封⑤。女赂贻渐少，生由此心厌之，聘术士至，画符于门。女啮折而弃之，入指生曰："背德负心，至君已极！然此奈何我！若相厌薄⑥，我自去耳。但情义既绝，受于我者，须要偿也！"忿然而去。生惧，告术士。术士作坛，陈设未已，忽颠地下，血流满颊；视之，割去一耳。众大惧，奔散；术士亦掩耳窜去。室中掷石如盆，门窗釜甑，无复全者。生伏床下，搐缩汗骳⑦。俄见女抱一物入，猫首狨尾⑧，置床前，嗾之曰⑨："嘻嘻！可嚼奸人足。"物即龁履，齿利于刃。生大惧，将屈藏之，四肢不能动。物嚼指，爽脆有声。生痛极，哀祝。女曰："所有金珠，尽出勿隐。"生应之。女曰："呵呵！"物乃止。生不能起，但告以处。女自往搜括，珠钿衣服之外，止得二百馀金。女少之，又曰："嘻嘻！"物复嚼。生哀鸣求恕。女限十日，偿金六百。生诺之，女乃抱物去。久之，家人渐聚，从床下曳生出，足血淋漓，丧其二指。视室中，财物尽空，惟当年破被存焉。遂以覆生，令卧。又惧十日复来，乃货婢鬻衣，以足其数。至期，女果至；急付之，无言而去。自此遂绝。

生足创，医药半年始愈，而家清贫如初矣。狐适近村于氏。于业农，家不中资⑩；三年间，援例纳粟⑪，夏屋连蔓⑫，所衣华服，半生家物。生见之，亦不敢问。偶适野，遇女于途，长跪道左。女无言，但以素巾裹五六金，遥掷之，反身径去。后于氏早卒，女犹时至其家，家中金帛辄亡去。于子睹其来，拜参之，遥祝："父即去世，儿辈皆若子，纵不抚恤，何忍坐令贫也？"女去，遂不复至。

异史氏曰："邪物之来，杀之亦壮；而既受其德，即鬼物不可负也。既贵而杀赵孟⑬，则贤豪非之矣。夫人非其心之所好，即万锺何动焉⑭。观其见金色喜，其亦利之所在，丧身辱行而不惜者欤？伤哉贪人，卒取残败！"

【注释】

①长沙：府名，治所在今湖南长沙市。

②枯坐：寂寞地坐着。

③炫丽：犹鲜丽。炫，光彩闪耀。

④元宝：古货币名。因形似马蹄，又称马蹄银。

⑤素封：无官爵封邑而富有资财的人。

⑥厌薄：厌弃，鄙薄。

⑦搐缩汗耸：身体抽缩，汗水直冒。搐缩，谓身体颤抖着缩作一团。搐，此据二十四卷抄本，原作"蓄"。

⑧猫首猧尾：疑指猫狸，也称狸猫、豹猫。《正字通》谓圆头大尾者为猫狸。猧，小狗。

⑨嗾：使狗声，此谓唆使猫狸咬人。

⑩家不中资：家里没有中等人家的资财。

⑪援例纳粟：引用成例捐作监生。

⑫夏屋连蔓：高大的房屋接连不断。夏屋，大屋。

⑬既贵而杀赵孟：赵孟，指春秋晋国大夫赵盾。盾，字孟，襄公时执国政。襄公卒，盾拟赴秦国迎立公子雍。秦以兵送雍；未至，穆姬抱太子逼盾立之，盾即出兵拒秦而立太子，是为灵公。灵公既立，无道，因盾多次进谏而恨之，并派刺客钮麑去暗杀盾。钮麑见赵盾忠于公事，不忍行刺而自杀。

⑭万锺：本指大量的粮食，见《管子·国蓄》，此指优厚的俸禄，或大量的财富。锺，古量度单位。

【译文】

　　穆生，湖南长沙人。家境清寒，冬天连棉衣都没有。一天晚上，百无聊赖地坐着，有个女子进来，衣着华丽，但容貌又黑又丑，笑着问他："莫不是冷吧？"穆生惊讶地问她是谁，回答说："我是狐仙，可怜你寂寞无聊，今晚姑且和你睡在一起暖暖冷床吧。"穆生害怕她是狐精，又厌恶她长相丑陋，大叫起来。女子拿出一个元宝放在桌上，说："你如果和我相好，就把它送给你。"穆生高兴地答应了。床上没有垫褥，女子就用自己的长袍代替。天快亮的时候，女子起身嘱咐道："我给你的银子，可赶快去买些棉花、绸料作被褥；余下的钱，棉衣、食物也够了。如果你能和我永远相好，那就不用为贫穷担忧了。"说完就走了。穆生将这件事告诉了妻子，他妻子也很高兴，便去买了些绸料缝纫起来。晚上女子进来，见床上被褥焕然一新，高兴地说："你家娘子辛苦了！"留下一些钱酬谢她。从此，女子夜夜都来，每次离去，必有财物赠送。

　　过了一年多，穆家房舍整洁美观，里里外外的人都穿上锦绣衣裳，居然成了富翁。女子给的钱渐渐少了。穆生由此心里厌恶她，便请来一个道士，在门上画了一道符。女子来后，将那道符咬碎扔掉，进去指着穆生说："忘恩负义，你已经到了极点了！但画符又能把我怎样！如果你嫌弃我，我自会走的。但既已断情绝义，你拿我的东西，也必须还我！"说完，愤愤地走了。穆生害怕，告诉了道士。道士筑起一个坛，还没摆设好，忽然跌倒在地下，血流满面，一瞧，一个耳朵割掉了。众人非常害怕，都跑散了；道士也捂着耳朵逃窜而去。盆口大的石块往室内直扔，门窗锅罐，没有一样完好的。穆生卧在床下，蜷缩着身子，冷汗直冒。不一会，见女子抱着一个猫头狗尾的小动物进来，将它放在床前，嗾使道："嘻嘻！去咬那奸人的脚。"那怪物便上前咬穆生的鞋，牙齿比刀还锋利。穆生害怕极了，想屈腿藏起来，但四肢不能动弹。那怪物嚼着他的脚指，发出清脆的声响。穆生疼痛难熬，苦苦哀求。女子说："你现有的金银财宝，都要拿出来，不得隐藏。"穆生答应了，女子叫了声："呵呵！"怪物才停下来。穆生不能起身，只告诉她藏在哪里。女子亲自前去搜括，除了珠宝衣服外，只有二百多两银子，女子嫌少，又嗾使道："嘻嘻！"那怪物就又咬了起来。穆生哀叫着求饶。女子限他十天内偿还六百两银子，穆生答应了，她才抱着怪物离开。过了好久，家人渐渐聚拢，将穆生从床下拖了出来，脚上鲜血淋漓，咬掉了两个脚趾。再看房间里，财物都光了，只有当年的破被还在，便拿来盖在穆生身上，叫他躺下。又怕女子十天后再来，只得将丫鬟、衣服卖掉，凑足银数。到了日子，女子果然来了，穆生忙将钱给她，她一声不响地走了。从此便和穆生断绝了来往。

穆生的脚伤，医治了半年才好，而家里又和当初一样贫困了。狐精后来嫁给了近村一家姓于的。于家务农，家产不及中等人家；三年间，按成例缴纳财物，为儿子捐了监生，高大的房子连成片，所穿华丽的衣服，多半是原先穆生家里的东西。穆生见了，也不敢过问。一天，他偶然到野外去，途中遇见女子，就在路边直挺挺地跪下。女子也不说话，只用白手巾包了五六两银子，远远地扔给他，转身就走。后来姓于的早死，女子仍常去他家，每去一次，家里的金银财物就少一点。于家的儿子见她来了，便上前参拜，远远地祝告："即使父亲去世了，儿女还都是你的孩子，就是不能抚养怜惜，又怎么忍心从此叫他们贫穷呢？"女子走了，就再也不曾来过。

异史氏说：妖邪之物来了，杀了它也是壮举；但既然受了它的恩惠，那么，就是对鬼怪也不可负心。赵盾执政，最后决定晋灵公继承君位，后来灵公却派人去刺杀赵盾，贤良之士、豪杰之辈自然要非议他了。一个人，不是心中所爱，即使财富再多，又怎么能动心呢？看穆生一见钱便喜形于色，大概也是有利可图，就连丧失生命、败坏品行也在所不惜的人吧？可悲啊，贪婪的人，终于自取祸败！

吕　无　病

【原文】

　　洛阳孙公子①，名麒，娶蒋太守女②，甚相得。二十夭殂③，悲不自胜。离家，居山中别业④。适阴雨，昼卧，室无人。忽见复室帘下，露妇人足，疑而问之。有女子褰帘入，年约十八九，衣服朴洁，而微黑多麻，类贫家女。意必村中傭屋者，呵曰："所须宜白家人，何得轻入！"女微笑曰："妾非村中人，祖籍山东，吕姓。父文学士⑤。妾小字无病⑥。从父客迁，早离顾复⑦。慕公子世家名士，愿为康成文婢⑧。"孙笑曰："卿意良佳。但仆辈杂居，实所不便，容旋里后，当舆聘之。"女次且曰⑨："自揣陋劣，何敢遂望敌体⑩？聊备案前驱使，当不至倒捧册卷。"孙曰："纳婢亦须吉日。"乃指架上，使取通书第四卷。——盖试之也⑪。女翻检得之。先自涉览，而后进之，笑曰："今日河魁不曾在房⑫。"孙意少动，留匿室中。女闲居无事，为之拂几整书，焚香拭鼎，满室光洁。孙悦之。至夕，遣仆他宿。女俯眉承睫，殷勤臻至⑬。命之寝，始持烛去，中夜睡醒，则床头似有卧人；以手探之，知为女，捉而撼焉。女惊起，立榻下。孙曰："何不别寝，床头岂汝卧处也⑭？"女曰："妾善惧。"孙怜之，俾施枕床内。忽闻气息之来，清如莲蕊，异之；呼与共枕，不觉心荡；渐于同衾，大悦之。念避匿非策，又恐同归招议⑮。孙有母姨，近隔十馀门，谋令遁诸其家，而后再致之。女称善，便言："阿姨，妾熟识之，无容先达，请即去。"孙送之，逾垣而去。

　　孙母姨，寡媪也。凌晨起户，女掩入⑯。媪诘之，答云："若甥遣问阿姨。公子欲归，路赊乏骑⑰，留奴暂寄此耳。"媪信之，遂止焉。孙归，矫谓姨家有婢，欲相赠，遣人舁之而还，坐卧皆以从。久益婳之⑱，纳为妾。世家论婚，皆勿许，殆有终焉之志。女知之，苦劝令娶；乃娶于许，而终嬖爱无病。许甚贤，略不争夕；无病事许益恭：以此嫡庶偕好。许举一子阿坚，无病爱抱如己出。儿甫三岁，辄离乳媪，从无病宿，许唤不去。无何，许病卒。临诀，嘱孙曰："无病最爱儿，即令子之可也；即正位焉亦可也[19]。"既葬，孙将践其言，告诸宗党，金谓不可；女亦固辞，遂止。

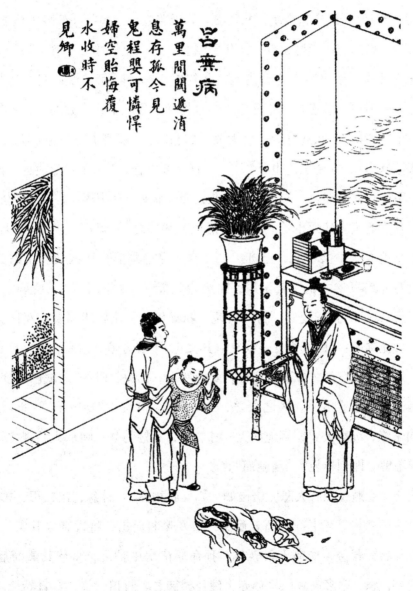

呂無病

萬里間關遞消
息存孤令見
鬼程嬰可憐悍
婦空貽悔覆
水收時不
見卿

吕无病

邑有王天官女[20]，新寡，来求婚。孙雅不欲娶，王再请之。媒道其美，宗族仰其势，共怂恿之。孙惑焉，又娶之。色果艳；而骄已甚，衣服器用，多厌嫌，辄加毁弃。孙以爱敬故，不忍有所拂。入门数月，擅宠专房，而无病至前，笑啼皆罪。时怒迁夫婿，数相闹斗。孙患苦之，以多独宿。妇又怒。孙不能堪，托故之都[21]，逃妇难也。妇以远游咎无病。无病鞠躬屏气[22]，承望颜色，而妇终不快。夜使直宿床下[23]，儿奔与俱。每唤起给使，儿辄啼。妇厌骂之。无病急呼乳媪来抱之，不去；强之，益号。妇怒起，毒挞无算，始从乳媪去。儿以是病悸，不食。妇禁无病不令见之。儿终日啼，妇叱媪，使弃诸地。儿气竭声嘶，呼而求饮；妇戒勿与。日既暮，无病窥妇不在，潜饮儿。儿见之，弃水捉衿，号咷不止。妇闻之，意气汹汹而出[24]。儿闻声辍涕，一跃遂绝。无病大哭。妇怒曰："贱婢丑态！岂以儿死胁我耶！无论孙家褓褓物[25]；即杀工府世了[26]，王天官女亦能任之！"无病乃抽息忍涕，请为葬具。妇不许，立命弃之。妇去，窃抚儿，四体犹温，隐语媪曰："可速将去，少待于野，我当继至。其死也，共弃之；活也，共抚之。"媪曰："诺。"无病入室，携簪珥出，追及之。共视儿，已苏。二人喜，谋趋别业，往依姨。媪虑其纤步为累，无病乃先趋以俟之，疾若飘风，媪力奔始能及。约二更许，儿病危，不复可前。遂斜行入村[27]，至田叟家，侍门待晓，扣扉借室，出簪珥易资，巫医并致，病卒不瘳。女掩泣曰："媪好视儿，我往寻其父也。"媪方惊其谬妄，而女已杳矣。骇诧不已。是日，孙在都，方憩息床上，女悄然入。孙惊起曰："才眠已入梦耶！"女握手哽咽，顿足不能出声。久之久之，方失声而言曰："妾历千辛，与儿逃于杨——"句未终，纵声大哭，倒地而灭。孙骇绝，犹疑为梦；唤从人共视之，衣履宛然，大异不解。即刻趣装[28]，星驰而归[29]。

　　既闻儿死妾遁，抚膺大悲。语侵妇，妇反唇相稽[30]。孙忿，出白刃；婢妪遮救，不得近，遥掷之。刀脊中额，额破血流，披发嗥叫而出，将以奔告其家。孙捉还，杖挞无数，衣皆若缕，伤痛不可转侧。孙命舁诸房中护之，将待其瘥而后出之[31]。妇兄弟闻之，怒，率多骑登门；孙亦集健仆械御之。两相叫骂，竟日始散。王未快意，讼之。孙捍卫入城[32]，自诣质审[33]，诉妇恶状。宰不能屈，送广文惩戒以悦王㉞。广文朱先生，世家子，刚正不阿。廉得情㉟，怒曰："堂上公以我为天下之龌龊教官，勒索伤天害理之钱，以吮人痈痔者耶㊱！此等乞丐相，我所不能！"竟不受命。孙公然归。王无奈之，乃示意朋好，为之调停，欲生谢过其家。孙不肯，十反不能决。妇创渐平，欲出之，又恐王氏不受，因循而安之。妾亡子死，凤夜伤心，思得乳媪，一问其情。因忆无病言"逃于杨"，近村有杨家疃，疑其在是；往问之，并无知者。或言五十里外有杨谷，遣骑诣讯，果得之。儿渐平复；相见各喜，载与俱归。儿望见父，嗷然大啼，孙亦泪下。妇闻儿尚存，盛气奔出，将致诮骂。儿方啼，开目见妇，惊投父怀，若求藏匿。抱而视之，气已绝矣。急呼之，移时始苏。孙恚曰："不知如何酷虐，遂使吾儿至此！"乃立离婚书，送妇归。王果不受，又舁还孙。孙不得已，父子别居一院，不与妇通。乳媪乃备述无病情状，孙始悟其为鬼。感其义，葬其衣履，题碑曰"鬼妻吕无病之墓"。无何，妇产一男，交手于项而死之。孙益忿，复出妇；王又舁还之。孙乃具状，控诸上台㊲，皆以天官故，置不理。后天官卒，孙控不已，乃判令大归㊳。孙由此不复娶，纳婢焉。

　　妇既归，悍名噪甚，三四年无问名者。妇顿悔，而已不可复挽。有孙家旧媪，适至其家。妇优待之，对之流涕；揣其情，似念故夫。媪归告孙，孙笑置之。又年馀，妇母又卒，孤无所依，诸娣姒颇厌嫉之㊴；妇益失所，日辄涕零。一贫士丧偶，兄议厚其奁妆而遣之，妇不肯。每阴托往来者致意孙，泣告以悔，孙不听。一日，妇率一婢，窃驴跨之，竟奔孙。孙方自内出，迎跪阶下，泣不可止。孙欲去之，妇牵衣复跪之。孙固辞曰："如复相聚，常无间言则已耳㊵；一朝有他，汝兄弟如虎狼，再求离逷㊶，岂可复得！"妇曰："妾窃奔而来，万无还理。留则留之，否则死之！且妾自二十一岁从君，二十三岁被出，诚有十分恶，宁无一分情？"乃脱一腕钏，并两足而束之，袖覆其上，曰："此时香火之誓㊷，君宁不忆之耶？"孙乃荧眦欲泪㊸，使人挽扶入室；而犹疑王氏诈谖㊹，欲得其兄弟一言为证据。妇曰："妾私出，何颜复求兄弟？如不相信，妾藏有死具在此，请断指以自明。"遂于腰间出利刃，就床边伸左手一指断之，血溢如涌。孙大骇，急为束裹。妇容色痛变，而更不呻吟，笑曰："妾今日黄粱之梦已醒㊺，特借斗室为出家计，何用相猜？"孙乃使子及妾另居一所㊻，而己朝夕往来于两间。又日求良药医指创㊼，月馀寻愈。妇由此不茹荤酒，闭户诵佛而已。居久，见家政废弛，谓孙曰："妾此来，本欲置他事于不问；今见如此用度，恐子孙有饿莩者矣㊽。无已，再腆颜一经纪之㊾。"乃集婢媪，按日责其绩织。家人以其自投也，慢之，窃相诮讪，妇若不闻。既而课工㊿，惰者鞭挞不贷，众始惧之。又垂帘课主计仆㈤，综理微密。孙乃大喜，使儿及妾皆朝见之。阿坚已九岁，妇加意温恤，朝入塾，常留甘饵以待其归；儿亦渐亲爱之。一日，儿以石投雀，妇适过，中颅而仆，逾刻不语。孙大怒，挞儿。妇苏，力止之，且喜曰："妾昔虐儿，中心每不自释，今幸销一罪案矣。"孙益嬖爱之，妇每拒，使就妾宿。居数年，屡产屡殇，曰："此昔日杀儿之报也。"阿坚既娶，遂以外事委儿，内事委媳。一日曰："妾某日当死。"孙不信。妇自理葬具，至日，更衣入棺而卒。颜色如生，异香满室；既殓，香始渐灭。

异史氏曰："心之所好，原不在妍媸也㊾。毛嫱、西施，焉知非自爱之者美之乎㊾？然不遭悍妒，其贤不彰，几令人与嗜痂者并笑矣㊾。至锦屏之人㊾，其夙根原厚㊾，故豁然一悟，立证菩提㊾；若地狱道中㊾，皆富贵而不经艰难者矣。"

【注释】

①洛阳：指今河南洛阳市。

②太守：明清为知府的别称。

③夭殂：少壮而死。

④别业：即别墅。

⑤文学士：博学之士。文学，孔门四科之一，指文章博学。此泛指读书人。

⑥妾：原无此字，据二十四卷抄本补。

⑦早离顾复：谓父母早亡。顾复，喻父母养育之恩。

⑧康成文婢：指东汉经学大师郑玄家的奴婢。康成，郑玄字。

⑨次且：同："趑趄"。欲前不前，犹豫不决的样子。此谓言辞闪烁，欲言

又止。

⑩敌体：指处于对等地位的妻子。

⑪通书：此指历书。

⑫河魁不曾在房：阿魁，丛星名，月中凶神。星命术士谓阳建之月，前三辰为天罡，后三辰为河魁；阴建之月反之。当此之日，诸事宜避。

⑬臻至：犹言备至。臻，至。

⑭卧处：此据二十四卷抄本，原无"卧"字。

⑮招议：招致物议。

⑯掩入：乘其不备而进入。

⑰赊：远。

⑱嬖之：宠爱她。

⑲正位：正其妻子之位。古代富贵人家娶妻纳妾，妻为正室，妾为侧室（偏房）。按封建礼教，妻、妾名分有定，不能逾越。妻死，以妾作妻，称"扶正"。

⑳天官：明清吏部尚书的别称。

㉑托故之都：假托事由赴京。都，京城。

㉒鞠躬屏气：恭敬而小心。屏气，犹屏息，抑制呼吸，不敢出声，极言恭谨畏惧之状。

㉓直：当值。

㉔意气：犹怒气，发怒时所表现出的情绪。

㉕无论：不要说。襁褓物：婴幼儿。

㉖世子：封建时代称诸王嫡子为世子。

㉗斜行入村：犹言由岔道走进村子。

㉘趣装：疾速治办行装。趣，通"促"，急，从速。

㉙星驰而归：连夜奔驰回家。

㉚反唇相稽：与之言语往还相顶撞。反唇，翻唇，谓顶嘴。稽，计较。

㉛出：休弃。

㉜捍卫：此指让家仆执器械护卫着。

㉝自诣质审：亲自到官府请求审判是非。质，诉讼双方对质。

㉞广文：明清泛指儒学教官。

㉟廉得情：查考得知实情。廉，查访，考察。

㊱吮人痈痔：谓为奉迎上官而做卑鄙下流之事。

㊲上台：犹言上官。

㊳大归：此指已嫁妇女被休弃而归母家。

㊴娣姒：兄妻为姒，弟妻为娣。

㊵间言：犹言闲话，非议之言。

㊶离逷：亦作"离逖"，远离。此谓离婚，两不相关。

㊷香火之誓：指结婚时相约永好的誓言。

㊸荧眦欲泪：言眼中闪着泪花。眦，眼眶。

㊹诈谖：欺诈。

㊺黄粱之梦已醒：谓已觉悟人生道理，不再有违理非分的想法。黄粱之梦，喻指对富贵荣华的追求如同梦幻。

㊻及：此据二十四卷抄本，原作"乃"。

㊼良药：此据二十四卷抄本，原无"药"字。

㊽饿莩：饿死。

㊾腆颜：犹言厚颜。勉强从事的谦词。经纪：管理，经营。

㊿既：此据二十四卷抄本，原作"及"。

(51)垂帘课主计仆：亲自考察主管财务的仆人。垂帘，谓女主人在帘内主持家政。课，考核。主计，主管财务，计算出入。

(52)妍媸：美丑。

(53)"毛嫱"二句：谓即使今古艳称的美人毛嫱、西施，怎知不是来自爱她们的人的称美呢。毛嫱、西施，皆古代美女名。西施，春秋时越国美女。

(54)"然不"三句：谓吕无病如不因王氏悍妒而显扬其贤德，则热爱她的孙生将被认为有喜好丑女的怪癖而受人嘲笑了。嗜痂者，谓有怪癖的人。疮痂，疮痏上结的壳甲。

(55)锦屏之人：泛指深闺女子。

(56)夙根：佛教谓前生所种善根。根，根业，根性、业力。众生因根业不同，所得果报亦不同。

(57)立证菩提：即刻证得佛果。菩提，梵语音译。意译正觉，即明辨善恶、觉悟真理之意。

(58)地狱道：佛教所谓生死轮回，“六道”之一。

【译文】

洛阳孙公子，名麒，娶蒋知府的女儿为妻，夫妇感情很好。蒋氏二十岁就死了，孙麒悲伤得受不了，就离家到山中的别墅居住。一个阴雨天，孙麒白天独自在屋里躺着。忽然看到套间帘下，露出一双女人的脚，心里生疑，就问是谁。有个女郎撩起帘子进来，看上去大约十八九岁，衣服朴素整洁，脸色微黑，还有不少麻点，像是穷苦人家的女儿。孙麒料想她一定是来租房屋的村里人，呵斥道：“有什么事，应该去告诉我家仆人，怎么可以随便进来！”女郎微笑着说：“我不是村里人，祖籍山东，姓吕。父亲是文学士。我小名叫无病。跟着父亲旅居这里，不幸父母很早就去世了。仰慕公子是世家名士，愿在你的书房里做个婢女。”孙麒笑着说：“你的用意很好。不过这里仆人杂居在一起，实在有所不便，等我回家以后，一定用花轿来聘你。”无病吞吞吐吐地说：“我自忖卑陋低下，哪敢与你匹配。姑且供你在书房里差遣，还不至于倒捧书籍。”孙麒说：“就是收个丫鬟，也要拣个好日子。”于是指着书架，叫她拿《通书》第四卷，以此测验一下她的文化程度。无病翻查后找到了，先自己浏览了一下，然后送上前，笑着说：“今天月中凶神河魁不在房中。”孙麒听她说了这句隐语，有些心动了，便把她留下，藏在屋里。无病闲着无事，替他抹桌理书，烧香擦炉，满室光亮清洁，孙麒很喜欢她。到了晚上，叫仆人到别处去睡。无病低眉顺眼，侍候殷勤备至。直到孙麒叫她去睡，才拿了灯烛离开。孙麒半夜醒来，觉得床头好像有个人睡在那里；用手一摸，知道是无病，就按住她摇。无病惊醒，起身立在床下。孙麒说："为什么不到别处去睡，床头哪是你睡的地方？"无病说："我独自容易害怕。"孙麒可怜她，就让她在里床安了枕。忽然闻到一股气息飘来，像莲蕊一般清香，感到奇怪，就叫她和自己共枕，不觉心荡起来。渐渐同被睡在一起了，孙麒非常喜欢她。考虑到躲躲藏藏终究不是办法，又怕一起回去会招来非议。孙麒有个姨妈，在附近只隔十几个门户，打算叫无病先躲到那里去。然后再把她弄回家。无病认为这个办法很好，就说："我很熟悉阿姨，不用先去关照，请让我马上就去。"孙麒送她出去，无病翻过墙头走了。孙麒的姨妈是个寡妇，清晨开门，无病悄悄进去。老太太问她来干什么，回答说："你外甥派我来问候阿姨。公子要回去了，路又远，马又缺，留我暂住在这里。"老太太信了，就留下她。

孙麒回家后，假称姨妈家有个丫鬟要送给他，派人用轿子抬了回来，从此白天坐着、晚上睡着，无病都在身边。时间长了，更加宠爱，就收她为妾。名门大族前来提亲，都不答应，似乎有和无病白头到老的意思。无病知道后，苦苦劝他续娶；孙麒才和许家的姑娘成了亲，但总是宠爱无病。许氏很贤惠，一点也不计较晚上同房的事；无病侍候许氏也更加恭敬，因此妻妾之间关系和好。许氏生了一个儿子，小名阿坚，无病抱着他非常喜爱，就像自己亲生的那样。孩子才三岁，就离开奶妈，跟着无病睡觉；许氏叫他，也不肯去。没多久，许氏得病死了。临终的时候，嘱咐孙麒说："无病最爱孩子，可以给她做儿子，就是把她扶正也可以。"葬礼以后，孙麒准备实现她的遗言。告诉了族里的人，都说不可以；无病也坚决推辞，就此作罢。

同县王宰相有个女儿，新近守寡，派人前来求婚。孙麒很不想再娶，王家一再请求，媒人称道她的美貌，宗族仰慕她家的权势，都怂恿孙麒娶她。孙麒被迷惑了，又娶了进来，王氏的姿色果然艳丽，只是非常骄横，衣服用具，大多不合她心意，常常弄坏了扔掉。孙麒因为爱慕敬重她的缘故，不忍违她的意。进门几个月，王氏独占宠爱，无病到她跟前，笑也不是，哭也不是，都要得罪。还常迁怒丈夫，吵闹殴打也不止一次了。孙麒又担心，又苦闷，为此常常独自过夜。王氏又要发怒。孙麒无法忍受，找个借口去京城，逃避王氏带来的灾难。王氏把丈夫出门远游怪到无病头上。无病弯腰屏气，看着脸色侍候她，王氏总还是不高兴。夜晚叫无病睡在她床下，孩子跑过来和她睡在一起。每当王氏喊无病起来侍候，孩子就哭。王氏厌恶地骂他。无病急忙喊奶妈来抱，孩子不肯离开；硬要抱他走，哭得更厉害了。王氏怒气冲冲起来，狠狠把孩子打了不知多少下，这才跟着奶妈去了。孩子由此得了恐惧症，不肯吃东西。王氏不许无病去看他。孩子整天啼哭，王氏呵斥奶妈，叫她扔在地上。孩子气都接不上了，声音嘶哑，喊着要水喝，王氏又下令不许给。天黑以后，无病趁王氏不在，偷偷去给孩子喝水。孩子见到她，也不喝水了，捉住她的衣襟，不住声地号啕大哭起来。王氏听到后，气势汹汹出来。孩子听到她的声音，马上停止了哭泣，向上一跳，就断气了。无病放声大哭。王氏发怒说："贱丫头一副丑态！难道想用孩子的死来威胁我吗？不要说是孙家的小孩，就是杀了王府的世子，王宰相的女儿也担当得起！"无病忍住眼泪，抽噎着，请求王氏为孩子置办安葬用具。王氏不答应，下令马上把孩子扔掉。王氏走后，无病偷偷抚摸孩子，觉得四肢还有些温暖，就悄悄对奶妈说："你可赶快把孩子带走，在野外等一会，我一定随后就到。如果孩子死了，一起把他扔掉；如果还活着，一起来抚养。"奶妈说："好的。"无病进屋，带了首饰出来，追上奶妈。一起看孩子，已经苏醒过来。两人高兴极了，打算去山中别墅，投靠姨妈。奶妈担心她脚小走路困难，无病就走在前面等她，快得像一阵风，奶妈拼命奔跑，才能赶上她。大约夜间二更时分，孩子病危，不能再向前走了，就从旁边小道进村，到一个老农家，靠着门等到天亮，敲门进去，借了一间屋子，无病拿出首饰换了些钱，把巫师、医生都请来，但孩子的病到底没看好。无病捂着脸边哭边说："奶妈好好看着孩子，我去找他父亲了。"奶妈正奇怪她想法如此荒谬，无病已经杳无影踪了，惊诧不止。

这一天，孙麒在京城，正躺在床上休息，无病悄悄进来。孙麒吃了一惊，起身说："我刚睡下，就已做梦了吗？"无病握着他的手，只是哽咽，跺着脚，说不出话来。过了好久，才失声说："我历尽千辛万苦，和孩子逃到杨——"话还没说完，放声大哭，倒在地上消失了。孙麒害怕极了，还怀疑在做梦。叫侍从的人一起来看，衣服鞋子依然还在。孙麒大惑不解，立刻准备好行装，星夜驰马回家。

听到孩子已死，爱妾逃亡，孙麒捶胸痛哭，极其悲伤。说话间冒犯了王氏，王氏反唇相讥。孙麒怒不可遏，拿出刀来，丫鬟女仆忙阻拦相救，孙麒没法近身，远远把刀扔过去。刀背击中王氏额头，皮破血流，王氏披头散发，嗥叫着出门，要跑回去告诉娘家人。孙麒把她抓回来，用棍棒打了不知多少下，王氏身上的衣服都成了碎片，遍体伤痛，没法翻身。孙麒命仆人将她抬到屋里看护疗养，准备等痊愈后休弃她。王氏的兄弟听到消息，勃然大怒，带着许多人骑马上门问罪。孙麒也聚集了健壮的仆人，拿着兵器抵挡。两边互相叫骂，整整一天，方才散去。王家还不满足，告了他一状。孙麒由人保护着进城，自己到公堂对质，诉说王氏在家作恶的情状。县官压不服他，就把他送交学宫教官惩罚训斥，以此讨好王宰相。教官朱先生是个世家子弟，为人刚正不阿，查明实情后，愤怒地说："县太爷把我看作是世上的肮脏教官，勒索伤天害理的钱财，来吮痈舔痔的人吗？这种乞丐相，我是不会做的！"竟不接受命令。孙麒公然回到家中。王宰相对他没办法，于是又示意朋友，为他出面调解，要孙麒到他家去认错。孙麒不肯，调解的人往返十次不得解决。王氏伤口渐渐好转，孙麒想休了她，又怕王家不接受，只得照旧一天天拖下去。

爱妾逃亡，儿子死去，孙麒朝思暮想，无限伤心，只想找到奶妈，问问详细情况。于是想起无病说过"逃到杨"的话，附近有个叫杨家疃的村子，怀疑她在那里，但前往探问，却没有人知道。有人说在五十里外，有个叫杨谷的地方，孙麒派人骑马去问，果然找到了他们。孩子已渐渐恢复健康，相见后都很高兴，就乘着车子一起回家。孩子望见父亲，嗷的一声大哭起来，孙麒也掉下眼泪。王氏听到孩子还活着，气汹汹奔出来，又要骂他。孩子正在啼哭，睁开眼睛看见王氏，吓得投入父亲怀中，像要躲藏起来。孙麒抱起来一看，气已经断了。急忙呼唤他，过了好一会才苏醒过来。孙麒恨恨地说："不知是怎样残酷虐待的，竟使我儿怕到如此地步！"于是立下离婚书，把王氏送回娘家。王家果然不肯接受，又抬回给孙家。孙麒没办法，只得父子两人另住一个院子，不和王氏来往。奶妈于是详细讲述了无病当时的情况，孙麒这才明白她原来是鬼。为了感激她的情义，安葬了她的衣服鞋子，在墓碑上题写："鬼妻吕无病之墓。"不久，王氏生下个男孩，两手交叉扼住婴儿的颈项，使他窒息死了。孙麒更加愤恨，又把王氏退给娘家；王家又抬回来还他。孙麒就写了诉状到按察司控告，都因为宰相的缘故，置之不理。后来宰相死了，孙麒不停地控告，才判令王氏休回娘家。孙麒从此不再娶妻，只是收了一个丫鬟为妾。

王氏回娘家以后，凶悍的名气很响，住了三四年，没有来提亲的。王氏顿时后悔了，但已无法再挽回。孙麒家有个老女仆，恰巧到王家去。王氏待她十分客气，对着她流下眼泪；女仆猜测她的心情，似乎在思念前夫。回去告诉了孙麒，孙麒一笑置之。又过了一年多，王氏的母亲又死了，孤单单的无所依靠，嫂子弟妇都很厌恶她；王氏更加没有安身之处，每天眼泪汪汪的。有个穷书生死了妻子，王氏的哥哥打算多备些嫁妆把她嫁掉。王氏不肯，常常在暗中托来往的人向孙麒传达心意，哭着告诉自己的悔恨之情，孙麒仍不听从。一天，王氏带着一个丫鬟，偷了一匹驴子骑着，竟直奔孙家而去。孙麒刚从里面出来，王氏迎上去跪在台阶下，哭个不停。孙麒要走开，王氏拉着他的衣服又跪了下来。孙麒坚决推辞说："如果再团聚，一直没有不和那也罢了；一旦又有什么事，你的兄弟虎狼也似，再要把你离了，又怎能办到！"王氏说："我偷奔到这里来，万万没有回去的道理。你能收留，我就留下；否则只有一死！况且我从二十一岁和你成亲，二十三岁被你休弃，我诚然有十分罪恶，难道就没有一分情意吗？"于是脱下一只手镯，把两只脚合并束在一起，用衣袖盖在上面，说："那时在香火前面发的誓，你难道不记得了？"孙麒眼中闪着泪光，泪水就要流了下来，叫人扶着王氏进屋；但还是怀疑她有欺诈之心，想要她兄弟出来说一句话作证。王氏说："我是私自出奔的，哪有脸再去求兄弟？如果你不相信，我这里藏着凶器，请让我断指表明心迹。"于是从腰间取出一把锋利的刀，靠着床边伸出左手一个指头，把它砍断，血流如涌。孙麒大吃一惊，急忙替她包扎。王氏痛得变了脸色，但忍着一声不哼，笑着说："今天我的黄粱美梦已经做醒，只是借一间小屋作出家的打算，何必猜疑?”孙麒就让儿子和妾另住一处，自己早晚在两处来往。又天天寻找良药，医治王氏的指伤，一个多月伤口就好了。王氏从此不吃荤、不喝酒，只是关起门念经罢了。

过了很久，王氏见家政废弛，对孙麒说：“我这次回来，本想什么事都不过问；现在看到家里开支这样大，怕子孙中会有饿死的人了。万不得已，只好再厚着脸皮管理一下。”于是召集丫鬟女仆，每天督责她们纺纱织布。仆人因为她是自己投奔来的，瞧不起她，私下里冷嘲热讽的，王氏好像没听见一般。过后考核干了多少活，懒惰的鞭打不饶，众人这才害怕她。又隔着帘子查核管账的仆人，总账细目理得十分周密。孙麒大为高兴，叫儿子和妾每天早晨都来向王氏问安。阿坚已经九岁，王氏格外注意爱抚怜惜，早晨上学读书，常留着美味的食品等他回来。孩子也渐渐亲近喜欢她了。一天，孩子用石头扔麻雀，王氏路过，正好打中她的头，跌倒在地，好一会说不出话来。孙麒大怒，拿棍子打儿子，王氏醒过来极力劝住，并且高兴地说：“我过去虐待过这孩子，总是一块放不下的心病，今天幸而能够勾销一个罪过了。”孙麒更加宠爱她。王氏常常拒绝孙麒，叫他到妾那里去过夜。这样住了几年，王氏分娩了几次，孩子每次都夭折了，她说：“这是我过去杀儿子的报应!”阿坚成亲以后，王氏就把外边的事务交给儿子，家中的事务交给媳妇。一天忽然说：“我在某一天要死了。”孙麒不相信，王氏自己准备了安葬的用具。到了日子，王氏换了衣服，躺进棺材就死了。脸色就像活着时一样，满屋都是奇异的香气；直到殡殓之后，香气才渐渐消失。

异史氏说：心中所爱，本来就不在于容貌的美丑。毛嫱、西施，谁知不是出自爱她们的人的赞美呢?但是不遭悍妇嫉妒，吕无病的贤惠也不会显示出来，那几乎会使人觉得孙麒和嗜痂成癖的人同样可笑了。至于出身富贵之家的王氏，根性原来就厚，所以一旦豁然觉悟，能够立地成佛。像那些沦入地狱的，都是在人世享尽富贵而没有经历艰难的人!

钱卜巫

【原文】

夏商，河间人①。其父东陵，豪富侈汰②，每食包子，辄弃其角，狼藉满地。人以其肥重，呼之"丢角太尉"。暮年，家綦贫③，日不给餐；两胠瘦，垂革如囊④，人又呼"募庄僧"——谓其挂袋也⑤。临终，谓商曰："余生平暴殄天物⑥，上干天怒⑦，遂至饥冻以死。汝当惜福力行，以盖父愆⑧。"商恪遵治命⑨，诚朴无二，躬耕自给。乡人咸爱敬之。富人某翁哀其贫，假以资，使学负贩，辄亏其母⑩。愧无以偿，请为佣。翁不肯。商瞿然不自安⑪，尽货其田宅，往酬翁。翁诘得情，益怜之，强为赎还旧业；又益贷以重金，俾作贾。商辞曰："十数金尚不能偿，奈何结来世驴马债也⑫？"翁乃招他贾与偕。数月而返，仅能不亏；翁不收其息，使复之。年馀，货资盈辇⑬，归至江，遭飓⑭，舟几覆，物半丧失。归计所有，略可偿主，遂语贾曰："天之所贫，谁能救之？此皆我累君也！"乃稽簿付贾，奉身而退⑮。翁再强之，必不可，躬耕如故。每自叹曰："人生世上，皆有数年之享⑯，何遂落拓如此？"

会有外来巫，以钱卜，悉知人运数⑰。敬诣之。巫，老妪也。寓室精洁，中设神座，香气常熏。商入朝拜讫，巫便索资。商授百钱，巫尽内木筒中，执跪座下，摇响如祈祷状。已而起，倾钱入手，而后于案上次第摆之。其法以字为否，幕为亨⑱；数至五十八皆字，以后则尽幕矣。遂问："庚甲几何⑲？"答："二十八岁。"巫摇首曰："早矣！早矣！官人现行者先人运，非本身运。五十八岁，方交本身运，始无盘错也⑳。"问："何谓先人运？"曰："先人有善，其福未尽，则后人享之；先人有不善，其祸未尽，则后人亦受之。"商屈指曰："再三十年㉑，齿已老耄，行就木矣。"巫曰:"五十八以前,便有五年回闰[22],略可营谋;然仅免饥寒耳。五十八之年,当有巨金自来,不须力求。官人生无过行,再世享之不尽也。"

钱卜巫

别巫而返,疑信半焉。然安贫自守,不敢妄求。后至五十三岁,留意验之。时方东作[23],病疕不能耕[24]。既瘥,天大旱,早禾尽枯。近秋方雨,家无别种,田数亩悉以种谷。既而又旱,荞菽半死[25],惟谷无恙;后得雨勃发,其丰倍焉。来春大饥,得以无馁。商以此信巫,从翁贷资,小权子母[26],辄小获;或劝作大贾,商不肯。迨五十七岁,偶葺墙垣,掘地得铁釜;揭之,白气如絮,惧不敢发。移时,气尽,白镪满瓮。夫妻共运之,秤计一千三百二十五两。窃议巫术小舛[27]。邻人妻入商家，窥见之，归告夫。夫忌焉，潜告邑宰。宰最贪，拘商索金。妻欲隐其半，商曰："非所宜得，留之贾祸㉒。"尽献之。宰得金，恐其漏匿，又追贮器，以金实之，满焉，乃释商。居无何，宰迁南昌同知㉓。逾岁，商以懋迁至南昌㉚，则宰已死。妻子将归，货其粗重；有桐油若干篓，商以直贱，买之以归。既抵家，器有渗漏，泻注他器，则内有白金二铤；遍探皆然。兑之，适得前掘镪之数。商由此暴富，益赡贫穷，慷慨不吝。妻劝积贻子孙，商曰："此即所以遗子孙也。"邻人赤贫至为丐，欲有所求，而心自愧。商闻而告之曰："昔日事，乃我时数未至，故鬼神假子手以败之，于汝何尤？"遂周给之。邻人感泣。后商寿八十，子孙承继，数世不衰。

异史氏曰："汰侈已甚，王侯不免，况庶人乎！生暴天物，死无含饭，可哀矣哉！幸而鸟死鸣哀㉛，子能干蛊㉜，穷败七十年，卒以中兴；不然，父孽累子，子复累孙，不至乞丐相传不止矣。何物老巫，遂发天之秘？呜呼！怪哉！"

【注释】

①河间：府名。治所在今河北河间市。

②侈汰：奢侈放纵。

③綦：甚。

④革：皮肤。

⑤募庄僧：指沿村庄募化的僧人。募，募化，僧尼等求人施舍财物。

⑥暴殄天物：糟蹋残害天生万物。此指任意浪费。

⑦干：冒犯。

⑧愆：过失。

⑨治命：指父亲临终前清醒时所留的遗言。颗，魏武子之子。

⑩亏其母：谓亏本。亏，亏损。母，本钱。

⑪瞿然：吃惊的样子。

⑫结来世驴马债：迷信谓此生欠债不还，来世变作驴马偿还。

⑬货资盈辇：购置的财货，装满一车。盈辇，满车。

⑭飑：大风。

⑮奉身而退：谓恭敬地退出。

⑯享：此据青柯亭刻本，原作"亨"。

⑰运数：即命运。

⑱"其法"二句：谓其以钱占卜，方法是以钱的反正面来说明运气的好坏。古时钱币，正面铸字，背面铸有图形。否，《易》卦名，卦象坤上乾下，表示天地不交，上下隔阂，闭塞不通，因以指命运坏、事情不顺利。幕，钱币的背面。亨，顺利通达。

⑲庚甲：年岁的代称。

⑳盘错：盘曲交错。

㉑三十年：此据青柯亭刻本，原作"二十年"。

㉒五年回闰：此据青柯亭刻本，原无"五年"二字。

㉓时方东作：谓当开始春耕之时。

㉔病痁：患疟疾。痁，疟疾。

㉕荞菽：荞麦、豆类。

㉖权子母：此指做生意。

㉗小舛：小的差错。

㉘贾祸：招致祸患。贾，招致。

㉙南昌同知：南昌府同知。南昌，府名，治所即今江西南昌市。清代府、州同知，为知府、知州的佐官。

㉚懋迁：犹贸易。懋，通"贸"。

㉛鸟死鸣哀：即所谓"鸟之将死，其鸣也哀；人之将死，其言也善"。此指夏商之父临终"惜福力行"的遗言。

㉜干蛊：谓父母有过恶而子贤德以掩盖之。

【译文】

夏商，河北河间府人。父亲夏东陵，原是个大富翁，生活奢侈，每次吃包子，总把边边角角扔掉，乱糟糟的满地都是。因为他身躯肥胖笨重，人们叫他"丢角太尉"。晚年家境很穷，天天吃了上顿没下顿；两条手臂消瘦了，垂下的皮像口袋似的，人们又叫他"募庄僧"——是说他身上挂着袋。夏东陵临死对夏商说："我生平任意糟蹋物品，触怒了天帝，结果受冻挨饿死去。你应当珍惜福分，努力劳作，替我掩盖罪过。"夏商谨守父亲遗嘱，做人忠厚老实，没有邪念，亲自耕作养活自己。乡里的人都爱护敬重他。

有个富有的老翁，可怜夏商家境贫困，就借钱给他，叫他出门学做买卖，结果连老本都蚀了。夏商惭愧没钱偿还，要求给老翁做佣人。老翁不答应。夏商惶恐不安，把自己的土地房屋全都卖了，去还钱给老翁。老翁问明实情后，更加怜惜他，硬给他把田产房屋都赎了回来；又借给他更多的钱，让他经商。夏商推辞说："十几两银子我都还不起，如果结下来世作驴作马的债，那可怎么办？"老翁就招呼别的商人和他一起做买卖。过了几个月回来，仅仅没有亏本而已；老翁不收他的利息，叫他再干下去。一年多，赚了不少钱，财货装满了车子，回来到长江遇上飓风，船差点翻掉，货物丧失了一半。回家一算，所有的钱财大致可以偿还主人的贷款。就对商人说："天生的穷人，谁能救他？这都是我的命不好，连累你了！"于是查点账簿，统统交给商人，自己告退了。老翁还要勉强他去干，夏商坚决不同意，仍和过去那样自耕自种。时常独自叹道："人生在世，都有几年享受，为什么我就这样穷困潦倒呢？"

正好外地来了个巫婆，用铜钱占卜，人的命运她全能知道。夏商恭恭敬敬前去问卜。巫婆是个老太婆，住的房子很干净，当中摆了一个神座，香火不断。夏商进去朝拜完毕，巫婆就向他要钱。夏商给她一百钱，巫婆全都装进木筒，拉他跪在神座下，摇响木筒，如同求签的模样。接着站起来，将钱倒在手中，然后在桌上一个挨一个摆开。她的方法，是带字的正面表示命运不好，没字的背面表示命运亨通；数到五十八个铜钱，都是正面的，以后就全是背面的了。于是问他："你多大岁数了？"回答说："二十八岁。"巫婆摇着头说："还早呢！官人现在交的是先人的运，不是本身的运。要到五十八岁，才交本身的运，从此没有盘根错节的麻烦事儿了"夏商问她："什么叫先人的运？"回答说："先人有善行，他的福分没享尽，子孙就接着享受；先人有恶行，他的灾祸没受完，子孙也接着受下去。"夏商屈指一算，说："再过三十年，岁数已经很大，快进棺材了。"巫婆说："在五十八岁以前，有五年回润期，可以略微经营一些事情，但也只能避免饥寒而已。五十八岁那年，一定会有大量金钱送上门，用不着自己出力谋求。官人生平没有什么过错，下一辈子是享受不尽的。"夏商告辞巫婆回到家里，半信半疑。但还是安贫守命，不敢有非分的企求。

后来到了五十三岁，夏商留心观察一切征兆。当时正是春耕时节，得了疟疾不能播种。痊愈后，天又大旱，早稻全都枯死了。将近初秋才下了透雨，家里没有别的种子，几亩田都种上了谷子。接着又是久旱不雨，荞麦豆子多半旱死了，只有谷子没有受灾，以后得到雨水，蓬蓬勃勃长了起来，获得加倍的丰收。第二年春天大饥荒，他家得以不挨饿。夏商因此相信了巫婆的预言，向老翁借钱干些小本经营，算算本利总能小有收益；有人劝他做大买卖，夏商不肯。

到了五十七岁，夏商偶然修理围墙，从地下挖出一口倒扣的铁锅；揭开铁锅，看到一团如同棉絮的白气，吓得不敢再把下面的东西打开。过了一会，白气散净了，发现满满一瓮白银。夫妻俩一起把它搬回屋子，一秤，共计一千三百二十五两银子。因为提前一年发了财，暗中认为巫婆的卜术有点小小的差错。邻人的妻子到夏商家，偷看到银子，回去告诉丈夫。她丈夫妒忌了，偷着报告了县官。县官最贪婪，把夏商抓起来，向他索取银子。夏商的妻子想隐瞒掉一半，夏商不同意，说："不是应该得到的钱财，留着会招祸的。"就全部献了出来。县官得到银子，怕他还有隐匿，又把装银子的大瓮追来，将银子放进去，正好装满，这才把夏商释放了。没多久，县官升任南昌府的同知，又过了一年，夏商因为贩运货物到了南昌。那县官已经死了，他的妻子将返回故乡，就把粗重的东西卖掉；有若干篓桐油，夏商认为价钱很便宜，就买了回家。到家以后，一个篓子漏油，就把油倒出来装进其他容器，发现篓里有两锭银子；查遍其他油篓，都是这样。把它们兑成银子，刚巧是去年从地里挖掘出来的数目。

夏商因此突然发了大财，他更加周济穷人，十分慷慨，毫不吝啬。妻子劝他积蓄起来，留给子孙，夏商说："这样做就是留给子孙。"那个告密的邻人，后来穷得精光，做了乞丐，想求他帮助，又问心有愧。夏商听到消息后对他说："从前的事情，是我时运未到，所以鬼神借你的手来败一下财，你有什么过错？"就周济了他。邻人感动得哭了。夏商后来活到八十岁，子孙继承了他的财产，好几代没有败落。

异史氏说：奢侈过分，王侯也难免破产，何况平民百姓呢？活着任意糟蹋，死了一无所有，可悲啊！幸而"鸟之将死，其鸣也哀；人之将死，其言也善"，儿子能改正父亲过失，振作起来，在贫穷衰败七十年后，使家庭重新兴盛。不然的话，父亲的罪孽连累儿子，儿子又连累孙子，不到世代乞丐相传的地步，不罢休。什么老巫婆，就泄了天机？唉！奇怪！

姚　安

【原文】

姚安，临洮人①，美丰标②。同里宫姓，有女字绿娥，艳而知书，择偶不嫁。母语人曰："门族丰采③，必如姚某始字之④。"姚闻，绐妻窥井，挤堕之，遂娶绿娥。雅甚亲爱。然以其美也，故疑之：闭户相守，步辄缀焉；女欲归宁，则以两肘支袍，覆翼以出，入舆封志⑤，而后驰随其后，越宿，促与俱归。女心不能善，忿曰："若有桑中约⑥，岂琐琐所能止也⑦！"姚以故他往，则扃女室中。女益厌之，俟其去，故以他钥置门外以疑之。姚见大怒，问所自来。女愤言："不知！"姚愈疑，伺察弥严。

姚安

　　一日，自外至，潜听久之，乃开锁启扉，惟恐其响，悄然掩入。见一男子貂冠卧床上，忿怒，取刀奔入，力斩之。近视，则女昼眠畏寒，以貂覆面也。大骇，顿足自悔。宫翁忿质官。官收姚，褫衿苦械⑧。姚破产，以巨金赂上下，得不死。由此精神迷惘，若有所失。适独坐，见女与髯丈夫⑨，狎亵榻上，恶之，操刀而往，则没矣；反坐，又见之。怒甚，以刀击榻，席褥断裂。愤然执刀，近榻以伺之，见女面立⑩，视之而笑。遽斫之，立断其首；既坐，女不移处，而笑如故。夜间灭烛，则闻淫溺之声，亵不可言。日日如是，不复可忍，于是鬻其田宅，将卜居他所。至夜，偷儿穴壁入，劫金而去。自此贫无立锥，忿恚而死。里人藁葬之⑪。

异史氏曰："爱新而杀其旧，忍乎哉！人止知新鬼为厉[12]，而不知故鬼之夺其魄也。呜呼！截指而适其屦[13]，不亡何待！"

【注释】

①临洮：县名，今属甘肃省。

②丰标：风度仪态。

③门族丰采：门第族望和风度神采。

④字：旧称女子许嫁为字。

⑤入舆封志：待其坐入轿中，即在轿门加上封条。舆，此指轿。

⑥桑中约：男女私会。

⑦琐琐：琐碎卑微的举动。

⑧褫衿苦械：扒掉学子衿服，施以酷刑。衿，青衿，学子服。械，枷锁、镣铐之类刑具。苦械，指用刑。

⑨髯丈夫：长有络腮胡子的男子。髯，颊毛。

⑩面立：对面而立。

⑪藁葬：以苇席包裹而葬。藁，应作"槀"。

⑫厉：恶鬼。

⑬截指而适其屦：即"截趾适履"。指，脚指，即"趾"。足大履小，截趾而适其屦，喻本末倒置，勉强求合。

【译文】

姚安，甘肃临洮县人，仪表俊美。同乡姓宫的人家，有个女儿名叫绿娥，容貌艳丽，知书达理，一直没有找到满意的夫家。她的母亲对人说："门第风采一定要像姚安那样，才把女儿许配他。"姚安听说以后，骗妻子看井里有什么东西，把她推下去淹死了，于是娶了绿娥为妻。

两人十分相爱。只是因为绿娥太漂亮，姚安总是放心不下，整天关上大门守着她，绿娥走到哪里，他就跟到哪里，绿娥想回娘家，姚安就用两臂支起袍子，像翅膀似的遮着她走出去，等上了轿，他就把轿帷拉严，做上记号，然后骑马跟在后面，在岳母家住了一宿，就催绿娥一起回家。绿娥对此很厌恶，气愤地说："我如果真有偷情的约会，你这些小动作又怎么制止得了！"姚安有事到别处去，就把绿娥锁在卧室里，绿娥更加讨厌他；等他走后，故意把别的钥匙放在门外，使他生疑。姚安看到钥匙大发雷霆，追问是从哪里来的。绿娥气愤地说："不知道！"姚安越发起疑，暗中监视更严了。

一天，他从外面回来，在门外偷听了好久，才开锁推门，唯恐发出声响，悄悄溜了进去。只见一个男人戴着貂皮帽子躺在床上，怒从心头起，拿了刀直奔进去，使劲把人砍死了。走上前一看，原来是绿娥白天睡觉怕冷，把貂皮盖在脸上。姚安大为恐慌，跺着脚后悔不已。宫老翁气愤地到官府控告，官府把姚安抓去，革了秀才功名，施以重刑。姚家倾家荡产，用重金贿赂官府上上下下，才得免于一死。从此精神恍惚，好像丢了魂似的。

正当他独坐在家，看到绿娥和一个大胡子男人在床上寻欢，恶向胆边生，拿着刀奔过去，人就不见了；回身坐下，又看到那模样。姚安愤怒到极点，用刀砍床，席子被褥都断裂了。愤愤地握着刀站在床旁守候，见绿娥站在面前，看着他笑。姚安猛地砍了过去。立刻把她的脑袋砍了下来；等他坐下以后，绿娥依然站在原地对着他笑。晚上熄了灯，就听到男女淫戏的声音，污秽得说不出口。天天如此，实在忍不下去，就变卖田地房产，准备搬到别处去住。到晚上，小偷挖洞进来，把他的钱都偷走了。从此姚安穷得连一寸土地都没有，含恨死去。邻居把他草草埋葬了。

异史氏说：喜爱新人而杀死旧妻，何等残忍！人们只知道新鬼在作怪，却不知道实际上是旧鬼夺去了他的魂魄。唉！截断脚趾以求适合鞋子，不死还等何时呢？